J.R. Ward vit dans le sud des États-Unis avec son mari. Diplômée de droit, elle a travaillé dans le milieu de la santé à Boston et a été chef de service dans un des plus grands centres médicaux du pays. Elle a toujours été passionnée d'écriture et son idée du paradis ressemble à une journée passée devant son ordinateur en compagnie de son chien avec une cafetière pleine toujours à portée de main. Sa série *La Confrérie de la dague noire* connaît un succès phénoménal dans le monde entier et sa nouvelle série *Anges déchus* est en train de suivre le même chemin.

Du même auteur, chez Milady,
en poche :

La Confrérie de la dague noire :
1. *L'Amant ténébreux*
2. *L'Amant éternel*
3. *L'Amant furieux*
4. *L'Amant révélé*
5. *L'Amant délivré*
6. *L'Amant consacré*
7. *L'Amant vengeur*
8. *L'Amant réincarné*
9. *L'Amant déchaîné*
10. *L'Amant ressuscité*
11. *L'Amant désiré*

Anges déchus :
1. *Convoitise*
2. *Addiction*
3. *Jalousie*
4. *Extase*
5. *Possession*

Aux éditions Bragelonne,
en grand format :

La Confrérie de la dague noire :
Le Guide de la Confrérie de la dague noire
7. *L'Amant vengeur*
8. *L'Amant réincarné*
9. *L'Amant déchaîné*
10. *L'Amant ressuscité*
11. *L'Amant désiré*

J.R. Ward

L'Amant désiré

La Confrérie de la dague noire – 11

Traduit de l'anglais (États-Unis) par Éléonore Kempler

Bragelonne

Milady est un label des éditions Bragelonne

Cet ouvrage a été originellement publié en France par Bragelonne

Titre original : *Lover at Last*

Publié avec l'accord de NAL Signet, membre
de Penguin Group (U.S.A.) Inc.

ISBN : 978-2-8112-1367-1

Bragelonne – Milady
60-62, rue d'Hauteville – 75010 Paris

E-mail : info@milady.fr
Site Internet : www.milady.fr

Dédié à : vous deux
– au risque de paraître d'une légèreté indécente, il était temps –
et nul ne le mérite plus que vous.

Remerciements

Avec mon immense gratitude aux lecteurs de *La Confrérie de la dague noire* et une ovation aux Cellies !
Merci infiniment de votre soutien et de vos conseils : Steven Axelrod, Kara Welsh, Claire Zion et Leslie Gelbman.
Merci également à tout le monde chez New American Library : ces livres sont vraiment le résultat d'un travail d'équipe.
Merci à tous nos modérateurs, pour tout ce que vous faites par pure gentillesse !
Toute mon affection à la Team Waud : vous vous reconnaîtrez. Cela n'aurait tout simplement pas pu avoir lieu sans vous.
Rien de tout cela ne serait possible sans mon mari aimant, qui est mon conseiller, mon gardien et mon voyant, ma formidable mère qui m'a donné tellement d'amour que je ne pourrai jamais lui en rendre assez, ma famille (de sang comme d'adoption) et mes très chers amis.
Oh, et la meilleure moitié de WriterDog, bien entendu.

Prélude

Vhif, fils de Lohstrong, entra dans la demeure familiale par la grande porte. Dès qu'il eut franchi le seuil, l'odeur des lieux imprégna ses narines. L'encaustique parfumée au citron. Les bougies en cire d'abeille. Les fleurs fraîches du jardin que les *doggen* coupaient quotidiennement. Du parfum – celui de sa mère. Une eau de Cologne – celle de son père et de son frère. Un arôme de chewing-gums à la cannelle – les préférés de sa sœur.

Si les fabricants de désodorisants créaient un jour une senteur comme celle-ci, elle porterait un nom du genre *Parfum de vieille fortune*. Ou *Lever de soleil sur un gros compte en banque*.

Ou peut-être l'indémodable *Nous valons mieux que les autres*.

Des voix lointaines s'échappaient de la salle à manger : les voyelles se détachaient, aussi éclatantes que des diamants taillés en brillants, et les consonnes se traînaient comme de longs et doux rubans de satin.

— Oh, Lillie, c'est parfait, merci, disait sa mère à la servante. Mais c'est trop pour moi. Et ne donnez pas tout cela à Solange. Elle s'alourdit.

Ah oui, l'éternel régime de sa mère infligé à la génération suivante : les femelles de la *glymera* étaient censées disparaître quand elles se présentaient de profil, si bien que chaque clavicule saillante, joue creuse et bras osseux était arboré comme une médaille malsaine.

Comme si ressembler à un tisonnier faisait de vous une personne meilleure.

Et que la Vierge scribe vous vienne en aide si votre fille avait l'air en bonne santé.

—Ah, merci Lilith, dit son père d'une voix égale. J'en prendrai un peu plus, s'il vous plaît.

Vhif ferma les yeux et tenta de convaincre son corps d'avancer. Un pas après l'autre. Ce n'était pas si dur.

Ses baskets flambant neuves envoyèrent balader cette suggestion. Mais bon, entrer dans cette salle à manger équivalait à se jeter dans la gueule du loup à bien des égards.

Il laissa tomber son sac par terre. Les quelques jours passés chez son meilleur ami Blay lui avaient fait du bien, en lui offrant un répit à l'impression d'asphyxie qui l'accablait dans sa propre maison. Malheureusement, le malaise du retour était si pénible que son coût annulait presque le bénéfice du départ.

OK, cette situation était ridicule. Il ne pouvait pas rester planté là comme un vulgaire meuble.

Se tournant vers le mur, il se pencha vers le miroir en pied placé juste à côté de la porte. C'était si attentionné. Cela répondait si bien au besoin qu'avait l'aristocratie de sauvegarder en permanence les apparences. De cette façon, les visiteurs pouvaient vérifier leur coiffure et leur tenue une fois que le majordome les avait débarrassés de leur manteau et de leur chapeau.

Le visage de jeune prétrans que lui renvoya son reflet était tout en traits réguliers, avec une belle mâchoire et une bouche qui, il devait le reconnaître, donnait l'impression qu'il pourrait infliger de sacrées morsures à une peau nue quand il serait plus âgé. À moins peut-être qu'il prenne seulement ses désirs pour des réalités. Il était coiffé à la Vlad l'Empaleur, avec des épis noirs dressés sur la tête. Il portait au cou une chaîne de vélo – et pas une décorative – mais une dont les maillons avaient réellement actionné son VTT.

À vrai dire, il ressemblait à un voleur qui se serait introduit par effraction et s'apprêterait à saccager les lieux à la recherche de l'argenterie, des bijoux et du matériel électronique portable.

Le plus ironique, c'était que sa quincaillerie gothique ne constituait pas l'élément le plus scandaleux de son apparence aux yeux de sa famille. En fait, il aurait pu se déshabiller entièrement, s'accrocher une lampe au cul et parcourir tout le rez-de-chaussée en jouant de la batte de base-ball sur les œuvres d'art et les antiquités sans pour autant approcher le véritable problème qui irritait ses parents.

Il s'agissait de ses yeux.

L'un était bleu. L'autre vert.

Oups. Désolé.

La *glymera* n'aimait pas les imperfections. Ni dans ses services en porcelaine, ni dans ses roseraies. Ni sur le papier peint, les tapis ou les comptoirs de cuisine. Ni sur la soie de ses sous-vêtements, la laine de ses vestes ou la mousseline de ses robes.

Et certainement pas, jamais, chez ses enfants.

Sa sœur avait l'approbation de leurs parents, enfin, à l'exception de son « petit problème de poids » qui en réalité n'existait pas et d'un zézaiement auquel la transition n'avait pas remédié… oh, et du fait qu'elle avait hérité de la personnalité de leur mère. Impossible de réparer ça. Son frère, en revanche, était la véritable star de la famille : un fils premier-né au physique parfait, prêt à perpétuer la lignée familiale en se reproduisant avec une femelle très distinguée, qui ne se plaindrait jamais ni ne transpirerait, choisie pour lui par sa famille.

Merde, la destinataire de son sperme avait déjà été retenue. Il s'unirait à elle dès qu'il aurait passé la transition…

— Comment te sens-tu, mon fils ? demanda son père d'un ton hésitant.

— Fatigué, monsieur, répondit une voix de basse. Mais cela va m'aider.

Un frisson parcourut l'échine de Vhif. Cette voix ne ressemblait pas à celle de son frère. Elle était bien trop grave. Bien trop masculine. Trop…

Nom de Dieu, il avait passé la transition !

Immédiatement, les baskets de Vhif exécutèrent le programme et firent avancer leur propriétaire jusqu'à ce qu'il puisse observer la salle à manger sans être vu de ses occupants. Père était assis en bout de table. Bien. Mère était installée à l'autre extrémité, face à la porte battante de la cuisine. Bien. Sa sœur était tournée vers la porte d'entrée, à deux doigts de lécher le liseré doré de son assiette tant elle avait faim. Bien.

Le mâle dont Vhif ne voyait que le dos ne ressemblait en rien à celui qu'il connaissait.

Luchas avait doublé de taille depuis qu'un *doggen* avait approché Vhif pour lui dire de prendre ses affaires et d'aller chez Blay.

Bon, cela expliquait ces quelques jours de vacances. Il avait cru que son père avait fini par céder à la requête qu'il lui avait présentée des semaines auparavant. Mais non, il voulait seulement éloigner Vhif de la maison parce que l'heure du changement avait sonné pour l'enfant chéri de la famille.

Son frère s'était-il tapé la femelle ? À qui avaient-ils fait appel pour le sang…

Son père, qui n'était pourtant jamais du genre démonstratif, tendit la main et tapota maladroitement l'avant-bras de Luchas.

— Nous sommes très fiers de toi. Tu es… parfait.

— Oui, surenchérit sa mère d'une voix flûtée. Tout simplement parfait. Ton frère n'a-t-il pas l'air parfait, Solange ?

— Oui, en effet. Il est parfait.

— Et j'ai quelque chose pour toi, ajouta Lohstrong.

Le mâle chercha dans la poche intérieure de son blazer et en tira une boîte en velours noir de la taille d'une balle de base-ball.

La mère de Vhif se mit à pleurer et se tamponna les yeux.

— C'est pour toi, mon précieux fils.

La boîte fut glissée sur la nappe de damas blanc, et les mains désormais énormes de son frère tremblèrent quand il prit l'écrin et souleva le couvercle.

Vhif aperçut l'éclat de l'or jusque dans le vestibule.

Comme tout le monde autour de la table se taisait, son frère contempla la chevalière, visiblement bouleversé, pendant que leur mère continuait à se tamponner les yeux et que même le regard de leur père s'embuait légèrement. Et que sa sœur en profitait pour chiper un petit pain dans la corbeille.

— Merci, monsieur, dit Luchas en enfilant le lourd anneau d'or sur son index.

— Elle te va, n'est-ce pas ? demanda Lohstrong.

— Oui, monsieur. À la perfection.

— Nous faisons la même taille, alors.

Bien entendu.

À ce moment-là, leur père détourna brièvement la tête, comme s'il espérait que le mouvement oculaire ferait disparaître le voile de larmes qui lui brouillait la vue.

Il surprit Vhif, tapi dans le vestibule.

Une brève lueur dans son regard indiqua qu'il l'avait reconnu. Mais ce ne fut pas d'une sorte qui disait : « bonjour, comment vas-tu » ou « oh, tant mieux, mon autre fils est de retour ». Mais plutôt le genre d'éclair qui traverse l'œil quand on marche dans l'herbe et qu'on remarque une crotte de chien trop tard pour éviter de marcher dedans.

Puis, le mâle reporta son attention sur sa famille, excluant Vhif.

Visiblement, la dernière chose que souhaitait Lohstrong, c'était qu'un moment aussi historique soit gâché, et ce fut probablement la raison pour laquelle il n'esquissa pas le geste destiné à éloigner le mauvais œil. D'ordinaire, chacun dans la maisonnée effectuait ce rituel quand il croisait Vhif. Mais pas ce soir. Papounet ne voulait pas que les autres aient vent de sa présence.

Vhif retourna auprès de son sac. Il le jeta sur son épaule et emprunta l'escalier principal pour gagner sa chambre. Normalement, sa mère préférait qu'il utilise celui de service, mais cela signifiait qu'il aurait dû traverser toutes ces manifestations d'amour là-bas.

Sa chambre était aussi éloignée de celles des autres que possible, tout au bout à droite. Il s'était souvent demandé pourquoi ils ne franchissaient pas la dernière étape et ne l'installaient pas avec les *doggen* ; mais dans ce cas, le personnel démissionnerait sans doute.

Après avoir refermé la porte derrière lui, il posa son sac sur le sol nu et s'assit sur le lit. Regardant fixement son bagage, il se dit qu'il ferait bien de faire sa lessive rapidement, vu qu'il y avait un maillot de bain encore humide à l'intérieur.

Les servantes refusaient de toucher ses vêtements, comme si le mal en lui s'incrustait dans les fibres de ses jeans et de ses tee-shirts. Le bon côté de la situation était qu'il n'était jamais invité aux événements officiels, si bien que sa garde-robe n'était constituée que d'éléments faciles à laver…

Il découvrit qu'il pleurait quand il baissa les yeux vers ses baskets et vit quelques gouttes d'eau imprégner ses lacets.

Vhif n'aurait jamais de chevalière.

Ah, merde… c'était douloureux.

Il se frottait le visage de ses paumes quand son portable sonna. Tirant l'objet de son blouson de motard, il dut cligner des yeux à deux reprises pour distinguer l'écran.

Il appuya sur « Décrocher » mais ne répondit pas.

— Je viens d'apprendre la nouvelle, dit Blay à l'autre bout du fil. Comment vas-tu ?

Vhif ouvrit la bouche pour parler, tandis que différentes réponses jaillissaient en vrac dans son cerveau : « Super bien, bordel », « Au moins, je ne suis pas “gros” comme ma sœur », « Eh non, je ne sais pas si mon frère a baisé ».

Au lieu de quoi, il dit :

— Ils m'ont fait quitter la maison. Ils ne voulaient pas que je porte malheur à la transition. Je suppose que ça a marché, vu qu'il a l'air de s'en être tiré sans problème.

Blay jura à voix basse.

— Oh, et il vient tout juste de recevoir sa bague. Mon père lui a donné… la sienne.

La chevalière ornée du sceau de la famille, le symbole que tous les mâles issus de la noblesse portaient pour attester de la valeur de leur lignage.

— J'ai regardé Luchas la passer à son doigt, reprit Vhif, avec l'atroce impression qu'une lame aiguisée lui entaillait l'intérieur des avant-bras. Elle lui allait à la perfection. C'était magnifique. Mais bon, tu sais… comment l'inverse aurait-il été possible…

Ce fut alors qu'il se mit à pleurer.

Il perdit les pédales.

L'horrible vérité était que, derrière son cynisme affiché, il voulait que sa famille l'aime. Aussi guindée que soit sa sœur, aussi intello que soit son frère, aussi réservés que soient ses parents, il voyait l'amour entre eux quatre. Il sentait l'amour entre eux. C'était le lien qui unissait ces individus, le fil invisible allant d'un cœur à l'autre, l'engagement de se soucier de tout ce qui touchait à l'une de ces quatre personnes, depuis les bêtises les plus insignifiantes jusqu'aux véritables drames mortels. Et la seule chose plus puissante que ce lien… c'était la douleur qu'il ressentait à l'idée d'en être exclu.

Chaque jour de sa putain de vie.

La voix de Blay retentit entre deux sanglots.

— Je suis là pour toi. Et je suis tellement désolé, bon sang… Je suis là pour toi… Mais ne fais rien de stupide, d'accord ? Laisse-moi venir…

Et laisser Blay découvrir qu'il pensait à quelque chose impliquant une corde et la fixation du pommeau de douche.

En fait, sa main libre s'était déjà posée sur la ceinture de fortune qu'il avait taillée dans une bonne toile de nylon résistante, parce que ses parents ne lui donnaient pas beaucoup d'argent pour s'habiller et que la seule qu'il ait jamais possédée avait cassé des années auparavant.

Tirant sur la longue pièce de tissu, il jeta un coup d'œil à la porte de sa salle de bains. Il n'avait qu'à la nouer à la fixation de la douche – Dieu savait que ce crochet avait été fondu au bon vieux temps, quand les choses étaient encore assez résistantes pour supporter un peu de poids. Il avait même une chaise sur laquelle il pourrait se percher avant de la renverser sur le sol d'un coup de pied.

— Je dois y aller…

— Vhif? Ne me raccroche pas au nez… tu n'as pas intérêt à me raccrocher au nez…

— Écoute, mon pote, il faut que j'y aille.

— J'arrive immédiatement. (Il entendit un froissement de tissu en fond sonore, comme si Blay enfilait ses vêtements.) Vhif! Ne raccroche pas… Vhif…!

Chapitre Premier

De nos jours

— Ben v'là une sacrée putain de tire.

Jonsey regarda l'idiot accroupi à côté de lui sous cet arrêt de bus. Tous deux attendaient dans la cage à lapins en Plexiglas depuis trois heures. Au moins. Même si des commentaires de ce genre donnaient plutôt l'impression que cela faisait des jours.

Et allaient lui permettre de justifier un homicide.

— T'es blanc, tu le sais, ça ? souligna Jonsey.

— Qu'est-ce que tu dis ?

OK, disons plutôt trois ans d'attente.

— T'es un Caucasien, mon pote. Un mec qui a besoin d'écran total l'été. Pas comme moi, quoi…

— On s'en fout, mec, vise un peu cette caisse…

— Et donc pourquoi tu me parles comme si tu venais du ghetto ? Tu passes pour un crétin, oui.

À ce moment-là, il eut juste envie que la nuit s'achève. Il faisait froid, il neigeait et il ne pouvait s'empêcher de se demander qui il avait fait chier pour se retrouver coincé avec Eminem ici présent.

En fait, il était en train de songer à abandonner complètement ce merdier. Il s'en tirait bien en dealant gentiment à Caldwell ; cela faisait deux mois qu'il était sorti de prison suite à ces meurtres qu'il avait commis quand il était mineur ; la dernière chose qui l'intéressait, c'était de traîner avec un connard de petit blanc déterminé à se la jouer cool avec son vocabulaire.

Oh, et puis il y avait le quartier de gros richards où ils se trouvaient. À tous les coups, il existait un arrêté municipal interdisant de traîner dans les rues après 22 heures.

Pourquoi diable avait-il accepté ?

— Vas-tu regarder cette belle voiture, s'il te plaît ?

Rien que pour faire taire le gars, Jonsey tourna la tête et se pencha hors de l'abribus. Quand le vent lui souffla de la neige dans les yeux, il poussa un juron. Putain d'hiver. Dans l'Idaho, il faisait assez froid pour transformer vos couilles en glaçons…

Tiens donc… salut, toi.

Au bout d'un petit parking, juste devant une supérette ouverte vingt-quatre heures sur vingt-quatre, étincelante de propreté et dépourvue du moindre graffiti, se trouvait, réellement, une putain de belle tire. Le Hummer était intégralement noir, sans le moindre élément chromé, ni sur les enjoliveurs, ni sur l'encadrement des vitres, ni même au niveau de la calandre. Et il était énorme, et à en juger par son aspect, il avait sans le moindre doute le puissant moteur qui allait avec.

La caisse était du genre de celles qu'on voyait dans les rues de son quartier : le véhicule d'un gros dealer. Sauf qu'ils étaient loin du centre-ville ici, donc c'était seulement un p'tit blanc qui essayait de faire croire qu'il en avait une grosse.

Eminem souleva son sac à dos et en enfila une des bretelles sur l'épaule.

— J'vais voir de plus près.

— Le bus ne va pas tarder. (Jonsey regarda sa montre, en prenant ses désirs pour des réalités.) D'ici cinq, peut-être dix minutes.

— Viens…

— Salut, ducon.

— T'as la trouille ou quoi ? (Le fils de pute leva les mains et commença à mimer l'un des possédés de *Paranormal Activity*.) Oh, dépêche…

Jonsey sortit son flingue et en fourra le canon sous le nez de ce crétin.

— Ça ne me pose aucun problème de te buter tout de suite. Je l'ai déjà fait. Je peux le refaire. Maintenant tire-toi, putain, et rends-toi service. Ferme-la, bordel.

Tandis qu'il soutenait le regard du type, Jonsey se fichait bien de ce qui allait suivre. Tirer sur ce connard. Ou pas. Il s'en foutait.

— OK, OK, OK.

M. Bavard recula et quitta l'arrêt de bus.

Merci, putain.

Jonsey laissa retomber son calibre, croisa les bras, et regarda fixement dans la direction d'où le bus allait surgir, comme si cela pouvait le faire arriver.

Putain de crétin.

Il jeta un nouveau coup d'œil à sa montre. Merde, ça suffisait les conneries. Si un bus retournant en centre-ville se pointait en premier, il monterait dedans et au diable le reste.

Remuant le sac à dos qu'on lui avait dit d'apporter, il sentit les contours durs de la jarre à l'intérieur. Le sac, il comprenait. S'il devait transporter du produit de la cambrousse à la cité, alors oui. Mais la jarre ? À quoi ça pouvait bien servir ?

À moins qu'il s'agisse de poudre non emballée ?

Le fait que C-Rider en personne l'ait choisi pour cette mission avait été franchement cool. Jusqu'à ce qu'il rencontre ce Blanc ; l'idée qu'il était spécial avait alors perdu de sa force. Les instructions du boss avaient été claires : rencontrer le mec à l'arrêt de la 4e Rue. Prendre le dernier bus qui allait en banlieue et attendre. Changer pour prendre une ligne rurale quand le service reprendrait à l'aube. Descendre à l'arrêt Warren County. Marcher un kilomètre et demi jusqu'à une ferme.

C-Rider devait les retrouver là-bas avec tout un tas d'autres mecs pour faire affaire. Et après, Jonsey ferait partie d'une nouvelle équipe prête à dominer Caldwell.

Ça lui plaisait. Et total respect à C-Rider : cet enfoiré était un vrai caïd, qui officiait au sommet de la hiérarchie dans le ghetto ; un ponte.

Mais si les autres étaient comme Eminen…

Le ronronnement d'un moteur lui fit croire qu'un véhicule, quel qu'il soit, affichant le logo des transports de Caldwell avait fini par arriver, et il se leva…

— J'y crois pas, souffla-t-il.

Le Hummer noir s'était arrêté juste devant l'abribus et, quand la vitre avant gauche s'abaissa, Jonsey vit Petit Blanc complètement surexcité derrière le volant, et pas seulement parce que Cypress Hill hurlait dans les haut-parleurs.

— Monte ! Allez ! Monte !

— Mais qu'est-ce que t'as foutu ? bégaya Jonsey, alors même qu'il contournait le 4 × 4 au pas de course et sautait sur le siège passager.

Putain de bordel de merde, ce connard n'était finalement pas un crétin complet, pas après avoir piqué un engin pareil.

Le type mit le pied au plancher, le moteur rugit, et les pneus cloutés accrochèrent la neige pour les propulser à 80 kilomètres-heure.

Jonsey se cramponna comme il put au tableau de bord pendant qu'ils grillaient un feu rouge à fond de train, avant de grimper sur un trottoir et de traverser le parking d'un supermarché. Comme ils atteignaient l'autre côté, la musique couvrait l'alarme signalant que les ceintures de sécurité n'étaient pas bouclées.

Jonsey se mit à sourire.

— Putain, oui, enfoiré ! Espèce de dingue, espèce de gros malade… !

— Je crois que c'est Justin Bieber.

Debout devant un rayon de chips, Vhif regardait le haut-parleur inséré dans les dalles du plafond au-dessus de sa tête.

— Ouais. C'est ça, et je déteste le fait de le savoir.

À côté de lui, John Matthew signa :

— *Comment tu le sais ?*

— Ce petit merdeux est partout. (Pour étayer son affirmation, il pointa du doigt le présentoir des cartes de vœux sur lesquelles figurait Petit, Prétentieux et Mon-quart-d'heure-de-célébrité-touche-à-sa-fin.) Je te jure, ce gamin est la preuve de la venue de l'Antéchrist sur Terre.

— *Il est peut-être déjà là.*

— Ça expliquerait Miley Cyrus.

— *Bien vu.*

Pendant que John reprenait la contemplation de ses apéritifs préférés, Vhif passa de nouveau en revue le magasin. Il était 4 heures du matin, et la supérette était parfaitement approvisionnée et totalement vide de monde, à l'exception d'eux deux et du caissier, qui lisait le *National Enquirer* en mangeant un Snickers.

Pas d'éradiqueur en vue. Ni de bande de salopards.

Rien sur quoi tirer.

Sauf si le présentoir de Bieber comptait.

— *Qu'est-ce que tu vas prendre ?* demanda John.

Vhif haussa les épaules et continua son examen des lieux. En tant qu'*ahstrux nohtrum* de John, il devait s'assurer que celui-ci revenait à la demeure de la Confrérie chaque nuit en un seul morceau, et après plus d'un an, jusqu'ici, tout allait bien…

Mon Dieu, Blay lui manquait.

Secouant la tête, il tendit le bras au hasard pour piocher dans le rayon. Quand il ramena sa main vers lui, il tenait des chips à la crème aigre et à l'oignon.

Pendant qu'il observait le logo de la marque et le visuel d'une chips en gros plan sur le paquet, il ne songea plus qu'à la façon dont lui, John et Blay avaient autrefois coutume de traîner chez les parents de ce dernier, passant leur temps à jouer à la Xbox, à boire des bières et à rêver à la vie meilleure et plus grande qu'ils auraient après la transition.

Malheureusement, « meilleure et plus grande » ne s'était appliqué qu'à leur force physique et à leur taille. Même s'il ne s'agissait peut-être que de son point de vue à lui. Après tout, John était heureux en union. Et Blay était avec…

Merde, il n'arrivait même pas à prononcer le nom de son cousin dans sa tête.

— C'est bon pour toi, J. ? demanda-t-il d'une voix enrouée.

John Matthew prit un paquet de Doritos « Original » et hocha la tête.

— *Occupons-nous des boissons.*

Comme ils s'enfonçaient dans le magasin, Vhif regretta de ne pas être dans le centre-ville, en train de se battre dans les ruelles contre l'un de leurs deux ennemis. Ces banlieues offraient trop de temps morts qui l'exposaient à bien trop ressasser son histoire avec…

Il s'interrompit une fois de plus.

Bref. En outre, il détestait avoir le moindre contact avec la *glymera*, et c'était réciproque. Malheureusement, les membres de l'aristocratie revenaient peu à peu à Caldwell, et cela signifiait que Kolher devait être submergé d'appels de nobles signalant la prétendue présence d'éradiqueurs autour de leurs demeures.

Comme si les non-morts de l'Oméga n'avaient rien de mieux à faire que rôder autour d'arbres fruitiers nus et de piscines gelées.

Néanmoins, le roi n'était pas en position d'envoyer promener ces enfarinés. Pas depuis que Xcor et sa bande de salopards avaient logé une balle dans la gorge royale.

Des traîtres. Des enfoirés. Avec un peu de chance, Viszs réussirait à prouver sans l'ombre d'un doute d'où venait le coup de fusil, et alors ils pourraient éventrer les soldats, enfoncer leurs têtes sur des piques et mettre le feu à leurs cadavres.

De même qu'on découvrirait qui exactement au Conseil était de mèche avec leur nouvel ennemi.

Oui, « convivialité » était le nouveau mot d'ordre, donc une nuit par semaine, chacune des équipes atterrissait ici, dans le quartier où il avait grandi, frappait aux portes et regardait sous les lits.

Dans des maisons semblables à des musées qui lui foutaient bien plus les jetons que n'importe quel passage souterrain sombre du centre-ville.

Une tape sur son avant-bras lui fit tourner la tête.

— Oui ?

— *J'allais te poser la même question.*

— Hein ?

— *Tu t'es arrêté là. Et tu es resté planté à regarder… eh bien, tu sais.*

Vhif fronça les sourcils et jeta un coup d'œil au rayon devant lui. Il perdit aussitôt le fil de ses pensées, ainsi qu'une partie du sang qui lui irriguait la tête.

— Oh ouais… euh… (Merde, quelqu'un avait-il augmenté le chauffage ?) Hem.

Des biberons. Du lait en poudre. Des bavoirs, des lingettes pour bébé et des coton-tige. Des tétines. Des bouteilles. Une espèce d'engin…

Oh, mon Dieu, un tire-lait.

Vhif opéra un virage à cent quatre-vingts degrés si rapide qu'il se retrouva face à face avec des paquets de couches-culottes. Cette vision le conduisit à se retourner immédiatement vers le rayon consacré à l'allaitement maternel et il finit par sortir de l'espace bébé après une dernière volte-face sur les couches.

Bébé. Bébé. Bébé…

Oh, bien. Il avait réussi à atteindre la caisse.

Plongeant la main dans sa veste de motard, il en tira son portefeuille et se tourna pour prendre les chips de John.

— Passe-moi ta bouffe.

Comme celui-ci protestait, en articulant les mots parce qu'il avait les mains pleines, Vhif s'empara des jus de fruits et des Doritos qui perturbaient la communication.

— Voilà. Pendant qu'on nous compte les articles, tu peux me hurler dessus correctement.

Et ça alors, les mains de John s'agitèrent en tous sens pour former différentes variations autour de « Je me souviendrai de cela » en langage des signes.

— Il est sourd ? demanda le caissier en chuchotant.

Comme si quelqu'un parlant en langue des signes était une espèce de fou.

— Non. Aveugle.

— Oh.

Comme l'homme continuait à dévisager John, Vhif eut envie de le cogner.

— Vous vous activez, ou quoi ?

— Oh… oui. Hé, vous avez un tatouage sur le visage. (M. l'Observateur scannait lentement les articles, comme si les codes-barres sur les paquets opposaient une sorte de résistance aérodynamique à son lecteur laser.) Vous savez ?

Vraiment.

— Je ne l'aurais pas cru.

— Vous êtes aveugle, vous aussi ?

Ce mec était stupide. Vraiment.

— Ouais.

— Oh, c'est pour ça que vos yeux sont bizarres.

— Oui. C'est ça.

Vhif sortit un billet de 20 et n'attendit pas qu'on lui rende la monnaie ; commettre un meurtre était juste un tout petit peu trop tentant. Après un signe de tête à John, qui regardait lui aussi ce charmant jeune homme d'un œil noir, il se dirigea vers la sortie.

— Et votre monnaie ? lui lança le caissier.

— Je suis également sourd. Je ne vous entends pas.

Le type cria plus fort :

— Je la garde alors, OK ?

— Ça me va, hurla Vhif par-dessus son épaule.

Cet idiot était un crétin cinq étoiles. Vraiment.

Tandis qu'il franchissait le portique de sécurité, Vhif se dit que c'était un miracle que des humains comme celui-ci survivent.

Et que cet enfoiré soit même capable d'enfiler son pantalon à l'endroit et d'utiliser une caisse enregistreuse.

Les miracles ne cesseraient-ils donc jamais ?

Il poussa la porte pour sortir et le froid l'enveloppa, le vent lui ébouriffa les cheveux et des flocons de neige s'engouffrèrent dans ses narines…

Vhif s'arrêta.

Il regarda à gauche, puis à droite.

— Qu'est-ce que… Où est mon Hummer ?

Du coin de l'œil, il aperçut les mains de John qui remuaient comme s'il se demandait la même chose. Puis ce dernier pointa du doigt la neige fraîchement tombée… et les profondes empreintes laissées par quatre énormes pneus qui avaient effectué un large demi-tour avant de sortir du parking.

— Bordel de putain de merde ! s'exclama Vhif, les dents serrées.

Et il avait cru que M. l'Observateur remportait la palme de la bêtise ?

Chapitre 2

Dans la demeure de la Confrérie, Blaylock était assis, nu, au bord de son lit : sa peau était encore rouge de la friction des corps et un voile de sueur recouvrait sa poitrine et ses épaules. Son pénis était flasque entre ses cuisses à force d'orgasmes, et ses hanches douloureuses d'avoir effectué tant de va-et-vient. À l'autre extrémité de sa personne, sa respiration était laborieuse, sa chair exigeant un petit peu plus d'oxygène que ne pouvaient en fournir ses poumons.

C'est donc tout naturellement qu'il tendit la main pour attraper le paquet de cigarettes qu'il conservait sur sa table de chevet.

Son amant prenait une douche dans la salle de bains de l'autre côté de la chambre et le bruit du ruissellement d'eau ainsi que l'odeur épicée du savon artisanal lui étaient douloureusement familiers.

Cela faisait-il vraiment près d'un an ?

Sortant une cigarette, il prit le briquet ancien Van Cleef & Arpels que Sax lui avait offert pour son anniversaire. Il était en or et orné du Serti Mystérieux en rubis, caractéristique de la marque, un objet exquis des années 1940 qui ne manquait jamais de ravir l'œil… ou de remplir son rôle.

Quand la flamme surgit, la douche cessa de couler.

Blay se pencha vers la langue de feu, inhala, puis referma le capuchon. Comme toujours, un léger parfum d'essence s'attarda dans l'air, dont la saveur douce se mêla à celle de la fumée qu'il exhala…

Vhif détestait la cigarette.

Il l'avait toujours désapprouvée.

Ce qui, vu le nombre de pratiques scandaleuses auxquelles celui-ci avait l'habitude de s'adonner, était franchement offensant.

S'envoyer en l'air avec d'innombrables étrangers dans les toilettes d'un club ? Pratiquer le triolisme avec des mâles et des femelles ? Se faire poser des piercings ? Ou tatouer à divers endroits du corps ?

Et ce type « désapprouvait » le tabac. Comme s'il s'agissait d'une abominable habitude qu'aucune personne saine d'esprit ne se risquerait jamais à expérimenter.

Dans la salle de bains, le sèche-cheveux que Sax et lui partageaient vrombit, et Blay s'imagina sans peine cette chevelure blonde qu'il avait empoignée et tirée sèchement en arrière à peine quelques minutes plus tôt, flotter dans le courant d'air artificiel, réfléchissant la lumière et scintillant de reflets naturels.

Saxton était beau, il avait la peau lisse, le corps bien dessiné et un goût parfait.

Mon Dieu, les vêtements de sa garde-robe. Incroyable. C'était comme si Gatsby le Magnifique avait jailli des pages du roman, descendu la 5e Avenue et racheté toutes les maisons de haute couture.

Vhif ne s'habillait jamais ainsi. Il portait des tee-shirts avec un treillis ou un pantalon en cuir, et arborait toujours la même veste de motard qu'il avait récupérée juste après sa transition. Pas de chaussures raffinées pour lui, mais des baskets avec des semelles aussi épaisses que des pneus de camion. Ses cheveux ? Coiffés à la va-vite. Son parfum ? L'odeur de la poudre et de l'orgasme.

Merde, depuis toutes ces années que Blay le connaissait, et cela remontait quasiment à sa naissance, il ne l'avait jamais vu en costume.

C'était à se demander si Vhif savait qu'on avait le droit de posséder un smoking, et pas seulement d'en louer un.

Si Saxton était l'image même de l'aristocrate, Vhif faisait carrément voyou…

— Tiens. Mets tes cendres là-dedans.

Blay redressa brusquement la tête. Saxton était nu, parfaitement coiffé et parfumé à l'eau de Cologne, et il lui tendait le lourd cendrier en cristal qu'il lui avait offert pour le solstice d'été. Celui-ci aussi datait des années 1940 et pesait aussi lourd qu'une boule de bowling.

Blay obtempéra, prit l'objet et le maintint en équilibre dans sa paume.

— Tu vas travailler ?

Comme si ce n'était pas évident ?

— En effet.

Saxton se retourna et exhiba un postérieur spectaculaire pendant qu'il se dirigeait vers le placard. Techniquement, il était censé vivre à côté, dans l'une des chambres d'amis libres mais, au fil du temps, ses vêtements avaient migré ici.

Le tabac ne le dérangeait pas. Il partageait même une cigarette avec Blay de temps en temps après un… corps à corps particulièrement énergique.

— Comment ça se passe ? demanda Blay en soufflant de la fumée. Ta mission secrète.

— Plutôt bien. J'ai presque fini.

— Cela veut-il dire que tu peux enfin me révéler de quoi il s'agit ?

— Tu le découvriras bien assez tôt.

Comme le bruissement d'une chemise que l'on déplie lui parvenait en provenance du dressing, Blay retourna sa cigarette et en regarda fixement l'extrémité incandescente. Saxton travaillait sur un projet top secret pour le roi depuis l'automne, et il ne s'était livré à aucune confidence sur l'oreiller à ce sujet, ce qui était sans doute l'une des nombreuses raisons pour lesquelles Kolher avait fait du mâle son avocat personnel. Saxton était aussi discret qu'un coffre-fort.

Vhif, d'un autre côté, n'avait jamais été capable de garder un secret. Qu'il s'agisse de fêtes surprises, de ragots, ou de détails personnels embarrassants comme le fait d'avoir couché avec une prostituée de bas étage...

— Blay ?

— Je te demande pardon, qu'y a-t-il ?

Saxton sortit du dressing, vêtu d'un costume trois-pièces en tweed Ralph Lauren.

— J'ai dit : je te retrouve au Dernier Repas.

— Oh. Est-il si tard ?

— Oui. Tout à fait.

Visiblement ils avaient raté le Premier Repas de la journée à force de s'envoyer en l'air, et c'était ainsi qu'ils fonctionnaient depuis...

Seigneur. Il ne pouvait même pas penser à ce qui était arrivé à peine une semaine plus tôt. Il ne pouvait même pas mettre des mots sur ce qu'il ressentait à voir s'accomplir la seule chose qui l'avait jamais préoccupé, juste sous ses yeux.

Et il avait cru qu'être rejeté par Vhif était douloureux ?

Voir celui-ci attendre un bébé avec une femelle...

Zut, il devait répondre à son amant, pas vrai ?

— Oui, tout à fait. Je te vois plus tard.

Il y eut un instant d'hésitation, puis Saxton s'approcha et déposa un baiser sur les lèvres de Blay.

— Tu n'es pas de service, ce soir ?

Blay hocha la tête, en écartant sa cigarette pour ne pas brûler les beaux vêtements du mâle.

— J'avais l'intention de lire le *New Yorker* et peut-être de commencer à visionner le film *Du haut de la terrasse*.

Saxton sourit, appréciant visiblement l'attrait des deux.

— Comme je t'envie. Quand j'en aurai fini, je prendrai quelques nuits de congé pour me détendre.

— Nous pourrions peut-être aller quelque part.

— Peut-être, oui.

Une expression de tristesse tendit brièvement les traits de ce beau visage. Parce que Saxton savait qu'ils n'iraient nulle part.

Et pas uniquement parce qu'un séjour en pension complète ne faisait pas partie de leur avenir.

— Porte-toi bien, dit Saxton en effleurant la joue de Blay d'un doigt replié.

Blay lui mordilla la main.

— Toi aussi.

Un instant plus tard, la porte s'ouvrit puis se referma… et il se retrouva seul. Assis sur le lit défait, dans le silence qui semblait l'écraser de toutes parts, il fuma sa cigarette jusqu'au filtre, l'écrasa dans le cendrier, et en alluma une autre.

Fermant les yeux, il tenta de se rappeler les gémissements de Saxton, le dos du mâle qui s'arc-boutait ou la sensation de sa peau sur la sienne.

Peine perdue.

Et c'était bien là le cœur du problème.

— Laisse-moi résumer la situation, dit V. d'une voix doucereuse à l'autre bout du fil. Tu as perdu ton Hummer.

Vhif eut envie de lui fracasser le crâne contre une vitre.

— Oui. C'est ça. Alors est-ce que tu pourrais…

— Comment as-tu pu perdre un véhicule de trois tonnes et demie ?

— Ce n'est pas important…

— Eh bien, en fait ça l'est si tu veux que j'accède au GPS pour te dire où retrouver ce satané engin ; ce qui est la raison de ton appel, pas vrai ? À moins que tu croies que la confession sans les détails est bonne pour l'âme, ou une connerie du genre ?

Vhif resserra sa prise sur son téléphone.

— Jailaissélesclésdedans.

— Je te demande pardon ? Je n'ai pas compris.

Tu parles.

— J'ai laissé les clés dedans.

— C'était parfaitement idiot, fiston.

Sans déconner.

— Alors est-ce que tu peux m'aider… ?

— Je viens de t'envoyer le lien par mail. Juste une chose : quand tu auras récupéré ton véhicule…

— Oui ?

— Vérifie que les voleurs n'ont pas pris un moment pour avancer le siège… tu sais, pour se mettre à l'aise, tout ça. Parce qu'ils n'étaient sans doute pas pressés, vu qu'ils avaient les clés. (Entendre les ricanements de Viszs était comme se faire frapper dans les couilles avec un pare-chocs.) Écoute, je dois y aller. J'ai besoin de mes deux mains pour me tenir le ventre pendant que je me fous de ta gueule. À plus.

Quand l'appel s'acheva, Vhif prit un moment pour réprimer le désir de balancer son téléphone.

Oui, parce que perdre aussi ce truc allait vraiment l'aider à résoudre le problème.

Chercher dans sa boîte Hotmail tout en se demandant combien de temps il faudrait à cette histoire pour se faire oublier lui permit de localiser sa satanée voiture.

— Elle se dirige vers l'ouest. (Il inclina le téléphone afin que John puisse voir.) Allons-y.

Tandis qu'il se dématérialisait, Vhif eut vaguement conscience que sa rage était disproportionnée par rapport au problème : alors que ses molécules s'éparpillaient dans les airs, il se sentait comme une mèche allumée sur le point d'entrer en contact avec de la dynamite, et pas seulement parce qu'il s'était comporté en crétin, ou qu'il n'avait plus de voiture ou qu'il passait pour un idiot aux yeux d'un des mâles qu'il respectait le plus au sein de la Confrérie.

Il y avait tellement d'autres merdes.

Reprenant forme sur une route de campagne, il consulta une fois de plus son téléphone et attendit que John se pointe. Quand le combattant apparut, il recalcula la direction à suivre et ils allèrent plus loin à l'ouest, se rapprochant de la voiture, au fur et à mesure qu'il triangulait sa position… jusqu'à ce que Vhif reprenne forme sur la bande d'asphalte glacée où se trouvait son putain de Hummer.

À environ une centaine de mètres devant le véhicule.

Le fils de pute au volant roulait à 80 kilomètres-heure dans la neige et s'apprêtait à prendre un virage. Quel…

Eh bien, les traiter d'idiots, c'était exactement le genre de qualificatif qui risquait encore de s'appliquer à lui d'ici à la fin de la nuit, vu la mauvaise tournure que les événements avaient tendance à prendre ces derniers temps.

— *Laisse-moi tirer dans les pneus*, signa John, comme s'il savait qu'un flingue entre les mains de Vhif n'était pas la meilleure des idées en ce moment.

Mais avant qu'il ait pu dégainer son calibre .40, Vhif s'était dématérialisé… pile sur le capot du 4 × 4.

Il atterrit tête la première contre le pare-brise, et ressembla à un gigantesque insecte écrasé lorsqu'une forte rafale de vent lui plaqua le dos contre le verre. Puis la situation vira au comique quand il salua les deux mecs à l'avant et saisit leurs expressions sidérées grâce à la lueur du tableau de bord… juste avant que son idée géniale se transforme en connerie numéro deux de la soirée.

Au lieu d'appuyer sur le frein, le conducteur donna un brusque coup de volant, comme s'il pouvait éviter ce qui avait déjà atterri sur le capot du Hummer. L'embardée projeta Vhif dans les airs, et ce dernier profita de l'apesanteur pour pivoter sur lui-même afin de garder un œil sur sa caisse.

Apparemment, ce fut lui le chanceux de l'histoire.

Vu que l'aérodynamique et les capacités de freinage n'étaient pas les points forts des Hummer, les lois de la physique eurent tôt fait de reprendre leurs droits sur ce tas de ferraille hyper lourd qui bascula sur le côté et partit en tonneaux. Ce faisant, et en dépit de la couche de neige, le métal percuta l'asphalte, et un cri perçant retentit dans la nuit…

Le bruit de tonnerre du 4 × 4 entrant en collision avec un objet solide de la taille d'une maison mit fin au vacarme. Vhif ne prêta pourtant guère attention à l'impact, parce qu'il atterrit également brutalement de son côté. Sa hanche et son épaule heurtèrent violemment la route et son corps effectua sa propre version du cochon graissé dévalant la chaussée couverte de neige…

CRAC!

Son élan fut stoppé net lui aussi, quand quelque chose de dur lui cogna la tête…

À en juger par l'éblouissement spectaculaire qu'il ressentit soudain, quelqu'un avait dû allumer un fumigène juste devant son visage. Puis il y eut un moment digne d'un dessin animé lorsque de petites étoiles traversèrent son champ de vision tandis que la douleur commençait à se manifester à divers endroits de son corps.

Prenant appui sur ce qui se trouvait à sa portée, sans savoir avec certitude s'il s'agissait du sol, d'un arbre ou de ce gros Père Noël en manteau rouge, il roula sur le dos. Comme il gisait par terre, le froid se propagea à sa tête, ce qui eut le mérite d'engourdir un peu ses sensations.

Il avait l'intention de se lever. De vérifier l'état du Hummer. De tabasser celui qui avait tiré parti de sa minute blonde. Mais ce n'était qu'un jeu solitaire de son cerveau. Car son corps s'était emparé du volant et de l'accélérateur et n'avait aucune intention de se remettre en route.

Tandis qu'il était étendu aussi immobile que possible et soufflait des nuages de vapeur irréguliers, il sentit le temps ralentir et se brouiller. L'espace d'une seconde, il ne sut pas bien ce qui l'avait mis dans cet état, au bord la route. L'accident qu'il avait causé?

Ou… cette garde d'honneur qui datait d'avant les attaques?

Est-ce que le fait qu'il soit couché sur l'asphalte était un souvenir de son passé ou quelque chose en train d'arriver réellement?

La bonne nouvelle, c'était que distinguer le vrai du faux permit à son cerveau de faire autre chose que continuer à lui marteler de se bouger le cul. La mauvaise, c'était que les souvenirs de la nuit où sa famille l'avait renié étaient plus douloureux que tout ce qu'il ressentait dans sa chair en ce moment même.

Seigneur, tout était si net dans sa mémoire : le *doggen* qui lui apportait les papiers officiels et demandait du sang pour le rituel de purification. Lui qui jetait son sac sur son épaule et sortait de la maison pour la dernière fois. La route qui s'étirait devant lui, vide et noire…

Cette route, comprit-il. C'était cette route-là qu'il avait empruntée. Ou… sur laquelle on l'avait tabassé… peu importe. Quand il avait quitté la maison de ses parents, il avait eu l'intention de se diriger vers l'ouest, où il avait entendu dire que vivait un clan d'enfoirés renégats comme lui. Au lieu de quoi, quatre mâles s'étaient pointés, vêtus de robes à capuche, et l'avaient battu à mort, au sens propre. Il était arrivé à la porte de l'Estompe et, sur le seuil, il avait vu un avenir auquel il n'avait pas cru… jusqu'à ce qu'il se concrétise. En ce moment même. Avec Layla…

Oh, regardez, John était en train de lui parler.

Juste devant ses yeux, les mains du mâle esquissaient des gestes, pour ainsi dire, et Vhif avait l'intention de lui donner de ses nouvelles…

— Est-ce que c'est réel ? marmonna-t-il.

John parut momentanément désorienté.

Ce devait être réel, se dit Vhif. Parce que la garde d'honneur était venue le trouver en plein été, et qu'il inhalait de l'air froid.

— *Ça va ?* articula John tout en signant.

S'appuyant d'une main sur le sol enneigé, Vhif poussa de toutes ses forces. Comme il ne réussit pas à se soulever de plus d'un ou deux centimètres, il laissa les faits parler d'eux-mêmes… et s'évanouit.

Chapitre 3

Le reniflement caractéristique d'un rail de coke aspiré le long d'une cloison nasale déviée poussa l'homme devant la porte à resserrer la prise sur son couteau.

Enfoiré. Quel enfoiré.

Ne pas consommer, c'était la première règle d'un dealer prospère. Les drogués qui finançaient les affaires consommaient. Les associés sur lesquels il fallait exercer une pression consommaient. Les putes qu'on mettait sur le trottoir consommaient.

Mais la direction ne consommait pas. Jamais.

Cette logique était si évidente qu'elle en était fondamentale, et ne différait en rien de, disons : fréquenter un casino et, alors que l'on possède des bâtiments de cinq cent mille mètres carrés, assez à manger pour nourrir un petit pays et des dorures dans chaque habitation…, être surpris de perdre tout son argent. Si prendre de la drogue était une idée si géniale, alors pourquoi tant de gens en mouraient-ils si régulièrement, ou détruisaient des vies pour elle, ou se faisaient jeter en prison à cause d'elle ?

Sale crétin.

L'homme tourna la poignée et poussa. Bien entendu, la porte n'était pas verrouillée et, quand il pénétra dans la pièce sordide, la puanteur de talc pour bébé l'aurait accablé, s'il ne s'était pas habitué à l'odeur sur lui-même.

Ce relent atroce était la seule chose qui lui déplaisait dans le changement. Tout le reste – la force, la longévité, la liberté – il kiffait. Mais bon sang, l'odeur.

Quelle que soit la quantité de parfum dont on s'aspergeait, il était impossible de s'en débarrasser.

Et oui, baiser lui manquait également.

En dehors de cela, la Société des éradiqueurs était son ticket d'entrée pour dominer le monde.

Les reniflements cessèrent et le Grand éradiqueur leva les yeux du magazine people sur lequel il avait tracé ses rails. Sous le résidu de poudre, un type du nom de Channing Tatum regardait l'objectif d'un air hyper sexy.

— Eh, qu'est-ce que tu viens faire ici ?

Tandis que ses yeux de fouine injectés de sang s'efforçaient de faire la mise au point, le « Chef » donnait l'impression d'avoir taillé une pipe à un *donut* saupoudré de sucre glace.

— J'ai quelque chose pour toi.

— Du rab ? Oh mon Dieu, comment tu as su ? Il ne m'en reste que cinquante grammes et je...

Connors, alias C-Rider, passa rapidement à l'action : il fit trois pas en avant, allongea le bras et décrivit un large demi-cercle avec son couteau, qui termina sa course dans la tempe du Grand éradiqueur. La lame en acier s'enfonça profondément dans le crâne, tranchant l'os plus fin à cet endroit et transperçant la matière grise cramée.

Le Grand éradiqueur eut une attaque, peut-être à cause de la blessure... mais plus probablement parce que ses glandes surrénales venaient de déverser des litres d'adrénaline dans ses vaisseaux sanguins et que ça se mélangeait mal avec la cocaïne. Quand le petit merdeux s'effondra sur sa chaise et tomba par terre en convulsant, le couteau s'arracha du crâne et resta dans la main de Connors, la lame dégoulinante de sang noir.

Connors croisa le regard choqué de son désormais ancien supérieur et se sentit très ragaillardi par sa future promotion. L'Oméga en personne était venu le voir et lui avait offert le poste, reconnaissant sans doute, comme eux tous, qu'on ne voulait pas d'un skateur à la tête d'une organisation plus importante qu'une partie de poker. Oui, bien sûr, ce mec avait eu son utilité lorsqu'il s'était agi de grossir les rangs. Mais la quantité ne remplaçait pas la qualité, et il n'y avait pas besoin de l'armée de terre, de la Marine, de l'armée de l'air ou des marines pour comprendre que la Société des éradiqueurs était envahie de délinquants juvéniles sans foi ni loi, atteints d'hyperactivité.

Il était difficile de mettre en place un quelconque projet sérieux dans ces conditions, à moins d'avoir un vrai pro à la tête du merdier.

C'était la raison pour laquelle l'Oméga avait monté cette opération.

— Qu…

— T'es viré, espèce d'enfoiré.

Le dernier acte de cette retraite forcée survint avec un second coup de couteau, en plein milieu de la poitrine cette fois. Avec un claquement et un nuage de fumée, le changement de régime fut achevé.

Et Connors se retrouva à la tête de tout.

Le pouvoir de son nouveau statut le fit sourire un instant… jusqu'à ce qu'il parcoure la pièce du regard. Bizarrement, il pensa à cette publicité pour un désodorisant, dans laquelle on vaporisait abondamment du spray dans un lieu crasseux avant de faire venir « de vrais gens, pas des acteurs » sur place pour renifler l'endroit après qu'on leur avait bandé les yeux.

Merde, il ne manquait que des restes de nourriture – qui étaient inexistants, vu que les tueurs n'avaient plus besoin de manger –, sinon tout dans la pièce était sale et délabré : le plafond montrait des taches de moisissure, le mobilier était minable, le robinet fuyait… sans compter la présence de toutes les saloperies générées par les addictions aux différentes drogues de synthèse, comme des seringues, des cuillères, y compris un labo à meth fabriqué dans une bouteille de Sprite de deux litres posée dans un coin.

Ce n'était pas le siège du pouvoir. C'était un dépotoir à drogués.

Connors se pencha pour ramasser le portable du petit merdeux. L'écran était fêlé et il y avait une zone collante au dos. L'appareil n'était pas protégé par un mot de passe et, quand il consulta les textos, il s'aperçut que tout un tas de lèche-culs avaient surchargé la messagerie de SMS de félicitations pour la cérémonie d'initiation qui devait avoir lieu ce soir-là.

Mais le Grand éradiqueur avait tout ignoré de cette cérémonie. Ce n'était pas son boulot.

Pourtant, Connors n'allait pas en profiter pour se venger. Ces connards de lèche-bottes essayaient seulement de rester en vie et iraient tailler une pipe à n'importe qui pour continuer à respirer : il s'attendait totalement à ce que les mêmes lui envoient des messages, et il voulait qu'ils le fassent. Les hypocrites avaient leur utilité dans le vaste plan de l'univers.

Et, merde, il avait du pain sur la planche.

D'après ce qu'il avait compris durant son heureusement brève période de lèche-cul, il restait peu de choses à la Société des éradiqueurs en termes d'armes, de munitions ou d'argent. Pas de liquide, parce que ce qui provenait des minables larcins était immédiatement sniffé par le petit merdeux ou injecté dans ses veines. Pas de liste d'initiés, pas d'organisation des troupes, pas d'entraînement.

Il fallait vite reconstruire…

Un courant d'air glacé traversa la pièce, et Connors se retourna. L'Oméga avait surgi de nulle part : la robe blanche du Mal scintillait violemment et l'ombre noire sous lui donnait l'impression d'être un gouffre sans fond.

Le dégoût qui traversa Connors était un sentiment auquel il allait devoir s'habituer. L'Oméga avait toujours aimé entretenir une relation particulière avec son Grand éradiqueur, et la rumeur prétendait que c'était peut-être la raison pour laquelle ils duraient rarement longtemps.

Mais bon, vu ceux qu'il choisissait…

—Je me suis occupé de lui, dit Connors, en désignant du menton la marque de brûlé sur le sol.

— Je sais, répondit l'Oméga dont la voix déformée traversa l'air fétide et glacial.

Dehors, une rafale de vent projeta de la neige contre les vitres et une brèche dans l'encadrement de la fenêtre laissa passer quelques flocons à l'intérieur. Une fois dans la pièce, ils tombèrent en scintillant sur le sol mais ne fondirent pas, car la présence du maître maintenait la température suffisamment bas.

— Il est de retour à la maison, désormais. (L'Oméga s'avança comme une bourrasque, sans donner la moindre preuve que des jambes lui permettaient de se déplacer.) Et je suis très content.

Connors ordonna à ses pieds de rester immobiles. Il n'y avait nulle part où se réfugier, ni aucun moyen de s'échapper : il devait seulement supporter ce qui allait suivre.

Au moins, il s'y était préparé.

— J'ai de nouvelles recrues pour vous.

L'Oméga s'arrêta.

— Ah bon ?

— Un tribut, en l'occurrence.

Ou plutôt, un point final à ce merdier : il devait bientôt sortir, et il avait soigneusement planifié ces deux événements de façon rapprochée. L'Oméga, après tout, aimait ses jouets, mais il aimait encore plus sa Société et son projet d'éliminer les vampires.

— Voilà qui me rend infiniment heureux, chuchota l'Oméga en se rapprochant. Je crois que nous allons bien nous entendre… monsieur C.

Chapitre 4

L'Élue Layla avait vécu sans souffrir d'aucun trouble physique pendant toute son existence. Née au sein du sanctuaire de la Vierge scribe, et élevée dans l'exceptionnelle et surnaturelle quiétude qui régnait là-bas, elle n'avait jamais connu ni la faim, ni la fièvre, ni douleur d'aucune sorte. Elle n'avait jamais eu à endurer ni la chaleur, ni le froid, ni contusions, ni commotions, ni contractions de quelque type que ce soit. Son corps avait été, ainsi qu'il en allait de toutes choses dans l'espace le plus sacré de la Mère de l'espèce, toujours le même organisme tranquille, un parfait spécimen qui fonctionnait au plus haut niveau…

— Oh, mon Dieu, laissa-t-elle échapper tandis qu'elle se jetait hors du lit et titubait jusqu'à la salle de bains.

Ses pieds nus dérapèrent sur le marbre quand elle se mit à genoux, souleva l'abattant des toilettes et se pencha pour se retrouver nez à nez avec le trou de la cuvette.

— Allez… vas-y…, haleta-t-elle pendant qu'une nouvelle vague de nausée secouait son corps jusqu'à ce que même ses orteils se recroquevillent pour s'agripper au sol. Je t'en prie… pour l'amour de la Vierge scribe…

Si elle parvenait à vider le contenu de son estomac, cette torture cesserait certainement…

Plongeant l'index et le majeur dans sa gorge, elle les enfonça si violemment qu'elle s'étouffa. Mais cela n'alla pas plus loin. Son diaphragme ne réagit pas et ne libéra pas la viande gâtée et graisseuse que son estomac refusait de digérer… non qu'elle ait vraiment mangé une chose pareille – ou quoi que ce soit d'autre – depuis… depuis combien de temps ? Des jours.

C'était peut-être là le problème.

Un bras plaqué contre les hanches, elle appuya son front en sueur contre le rebord dur et froid de la cuvette et tenta de respirer en prenant de brèves inspirations, parce que la sensation de l'air descendant et remontant le long de sa trachée ne faisait qu'exacerber son envie de vomir.

Quelques jours plus tôt, lors de ses chaleurs, son corps avait pris le contrôle et le besoin de s'unir avait été assez puissant pour balayer toute pensée et toute émotion. Cette suprématie du corps sur l'esprit n'avait pas duré et, en même temps que les douleurs et les maux consécutifs aux multiples accouplements avaient reflué pour disparaître, sa peau et ses os avaient regagné leur place sur la banquette arrière et son cerveau repris le volant.

L'équilibre était rompu une fois de plus.

Renonçant à se faire vomir, elle se redressa avec précaution, et s'adossa contre le mur de marbre heureusement froid.

Vu à quel point elle se sentait mal, elle ne pouvait qu'en déduire qu'elle était en train de perdre le bébé. Elle n'avait jamais vu personne au sanctuaire souffrir de la sorte… Ces symptômes étaient-ils normaux ici, sur Terre ?

Fermant les yeux, elle regretta de ne pouvoir parler de tout cela à quelqu'un. Mais très peu de monde était au courant de son état, et pour le moment, elle devait s'arranger pour que les choses en restent là : la plupart des occupants de la demeure n'avaient absolument pas conscience qu'elle avait eu ses chaleurs ni qu'on l'avait servie pendant ce cycle. La période de fertilité d'Automne s'était manifestée en premier et, en réponse, la Confrérie s'était dispersée aux quatre vents afin d'éviter tout risque d'exposition aux hormones, pour une excellente raison, ainsi qu'elle l'avait personnellement découvert. Quand les gens avaient fini par regagner leurs chambres à la demeure, ses propres chaleurs étaient passées et les flux hormonaux résiduels avaient été attribués par tout un chacun à Automne.

Mais les deux pièces de sa chambre ne suffiraient pas à préserver le secret, si la grossesse se poursuivait. Tout d'abord, les autres sentiraient bientôt son état, notamment les mâles, qui étaient particulièrement sensibles à ce genre de chose.

Et d'autre part, d'ici quelque temps, cela commencerait à se voir.

Mais, si elle se sentait si mal, comment le bébé pourrait-il survivre ?

Une crispation diffuse s'installait dans son bas-ventre, comme si son bassin était compressé par une vis invisible, et elle tenta d'orienter son esprit vers quelque chose d'autre que ses sensations physiques.

Des yeux couleur du ciel nocturne lui apparurent.

Des yeux perçants, des yeux qui la contemplaient depuis un visage ensanglanté et déformé… mais beau en dépit de sa laideur.

Bon. Voilà qui n'allait pas améliorer les choses.

Xcor, le chef de la bande de salopards. Un traître conspirant contre le roi, un mâle traqué qui était l'ennemi de la Confrérie et de tous les vampires légitimistes où qu'ils vivent dans le monde. Un fier guerrier né d'une mère noble qui n'avait pas voulu de lui à cause de son visage, et d'un père inconnu qui n'avait jamais revendiqué sa paternité. Un fardeau indésirable trimballé de foyers en orphelinats jusqu'à ce qu'il intègre le camp d'entraînement du Saigneur, dans l'Ancienne Contrée. Un guerrier sans remords entraîné pour accomplir des exploits spectaculaires ; puis, dans sa maturité, un maître de la mort qui parcourait le pays avec un groupe de combattants d'élite, d'abord dirigés par le Saigneur lui-même, puis par Xcor, et nul autre.

La piste des informations glanées à la bibliothèque du sanctuaire s'arrêtait là, car aucune Élue ne mettait plus rien à jour. Mais quant au reste de l'histoire, elle pouvait la compléter seule : la Confrérie croyait que la tentative d'assassinat contre Kolher à l'automne précédent avait été orchestrée par Xcor, et elle avait entendu dire qu'au sein même de la *glymera*, des conjurés travaillaient avec le guerrier.

Xcor. Un mâle traître et brutal dépourvu de conscience, sans loyauté ni principe, hormis celui de se servir lui-même.

Pourtant, quand elle s'était trouvée en sa présence et l'avait regardé dans les yeux, quand elle avait, sans le savoir, nourri ce nouvel ennemi… elle s'était sentie pleinement femelle pour la première fois de sa vie.

Parce qu'il l'avait regardée sans agressivité mais avec…

— Arrête cela, s'admonesta-t-elle à haute voix. Cesse immédiatement.

Comme si elle était un enfant fouillant dans un placard ou quelque chose dans ce goût-là.

Se forçant à se relever, elle resserra les pans de sa robe et résolut de quitter sa chambre pour descendre à la cuisine. Elle avait besoin de changer d'air, et aussi de manger, au moins pour donner à son estomac retourné quelque chose à expulser.

En sortant, elle ne prit pas la peine de vérifier sa coiffure ou sa mine dans le miroir. Elle ne se soucia pas non plus des faux plis éventuels de son vêtement et ne se demanda pas une seconde si ses sandales étaient bien identiques.

Elle avait gaspillé tellement de temps par le passé à se concentrer sur des détails infimes de son apparence.

Elle aurait dû consacrer ce temps à étudier ou à se découvrir une vocation. Mais cela ne faisait pas partie des activités autorisées aux Élues.

Quand elle déboucha dans le couloir, elle prit une profonde inspiration, se calma puis se dirigea vers le bureau du roi…

Devant elle, Blaylock, fils de Rocke, déboula dans le couloir aux statues, les sourcils froncés, entièrement vêtu de cuir, depuis les épaules jusqu'aux semelles de ses énormes bottes. Pendant qu'il avançait à grandes enjambées, il vérifiait ses armes qu'il sortait l'une après l'autre de leurs étuis, avant de les replacer et de boucler les attaches.

Layla s'arrêta net.

Et quand le mâle finit par lever les yeux sur elle, il s'arrêta à son tour, et son regard devint flou.

Les cheveux d'un roux éclatant et les yeux d'un beau bleu saphir, l'aristocrate pur sang combattait pour la Confrérie, mais ce n'était pas une brute. Peu importe le nombre de nuits qu'il passait sur le champ de bataille, au complexe il demeurait un gentilhomme intelligent et courtois, au comportement et à l'éducation impeccables.

Il ne fut donc pas surprenant que, même en pleine précipitation, il s'incline légèrement en guise de salut formel avant de reprendre sa course jusqu'au grand escalier.

Pendant qu'il descendait les marches pour rejoindre le vestibule, la voix de Vhif lui revint en mémoire.

« Je suis amoureux de quelqu'un d'autre… »

Layla céda à sa nouvelle habitude et poussa un juron à voix basse. Les relations entre ces deux guerriers étaient dans un état si pitoyable, et cette grossesse n'allait rien arranger.

Mais les dés avaient été jetés.

Et ils allaient tous devoir continuer à vivre quoi qu'il advienne.

Tandis qu'il dévalait l'escalier, Blay eut l'impression d'être pourchassé, ce qui était ridicule. Personne de menaçant ne se tenait derrière lui. Il n'y avait pas de satyre portant un masque de Jason, ni d'enfoiré complètement taré vêtu d'un horrible pull de Noël et doté de lames en guise de doigts, ni de clown tueur…

Rien qu'une Élue probablement enceinte qui avait passé une bonne dizaine d'heures à baiser son ancien meilleur ami.

Aucun souci.

Du moins, il n'aurait pas dû y en avoir. Mais le problème, c'était que chaque fois qu'il apercevait cette femelle, il avait l'impression de recevoir un coup de poing dans le ventre. Ce qui était dingue, là encore. Elle n'avait rien fait de mal. Pas plus que Vhif d'ailleurs.

Mais, Seigneur, si elle était enceinte…

Blay repoussa toutes ces joyeuses pensées au fond de son esprit, tandis qu'il traversait le vestibule au pas de course. L'heure n'était pas à la psychanalyse, même s'il s'agissait seulement d'introspection : quand Viszs appelait un soir de congé pour vous dire de vous retrouver dehors en tenue dans cinq minutes, ce n'était pas parce que les choses se passaient bien.

On ne lui avait livré aucun détail durant le coup de fil et il n'en avait demandé aucun. Blay avait seulement pris quelques instants pour envoyer un message à Saxton, avant de s'habiller de cuir et de s'armer, prêt à tout.

En un sens, c'était positif. Passer la nuit à lire dans sa chambre s'était révélé une torture, et même s'il ne souhaitait d'ennuis à personne, au moins cet appel qui l'avait obligé à s'activer avait fonctionné à la manière d'un dérivatif. Il se précipita dehors et…

Se retrouva nez à nez avec la dépanneuse de la Confrérie.

L'engin était équipé pour avoir l'air authentiquement humain : il était peint des logos rouges « AAA » et du nom inventé « Murphy Dépannage ». On avait ajouté un faux numéro de téléphone et un faux slogan : « Nous sommes toujours là pour vous ».

Des conneries. À moins, bien entendu, que le « vous » concerne l'un des membres de la Confrérie.

Blay sauta sur le siège passager et découvrit Tohr, et non V., au volant.

— Est-ce que Viszs vient ?

— Il n'y a que toi et moi, petit. Il travaille toujours sur les tests balistiques de cette balle.

Le frère enfonça l'accélérateur, faisant rugir le moteur diesel comme un fauve, les phares décrivirent un large demi-cercle qui éclaira le pourtour de la fontaine de la cour et les voitures garées côte à côte.

Au moment où Blay passait en revue les véhicules et découvrait celui qui manquait à l'appel, Tohr l'informa :

— Il s'agit de Vhif et John.

Blay ferma les paupières pendant une fraction de seconde.

— Que s'est-il passé ?

— Je ne sais pas grand-chose. John a appelé V. pour une aide d'urgence. (Le frère le regarda.) Et toi et moi étions les seuls disponibles.

Blay fit mine de saisir la poignée de la portière, prêt à l'ouvrir et à se dématérialiser.

— Où sont-ils…

— Du calme, fiston. Tu connais les règles. Aucun d'entre nous ne peut sortir seul, donc j'ai besoin que tu gardes ton cul sur ce siège ou j'enfreindrai mes propres foutus principes.

Blay cogna la portière du poing, assez fort pour que la douleur dans sa main lui éclaircisse un peu les idées. Putain de bande de salopards, qui ne cessait de les harceler ; et le fait que cette règle soit pertinente ne faisait que l'énerver encore plus. Xcor et ses potes avaient prouvé qu'ils étaient méfiants, agressifs et complètement dénués de morale, et ce n'était pas exactement le genre d'ennemi qu'on avait envie de rencontrer en se baladant tout seul.

Mais voyons.

Blay s'empara de son téléphone avec l'intention d'envoyer un message à John, mais il se ravisa aussitôt, car il ne voulait pas distraire ses amis en essayant d'obtenir des détails.

— Est-ce que quelqu'un peut les rejoindre rapidement ?

— V. a appelé les autres. Il y a d'importants combats dans le centre-ville et personne ne peut s'en arracher.

— Putain de merde.

— Je roule aussi vite que possible, fiston.

Blay hocha la tête, uniquement pour ne pas paraître grossier.

— Où sont-ils et à quelle distance ?

— À quinze-vingt minutes d'ici, en grande banlieue.

Merde.

Tout en observant les traînées que formait la neige derrière la vitre, il se dit que si John avait envoyé un message, c'était qu'ils étaient en vie et, Dieu merci, il avait demandé une dépanneuse, pas une ambulance. Pour ce qu'il en savait, ils avaient seulement un pneu crevé ou un pare-brise cassé, et se laisser aller à une crise de nerfs n'allait pas réduire la distance, ni calmer les choses si ça chauffait, ni changer l'issue de ce qui s'était passé.

— Désolé de m'être comporté comme un idiot, marmonna Blay au moment où le frère entrait sur l'autoroute.

— Tu n'as pas besoin de t'excuser parce que tu t'inquiètes pour tes potes.

Mince, Tohr était vraiment cool.

Vu l'heure avancée de la nuit, il n'y avait pas la moindre voiture sur l'autoroute du Nord, hormis un ou deux semi-remorques, dont les chauffeurs surexcités roulaient à tombeau ouvert. La dépanneuse ne s'attarda guère sur la quatre-voies. Une dizaine de kilomètres plus loin, ils sortirent très au nord du centre-ville de Caldwell, pour rejoindre une banlieue chic réputée pour ses belles demeures, et non ses ranches, et pour ses Mercedes plutôt que ses Mazda.

— Qu'est-ce qu'ils fichent ici ? demanda Blay.

— Ils enquêtaient sur ces signalements.

— Les signalements d'éradiqueurs ?

— Oui.

Blay secoua la tête pendant qu'ils longeaient des murs de pierre aussi hauts et épais que des rugbymen, ainsi que des portails en fer forgé délicat fermés aux étrangers.

Brusquement, il prit une profonde inspiration et se détendit. Les aristocrates qui revenaient s'installer en ville crevaient de peur et voyaient des preuves d'activité des éradiqueurs partout autour d'eux, ce qui ne voulait cependant pas dire que les tueurs étaient tapis derrière les statues de leurs jardins ni planqués dans leurs sous-sols.

Ce n'était pas un accident mortel, mais une simple panne mécanique.

Blay se frotta le visage et étouffa du même coup sa panique.

Du moins jusqu'à ce qu'ils sortent du quartier et découvrent l'accident.

Alors qu'ils négociaient un virage, ils aperçurent deux phares rouges qui luisaient sur le bas-côté, loin de la voie de dégagement, et à l'envers.

Une simple panne mécanique, tu parles.

Blay jaillit du véhicule avant même que Tohr ait commencé à ralentir, et se dématérialisa droit sur le Hummer.

— Oh, Seigneur, non, gémit-il en apercevant les deux impacts en forme de soleil sur le pare-brise avant ; le genre de chose que seules deux têtes heurtant le verre pouvaient faire.

Il traversa la neige en titubant pour se diriger vers la portière conducteur, tandis que l'odeur douce et piquante de l'essence lui agressait les narines, et que la fumée du moteur le faisait cligner des yeux...

Venu de sa gauche, un sifflement aigu retentit dans la nuit. Blay se tourna dans cette direction et scruta le paysage enneigé... pour découvrir deux formes imposantes à quelques mètres de là, blotties au pied d'un arbre qui faisait presque la taille de celui dans lequel s'était encastré le Hummer.

Luttant contre les bourrasques, Blay se précipita vers elles et atterrit sur les genoux. Vhif était étendu par terre et la partie supérieure de son corps reposait sur les cuisses de John.

Le mâle se contenta de le dévisager de ses yeux vairons, sans bouger ni parler.

— Est-ce qu'il est paralysé ? demanda Blay en levant la tête vers John.

— Pas à ma connaissance, rétorqua sèchement Vhif.

— *Je crois qu'il a une commotion cérébrale*, signa John.

— Je n'ai pas...

— *Il a été projeté du capot de sa voiture et a heurté cet arbre…*

— J'ai évité en grande partie l'arbre…

— *Et j'ai dû le maintenir à terre depuis lors.*

— Ce qui me tape sur le système…

— Comment ça va, les gars ? demanda Tohr qui s'approchait d'eux en faisant crisser la neige sous ses bottes. Quelqu'un est blessé ?

Vhif s'écarta de John et se mit debout.

— Non… nous sommes tous…

À ce moment-là, il vacilla et son corps pencha tellement que Tohr dut le rattraper.

— Tu vas attendre dans le camion, lui dit le frère d'un ton ferme.

— Certainement pas, putain…

Tohr le redressa pour qu'ils se retrouvent face à face.

— Excuse-moi, mon garçon. Qu'est-ce que tu as dit ? Parce que je sais que tu ne viens pas de me balancer une injure, pas vrai ?

OK. Bien. Blay était bien placé pour savoir que, dans la vie, Vhif reculait devant peu de choses ; cela dit, un frère qu'il respectait, et de surcroît, plus que prêt à terminer le boulot entamé par un sapin, en faisait définitivement partie.

Vhif contempla son 4 × 4 en miettes.

— Désolé. Sale nuit. Et j'ai juste eu le vertige pendant une seconde. Ça va.

À sa façon si caractéristique, Vhif se libéra de la poigne de Tohr et s'éloigna, se dirigeant vers le tas de métal fumant autrefois en état de rouler, comme s'il s'était débarrassé de ses blessures par la seule force de sa volonté.

Laissant les trois autres en plan sous l'arbre.

Blay se remit debout et s'efforça de concentrer son attention sur John.

— Que s'est-il passé ?

Dieu soit loué pour le langage des signes ; cela lui donnait quelque chose à regarder et, par chance, John prit son temps pour leur raconter en détail les circonstances de l'accident. Une fois son récit achevé, Blay ne put que dévisager son ami avec stupéfaction. Mais voyons, comme si quelqu'un pouvait inventer une histoire pareille.

C'était impensable, et encore plus s'agissant d'un ami.

Tohrment se mit à rire.

— Il a fait un *hyslop*, d'après ce que tu racontes.

— Je ne suis pas certain de savoir ce que c'est, l'interrompit Blay.

Tohr haussa les épaules et suivit la piste de Vhif à travers la neige, puis désigna du bras la carcasse du Hummer.

— Juste là. Voici la définition d'un « *hyslop* », déclenché sans nul doute par le fait que ton mec avait laissé les clés sur le contact.

Ce n'est pas mon mec, se dit Blay. *Il ne l'a jamais été et ne le sera jamais.*

Et le fait que ce constat lui fasse plus mal que n'importe quel traumatisme crânien était une chose qu'il taisait, parmi beaucoup d'autres.

Blay rejoignit ses amis, mais se tint en retrait sur le côté pour demeurer hors du faisceau des phares et observa Vhif s'accroupir à côté de la portière conducteur et jurer doucement.

— Quel bordel. Quel sacré bordel.

Tohr fit de même côté passager.

— Oh regardez, ils sont assortis.

— Je crois qu'ils sont morts.

— Vraiment ? Qu'est-ce qui te fait dire ça ? Le fait qu'ils ne bougent plus ou que le mec au volant n'ait plus de visage ?

Vhif se redressa et le regarda par-dessus le châssis.

— Il faut qu'on la retourne et qu'on la remorque.

— Et moi qui croyais qu'on allait griller des marshmallows, répliqua Tohr. John ? Blay ? Venez par ici.

Tous les quatre s'alignèrent épaule contre épaule entre les pneus et enfoncèrent leurs bottes dans la neige pour bloquer leur position. Quatre paires de mains se posèrent sur la carrosserie ; quatre corps se penchèrent et quatre paires d'épaules se raidirent.

Une seule voix, celle de Tohr, compta à voix haute :

— À trois. Un. Deux. Trois…

Le Hummer avait déjà passé une sale nuit et la manœuvre de retournement le fit grincer si fort qu'une chouette de l'autre côté de la route s'envola et que deux daims s'enfuirent en bondissant à travers les arbres.

Mais bon, le 4 × 4 ne fut pas le seul à jurer. Tous se transformèrent en charretiers sous le poids mort, alors qu'ils luttaient contre la force de gravité qui appuyait sur tout cet acier. Mais les lois de la physique étaient tenaces, et comme le corps de Blay se tendait et que tous ses muscles se contractaient autour de ses os, il tourna la tête et changea de prise…

Il se trouvait à côté de Vhif. Tout près de lui.

Sous le coup de cet incroyable effort physique, celui-ci regardait droit devant lui, les lèvres retroussées sur les crocs en une expression farouche…

Qui ressemblait beaucoup à celle qu'il avait quand il jouissait.

Quel manque d'à-propos ! Voilà qui n'allait rien changer à la teneur de ses pensées.

Le problème était que Blay était bien placé pour connaître l'effet d'un orgasme sur Vhif, même s'il ne comptait pas parmi les milliers d'heureux élus à l'avoir directement expérimenté. Oh, non. Jamais. Le mec qui fourrait sa queue dans tout ce qui respirait – voire peut-être dans quelques objets inanimés – n'avait jamais songé un seul instant à se taper un jour Blay.

Oui, parce que les goûts sexuels si raffinés de Vhif, qui avaient conduit ce dernier à s'enfiler tout ce qui avait entre vingt et vingt-huit ans à Caldwell, avait exclu Blay du lot.

— Elle… commence à bouger…, grinça Tohr entre ses dents. Placez-vous dessous !

Blay et Vhif réagirent aussitôt : ils relâchèrent leur prise et s'accroupirent, pour coincer leurs épaules sous le rebord du toit. Face à face, leurs regards se croisèrent tandis que leurs souffles s'accéléraient, que leurs cuisses se contractaient et que leurs corps tout entiers luttaient contre ce poids dur et froid, que la neige rendait glissant.

Leur puissance conjointe fit pencher la balance, au sens propre. Les roues changèrent de plan d'inclinaison et les quatre tonnes du Hummer se soulevèrent, de plus en plus légères...

Pourquoi diable Vhif le regardait-il de cette manière ?

Ces yeux, ces yeux bleu et vert, étaient rivés sur ceux de Blay... et ils ne cillaient pas.

Peut-être n'était-ce dû qu'à l'effet de la concentration... comme s'il ne faisait attention qu'aux trois centimètres devant son visage et que Blay se trouve par hasard de l'autre côté.

C'était forcément cela...

— Du calme, les garçons ! s'exclama Tohr. Ou nous allons retourner cette saleté une fois de trop !

Blay relâcha un peu son effort et il y eut un moment de grâce, une fraction de seconde où l'impossible arriva, où un 4 × 4 de quatre tonnes se retrouva en équilibre parfait sur deux pneus, et où ce qui avait été insoutenable devint... grisant.

Et Vhif le dévisageait toujours.

Quand le Hummer atterrit avec un rebond sur ses quatre roues, Blay fronça les sourcils et se détourna. Puis il jeta un nouveau coup d'œil... Vhif n'avait toujours pas cillé.

Blay se pencha vers lui et souffla :

— Qu'est-ce qu'il y a ?

Avant qu'il ait reçu la moindre réponse, Tohr s'approcha et ouvrit la portière passager du 4 × 4. L'odeur du sang frais s'en échappa, portée par la brise.

— Merde, même si elle n'est pas foutue, je ne suis pas certain que tu voudras la récupérer. La nettoyer sera une vraie vacherie.

Vhif ne répondit pas, il paraissait avoir tout oublié de l'état désastreux dans lequel se trouvait son 4 × 4. Il se contentait de rester planté là, à regarder fixement Blay.

Peut-être que ce fils de pute avait fait une attaque en se redressant ?

— C'est quoi, ton problème ? répéta Blay.

— Je ramène le plateau. Laissons les corps à leur place, vous pourrez les bazarder en chemin, annonça Tohr en se dirigeant vers la dépanneuse.

Pendant ce temps, Blay sentit que John les observait tous deux avec insistance, chose dont Vhif ne semblait pas se soucier, bien entendu.

Avec un juron, Blay résolut le problème en courant vers la dépanneuse que Tohr était déjà en train de faire reculer vers le capot enfoncé du Hummer. Quand elle fut en place, Blay tendit la main vers le treuil, défit la pince et commença à dérouler le câble.

Il avait l'impression de savoir à quoi pensait Vhif et, s'il avait raison, celui-ci avait intérêt à rester silencieux et à garder ses distances.

Il ne voulait pas l'entendre.

Chapitre 5

Tandis que Vhif se tenait dans le vent glacé et observait Blay accrocher le Hummer, la neige recouvrait tranquillement ses bottes, dissimulant peu à peu les bouts renforcés de métal. Baissant les yeux, il songea vaguement que, s'il restait à sa place assez longtemps, il se retrouverait complètement enseveli, des pieds à la tête.

Tu parles d'un truc étrange qui lui traversait le cerveau.

Le ronronnement du moteur du plateau lui fit tourner la tête, et il suivit la manœuvre du regard alors que le treuil commençait à tirer sa caisse démolie de la congère.

C'était Blay qui activait le mécanisme. Le mâle se tenait sur le côté, évaluant et contrôlant avec attention la vitesse du câble afin qu'aucune tension ne soit infligée aux divers composants mécaniques de cette production automobile pour bons Samaritains.

Il semblait si attentif. Si maître de lui.

Avec une désinvolture de façade, Vhif se dirigea vers Tohr et fit comme si, à l'instar du frère, il ne faisait que surveiller l'avancée du dépannage, alors qu'en réalité, il n'était préoccupé que par Blay, bien sûr.

Il n'avait jamais été préoccupé que par Blay.

Tentant d'en rajouter dans la désinvolture, il croisa les bras sur la poitrine, mais dut les baisser quand son épaule endolorie se mit à hurler.

— Leçon retenue, dit-il pour faire la conversation.

Tohr marmonna une réponse, mais du diable s'il l'entendit. Et du diable s'il voyait autre chose que Blay. Pas même l'espace d'un clignement d'œil, d'une respiration ou d'un battement de cœur.

Tout en le contemplant à travers le rideau de neige tourbillonnante, il se demandait comment quelqu'un dont on savait tout, qui vivait au bout du couloir, qui mangeait avec vous, travaillait avec vous et dormait en même temps que vous… pouvait devenir un étranger.

Mais bon, et comme d'habitude, il s'agissait là de distance émotionnelle, ce qui n'était pas lié au fait d'avoir un travail identique ou de vivre sous le même toit.

En fait, Vhif avait envie d'expliquer la situation à Blay. Malheureusement, et contrairement à sa traînée de cousin, Saxton le Suceur, il n'était pas doué avec les mots et le truc compliqué au centre de sa poitrine ne faisait qu'accentuer sa tendance au mutisme.

Après un dernier grincement, le Hummer fut complètement hissé sur le plateau, et Blay se mit à passer des chaînes sous et sur le châssis pour l'arrimer.

— OK, vous trois, vous ramenez cette épave à la maison, dit Tohr alors que les flocons tombaient encore plus serrés.

Blay se figea et regarda le frère.

— On va par paires. Donc je dois partir avec toi.

Comme s'il était plus que prêt à se carapater.

— Est-ce que tu as regardé ce qu'on a là ? Un déchet incapable de rouler, avec deux humains morts à l'intérieur. Tu crois que c'est une situation où on peut se la jouer détendus ?

— Ils peuvent gérer, dit Blay à voix basse. Ces deux-là forment une bonne équipe.

— Et avec toi, ils seront encore plus forts. Je vais simplement me dématérialiser jusqu'à la maison.

Dans le silence prolongé qui suivit, la ligne raide qui remontait des fesses de Blay à la base de son crâne était un doigt d'honneur. Mais pas pour le frère.

Vhif savait exactement à qui il était destiné.

Les choses s'enchaînèrent rapidement une fois le 4 × 4 arrimé sur le plateau. Tohr s'en alla et John s'installa au volant de la dépanneuse. Pendant ce temps, Vhif contourna le camion jusqu'à la portière passager, l'ouvrit et attendit poliment que Blay grimpe à l'intérieur.

À la manière d'un gentleman, supposait-il.

Blay s'approcha à grandes enjambées. Son visage ressemblait au paysage : froid, fermé, inhospitalier.

— Après toi, marmonna-t-il, en tirant de sa poche un paquet de cigarettes et un élégant briquet en or.

Vhif inclina brièvement la tête en guise d'assentiment, avant de se hisser à l'intérieur, où il se glissa le long de la banquette jusqu'à ce que son épaule effleure celle de John.

Blay monta en dernier, claqua la portière, entrouvrit la vitre, et passa l'extrémité allumée de sa clope dans l'ouverture pour empêcher l'odeur du tabac de s'infiltrer dans l'habitacle.

La dépanneuse fit tous les frais de la conversation pendant près de dix kilomètres.

Assis entre ceux qui avaient autrefois été ses deux meilleurs amis, Vhif regardait fixement le pare-brise et comptait les secondes entre deux passages d'essuie-glaces... trois, deux... un... et hop. Et... trois, deux... un... et hop.

Il tombait à peine assez de neige pour nécessiter leur usage...

— Je suis désolé, lâcha-t-il.

Silence. Hormis la rumeur du moteur à l'avant et les cliquetis de la chaîne à l'arrière quand ils roulaient sur une bosse.

Vhif jeta un coup d'œil au passager de droite, et ça alors, Blay donnait l'impression qu'il était en train de mâcher du métal.

— C'est à moi que tu parles ? lui demanda-t-il d'un ton bourru.

— Oui. En effet.

— Tu n'as pas de raison de t'excuser.

Blay écrasa sa cigarette dans le cendrier du tableau de bord. Et en alluma une autre.

— Peux-tu, s'il te plaît, arrêter de me dévisager ?

— C'est juste que… (Vhif se passa une main dans les cheveux et tira dessus.) Je ne… Je… Je ne sais pas quoi dire au sujet de Layla…

Blay tourna brutalement la tête.

— Ce que tu fais de ta vie ne me regarde en rien…

— C'est faux, répondit calmement Vhif. Je…

— Faux ?

— Blay, écoute, Layla et moi…

— Qu'est-ce qui te fait croire que j'ai envie d'entendre un seul mot sur vous deux ?

— J'ai seulement cru que tu aurais peut-être besoin de… Je ne sais pas, d'un contexte, ou quelque chose comme ça.

Blay se contenta de le dévisager pendant un moment.

— Et pour quelle raison précisément crois-tu que je voudrais un « contexte » ?

— Parce que… je me suis dit que tu trouverais cela peut-être… eh bien, perturbant. Ou quelque chose du genre.

— Et pourquoi ça ?

Vhif n'arrivait pas à croire que le mâle veuille qu'il le dise à haute voix. Encore plus devant un témoin, même s'il s'agissait de John.

— Eh bien, parce que, tu sais.

Blay se pencha vers lui, la lèvre supérieure retroussée pour dévoiler ses crocs.

— Juste pour qu'on soit au clair, ton cousin me donne ce dont j'ai besoin. Toute la journée. Chaque jour. Toi et moi ? (Il les désigna alternativement avec sa cigarette.) On travaille ensemble. C'est tout. Donc je veux que tu nous fasses une faveur à tous les deux avant de te mettre à croire que je « dois » savoir quelque chose. Demande-toi : « Si je préparais des hamburgers chez McDo, est-ce que je raconterais ça au mec de la friteuse ? » Si la réponse est non, alors ferme-la, bordel.

Vhif reporta son attention sur le pare-brise. Et envisagea de se fracasser la tête dedans.

— John, arrête-toi.

Le soldat lui jeta un coup d'œil. Puis se mit à secouer la tête.

— John, arrête-toi, putain. Ou je le ferai pour toi.

Vhif avait vaguement conscience qu'il respirait de façon saccadée et avait serré les poings.

— Arrête-toi, putain ! rugit-il en cognant le tableau de bord assez fort pour faire sauter une des grilles d'aération.

La dépanneuse se rangea le long de la route dans un grand bruit de freins. Mais Vhif était déjà sorti. Il s'était dématérialisé, puis échappé en passant par la petite ouverture laissée par la vitre baissée, en même temps que Blay poussait un soupir de contrariété.

Presque immédiatement, il reprit forme sur le bas-côté, incapable de maintenir son état moléculaire parce que ses émotions le bouleversaient trop. Enfonçant une botte après l'autre, il se fraya péniblement un chemin dans la neige. Son besoin de marcher submergeait tout le reste, y compris la douleur cuisante dans les articulations de ses doigts.

Au fond de son esprit, il songea à quelque chose en rapport avec la route qui s'étendait devant lui, mais il y avait trop de tumulte sous son crâne pour qu'il approfondisse cela.

Il ignorait où il allait.

Merde, il faisait froid.

Assis dans la dépanneuse, Blay regarda fixement le bout de sa cigarette : la petite lueur orange vibrait comme une corde de guitare.

Il fallait croire que ses mains tremblaient.

Le sifflement qui retentit à côté de lui était une tentative de John pour attirer son attention, mais il l'ignora. Ce qui lui valut une tape sur le bras.

— *Il suit vraiment un mauvais chemin*, signa John.

— Tu te fiches de moi, c'est ça ? marmonna Blay. Tu te fous complètement de ma gueule. Il a toujours voulu une union conventionnelle, et il a mis une Élue en cloque… Je dirais plutôt que c'est génial…

— *Non, je veux dire en ce moment même.* (John désigna l'asphalte.) *Là.*

Blay tourna les yeux vers le pare-brise uniquement parce qu'il était trop fatigué pour argumenter. Dehors, devant la dépanneuse, les phares éclairaient tout, le paysage enneigé d'un blanc aveuglant et la silhouette qui marchait sur le bas-côté de la route comme une ombre.

Des gouttes de sang accompagnaient les empreintes de pas.

Les mains de Vhif saignaient parce qu'il avait cogné le tableau de bord…

Brusquement, Blay fronça les sourcils et se redressa un peu sur son siège.

Comme les pièces d'un puzzle se mettent en place, divers détails concernant le lieu où ils se trouvaient, comme le virage de la route, les arbres, le mur de pierre à côté d'eux, s'assemblèrent dans son esprit et formèrent un tableau éloquent.

— Oh, merde.

Blay se frappa la nuque contre l'appuie-tête. Fermant brièvement les yeux, il souhaita trouver une autre solution à cette situation, n'importe quoi qui ne l'oblige pas à sortir.

Il n'obtint qu'un bon gros *nada*.

Quand il ouvrit la portière, le froid s'insinua dans la tiédeur de la cabine. Il ne dit rien à John. Inutile. Des actions comme rattraper quelqu'un dans la neige parlaient d'elles-mêmes.

Prenant une profonde inspiration, il se mit à marcher d'un pas lourd dans la congère. La route avait été damée, mais cela faisait déjà quelque temps.

Ce qui signifiait qu'il devrait sans doute agir vite.

Ici, dans ce quartier aisé, où l'assiette fiscale était aussi large que les pelouses des propriétés, mieux valait se dire que l'une de ces dameuses jaune fluo serait de sortie avant l'aube.

Inutile de se donner en spectacle devant les humains. Surtout avec les deux macchabées couverts de sang dans le Hummer.

— Vhif, dit-il d'une voix enrouée. Vhif, arrête-toi.

Il ne cria pas. Il n'en avait pas l'énergie. Cette… chose, quelle qu'elle soit, entre eux l'épuisait depuis déjà longtemps, et cette confrontation en bord de route n'était qu'un épisode supplémentaire qu'il n'avait plus la force d'affronter.

— Vhif. Sérieusement.

Au moins, celui-ci ralentit légèrement. Et avec un peu de chance, il était tellement remonté qu'il ne remarquerait pas les indices révélateurs du lieu où ils se trouvaient.

Seigneur, quelles étaient les chances ? se demanda Blay en regardant autour de lui. C'était exactement aux alentours de ce dernier kilomètre que la garde d'honneur avait accompli son œuvre et que Vhif avait failli mourir du passage à tabac.

Mon Dieu, Blay se rappelait avec précision cette nuit-là et surtout la silhouette sombre à terre, baignant dans son sang, éclairée par les phares des voitures qui l'entouraient.

Il se secoua et tenta une fois de plus le coup du prénom.

— Vhif.

Ce dernier s'arrêta, les rangers plantés dans la neige, sans aller plus loin. Mais il ne se retourna pas non plus.

Blay fit signe à John d'éteindre les phares et, un instant plus tard, il n'eut plus à supporter que la légère lueur orangée des feux de position du camion.

Vhif mit les mains sur ses hanches et regarda le ciel, la tête penchée en arrière, tandis qu'un nuage de condensation s'échappait de sa bouche.

— Viens, remonte dans la dépanneuse. (Blay tira sur sa cigarette et recracha la fumée.) Il faut qu'on avance…

— Je sais combien Saxton est important pour toi, dit Vhif d'un ton bourru. Je le comprends. Vraiment.

Blay se força à répondre :

— Tant mieux.

— Je suppose… que l'entendre dire à haute voix est toujours un choc.

Blay fronça les sourcils dans la faible lumière.

— Je ne comprends pas.

— Je sais bien que non. Et c'est ma faute. Tout ceci… est ma faute. (Vhif jeta un coup d'œil par-dessus son épaule et son visage dur aux lignes fortes affichait une expression résolue.) Je ne veux pas que tu croies que j'aime Layla. C'est tout.

Blay fit mine de tirer sur sa cigarette, mais il n'avait plus assez d'air dans les poumons pour cela.

— Je… suis désolé… Je ne comprends pas… pourquoi…

Eh bien, quelle réponse géniale.

— Je ne suis pas amoureux de Layla. Et elle n'est pas amoureuse de moi. Nous ne couchons pas ensemble.

Blay eut un rire dur.

— C'est des conneries.

— Je suis mortellement sérieux. Je l'ai servie pendant ses chaleurs parce que je veux un enfant, et elle aussi, et les choses entre nous ont commencé et se sont achevées là.

Comme la blessure dans sa poitrine se rouvrait brutalement, Blay ferma les yeux.

— Vhif, allons. Tu as passé toute cette année avec elle. Je t'ai vu, tout le monde vous a vus tous les deux…

— J'ai pris sa virginité il y a quatre nuits. Personne n'avait couché avec elle auparavant, moi compris.

Oh, voilà une image dont il n'avait pas besoin dans sa tête.

— Je ne suis pas amoureux d'elle. Et elle n'est pas amoureuse de moi. Nous ne couchons pas ensemble.

Blay fut incapable de rester immobile plus longtemps, aussi se mit-il à faire les cent pas, tassant la neige sous ses bottes.

Puis, surgie de nulle part, une voix de speakerine résonna dans sa tête : « Eh bien, comme c'est spécial ! »

— Je ne suis avec personne.

Blay eut un rire acerbe.

— Tu veux dire en couple ? Bien sûr que non. Mais ne t'attends pas à ce que je croie que tu passes ton temps libre à broder des napperons et à ranger des épices par ordre alphabétique avec cette femelle.

— Je n'ai couché avec personne depuis près d'un an.

Cela l'arrêta net.

Mon Dieu, où était passé tout l'air dans cette partie de l'univers, putain ?

— Tu mens, riposta Blay d'une voix fêlée. Tu as couché avec Layla, il y a quatre nuits. Tu viens de le dire.

Dans le silence qui suivit, l'horrible vérité s'imposa à lui dans toute sa laideur, et la douleur l'empêcha de dissimuler ce qu'il avait si soigneusement enfoui au fond de lui ces derniers jours.

— Tu as vraiment couché avec elle, dit-il. J'ai vu le lustre de la bibliothèque osciller sous votre chambre.

Ce fut au tour de Vhif de fermer les yeux comme s'il voulait oublier.

— C'était dans un but précis.

— Écoute… (Blay secoua la tête.) Je ne sais pas vraiment pourquoi tu me racontes tout ça. Je pense ce que j'ai dit : je n'ai pas besoin d'explication, point final. Toi et moi avons grandi ensemble. Oui, on a partagé beaucoup de choses autrefois, et nous avons été là l'un pour l'autre quand c'était important. Mais aucun de nous ne peut renfiler le costume qu'il portait alors, et il en va de même pour la relation entre nous. Elle ne convient plus à nos vies. Nous ne… nous convenons plus. Et écoute, je n'avais pas l'intention de me mettre en colère dans le camion, mais je pense qu'il faut que tu sois au clair là-dessus. Toi et moi, nous avons un passé commun. C'est tout. Et c'est… tout ce que nous aurons jamais.

Vhif détourna la tête et son visage fut de nouveau plongé dans l'ombre.

Blay se força à poursuivre.

— Je sais que cette… histoire avec Layla… est importante pour toi. Ou je suppose que ça l'est ; comment pourrait-il en être autrement si elle est enceinte ? Quant à moi, je vous souhaite honnêtement tout le bonheur du monde. Mais tu ne me dois aucune explication… et plus même, je n'en exige aucune. J'ai dépassé mes béguins d'enfant, et c'était ce que j'éprouvais pour toi. À l'époque, ce n'était qu'une toquade, Vhif. Alors je t'en prie, prends soin de ta femelle et ne crains pas que j'aille m'entailler les poignets parce que tu as trouvé quelqu'un à aimer. Tout comme moi.

— Je te l'ai dit. Je ne suis pas amoureux d'elle.

Attends un peu, se dit Blay en lui-même. *Parce que ça va venir.*

C'était typique de Vhif, tout ça.

Le mâle était incroyable sur un champ de bataille. Et loyal au point d'en être psychotique. Et intelligent. Et sexy au point de vous détourner de vos pensées. Et cent mille autres choses pour lesquelles, Blay devait le reconnaître, personne ne lui arrivait à la cheville. Mais il avait un grave défaut, et ce n'était pas la couleur de ses yeux.

Il ne supportait pas les émotions.

Du tout.

Vhif avait toujours fui tous les sentiments profonds, même s'il demeurait physiquement sur place. Il pouvait rester assis en face de vous, hocher la tête et parler, mais quand les émotions devenaient trop fortes pour lui, il sortait de lui-même. Il quittait son propre corps. Et si on essayait de le forcer à les affronter, eh bien, c'était impossible. Personne ne forçait Vhif à faire quoi que ce soit.

Et oui, bien entendu, il y avait plein de raisons qui expliquaient cette attitude. Sa famille l'avait traité comme une malédiction. La *glymera* le méprisait. Il avait été déraciné toute sa vie. Mais quels que soient les événements déclencheurs, au bout du compte, le mâle fuyait tout ce qui était trop compliqué ou qui exigeait quelque chose de lui.

La seule chose qui pouvait changer cet état de fait était sans doute un enfant.

Donc peu importait ce qu'il disait en ce moment, il était indubitable qu'il était amoureux de Layla, mais maintenant qu'il avait traversé les chaleurs avec elle et qu'il en attendait le fruit, il perdait la tête à force d'inquiétude et s'éloignait d'elle.

Et donc, il restait planté là sur le bord de la route à débiter des trucs qui n'avaient aucun sens.

— Je vous souhaite le meilleur, dit Blay, dont le cœur martelait la poitrine. Franchement. J'espère vraiment que l'issue sera heureuse pour vous deux.

Dans le silence tendu, Blay s'extirpa du gouffre dans lequel il était tombé une fois de plus et se fraya un chemin jusqu'à la surface, loin de la douleur aiguë et brûlante de son âme.

— Maintenant, est-ce qu'on peut remonter dans le camion et finir notre boulot ? demanda-t-il d'une voix égale.

Vhif porta brièvement les mains à son visage. Puis il baissa la tête, enfonça ses mains sanguinolentes dans les poches de son pantalon en cuir et se dirigea vers la dépanneuse.

— Oui. Allons-y.

Chapitre 6

— Oh mon Dieu, je vais jouir… Je vais jouir…

Plus au sud, dans le centre-ville de Caldwell, sur le parking situé derrière le *Masque de Fer*, Trez Latimer était heureux de cette nouvelle, bien qu'il n'en soit pas surpris. Mais il ne trouvait cependant pas nécessaire d'en informer tout le comté.

Sans cesser de besogner la très enthousiaste partenaire étendue sous lui, il la fit taire d'un baiser brutal ; sa langue entra dans cette bouche brûlante, coupant court à tout commentaire intempestif.

Ils étaient à l'étroit dans la voiture imprégnée du parfum de cette femme : sucré, épicé et bas de gamme ; merde, la prochaine fois, il choisirait une volontaire avec un 4 × 4 ou, mieux encore, une Mercedes S550 avec beaucoup d'espace à l'arrière.

Visiblement, cette Nissan n'avait pas été conçue pour abriter un mec de cent vingt-cinq kilos en train de baiser à lui en faire perdre la tête une assistante dentaire à demi nue. À moins qu'elle soit assistante juridique ?

Il était incapable de s'en souvenir.

Et il avait des problèmes plus urgents à traiter. D'un mouvement brusque, il mit fin au baiser car, plus il approchait de son propre orgasme, plus ses crocs sortaient de sa mâchoire supérieure… et il ne voulait pas la mordre par inadvertance : la saveur du sang frais lui ferait franchir une limite bien plus dangereuse, et il n'était pas certain que se nourrir sur elle soit une bonne idée…

Tu parles.

C'était une mauvaise idée. Et pas seulement parce que ce n'était qu'une humaine.

Quelqu'un les épiait.

Levant la tête, il regarda par le pare-brise arrière. En tant qu'Ombre, sa vue était trois ou quatre fois plus acérée que celle d'un vampire normal, et il était facilement capable de percer l'obscurité.

Oui, quelqu'un était bien en train de les mater depuis l'entrée de service, sur la gauche.

Il était temps d'en finir.

Il prit immédiatement le contrôle de la situation, glissa la main entre leurs corps, trouva le sexe de la femme et lui titilla le clitoris tandis qu'il continuait ses va-et-vient, la faisant jouir si violemment qu'elle rejeta la tête en arrière et se cogna contre la portière.

Pas d'orgasme pour lui.

Mais peu importait. Un rôdeur changeait ce petit coup vite fait bien fait en une situation différente, et cela signifiait qu'il devait arrêter les conneries. Même s'il ne prenait pas son pied.

Il comptait de nombreux ennemis grâce à ses divers partenariats.

Sans compter les… complications… qui ne tenaient qu'à lui-même.

— Oh putain, mon Dieu…

D'après ce cri, le rythme des va-et-vient et l'intensité des contractions autour de l'épaisse verge de Trez, l'assistante dentaire-juridique-vétérinaire passait un sacré bon moment. Lui, en revanche, s'était déjà mentalement retiré de ces inepties et aurait tout aussi bien pu sortir de la voiture et se précipiter sur ce…

C'était une femelle. Oui, qui que ce soit, cela entrait définitivement dans la catégorie « femelle »…

Trez fronça les sourcils quand il comprit de qui il s'agissait.

Merde.

Mais bon, au moins il ne s'agissait pas d'un éradiqueur, ni d'un *symphathe*, ni d'un dealer dont il devait s'occuper, ni d'un proxénète rival venu discuter, ni d'un vampire qui aurait dépassé les bornes, ni d'iAm, son frère…

Non, ce n'était qu'une femme inoffensive, et dommage qu'il lui soit impossible de revenir à sa béatitude première. Sa bonne humeur s'était envolée.

L'assistante dentaire-juridique-vétérinaire-coiffeuse haletait comme si elle venait de soulever un piano.

— C'était… extraordinaire… C'était…

Trez se retira et remit son pénis derrière sa braguette. Il y avait de fortes chances que ses couilles triplent de volume d'ici une demi-heure, mais il s'en occuperait en temps voulu.

— Tu es incroyable. Tu es le plus incroyable…

Trez laissa glisser sur lui ce flot de stupidités.

— Toi aussi, ma puce.

Il l'embrassa pour lui donner l'impression que cela avait de l'importance, et c'était le cas, en un sens. Ces humaines qu'il utilisait étaient importantes au sens où elles étaient des êtres vivants, dignes de respect et de gentillesse par la simple vertu de leur cœur battant. Pendant un bref instant elles le laissaient jouir de leur corps, et parfois de leur veine, et il appréciait ces dons, toujours volontaires, et parfois répétés.

Ce dernier point était d'ailleurs le problème qui se tenait là-bas.

Refermant sa braguette, Trez manœuvra son corps immense avec précaution afin de ne pas écraser sa partenaire de dix minutes ni se fracasser le crâne contre le toit de la voiture.

La puce ne semblait toutefois pas encline à bouger. Elle reposait toujours sur les sièges comme un coussin, les jambes écartées, le sexe encore prêt, et ses seins nus défiaient la gravité comme deux melons collés à sa cage thoracique.

Les prothèses devaient être sous le muscle, se dit-il.

— Et si on te rhabillait ? proposa-t-il, en ramenant les pans de son bustier lacé sur son ventre.

— Tu étais si fantastique…

On aurait dit de la gelée – enfin, à l'exception des faux nichons durs comme de la pierre – malléable et agréable, mais parfaitement inutile pendant qu'il la rajustait, la rasseyait et passait une main dans ses extensions.

— C'était amusant, ma puce, murmura-t-il, et il le pensait.

— Pourrai-je te revoir ?

— Peut-être. (Il lui fit un sourire tendu pour ne pas montrer ses crocs.) Je suis souvent dans le coin.

Elle ronronna comme un chat à ces mots, puis se mit à réciter son numéro, qu'il ne prit pas la peine de mémoriser.

La triste vérité sur les femmes dans son genre était qu'il y en avait à la pelle : dans cette ville de plusieurs millions d'habitants, il devait y avoir plusieurs centaines de milliers de filles ayant la vingtaine, un joli cul et de longues jambes, cherchant à prendre du bon temps. En fait, elles n'étaient que des variations de la même personne, raison pour laquelle il devait en changer régulièrement.

Avec tant de choses en commun, une brassée de nouvelles arrivantes était nécessaire pour conserver son intérêt.

Trez sortit de la voiture une minute et demie plus tard, et ne s'embarrassa pas à lui effacer ses souvenirs. Vu qu'il était une Ombre, il avait de nombreux tours d'esprit dans son sac, mais avait cessé de les utiliser sur les filles des années plus tôt. Cela n'en valait pas la peine, sans compter qu'à l'occasion il aimait bien répéter l'histoire.

Il jeta un rapide coup d'œil à sa montre.

Mince, il serait en retard chez iAm, mais il devait clairement s'occuper du problème près de la porte de service avant de fermer boutique.

Comme il s'approchait et s'arrêtait devant la femme, celle-ci leva le menton et posa une main sur sa hanche. Cette version-là avait des extensions capillaires blondes et préférait les shorts plutôt que les jupes, si bien qu'elle avait l'air ridicule dans ce froid, avec sa doudoune rose et ses jambes nues dans le vent glacé.

Un peu comme une boule de neige montée sur deux cure-dents.

— T'étais occupé ? demanda-t-elle.

Elle essayait visiblement de conserver son calme, mais vu la façon dont elle tapait du talon aiguille, elle était remontée et agacée, et pas dans le bon sens du terme.

— Salut, ma puce. (Il les appelait toutes ainsi.) Tu passes une bonne nuit ?

— Non.

— Eh bien c'est dommage. Écoute, je te verrai un de ces jours…

La femme commit l'énorme erreur de lui agripper le bras quand il la dépassa : ses ongles transpercèrent sa chemise en soie et s'enfoncèrent dans sa peau.

Trez tourna la tête sous le coup de la colère, les yeux écarquillés. Mais au moins il parvint à se reprendre avant de montrer les crocs.

— Qu'est-ce que tu crois, bordel ? lui demanda-t-elle en se penchant vers lui.

— Trez ! hurla quelqu'un.

Brusquement, la voix de sa responsable de sécurité se fraya un passage jusqu'à son cerveau. Heureusement. Les Ombres étaient une espèce pacifique par nature, à condition qu'on ne les agresse pas.

Alors que Xhex se précipitait vers lui, comme si elle savait que la possibilité d'un meurtre n'était pas complètement exclue, il dégagea son bras d'un coup sec et sentit les ongles de la femme le griffer au passage. Ravalant sa fureur, il la regarda droit dans les yeux.

— Rentre chez toi, à présent.

— Tu me dois une explication…

Il secoua la tête.

— Je ne suis pas ton petit ami, ma puce.

— Ça c'est bien vrai, lui il sait comment traiter une femme !

— Alors va le rejoindre, rétorqua Trez d'un air menaçant.

— Qu'est-ce que tu fous ? Tu baises une fille différente chaque soir de la semaine ?

— Oui. Et parfois deux le dimanche.

Merde, il aurait dû effacer les souvenirs de celle-ci. Quand avait-il couché avec elle ? Deux nuits plus tôt ? Trois ? Il était trop tard, à présent.

— Va rejoindre ton mec.

— Tu me débectes ! Espèce de putain d'enfoiré de ta mère…

Quand Xhex s'interposa et s'adressa à l'hystérique à voix basse, Trez fut ravi d'avoir des renforts… parce que, ça alors, la nana dans la Nissan choisit ce moment précis pour faire demi-tour sur le parking et s'approcher d'eux.

Baissant sa vitre, elle sourit comme si elle aimait l'idée d'être sa maîtresse cachée.

— À bientôt, beau gosse.

Suivirent les jérémiades : la puce à la doudoune rose avec un petit ami et un trouble de l'attachement se transforma en une pleureuse digne d'un cimetière.

Et naturellement, ce fut à ce moment précis qu'iAm se pointa.

Quand Trez remarqua la présence de son frère, il ferma les yeux.

Génial. Tout simplement formidable, putain.

Chapitre 7

À environ dix pâtés de maisons du parking où Trez voyait sa nuit empirer à vue d'œil, Xcor nettoyait la lame de son fauchon avec une peau de chamois aussi douce qu'une oreille d'agneau.

De l'autre côté de la ruelle, Affhres parlait à voix basse au téléphone. Il était en communication depuis que le dernier des trois éradiqueurs trouvés dans ce quartier de la ville avait été renvoyé à l'Oméga.

Xcor n'appréciait pas les retards, qu'ils soient de nature cellulaire ou autre. Le reste de sa bande de salopards se trouvait ailleurs dans le centre-ville, à la recherche de l'un ou l'autre de leurs ennemis ; et il aurait préféré être occupé de cette manière.

Mais il fallait se plier aux besoins biologiques. Bon sang.

Affhres acheva son appel et se tourna vers lui. Son beau visage arborait une mine sérieuse.

— Elle est d'accord.

— Que c'est aimable à elle. (Xcor rengaina son fauchon et rangea son chiffon.) Je suis toutefois moins intéressé par son accord que par la question de savoir si elle en est capable.

— Elle l'est.

— Comment le savons-nous ?

Affhres se racla la gorge et détourna le regard.

— Je suis allé la voir hier soir et en ai profité moi-même.

Xcor eut un sourire froid. Cela expliquait donc l'absence de son soldat, et cette découverte fut un soulagement pour lui. Il avait craint que le mâle ne…

— Et comment était-elle ?

— Elle était correcte.

— As-tu goûté à tous ses charmes ?

Le gentilhomme, qui avait autrefois été un membre éminent de la *glymera*, mais était désormais utile, s'éclaircit la voix.

— Je, euh… Oui.

— Et comment étaient-ils ? (Comme il n'obtenait pas de réponse, Xcor marcha dans la neige tachée de noir pour se rapprocher de son commandant en second.) Comment était-elle, Affhres ? Humide et disposée à t'accueillir ?

Les joues du mâle s'empourprèrent davantage sur son visage à la beauté parfaite.

— Elle a fait l'affaire.

— Combien de fois l'as-tu prise ?

— Plusieurs.

— Et dans diverses positions, j'espère ? (Quand il n'obtint qu'un hochement de tête raide, Xcor se radoucit.) Eh bien, tu t'es fidèlement acquitté de ton devoir envers tes camarades. Je suis certain que les autres voudront également partager sa veine et son sexe.

Dans le silence gêné qui suivit, Xcor n'aurait jamais reconnu devant quiconque qu'il avait extorqué les détails à son subordonné, non pour le provoquer… mais parce qu'il était vraiment heureux qu'Affhres ait couché avec cette femelle. Il voulait qu'une distance s'installe entre le mâle et ce qui était arrivé à l'automne. Il voulait des calendriers remplis d'années, d'innombrables femelles et de rivières du sang d'autres femelles…

— Il n'y a qu'une seule exigence, ajouta Affhres.

Xcor pinça les lèvres. Vu que la femelle en question ne l'avait pas encore rencontré, il ne pouvait s'agir d'argent supplémentaire… par ailleurs, il n'avait pas besoin de se nourrir pour l'instant. Grâce à…

— Et de quoi s'agit-il ?

— La rencontre doit avoir lieu dans sa demeure. À l'orée de la nuit demain.

— Ah. (Xcor eut un sourire froid.) C'est donc un piège.

— Si c'est le cas, la Confrérie ignore qui a fait la demande.

— Tu as parlé de six mâles, non ?

— Je n'ai pas donné nos noms.

— Peu importe. (Xcor jeta un coup d'œil à la ruelle et déploya ses sens à la recherche d'éradiqueurs ou de frères.) Je ne sous-estime pas l'influence du roi. Et tu ne devrais pas le faire non plus.

Oui, ses propres ambitions les avaient tous jetés contre un ennemi de valeur. La tentative d'assassinat sur Kolher à l'automne avait été sa déclaration de guerre et, comme il s'y attendait, il y avait eu des retombées prévisibles : la Confrérie avait trouvé la tanière de sa bande de salopards, s'était infiltrée à l'intérieur et en était ressortie avec l'étui à fusil contenant l'arme qui avait servi à loger une balle dans la gorge du Roi Aveugle.

À n'en pas douter, ils cherchaient des preuves.

Mais la question était : de quoi ? Il ignorait pour l'instant si le roi avait survécu ou non, de même que le Conseil d'après ce qu'il avait compris. En fait, la *glymera* n'avait même pas eu connaissance de la tentative.

Kolher avait-il survécu ? Ou avait-il été tué et la Confrérie cherchait-elle en ce moment à combler la vacance du pouvoir ? Le droit ancien était très clair quant aux règles de succession... à condition que le roi ait une descendance, ce qui n'était pas le cas. Ce serait donc son plus proche parent, à supposer qu'il y en ait un.

Xcor aurait bien aimé le savoir, mais il n'avait mené aucune enquête. Il ne pouvait qu'attendre que la rumeur se propage... et, dans l'intervalle, lui et ses soldats continuaient à tuer des éradiqueurs et lui à consolider les bases de son pouvoir au sein de la *glymera*. Au moins, ces deux entreprises avançaient bien. Chaque nuit, ils renvoyaient des tueurs à l'Oméga d'un coup de couteau. Et son contact efféminé au Conseil, le peu respecté Elan, fils de Larex, se révélait assez naïf et malléable, deux caractéristiques très utiles pour un outil jetable.

Néanmoins, Xcor était fatigué par cette absence d'information. Et oui, cette rencontre avec la femelle qu'Affhres avait découverte était nécessaire mais porteuse de danger. Une femelle capable de vendre ses veines et son sexe à de multiples utilisateurs était à coup sûr capable d'échanger des informations pour de l'argent… et même si Affhres avait tu leurs identités, il avait donné leur nombre. La Confrérie avait dû supposer à bon escient qu'aucun des membres de la bande de salopards n'était uni à une compagne et que, tôt ou tard, sur cette terre nouvelle, il leur faudrait ce qu'ils avaient en suffisance dans l'Ancienne Contrée.

Cette femelle avait peut-être été placée sur leur route par le roi et sa garde rapprochée.

Eh bien, ils le découvriraient le lendemain. Les embuscades étaient faciles à monter, et il y avait peu de moments plus dangereux pour un mâle que quand il buvait à la gorge d'une femelle ou s'activait entre ses jambes. Mais il était temps. Ses soldats étaient toujours prêts à se battre, mais leurs traits étaient tirés, leurs yeux enfoncés et leurs joues creusées. Le sang humain, ce pauvre substitut, ne leur procurait pas assez de force, et ses salopards ne vivaient que de cela depuis trop longtemps. Dans l'Ancienne Contrée, il y avait assez de femelles pour les servir quand leurs besoins l'exigeaient. Mais depuis qu'ils avaient rejoint le Nouveau Monde, ils avaient dû faire avec les moyens du bord.

S'il s'agissait d'un piège, il était prêt à lutter contre les frères. Mais après tout, on l'avait convenablement servi…

Douce Vierge scribe, il ne pouvait pas y penser.

Xcor se racla la gorge tandis que la douleur dans sa poitrine lui rendait la déglutition pénible.

— Dis à la femelle que la première obscurité est trop tôt. Nous viendrons chez elle à minuit. Et arrange-toi pour que des humaines nous nourrissent dès la tombée de la nuit. Si les frères sont là, nous les affronterons en position de force relative.

Affhres haussa les sourcils comme s'il était impressionné par la réflexion de Xcor.

— Oui. C'est précisément ce que je vais faire.

Xcor hocha la tête et détourna les yeux.

Dans le silence, les événements de l'automne s'interposaient entre eux, refroidissant un peu plus l'air glacial de décembre.

Cette Élue sacrée était toujours avec eux.

— Le jour approche à grands pas, dit Affhres avec son accent parfait. Il est temps de partir.

Xcor jeta un coup d'œil vers l'est. La lueur qui précédait l'aube n'était pas encore là, mais son commandant en second avait raison. Bientôt… très bientôt… la lumière mortelle du soleil inonderait la terre, et peu importait qu'elle soit à son intensité la plus faible, depuis le passage du solstice d'hiver.

— Rappelle les soldats, ordonna Xcor. Et retrouve-les à la base.

Affhres tapa un ensemble de lettres pour constituer un message que Xcor n'aurait pas été capable de lire. Puis le soldat rangea son téléphone, les sourcils froncés.

— Tu ne rentres pas ? demanda-t-il.

— Pars.

Il y eut un long silence. Puis le soldat demanda d'une voix douce :

— Où te rends-tu ?

À cet instant, Xcor songea à chacun de ses combattants. Zypher, le conquérant sexuel. Balthazar, le voleur. Syphon, l'assassin. Et l'autre qui n'avait pas de nom, mais d'innombrables péchés sur la conscience et que l'on appelait Syn.

Puis il reporta son attention sur le juste et loyal Affhres, son commandant en second.

Affhres, à l'éducation parfaite et au sang pur.

Le bel et avenant Affhres.

— Pars, à présent, dit-il au mâle.

— Et qu'en sera-t-il de toi ?

— Va.

Affhres hésita et, durant ce court laps de temps, cette nuit où Xcor avait failli mourir leur revint à tous deux en mémoire. Comment aurait-il pu en être autrement ?

— Comme tu le souhaites.

Son soldat se dématérialisa, laissant Xcor seul dans le vent. Quand il fut certain du départ d'Affhres, il envoya également ses molécules dans les rafales glacées, s'aventurant au nord, jusqu'à une prairie couverte de neige. Reprenant forme, il se tint au pied de la petite colline, les yeux rivés sur le magnifique arbre qui se dressait fièrement à son sommet.

Il se remémora le doux renflement du sein d'une femelle, son élégante clavicule, la sublime colonne de son cou pâle…

Comme le vent lui soufflait dans le dos, il ferma les yeux et avança, irrésistiblement attiré à l'endroit où il avait rencontré son *pyrocante*.

Où était son Élue ?

Était-elle toujours vivante ? La Confrérie lui avait-elle ôté la vie à cause du don généreux qu'elle avait fait à son insu à l'ennemi de son roi ?

Xcor savait qu'il serait mort sans son sang. Grièvement blessé durant la tentative d'assassinat contre Kolher, il avait été sur le point d'expirer quand Affhres l'avait amené dans cette prairie où il avait appelé l'Élue qui lui avait sauvé la vie.

Affhres avait orchestré tout cela. Et, ce faisant, il avait enraciné une malédiction dans le cœur noir de Xcor.

Ses ambitions demeuraient les mêmes : il avait l'intention d'arracher le trône au Roi Aveugle et de régner sur les vampires. Néanmoins, une faiblesse dangereuse le rongeait désormais à l'intérieur.

Cette femelle.

Elle s'était retrouvée à tort mêlée à cette guerre, alors que ce n'était qu'une innocente qu'on avait manipulée et utilisée.

Il s'inquiétait beaucoup de son sort.

Oui, il n'avait qu'un seul regret dans sa longue vie de mauvaises actions. S'il n'avait pas envoyé Affhres dans les bras de la Confrérie, son commandant en second n'aurait pas croisé la route de l'Élue et ne se serait pas lui-même nourri sur elle. Et sans cette rencontre, Affhres ne l'aurait pas ensuite appelée à l'aide et elle ne serait pas venue les retrouver dans cette prairie… et Xcor n'aurait jamais croisé ce regard empli de compassion.

Et il n'aurait pas perdu une part de lui-même.

Il n'était qu'un bâtard répugnant et difforme, un traître à l'ordre et à la protection sous lesquels elle vivait de plein droit. Il n'avait pas mérité son don.

Pas plus qu'Affhres, et pas parce que ce dernier avait déchu de son ancienne position élevée au sein de la *glymera*.

Aucun mâle mortel ne la méritait.

S'arrêtant sous l'arbre, Xcor contempla fixement l'endroit où il avait été étendu devant elle… où elle s'était agenouillée près de lui et avait mordu son propre poignet, et où il avait ouvert la bouche pour recevoir la puissance qu'elle seule pouvait lui donner.

Il y avait eu un instant où leurs regards s'étaient croisés et où le temps s'était arrêté… puis elle avait lentement abaissé le poignet contre sa bouche.

Oh, ce contact trop bref.

Il avait été convaincu qu'elle n'était qu'une apparition née de son esprit divagant, mais durant le trajet de retour en voiture à leur repaire, il avait pris conscience qu'elle était réelle. Très réelle.

Des semaines s'étaient écoulées. Et puis un soir, en ville, il avait senti sa présence, et suivi l'écho de son sang dans ses veines pour la voir.

Dans l'intervalle de temps séparant leurs deux rencontres, elle avait découvert la vérité à son sujet, car lorsqu'elle avait regardé dans l'obscurité, directement vers lui, son angoisse avait été évidente.

Après quoi, sa tanière avait été infiltrée. Probablement grâce aux indications de l'Élue.

Une nouvelle rafale de vent s'accompagna de neige dont les épais flocons se mirent à tourbillonner dans l'air et lui tombèrent dans les yeux.

Où était-elle désormais ?

Qu'avaient-ils fait d'elle ?

À l'est, la lueur du soleil commença à paraître en dépit de la couverture nuageuse, et ses yeux commencèrent à le brûler… Il veilla donc à les garder fixés sur la clarté orangée de l'aube, juste pour la douleur.

Il n'avait jamais été ainsi déchiré par ses émotions. Toute sa vie, il s'était uniquement entraîné à survivre, d'abord durant les années passées dans le camp, puis durant les siècles où il avait officié sous les ordres du Saigneur, et aujourd'hui encore depuis qu'il était à la tête de son groupe de guerriers.

Mais elle avait fendu sa carapace, créant une fissure importante.

Aussi sûrement qu'elle lui avait rendu la vie, elle en avait également pris une partie, et il ne savait que faire.

Il allait peut-être rester planté là et se laisser réduire en cendres. Cela lui semblait une situation plus facile que celle qu'il vivait en ce moment…

Quel destin avait-on réservé à l'Élue ?

Il devait le savoir.

C'était aussi essentiel que sa quête du trône.

Chapitre 8

— Alors, où avez-vous balancé les cadavres ? demanda V. en sortant par la porte arrière du centre d'entraînement.

Comme Vhif attendait que John et Blay descendent de la dépanneuse, il laissa à l'un d'eux le soin de répondre à la question. Il était trop vidé pour prendre cette peine ; en fait, alors qu'il jetait un coup d'œil à travers le pare-brise pour observer le parking souterrain du bâtiment, il envisagea tout simplement de s'allonger sur la banquette du camion pour dormir.

Il était trop claqué pour se soucier d'autre chose.

Mais au bout du compte, il suivit John et extirpa sa pauvre carcasse par la portière conducteur. Il devait aller prendre des nouvelles de Layla, et cela n'arriverait pas s'il restait ici.

En dépit de leur arrêt imprévu sur le bas-côté de la route, John, Blay et lui avaient bien travaillé ensemble en revenant à la demeure. Environ quinze kilomètres avant l'embranchement menant au complexe de la Confrérie, ils s'étaient arrêtés sur une route forestière, avaient déshabillé les deux morts, et balancé les corps dans un gouffre naturel dont on ne distinguait pas le fond. Puis ils étaient repartis, laissant la neige, qui avait recommencé à tomber pour de bon, couvrir leurs traces, ainsi que la traînée de sang vermillon que les deux corps avaient dessinée lors de leur ultime plongeon. Avant midi, en supposant que leur estimation de la chute de neige soit correcte, l'endroit serait dans le même état que s'il ne s'était absolument rien passé.

Le nez dans la poudreuse. Ha, ha.

Il supposait qu'il aurait dû se sentir mal pour les familles des deux macchabées : personne ne découvrirait jamais leurs restes. Mais quelques indices suggéraient que ces deux mecs vivaient en marge de la société, et pas parce qu'ils étaient hippies : on avait découvert des flingues, des couteaux, un cran d'arrêt, de l'herbe et de l'ecsta dans leurs poches. Et Dieu seul savait ce qui se trouvait dans leurs sacs à dos.

Les vies violentes avaient tendance à connaître une fin en rapport.

— … fils de pute, disait V. en faisant le tour du Hummer toujours arrimé sur sa plate-forme. Dans quoi se sont-ils encastrés ? Une barrière en ciment ?

John signa quelque chose et V. jeta un regard de reproche à Vhif.

— À quoi pensais-tu, bordel ? Tu aurais pu te faire tuer.

Vhif se frappa la poitrine.

— Ça bat encore là-dedans.

— Crétin. (Mais le frère sourit, dévoilant des crocs pointus.) Pff, j'aurais fait pareil.

Du coin de l'œil, Vhif remarqua que Blay se dirigeait silencieusement et discrètement vers la porte qui menait au bâtiment. Il allait disparaître dans une seconde, débarrassé du bordel qui avait une fois de plus atterri à ses pieds.

Vhif ressentit le soudain et saisissant besoin de suivre le guerrier dans le couloir, loin des regards indiscrets. Comme s'il fallait qu'il tente une fois de plus de s'expliquer…

« Ton cousin me donne ce dont j'ai besoin. Toute la journée. Chaque jour. »

Oh, Seigneur, il allait vomir.

— D'autres effets personnels ?

Vhif s'arracha à ces conneries et se rendit utile.

— Je vais les chercher.

Sautant sur le plateau, il ouvrit de force l'une des portières arrière cabossées du Hummer et se faufila sur la banquette par l'ouverture d'une trentaine de centimètres de large. Il trouva agréable de coincer son corps dans des endroits qui ne lui étaient pas destinés et qui étaient trop étroits : cela donnait de l'occupation à son esprit et les petites douleurs de ses blessures constituaient une autre merveilleuse source de diversion.

Les deux sacs à dos avaient été sacrément secoués. Le premier, qu'ils avaient d'abord vu coincé dans le volant, avait glissé derrière le siège passager, et le second avait atterri à l'avant, sur les pédales. C'était un bien étrange bagage pour ces deux-là, d'après ce qu'il pouvait en dire ; le style randonneur ne cadrait pas avec la panoplie de gros durs que portaient les macchabées.

Ça faisait beaucoup plus école primaire que premier vendeur dans le deal de drogue.

À moins qu'ils n'aient eu besoin d'un endroit où entasser leurs médailles gagnées dans le labo à meth, ou une connerie du même genre.

Comme Vhif regagnait la banquette arrière à reculons, il décida brusquement de ne pas ressortir par où il était entré. En se contorsionnant, il s'allongea sur le cuir saccagé et ramena les genoux contre sa poitrine. Avec une profonde expiration, il balança ses rangers contre l'autre portière arrière et l'ouvrit à la volée : les charnières métalliques cédèrent avec un cri et le panneau tomba sur le béton dans un bruit de tonnerre.

Satisfaisant.

Comme le son se répercutait dans tout le garage, V. alluma l'une de ses roulées et se pencha sur le trou que Vhif venait de faire.

— Tu sais qu'il y a des poignées pour ça, hein ?

Vhif s'assit… et découvrit qu'il venait d'ouvrir d'un coup de pied la seule portière qui n'avait pas été démolie.

Bon, si ce n'était pas là une métaphore de sa vie entière à ce moment précis…

Jetant les deux sacs dehors, il suivit le mouvement, atterrissant durement, tandis que John les ramassait et les ouvrait.

Merde. Blay était parti. La porte menant au centre d'entraînement se refermait tout juste.

Jurant à voix basse, il marmonna :

— Les éventuels téléphones portables doivent toujours être là-dedans ; même si les vitres sont fissurées, le verre est encore en place, donc rien n'a pu être éjecté de la voiture.

— Eh bien, eh bien, eh bien…, dit le frère dans un souffle.

Vhif fronça les sourcils et regarda ce que John avait découvert. Qu'est-ce… que… ?

— C'est une blague ?

Son meilleur ami venait tout juste de sortir une jarre en céramique… de la camelote, comme celles qu'on trouvait au rayon « Maison » chez Target. Et ça alors. L'autre sac en contenait une, lui aussi.

Quelles étaient les chances… ?

— Il faut qu'on trouve ces téléphones, murmura Vhif, en sautant de nouveau sur le plateau. Quelqu'un a une lampe torche ?

Viszs ôta son gant en cuir doublé de plomb et leva la main droite.

— Juste là.

Quand le frère bondit sur le mince rebord de la plate-forme, Vhif se faufila de nouveau sur la banquette arrière du Hummer.

— Attention à ne pas me toucher avec ce truc, d'accord, V. ?

— Ce serait une fessée dont tu te souviendrais, je te le promets.

Mince, cette main était pratique. Quand V. l'eut glissée dans la voiture, tout l'habitacle fut aussi brillamment éclairé qu'en plein jour, si bien que les taches de sang formaient des ombres noires. En rampant, Vhif fouilla sous les sièges, s'étirant pour atteindre les coins. L'odeur était épouvantable, un atroce mélange d'essence, de plastique brûlé et de sang frais... et chaque fois qu'il posait la main par terre, il soulevait le résidu de poudre des airbags.

Mais toute cette gymnastique en valait la peine.

Il ressortit du Hummer avec deux iPhone.

— Je déteste ces trucs, marmonna V. en remettant son gant et en prenant les appareils qui étaient du même modèle.

Revenu à un air relativement pur, Vhif reprit son souffle et fit craquer son cou, puis il sauta de nouveau à terre. V. et John étaient en pleine conversation, et il hocha la tête à plusieurs reprises comme s'il savait de quoi ils parlaient.

— Écoutez, ça vous ennuie si je fais une pause et que je vais faire un tour une seconde ? les interrompit-il.

V. plissa ses yeux couleur de diamant.

— Avec qui ?

Comme par hasard, John s'interposa aussitôt, et posa des questions sur le Hummer et son programme de réparation... de la même manière que quelqu'un agiterait une torche devant un tyrannosaure pour le faire changer de chemin. Lorsque V. lui répondit qu'il envisageait de transformer le 4 × 4 en sculpture de jardin, Vhif faillit envoyer un baiser à son pote.

Personne n'était au courant pour Layla, à l'exception de John et de Blay... et les choses devaient en rester là pendant le début de la grossesse.

Vu que Vhif était l'*ahstrux nohtrum* de John, il ne pouvait pas s'éloigner du mâle, et il ne le fit pas. Il se dirigea vers la porte que Blay avait empruntée et sortit son téléphone. Pendant qu'il composait le numéro d'une des lignes intérieures de la maison et écoutait les sonneries, il regarda fixement son véhicule bousillé.

Il se souvenait de la nuit où il avait reçu la voiture. Même si ses parents avaient eu de l'argent, ils n'avaient pas ressenti la nécessité de pourvoir à ses besoins comme ils l'avaient fait pour son frère et sa sœur. Avant sa transition, il s'en était sorti en vendant de l'herbe rouge en douce, mais il n'avait jamais fait de gros trafic, juste assez pour augmenter son maigre argent de poche et ne pas vivre aux crochets de Blay en permanence.

Les soucis d'argent avaient disparu dès qu'il avait été promu garde personnel de John. Son nouveau boulot lui assurait un salaire important : 75 000 dollars par an. Et vu qu'il ne payait pas d'impôts au gouvernement humain, et qu'il était logé et nourri, il lui restait beaucoup de fric.

Le Hummer avait été son premier gros achat. Il avait effectué des recherches sur Internet, mais à vrai dire, il savait déjà ce qu'il voulait. Fritz s'était chargé de l'achat et de l'enregistrement officiel du véhicule… et la première fois que Vhif s'était installé au volant, avait tourné la clé de contact et senti le vrombissement du moteur sous le capot, il avait failli chialer comme une mauviette.

À présent le Hummer était une épave : il n'était pas mécano, mais les dégâts structurels étaient si graves que réparer l'engin n'avait pas de sens…

— Allô ?

La voix de Layla le fit redescendre sur terre.

— Salut. Je viens de rentrer. Comment te sens-tu ?

La voix distinguée qui lui répondit lui rappela celles de ses parents : chaque mot prononcé à la perfection et choisi avec soin.

— Je vais bien, merci beaucoup. Je me suis reposée et j'ai regardé la télévision, comme tu me l'avais suggéré. Ils ont diffusé des épisodes de *Million Dollar Listing*.

— Qu'est-ce que c'est que ce truc ?

— Une émission où l'on vend des maisons à Los Angeles ; j'ai cru un petit moment que c'était de la fiction, mais apparemment c'est de la télé-réalité. Je croyais qu'ils avaient tout inventé. Madison a une super coiffure, et j'aime bien Josh Flagg. Il est malin et très gentil avec sa grand-mère.

Il lui posa quelques autres questions, comme ce qu'elle avait mangé et si elle avait fait une sieste, juste pour la faire parler, parce que, entre les syllabes, il cherchait des indices de malaise ou d'inquiétude.

— Alors tu vas bien, dit-il.

— Oui, et avant que tu ne poses la question, j'ai déjà demandé à Fritz de me monter mon Dernier Repas. Et oui, je mangerai tout mon rosbif.

Il fronça les sourcils, car il ne voulait pas qu'elle se sente enfermée.

— Écoute, ce n'est pas seulement pour le bébé. C'est aussi pour toi. Je veux que tu ailles bien, tu sais ?

Layla baissa un peu la voix.

— Tu as toujours été ainsi. Même avant que nous… oui, tu as toujours voulu ce qu'il y avait de mieux pour moi.

Concentrant son attention sur la portière qu'il avait explosée, il se remémora combien cela avait été agréable de donner un coup de pied dans quelque chose.

— Bon, j'ai l'intention d'aller à la salle de muscu pendant un moment. Je reprendrai de tes nouvelles avant d'aller au pieu, OK ?

— Parfait. Porte-toi bien.

— Toi aussi.

En raccrochant, il prit conscience que V. avait cessé de parler et le regardait comme si quelque chose clochait chez lui : avait-il les cheveux en flammes, le pantalon descendu autour des chevilles, les sourcils rasés ?

— Tu t'es trouvé une femelle ici, Vhif? demanda le frère d'une voix doucereuse.

Vhif regarda autour de lui à la recherche d'une bouée de sauvetage et ne trouva rien.

— Euh…

V. poussa un soupir et le rejoignit.

— On s'en fout. Je vais travailler sur ces téléphones. Et il faut que tu te rachètes un véhicule ; n'importe quoi, tant que ce n'est pas une Prius. À plus.

Quand John et lui se retrouvèrent seuls, il fut évident que son ami s'échauffait avant de dire quelque chose au sujet du spectacle qui avait eu lieu au bord de la route.

— Je ne veux rien entendre, John. Je n'en ai tout simplement pas la force pour l'instant.

— *Merde*, signa John.

— C'est l'idée générale, mec. Tu rentres à la maison ?

Si l'on remplissait strictement la fonction d'*ahstrux nohtrum*, Vhif devait être avec John vingt-quatre heures sur vingt-quatre, sept jours sur sept. Mais le roi leur avait accordé une dispense lorsqu'ils se trouvaient sur le territoire du complexe. Autrement, Vhif en aurait appris beaucoup trop sur son pote et Xhex.

Et John aurait dû les regarder faire, lui et Layla… hem, oui.

Quand John hocha la tête, Vhif poussa la porte et la maintint ouverte.

— Après toi.

Il refusa de regarder son ami en face quand le guerrier le dépassa, il en était tout simplement incapable. Parce qu'il savait exactement ce que celui-ci avait en tête, et qu'il n'avait aucune envie de parler de ce qui était arrivé sur cette route qu'il avait déjà parcourue par le passé. Il ne voulait pas évoquer ce qui s'était produit ni cette nuit, ni cette autre, longtemps auparavant avec la garde d'honneur.

Il avait fini de discutailler.

Ça n'aidait jamais personne.

Saxton, fils de Tyhm, referma le dernier tome du *Livre de l'histoire orale* et ne put que regarder fixement sa couverture en cuir fin aux détails gaufrés et dorés.

Le dernier.

Il n'arrivait pas à y croire. Depuis combien de temps ses recherches duraient-elles ? Trois mois ? Quatre ? Comment cela pouvait-il être fini ?

Un rapide passage en revue de la bibliothèque de la Confrérie, avec ses centaines et ses centaines d'ouvrages de droit, de rhétorique, et de décrets royaux… et il se dit que, oui, effectivement, il lui avait fallu plusieurs mois pour tous les éplucher. Et maintenant que la recherche était achevée, les notes prises et que le chemin légal pour ce que le roi désirait accomplir était dégagé, il aurait dû éprouver une sensation de réussite.

Au lieu de quoi, il ressentait de l'angoisse.

Au cours de ses études et de son activité d'avocat, il s'était attaqué à des problèmes complexes, surtout depuis qu'il occupait la fonction d'avoué personnel du Roi Aveugle : le droit ancien était très alambiqué et archaïque, non seulement dans sa rédaction mais dans son contenu même… et la personnalité du dirigeant de l'espèce vampire était à l'opposé de cela. La manière de réfléchir de Kolher était à la fois franche et révolutionnaire et, quand il était question de son pouvoir, le passé et l'avenir ne coexistaient pas souvent sans un important remaniement… du droit ancien, bien entendu.

Néanmoins, ceci atteignait un niveau tout à fait différent.

Kolher, en tant que souverain, pouvait faire à peu près tout ce qu'il voulait, à condition que les précédents correspondants soient identifiés, refondus et enregistrés. Après tout, le roi était l'incarnation même du droit, la manifestation physique de l'ordre, indispensable à une société civilisée. Le problème était que la tradition n'était pas le fruit du hasard, mais l'aboutissement sur plusieurs générations d'une sélection de règles acceptées par l'opinion publique. Les progressistes cherchant à mener des sociétés profondément conservatrices dans de nouvelles directions tendaient à rencontrer des problèmes.

Et comment serait perçu ce… profond changement du droit auquel le roi aspirait ? Dans l'environnement politique actuel, où le pouvoir de Kolher était déjà remis en question…

— Tu es plongé dans tes pensées.

Au son de la voix de Blay, Saxton sursauta et faillit lâcher son Montblanc.

Immédiatement, Blay tendit la main comme pour apaiser son trouble.

— Oh, je suis désolé…

— Non, tout va bien, je… (Saxton fronça les sourcils quand il se retourna et vit les vêtements humides et ensanglantés du soldat.) Douce Vierge scribe… que s'est-il passé ce soir ?

Au lieu de répondre, Blay se dirigea vers le bar installé sur la commode bombée ancienne, dans le coin de la pièce. Comme il s'attardait à choisir entre un xérès et du vermouth, il parut assez clair qu'il rassemblait ses mots dans sa tête.

Ce qui signifiait que ce devait avoir un rapport avec Vhif.

En fait, Blay se fichait du xérès ou du vermouth à cet instant précis. Et d'ailleurs, il se servit un porto.

Saxton se renfonça dans son fauteuil et leva la tête vers le lustre suspendu au plafond. Le luminaire était une éblouissante production de chez Baccarat, fabriquée au milieu du XIXe siècle, avec tous les cristaux et la qualité d'ouvrage que l'on pouvait espérer.

Il se souvint du jour où l'objet avait oscillé de façon subtile en faisant scintiller dans toute la pièce des reflets lumineux aux couleurs de l'arc-en-ciel.

Combien de nuits étaient passées depuis lors ? Combien de temps s'était écoulé depuis que Vhif avait servi l'Élue juste au-dessus de cette pièce ?

Rien n'était plus pareil depuis.

— Une voiture hors d'usage. (Blay but une longue gorgée de son verre.) Un simple problème mécanique.

Est-ce pour cela que ton pantalon de cuir est mouillé et qu'il y a du sang sur le devant de ton tee-shirt ? se demanda Saxton.

Et pourtant, il se tut.

Il avait pris l'habitude de se taire.

Le silence entre eux s'installa.

Blay termina son porto et s'en versa un autre avec l'empressement d'un alcoolique. Ce qu'il n'était pas.

— Et… toi ? demanda le mâle. Comment avance ton travail ?

— J'ai terminé. Enfin, presque.

Blay tourna son regard bleu vers lui.

— Vraiment ? Je pensais que cela t'occuperait éternellement.

Saxton contempla les traits qu'il connaissait si bien. Les yeux dans lesquels il avait plongé les siens pendant ce qui lui avait semblé être une vie entière. Ces lèvres qu'il avait passé des heures à embrasser.

La sensation écrasante de tristesse qui le submergea était aussi indéniable que l'attirance qui l'avait mené dans cette maison, vers ce travail et cette nouvelle vie.

— Moi aussi, répondit-il au bout d'un moment. Moi aussi… j'ai cru que cela durerait bien plus longtemps.

Blay contempla le fond de son verre.

— Depuis combien de temps as-tu commencé ?

— Je ne… Je ne m'en souviens pas. (Saxton leva la main et se frotta le nez.) Cela n'a pas d'importance.

Un autre silence s'ensuivit. Au cours duquel Saxton aurait été prêt à parier son dernier souffle que l'esprit de Blaylock était revenu à cet autre mâle, celui qu'il aimait comme nul autre, son autre moitié.

— Alors, de quoi s'agit-il ?

— Je te demande pardon ?

— Ton projet. Tout ce travail. (Blay esquissa un geste élégant avec son verre.) Ces livres que tu as étudiés. Si tu as terminé, tu peux me dire de quoi il s'agit à présent, non ?

Saxton envisagea brièvement de lui apprendre la vérité : qu'il n'avait rien dit sur d'autres choses, tout aussi urgentes et importantes. Des choses avec lesquelles il avait cru pouvoir supporter de vivre en les gardant pour lui, mais qui, le temps passant, s'étaient révélées trop lourdes à porter.

— Tu le découvriras bien assez tôt.

Blay hocha la tête, mais avec cet air de distraction qu'il avait depuis le début. Sauf qu'alors il déclara :

— Je suis heureux que tu sois là.

Saxton leva les sourcils.

— Oui… ?

— Kolher a besoin d'avoir un très bon avocat à ses côtés.

Ah.

Saxton repoussa son fauteuil et se leva.

— Oui. C'est tout à fait vrai.

Ce fut avec un étrange sentiment de vulnérabilité qu'il rassembla ses papiers. Il lui semblait certainement, en ce moment tendu et triste, qu'elles étaient tout ce qui le soutenait, ces feuilles fragiles mais virtuellement puissantes, avec leurs mots soigneusement choisis et écrits, proprement rangés dans leurs lignes de texte.

Il ignorait ce qu'il aurait fait sans elles par une nuit pareille.

Il se racla la gorge.

— Quels sont tes projets pour le reste de la soirée ?

Comme il attendait la réponse, son cœur se mit à battre violemment dans sa poitrine parce que lui, et lui seul, semblait avoir compris que la mission confiée par le roi n'était pas la seule chose qui s'était achevée ce soir. Oui, l'optimisme sans fondement qui l'avait soutenu dans les débuts de cette relation amoureuse s'était transformé en une sorte de désespoir qui l'avait amené à se raccrocher aux branches d'une façon qui ne lui ressemblait pas… mais désormais, même cela avait disparu.

C'était ironique, vraiment. Le sexe n'était qu'un lien éphémère… et à de multiples reprises dans sa vie, c'était tout ce qu'il avait recherché. Même avec Blaylock, au début, cela avait été le cas. Mais avec le temps, le cœur s'était impliqué et cela le laissait dans l'état où il se trouvait ce soir.

Au bout du rouleau.

— … m'entraîner.

Saxton se reprit.

— Pardon ?

— Je vais m'entraîner un peu.

Après avoir descendu une carafe de porto ? se dit Saxton.

L'espace d'un instant, il fut tenté de le presser pour obtenir tous les détails sur la nuit qui s'achevait, comme s'ils pouvaient lui offrir une sorte de soulagement. Mais il était trop intelligent pour cela. Blay était une âme douce et pleine de compassion, et il ne pratiquait la torture que dans le cadre de son travail, quand cela s'avérait nécessaire.

Aucun soulagement ne viendrait, ni par le sexe, ni par la conversation, ni par le silence.

Avec l'impression de se préparer au pire, Saxton boutonna sa veste croisée et vérifia que sa cravate était bien en place. Un rapide coup d'œil à sa tenue lui apprit que sa pochette était disposée avec précision, mais que les manchettes de sa chemise avaient besoin d'être tirées, ce qu'il fit immédiatement.

— Je dois me reposer avant de me préparer à parler au roi. Mes épaules me font un mal de chien après avoir passé la nuit à ce bureau.

— Prends un bain. Cela détendra peut-être les muscles ?

— Oui. Un bain.

— Je te vois plus tard, alors, dit Blay en se versant un autre verre et en s'approchant.

Leurs bouches s'effleurèrent en un rapide baiser, après quoi Blay fit demi-tour et sortit dans le vestibule, puis disparut dans l'escalier pour aller se changer.

Saxton le regarda partir. Il avança même de quelques pas pour voir ses rangers grimper les marches une à une.

Une partie de son être lui hurlait de suivre le mâle jusqu'à leur chambre et de l'aider à retirer ses vêtements. Les sentiments mis à part, l'attraction physique entre eux avait toujours été forte, et il avait envie de l'exploiter en ce moment.

Sauf que même ce pansement-là se désagrégeait lui aussi.

Il alla se verser un verre de xérès et s'assit devant le feu pour le siroter. Fritz avait remis du bois récemment, et les flammes étaient brillantes et vives sur le tas de bûches.

La rupture serait douloureuse, songea Saxton. Mais elle ne le briserait pas.

Il finirait par s'en remettre. Par guérir. Aller de l'avant.

Tout le monde avait le cœur brisé un jour…

N'existait-il pas une chanson à ce sujet ?

Bien entendu, la question était : quand aborderait-il le sujet avec Blaylock ?

Chapitre 9

Le frottement des skis de fond sur la neige se répétait à une cadence régulière et soutenue.

La tempête venue du nord s'était dissipée après l'aube, et les rayons du soleil levant qui brillait derrière la couverture nuageuse qui se dissipait transperçaient la forêt jusqu'au sol scintillant de neige.

Pour Sola Morte, les rayons dorés ressemblaient à des lames.

Devant elle, sa cible se présentait comme un œuf de Fabergé posé sur son socle : la maison au bord de l'Hudson était un joyau architectural, une cage de poutrelles métalliques d'apparence fragile qui soutenaient un assemblage d'innombrables panneaux de verre. De tous côtés, les reflets de l'eau et du soleil naissant ressemblaient à des photographies saisies par un véritable artiste, qui aurait figé les images dans la structure même de l'édifice.

Je ne vivrais pas ici même si on me payait pour cela, se dit Sola.

À moins que l'ensemble ne soit blindé ? Mais qui avait assez d'argent pour cela ?

D'après le cadastre de Caldwell, le terrain avait été acquis par un certain Vincent DiPietro deux ans auparavant et bâti par la société immobilière de ce dernier. Aucune dépense n'avait été épargnée pour la construction, du moins, d'après l'évaluation basée sur la fiche d'imposition, qui dépassait les huit millions de dollars. Juste après l'achèvement de la propriété, celle-ci avait changé de mains, pas pour une personne physique, mais pour un fonds immobilier, avec juste un avocat à Londres nommé comme administrateur.

Mais elle savait qui vivait ici.

Il était la raison de sa venue.

Il était également la raison pour laquelle elle s'était si minutieusement armée. Sola portait de nombreuses armes sur elle, dissimulées dans des endroits faciles d'accès : un couteau dans un étui au bas de son dos, un revolver à sa hanche droite, un fouet dans le col de sa parka blanche de camouflage.

Les hommes comme sa cible n'aimaient pas qu'on les espionne. Mais, même si elle ne venait que pour chercher des informations, et non pour le tuer, elle ne doutait pas que, si elle était découverte sur la propriété, les choses se corseraient. Rapidement.

Sortant ses jumelles d'une poche intérieure, elle demeura immobile et tendit l'oreille. Aucun bruit indiquant une approche derrière elle ou sur les côtés, et devant elle on distinguait clairement l'arrière de la maison.

D'ordinaire, quand on l'engageait pour une mission de ce genre, elle opérait de nuit. Mais pas avec cette cible.

Les grands patrons du commerce de la drogue menaient leurs affaires de 21 heures à 5 heures, du soir au matin. Ils consacraient leur journée à dormir et à baiser, c'était donc ce moment-là qu'il fallait mettre à profit pour repérer les lieux, apprendre leurs habitudes, connaître leur personnel et étudier la façon dont ils se protégeaient quand ils baissaient la garde.

Focalisant son attention sur la maison, elle effectua son évaluation. Des portes de garage. Une porte de derrière. Des demi-fenêtres qui, supposait-elle, donnaient sur la cuisine. Puis venaient les panneaux coulissants en verre allant du sol au plafond, qui couvraient tout le flanc arrière ainsi que la façade donnant sur la rive du fleuve.

Le tout sur trois niveaux.

Elle ne distinguait rien qui bouge à l'intérieur.

Mince, ça faisait beaucoup de verre. Et en fonction de l'angle de la lumière, elle arrivait à voir l'intérieur de certaines des pièces, en particulier le grand espace ouvert qui semblait occuper au moins la moitié du rez-de-chaussée. Les meubles, de style moderne, y étaient peu nombreux, comme si le propriétaire ne voulait pas inviter les gens à s'attarder là.

Elle était prête à parier que la vue qu'on avait de cette pièce était incroyable. Surtout en ce moment avec les rayons du soleil filtrant de derrière les nuages.

Inclinant ses jumelles en direction de la corniche du toit, elle chercha des caméras de surveillance, s'attendant à en trouver une tous les six mètres.

Oui.

Bon, c'était logique. D'après ce qu'on lui avait dit, le propriétaire des lieux était effroyablement méfiant, et ce genre d'attitude s'accompagnait souvent de mesures sécuritaires, incluant, mais sans s'y limiter, gardes du corps, voitures blindées et, très certainement, surveillance constante de tout environnement où l'individu passait un peu de temps.

L'homme qui l'avait engagée avait tout cela lui aussi, voire davantage.

— Qu'est-ce que…, chuchota-t-elle, en réglant la mise au point de ses jumelles.

Elle cessa de respirer pour être certaine de ne pas bouger.

C'était… très bizarre. L'intérieur de la maison semblait faire des vagues : les meubles qu'elle discernait ondulaient de façon subtile.

Baissant les puissantes lentilles, elle regarda autour d'elle, en se demandant si sa vue n'était pas le problème.

Non. Tous les pins de la forêt se comportaient correctement, et ne présentaient aucune déformation avec leurs branches immobiles dans l'air froid. Et quand elle reprit ses jumelles, elle suivit la ligne du toit puis les contours des cheminées en pierre.

Tous étaient parfaitement droits et immobiles.

Elle reporta son attention sur le verre.

Inspirant profondément, elle retint l'oxygène dans ses poumons et prit appui contre le tronc du bouleau le plus proche pour donner une stabilité supplémentaire à son corps.

Quelque chose clochait toujours. Les cadres des baies coulissantes, les lignes du porche et la structure extérieure de la maison dans son ensemble étaient fixes et solides. L'intérieur, en revanche, paraissait... pixellisé d'une façon ou d'une autre, comme si on avait créé une image de toutes pièces pour donner l'impression qu'il y avait des meubles... et que cette image-là aït été projetée contre une surface souple comme un rideau... qui aurait été soumise à un léger courant d'air.

Cette mission allait se révéler bien plus intéressante qu'elle ne l'avait cru. Établir le compte-rendu des activités de l'associé d'un de ses « amis » ne l'avait pas particulièrement excitée au départ. Elle préférait relever de plus grands défis.

Mais il y avait peut-être plus qu'il n'y paraissait au premier abord.

Après tout, ce camouflage signifiait que l'on cachait quelque chose, et elle avait fait son métier de prendre aux gens ce qu'ils voulaient garder secret, qu'il s'agisse d'objets de valeur, d'informations, ou de documents.

Le vocabulaire utilisé pour définir sa profession n'était pas important pour elle. S'introduire dans une maison fermée, ouvrir une voiture, un coffre-fort ou une mallette verrouillée et en extraire ce qu'elle cherchait, voilà tout ce qui comptait.

C'était une chasseresse.

Et l'homme dans cette maison, quel qu'il soit, était sa proie.

Chapitre 10

Blay n'avait aucune envie de s'approcher d'un haltère, et encore moins des autres appareils de musculation que l'on trouvait dans le gymnase du centre d'entraînement. Descendre ce porto alors qu'il avait l'estomac vide l'avait rendu confus et maladroit. Mais il devait avoir une direction à suivre… un projet, une destination où traîner sa pauvre carcasse. Tout plutôt que monter dans sa chambre, se rasseoir sur ce lit et commencer la journée de la même façon qu'il avait débuté cette nuit : en fumant et en regardant dans le vide.

Avec sans doute beaucoup de porto en sus.

Sortant du tunnel, il traversa le bureau et poussa la porte vitrée.

À mesure qu'il avançait, tout en buvant toujours son verre à moitié plein, son esprit tournait en rond, se demandant quand toutes ces conneries entre lui et Vhif allaient s'achever. Sur son lit de mort ? Seigneur, il ne pensait pas pouvoir tenir aussi longtemps, en supposant qu'il ait une espérance de vie normale devant lui.

Peut-être que quitter la demeure lui serait profitable. Avant l'assassinat de Wellsie, elle et Tohr avaient vécu dans leur propre maison. Mince, s'il faisait cela, il n'aurait plus à voir Vhif, hormis lors des réunions de la Confrérie, auxquelles tant de monde participait qu'il était facile de passer inaperçu.

C'était ce qu'il faisait depuis un moment, d'ailleurs.

En fait, s'il mettait ce plan à exécution, tous deux n'auraient plus du tout besoin de se croiser : Vhif était toujours associé à John en raison de son statut d'*ahstrux nohtrum*, et entre le planning des rotations et la façon dont le territoire était divisé, lui et Vhif ne se battaient jamais ensemble, sauf en cas d'urgence.

Saxton pourrait toujours faire des allers-retours pour son travail…

Blay s'arrêta net devant l'entrée de la salle de musculation. Par la vitre, il aperçut des poids qui montaient et descendaient dans la cage à squat, et il sut, d'après la paire de baskets qu'il distingua, qui s'entraînait.

Bon sang de bonsoir, il ne pourrait donc pas avoir un seul moment de tranquillité cette nuit.

Se penchant en avant, il se frappa la tête contre le battant. Deux fois. Trois…

— Tu es censé faire des mouvements sur les machines, pas sur la porte.

La voix de Manny Manello, qui passait dans le couloir, fut aussi bienvenue qu'un coup de pied au cul porté par une chaussure à bout ferré.

Blay se redressa et le monde se mit à tanguer un peu autour de lui… au point qu'il dut subrepticement poser sa main libre sur le chambranle afin que son problème d'équilibre ne se voie pas. Il dissimula également son verre presque vide.

Le doc ne penserait probablement pas que s'entraîner en étant sous l'emprise de l'alcool soit une bonne chose.

— Comment vas-tu ? demanda Blay, même s'il s'en fichait… et cela ne concernait pas que le *hellren* de Souffhrance.

Il se foutait de presque tout en ce moment.

La bouche de Manello remua et Blay observa les lèvres de l'homme former et prononcer des syllabes. Un instant plus tard, ils échangèrent une sorte d'au revoir, puis Blay se retrouva de nouveau seul avec la porte.

Cela lui semblait crétin de rester planté là, surtout après avoir dit au bon docteur qu'il allait entrer. En outre, il y avait, quoi, vingt-cinq machines dans la pièce, en plus des haltères et des poids de toutes sortes, comme des tapis de course, des appareils de step, des vélos elliptiques… bref, il y avait largement de quoi s'occuper sans se soucier de celui qui s'entraînait déjà là.

« *Je ne suis pas amoureux de Layla.* »

Avec un juron, Blay poussa la porte pour entrer et se prépara à un « oh, salut, c'est toi » gêné. Sauf que Vhif ne remarqua même pas son arrivée. Au lieu d'utiliser les haut-parleurs, il portait un casque qui lui englobait les oreilles, et il s'était déplacé jusqu'à la barre de traction, si bien qu'il avait la tête tournée vers le mur en béton.

Blay s'installa aussi loin que possible de lui et choisit un appareil au hasard… qui s'avéra être une machine pour développer les pectoraux. Bref.

Après avoir posé son verre et réglé la marque sur la pile de poids, il sauta sur le siège rembourré, saisit les doubles poignées et se mit à pousser.

Il n'avait que le dos de Vhif comme point de mire.

Ou peut-être était-ce parce que ses yeux refusaient de se poser ailleurs.

Le mâle portait un débardeur noir qui exposait largement ses épaules imposantes… et leurs muscles se contractaient visiblement quand il atteignait le haut de sa traction, leurs stries et leurs contours étaient ceux d'un guerrier… non d'un avocat…

Blay s'arrêta immédiatement.

C'était injuste, voire méprisable, de faire la moindre comparaison de ce genre, quoi qu'il arrive. Après l'année écoulée, il connaissait le corps de Saxton presque aussi bien que le sien, et le mâle était magnifiquement bâti, tout en finesse et en élégance…

Vhif effectua une nouvelle traction, qui gonfla les muscles de ses bras et ceux de son torse. Et, à cause de ses exercices, toute sa peau transpirait, ce qui le faisait briller sous les lumières de la salle.

Le tatouage de sa nuque ondula comme il relâchait et redescendait tout en restant suspendu, puis il se souleva de nouveau. Et redescendit. Et remonta.

Blay songea à l'apparence du mâle quand ils avaient retourné le Hummer : puissante, masculine… érotique.

Non, cela n'allait pas arriver.

Il n'était pas assis là, à reluquer Vhif de cette façon…

Des images des années passées émergèrent de sa mémoire, transformant son cerveau en écran de télévision. Il revit Vhif penché sur une humaine étendue fesses en l'air sur le bord d'une table, ses hanches allant et venant pendant qu'il la baisait, ses mains lui empoignant le bassin pour la maintenir en place. Il ne portait pas de tee-shirt à ce moment-là, et ses épaules étaient tendues, comme c'était le cas en ce moment.

Un corps ferme bien utilisé.

Il y avait tant d'images comme celle-ci, représentant Vhif dans différentes positions avec différentes personnes, mâles et femelles. Au début, juste après leur transition, ils avaient ressenti un tel sentiment d'exaltation qu'ils partaient en chasse tous les deux… ou plutôt, Vhif allait à la pêche et Blay acceptait ce que celui-ci rapportait. Il y avait eu tellement de relations sexuelles et avec tant de gens, même si à cette époque-là, Blay n'avait couché qu'avec les femelles.

Peut-être parce qu'il avait compris qu'elles étaient sans risques pour lui, parce qu'elles « ne comptaient pas » à bien des égards.

Cela avait été si facile au début. Mais petit à petit, les choses avaient commencé à changer, et il avait pris conscience qu'il observait Vhif lorsqu'il baisait avec ses divers coups d'un soir, qu'il s'imaginait sous ce corps, en train de recevoir ce que celui-ci donnait si bien. Au bout d'un moment, ce n'était plus la bouche d'un étranger qu'il voyait s'activer sur le pénis de Vhif, mais la sienne. Et quand les orgasmes des partenaires de Vhif survenaient, ce qui était toujours le cas, il s'imaginait que c'était lui qui les recevait. C'étaient ses mains qui caressaient le corps de Vhif, ses lèvres qui se collaient aux siennes et ses jambes qui s'écartaient.

Et cela avait tout fait foirer.

Merde, il se rappelait des journées passées éveillé à regarder fixement son plafond, en se disant que quand ils retourneraient au club, dans les toilettes, ou à l'endroit où les choses se passaient, il ne recommencerait pas. Mais chaque fois qu'ils sortaient, c'était comme si on offrait à un drogué la pilule qu'il lui fallait.

Puis il y avait eu ces deux baisers échangés : le premier au bout du couloir, dans la salle d'examen de la clinique. Et il avait dû supplier pour l'obtenir. Et le second dans sa chambre, juste avant qu'il sorte avec Saxton pour la première fois.

Il avait dû supplier pour l'avoir, là aussi.

Brusquement, Blay cessa de faire semblant de s'entraîner et posa les mains sur ses cuisses.

Il s'ordonna de partir. De se lever du siège et de décamper avant que Vhif change de machine et découvre sa présence ici.

Au lieu de quoi, il se surprit à poser une fois de plus le regard sur ces épaules et ce dos, sur cette taille étroite et ce postérieur tendu, sur ces jambes musclées.

Peut-être était-ce dû à l'alcool, ou bien au contrecoup de cette dispute dans la dépanneuse, ou encore à toute cette histoire de sexe avec Layla…

Mais à ce moment précis, il était excité. Dur comme du bois. Prêt à baiser.

Blay baissa la tête pour observer le devant de son ample short… et eut envie de se tirer une balle dans la tête.

Oh, Seigneur, il fallait qu'il sorte d'ici tout de suite.

Alors que Vhif enchaînait les tractions les unes après les autres, ses mains étaient engourdies et il avait l'impression qu'on lui arrachait les biceps des os avec des couteaux émoussés… et ce n'était que de la petite bière comparé à la douleur dans ses épaules. Là était le véritable problème. Quelqu'un était visiblement venu derrière lui pour les badigeonner de décapant à vernis, avant de passer une ponceuse dessus.

Il ignorait combien de mouvements il avait effectués. N'avait aucune idée du nombre de kilomètres parcourus. Avait perdu le compte des abdos, des squats et des pompes.

Il savait seulement qu'il allait continuer.

Son but : l'épuisement total. Il voulait s'écrouler à l'instant où il remonterait et s'allongerait sur son lit.

Lâchant la barre, il posa les mains sur les hanches, baissa la tête et respira bruyamment. Son épaule droite se contracta immédiatement, mais il s'agissait de son bras directeur, donc il s'y attendait. Pour détendre le nœud musculaire, il effectua un large cercle avec son bras en se retournant…

Vhif s'immobilisa.

De l'autre côté des matelas bleus, Blay était installé sur la machine la plus proche de la porte, aussi figé que les poids qu'il ne soulevait pas.

L'expression de son visage était intense. Mais il n'était pas en colère.

Non, pas du tout.

Il avait une érection assez grande pour qu'on la remarque à l'autre bout de la pièce. Peut-être même à l'autre bout de l'État.

Vhif ouvrit la bouche. La referma. La rouvrit.

Au bout du compte, il décida qu'il s'agissait du meilleur exemple de la façon dont la vie ne cessait jamais de vous surprendre. De toutes les situations dans lesquelles il croyait qu'ils se retrouveraient un jour, celle-ci était exclue. Pas après… tout, en fait.

Il ôta son casque et le laissa pendre autour de son cou, le rythme assourdissant de la musique passant d'un rugissement digne d'un concert à un petit sifflement impuissant.

Suis-je à l'origine de cela ? voulut-il demander.

Pendant une fraction de seconde, il se dit que c'était peut-être le cas, mais quelle arrogance ! Blay venait à peine d'achever un discours sur le fait que tous deux n'étaient que des employés travaillant côte à côte sur des friteuses. Puis il se pointait avec une érection de la taille d'un pied-de-biche, et la première chose qui lui venait à l'esprit était que peut-être, éventuellement, d'une façon ou d'une autre… il en était la cause ?

Quel con il faisait.

Et d'ailleurs, comment diable réagirait-il s'il se retrouvait soudain propulsé dans une dimension parallèle, où Blay lui ferait des avances de ce genre ?

Bien sûr qu'il avait envie de lui.

Putain de merde, il l'avait toujours désiré… au point qu'il devait se demander s'il avait repoussé Blay « pour son bien », plutôt que pour le sien propre.

Réfléchissant là-dessus, il remarqua le verre aux pieds du mâle. Ah, il y avait de l'alcool là-dedans, car il doutait sincèrement que le centimètre de liquide sombre dans ce verre carré soit du Coca-Cola.

Merde, pour ce qu'il en savait, Saxton venait peut-être de lui envoyer un message érotique qui était à l'origine de son érection.

Et elle ne semblait pas près de retomber.

« Ton cousin me donne ce dont j'ai besoin. Toute la journée. Chaque jour. »

— Tu as autre chose à me dire ? demanda Vhif d'un ton hargneux.

Blay secoua la tête en signe de dénégation.

Vhif fronça les sourcils. Blay n'était pas une tête brûlée, il ne l'avait jamais été, et c'était en partie pour cette raison que, pendant très longtemps, ils avaient été si proches. Une histoire d'équilibre et toutes ces conneries. Mais en cet instant, il paraissait à un cheveu de perdre les pédales.

Y avait-il de l'eau dans le gaz chez l'heureux couple ?

Non, ils étaient trop bien ensemble.

— OK.

Merde, l'idée de rester là pendant que Blay était excité par la perspective d'une nouvelle partie de jambes en l'air avec Saxton le Magnifique était tout simplement insoutenable.

— Je te vois plus tard.

Comme il passait devant lui, il sentit le regard de Blay s'attarder sur lui… mais pas au niveau de son visage. Du moins, cela n'y ressemblait pas.

Qu'est-ce qui se passait, putain ?

Débouchant dans le couloir, il s'arrêta pour vérifier que les murs en béton n'étaient pas en train de fondre ou que ses mains ne s'étaient pas soudain transformées en poissons ou autre chose. Ce n'était pas le cas, mais une impression déstabilisante d'irréalité le poursuivit tandis qu'il se dirigeait vers le vestiaire. Une douche s'imposait ; il était couvert de sueur, et les *doggen* avaient beau aimer le bazar, il n'allait pas leur donner du travail supplémentaire uniquement parce qu'il avait tenté de se tuer dans la salle de muscu…

Dur. Excité. Prêt à baiser.

Alors que la vision de Blay en érection tourbillonnait dans son cerveau, il ferma les yeux et poussa la porte menant au royaume du carrelage et des pommes de douche. Il avait l'intention d'aller directement sous le jet, mais il s'arrêta dans le vestiaire, où s'alignaient des rangées de casiers et de bancs.

Il s'assit sur l'un d'eux, délaça ses baskets, les ôta d'un coup de pied, et retira ses chaussettes.

Il était complètement excité, bordel.

Blay avait perdu la tête.

Bizarrement, les deux dernières rencontres sexuelles de Vhif firent irruption dans sa tête. Il y avait eu ce rouquin au *Masque de Fer*… celui qu'il avait séduit et baisé dans les toilettes. Il l'avait choisi au hasard dans la foule pour ce trait physique particulier, et naturellement la séance n'avait pas été extraordinaire pour lui. Mais bon, c'était comme vouloir boire une tequila de grande qualité et s'enfiler un *ginger ale*.

Puis il y avait eu l'histoire avec Layla, qui n'avait été qu'un travail exigeant sur le plan physique, comme creuser une tranchée ou construire un mur…

Mon Dieu, il se faisait l'effet d'être un salopard à penser ainsi, et il ne voulait pas manquer de respect à l'Élue. Mais au moins il était tout à fait clair qu'elle pensait la même chose.

C'était tout pour l'année écoulée. Seulement ces deux-là.

Presque douze mois d'abstinence, et il ne s'était pas non plus masturbé. Il n'avait plus de goût à rien, comme si ses couilles étaient entrées en hibernation.

C'était drôle, juste après sa transition, il s'était tapé tout ce qui avait deux jambes et un cœur, et, tandis qu'il s'efforçait de se remémorer certains visages de ces multiples partenaires – Dieu savait qu'il ne s'était pas ennuyé à retenir leurs noms la plupart du temps – un sentiment pénible lui tordit les entrailles.

Toute cette baise anonyme, inconnue, sans visage… devant Blay. Toujours avec lui, en y repensant. À l'époque, il avait eu l'impression qu'il s'agissait de moments entre potes, mais à présent il s'interrogeait.

Ouais, tu parles. Il savait très bien de quoi il retournait.

Mais c'était une véritable mauviette, pas vrai ?

Il se remit debout pour se déshabiller et abandonna son débardeur et son short sur le banc en une boule humide. Pénétrant dans les douches, il choisit une cabine au hasard, tourna le robinet et se plaça sous le jet. L'eau était glaciale, mais il s'en fichait. Il affronta l'assaut, les paupières fermées et la bouche ouverte.

Quand il avait attiré ce rouquin dans les toilettes du club, près d'un an plus tôt, il n'avait que Blay en tête.

C'était Blay qu'il avait poussé contre l'évier et embrassé avec force. La verge de Blay qu'il avait sucée, le corps de Blay qu'il avait pris par-derrière et…

— Pour l'amour de…, grogna-t-il.

Surgie de nulle part, l'image de son vieil ami assis à la machine un instant plus tôt, les genoux écartés, son pénis déformant le tissu si fin de son short, s'imprima dans son esprit et descendit le long de sa colonne vertébrale, droit entre ses jambes. Avec un juron, il vacilla et dut s'appuyer au carrelage mouillé.

— Oh… putain…

Prenant appui, il posa le front contre son avant-bras et tenta de se concentrer sur la sensation de l'eau qui lui frappait la nuque.

Peine perdue.

Il n'avait conscience que de la palpitation dans sa verge.

Enfin, de cela et du fantasme obsédant où il tombait à genoux et s'insinuait entre les cuisses ouvertes de Blay, dont il léchait le corps jusqu'à trouver sa bouche, tout en glissant la main sous l'élastique du short pour commencer à masturber son ami d'une façon qu'il n'oublierait jamais.

Entre autres choses.

Tournant le dos au jet, Vhif plaqua ses cheveux en arrière en cambrant les reins.

Il sentit son pénis se dresser entre ses jambes, cherchant à attirer son attention.

Mais il ne ferait rien pour se soulager. Blay méritait mieux que cela… oui, cela n'avait aucun sens, mais cela lui paraissait vicieux de se palucher sous la douche parce que le mâle était excité par quelqu'un d'autre.

Merde, son compagnon.

Le propre cousin de Vhif, pour l'amour du ciel.

Comme son érection se maintenait, indifférente à cet argument, il sut que la journée serait sacrément longue.

Chapitre 11

Blay baissa la tête en poussant un juron, tandis que la porte de la salle de musculation se refermait. Et bien entendu, dans cette position, il ne pouvait voir que son pénis en érection.

Ce qui ne l'aidait pas.

Relevant les yeux, il avisa la barre de traction et sut qu'il devait faire quelque chose. Rester assis là, à moitié ivre, avec un festival dans le pantalon n'était pas vraiment un état dans lequel il souhaitait être vu. Si un frère comme Rhage le surprenait ici, Blay en entendrait parler pour le restant de ses jours. En outre, il était en tenue de sport et entouré de toutes ces machines, alors il ferait aussi bien de se mettre au travail et de soulever de la fonte en espérant que M. Heureux sombrerait dans une dépression par manque d'attention.

Bonne idée.

Vraiment.

Oui.

Quand il jeta un coup d'œil à l'horloge un peu plus tard, il découvrit qu'il s'était écoulé quinze minutes et qu'il n'avait pas avancé sur le plan des mouvements constructifs et répétitifs, à moins de compter sa respiration.

Son érection lui suggérait un bon moyen de s'activer.

Et sa paume, qui était totalement d'accord, s'était déjà placée entre ses jambes pour trouver ce dur…

Blay se leva d'un bond et se dirigea vers la porte. Ça suffisait les conneries ; il allait se rendre aux toilettes du vestiaire dans l'espoir d'évacuer une partie de l'alcool de son corps. Puis il grimperait sur un tapis de course et éliminerait le reste en transpirant.

Après quoi, il serait temps d'aller au lit où, s'il avait besoin d'un soulagement de type érotique, il se trouverait à l'endroit approprié.

Le premier signe que ce nouveau plan risquait de l'entraîner encore plus à l'écart du droit chemin survint quand il poussa la porte du vestiaire : le bruit de l'eau qui coulait signifiait que quelqu'un se douchait. Néanmoins, il était tellement obnubilé par l'idée de se secouer les puces qu'il ne prit pas la peine d'extrapoler.

Ce qui aurait dû le faire s'arrêter, se retourner et trouver d'autres toilettes sur-le-champ.

Au lieu de quoi, il passa devant les casiers et fit sa petite affaire. Ce ne fut qu'après s'être lavé les mains qu'il commença à additionner deux et deux.

Comme animée d'une volonté propre, sa tête se tourna en direction des douches.

Il faut que tu partes, s'intima-t-il.

Quand il ferma le robinet, le léger grincement lui parut retentir aussi fort qu'un cri, et il refusa de se regarder dans le miroir. Il refusait de voir ce qu'il y avait dans ses yeux.

Retourne à la porte. Retourne seulement à la porte. Allez…

L'échec de son corps à suivre cet ordre simple n'était pas uniquement un cas isolé de rébellion physique. C'était, tragiquement, son schéma habituel.

Et il le regretterait plus tard.

Mais sur le moment, quand il fit le choix de s'approcher et de passer la tête derrière le mur carrelé de la douche, quand il resta pour l'essentiel dissimulé, quand il espionna un mâle qu'il n'aurait pas dû regarder… le tourbillon furieux d'émotions fut si douloureusement familier qu'il ressemblait à un costume taillé sur mesure pour sa folie.

Vhif se tenait face au mur sous la douche, une main appuyée sur la paroi glissante, la tête penchée sous le jet.

L'eau ruisselait sur ses épaules, le long de son dos puissant… puis glissait sur son cul magnifique… avant de cascader plus bas, sur ses jambes longues et puissantes.

Au cours de l'année écoulée, le guerrier s'était étoffé. Vhif avait forci après sa transition, et avait encore gagné en carrure les premiers mois qui avaient suivi à force de manger. Mais cela faisait un moment que Blay n'avait pas vu le mâle nu… et, merde, le résultat des exercices éprouvants de musculation auxquels il s'était astreint se voyait dans tous ses muscles bien dessinés…

Brusquement, Vhif se retourna et inclina la tête en arrière, laissant couler l'eau dans ses cheveux noirs, en cambrant son corps incroyable.

Il avait gardé son piercing à la verge.

Et nom de Dieu, il était excité…

Un orgasme titilla immédiatement le gland de Blay, dont les couilles se contractèrent comme des poings.

Pivotant sur lui-même, il quitta le vestiaire comme un boulet de canon, poussa violemment la porte et se rua dans le couloir.

— Oh merde… putain… de bordel… de merde…

Marchant aussi vite que possible, il tenta de faire sortir cette image de sa tête, se répétant qu'il avait un amant, qu'il avait dépassé toute cette histoire, et qu'on ne pouvait s'autodétruire sur le même sujet qu'un certain nombre de fois avant d'en avoir fini.

Quand rien de tout cela ne fonctionna, il se rejoua le discours qu'il avait servi à Vhif dans la dépanneuse…

Où diable était le bureau ?

S'arrêtant net, il regarda autour de lui. Oh, fantastique. Il était parti dans la direction opposée à celle qu'il souhaitait, avait désormais dépassé la clinique, et se trouvait au niveau des salles de classe du centre d'entraînement.

À des kilomètres de l'entrée du tunnel.

— … des lacérations de cette profondeur. Mais il n'a rien voulu entendre.

La voix grave de Manny Manello précéda l'homme qui sortait de la salle d'examen principale. Une seconde plus tard, Doc Jane apparut juste derrière lui, un dossier ouvert à la main, qu'elle parcourait du doigt.

Blay s'esquiva par la première porte qu'il trouva…

Et se précipita dans le noir. Tâtonnant pour trouver l'interrupteur, parce qu'il était trop bouleversé pour allumer la moindre ampoule d'un ordre mental, il en trouva un, le tourna et s'aveugla.

— Ouille !

La douleur aiguë qui fusa de son tibia à son cerveau lui apprit qu'il s'était cogné dans quelque chose de dur.

Ah, un bureau.

Il se trouvait dans l'un des minibureaux installés à proximité des salles de classe, et c'était une bonne nouvelle. Vu que le programme d'entraînement était toujours interrompu à cause des attaques d'éradiqueurs, la petite pièce était vide et personne n'était susceptible de venir là.

Il pourrait bénéficier d'un peu d'intimité pendant un moment, et c'était une bénédiction. Dieu savait qu'il n'allait pas essayer de regagner la demeure tout de suite. Avec sa chance, il croiserait Vhif, et la dernière chose dont il avait besoin était de se trouver près de lui.

Passant derrière le bureau, il s'assit dans le fauteuil confortable et étendit ses jambes de tout leur long sur le plateau qui aurait dû accueillir un ordinateur, une plante verte et un pot rempli de crayons. Au lieu de cela, il était vide, mais dépourvu de poussière. Fritz ne le tolérait jamais, même dans un espace inutilisé.

Frottant le point douloureux sur le devant de son mollet, il lui parut évident qu'il allait avoir un sacré hématome. Mais au moins la douleur le distrayait de ce qui l'avait conduit ici.

En revanche, cela ne dura pas.

Comme il inclinait le fauteuil en arrière et fermait les yeux, son cerveau retourna dans le vestiaire.

Cette torture ne cesserait-elle donc jamais, se demanda-t-il.

Et, Seigneur, son pénis palpitait.

Considérant le peu d'options qui lui restaient, il éteignit les lumières d'un ordre mental, ferma les yeux et ordonna à son cerveau de la boucler et de s'endormir. S'il pouvait seulement roupiller ici pendant une heure ou deux, il se réveillerait sobre, flasque et prêt à affronter de nouveau les gens.

Voilà, ça, c'était un bon plan, sans compter que ce bureau offrait l'environnement parfait. Obscur, un peu frais et silencieux comme seules le sont les installations souterraines.

S'installant encore plus confortablement dans son fauteuil, il croisa les bras et se prépara au passage du marchand de sable.

Comme cela ne marchait pas, il commença à imaginer toutes sortes de situations d'extinction, comme des aspirateurs que l'on débranchait, des extincteurs vidés de leur neige, des écrans de télé qui devenaient noirs…

Vhif avait eu l'air si éminemment baisable, avec son corps ruisselant et lisse aux muscles sculptés, son sexe si turgescent et fier. Toute cette eau l'aurait rendu à la fois glissant et brûlant… et, douce Vierge scribe, Blay aurait donné presque n'importe quoi pour marcher sur le carrelage, se mettre à genoux et prendre ce sexe dans sa bouche, où il aurait goûté la sensation du gland avec son piercing qui lui caresserait la langue tandis qu'il monterait et descendrait…

Le grognement de dégoût qu'il laissa échapper se répercuta dans le bureau, le faisant paraître plus sonore qu'il ne l'était probablement.

Ouvrant les yeux, il tenta de purger son cerveau de tous les fantasmes impliquant une succion. Mais l'obscurité ne lui fut d'aucun secours ; elle formait simplement le parfait écran pour continuer ses projections.

Poussant un juron, il essaya la relaxation façon yoga, en relâchant peu à peu la tension dans chaque partie de son corps, en commençant par les sourcils, puis les tendons qui couraient de ses épaules à la base de son crâne. Sa poitrine était elle aussi comprimée, ses pectoraux contractés sans raison, et ses biceps gonflés.

Ensuite, il était censé se concentrer sur ses abdos puis sur ses fesses et ses cuisses, puis ses genoux et ses mollets… pour finir par ses orteils.

Il n'alla pas aussi loin.

Mais bon, essayer de raisonner son pénis pour qu'il redevienne malléable aurait requis des pouvoirs de persuasion que son esprit à demi embrumé par l'alcool ne possédait pas.

Malheureusement, il n'existait qu'une seule façon fiable de se débarrasser de M. Heureux. Et dans le noir, seul, avec l'idée que le secret serait préservé puisque personne ne le saurait jamais, pourquoi ne pas simplement caresser ce satané truc, soulager l'excitation et s'assoupir ? Ce n'était pas si différent que se réveiller à la tombée de la nuit avec une érection… parce que Dieu savait que cela n'impliquait aucune émotion. Et il était sous l'emprise de l'alcool, non ? Donc c'était un autre sauf-conduit.

Il ne trompait pas Saxton, tenta-t-il de se persuader. Il n'était pas réellement avec Vhif et c'était Saxton qu'il désirait…

Pendant un moment, il poursuivit son argumentation « pour » et « contre », mais sa main finit par prendre la décision pour lui. Avant qu'il en ait conscience, sa paume se glissa sous l'élastique détendu et…

Le sifflement qu'il laissa échapper quand il s'empoigna ressembla à un coup de feu dans le silence, de même que le grincement du fauteuil quand le mouvement de ses hanches lui enfonça les épaules dans le rembourrage en cuir. Brûlant et dur, long et épais, son pénis réclamait son attention, mais l'angle était mauvais, et il n'avait pas assez de place pour se caresser dans ce satané short.

Bizarrement, l'idée de se déshabiller sous la ceinture lui donna l'impression d'être obscène, mais son sens de la décence disparut dans les égouts assez rapidement quand il ne put rien faire d'autre que serrer sa verge. Soulevant les fesses, il se débarrassa du short… avant de comprendre qu'il aurait besoin de quelque chose pour nettoyer.

Son tee-shirt suivit.

Nu dans l'obscurité, étendu de tout son long sur le fauteuil et le bureau, il s'abandonna, écartant les cuisses et effectuant un mouvement de va-et-vient sur son pénis. Le frottement lui fit révulser les yeux et se mordre la lèvre inférieure… Seigneur, les sensations étaient si puissantes qu'elles parcouraient son corps comme autant de décharges électriques…

Putain.

Vhif occupait son esprit. Vhif était dans sa bouche… Vhif était en lui, et tous deux remuaient en rythme…

C'était mal.

Il se figea. S'arrêta net.

— Merde.

Blay lâcha sa verge, même si le simple fait d'abandonner sa trahison lui fit serrer les molaires.

Ouvrant les yeux, il regarda fixement l'obscurité. Le son de sa respiration haletante le fit jurer une fois de plus. De même que le besoin obsédant de jouir, auquel il refusait de céder.

Il n'irait pas plus loin…

Surgie de nulle part, l'image de Vhif cambré sous le jet s'imposa à son esprit, balayant tous ses beaux raisonnements, sa loyauté et son sens de l'honnêteté… Son corps fut immédiatement submergé et l'orgasme jaillit de son pénis avant qu'il puisse l'empêcher, avant qu'il puisse dire : « Non, ce n'est pas bien »… avant qu'il puisse s'exclamer : « Pas encore ! Plus jamais ! »

Oh, Seigneur. La sensation à la fois douce et cuisante se répéta inlassablement, jusqu'à ce qu'il se demande si elle prendrait jamais fin, et alors même qu'il avait cessé de se masturber.

Cette réaction physique échappait peut-être à tout contrôle de sa part ? Mais il savait bien que ce n'était pas le cas.

Quand il finit par s'immobiliser, il était pantelant et la fraîcheur sur sa poitrine suggérait qu'il avait transpiré ; et à mesure que son corps récupérait de ses multiples orgasmes, il reprenait ses esprits… et son érection qui retombait ressemblait à un baromètre de son humeur. Tendant la main, il chercha son tee-shirt à tâtons sur le bureau ; puis quand il l'eut retrouvé, le roula en boule et s'essuya les cuisses avec.

Il ne serait pas aussi facile de nettoyer le reste du bazar dans lequel il se trouvait désormais.

À l'autre bout de la ville, au dix-huitième étage du Commodore, Trez était assis dans un élégant fauteuil en cuir et en acier tourné vers une baie vitrée donnant sur l'Hudson. Le soleil de midi brillait dans un ciel limpide, semblable à du chrome, et le paysage semblait encore plus éclatant à cause de la neige fraîche qui était tombée pendant la nuit sur les rives du fleuve.

— Je sais que tu es là, dit-il d'un ton sec, en avalant une gorgée de sa tasse de café.

Quand il n'obtint pas de réponse, il fit pivoter son fauteuil. Sans surprise, il vit que iAm était sorti de sa chambre et s'était installé sur le canapé. Il avait son iPad sur les genoux et en tapotait l'écran de l'index. Il devait lire l'édition en ligne du *New York Times*, bien entendu ; il le faisait chaque matin quand il se levait.

— Bon, lâcha Trez. Vas-y.

Pour toute réponse, iAm haussa un sourcil. Pendant, quoi, une demi-seconde.

Ce salaud suffisant ne leva même pas les yeux.

— Ce doit être un article fascinant. De quoi ça parle ? Des frères à problème ?

Trez passa un moment à siroter son café brûlant.

— iAm. Sérieusement. C'est des conneries.

Au bout d'un moment, son frère leva ses yeux sombres. Le regard qui croisa le sien était, comme toujours, parfaitement dénué d'émotion, de doute et de tous ces trucs encombrants contre lesquels se débattaient les simples mortels. iAm était d'une sensibilité surnaturelle, mais plutôt à la façon d'un cobra : vigilant, intelligent, prêt à frapper, mais peu désireux de gaspiller son pouvoir tant que ce n'était pas nécessaire.

— Quoi ? demanda Trez, les dents serrées.

— Il est redondant de te répéter ce que tu sais déjà.

— Fais-moi plaisir.

Il prit une autre gorgée à sa tasse, et se demanda pourquoi diable il se portait volontaire pour ça.

— Vas-y.

iAm pinça les lèvres comme toujours quand il réfléchissait à une réponse. Il rabattit la housse rouge de l'iPad, qui vint frapper l'écran avec un bruit de pas feutré. Puis il mit l'objet de côté, décroisa les jambes et se pencha en avant pour s'appuyer les coudes sur les genoux. Ses biceps étaient si épais que les manches de sa chemise paraissaient sur le point de se déchirer.

— Ta vie sexuelle est hors de contrôle. (Comme Trez levait les yeux au ciel, son frère poursuivit.) Tu baises trois ou quatre femmes par nuit, parfois plus. Ça n'a rien à voir avec le fait de te nourrir, alors ne perds pas notre temps en sortant cette excuse. Tu compromets les critères professionnels de…

— Je fais commerce d'alcool et de prostituées. Tu ne crois pas que c'est un peu cérébral…

iAm reprit son iPad et l'agita.

— Dois-je reprendre ma lecture ?

— Je dis seulement que…

— Tu m'as demandé de parler. Si c'est un problème, la solution n'est pas de te mettre sur la défensive parce que tu n'aimes pas ce que tu entends. La solution est de ne pas m'inviter à parler.

Trez serra les dents. Voilà, c'était le problème avec son foutu frangin. Il était trop raisonnable.

Sautant de son siège, il traversa le salon ouvert à grandes enjambées. La cuisine ressemblait au reste de l'appartement : moderne, spacieuse, dépouillée. Ce qui signifiait que, tout en se resservant un café, il pouvait distinguer son frère du coin de l'œil.

Merde, parfois il détestait cet endroit : à moins d'être au lit avec la porte fermée, il ne pouvait jamais échapper au regard scrutateur de son frère.

— Alors, je lis ou je parle ? demanda calmement iAm, comme s'il se fichait de la réponse.

Bon sang, Trez mourait d'envie de lui dire de replonger le nez dans le *Times*, mais cela serait revenu à capituler.

— Vas-y.

Trez retourna dans son fauteuil et se prépara à recevoir de nouveaux coups de pied au cul.

— Tu n'as pas un comportement professionnel.

— Tu manges bien ce que tu sers au *Sal's*.

— Mes spaghettis aux clams ne présentent aucun risque à être consommés, si je décide, la nuit prochaine, que j'ai envie d'un *Fra Diavolo*.

Bien vu. Et bizarrement, cela le rendit presque violent.

— Je sais ce que tu fais, poursuivit iAm sans se troubler. Et pour quelle raison.

— Tu n'es pas puceau, bien sûr que tu…

— Je sais ce qu'ils t'ont envoyé.

Trez se figea.

— Comment ?

— Quand tu n'as pas répondu, j'ai reçu un appel.

Trez remit la carpette en place du bout du pied pour se donner une contenance et se tourna pour faire face au fleuve. Merde. Il s'était imaginé pouvoir assainir la situation en accordant à son frère une petite séance de sermon, afin que tous deux puissent ensuite revenir à la normale… D'ordinaire, ils étaient comme les deux doigts de la main et cette relation était absolument vitale pour lui.

Il pouvait encaisser à peu près n'importe quoi, sauf les conflits avec son frère.

Malheureusement, les problèmes auxquels il venait de faire allusion n'entraient pas dans la catégorie « à peu près n'importe quoi ».

— Ignorer le problème ne le fera pas disparaître, Trez.

C'était dit avec une certaine gentillesse, comme si son frère se sentait mal pour lui.

Pendant que Trez contemplait le fleuve, il s'imagina être au club, entouré d'humains : l'argent changeait de mains et les femmes qui travaillaient là-bas vendaient leurs charmes dans le fond. Les affaires tournaient bien, normalement et tranquillement et la situation était sous contrôle.

— Tu as des responsabilités.

Les doigts de Trez se crispèrent sur sa tasse.

— Je n'ai jamais demandé à les assumer.

— Cela n'a pas d'importance.

Il se retourna si vite que du café chaud se renversa sur sa cuisse. Il ignora la brûlure.

— Ça devrait en avoir. Ça devrait, putain. Je ne suis pas un objet inanimé que l'on peut donner à quelqu'un. Toute cette histoire, c'est des conneries.

— Certains estimeraient qu'il s'agit d'un honneur.

— Eh bien pas moi. Je ne m'unirai pas à cette femelle. Je me fiche de savoir qui elle est, qui a décidé cela ou quelle « importance » cela revêt pour les s'Hisbe.

Trez se prépara à recevoir un tir nourri de « Oh que si ». Au lieu de quoi, son frère prit une expression attristée, comme si lui non plus n'avait pas souhaité cette malédiction.

— Je vais me répéter, Trez : cela ne va pas disparaître d'un coup de baguette magique. Et essayer d'y échapper en baisant, c'est non seulement futile, mais potentiellement dangereux.

Trez se passa une main sur le visage.

— Ces femmes ne sont que des humaines. Elles ne comptent pas. (Il se tourna une fois de plus vers l'Hudson.)

Et franchement, si je ne fais rien, je vais devenir dingue. Quelques orgasmes sont préférables à ça, non ?

Comme le silence retombait, il sut que son frère n'était pas d'accord avec lui. Mais la preuve irréfutable que sa vie était dans le caniveau, c'était que la conversation se soit tarie à ce moment-là.

iAm n'était apparemment pas du genre à frapper un homme à terre.

Bref. Il se fichait de ce qu'on attendait de lui, il ne rentrerait pas pour être condamné à une vie de servitude.

Il se fichait qu'il s'agisse de la fille de la reine.

Chapitre 12

L'après-midi était bien avancé quand Kolher en eut ras le bol. Il était à son bureau, le cul posé sur le trône de son père, parcourant des doigts un rapport rédigé en braille, quand tout à coup il se trouva incapable d'ingurgiter un mot de plus.

Écartant les papiers, il poussa un juron et ôta ses lunettes. Juste au moment où il allait les balancer contre le mur, il reçut un coup de museau dans le coude.

Passant un bras autour de son golden retriever, il referma la main sur la fourrure douce qui pendait sur les flancs du chien.

— Tu le sais toujours, pas vrai ?

George se blottit plus étroitement contre son maître, appuyant son poitrail contre la jambe de Kolher, ce qui était le signal pour indiquer qu'il voulait qu'on le soulève.

Kolher se pencha et prit les quarante kilos dans ses bras. Comme il installait les quatre pattes, la crinière léonine et la longue queue de sorte que tout tienne sur ses genoux, il se dit que c'était une bonne chose d'être aussi grand. De larges cuisses offraient plus d'espace.

Et caresser la fourrure du chien le calma, sans pour autant apaiser son esprit.

Son père avait été un grand roi, capable de supporter d'innombrables heures de cérémonies, des nuits sans fin, pleines de brouillons de proclamations et de citations, des mois, voire des années entières de protocole et de tradition. Et c'était avant de s'occuper du flot ininterrompu d'emmerdes qui arrivaient de tous côtés : par lettres, téléphone ou e-mails… même si, bien entendu, ces derniers n'étaient pas un problème du temps de son père.

Kolher avait été un guerrier, autrefois. Un sacrément bon guerrier.

Levant la main, il palpa le côté de son cou, à l'endroit où cette balle était entrée…

Le coup frappé à la porte était sec et allait droit au but, c'était une exigence plutôt qu'une requête respectueuse pour être admis.

— Entre, V., lança-t-il.

L'odeur astringente d'hamamélis qui précédait le frère était une preuve évidente que quelqu'un était de mauvais poil. Et sans surprise, la voix grave avait de vilaines intonations.

— J'en ai enfin fini avec les essais balistiques. Ça prend toujours une éternité avec ces fichus fragments.

— Et ? répliqua Kolher.

— Cela correspond, à cent pour cent. (Quand Viszs s'assit dans le fauteuil face au bureau, le siège craqua sous son poids.) On les tient.

Kolher poussa un soupir de soulagement, car une partie du sentiment d'impuissance qui vibrait en lui depuis l'attaque venait de disparaître de son cerveau.

— Bien. (Il gratifia George d'une grande caresse, depuis le sommet de sa grosse tête jusqu'à ses flancs.) Nous avons notre preuve, alors.

— Oui. Ce qui serait arrivé de toute façon est désormais parfaitement légal.

La Confrérie savait depuis le début qui était derrière le coup de feu qui avait failli le tuer à l'automne, et ils considéraient qu'éliminer les membres de la bande de salopards un par un était un devoir sacré envers l'espèce.

— Écoute, je dois être honnête, hein ?

— Quand ne l'es-tu pas ? susurra Kolher.

— Pourquoi diable nous lies-tu les mains ?

— J'ignorais que c'était le cas.

— Avec Tohr.

Kolher replaça George afin que le poids du chien ne coupe pas la circulation dans sa jambe gauche.

— Il a demandé cette proclamation.

— Nous avons tous le droit de buter Xcor. Ce trou du cul est le trophée que nous désirons tous. Cela ne devrait pas lui être réservé.

— Il l'a demandé.

— Mais cela rend plus difficile de tuer cet enfoiré. Et si l'un d'entre nous le débusque et que Tohr ne soit pas là ?

— Alors vous le ramenez. (Il y eut un long silence tendu.) Est-ce que tu m'as bien entendu, V. ? Vous ramenez ce connard et laissez Tohr accomplir son devoir.

— Le but est d'éliminer la bande de salopards.

— Et en quoi cela vous empêche-t-il de faire votre boulot ? (N'obtenant pas de réponse, Kolher secoua la tête.) Tohr était dans ce monospace avec moi, mon frère. Il m'a sauvé la vie. Sans lui…

Tandis que la phrase demeurait en suspens, V. poussa un juron à voix basse, comme s'il résolvait l'équation de ce souvenir et arrivait à la conclusion que le frère qui avait arraché un tube en plastique de sa gourde et effectué une trachéotomie sur son roi dans un véhicule en mouvement à des kilomètres de toute aide médicale avait peut-être un tout petit plus le droit que les autres de tuer le responsable du crime.

Kolher eut un sourire en coin.

— Dis-toi ceci : parce que je suis sympa, je vous promets à tous que vous pourrez cogner cet enfoiré avant que Tohr le tue à mains nues. Ça te va ?

V. éclata de rire.

— Ça rend les choses moins difficiles.

Le coup frappé à la porte qui les interrompit était paisible et respectueux : quelques autres suivirent, aussi discrets, qui semblaient suggérer tout à la fois que la personne serait heureuse d'être rejetée, contente d'attendre et espérait une audience immédiate.

— Oui, lança Kolher.

Un coûteux parfum d'eau de Cologne annonça l'arrivée de son avocat : Saxton sentait toujours bon et cela convenait à son caractère. D'après les souvenirs de Kolher, en sus de son excellente éducation et de la qualité de ses réflexions, le mâle s'habillait comme un fils bien né de la *glymera*, c'est-à-dire à la perfection.

Non qu'il l'ait vu récemment.

Il remit ses lunettes d'un mouvement brusque. C'était une chose d'être exposé devant V. ; mais cela n'arriverait pas devant le jeune mâle efficace qui franchissait le seuil, peu importe à quel point il se fiait à Saxton et le consultait.

— Qu'as-tu pour moi ? demanda Kolher comme George remuait la queue en guise de salut.

Il y eut un long silence.

— Je devrais peut-être revenir ?

— Tu peux tout dire devant mon frère.

Encore un long silence, pendant lequel V. évaluait sans doute l'avoué du regard comme s'il souhaitait lui arracher sa jolie tête parce qu'il avait suggéré qu'il fallait respecter une certaine confidentialité.

— Même si cela concerne la Confrérie ? demanda Saxton d'une voix égale.

Kolher sentit les yeux couleur de glace de V. se tourner vers lui. Et sans surprise, le frère jeta :

— Qu'est-ce qui nous concerne ?

Comme Saxton demeurait silencieux, Kolher comprit de quoi il s'agissait.

— Peux-tu nous accorder une minute, V. ?

— Tu te fous de ma gueule ?

Kolher prit George et le déposa au sol.

— Je n'ai besoin que de cinq minutes.

— Très bien. Amuse-toi bien, seigneur, cracha V. en se levant. Putain de merde.

Un instant plus tard, la porte claqua.

Saxton se racla la gorge.

— J'aurais pu revenir.

— Si je l'avais souhaité, je te l'aurais dit. Parle.

Le civil prit une profonde inspiration avant d'expirer lentement, comme s'il contemplait la sortie en se demandant si le départ énervé de V. ne risquait pas de lui valoir la mort plus tard dans la journée.

— Euh… l'audit du droit ancien est terminé, et je peux vous fournir une liste exhaustive de tous les articles nécessitant un amendement, accompagnée de propositions de reformulation et d'un calendrier des dates auxquelles on pourrait effectuer les changements si…

— Oui ou non. C'est tout ce qui m'importe.

D'après le bruit, semblable à un chuchotement, de mocassins foulant le tapis d'Aubusson, Kolher conclut que son avocat devait réfléchir à sa réponse en faisant les cent pas. Puisant dans ses souvenirs, il se représenta son bureau, avec ses murs bleu pâle, ses moulures pleines de fioritures et l'ancien mobilier français fragile.

Saxton était plus à sa place dans cette pièce que Kolher avec son pantalon en cuir et son débardeur.

Mais la loi dictait qui devait être roi.

— Il faut que tu craches le morceau, Saxton. Je te garantis que tu ne seras pas viré si tu me dis les choses franchement. Si tu essaies de manipuler la vérité ou de l'atténuer, tu te retrouveras à la rue, quelle que soit la personne avec laquelle tu couches.

Ensuite il y eut un nouveau raclement de gorge. Puis cette voix cultivée lui parvint de face.

— Oui, vous pouvez faire comme vous le souhaitez. Mais le moment m'inquiète.

— Pourquoi ? Parce qu'il te faudra deux ans pour passer les amendements ?

— Vous allez effectuer des changements fondamentaux dans un groupe de la société qui protège l'espèce, et cela pourrait déstabiliser un peu plus votre pouvoir. Je n'ignore pas la pression que vous subissez, et ce serait une négligence de ma part de ne pas souligner cette évidence. Si vous modifiez les règles déterminant qui peut intégrer la Confrérie de la dague noire, cela risque d'offrir une ouverture encore plus large à la dissension, ce qui va à l'encontre de tout ce que vous avez entrepris au cours de votre règne, et survient dans une période de bouleversements sociaux extrêmes.

Kolher inspira lentement par le nez et ne sentit aucune mauvaise intention derrière ces paroles : rien ne suggérait que le mâle soit fourbe ou ne veuille pas effectuer le travail.

Et il avait raison.

— J'apprécie cette mise en garde, déclara-t-il. Mais je ne vais pas m'incliner devant le passé. Je refuse de le faire. Et si j'avais des doutes quant au mâle en question, je n'entreprendrais pas ces modifications.

— Qu'en pensent les frères ?

— Cela ne te regarde pas.

En réalité, il n'avait pas encore partagé cette idée avec eux. Après tout, pourquoi prendre cette peine s'il n'y avait eu aucune possibilité d'évoluer ? Tohr et Beth étaient les deux seuls à savoir exactement jusqu'où il était prêt à aller.

— Combien de temps te faudra-t-il pour rendre cela légal ?

— Je peux avoir tout préparé à l'aube demain, au coucher du soleil au plus tard.

— Fais-le. (Kolher serra le poing et en frappa l'accoudoir du trône.) Fais-le tout de suite.

— Comme vous le souhaitez, seigneur.

Il y eut un bruissement de vêtements élégants, comme si le mâle s'inclinait, puis d'autres bruits de pas jusqu'à ce que l'une des doubles portes s'ouvre et se referme.

Kolher regarda fixement dans le vide que lui accordait sa cécité.

Il était vrai que la période était dangereuse. Et franchement, la chose intelligente à faire était d'augmenter le nombre des frères, et pas de réfléchir aux raisons de s'y opposer, même si on pouvait objecter que, si ces trois garçons étaient prêts à se battre à leurs côtés sans être initiés, il était inutile de se donner cette peine.

Mais au diable ces conneries. C'était la tradition de vouloir honorer quelqu'un qui avait mis sa vie en jeu pour la vôtre.

Le véritable problème, en dehors des lois, en revanche était : qu'allaient en penser les autres ?

Cela risquait de mettre un terme à toute cette histoire, bien plus que n'importe quel micmac juridique.

Quand la nuit tomba quelques heures plus tard, Vhif était étendu nu au milieu des draps emmêlés, mais ni son corps ni son esprit ne trouvait le repos, même alors qu'il dormait.

Dans son rêve, il était de retour sur le bas-côté de la route et s'éloignait de la maison familiale. Il avait un sac à l'épaule, une déclaration de privation d'héritage fourrée dans sa ceinture et un portefeuille qui n'était qu'à 11 dollars d'être vide.

La scène était aussi précise que si elle avait été filmée, aucun détail n'était altéré par une défaillance de sa mémoire : depuis la nuit estivale humide jusqu'au bruit de ses baskets sur les graviers de la bande d'arrêt d'urgence et au fait qu'il était conscient de n'avoir aucun avenir.

Il n'avait nulle part où aller et plus aucun foyer où revenir.

Aucune perspective d'avenir. Et même plus de passé.

Quand la voiture s'arrêta derrière lui, il crut qu'il s'agissait de John et de Blay…

Sauf que non. Il ne s'agissait pas de ses amis, mais de la mort sous les traits de quatre mâles en robes noires qui sortirent du véhicule et l'encerclèrent.

Une garde d'honneur. Envoyée par son père pour le tabasser parce qu'il avait déshonoré le nom de sa famille.

Quelle ironie. On aurait pu croire que poignarder un sociopathe qui avait tenté de violer votre pote serait considéré comme une bonne chose. Mais pas quand l'agresseur était votre cousin si parfait.

Au ralenti, Vhif se mit en position de combat, prêt à affronter l'attaque. Il n'y avait pas d'yeux sur lesquels fixer le regard, ni de visage à détailler, et pour une bonne raison : des robes à capuche dissimulaient l'identité des quatre mâles. Ce fait était censé donner à la personne qui avait commis la transgression le sentiment que la société dans son ensemble condamnait ses actes.

Le cercle se resserra sur lui… Ils allaient finir par l'abattre, mais il leur ferait mal avant.

Et ce fut le cas.

Mais il avait également raison sur le premier point : après ce qui lui sembla être des heures passées à se défendre, il finit sur le dos et ce fut alors que le passage à tabac commença pour de bon. Couché sur l'asphalte, il se couvrit la tête et les testicules de son mieux, tandis que les coups pleuvaient sur lui et que les robes noires voletaient autour de lui comme les ailes de corbeaux géants.

Au bout d'un moment, il ne ressentit plus aucune douleur.

Il allait mourir ici, sur le bord de la route…

— Ça suffit ! Nous ne sommes pas censés le tuer !

La voix de son frère se fit entendre par-dessus tout le reste, le blessant bien plus profondément que les coups ne l'avaient fait…

Vhif se réveilla en criant, les bras et les cuisses relevés pour protéger son visage et son entrejambe…

Ni poing ni matraque ne le menaçait.

Et il n'était pas sur le bas-côté de la route.

Allumant quelques lampes d'un ordre mental, il observa la chambre qu'il occupait depuis qu'il avait été expulsé de la demeure familiale. Elle ne lui ressemblait pas le moins du monde, avec ses murs tendus de soie et ses antiquités que sa mère aurait pu choisir, et pourtant à ce moment précis, la vision de toutes ces vieilleries que quelqu'un d'autre avait sélectionnées, achetées, suspendues et entretenues l'apaisa.

Même alors que le souvenir s'attardait encore.

Seigneur, la voix de son frère.

Son propre frère avait fait partie de la garde d'honneur qu'on avait lancée à ses trousses. Mais bon, cela avait dû envoyer un message plus puissant à la *glymera* quant au sérieux avec lequel la famille avait pris l'événement… et ce n'était pas comme si son frère n'avait pas reçu d'entraînement. On lui avait appris les arts martiaux, même si naturellement on ne l'avait jamais autorisé à se battre. Merde, il avait à peine eu la permission de s'entraîner.

Il était trop précieux pour la lignée. Et s'il s'était blessé ? Celui qui devait marcher dans les pas de papounet et finir par devenir le *menheur* du Conseil ne pouvait pas risquer sa vie.

Cela aurait constitué un préjudice catastrophique pour leur famille.

Mais Vhif ? Avant qu'on le renie, on l'avait envoyé rejoindre le programme d'entraînement, peut-être dans l'espoir qu'il recevrait une blessure mortelle au combat et aurait la bonne grâce pour tout le monde de mourir honorablement.

« Ça suffit ! Nous ne sommes pas censés le tuer ! »

C'était la dernière fois qu'il avait entendu la voix de son frère. Peu après l'expulsion de Vhif de la maison, la Société des éradiqueurs avait lancé une attaque et les avait tous massacrés, père, mère, sœur… ainsi que Luchas.

Tous avaient disparu. Et même si une part de lui-même les haïssait pour tout ce qu'ils lui avaient infligé, il n'avait jamais souhaité à personne de mourir de la sorte.

Vhif se passa une main sur le visage.

Il était temps de prendre une douche. C'était tout ce qu'il savait.

Il se leva, s'étira jusqu'à ce que son dos craque et consulta son téléphone. Un message collectif annonçait une réunion dans le bureau de Kolher, et un rapide coup d'œil à l'horloge lui apprit qu'il n'avait plus le temps.

Ce qui n'était pas une mauvaise chose. Comme il passait en mode accéléré et se précipitait dans la salle de bains, ce fut un soulagement pour lui de se concentrer sur des sujets réels plutôt que sur un passé foireux.

Il ne pouvait rien faire pour ce dernier point, hormis le maudire. Et il l'avait déjà assez fait pour une dizaine de vies.

Allez, debout, se dit-il.

Il était temps d'aller bosser.

Chapitre 13

À peu près au moment où Vhif faisait une rapide toilette dans la maison principale, Blay se réveilla dans le fauteuil de ce petit bureau souterrain. Le mal de tête qui lui servit de réveil n'était pas dû au porto, mais au fait qu'il avait sauté le Dernier Repas. Mais merde, il aurait préféré que l'alcool soit à l'origine de la douleur dans son crâne. Il aurait pu s'en servir comme prétexte et se dire qu'il avait l'esprit complètement embrumé quand il était descendu ici.

Avec un juron, il ôta les jambes de sur le bureau et se redressa sur son siège. Son corps était raide comme un piquet, et il avait mal un peu partout quand il alluma le plafonnier d'un ordre mental.

Merde. Il était encore nu.

Mais voyons, des elfes chargés de la décence auraient-ils dû se glisser ici et le rhabiller pendant son sommeil ? De manière qu'il ne se rappelle pas ce qu'il avait fait ?

Il renfila son short et chaussa ses baskets, puis tendit la main pour attraper son tee-shirt… avant de se souvenir de ce à quoi il avait servi.

Comme il regardait fixement le coton froissé et palpait les endroits où le tissu était raidi, il comprit qu'aucune justification ne changerait le fait qu'il avait trompé Saxton. Le contact physique avec quelqu'un d'autre n'était qu'une façon parmi d'autres d'évaluer l'infidélité, même si cela représentait un immense fossé à franchir. Mais ce qu'il avait fait la nuit précédente avait porté atteinte à leur relation, même si l'orgasme avait été causé par son cerveau et non par sa main.

Il se leva pour sortir, et se sentit à moitié mort quand il atteignit la porte et l'entrouvrit. Si quelqu'un se trouvait dans les parages, il se glisserait de nouveau ici et attendrait que le couloir soit vide : il ne souhaitait vraiment pas qu'on le surprenne à sortir de ce bureau vide, à moitié nu et avec une tête de déterré. Le bon côté d'habiter au complexe était qu'on se trouvait entouré de gens qui vous appréciaient ; l'inconvénient était que ces mêmes personnes avaient souvent les yeux et les oreilles qui traînaient, et se mêlaient des affaires qui ne les regardaient pas.

N'entendant ni voix, ni bruits de pas, il déboula dans le couloir et se mit à marcher à grandes enjambées, comme s'il était allé quelque part pour une bonne raison et retournait à sa chambre dans un but tout aussi important. Il eut le sentiment de s'en être tiré quand il atteignit le tunnel. Bien sûr, il ne se promenait généralement pas sans son tee-shirt, mais beaucoup de frères ou de mâles le faisaient quand ils remontaient de la salle de musculation, il n'y avait donc là rien d'inhabituel.

Et il eut vraiment l'impression d'avoir décroché le gros lot quand il sortit de sous le grand escalier de la demeure et découvrit que la voie était libre. Le seul problème, à en juger par le son de la porcelaine que l'on débarrassait dans la salle à manger, était qu'il devait être plus tard qu'il ne l'avait cru. Il avait visiblement raté le Premier Repas ; une mauvaise nouvelle pour sa tête, mais au moins il lui restait des barres protéinées dans sa chambre.

Sa chance tourna court, alors qu'il grimpait les marches jusqu'à l'étage. Vhif et John attendaient devant la porte fermée du bureau de Kolher, vêtus de leur tenue de combat en cuir noir et armés.

Il lui fut parfaitement impossible de regarder Vhif en face. Le simple fait qu'il se tienne à la périphérie de son champ de vision était assez difficile comme cela.

— Qu'est-ce qui se passe ? demanda Blay.

— *Nous avons une réunion en cours*, signa John. *Ou du moins, nous sommes censés y participer. Tu n'as pas reçu le message ?*

Merde. Il n'avait pas la moindre idée d'où se trouvait son téléphone. Dans sa chambre ? Il l'espérait.

— Je vais prendre une douche et je reviens immédiatement.

— *Tu n'as sans doute pas besoin de te dépêcher. Les frères sont enfermés là-dedans depuis une demi-heure. Je n'ai pas la moindre idée de ce qui se passe.*

À côté de lui, Vhif oscillait d'avant en arrière sur ses rangers, comme s'il marchait sans aller nulle part.

— Cinq minutes, marmonna Blay. C'est tout ce qu'il me faut.

Il espérait que la Confrérie ouvrirait les portes d'ici là : la dernière chose qu'il souhaitait, c'était se retrouver coincé un certain temps à proximité de Vhif.

Tout en jurant, Blay remonta le couloir au pas de course. D'ordinaire, il prenait son temps pour se préparer, surtout si Sax était d'humeur amoureuse, mais cette fois-ci ce serait vite fait, merci…

Il se figea en ouvrant la porte.

Qu'est-ce que… ?

Des sacs. Sur le lit. Tellement qu'il ne voyait pas plus d'un ou deux centimètres de l'édredon *king size* et il savait à qui ils appartenaient. Des sacs Gucci assortis, blancs avec le logo bleu marine et les courroies en toile bleu marine et rouge, parce que, selon Saxton, le traditionnel camaïeu de marron avec le rouge et le vert était « trop voyant ».

Blay referma doucement la porte. Sa première pensée fut : *Merde, Saxton est au courant*. D'une façon ou d'une autre, il savait ce qui s'était passé au centre d'entraînement.

Le mâle en question sortit de la salle de bains, les bras chargés de shampoing, après-shampoing et autres lotions. Il s'arrêta net.

— Salut, dit Blay. Tu pars en vacances ?

Après un moment de tension, Saxton s'approcha calmement, fourra son chargement dans un des sacs de voyage et se retourna. Comme toujours, ses magnifiques cheveux blonds aux belles ondulations étaient coiffés en arrière. Et il était vêtu à la perfection d'une veste en tweed et d'un gilet assorti, avec une cravate et une pochette carrée rouges pour donner une touche de couleur à la tenue.

— Je crois que tu sais ce que je vais dire. (Saxton sourit avec tristesse.) Parce que tu es loin d'être stupide… tout comme moi.

Blay fit mine de s'asseoir sur le lit, mais y renonça faute de place. Il finit sur la chaise longue et, après s'être penché discrètement sur le côté, fourra le tee-shirt en boule sous la housse. Hors de vue. C'était le moins qu'il puisse faire.

Seigneur, était-ce vraiment en train d'arriver ?

— Je ne veux pas que tu partes, s'entendit-il dire d'une voix rauque.

— Je te crois.

Blay contempla tous les sacs.

— Pourquoi maintenant ?

Il repensa à eux la veille, sous les draps, baisant furieusement. Ils avaient été si proches, mais, s'il devait se montrer brutalement honnête, cela n'avait peut-être été que physiquement.

Oubliez le « peut-être ».

— Je me suis fait des illusions. (Saxton secoua la tête.) J'ai cru que je pouvais continuer de cette manière avec toi… mais j'en suis incapable. Cela me détruit.

Blay ferma les yeux.

— Je sais que je me suis souvent retrouvé sur le champ de bataille ces derniers temps…

— Je ne parle pas de cela.

Comme Vhif prenait toute la place entre eux, Blay eut envie de hurler. Mais quel bien cela ferait-il ? Il semblait que

Saxton et lui étaient arrivés au même tournant difficile au même triste moment.

Son amant tourna les yeux vers les bagages.

— Je viens de terminer cette mission pour Kolher. C'est une bonne période pour faire une pause, déménager et trouver un nouveau travail…

— Attends, tu quittes également le roi ? (Blay fronça les sourcils.) Quel que soit l'état de notre relation, tu dois continuer à travailler pour lui. C'est plus important que notre histoire.

Saxton baissa les yeux.

— Je soupçonne que c'est beaucoup plus facile à dire pour toi.

— Ce n'est pas vrai, rétorqua Blay d'un ton lugubre. Seigneur, je suis… tellement désolé.

— Tu n'as rien fait de mal ; tu dois savoir que je ne suis ni en colère contre toi, ni amer. Tu as toujours été honnête et j'ai toujours su que les choses finiraient ainsi. J'ignorais tout simplement quand… jusqu'à ce que j'atteigne la fin. C'est-à-dire maintenant.

Oh, putain.

Même s'il savait que Saxton avait raison, Blay éprouva un besoin compulsif de se battre pour eux.

— Écoute, j'ai été vraiment préoccupé au cours de cette dernière semaine, et j'en suis désolé. Mais les choses vont s'arranger et toi et moi reprendrons nos petites habitudes…

— Je suis amoureux de toi.

Blay referma la bouche.

— Donc tu vois, poursuivit Saxton d'une voix enrouée. Ce n'est pas toi qui as changé. C'est moi, et je crains que mes émotions idiotes aient creusé une certaine distance entre nous.

Blay se leva d'un bond et traversa le tapis pour rejoindre l'autre mâle.

Une fois parvenu à destination, il fut soulagé au point d'avoir envie de pleurer que Saxton accepte son étreinte.

Et tandis qu'il tenait son premier véritable amant contre lui, ressentait cette différence familière entre leurs tailles et humait ce parfum merveilleux, une partie de lui voulut débattre de la rupture jusqu'à ce qu'ils cèdent tous les deux et continuent à essayer.

Mais ce n'était pas juste.

Comme Saxton, il avait eu la vague sensation que leur relation s'achèverait un jour. Et comme son amant, il n'était pas surpris que cela survienne maintenant.

Néanmoins, cela n'atténuait en rien la douleur de la rupture.

Saxton s'écarta.

—Je n'ai jamais eu l'intention de m'impliquer sur le plan émotionnel.

—Je suis vraiment désolé. Je suis… vraiment désolé… (Merde, c'était tout ce qui parvenait à sortir de sa bouche.) Je donnerais n'importe quoi pour être différent. J'aimerais pouvoir… être différent.

—Je sais. (Saxton tendit la main et lui caressa le visage.) Je te pardonne, et tu dois te pardonner.

Pff, il n'était pas certain d'en être capable, surtout vu que, à ce moment précis, et comme d'habitude, un lien émotionnel dont il ne voulait pas et qu'il ne pouvait pas changer le privait de nouveau de quelque chose qu'il désirait.

Vhif était sa putain de malédiction, vraiment.

Environ vingt-cinq kilomètres au sud du complexe de la Confrérie, Ahssaut se réveilla sur son lit circulaire dans la suite principale de sa demeure au bord de l'Hudson. Au-dessus de lui, dans les miroirs accrochés au plafond, son corps nu luisait à la douce lueur des lampes installées autour de la base du matelas. Au-delà, la pièce octogonale était plongée dans l'obscurité, les volets intérieurs toujours baissés, la nuit encore dissimulée.

Tandis qu'il songeait au grand nombre de baies vitrées que comportait sa maison, il avait bien conscience que beaucoup de vampires auraient trouvé un tel logement inacceptable. La plupart n'y séjourneraient même pas une minute.

L'endroit était trop vulnérable pendant la journée.

Néanmoins, Ahssaut n'avait jamais ressenti l'obligation de se plier aux conventions sociales, et les dangers inhérents au fait de vivre dans un bâtiment laissant autant passer la lumière du jour n'étaient pas une contrainte pour lui mais un problème que l'on pouvait résoudre si l'on s'en occupait bien.

Il se leva, se dirigea vers le bureau, alluma son ordinateur et accéda au système de sécurité qui surveillait non seulement la maison, mais aussi le terrain. Des alarmes avaient retenti à plusieurs reprises pendant la journée, pour prévenir non d'une attaque imminente, mais qu'une activité quelconque avait été relevée par le programme de filtrage du système.

En vérité, une baisse d'énergie l'avait empêché de s'inquiéter outre mesure, ce qui était un signe qu'il avait besoin de se nourrir…

Ahssaut fronça les sourcils en parcourant le compte-rendu.

Eh bien, voilà qui était instructif.

Et oui, c'était pour cette raison qu'il avait installé tous ces systèmes de surveillance et de protection.

Sur les vidéos provenant des caméras situées à l'arrière, il observa une silhouette vêtue d'une tenue de camouflage couleur neige traverser la forêt en ski de fond et s'approcher de sa maison par le nord. L'individu demeurait caché sous les pins la plupart du temps, et passait en revue la propriété depuis différents points de vue pendant environ dix-neuf minutes… avant de franchir la ligne d'arbres à l'ouest, de passer sur la propriété du voisin et de descendre jusqu'à la glace. Un peu moins de deux cents mètres plus loin l'homme s'arrêtait, ressortait ses jumelles et observait de nouveau la demeure d'Ahssaut. Puis il contournait la péninsule qui faisait saillie dans le fleuve, rentrait dans la forêt et disparaissait.

Penché sur l'écran pour mieux voir, Ahssaut refit défiler les images de l'approche, puis effectua un zoom avant pour identifier les traits de l'espion, si c'était possible… ce qui ne fut pas le cas. Il avait la tête couverte d'une cagoule, uniquement percée de trous au niveau des yeux, du nez et de la bouche. Avec sa parka et son pantalon de ski, l'homme était entièrement couvert.

Tout en se renfonçant dans son siège, Ahssaut esquissa un sourire, car une réaction de défense instinctive de son territoire lui démangeait les crocs.

Seuls deux adversaires pouvaient être intéressés par ses affaires et, à en juger par la lumière du jour qui brillait pendant cette opération de reconnaissance, il était clair que la Confrérie n'était pas à l'origine de cette intrusion : Kolher n'utiliserait jamais des humains autrement que comme une source de nourriture de dernier ressort, et aucun vampire ne pouvait supporter autant de soleil sans se transformer en torche.

Ce qui désignait quelqu'un appartenant à l'univers humain… et un seul homme réunissait l'intérêt et les ressources nécessaires pour essayer de le traquer et de le localiser.

— Entrez, dit-il, juste avant qu'on toque à sa porte.

Comme deux mâles entraient, il ne prit pas la peine de détourner les yeux de l'écran.

— Comment avez-vous dormi ?

Une voix grave et familière répondit :

— Comme des morts.

— Quelle chance. Le décalage horaire peut être un inconvénient, du moins c'est ce que j'ai entendu dire. Nous avons eu un visiteur ce matin, au fait.

Ahssaut se pencha sur le côté afin que ses deux associés puissent visionner l'enregistrement.

C'était étrange d'avoir des colocataires, mais il allait devoir s'habituer à leur présence. Quand il était arrivé dans le Nouveau Monde, il avait voyagé en solitaire, et il avait souhaité que les choses demeurent ainsi pour de très nombreuses raisons. Pourtant, le succès rencontré dans ses affaires avait exigé qu'il fasse venir des renforts, et les seules personnes auxquelles il pouvait se fier, même partiellement, appartenaient à sa famille.

De surcroît, ces deux-là présentaient une caractéristique unique dont il pouvait tirer avantage.

Ses cousins étaient une rareté au sein de l'espèce vampire : ils étaient jumeaux monozygotes. Quand ils étaient habillés de pied en cap, la seule façon de les différencier était un simple grain de beauté derrière l'oreille d'un des deux ; en dehors de cela, depuis leur voix et leur regard noir et soupçonneux jusqu'à leur corps musclé, ils étaient le parfait reflet l'un de l'autre.

— Je sors, leur annonça Ahssaut. Si notre visiteur revient, je compte sur vous pour l'accueillir comme il se doit, d'accord ?

Ehric, l'aîné de quelques minutes, se tourna vers lui : la lueur des bougies autour du pied du lit soulignait les traits de son beau visage, qui dégageait tant de malfaisance qu'Ahssaut ressentit presque de la pitié pour l'intrus.

— Ce sera un plaisir, tu peux en être sûr.

— Gardez-le en vie.

— Mais bien entendu.

— La ligne est plus mince que vous n'en avez parfois conscience, tous les deux.

— Fais-moi confiance.

— Ce n'est pas toi qui m'inquiètes. (Ahssaut regarda l'autre jumeau.) Est-ce que tu me comprends ?

Le jumeau d'Ehric demeura silencieux, même s'il hocha la tête.

Cette réticence était précisément la raison pour laquelle Ahssaut aurait préféré que sa nouvelle vie reste simple. Mais il lui était impossible d'être à plus d'un endroit à la fois, et cette violation de sa vie privée était une preuve qu'il ne pouvait pas tout faire par lui-même.

— Vous savez comment me joindre, annonça-t-il avant de les renvoyer de sa chambre.

Vingt minutes plus tard, après s'être douché et habillé, il quittait la maison au volant de sa Range Rover blindée.

La nuit, le centre-ville de Caldwell était beau vu de loin, surtout quand on arrivait par le pont. Ce ne fut qu'une fois qu'il eut pénétré dans le dédale de rues que la fange de la ville devint évidente : les ruelles avec leurs congères sales, leurs bennes à ordures débordantes, leurs sans-abri humains éparpillés et à moitié gelés racontaient la véritable histoire des carences de la municipalité.

C'était son lieu de travail, en l'occurrence.

Quand il parvint à la galerie d'art Benloise, il se gara derrière, sur l'une des deux places parallèles au bâtiment. Quand il sortit du 4 × 4, le vent froid s'engouffra sous son manteau en poil de chameau et il dut en maintenir les deux pans tandis qu'il traversait le trottoir et s'approchait d'une porte de taille monumentale.

Il n'eut pas besoin de frapper. Ricardo Benloise employait beaucoup de gens et tous n'étaient pas du genre marchand d'art : un humain de la taille d'un parc d'attraction lui ouvrit et s'écarta sur le côté.

— Il vous attend ?

— Non.

Disneyland hocha la tête.

— Vous voulez patienter dans la galerie ?

— Cela me convient.

— Vous voulez à boire ?

— Non, merci.

Comme ils traversaient l'espace réservé aux bureaux pour rejoindre celui consacré aux expositions, il nota que le vigile lui témoignait désormais de la déférence, ce qui était nouveau, une déférence due à la fois aux énormes commandes de produits qu'il passait et au sang répandu d'innombrables humains : grâce à lui, le taux de suicides parmi les hommes de dix-huit à vingt-neuf ans sortis du système avec un casier judiciaire en lien avec la drogue avait atteint des sommets historiques dans la ville, au point de faire même la une des journaux nationaux.

Imaginez ça.

Alors que les présentateurs et les journalistes tentaient de comprendre les causes de ces tragédies, il continuait simplement à faire prospérer ses affaires en usant de tous les moyens à sa disposition. Les esprits humains étaient affreusement sensibles à la suggestion ; pousser tous les dealers de moyenne importance à se pointer leur flingue sur la tempe et à appuyer sur la gâchette n'exigeait quasiment aucun effort de sa part. Et si la nature avait horreur du vide, il en allait de même de la demande en produits chimiques.

Ahssaut avait les drogues, et les drogués le fric.

Le système économique survivait largement à cette réorganisation forcée.

— Je vais y aller, dit l'homme devant la porte dissimulée. Et l'informer que vous êtes là.

— Prenez votre temps.

Livré à lui-même, Ahssaut déambula dans l'espace ouvert et haut de plafond, les mains jointes dans le dos. De temps à autre, il s'arrêtait pour regarder les « œuvres d'art » suspendues aux murs et aux cloisons de séparation ; et chaque fois, cela lui rappelait pourquoi il fallait éradiquer les humains, de préférence par des moyens lents et douloureux.

Des assiettes en carton usagées punaisées sur un panneau d'aggloméré de mauvaise qualité et couvertes de slogans publicitaires manuscrits ? Un autoportrait réalisé en dentifrice ? Et les deux plaques accrochées à côté de ces horreurs déclarant qu'il s'agissait là de la nouvelle vague d'expressionnisme américain étaient tout aussi repoussantes.

Une sacrée explication de la culture actuelle, à bien des égards.

— Il vous attend.

Ahssaut sourit pour lui-même et se retourna.

— Que c'est aimable de sa part.

Comme il franchissait la porte dérobée et grimpait jusqu'au deuxième étage, Ahssaut ne pouvait reprocher à son fournisseur ni sa suspicion ni son désir d'obtenir plus d'informations sur son gros et unique client. Après tout, en très peu de temps, le commerce de la drogue en ville avait été pris en main par un parfait inconnu qui avait tout réorganisé.

On ne pouvait que respecter la position de cet homme.

C'est pourquoi les recherches sur lui allaient s'arrêter là.

Quand il arriva en haut de l'escalier industriel, deux autres hommes se tenaient devant une nouvelle porte, aussi sûrs et solides que des murs porteurs. Comme le vigile au rez-de-chaussée, ils ouvrirent rapidement, et lui adressèrent un signe de tête respectueux.

Benloise était assis à l'extrémité d'une longue pièce étroite, pourvue de fenêtres le long d'un côté et équipée de seulement trois meubles : son bureau, constitué d'une épaisse planche de teck sur laquelle étaient posés une lampe design et un cendrier ; son fauteuil, d'un genre plus ou moins moderne, et un second siège en face de lui destiné aux visiteurs.

L'homme lui-même ressemblait à son environnement : il était soigné, serviable et perspicace. En fait, il était la preuve que, même si le commerce de la drogue était illicite, les principes de gestion et les qualités relationnelles d'un chef d'entreprise étaient indispensables si on voulait gagner des millions… et garder son argent.

— Ahssaut. Comment vas-tu ? (Le petit monsieur se leva et lui tendit la main.) Voilà un plaisir inattendu.

L'intéressé traversa la pièce, serra les doigts qu'on lui tendait et n'attendit pas qu'on l'invite pour s'asseoir.

— Que puis-je faire pour toi ? demanda Benloise tout en se réinstallant dans son fauteuil.

Ahssaut tira un cigare cubain de la poche intérieure de sa veste. Il en coupa l'extrémité, puis se pencha en avant pour poser le petit morceau sur le bureau.

Tandis que Benloise fronçait les sourcils comme si quelqu'un venait de déféquer sur son lit, Ahssaut sourit jusqu'à la limite de ses crocs.

— Parlons plutôt de ce que moi, je peux faire pour toi.

— Oh.

— J'ai toujours été un homme secret, vivant une vie secrète par choix.

Il rangea le coupe-cigare et sortit son briquet en or. Faisant jaillir une flamme, il se pencha et inspira pour préparer correctement le cigare.

— Mais au-delà de cela, je suis un homme d'affaires engagé dans un dangereux commerce. Par conséquent, je prends toute intrusion sur ma propriété ou violation de mon anonymat comme un acte direct d'agression.

Benloise sourit doucement et se renfonça dans son fauteuil semblable à un trône.

— Je comprends ce point de vue, bien sûr, mais la raison pour laquelle tu éprouves le besoin de m'en informer me déconcerte.

— Toi et moi avons établi une relation de bénéfice mutuel, et je désire vraiment poursuivre notre association. (Ahssaut tira une bouffée de son cigare et recracha un nuage de fumée bleue.) C'est pourquoi je veux te montrer le respect qui t'es dû, et te dire clairement les choses, avant de prendre les mesures qui s'imposent si je découvre des personnes sur ma propriété que je n'ai pas invitées. Si le cas se présentait, sache que non seulement je les exterminerais, mais de plus je trouverais la personne à l'origine de l'enquête (il inspira de nouveau) et ferais le nécessaire pour protéger ma vie privée. Suis-je assez clair ?

Benloise fronça les sourcils et son regard noir se fit de plus en plus rusé.

— Suis-je assez clair ? murmura Ahssaut.

Il n'y avait, bien entendu, qu'une seule réponse possible. En supposant que l'humain veuille vivre au-delà du week-end suivant.

— Tu sais, tu me rappelles ton prédécesseur, dit Benloise avec son drôle d'accent. As-tu rencontré le Révérend ?

— Nous fréquentions les mêmes cercles, oui.

— Il a été tué de façon plutôt violente. Il y a environ un an, son club a été pulvérisé.

— Les accidents, ça arrive.

— En général à la maison, d'après ce que j'ai entendu dire.

— Chose que tu devrais garder à l'esprit.

Quand Ahssaut riva son regard au sien, Benloise fut le premier à baisser les yeux. Après s'être raclé la gorge, le principal importateur et vendeur en gros de drogue de toute la côte Est passa la main sur son bureau luisant, comme s'il voulait sentir le grain du teck.

— Notre domaine d'activité a un écosystème délicat qui, en dépit de sa robustesse financière, doit être entretenu avec soin, déclara-t-il. La stabilité est rare et hautement désirable pour des hommes tels que toi et moi.

— Je suis d'accord. Et d'ailleurs, j'ai l'intention de revenir à la fin de la soirée avec la moitié du paiement, comme convenu. Comme toujours, je suis venu te voir en toute bonne foi, sans te donner de raison de douter de moi ni de mes intentions.

Benloise lui offrit de nouveau son sourire doux.

— Tu donnes l'impression de penser que c'est moi qui suis derrière (il fit un geste désinvolte de la main) ce qui te met en colère.

Se penchant vers lui, Ahssaut inclina le menton et lui jeta un regard noir.

— Je ne suis pas en colère. Pour l'instant.

L'une des mains de Benloise disparut subrepticement de sa vue. Une fraction de seconde plus tard, Ahssaut entendit la porte à l'autre bout de la pièce s'ouvrir.

Veillant à parler à voix basse, Ahssaut reprit :

— J'ai fait preuve de courtoisie à ton égard. La prochaine fois que je trouve quelqu'un sur mon domaine, que tu l'aies ou non envoyé, je ne serai pas aussi poli.

Sur ce, il se leva et écrasa son cigare sur le bureau.

— Je te souhaite une très bonne soirée, dit-il avant de sortir.

Chapitre 14

En parlant de départ tardif.

Quand Vhif quitta la demeure en se dématérialisant, il avait peine à croire qu'il était 22 heures et qu'il commençait seulement son service. Mais bon, la Confrérie était restée enfermée une éternité dans le bureau de Kolher, et quand on avait fini par les laisser entrer, lui et John, l'annonce par V. que la preuve incriminant la bande de salopards était bétonnée avait conduit à casser du sucre sur le dos de Xcor et de ses potes pendant une bonne demi-heure.

Beaucoup d'emplois créatifs du terme « putain » avaient fusé, de même que quelques excellentes suggestions sur les endroits où enfoncer des objets inanimés.

Il n'aurait jamais pensé à faire ça avec un râteau, par exemple. Ha ha.

Et Blay avait tout loupé.

Après avoir repris forme dans une zone boisée au sud-ouest du complexe, Vhif s'interdit fermement de faire aucune déduction concernant ce qui avait pu retarder ce dernier, même s'il était établi que le soldat était monté dans sa chambre et n'en était pas redescendu. Et même si la plupart des accidents surviennent à la maison, il était aisé de deviner qu'il n'avait pas dû faire une chute en glissant.

À moins que Saxton n'ait joué le rôle du tapis sur le marbre de leur salle de bains.

Démangé par l'envie de se flanquer des gifles, il scruta le paysage enneigé pendant que John, Rhage et Z. faisaient leur apparition à côté de lui. Les coordonnées du lieu avaient été découvertes dans les téléphones des voleurs de la nuit précédente. La propriété, apparemment abandonnée, se situait à quinze ou vingt kilomètres de l'endroit où ils avaient retrouvé le Hummer dérobé.

— Qu'est-ce que c'est que ça, bon sang ?

À ces mots, il jeta un coup d'œil par-dessus son épaule. L'interrogation était justifiée, car derrière eux se dressait un bâtiment carré haut comme un clocher d'église et aussi dépouillé qu'une poubelle de recyclage.

— Un hangar à avions, annonça Zadiste en se mettant à marcher dans cette direction. C'est forcément ça.

Vhif le suivit, son arme dégainée, au cas où quelqu'un déciderait de pointer le bout de son nez…

Surgi de nulle part, Blay fit son apparition, vêtu de cuir et aussi lourdement armé que les autres. En réaction, Vhif ralentit l'allure, avant de s'arrêter dans la neige, surtout parce qu'il ne voulait pas flancher et passer pour un idiot.

Seigneur, cet enfoiré avait l'air franchement déprimé, se dit-il comme Blay se mettait en route. Y avait-il de l'eau dans le gaz ?

Même si leurs regards ne se croisèrent pas, Vhif se sentit forcé de dire quelque chose.

— Comment…

Il n'acheva pas sa phrase. Pourquoi se donner cette peine, puisque le mâle se contenta de le dépasser comme s'il n'était pas là ?

— Moi, je vais bien, marmonna Vhif en reprenant sa marche sur la neige glacée. Je pète la forme, merci de demander… Oh, tu as des problèmes avec Saxton ? Vraiment ? Et si on sortait boire un verre pour en parler ? Oui ? Parfait. Je serai ton chocolat d'après-dîner…

Il interrompit ce monologue fantasmé quand le vent tourna et que son odorat saisit une odeur douceâtre et détestable.

Tout le monde sortit ses armes et concentra son attention sur le hangar à avions.

— Nous sommes contre le vent, expliqua calmement Rhage. Donc il doit y avoir un sacré bordel là-dedans.

Tous les cinq s'approchèrent du bâtiment avec précaution, avant de se déployer en éventail et de fouiller du regard les lieux sous la lueur bleutée de la lune, à la recherche de quelque chose qui bouge.

Le hangar avait deux portes, une formée de deux panneaux et assez large pour laisser passer l'envergure d'un avion, et l'autre qui était censée accueillir les gens et qui avait la taille d'une poupée mannequin en comparaison. Et Rhage avait raison : en dépit du fait que les rafales glacées du vent d'hiver leur fouettaient le dos, l'odeur était assez puissante pour leur chatouiller les narines, et pas de façon agréable.

Merde, le froid atténuait la puanteur, d'ordinaire.

Communiquant par signaux, ils se divisèrent en deux groupes : Vhif et John se dirigèrent vers les doubles portes éléphantesques, et Rhage, Blay et Z. vers la petite entrée.

Rhage posa une main sur la poignée pendant que tout le monde se préparait au combat. S'il y avait l'équivalent d'une équipe de foot d'éradiqueurs là-dedans, il était compréhensible d'envoyer en premier ce frère-là, vu qu'il disposait d'un renfort à nul autre pareil : sa bête adorait les tueurs, et pas dans le sens amoureux du terme.

En parlant de chocolat d'après-dîner.

Hollywood leva la main au-dessus de sa tête. Trois… deux… un…

Dans un silence total, le frère ouvrit la porte et se glissa à l'intérieur. Z. le suivit aussitôt après, et Blay les rejoignit.

Vhif ressentit un instant de pure terreur quand le mâle bondit dans l'inconnu sans rien d'autre que deux calibres .40 pour le protéger. Seigneur, la seule idée que Blay puisse mourir ce soir, juste sous ses yeux, pendant cette mission banale lui donnait envie de cesser de défendre l'espèce et de changer le guerrier en bibliothécaire, ou en mannequin pour les mains ou en coiffeur…

Le sifflement perçant qui retentit moins de soixante secondes plus tard fut un véritable soulagement. C'était un signal de Z. pour que John et lui changent de position, se déplacent latéralement vers la porte désormais ouverte et la franchissent…

OK. Waouh.

En parlant de marée noire. Et quelle foutue puanteur.

Les trois premiers entrés avaient sorti leurs lampes torches et les rayons traversaient l'espace caverneux comme des sabres-lasers, transperçant l'obscurité, éclairant ce qui, au départ, ne ressemblait qu'à une pellicule de glace noire. Sauf que ce n'était pas noir et que ce truc n'était pas solidifié. Il s'agissait de sang humain congelé – environ un mètre cube – mêlé à beaucoup d'Oméga.

Le hangar avait été le site d'une initiation massive, dont l'ampleur faisait ressembler celle de la ferme, découverte un bon moment auparavant, à un jeu pour enfants.

— On dirait que les garçons qui ont piqué ta caisse se rendaient à une sacrée fête, dit Rhage.

— Tu m'étonnes, marmonna Z.

Comme les rayons des lampes torches éclairaient un vieil avion décrépit dans le fond – et absolument rien d'autre –, Z. secoua la tête.

— Allons fouiller dehors. Il n'y a rien ici.

Étant donné que la cabane ne ressemblait pas à grand-chose vue de l'extérieur, mais simplement à un abri de chasseur ou de pêcheur dans les bois, M. C. fut un instant tenté de passer son chemin. Une seconde et minutieuse observation le fit se raviser cependant, sans compter que l'emplacement de la cabane, à environ deux ou trois kilomètres à l'intérieur des terres, suggérait qu'elle avait servi de quartier général à un moment.

Tout bien considéré, il aurait été plus intelligent de visiter cette propriété avant d'utiliser ce hangar à avions pour la plus grande initiation de l'histoire de la Société des éradiqueurs. Mais les priorités étaient ce qu'elles étaient : d'abord, il devait prendre le contrôle ; ensuite, il devait justifier sa promotion ; et enfin, il devait s'occuper de tous ces nouveaux éradiqueurs.

Et cela signifiait qu'il avait besoin de ressources. Rapidement.

Après la cérémonie grandiose et salissante de l'Oméga puis la période nauséeuse qui avait duré un certain nombre d'heures ensuite, M. C. avait ordonné aux nouvelles recrues de grimper dans un bus scolaire qu'il avait volé dans une concession de gros véhicules d'occasion une semaine plus tôt. Entre l'épuisement et l'inconfort physique dans lesquels ils se trouvaient, ils s'étaient comportés comme de gentils garçons, se mettant en file et s'asseyant deux par deux comme dans une sorte d'arche de Noé foutraque.

À partir de là, il les avait conduits lui-même – parce qu'on ne confiait pas ce genre d'atouts à quelqu'un d'autre – jusqu'à l'école de filles Bronswick. L'ancien établissement privé se situait en banlieue et était entouré de quatorze hectares de terrain abandonné, décrépit et envahi par les mauvaises herbes, car les rumeurs que les lieux étaient hantés tenaient les gens normaux à distance.

Pour l'instant, la Société des éradiqueurs squattait les bâtiments, mais le panneau « À vendre » au coin de la rue signifiait qu'il pourrait arranger cela. Dès qu'il aurait le fric.

Ses tueurs achevant leur convalescence à l'école, et les éradiqueurs plus anciens étant occupés à chasser la Confrérie dans le centre-ville, il avait décidé d'entreprendre seul la visite des quelques biens restants de la Société, y compris cette forêt à peu près vide au nord de la ville.

Même s'il commençait à croire qu'il perdait son temps.

Montant sur le petit porche de la cabane, il braqua le rayon de sa lampe torche sur la fenêtre la plus proche pour en éclairer l'intérieur et aperçut un réchaud pansu, une table en bois brut avec deux chaises, trois couchettes sans matelas ni draps et une cuisine américaine.

Contournant la masure, il découvrit un générateur électrique à court de carburant et un bidon de fuel rouillé, ce qui suggérait que l'endroit avait disposé d'un système de chauffage à un moment donné.

Retournant vers l'entrée de la cabane, il fit jouer la poignée de la porte et découvrit qu'elle était verrouillée.

Peu importait. Il n'y avait pas grand-chose là-dedans.

Tirant une carte de son blouson, il la déplia et détermina sa position. Cochant le petit carré, il sortit sa boussole, s'orienta et se mit à marcher en direction du nord-ouest.

Selon cette carte, qu'il avait découverte dans la maison de défonce de l'ancien Grand éradiqueur, cette propriété faisait en tout deux cents hectares et était parsemée de plusieurs cabanes de ce type. Il supposait que l'endroit avait autrefois été une aire de camping détenue par plusieurs personnes, un genre de réserve de chasse des temps modernes qui s'était perdu dans le cadastre de l'État de New York et avait été acquis par la Société dans les années 1980.

Du moins, c'était ce que les annotations manuscrites dans le coin disaient, alors même que Dieu seul savait si la Société en était toujours propriétaire. Compte tenu de la santé financière de l'organisation, ce bon vieux service des impôts pouvait très bien faire valoir un droit de préemption sur le domaine à présent, et peut-être même avoir déjà saisi la propriété.

Il s'arrêta et consulta de nouveau sa boussole. Merde, en bon citadin qu'il était, il détestait devoir traîner dans les bois la nuit, en avançant péniblement dans la neige, pour vérifier des trucs comme un satané garde forestier. Mais il devait voir de ses propres yeux ce avec quoi il devait travailler, et cela n'arriverait que d'une seule façon.

Au moins il avait une source de revenus en vue.

Dans vingt-quatre heures, quand ses gars seraient enfin sur pied, il commencerait à remplir les coffres. C'était la première étape vers la reconquête du territoire.

La seconde ?

La domination mondiale.

Chapitre 15

Elle saignait.

Quand Layla regarda la feuille de papier toilette dans sa main, la tache rouge sur fond blanc lui apparut comme l'équivalent visuel d'un cri.

Tendant la main derrière elle, elle tira la chasse et dut s'appuyer contre le mur pour retrouver son équilibre lorsqu'elle se leva. Une main posée sur son bas-ventre, l'autre sur le plan de toilette puis le chambranle, elle tituba jusqu'à la chambre et se dirigea vers le téléphone.

Son premier instinct fut d'appeler Doc Jane, mais elle en décida autrement. En supposant qu'elle fasse une fausse couche, elle pouvait épargner à Vhif d'avoir à subir la colère du Primâle, à condition de taire cette histoire. Et faire appel aux services du médecin personnel de la Confrérie n'était sans doute pas le meilleur moyen de préserver le secret sur son état.

Après tout, il n'y avait qu'une seule raison pour qu'une femelle saigne, et des questions sur ses chaleurs et la façon dont elle les avait supportées s'ensuivraient inévitablement.

Elle ouvrit le tiroir de la table de nuit et en tira un petit carnet noir. Trouvant le numéro de la clinique de l'espèce, elle le composa d'une main tremblante.

Quand elle raccrocha, elle avait un rendez-vous trente minutes plus tard.

Mais comment allait-elle s'y rendre ? Elle ne pouvait pas se dématérialiser... Elle était trop anxieuse et, de toute façon, on déconseillait aux femelles enceintes de le faire. Et elle ne se sentait pas capable de conduire. Vhif lui avait bien appris, mais elle n'arrivait pas à s'imaginer, dans son état, s'engager sur l'autoroute et essayer de suivre le flux de la circulation humaine.

Fritz Perlmutter était la seule option qui lui restait.

S'approchant du placard, elle en sortit une chemise soyeuse, la tordit en une corde épaisse, et la maintint entre ses jambes grâce à plusieurs sous-vêtements. La solution à son problème d'hémorragie était incroyablement encombrante et lui rendait la marche difficile, mais c'était le moindre de ses problèmes.

Un appel à la cuisine lui attacha le majordome comme chauffeur.

À présent, elle n'avait plus qu'à descendre l'escalier, sortir et atteindre la longue allée de voitures en un seul morceau, sans croiser aucun des mâles de la maison.

Juste au moment où elle allait quitter sa chambre, elle aperçut son reflet dans les miroirs sur le mur. Sa robe blanche et sa coiffure élégante annonçaient son statut d'Élue comme rien d'autre : personne hormis les femelles sacrées de la Vierge scribe ne s'habillait comme cela au sein de l'espèce.

Même si elle se présentait à la clinique sous le faux nom qu'elle avait donné à la réception, tous devineraient son origine mystique.

Ôtant sa robe, elle tenta d'enfiler un pantalon de yoga, mais son rembourrage de fortune rendit l'opération impossible. Et le jean qu'elle avait acheté avec Vhif n'irait pas non plus.

Retirant la chemise, elle se servit de serviettes en papier trouvées dans la salle de bains pour régler son problème et parvint à enfiler le jean. Un épais sweat-shirt lui procura réconfort et chaleur, et un rapide coup de brosse avant de rattacher ses cheveux en queue-de-cheval lui donna l'air presque normale.

Elle quitta sa chambre, une main serrée sur le téléphone portable que lui avait donné Vhif. Elle ne songea que brièvement à l'appeler mais, en vérité, qu'y avait-il à dire ? Il n'avait pas plus de contrôle sur ce processus qu'elle…

Oh, douce Vierge scribe, elle était en train de perdre leur bébé.

Cette pensée lui vint juste au moment où elle atteignait le palier du grand escalier : elle perdait leur bébé. En ce moment même. Ici, devant le bureau du roi.

D'un seul coup, le plafond s'effondra sur sa tête et les murs du grand et spacieux vestibule se resserrèrent tant qu'elle fut incapable de reprendre son souffle.

— Votre grâce ?

Se secouant, elle regarda au bas du tapis rouge. Fritz se tenait au pied des marches, vêtu de sa livrée habituelle, et son vieux visage aimable affichait une expression inquiète.

— Votre grâce, y allons-nous ? demanda-t-il.

Comme elle hochait la tête et se mettait à descendre les marches avec précaution, elle n'arrivait pas à croire que tout cela n'avait servi à rien : toutes ces heures d'intense effort avec Vhif… les jours suivants, où elle n'avait pas osé bouger… l'incertitude, l'inquiétude et l'espoir, silencieux et traître.

Le fait qu'elle ait donné sa virginité pour rien.

Vhif allait éprouver une telle douleur, et l'échec qu'elle allait lui faire vivre ajoutait à sa propre souffrance de façon incommensurable. Il avait sacrifié son propre corps pendant ses chaleurs, son désir d'engendrer un enfant de son propre sang le poussant à enfreindre la loi, ce qu'il n'aurait jamais fait autrement.

Le fait que la biologie suive son propre programme ne la réconfortait pas.

Cette perte… lui semblerait toujours sa faute.

Il faut soigner le mal par le mal.

Saxton estimait que c'était là un dicton certes simpliste, mais assez pertinent.

Nu devant le miroir de sa salle de bains, il reposa le sèche-cheveux et passa les doigts dans sa chevelure. Les ondulations reprirent leur place habituelle, les mèches blondes trouvant une disposition parfaite pour encadrer son visage carré aux traits réguliers.

L'image qu'il observait était la réplique exacte de celle de la nuit précédente et de celle d'avant, et pourtant, aussi familier que lui soit son reflet, il avait l'impression d'être une personne différente.

Il avait tellement changé intérieurement qu'il paraissait raisonnable de supposer que ce changement se serait répercuté sur son apparence. Hélas, ce n'était pas le cas.

Se détournant du miroir, il sortit de la salle de bains pour aller à son placard, tout en se disant qu'il ne devrait pas être surpris, ni par son bouleversement intérieur, ni par son sang-froid de façade.

Après sa discussion avec Blay, il lui avait fallu une heure pour transférer toutes ses affaires de la chambre où il avait vécu avec son ancien amant jusqu'à cette suite au bout du couloir. On lui avait attribué ce logement quand il était arrivé dans la demeure, mais à mesure que sa relation avec Blay avait évolué, ses possessions s'étaient peu à peu déplacées dans cette autre chambre.

Le processus de migration s'était fait par étapes, exactement comme son amour : une chemise ici et une paire de chaussures là, une brosse à cheveux une nuit, et des chaussettes la nuit suivante… une conversation sur les valeurs qu'ils partageaient suivie d'un marathon sexuel de sept heures, achevé avec un pot de glace au café et une seule cuillère.

Il n'avait pas pris conscience de la distance parcourue par son cœur, tout comme un randonneur perdu en pleine nature perd le compte des kilomètres arpentés. Au bout de cinq cents mètres, on voyait toujours son point de départ et on pouvait facilement retrouver sa route. Mais quinze kilomètres et un certain nombre d'embranchements plus tard, il n'y avait pas de retour en arrière possible. À ce moment-là, on n'avait plus d'autre choix que rassembler ses ressources pour se construire un abri et prendre un nouveau départ.

Il avait cru qu'il construirait ce nouvel espace avec Blay.

Oui, il l'avait cru. Après tout, combien de temps un amour non réciproque pouvait-il survivre ? Le feu exigeait de l'oxygène pour brûler, et il en allait de même du sentiment amoureux.

Pas quand il s'agissait de Vhif, apparemment. Pas pour Blay.

Saxton était pourtant déterminé à ne pas quitter la demeure royale. Blay avait eu raison sur ce point : Kolher, le roi, avait besoin de lui et, plus que tout, il aimait son travail ici. Il était stimulant, représentait un défi... et l'égoïste en lui voulait être l'avocat qui réformerait la loi dans le bon sens.

En supposant que le trône ne soit pas renversé et qu'il ne perde pas la tête sous un nouveau régime.

Mais on ne pouvait pas vivre en s'inquiétant de choses pareilles.

Sortant un costume en laine à motif pied-de-poule de son placard, il choisit une chemise et un gilet, et étala le tout sur le lit.

C'était un cliché triste et peu attrayant de partir à la recherche de quelque chose de nubile et bien foutu en guise d'automédication pour remédier à la douleur émotionnelle, mais il préférait largement avoir un orgasme que d'être ivre mort. En outre, la maxime disant qu'il fallait faire semblant jusqu'à ce qu'on ait retrouvé un but dans la vie tenait la route.

Et elle s'appliquait particulièrement à lui quand il se regarda dans le grand miroir de la salle de bains, vêtu de pied en cap. Il avait sans l'ombre d'un doute l'air de tenir le coup, et cela l'aidait.

Avant de partir, il consulta son téléphone. Le droit ancien avait été refondu suivant l'ordre de Kolher, et à présent il se tenait prêt, attendant sa prochaine mission.

Il découvrirait bientôt de quoi il serait question, se dit-il.

Kolher était connu pour être exigeant, mais jamais déraisonnable.

Dans l'intervalle, il allait oublier son chagrin avec les seules tablettes de chocolat ayant de l'attrait à ses yeux : il cherchait un homme dans la vingtaine, d'environ un mètre quatre-vingts, athlétique...

Et avec des cheveux noirs, de préférence. Ou blonds.

Chapitre 16

— Quelqu'un est déjà venu ici récemment.

Pendant que Rhage parlait, Vhif sortit sa lampe torche et éclaira le sol de son rayon discret. Sans surprise, les empreintes dans la neige étaient fraîches, pas encore recouvertes de flocons, et elles se dirigeaient vers la clairière au milieu de la forêt. Éteignant la lampe, il concentra son attention sur la cabane de chasse devant eux, qui semblait abandonnée depuis longtemps : il n'y avait pas de filet de fumée sortant de la cheminée, ni lumière aux fenêtres, et, le plus important, pas la moindre odeur.

Tous les cinq se rapprochèrent jusqu'à encercler la clairière, puis se dirigèrent vers la cabane. Comme il n'y eut aucune réaction défensive, ils grimpèrent tous sur le porche étroit et scrutèrent l'intérieur à travers les fenêtres.

— *Nada*, marmonna Rhage en s'approchant de la porte.

Il testa rapidement la poignée, qui était verrouillée.

D'une poussée, le frère projeta son épaule massive contre le panneau et l'envoya valser, tandis que des fragments du verrou s'éparpillaient au sol avec des éclats de bois.

— Salut chérie, je suis rentré, hurla Hollywood en entrant.

Vhif et John se conformèrent au protocole et restèrent sur le porche, tandis que Blay et Z. se faufilaient à l'intérieur et fouillaient les lieux.

La forêt était paisible autour d'eux, mais le regard affûté de Vhif suivit les empreintes de pas, qui partaient de la cabane et se dirigeaient vers le nord-ouest.

Cela suggérait fortement qu'il y avait quelqu'un là-dehors avec eux, en train d'inspecter le terrain en même temps qu'eux.

Un humain ? Un éradiqueur ?

Il penchait pour la seconde option, vu tout le bordel dans le hangar, et le fait que cette propriété était isolée, ce qui la rendait relativement sûre.

Même s'ils allaient commencer par nettoyer ce bâtiment au Kärcher.

La voix de Blay leur parvint par la porte ouverte.

— J'ai quelque chose.

Vhif dut faire appel à tout son entraînement pour ne pas interrompre sa surveillance et, au mépris de toutes les règles de sécurité, se retourner pour regarder à l'intérieur… et pas parce que la découverte l'intéressait particulièrement. Tout au long de leur inspection, il avait constamment gardé un œil sur Blay, afin de voir si son humeur s'améliorait.

Au contraire, elle n'avait fait qu'empirer.

On entendit parler à voix basse dans la cabane, puis les trois mâles sortirent.

— Nous avons découvert un coffret, annonça Rhage comme il ouvrait la fermeture Éclair de sa veste et glissait une boîte métallique allongée contre sa poitrine. Nous l'ouvrirons plus tard. Retrouvons d'abord le propriétaire de ces bottes, les gars.

En silence, ils suivirent les empreintes dans la neige en se dématérialisant tous les quinze mètres.

Ils tombèrent sur l'éradiqueur environ huit cents mètres plus loin.

Le tueur traversait la forêt enneigée à un rythme que seul un humain entraîné pour les Jeux Olympiques aurait pu tenir pendant plus de cent mètres. Ses vêtements étaient noirs, il portait un sac à dos, et le fait qu'il se frayait aussi aisément un chemin dans la nuit était une autre preuve qu'il s'agissait d'un ennemi : la plupart des *Homo sapiens* n'auraient pas été capables de se déplacer si vite avec si peu de luminosité, sans l'aide d'un éclairage artificiel.

D'un signal de la main, Rhage orienta le groupe pour former un triangle inversé qui se refermait sur la piste de l'éradiqueur. Continuant à avancer de concert avec lui, ils l'observèrent le temps qu'il parcoure l'équivalent de la longueur d'un terrain de football puis, comme un seul homme, se regroupèrent, encerclèrent le tueur et le bloquèrent en pointant sur lui le canon de leurs armes.

L'éradiqueur cessa de bouger.

C'était une jeune recrue : ses cheveux noirs et sa peau olivâtre suggéraient qu'il était d'origine mexicaine, ou peut-être italienne, et il gagna des points en ne montrant aucune peur. Même s'il avait l'air inquiet, il se contenta de jeter calmement un coup d'œil par-dessus son épaule, comme pour confirmer le fait qu'il était tombé dans une embuscade.

— Comment ça va ? demanda Rhage.

L'éradiqueur ne prit pas la peine de répondre, ce qui contrastait avec ce qu'ils avaient vu dernièrement. Contrairement aux autres, celui-ci n'était pas un jeune punk qui balançait des menaces et exhibait son flingue. Calme, calculateur, en pleine possession de ses moyens, il était le genre d'ennemi qui améliorait vos performances professionnelles.

Pas forcément une mauvaise chose…

Et bien entendu, sa main disparut dans son manteau.

— Ne sois pas stupide, mon pote, aboya Vhif, prêt à coller une balle à ce salopard en un clin d'œil.

L'éradiqueur n'arrêta pas son geste.

Très bien.

Il appuya sur la détente et fit tomber ce connard.

À l'instant où l'éradiqueur touchait la neige, Blay se figea, ses armes à la main. Les autres firent de même.

Pendant les secondes silencieuses qui s'écoulèrent, ils gardèrent les yeux rivés sur le tueur tombé à terre.

Aucun mouvement. Aucune réaction à la périphérie. Vhif avait immobilisé la créature, et celle-ci semblait travailler seule.

C'était étrange, même si Blay n'avait pas entendu que le tir venait de sa gauche, il aurait su que Vhif en était l'auteur : tous les autres auraient accordé une chance supplémentaire de réflexion à leur ennemi.

Quand Rhage poussa un sifflement bref, ce fut le signal pour s'approcher. Tous les cinq se déplacèrent à la manière d'une meute de loups vers leur proie abattue, foulant la neige d'un pas rapide et assuré, en ayant toujours leurs armes au poing. Le tueur demeurait parfaitement immobile, mais il n'y avait pas mort d'homme, pour ainsi dire. Il fallait une dague d'acier dans la poitrine pour cela.

Mais il était dans l'état désiré, lorsqu'on souhaitait qu'ils soient en mesure de parler.

Ou du moins, en condition d'être forcés à parler…

Plus tard, quand il se repasserait le film de ce qui était arrivé ; quand son esprit aurait tourné et retourné les faits de façon obsessive ; quand il resterait éveillé pendant des jours pour tenter de reconstituer la façon dont la scène s'était déroulée, dans l'espoir de deviner un changement dans la procédure qui assurerait qu'une chose pareille n'arrive plus jamais, Blay repenserait sans cesse à cette convulsion.

Cette petite convulsion du bras. Un simple sursaut autonome en apparence, sans lien avec une pensée consciente ou une volonté. Rien de dangereux. Aucun signal de ce qui allait venir.

Rien qu'une convulsion.

Sauf qu'alors, avec un mouvement d'une rapidité aveuglante, le tueur sortit une arme de quelque part. C'était sans précédent : une seconde il était étendu sur le sol ; la suivante, il tirait de façon contrôlée en décrivant un large cercle.

Et avant même que les détonations s'estompent, Blay intercepta l'horrible image de Zadiste prenant une balle en plein cœur : l'impact fut assez puissant pour arrêter le frère dans son élan, son torse fut projeté en arrière et ses bras s'écartèrent de ses flancs, alors qu'il tombait à la renverse.

Instantanément, la dynamique changea. Personne ne chercha plus à interroger cet enfoiré.

Quatre dagues furent tirées. Quatre corps bondirent. Quatre lames froides et acérées fendirent l'air. Quatre coups s'abattirent, l'un après l'autre.

Mais trop tard.

Le tueur disparut sous leurs yeux, et leurs armes poignardèrent la neige tachée de noir, à l'endroit où l'ennemi avait atterri, au lieu d'une cage thoracique vide.

Peu importe, il serait temps de s'interroger sur cette disparition sans précédent plus tard. Pour l'instant, ils avaient un combattant à terre.

Rhage se jeta sur le frère.

— Z. ? Z. ? Oh, Mère de l'espèce…

Blay sortit son téléphone et se mit à composer un numéro. Quand Manny Manello répondit, il n'y avait pas de temps à perdre.

— Nous avons un frère à terre. Une balle dans la poitrine…

— Attendez !

La voix de Z. fut une surprise. De même que le bras qu'il leva pour écarter Rhage.

— Dégage de là !

— Mais je sais pratiquer la respiration artificielle…

— Je crèverai avant de t'embrasser, Hollywood. (Z. tenta de s'asseoir, la respiration encombrée.) N'y pense même pas.

— Allô ? (La voix de Manello lui parvint dans le téléphone.) Blay ?

— Attends…

Vhif s'agenouilla à côté de Zadiste et, en dépit du fait que le frère n'aimait pas qu'on le touche, l'empoigna sous l'aisselle et aida le mâle à soulever son torse de la neige.

— J'ai la clinique en ligne, annonça Blay. Quel est ton état ?

En guise de réponse, Z. leva la main et déboucla l'étui de sa dague. Puis il ouvrit la fermeture Éclair de sa veste en cuir et déchira son tee-shirt blanc en deux.

Pour révéler le plus beau gilet pare-balles que Blay ait jamais vu.

Rhage en tituba de soulagement, au point que Vhif dut le rattraper de sa main libre pour le maintenir d'aplomb, lui aussi.

— Du Kevlar, marmonna Blay à Manello. Oh, Dieu merci, il porte du Kevlar.

— C'est génial, mais écoute, il faut que tu enlèves ce gilet et que tu vérifies qu'il a bien arrêté la balle, OK ?

— Compris.

Il jeta un coup d'œil à John et fut heureux de le découvrir sur ses pieds, deux flingues au poing et passant en revue les environs pendant que les autres évaluaient la situation.

— Je m'en occupe.

Blay s'approcha et s'accroupit devant le frère. Vhif avait peut-être eu les couilles de toucher Zadiste, mais lui n'allait pas le faire sans sa permission expresse.

— Le docteur Manello veut savoir si tu peux retirer ton gilet pour que nous vérifiions qu'il n'y a pas de blessure.

Z. agita les bras, puis fronça les sourcils. Il parut réessayer. À la troisième tentative, les mains du frère réussirent à se lever jusqu'aux attaches en Velcro, mais ne semblèrent pas en mesure de faire grand-chose de plus.

Blay déglutit avec difficulté.

— Puis-je m'en occuper ? Je promets de te toucher le moins possible.

Il déployait de grands efforts grammaticaux. Mais il était sérieux.

Z. leva les yeux pour croiser les siens. Ils étaient noirs à cause de la douleur, et non jaunes.

— Fais le nécessaire, fiston. Je me tiendrai tranquille.

Le frère détourna la tête, le visage si contracté que la cicatrice en forme de « S », qui partait de la base de son nez jusqu'au coin de sa bouche, ressortait en relief.

Sermonnant fermement ses mains, Blay leur ordonna de rester fermes et assurées, et le message fut reçu : il ôta les attaches des épaules, avec un bruit qui lui parut plus fort que les hurlements dans sa tête, puis retira le gilet, terrifié par ce qu'il allait découvrir.

Il y avait une grosse trace ronde au centre de la large poitrine musclée de Z. Pile à l'endroit du cœur.

Mais il s'agissait d'un bleu. Pas d'un trou.

Ce n'était qu'un hématome.

— Simple blessure superficielle. (Blay enfonça les doigts dans l'épais maillage du gilet et découvrit la balle.) Je sens la balle dans le gilet…

— Alors pourquoi est-ce que je ne peux pas remuer mon…

L'odeur du sang frais du frère sembla atteindre les narines de chacun en même temps. Quelqu'un poussa un juron, et Blay se pencha.

— Tu as été touché sous le bras également.

— C'est grave ? demanda Z.

Au téléphone, Manello dit :

— Examine la blessure si tu le peux.

Blay souleva le solide membre et éclaira l'aisselle de sa lampe torche. Apparemment, une balle avait pénétré dans le torse en traversant la petite zone non protégée sous le bras… une chance sur un million, un tir impossible à répéter si on le tentait de nouveau.

Putain.

— Je ne vois pas de plaie de sortie. C'est juste sur le côté de sa cage thoracique, très haut.

— Respire-t-il de façon régulière ? demanda Manello.

— Difficilement, mais avec régularité.

— Lui a-t-on fait de la respiration artificielle ?

— Il a menacé de castrer Hollywood si jamais leurs lèvres se touchaient.

— Écoutez, laissez-moi seulement me dématérialiser. (Z. toussota.) Faites-moi de la place…

Certains frères tentèrent de l'en dissuader à ce moment-là, mais Zadiste n'en fit qu'à sa tête. Repoussant tout le monde, le frère ferma les yeux et…

Blay sut qu'ils avaient un vrai problème quand rien ne se passa. Oui, Zadiste n'avait pas été tué et il était en bien meilleur état qu'il ne l'aurait été sans le gilet. Mais il était incapable de se déplacer ; et ils se trouvaient au milieu de nulle part, enfoncés si profondément dans la forêt que, même s'ils appelaient des renforts, personne ne serait capable d'amener rapidement un 4 × 4 jusqu'à eux.

Pire que tout, Blay avait le sentiment que le tueur que Vhif avait abattu était bien plus qu'un éradiqueur ordinaire.

Impossible de savoir quand les renforts arriveraient.

Le signal de réception d'un nouveau message sur un téléphone retentit, et Rhage baissa les yeux pour le consulter.

— Merde. Les autres sont coincés dans le centre-ville. Nous allons devoir gérer cela tout seuls.

— Bon sang de bonsoir, marmonna Zadiste.

Oui. C'était l'idée.

Chapitre 17

Xcor ne s'attendait pas à cela.

Comme lui et ses soldats reprenaient forme sur le lieu de rendez-vous prévu pour qu'ils se nourrissent en commun, il s'était attendu à découvrir une propriété délabrée, voire peut-être sous le coup d'une procédure d'expropriation, un lieu dans un tel état de misère qu'une femelle se trouvait forcée de vendre ses veines et son sexe pour garder la tête hors de l'eau.

Mais il ne vit rien de tout cela.

Les environs du domaine étaient aménagés selon les normes de la *glymera* : le vaste manoir sur la colline luisait d'une lumière chaleureuse, les pelouses étaient impeccablement taillées au cordeau et la petite maison de gardien accolée à la clôture était en parfait état en dépit de sa visible ancienneté.

Peut-être s'agissait-il d'une cousine de moindre importance issue de quelque grand lignage ?

— Qui est cette femelle ? demanda-t-il à Affhres.

Son second haussa les épaules.

— Je ne connais pas personnellement sa famille. Mais j'ai vérifié qu'elle était bien issue d'une lignée de valeur.

Tout autour, ses soldats étaient agités : leurs bottes de combat tassaient la neige sous leurs pieds tandis qu'ils piétinaient sur place et leurs souffles s'échappaient de leurs narines comme celui des chevaux de course piaffant sur la ligne de départ d'une course.

— On peut se demander si elle sait pour quoi elle s'est portée volontaire, murmura Xcor, sans se soucier vraiment que ce soit le cas.

— On y va, alors ? demanda Affhres.

— Oui, avant que les autres perdent tout contrôle sur eux-mêmes et s'introduisent dans son cottage par effraction.

Affhres se dématérialisa vers une porte d'entrée à l'aspect suranné, dont on se serait plus attendu à trouver le sommet arrondi et la petite lanterne sur une maison de poupée. Néanmoins, son bras droit ne sembla guère apprécier le charme du lieu. La lanterne au-dessus de sa tête s'éteignit brusquement, certainement sur un ordre mental d'Affhres et le coup qu'il frappa fut sec et bref : c'était un ordre et non une demande polie.

Quelques instants plus tard, le battant s'ouvrit. La lueur d'un feu de cheminée se répandit dans la nuit et ses rayons étaient d'un jaune doré si intense qu'ils semblaient, au moins en apparence, capables de faire fondre la neige… et au beau milieu de cette belle lumière, les courbes appétissantes d'une femelle se découpaient en ombre noire.

Elle était nue. Et l'odeur qui dériva sur la bise glaciale indiquait qu'elle était tout à fait prête.

Zypher gronda doucement.

— Garde ton sang-froid, lui ordonna Xcor. Au cas où ta faim serait utilisée comme une arme contre nous.

Affhres parla à la femelle puis plongea la main dans sa poche intérieure pour en sortir l'argent. La femelle accepta ce qu'on lui donnait puis leva le bras haut sur le chambranle et fit légèrement pivoter sa hanche de façon qu'un de ses seins ronds baigne dans la douce lumière.

Le mâle jeta un coup d'œil par-dessus son épaule et hocha la tête.

Les autres n'attendirent pas d'autre invitation. Les soldats de Xcor se précipitèrent tous en pagaille vers l'entrée, si bien que leurs larges carrures rendirent instantanément la femelle invisible.

Avec un juron, Xcor les suivit en marchant.

Naturellement, Zypher entra le premier et s'empara des lèvres et des seins de la femelle, mais il ne resta pas seul bien longtemps. Les trois cousins luttèrent pour se faire une place : l'un s'installa derrière elle et cambra le bassin, pour frotter son pénis contre les fesses de la femelle et les deux autres tendirent la main vers ses tétons et son sexe, et s'insinuèrent en elle.

Affhres parla par-dessus les gémissements qui montaient.

— Je vais rester dehors pour monter la garde.

Xcor ouvrit la bouche pour lui ordonner d'échanger sa place avec lui, puis comprit que cela lui donnerait l'air d'éviter la scène, ce qui ne serait pas vraiment perçu comme une attitude virile de sa part.

— Oui, vas-y, marmonna-t-il. Je monterai la garde à l'intérieur.

Ses mâles s'emparèrent de la femelle, leurs mains se refermant sur ses bras, ses cuisses, sa taille et, ensemble, ils la portèrent dans l'intérieur confortable à reculons. Ce fut Xcor qui referma la porte et s'assura qu'il n'y avait pas de verrou susceptible de les coincer ici. Ce fut également lui qui passa en revue l'intérieur de la maison. Comme ses salopards emportaient leur repas vers la cheminée, devant laquelle une grande fourrure avait été étendue sur le sol, il se pencha vers la fenêtre la plus proche, souleva le rideau, et examina les panneaux de verre. Ils étaient anciens et plombés, avec des montants en bois et non en acier.

Le lieu n'était pas sûr. C'était une bonne chose.

— Que quelqu'un me pénètre, gémit la femelle d'une voix grave.

Xcor ne prit pas la peine de s'assurer qu'on satisfaisait sa demande, même si le grognement qu'elle poussa suggérait que c'était le cas. Au lieu de cela, il chercha d'autres portes et endroits susceptibles de servir à une embuscade. Il n'y en avait pas. La maison était de plain-pied, la charpente du toit bien visible au-dessus de sa tête, et il n'y avait qu'une salle de bains étroite dont la porte était ouverte. Une lumière restée allumée révélait une baignoire à pattes griffues et un lavabo à l'ancienne. La cuisine ouverte n'était constituée que d'un long plan de travail avec quelques équipements modestes.

Xcor jeta un coup d'œil à la scène. La femelle était allongée sur le dos, les bras en croix, le cou exposé, les jambes largement écartées. Zypher l'avait montée et effectuait un va-et-vient régulier, et sa tête ballottait sur la fourrure blanche, tandis qu'elle absorbait les chocs répétés. Deux des cousins s'étaient jetés sur ses poignets et le troisième avait sorti son pénis et lui baisait la bouche avec. Oui, seule une infime partie de son corps n'était pas couverte par un vampire mâle, et son extase à être ainsi utilisée était évidente, non seulement aux yeux, mais également aux oreilles : autour du pénis qui entrait et sortait de ses lèvres charnues, sa respiration hachée et ses gémissements érotiques s'échappaient dans l'air tiède au parfum de sexe.

Xcor s'approcha de l'évier de la cuisine. Il n'y avait rien dedans, pas de restes de repas, ni de verres abandonnés à demi pleins. Il y avait des plats dans les placards, néanmoins et, quand il ouvrit le petit réfrigérateur, des bouteilles de vin blanc étaient alignées à l'horizontale sur les étagères.

Un juron masculin lui fit de nouveau tourner les yeux vers la partie de plaisir. Zypher était en train de jouir, le corps penché en avant et la tête rejetée en arrière… et, au milieu de son orgasme, l'un des cousins le poussa. Il prit sa place, souleva les hanches de la femelle et enfonça son pénis dans son sexe humide et rose. Néanmoins, Zypher parut ravi de l'échange de places ; il dévoila ses crocs, passa la tête sous la poitrine désormais haletante de son camarade, et mordilla un sein pour finir par se nourrir à côté de son téton.

Le mâle enfoncé dans la bouche de la femelle eut un orgasme à son tour, et elle avala son sperme, suçant le gland du guerrier à longs traits, avant de le laisser partir et de lécher sa bouche poisseuse comme si elle avait encore faim. Un autre mâle lui rendit bientôt service, en plongeant son pénis entre ses lèvres. Les rythmes contraires de ce qui se passait au niveau de sa bouche et entre ses jambes la secouaient d'une façon qui semblait l'exciter.

Xcor se rendit dans la salle de bains pour vérifier les lieux, mais sa première estimation avait été correcte : il n'y avait nulle part où se cacher dans cet espace étriqué.

Ayant sécurisé l'intérieur, il n'eut plus rien d'autre à faire que s'adosser dans le coin qui offrait la meilleure vue pour assister à la séance. À mesure que les choses s'intensifiaient, ses guerriers perdaient leur vernis de civilité et se flanquaient de grands coups les uns aux autres comme des lions autour d'une proie fraîchement tuée, montrant les crocs, le regard rendu fou par l'agressivité pendant qu'ils se bousculaient pour avoir l'accès. Ils ne perdirent toutefois pas complètement la tête et prirent soin de la femelle.

Bientôt, l'un des mâles se mordit une veine et la porta aux lèvres de cette dernière.

Xcor baissa les yeux sur ses bottes et laissa sa vision périphérique surveiller les environs.

Il y avait eu un temps où ce spectacle l'aurait excité, non parce qu'il éprouvait un intérêt particulier pour le sexe, mais plutôt de la même façon que, quand il voyait de la nourriture, son estomac grondait. Et par conséquent, autrefois, quand il avait eu besoin de prendre une femelle, c'était ce qu'il avait fait. Généralement dans le noir, bien sûr, afin que la fille ne soit pas choquée ni apeurée par son visage.

Il imaginait bien que les expressions tendues qu'arboraient les mâles quand ils étaient dans les affres de la jouissance ne faisaient rien pour améliorer son apparence en comparaison.

Mais à présent, il se sentait étrangement déconnecté de tout cela, comme s'il regardait une équipe de mâles déplacer un meuble lourd, ou ratisser une pelouse.

C'était à cause de son Élue, bien sûr.

Après avoir posé les lèvres sur sa peau pure, plongé les yeux dans son regard d'un vert lumineux et respiré son parfum délicat, les charmes bien utilisés de cette femelle devant le feu le laissaient de marbre.

Oh, son Élue… il n'avait jamais su qu'une telle grâce existait et, par-dessus tout, il n'aurait jamais pensé qu'il serait touché si complètement par ce qui lui était antithétique. Elle était son opposé : aimable et généreuse alors qu'il était brutal et implacable, belle alors qu'il était laid, issue d'un monde éthéré alors qu'il venait du ruisseau.

Et elle l'avait marqué. Aussi sûrement que si elle l'avait frappé et avait laissé une profonde cicatrice dans sa chair, il était blessé et affaibli par elle.

Il n'y avait rien à faire.

Oh, même le souvenir de ces instants partagés avec elle, alors qu'elle était habillée des pieds à la tête et lui si grièvement blessé, suffisait à le chatouiller au niveau des hanches et son pauvre sexe se raidissait sans la moindre raison valable : même s'ils ne s'étaient pas trouvés dans des camps opposés dans cette guerre pour le trône, elle ne l'aurait jamais laissé venir à elle comme un mâle le fait quand il est captivé par une femelle de valeur. Cette froide nuit d'automne, quand ils s'étaient rencontrés sous cet arbre, elle avait cru rendre un service estimable. Cela n'avait rien à voir avec lui en particulier.

Mais oh, il la voulait néanmoins…

Brusquement, la femelle devant le feu s'arc-bouta sous le poids des mâles qui remuaient et jouissaient en elle, et il reporta son attention sur elle. Comme si elle sentait son excitation, son regard béat et trouble dériva dans sa direction, et une brève expression de surprise passa sur son visage… ou le peu qu'il en distinguait derrière le robuste avant-bras qui lui offrait de quoi se nourrir.

Le choc lui fit écarquiller les yeux. Elle n'avait visiblement pas remarqué sa présence, mais maintenant que c'était le cas, la peur, et non la passion, croissait visiblement en elle.

Peu désireux d'interrompre l'acte, il secoua la tête et lui montra sa paume pour lui assurer qu'elle n'aurait pas à supporter sa morsure… ou pire, son sexe.

Le message fut apparemment reçu, parce que la frayeur quitta ses traits et, quand l'un des soldats lui présenta son pénis pour qu'elle s'en occupe, elle tendit la main et se mit à le caresser au-dessus de sa tête.

Xcor sourit à lui-même avec une expression vicieuse. Cette prostituée ne l'aurait pas, et pourtant son corps, dans toute sa stupidité biologique, insistait pour qu'il réponde à cette Élue, comme si la femelle sacrée allait lui accorder un jour un second regard.

Quelle bêtise.

Il consulta sa montre et fut surpris de découvrir que cela durait depuis déjà une heure. Qu'il en soit ainsi. Tant que ses mâles obéissaient à ses deux règles de base, il était heureux de les laisser continuer : ils devaient rester en grande partie habillés et conserver leurs armes sur eux avec les sûretés défaites.

De cette façon, en cas d'attaque inattendue, ils pouvaient se défendre rapidement.

Il était plus que prêt à leur accorder du temps.

Après cet interlude, ils seraient tous au summum de leur force… et vu la façon dont allaient les choses avec la Confrérie, ils en auraient besoin.

Chapitre 18

— Non. C'est hors de question.

Vhif ne pouvait qu'être d'accord avec Z. quant à la brillante idée de Rhage.

Ils s'étaient démenés pour sortir de la forêt, Rhage soutenant l'essentiel du poids de Z. pendant que les deux autres frères les avaient escortés, prêts à abattre n'importe qui ou n'importe quoi les menaçant de derrière les arbres. Ils étaient désormais de retour au hangar à avions, et la solution de Hollywood à leur problème de mobilité ressemblait à une complication aux implications mortelles, et pas à quelque chose qui les aiderait pour de bon.

— Ça doit pas être bien dur de piloter un avion ? (Comme tout le monde, Z. y compris, se contentait de le dévisager, Rhage haussa les épaules.) Quoi ? Les humains font ça tout le temps.

Z. se frotta la poitrine et se laissa lentement tomber au sol. Après avoir pris une courte inspiration, il secoua la tête.

— Avant tout, tu ne sais pas si… ce foutu engin… peut décoller. Il n'a probablement pas de kérosène… et tu n'as jamais volé avant.

— Tu veux bien me dire quelle est notre autre option ? Nous sommes toujours à des kilomètres d'une zone de récupération possible, ton état ne s'améliore pas et nous pourrions être pris en embuscade. Laisse-moi au moins entrer là-dedans et voir si je peux faire démarrer le moteur.

— C'est une mauvaise idée.

Dans le silence qui suivit, Vhif prit la décision pour tous les autres et jeta un coup d'œil au hangar. Au bout d'un moment, il dit :

— Je vais te couvrir. Allons-y.

Pour faire court, Rhage avait raison. Cette évacuation en forme de course à pied prenait trop de temps, et cet éradiqueur avait disparu avant qu'ils le poignardent, et non l'inverse.

L'Oméga avait-il donné des pouvoirs spéciaux à ses hommes ?

Peu importait : un guerrier intelligent ne sous-estimait jamais son ennemi, surtout quand l'un des siens était à terre. Ils devaient mettre Z. en sécurité, et si cela signifiait par pont aérien, alors qu'il en soit ainsi.

Lui et Rhage se glissèrent dans le hangar et allumèrent leurs torches. L'avion se trouvait pile à l'endroit où ils l'avaient laissé, au fond, et ressemblait au parent pauvre d'un moyen de transport bien plus agréable qui aurait depuis longtemps déserté les lieux. Lorsqu'il se fut approché de l'appareil, Vhif constata que l'hélice avait l'air en bon état et que, même si les ailes étaient poussiéreuses, il pouvait s'y suspendre.

Le fait que la porte de la cabine grince affreusement quand Rhage l'ouvrit fut une nouvelle beaucoup moins bonne.

— Pfiou, marmonna celui-ci avec un geste de recul. À l'odeur, on dirait que quelqu'un est mort là-dedans.

Merde, il devait y avoir une sacrée puanteur si le frère pouvait la différencier de celle qui régnait à l'intérieur du hangar.

Ce n'était peut-être pas une idée si intelligente.

Avant que Vhif puisse offrir une seconde opinion quant à la pestilence, Rhage se contorsionna et se glissa par le trou ovale.

— Nom de Dieu, des clés. Il y a des clés, tu le crois ?

— Est-ce qu'il y a du carburant ? murmura Vhif, comme il éclairait les alentours avec le rayon de sa torche.

Rien, hormis le sol dégoûtant.

— Tu ferais peut-être bien de reculer, fiston, hurla Rhage depuis le cockpit. Je vais essayer de démarrer ce vieux coucou.

Vhif s'écarta, mais allons. Si ce truc devait prendre feu, cinq mètres ne feraient aucune différence…

L'explosion fut puissante, la fumée épaisse et le moteur donna l'impression de souffrir de la version mécanique d'une quinte de toux. Mais le bazar se calma. Plus ils laissaient tourner, plus le rythme devenait régulier.

— Il faut qu'on sorte d'ici avant d'être asphyxiés, cria Vhif dans l'avion.

Pile à ce moment-là, Rhage dut enclencher une vitesse ou quelque chose du genre, parce que l'avion se mit à avancer avec un grondement, comme si chaque écrou et chaque boulon dans sa carlingue était douloureux.

Et ce truc allait décoller ?

Vhif courut devant l'avion et heurta la jonction des deux vantaux de l'immense porte du hangar. Saisissant l'un des deux battants, il utilisa toute la force de son corps pour le tirer et le forcer à s'ouvrir, faisant sauter différents loquets et verrous dans la manœuvre.

Il espérait que l'aéronef ne s'inspirerait pas de ces fragments.

Dans la lueur de la lune, les visages de John et de Blay arboraient une expression franchement impayable tandis qu'ils contemplaient leur plan de fuite… et il ne leur donnait pas tort.

Rhage appuya sur les freins et s'extirpa pour sortir.

— Embarquons-le.

Un silence lui répondit. Enfin, en dehors de l'avion qui ronronnait bruyamment derrière eux.

— Tu ne vas pas le faire, dit Vhif, presque pour lui-même.

Rhage fronça les sourcils dans sa direction.

— Je te demande pardon ?

— Tu as trop de valeur. Si ce truc s'écrase, nous ne pouvons pas perdre deux frères. Ça n'arrivera pas. Je suis remplaçable, toi pas.

Rhage ouvrit la bouche comme s'il allait protester. Mais il la referma aussitôt, tandis que son beau visage prenait une expression étrange.

— Il a raison, dit Z. d'un ton ferme. Je ne peux pas te mettre en danger, Hollywood.

— Va chier, je peux me dématérialiser hors du cockpit si…

— Et tu crois que tu en seras capable si on part en vrille ? Arrête tes conneries…

Quelques détonations retentirent depuis la ligne d'arbres. Les balles sifflèrent à leurs oreilles avant de s'enfoncer dans la neige.

Tout le monde passa à l'action. Vhif se jeta dans l'avion, se glissa dans le siège du pilote et essaya de comprendre tous les… putain de merde, il y avait beaucoup de cadrans. La seule chose positive, c'était qu'il…

Rat-tat-tat-tat!

… avait vu assez de films d'aventure pour savoir que le levier avec la poignée était l'accélérateur et que le volant en forme de nœud papillon était le truc qu'il fallait tirer pour monter et pousser pour descendre.

— Merde, marmonna-t-il, comme il s'efforçait de loger de son mieux sa large carcasse dans le siège emboîtant.

De nouveaux coups de feu éclatèrent, indiquant que John et Blay répondaient aux tirs. Vhif se redressa un peu et jeta un coup d'œil aux rangées d'instruments. Il comprit que celui orné d'un petit bidon d'essence était celui qu'il cherchait.

Il restait un quart de liquide dans le réservoir. Et la moitié était probablement de la condensation.

C'était vraiment une mauvaise idée.

— Amenez-le ici ! cria-t-il, en jaugeant du regard le terrain vide et plat à sa gauche.

Rhage s'y colla et balança Zadiste dans l'avion avec autant de douceur qu'un docker. Le frère atterrit en désordre, mais au moins il jura… ce qui signifiait qu'il était encore assez conscient pour ressentir la douleur.

Vhif n'attendit pas la fermeture des portes. Il relâcha la pédale de frein, appuya sur l'accélérateur et pria pour qu'ils ne dérapent pas dans la neige…

La moitié du pare-brise vola soudain en éclats devant lui : la balle responsable des dégâts ricocha dans le cockpit et un bruit étouffé dans le siège du copilote suggéra que l'appuie-tête avait été touché. Ce qui valait mieux que son bras. Ou son crâne.

La seule bonne nouvelle était que l'avion semblait prêt à se casser d'ici, lui aussi : le moteur rouillé faisait tourner l'hélice à toute blinde comme si ce tas de ferraille savait que décoller du sol était la seule voie sûre. Derrrière le hublot de côté, le paysage commença à défiler, et Vhif se positionna vers le milieu de la « piste » en veillant à rester à égale distance des deux lignes d'arbres.

— Tiens bon, cria-t-il par-dessus le vacarme.

Le vent s'engouffrait dans le cockpit comme si un ventilateur industriel remplissait l'espace autrefois occupé par le pare-brise, mais ce n'était pas comme s'il avait l'intention de voler assez haut pour avoir besoin de pressurisation.

À ce moment-là, il voulait seulement passer la forêt qui se trouvait devant lui.

— Allez ma puce, tu peux le faire… allez…

Il avait rabattu au maximum la commande des gaz et il dut ordonner à son bras de relâcher la pression… Il était impossible d'augmenter la puissance, mais casser ce machin était une garantie pour qu'ils se retrouvent encore plus dans la merde.

Le vacarme devint de plus en plus assourdissant.

Les arbres défilèrent de plus en plus vite.

Les cahots se firent de plus en plus violents, jusqu'à ce que ses dents s'entrechoquent, et il fut convaincu qu'une ou les deux ailes allaient sortir de leurs gonds et tomber sur le côté de la piste.

Estimant qu'il n'y avait pas de temps à perdre, Vhif tira aussi fort que possible sur le manche, en le serrant fermement, comme si cela pouvait se transmettre à la carlingue de l'avion et la maintenir en un seul morceau…

Quelque chose tomba du plafond et dégringola vers Z.

Une carte ? Le manuel de pilotage ? Qui pouvait dire ?

Merde, ces arbres au bout de la piste se rapprochaient.

Vhif tira encore plus le manche vers lui, en dépit du fait que ce dernier était incliné au maximum… ce qui était bien dommage, parce qu'ils atteignaient l'extrémité de la piste et qu'ils n'avaient toujours pas décollé…

Des bruits d'éraflures parcoururent le ventre de l'avion, comme si les taillis tendaient leurs branches pour essayer de s'agripper aux plaques d'acier.

Et ces arbres qui se rapprochaient toujours.

Sa première pensée lorsqu'il regarda la mort en face fut qu'il ne rencontrerait jamais sa fille. Du moins, pas de ce côté-ci de l'Estompe.

Sa seconde et dernière pensée fut qu'il n'arrivait pas à croire qu'il n'avait jamais dit à Blay qu'il l'aimait. Pendant toutes les minutes, les heures et les nuits de sa vie, en comptant tous les mots qu'il avait adressés au mâle au fil des années où ils s'étaient côtoyés, il n'avait fait que le repousser.

Et à présent il était trop tard.

Crétin. Quel putain de crétin il était.

Parce qu'il était évident que sa carte de survie était arrivée à expiration cette nuit.

Se redressant sur son siège de façon que les rafales glacées lui soufflent en plein visage, Vhif foudroya du regard les bourrasques, en se représentant ces pins devant lui qu'il ne pouvait plus voir parce que le vent le faisait pleurer. Ouvrant la bouche, il poussa un cri meurtrier, ajoutant sa voix au maelström.

Bon sang, il n'allait pas crever comme une mauviette. Pas d'esquive, pas de « Oh mon Dieu, non, sauve-moi… » pathétique. Au diable tout cela. Il allait à la rencontre de la mort, les crocs dénudés, le corps raidi et le cœur battant non de peur, mais d'un bon gros…

— Viens me chercher, grande faucheuse !

Tandis que Vhif essayait de décoller, Blay avait le canon de son arme pointé vers la ligne d'arbres et tirait des balles comme s'il avait une réserve inépuisable de plomb, ce qui n'était pas le cas.

C'était un bordel total. Lui, John et Rhage ne disposaient d'aucune couverture ; ils n'avaient aucun moyen de savoir combien de tueurs se trouvaient dans les bois ; et pour l'amour du ciel, cette antiquité volante ne faisait que laisser un nuage de fumée toxique dans son sillage, en bringuebalant comme si elle faisait sa promenade du dimanche.

Oh, et ce tas de ferraille était loin d'être blindé, mais visiblement, il avait du carburant dans son réservoir.

Vhif et Z. n'allaient pas s'en sortir. Ils allaient percuter les arbres au bout du terrain, en supposant qu'ils n'explosent pas avant.

À cet instant précis, quand il sut que, d'une manière ou d'une autre, une boule de feu était imminente, il se scinda en deux. La partie physique de sa personne resta concentrée pour repousser l'attaque : les bras tendus, ses index faisaient jaillir les balles, tandis que ses yeux et ses oreilles traquaient le son et l'éclair d'un canon d'arme à feu ainsi que les mouvements de l'ennemi.

Sa partie psychique se transféra dans l'avion.

Ce fut comme s'il regardait sa propre mort, tant il parvint à se représenter clairement les violentes vibrations de l'appareil, les cahots incontrôlables des roues sur le sol et la vision de cette ligne d'arbres qui se rapprochait de lui… aussi sûrement que s'il voyait réellement par les yeux de Vhif.

Ce fils de pute imprudent.

Blay avait pensé tellement de fois : *Il va se tuer.*

Tellement de fois, sur et hors du champ de bataille.

Mais à présent, le moment était arrivé où cela allait se réaliser pour de vrai…

Une balle le toucha à la cuisse, et la douleur qui courut de sa jambe à son cœur lui suggéra de reporter toute son attention sur le combat : s'il voulait vivre, il devait se concentrer pleinement.

Pourtant, alors même que cette conviction se faisait jour en lui, il y eut une fraction de seconde où il se dit : *Qu'on en finisse tout de suite.* Qu'on en finisse avec toutes ces conneries, les châtiments de la vie, les « on y est presque », les « si seulement », la douleur chronique incessante qu'il éprouvait… Il était tellement fatigué de tout ça…

Il ignorait parfaitement ce qui lui fit heurter la neige.

Un instant il fixait l'avion du regard, attendant l'explosion. Le suivant il était par terre sur le ventre, les coudes enfoncés dans le sol gelé et sa jambe blessée l'élançait.

« Pop ! Pop ! Pop… »

Le rugissement qui couvrit soudain le bruit des balles était si puissant qu'il baissa la tête, comme si cela allait lui éviter d'assister à l'atroce explosion de l'avion.

Sauf qu'il n'y eut ni lumière éblouissante ni chaleur. Et que le bruit venait du ciel…

L'avion volait. Ce tas de boulons était pour de bon dans les airs. Au-dessus d'eux.

Blay prit une seconde pour lever les yeux, juste au cas où il se serait fait tirer dans la tête et que sa perception de la réalité s'en serait trouvée bousillée. Mais non : cet avion merdique était dans le ciel. Il décrivit un large cercle et partit dans la direction qui, s'il pouvait maintenir sa course, finirait par conduire Vhif et Z. au complexe de la Confrérie.

S'ils avaient de la chance.

Merde, sa trajectoire n'était pas belle à voir : ce n'était pas un aigle filant dans la nuit, mais plutôt une jeune hirondelle à peine sortie du nid, avec une aile cassée.

L'avion tanguait, penchant d'un côté puis de l'autre.

Au point qu'on avait l'impression qu'ils avaient fait l'impossible pour décoller… uniquement pour s'écraser et brûler dans la forêt…

Venu de nulle part, quelque chose le heurta sur le côté du visage, si violemment qu'il se retrouva sur le dos et faillit lâcher ses calibres .40. Une main… c'était une main qui avait empoigné son visage comme un ballon de basket.

Puis un poids massif s'abattit sur sa poitrine, l'aplatissant dans la neige tassée et le faisant expirer si fort qu'il se demanda s'il n'aurait pas besoin de regarder autour de lui pour chercher son foie.

— Est-ce que tu vas baisser la tête, putain ? lui siffla Rhage à l'oreille. Tu vas te faire toucher une fois de plus.

Comme l'accalmie de la fusillade passait de quelques secondes à une minute entière, quatre tueurs émergèrent de la ligne d'arbres devant eux et traversèrent la neige, leurs armes au poing, prêtes à tirer.

— Ne bouge pas, chuchota Rhage. On peut jouer à ça, nous aussi.

Blay fit de son mieux pour ne pas respirer aussi profondément que la brûlure dans ses poumons le lui ordonnait. Il essaya également de ne pas éternuer, tandis que des flocons lui chatouillaient le nez à chaque inspiration.

Il attendit.

Encore.

Et encore.

John gisait à environ un mètre de là, dans une position crispée qui fit s'accélérer le cœur de Blay…

Le mâle leva subtilement un pouce, comme s'il lisait dans les pensées de Blay.

Merci, putain.

Blay observa les alentours sans changer l'angle inconfortable de sa tête, puis échangea discrètement un flingue contre l'une de ses dagues.

Alors qu'un bourdonnement se mettait à résonner dans sa tête, il évalua les mouvements des éradiqueurs, leurs trajectoires et leurs armes. Il était presque à court de balles, et il n'avait pas le temps de prendre une recharge dans sa ceinture de munitions… et il savait que John et Rhage se trouvaient dans la même situation que lui.

Les couteaux que V. leur avait forgés à tous étaient désormais leur seul recours.

Plus près… plus près…

Quand les quatre tueurs se trouvèrent enfin à leur portée, son timing était parfait. Ainsi que celui des autres.

D'un mouvement fluide, il se releva d'un bond et se mit à poignarder les deux plus proches de lui. John et Rhage attaquèrent les autres…

Presque immédiatement, de nouveaux tueurs sortirent de la forêt, mais bizarrement, sans doute parce que la Société des éradiqueurs n'armait pas très bien les nouveaux initiés, il n'y eut aucun coup de feu. La seconde équipe se précipita à travers l'étendue enneigée avec le genre d'armes que l'on s'attend à trouver dans un combat de rue : des battes de base-ball, des pieds-de-biche, des démonte-pneus, des chaînes.

Ça lui convenait.

Il était tellement remonté et énervé qu'un corps à corps lui ferait du bien.

Chapitre 19

Vêtue d'une fragile blouse en papier, Layla était assise sur une table d'examen, les jambes nues pendant dans le vide, et avait l'impression d'être entourée d'instruments de torture. Et elle supposait que c'était le cas. Des équipements en acier inoxydable de toutes sortes étaient disposés sur le comptoir à côté du lavabo, leur emballage de plastique transparent indiquant qu'ils étaient stériles et prêts à l'emploi.

Elle était à la clinique de Havers depuis une éternité. Ou du moins était-ce son sentiment.

Par contraste avec la rapidité du trajet pour venir jusqu'ici, car le majordome avait conduit comme s'il savait que le temps était compté, depuis son arrivée dans l'établissement, elle accumulait les attentes. Remplir la paperasse, attendre qu'une salle se libère, qu'une infirmière arrive, et pour finir attendre Havers qui devait l'informer des résultats de ses examens sanguins.

C'était suffisant pour rendre quelqu'un complètement fou.

Face à l'endroit où elle était assise, la reproduction encadrée d'un tableau était suspendue au mur, et elle avait depuis longtemps mémorisé les coups de pinceau du bouquet de fleurs qui y était représenté dans des tons vifs de bleu et de jaune. Le nom du peintre apparaissait au-dessous : « Van Gogh ».

Elle en était au point où elle ne voulait plus jamais revoir d'iris.

Remuant un peu, elle fit la grimace. L'infirmière lui avait donné une serviette hygiénique pour absorber son saignement, et elle était horrifiée de découvrir qu'il lui en faudrait bientôt une autre…

La porte s'ouvrit presque immédiatement après qu'on eut frappé, et son premier instinct fut de s'enfuir, ce qui était ridicule. Elle était là où elle avait besoin d'être.

Sauf qu'il s'agissait simplement de l'infirmière qui l'avait installée là, avait pris des échantillons de son sang, relevé ses constantes vitales et entré des remarques dans l'ordinateur.

— Je suis vraiment désolée, il y a eu une autre urgence. Je voulais juste vous assurer que vous étiez la patiente suivante sur la liste.

— Merci, s'entendit-elle répondre.

La femelle s'approcha et lui posa une main sur l'épaule.

— Comment allez-vous ?

Cette gentillesse la fit battre des paupières.

— Je crains d'avoir besoin d'une autre…

Elle désigna ses hanches.

L'infirmière hocha la tête et lui pressa doucement l'épaule avant de se diriger vers les placards pour en extraire un carré enveloppé de papier orangé.

— J'en ai d'autres. Voulez-vous que je vous accompagne aux toilettes ?

— Oui, s'il vous plaît…

— Attendez, ne vous levez pas tout de suite. Laissez-moi vous couvrir mieux que cela.

Layla regarda ses mains nouées et contractées qui ne pouvaient pas demeurer immobiles.

— Merci.

— Tenez. (Quelque chose de doux fut drapé autour d'elle.) Bien, on va vous lever.

Glissant de la table, elle chancela un peu, et l'infirmière se précipita pour lui prendre le coude et la stabiliser.

— Nous irons lentement.

Ce qu'elles firent. Dans le couloir, des infirmières couraient d'une chambre à l'autre, des gens allaient et venaient pour leurs rendez-vous, le reste du personnel cavalait… et Layla n'arrivait pas à croire qu'elle avait été un jour aussi rapide qu'eux. Pour échapper à la cohue, elle et son aimable escorte restèrent près du mur, mais les autres étaient vraiment très gentils. Comme si tous savaient qu'elle souffrait d'un mal sérieux.

— Je vais venir avec vous, dit l'infirmière quand elles eurent atteint les toilettes. Votre tension artérielle est très basse et je crains que vous ne fassiez une chute, d'accord ?

Comme Layla hochait la tête, elles entrèrent et tournèrent le verrou. L'infirmière la débarrassa de sa couverture et elle releva maladroitement sa blouse en papier.

S'asseyant sur la cuvette, elle…

— Oh, douce Vierge scribe…

— Chut, tout va bien, ça va aller. (L'infirmière se pencha et lui tendit la nouvelle serviette.) Occupons-nous de cela. Tout va bien… tenez, non, donnez-la-moi. Nous devons l'envoyer au labo. Il y a une chance que nous puissions l'utiliser pour comprendre pourquoi cela arrive, et vous voudrez avoir ces informations si vous réessayez.

Réessayer. Comme si la perte était déjà entérinée.

L'infirmière enfila des gants et sortit un sachet plastique d'un petit placard. Elle s'occupa de tout avec discrétion et rapidité, et Layla l'observa inscrire le nom qu'elle avait donné sur le sachet au marqueur noir.

— Oh, ma chère, ça va aller.

L'infirmière ôta ses gants, prit une serviette en papier dans le distributeur sur le mur et s'agenouilla. Prenant avec douceur le menton de Layla entre ses mains, elle essuya avec soin les joues humides de larmes.

— Je sais ce que vous éprouvez. J'en ai perdu un, moi aussi. (La compassion rendit le visage de l'infirmière magnifique.) Êtes-vous certaine que nous ne pouvons pas appeler votre *hellren* ?

Layla secoua la tête.

—Bon, tenez-moi au courant si vous changez d'avis. Je sais qu'il est difficile de les voir bouleversés et inquiets, mais ne croyez-vous pas qu'il souhaitera être avec vous ?

Oh, comment allait-elle l'annoncer à Vhif ? Il avait semblé si certain de tout, comme s'il avait déjà vu l'avenir et regardé leur enfant dans les yeux. Ce serait un tel choc.

—Saurai-je si j'ai été enceinte ? marmonna Layla.

L'infirmière hésita.

—L'analyse sanguine peut nous le révéler, mais cela dépendra de la durée de cet… événement.

Layla contempla de nouveau ses mains. Ses articulations étaient blanches.

—Il faut que je sache si je perds un bébé ou s'il ne s'agit que d'un saignement normal qui survient quand on ne conçoit pas. C'est important.

—Ce n'est pas à moi de le dire, je le crains.

—Mais vous le savez. N'est-ce pas ? (Layla leva la tête et croisa le regard de la femelle.) N'est-ce pas ?

—Encore une fois, ce n'est pas mon rôle, mais… avec une telle quantité de sang ?

—J'étais enceinte.

L'infirmière fit un geste évasif des mains, les lèvres pincées.

—Ne dites pas à Havers que j'ai dit cela… mais c'est probable. Et vous devez savoir que vous ne pouvez rien faire pour arrêter ce processus. Ce n'est pas votre faute et vous n'avez rien fait de mal. C'est seulement que, parfois, ce genre de chose arrive tout simplement.

Layla baissa la tête.

—Merci d'avoir été honnête avec moi. Et… à dire vrai, je pense que c'est ce qui est en train de se passer.

—Une femelle sait ces choses-là. À présent, nous allons vous ramener à la chambre.

—Oui, merci beaucoup.

Sauf que Layla se démena vainement pour remonter sa culotte quand elle se leva. Quand il devint évident qu'elle n'arrivait pas à coordonner ses mains, l'infirmière s'approcha et l'aida avec une facilité déconcertante, ce qui fut tout à la fois très embarrassant et effrayant pour l'Élue. Se découvrir si faible et dépendre d'une autre pour une chose aussi simple.

— Vous avez un magnifique accent, dit l'infirmière comme elles rejoignaient la circulation dans le couloir et se plaçaient une fois de plus dans la voie la plus lente. Il sonne tellement Ancienne Contrée ; ma *granhmen* approuverait. Elle déteste la façon dont l'anglais est devenu notre langue dominante ici. Elle croit que ce sera la décadence de notre espèce.

Cette conversation anodine aida Layla, lui donnant quelque chose sur quoi se concentrer, autre que se demander combien de temps elle pourrait tenir avant de devoir refaire le trajet jusqu'aux toilettes… et si les choses allaient empirer avec la fausse couche… et à quoi ressemblerait la scène quand elle serait forcée de regarder Vhif dans les yeux et de lui dire qu'elle avait échoué…

D'une façon ou d'une autre, elles parvinrent à la salle d'examen.

— Cela ne devrait plus durer longtemps. Je vous le promets.

— Merci.

Lorsque l'infirmière s'arrêta près de la porte, des ombres voilèrent son regard, comme si elle revivait des moments de son propre passé. Et dans le silence qui s'installait entre elles, il y eut un moment de communion… et même s'il lui était inhabituel d'avoir quelque chose de commun avec une femelle née sur Terre, ce lien fut un soulagement pour Layla.

Elle s'était sentie si seule durant toute cette épreuve.

— Nous avons des psychologues auxquels vous pourrez parler, dit la femelle. Parfois, parler après coup peut vraiment aider.

— Merci.

— Servez-vous du combiné blanc si vous avez besoin d'aide ou si vous vous sentez défaillir, d'accord ? Je ne serai pas loin.

— Oui. Je le ferai.

Quand la porte se referma, des larmes lui brouillèrent la vue et pourtant, même si sa poitrine lui faisait mal, le sentiment écrasant de perte lui paraissait disproportionné par rapport à la réalité. La grossesse n'en était qu'à ses débuts… logiquement, elle n'avait perdu que quelques cellules.

Et pourtant, à ses yeux, il s'agissait de son bébé.

C'était la mort de leur bébé…

Un coup discret fut frappé à la porte, suivi d'une voix mâle.

— Puis-je entrer ?

Layla ferma les yeux et déglutit avec difficulté.

— Je vous en prie.

Le médecin de l'espèce était grand et distingué. Il portait des lunettes en écaille et un nœud papillon. Avec un stéthoscope autour du cou et cette longue blouse blanche, il avait l'air du parfait guérisseur, posé et compétent.

Il referma la porte et lui fit un bref sourire.

— Comment vous sentez-vous ?

— Bien, je vous remercie.

Il l'observa depuis l'autre bout de la pièce, comme s'il l'examinait alors même qu'il ne la touchait pas ni n'utilisait d'instrument.

— Puis-je parler franchement ?

— Oui. Je vous en prie.

Il hocha la tête et tira un tabouret à roulettes. S'asseyant, il posa un dossier en équilibre sur ses genoux et la regarda dans les yeux.

— Je vois que vous n'avez pas indiqué le nom de votre *hellren*… ni celui de votre père.

— Dois-je le faire ?

Le médecin hésita.

— Avez-vous un parent proche, ma chère ? (Quand elle secoua la tête, une véritable tristesse apparut dans les yeux de Havers.) Toutes mes condoléances. Ainsi, vous n'avez personne ? Non ?

Comme elle se contenta de rester assise sans rien dire, il prit une profonde inspiration.

— Très bien…

— Mais je peux payer, se dépêcha-t-elle d'ajouter.

Elle ne savait pas avec certitude où elle pourrait trouver l'argent, mais…

— Oh, ma chère, ne vous souciez pas de cela. Je n'ai pas besoin d'être rémunéré si vous n'en avez pas les moyens. (Il ouvrit le dossier et en tira une page.) J'ai cru comprendre que vous aviez eu vos chaleurs.

Layla se contenta de hocher la tête, vu que c'était la seule chose qu'elle pouvait faire pour s'empêcher de crier : « Quel est le résultat des analyses ? »

— Eh bien, j'ai regardé vos analyses de sang, et elles ont révélé des… choses auxquelles je ne m'attendais pas. Si vous y consentez, j'aimerais prélever un autre échantillon et l'envoyer au labo pour effectuer d'autres tests. Avec un peu de chance, je serai capable de démêler tout cela… et j'aimerais réaliser une échographie, si cela ne vous ennuie pas. C'est un examen classique qui me donnera une idée de la façon dont les choses progressent.

— Par exemple, combien de temps avant que la fausse couche soit terminée ? demanda-t-elle d'un air sombre.

Le médecin de l'espèce tendit le bras et lui prit la main.

— Regardons seulement comment vous allez, d'accord ?

Layla prit une profonde inspiration et hocha de nouveau la tête.

— Oui.

Havers alla à la porte et appela l'infirmière. Quand la femelle entra dans la pièce, elle poussait devant elle ce qui ressemblait à un ordinateur de bureau posé sur un chariot : il y avait un clavier, un écran et des manettes montées de chaque côté de la machine.

— Je vais laisser mon infirmière effectuer le prélèvement, ses mains sont bien plus compétentes que les miennes à cet égard. (Il lui sourit avec gentillesse.) Et pendant ce temps, je vais voir un autre patient. Je serai de retour rapidement.

La seconde prise de sang fut bien plus supportable que la première, vu qu'elle savait à quoi s'attendre, et elle fut brièvement laissée seule quand l'infirmière partit livrer l'échantillon au labo… où et quoi que soit ce truc. Elle revint avec le médecin peu de temps après.

— Vous sentez-vous prête pour l'échographie ? demanda Havers.

Quand Layla hocha la tête, lui et l'infirmière échangèrent quelques mots et l'équipement fut disposé près de l'endroit où elle était assise. Le médecin s'assit de nouveau sur le tabouret à roulettes et recula légèrement pour tirer deux extensions semblables à des bras de chaque côté de la table d'examen. Dégageant ce qui ressemblait à une paire d'étriers, il fit un signe de tête à l'infirmière, qui baissa la lumière et revint pour poser la main sur l'épaule de Layla.

— Pouvez-vous vous allonger ? demanda Havers. Et vous laisser glisser jusqu'à être au bord de la table. Vous allez poser les pieds ici après avoir retiré vos sous-vêtements.

Comme il lui indiquait les deux cale-pieds, Layla écarquilla les yeux. Elle ignorait totalement que l'examen serait…

— Vous n'avez jamais subi d'examen interne auparavant ? demanda Havers d'un air hésitant.

Quand elle lui fit un signe de dénégation, il hocha la tête.

— Eh bien, ce n'est pas inhabituel, surtout s'il s'agissait de vos premières chaleurs.

— Mais je ne peux pas retirer… (Elle s'arrêta.) Je saigne.

— Nous allons nous en occuper. (Le médecin paraissait parfaitement sûr de lui.) Et si nous commencions ?

Layla ferma les yeux et s'allongea sur le dos, faisant crisser sous son poids le mince papier qui recouvrait la surface rembourrée. Puis elle souleva les hanches et ôta sa culotte d'un geste rapide.

— Je vais m'en occuper pour vous, dit calmement l'infirmière en récupérant le sous-vêtement.

Layla serra les genoux pendant qu'elle tâtonnait des pieds pour entrer dans ces satanés étriers.

— C'est cela. (Le tabouret à roulettes grinça quand le docteur se rapprocha.) Mais descendez un peu plus.

L'espace d'une fraction de seconde, elle songea : *Je ne peux pas faire cela*.

Refermant les bras autour de son bas-ventre, elle les serra, comme si elle pouvait d'une façon ou d'une autre retenir le bébé en elle, en même temps qu'elle s'empêchait de fuir. Mais elle ne pouvait plus rien faire : elle savait qu'aucun argument ne convaincrait son corps de se calmer et de garder ce qui y était implanté, qu'aucun encouragement n'inciterait son bébé à tenter de survivre, qu'aucune parole n'apaiserait son état de panique totale.

Pendant une seconde, elle désira ardemment revenir à la vie cloîtrée qu'elle avait autrefois trouvée si étouffante. Là-haut, dans le sanctuaire de la Vierge scribe, la nature placide de son existence avait été une chose qu'elle avait tenue pour acquise. Oui, depuis qu'elle était descendue sur Terre et qu'elle tentait de trouver un but ici, elle avait subi traumatisme après traumatisme.

Cela lui faisait respecter les mâles et les femelles dont on lui avait dit qu'ils lui étaient inférieurs.

Ici-bas, tout le monde semblait être à la merci de forces incontrôlables.

— Êtes-vous prête ? demanda le médecin.

Alors que des larmes glissaient du coin de ses yeux, elle concentra son attention sur le plafond au-dessus d'elle et agrippa le bord de la table.

— Oui. Allez-y.

Chapitre 20

Nom de Dieu, Vhif avait complètement perdu le contrôle. Il n'avait presque plus aucune visibilité. L'avion oscillait comme s'il était atteint de *delirium tremens*. Le moteur avait des ratés.

Et il ne pouvait même pas s'assurer de l'état de Z. Il y avait trop de vent pour qu'on l'entende crier et il ne pouvait pas quitter des yeux leur destination, ou plutôt le lieu où ils allaient s'écraser, même s'il n'y voyait strictement rien…

Comment avait-il pu croire que c'était une bonne idée ?

La seule chose qui semblait fonctionner, c'était la boussole, donc il pouvait au moins s'orienter vers leur quartier général : le complexe de la Confrérie était en direction du nord et légèrement à l'est, au sommet d'une montagne entourée par une frontière invisible et défensive formée par la *brhume* de V. Donc il tenait le bon cap, en supposant que le cadran « N-S-E-O » soit plus opérationnel que, disons, tout le reste dans cette boîte de conserve merdique.

Il regarda à droite et le vent incessant qui s'infiltrait par le pare-brise à moitié cassé s'engouffra dans son oreille. Par le hublot, il ne vit… que du noir. Ce qu'il prit comme un signe qu'ils avaient dépassé la banlieue et survolaient désormais la campagne. Peut-être avaient-ils déjà atteint les collines, qui finiraient par se transformer en montagne…

Une suite d'explosions semblables à celles d'une voiture pétaradante attira son attention dans le mauvais sens du terme, mais que pouvait-il y avoir de pire ?

Le brusque silence qui suivit.

Le moteur n'émettait plus aucun vacarme. On n'entendait plus rien que le vent qui sifflait dans le cockpit.

OK, à présent, ils étaient vraiment mal.

Pendant une fraction de seconde, il envisagea de se dématérialiser hors de l'appareil. Il était assez fort et conscient pour cela… mais il n'abandonnerait pas Z…

Une main puissante s'abattit sur son épaule, lui flanquant une trouille bleue.

Z. s'était traîné vers l'avant et, à en juger par son expression, avait du mal à rester debout, et pas seulement à cause des soubresauts de l'appareil.

Le frère prit la parole et sa voix grave couvrit le fracas du vent.

— Il est temps que tu y ailles.

— C'est ça, oui, lui répondit Vhif en hurlant.

Se penchant en avant, il tenta de redémarrer le moteur. Ça ne pouvait pas faire de mal, non ?

— Ne me force pas à te jeter dehors.

— Vas-y, essaie.

— Vhif…

Le moteur repartit et le vacarme gagna en intensité. Bonne nouvelle. Mais le problème était que, si cette saleté s'était déjà éteinte une fois, elle allait recommencer.

Vhif fourra sa main dans sa veste. Comme il attrapait son téléphone portable, il songea à tous ceux qu'ils laisseraient derrière eux, et passa l'engin au frère.

S'il existait une hiérarchie dans l'ordre des appels téléphoniques, Z. figurait en haut de la liste. Il avait une *shellane* et une fille, et si quelqu'un devait passer un coup de fil, c'était lui.

— C'est pour quoi, ça ? demanda Z. d'un air menaçant.

— Tu peux comprendre tout seul.

— Et tu pars…

— Je ne pars pas… il faut que je fasse voler cet engin de mort jusqu'à ce qu'on heurte quelque chose.

Il n'y avait plus rien à ajouter après cela, mais une chose était sûre : il ne bougerait pas du siège du pilote et, si fort que le frère soit en des circonstances normales, Z. n'était pas en état de soulever quoi que ce soit, même une miche de pain. Et la conversation ne dura pas longtemps. Une fois ces dernières paroles échangées, Z. disparut, retournant sans doute à l'arrière de l'appareil pour entrer une dernière fois en contact avec ceux qu'il aimait.

Intelligent.

Laissé seul, Vhif ferma les yeux et adressa une prière à quiconque pourrait l'entendre. Puis il se représenta le visage de Blay…

— Tiens.

Il rouvrit les paupières. Son portable se trouvait juste devant son visage, tenu d'une main ferme par Z. Le GPS fonctionnait et la petite flèche clignotante lui montrait exactement où ils allaient.

— Il faut que le moteur tienne encore cinq kilomètres, hurla le frère par-dessus le vacarme. C'est tout ce dont on a besoin…

Il y eut une explosion suivie d'un crépitement… puis encore une fois ce silence atroce. Vhif jura et se concentra de toutes ses forces sur le petit écran du téléphone, en souhaitant que le moteur reparte tout seul. Ils étaient un peu plus au nord, à l'évidence, mais plus loin à l'est qu'il ne l'aurait cru. Beaucoup plus loin. Son estimation approximative avait été bonne, mais loin de tomber dans le mille.

Sans le téléphone, ils auraient été foutus.

Enfin, cela et ce moteur silencieux.

Vérifiant la localisation exacte, il effectua quelques calculs dans sa tête et déporta l'avion sur la droite, pour tenter d'aligner le signal en forme de flèche pile sur leur montagne. Puis il fut temps de tenter de redémarrer une fois encore le moteur.

Ils perdaient de l'altitude. Pas en vrille comme dans les films, où il y avait un plan rapproché sur l'altimètre dont l'affichage défilait aussi vite qu'on aurait espéré voir l'hélice tourner. Mais lentement, inexorablement, ils descendaient en planant, et s'ils perdaient trop de vitesse, ce que ce moteur peu fiable sous le capot était pourtant censé leur fournir, ils allaient tomber comme une pierre.

Tentant frénétiquement de redémarrer le moteur, il marmonna :

— Allez, allez, allez…

Il était difficile de maintenir le nez de l'avion à l'horizontale avec une seule main, et juste au moment où il allait devoir consacrer toute son attention à lutter avec le manche à balai, Z. tendit le bras, écarta sa main de la manette des gaz et prit le relais pour tenter de redémarrer le moteur.

L'espace d'une seconde, Vhif aperçut avec une netteté absurde la bande d'esclave qui dépassait de la manche de la veste en cuir du frère… avant de revenir aux choses sérieuses.

Seigneur, il avait les épaules en feu à force de tirer sur le gouvernail.

Et dire qu'il mourait d'envie d'entendre le vacarme du…

D'un seul coup, le moteur redémarra dans un crachotement et le changement d'altitude fut immédiat. À l'instant où les bougies et les pistons se remirent en branle, les chiffres de l'altimètre commencèrent à grimper.

Tournant la manette des gaz à fond, il jeta un coup d'œil à la jauge de carburant. Elle indiquait : « Vide ». Peut-être étaient-ils seulement à court de kérosène et non victimes d'un problème mécanique ?

En parlant de couper les cheveux en quatre.

— Juste un peu plus loin… juste un peu plus loin, allez, ma puce, tu peux le faire…

Alors qu'un flot ininterrompu d'encouragements murmurés s'échappait de ses lèvres, les mots impuissants étaient couverts par le bruit du moteur, la seule chose qui avait de l'importance… mais voyons, comme si l'avion comprenait le langage ?

Merde, il eut l'impression que cela durait une éternité, l'espoir et les prières, son cerveau sautant alternativement du meilleur au pire tandis qu'ils enfilaient les derniers kilomètres à une allure mortellement lente.

— Dis-moi que tu as appelé tes femelles, cria Vhif.

— Dis-moi que tu peux nous garder loin du sol.

— Pas sans mentir.

— Vire plus à l'est.

— Quoi ?

— À l'est ! Va vers l'est !

Z. zooma sur la carte et passa le doigt dans une direction, de l'est vers l'ouest.

— Tu peux atterrir de cette façon : derrière la demeure !

Vhif supposa qu'il devait prendre comme un signe positif que le mâle soit en train de préparer un plan d'atterrissage qui n'implique pas d'explosion. Et sa suggestion était bonne. S'ils pouvaient s'orienter parallèlement au côté le plus long de cette énorme maison, à l'extrémité de la piscine, ils risquaient d'arracher une ligne d'arbres fruitiers, mais ils disposeraient d'à peu près la même longueur de terrain que celle dont ils avaient eu besoin pour décoller.

Ça valait mieux que de s'écraser dans le gigantesque mur qui entourait la propriété…

Le moteur ne pétarada pas cette fois-ci. Il se contenta de s'éteindre, comme s'il était fatigué de faire sa mijaurée et allait expirer définitivement.

Au moins ils étaient à portée du terrain d'atterrissage.

Une tentative. C'était tout ce qu'ils avaient.

Un seul essai pour atterrir sur le terrain qui, en supposant que Vhif puisse les diriger en roue libre à proximité de la propriété, traverser la *brhume* et réussir à ne pas heurter la maison, la Fosse, les voitures, les portails ou quoi que ce soit d'autre de plus ou moins réel, aurait pour résultat qu'il ramènerait le fier papa, le *hellren* aimant et le remarquable guerrier dans les bras de sa famille.

Mais il ne pensait pas qu'à Z.

Le Primâle veillerait à la santé et à la sécurité de Layla. Blay avait ses parents aimants et Sax. John avait sa Xhex.

Ils s'en sortiraient tous.

Vhif se retourna.

— Assieds-toi ! À l'arrière ! Installe-toi dans un siège et attache-toi…

Le frère ouvrit la bouche et Vhif fit l'impensable. Il frappa les lèvres du mâle de sa paume ouverte.

— Assieds-toi, putain, et attache-toi ! Nous avons fait tout ce chemin… ne sois pas celui qui fait tout foirer !

Il récupéra le téléphone.

— Vas-y ! Je m'occupe de tout !

Les yeux noirs de Z. se rivèrent aux siens et, pendant une fraction de seconde, Vhif se demanda s'il n'allait pas se faire éjecter du cockpit. Mais alors le miracle eut lieu : un lien immédiat se forma entre eux, une chaîne avec des maillons aussi épais que des cuisses s'étira de l'un à l'autre.

Z. leva l'index et le pointa en direction du visage de Vhif. Après avoir hoché la tête, il disparut à l'arrière.

Vhif reprit sa concentration.

Ils planaient toujours et, grâce aux indications de Z., ce petit décalage à droite les avait correctement alignés. D'après le GPS, ils se rapprochaient de la jonction des routes qui se séparaient à la base de la montagne, centimètre après centimètre. Centimètre… après centimètre…

Vhif était presque certain qu'ils se trouvaient au-dessus de la propriété, à présent.

À mesure que l'avion descendait, il se préparait, continuant à tirer sur le manche à balai jusqu'à ce que ses épaules s'enfoncent dans le dossier du siège. Il n'y avait pas de train d'atterrissage à sortir, car les roues étaient restées à l'air libre durant tout le vol…

Un sifflement brusque dans le cockpit, ajouté à un soudain changement de plan d'inclinaison, annonça que la gravité avait commencé à remporter le combat et réclamait en guise de trophée la machine volante, ainsi que ses deux occupants.

Ils n'allaient pas y arriver, c'était trop tôt…

De violentes vibrations s'ensuivirent et, l'espace d'un moment, il se demanda s'ils n'avaient pas heurté le sol sans s'en rendre compte, ou des cimes d'arbres, peut-être ? Non. C'était quelque chose d'autre…

La *brhume* ?

Cette brusque résistance parut s'étirer vers le haut et, ça alors ! l'avion réagit différemment : son nez se redressa sans effort de la part de Vhif ni l'aide de ce poids mort de moteur. Même les trépidations cessèrent.

Apparemment, la défense invisible de V. ne tenait pas seulement les humains et les éradiqueurs à distance, elle pouvait également maintenir un avion en l'air.

Sauf qu'il rencontra alors un autre problème. Ce soutien vital ne semblait pas vouloir lâcher prise.

Vu la façon dont les choses se déroulaient, c'était comme s'il allait flotter là-haut pour l'éternité, dépassant l'unique piste d'atterrissage à leur disposition…

Brusquement, les vibrations reprirent, et il vérifia l'altimètre. Ils avaient plongé d'environ vingt-cinq pieds, et il ne put s'empêcher de se demander s'ils avaient franchi la barrière.

Il distingua des lumières au sol. Oh, doux Jésus, des lumières.

Par le hublot de côté, en bas, il aperçut la lueur de la demeure, et la cour. Il était trop loin pour distinguer les détails, mais ce devait être cela… oui, la petite ombre à côté devait être la Fosse.

Instantanément, son cerveau vit tout en trois dimensions et réorienta l'image d'ensemble.

Merde. Son angle d'atterrissage était mauvais. S'il continuait ainsi, il allait atterrir de l'avant vers l'arrière de la propriété et non le long du côté le plus étendu. Et le merdier là-dedans, c'était qu'il n'avait plus assez d'altitude pour exécuter un bon gros virage permettant de s'aligner dans la bonne direction.

Quand on était à court d'options, on n'avait plus d'autre choix que réussir.

Son plus gros souci demeurait l'absence de terrain dégagé à l'arrière de la propriété. Il n'y avait qu'une seule clairière sur la montagne. Tout le reste était envahi d'arbres qui allaient les avaler.

Il devait descendre plus bas, immédiatement.

— Attention !

Même si cela allait à l'encontre de son intuition, il poussa le manche à balai en avant, et les dirigea vers le sol. Il y eut une pointe de vitesse immédiate, et il se mit à prier qu'il puisse redresser l'appareil quand il atteindrait la zone d'atterrissage. Et merde, les tremblements intenses de la carlingue ne faisaient qu'empirer, au point que cela lui donnait un affreux tournis, et que ses avant-bras lui faisaient mal à force de serrer le manche.

Plus vite. Plus près. Plus vite. Plus fort. Plus près.

Puis il fut temps. La maison et les jardins s'étendaient devant lui, et se rapprochaient à toute allure.

Il tira violemment sur les commandes, et cette nouvelle accélération leur offrit un peu d'altitude.

Au-dessus de la maison.

— Prépare-toi ! cria-t-il à pleins poumons.

Alors qu'il percevait la scène au ralenti, tout se magnifia : les bruits, les secondes écoulées, la brûlure dans ses yeux tandis qu'il regardait droit devant lui, la sensation de son corps plaqué en arrière contre le siège…

Merde. Il n'avait pas attaché son harnais de sécurité.

Il ne s'en était pas soucié. Il avait eu trop de choses en tête.

Crétin…

À cet instant précis, ils entrèrent en contact avec quelque chose. Violemment. L'avion rebondit, heurta autre chose, dévia de l'alignement, rebondit encore. Tout au long de la manœuvre, Vhif se cogna la tête contre les panneaux au-dessus de lui en tressautant violemment sur son siège, et ses…

Il se serait cru dans un mixer.

La phase suivante de cet atterrissage infernal consista en une série de brutales secousses qui faillirent le jeter hors du cockpit. C'était le sol… c'était forcément cela… et bon sang, ils allaient vite. Les lumières filaient à toute allure à travers le hublot, au point de donner l'illusion d'être produites par un stroboscope de boîte de nuit ; et cela l'aveugla presque complètement. Et vu le côté d'où provenaient les éclairs, il comprit qu'ils se trouvaient dans le jardin, mais qu'ils allaient manquer de place.

Tournant le manche, il leur fit faire un tête-à-queue, espérant que les mêmes lois de la physique qui s'appliquaient aux voitures hors de contrôle s'appliquaient aussi aux avions : il ne pouvait freiner, disposait d'un terrain d'atterrissage limité et la seule façon de ralentir leur élan reposait sur le coefficient de résistance.

La force centrifuge le projeta contre la paroi du cockpit, et son visage fut bombardé de neige ; puis éraflé par quelque chose de pointu.

Merde, ils ne ralentissaient pas du tout.

Et ce mur d'enceinte haut de six mètres et large de quarante-cinq centimètres arrivait bien trop vite.

En parlant d'arrêt complet…

Chapitre 21

Blay se dématérialisa jusqu'à la demeure dès que le dernier éradiqueur de cette clairière fut renvoyé à l'Oméga. Vhif étant dans les airs avec Z., il n'y avait aucune raison de perdre du temps à attendre qu'un autre groupe de tueurs fasse son apparition.

Même si franchement, personne ne pouvait faire quoi que ce soit pour venir en aide aux deux frères dans l'avion.

Reprenant forme dans la cour, il…

Juste au-dessus de lui, sans émettre le moindre bruit, ce satané avion cachait la lune.

Bordel de merde, ils y étaient arrivés, et bon sang, ils étaient si près qu'il avait l'impression qu'il pourrait toucher le ventre de l'appareil s'il levait le bras.

Le silence de mort n'était pourtant pas bon signe…

Le premier impact vint du sommet de la haie de thuyas qui entourait le jardin. L'avion rebondit sur les cimes et reprit de l'altitude avant de disparaître de sa vue.

Blay se dématérialisa jusqu'à l'autre côté, sur la terrasse arrière, juste à temps pour voir l'avion s'écraser dans la neige : l'impact lui donna l'impression de voir un obèse plonger à plat ventre dans une piscine, en soulevant de grandes gerbes de cristaux blancs partout autour de lui. Puis l'appareil se transforma en la plus grande débroussailleuse jamais vue : sa carlingue en acier combinée à sa trop grande vitesse arracha les arbres fruitiers et les parterres de fleurs qui avaient été abrités pour l'hiver et, merde, l'alignement de fontaines à oiseaux.

Mais au diable tout cela. Il se fichait que l'endroit tout entier soit rasé, tant que cet avion s'arrêtait, avant le mur d'enceinte.

L'espace d'une seconde, il songea à se matérialiser devant l'appareil et à tendre les mains, mais c'était complètement dingue. Si l'avion ne paraissait pas inquiété par les statues en marbre qu'il était à présent en train de faucher, il se foutrait complètement d'un mâle de chair et de sang…

Sans raison apparente, l'avion hors de contrôle se mit à tourner, l'aile face à Blay commençant à virer comme si Vhif essayait d'effectuer un demi-tour. Le tête-à-queue était la manœuvre parfaite… Il allait sans dire qu'il n'y avait pas de freins et, en supposant que le virage soit serré, cela leur laisserait plus de place pour ralentir leur course.

Merde, ils étaient vraiment près du mur d'enceinte…

Des étincelles illuminèrent la nuit, en même temps qu'un crissement de métal frottant contre la pierre annonçait que « vraiment près du mur » avait été remplacé par « tout contre »… mais grâce au virage sec effectué par Vhif, ils avaient dérapé pour se retrouver parallèles au mur et non la tête dedans.

Blay se mit à courir en direction de l'avion, et ce faisant, les autres le rejoignirent, formant une file derrière lui. Ils ne pourraient pas stopper l'appareil, mais ils pourraient très bien être utiles quand les choses…

« Crac ! »

… s'arrêteraient.

L'appareil finit par rencontrer un obstacle dont il ne put venir à bout : l'abri de jardin qui servait à stocker les tondeuses à gazon et les outils de jardinage tout au bout du parc.

Et s'arrêta net.

La scène était bien trop silencieuse. Tout ce que Blay entendait, c'était l'impact de ses rangers dans la neige, son souffle dans l'air froid et la course des autres derrière lui.

Il fut le premier à atteindre l'appareil, et se dirigea vers la porte qui, par miracle, était tournée vers l'extérieur et non vers le mur en béton. Il l'ouvrit violemment et sortit sa lampe torche, ignorant à quoi s'attendre à l'intérieur : de la fumée ? de la vapeur ? du sang et des morceaux de corps ?

Zadiste était assis très raide dans un fauteuil à l'arrière de l'avion : son grand corps était sanglé dans le harnais de sécurité et ses deux mains crispées sur les accoudoirs. Le frère regardait droit devant lui et ne cillait pas.

— Est-ce qu'on a fini de bouger ? demanda-t-il d'une voix rauque.

OK, visiblement, même un frère pouvait se trouver en état de choc.

— Oui, c'est bon.

Blay ne voulait pas être grossier, mais maintenant qu'il était certain que Z. s'en était sorti, il devait voir si Vhif...

Le mâle sortit du cockpit en titubant. Dans le faisceau de la lampe de Blay, on aurait dit qu'il venait de faire un tour de montagnes russes : ses cheveux étaient plaqués en arrière sur son crâne, son front brûlé par le vent, ses yeux bleu et vert écarquillés dans un visage couvert de sang et il tremblait de tous ses membres.

— Est-ce que ça va ? cria-t-il, comme si ses oreilles résonnaient encore de tout ce boucan. Z... dis quelque chose...

— Je suis là, répondit le frère en grimaçant, tandis qu'il forçait l'une de ses mains à lâcher l'accoudoir et la levait. Je vais bien, fiston... tout baigne.

Vhif saisit la main tendue, et ce fut alors que ses genoux flanchèrent. Il s'effondra sur le sol à côté du siège de Z., et sa voix tremblait tellement qu'il pouvait à peine parler.

— Je voulais... juste que tu ailles bien. Je voulais... juste que tu... tu ailles bien... oh mon Dieu... pour ta fille... Je voulais juste que tu ailles bien...

Zadiste, le frère qui ne touchait jamais personne, tendit le bras et posa sa main libre sur la tête inclinée de Vhif. Levant les yeux, il demanda doucement :

— Ne laisse personne entrer. Laisse-lui une minute, OK ?

Blay opina du chef et se retourna pour bloquer l'ouverture de son corps.

— Ils vont bien… ils vont bien…

Comme il bafouillait face au groupe qui s'agglutinait devant l'entrée de l'avion, il dénombra une bonne dizaine de visages qui le regardaient, mais Bella ne se trouvait pas parmi eux. Où était-elle… ?

— Zadiste ! Zadiste !

Le cri traversa la pelouse baignée dans une lumière bleutée quand, depuis la terrasse, une silhouette solitaire se mit à courir à toute allure dans la neige.

De nombreuses personnes répondirent en criant à Bella pour la rassurer, mais il doutait fort qu'elle entende quelque chose.

— Zadiste !

Comme elle s'approchait en dérapant, Blay lui tendit immédiatement la main, craignant qu'elle ne heurte le flanc de l'avion. Et, oh Seigneur, jamais il n'oublierait l'expression de son visage… C'était plus poignant que n'importe quelle atrocité de guerre qu'il ait vue, comme si elle avait été écorchée vive.

Vhif bondit hors de l'appareil.

— Il va bien, il s'en est tiré, je te le promets… il va bien.

Bella se figea, comme si c'était la dernière chose qu'elle s'attendait à entendre.

— Ma *nalla*, viens à l'intérieur, dit Z. du même ton paisible qu'il avait utilisé avec Vhif. Viens ici.

La femelle regarda Blay comme si elle avait besoin de vérifier qu'elle avait bien entendu. En réponse, il se contenta de lui prendre le coude et de l'aider à franchir la petite ouverture de l'appareil.

Puis il se retourna et, une fois encore, bloqua le passage. Comme des pleurs de soulagement se faisaient entendre, il surprit Vhif en train de se passer la main sur les yeux, comme si le mâle essuyait des larmes.

— Nom de Dieu, fiston, j'ignorais que tu savais piloter, dit quelqu'un.

Quand Vhif leva la tête et jeta un coup d'œil au paysage, Blay fit de même. On pouvait parler de scène apocalyptique : une tranchée s'étendait tout le long du trajet de l'avion, comme si le doigt de Dieu avait tracé une ligne au beau milieu du jardin.

— En fait… non, marmonna Vhif.

V. coinça sa cigarette entre ses lèvres et lui tendit la main.

— Tu as ramené mon frère à la maison en un seul morceau. Au diable tout le reste.

— Parole…

— Oui, grâce à Dieu…

— Putain, oui…

— Amen…

Un par un, les membres de la Confrérie s'approchèrent pour lui serrer la main. La procession prit un certain temps, mais personne ne parut se soucier du froid.

Blay ne le sentait certainement pas pour sa part. Au point qu'il se demanda s'il ne rêvait pas…

Plongeant la main dans la chaleur de sa veste en cuir, il trouva sa cage thoracique et se pinça de toutes ses forces.

Ouille.

Fermant les yeux, il envoya une prière silencieuse pour qu'il s'agisse bien de la réalité, et non de l'horreur que cela aurait pu être.

Toute cette attention dont il faisait l'objet rendit Vhif nerveux.

Et ce n'était pas comme si son petit voyage en avion avait été une expérience zen. La brûlure de son visage à cause du vent, les douleurs dans ses épaules et son dos, ses jambes chancelantes lui donnaient l'impression d'être toujours dans les airs, en train de prier quelque chose en quoi il ne croyait pas, et d'être toujours et encore à la limite.

De mourir.

En outre, il était si embarrassé d'avoir craqué devant Z. comme cela… Allons. Quelle mauviette il faisait.

— Ça t'ennuie si je jette un coup d'œil ? demanda Doc Jane comme elle s'approchait de la foule.

Oui, bonne idée. S'il avait risqué cette folle entreprise, c'était parce que Z. avait été blessé assez grièvement pour être incapable de se dématérialiser.

— Vhif ? demanda la femelle.

— Je te demande pardon ? (Oh, il était sur son chemin.) Tiens, laisse-moi m'écarter de…

— Non, pas Zadiste. Toi.

— Hein ?

— Tu saignes.

— Ah bon ?

Le médecin lui retourna les mains.

— Tu vois ?

Effectivement, ses paumes dégoulinaient de sang.

— Tu viens juste de t'essuyer le visage. Tu as une profonde entaille à la tête.

— Oh. OK. (C'était peut-être pour cela qu'il avait autant l'impression de planer ?) Et Z…

— Manny y est déjà.

Ah. Il fallait croire qu'il avait raté cet épisode.

— Tu veux m'examiner ici ?

Elle eut un petit rire.

— Nous pourrions retourner à la maison… si tu peux marcher.

— Je vais m'occuper de lui…

— Laissez-moi l'aider…

— Je vais l'emmener…

— Je le tiens…

Le chœur des volontaires fut une surprise, de même que tous les bras surgis de nulle part pour le soutenir : il fut littéralement enveloppé par des bras épais et carrément emporté loin du site de l'atterrissage comme quelqu'un surfant sur la foule lors d'un concert.

Il jeta un coup d'œil en arrière, dans l'espoir d'apercevoir Blay, priant pour croiser son regard, juste pour établir un lien, même si c'était complètement dingue…

Mais Blay était là.

Son magnifique regard bleu était juste là, si assuré et si franc quand il croisa le sien qu'il eut l'impression de craquer encore une fois. Et il tira de la force de ces yeux, tout comme il le faisait à l'époque où ils passaient beaucoup de temps ensemble. La vérité était qu'il regrettait que ce ne soit pas Blay tout seul qui le ramène à la demeure, mais nul ne disait « merde » à la Confrérie quand elle se pointait en masse de cette façon. Et en outre, le mâle aurait sans doute eu le sentiment qu'ils étaient trop proches.

Vhif reporta son attention sur le paysage devant lui. Nom de… Dieu…

Le jardin était totalement dévasté : la moitié de la haie de trois mètres de haut à côté de la maison avait été arrachée, toutes sortes d'arbres renversés, des buissons fauchés et les vestiges de l'atterrissage catastrophe s'éparpillaient un peu partout comme des éclats d'obus.

Merde, beaucoup de débris ressemblaient à des morceaux d'avion.

Il repéra même un panneau en acier.

— Attendez, dit-il en se libérant des frères.

Il se pencha et ramassa le fragment aux arêtes tranchantes à moitié enfoncé dans la neige. Il aurait pu jurer qu'il était encore chaud.

— Je suis vraiment désolé, dit-il à personne en particulier.

La voix du roi résonna devant lui.

— D'avoir gardé mon frère en vie ?

Vhif leva les yeux. Kolher était sorti de la bibliothèque, flanqué de George et de sa reine. Le mâle paraissait aussi grand que la demeure derrière lui et tout aussi fort : même aveugle, il ressemblait à un super-héros avec ces lunettes de soleil.

— J'ai complètement bousillé votre jardin, marmonna Vhif en s'approchant du mâle royal. Je veux dire… labouré dans le mauvais sens du terme.

— Cela donnera à Fritz de quoi s'occuper au printemps. Tu sais combien il aime arracher les mauvaises herbes.

— C'est le cadet de vos soucis. Je suis presque certain que le réaménagement du terrain va nécessiter l'utilisation de pelleteuses.

Kolher s'avança au milieu de la terrasse.

— C'est la seconde fois, fiston.

— Que je massacre un engin mécanique en vingt-quatre heures ? Je sais, oui… Si ça se trouve, la prochaine fois je ferai exploser un cuirassé.

Le roi fronça les sourcils.

— Je ne parlais pas de cela.

OK, il fallait que les choses s'arrêtent tout de suite. Il détestait vraiment être au centre de l'attention.

Ignorant délibérément la déclaration du roi, il répondit :

— Bon, la bonne nouvelle, seigneur, c'est que je ne cherche pas à accomplir un troisième exploit. Donc je pense que nous sommes à l'abri désormais.

Il y eut beaucoup de grommellements d'acquiescement.

— Puis-je l'emmener à la clinique, à présent ? les interrompit Doc Jane.

Kolher sourit, faisant étinceler ses crocs sous la lumière de la lune.

— Allez-y.

Dieu merci, il en avait assez pour ce soir.

— Où est Layla ? demanda le médecin comme ils entraient dans la chaleur de la bibliothèque. Je pense qu'il faut que tu te nourrisses.

Putain.

Comme les mères poules en cuir noir derrière lui se mettaient à caqueter pour soutenir cette idée, les yeux de Vhif se révulsèrent. Une seule crise pour la nuit était plus que suffisant. La dernière chose qui l'intéressait était d'expliquer précisément pourquoi on ne pouvait pas utiliser l'Élue comme source de sang.

— Tu as l'air dans le cirage, dit quelqu'un.

— Je crois qu'il va…

Et ce fut la dernière chose qu'il entendit avant un bon moment.

Chapitre 22

De l'autre côté du fleuve, dans la clinique de Havers, Layla était enfin descendue de la table d'examen et tournait en rond dans la petite pièce. Elle avait perdu toute notion du temps à présent. Oui, c'était comme si elle contemplait ces quatre murs depuis une éternité et qu'elle allait continuer pour le restant de sa vie sur Terre.

La seule partie d'elle-même à demeurer fraîche et opérationnelle était son esprit. Malheureusement, il ruminait sans cesse ce que lui avait dit l'infirmière : qu'il s'agissait bien d'une fausse couche. Que selon toute vraisemblance, elle avait conçu…

Quand le coup à la porte qu'elle attendait fut enfin frappé, elle sursauta néanmoins de surprise.

— Oui ? dit-elle.

L'infirmière qui avait été si gentille entra, mais elle paraissait changée. Elle refusa de croiser le regard de Layla et son visage était figé en un masque. Sur son bras pendait un tissu blanc, qu'elle lui tendit, en détournant les yeux. Puis elle fit une révérence.

— Votre grâce, dit-elle d'une voix mal assurée. Je… nous… Havers… nous n'avions pas idée.

Layla fronça les sourcils.

— Qu'est-ce que vous…

L'infirmière secoua la robe, comme si elle essayait de pousser Layla à l'accepter.

— Je vous en prie. Enfilez ceci.

— Que se passe-t-il ?

— Vous avez du sang d'Élue. (La voix de l'infirmière se mit à trembler.) Havers est… bouleversé.

Layla s'efforça de comprendre ce qu'elle disait. Donc cela n'avait pas de rapport avec sa grossesse ?

— Que… Je ne comprends pas. Pourquoi est-il… il est bouleversé parce que je suis une Élue ?

La femelle pâlit.

— Nous pensions que vous étiez déchue.

Layla posa la main sur ses yeux.

— Ce sera peut-être bientôt le cas, selon ce qui va arriver. (Elle n'avait plus d'énergie pour cela.) Est-ce que quelqu'un pourrait seulement me donner les résultats des analyses et me dire ce que je dois faire pour prendre soin de moi ?

L'infirmière agita de nouveau le vêtement, essayant toujours de le lui remettre.

— Il ne peut pas revenir ici…

— Pardon ?

— Pas si vous êtes… il ne peut pas se trouver en votre présence. Et il n'aurait jamais dû…

Layla se pencha en avant, et s'emporta.

— Laissez-moi être parfaitement claire : je veux parler au médecin. (Face à cet ordre, l'infirmière la regarda dans les yeux.) J'ai le droit de savoir ce qu'il a découvert à mon sujet… Dites-lui de venir ici tout de suite.

Il n'y avait aucun accent strident dans sa voix. Aucune pointe d'hystérie, rien qu'une inflexion neutre et puissante qu'elle n'avait jamais entendue dans sa bouche auparavant.

— Allez-y. Et ramenez-le, ordonna-t-elle.

L'infirmière leva le vêtement.

— Je vous en prie. Enfilez ceci. Il est…

Layla se força à ne pas hurler.

— Je ne suis qu'une patiente comme les autres…

L'infirmière fronça les sourcils et redressa les épaules.

— Pardonnez-moi, mais ce n'est pas le cas. D'après lui, il vous a violée pendant l'examen.

— Quoi ?

L'infirmière se contenta de la dévisager.

— C'est un bon mâle. Un excellent mâle aux façons très traditionnelles…

— Quel rapport cela a-t-il avec moi, au nom de la Vierge scribe ?

— Le Primâle peut le tuer pour ce qu'il vous a fait.

— Pendant l'examen ? J'y ai consenti, il s'agissait d'une procédure médicale dont j'avais besoin !

— Cela n'a pas d'importance. Il a fait quelque chose d'illicite.

Layla ferma les yeux. Elle aurait dû se contenter de la clinique de la Confrérie.

— Il faut comprendre son raisonnement, poursuivit l'infirmière. Vous appartenez à un monde avec lequel nous n'avons pas de contact, et surtout, avec lequel nous ne devrions jamais en avoir.

— J'ai un cœur qui bat et un corps qui a besoin de soins. C'est tout ce que lui – et n'importe qui d'autre – a besoin de savoir. La chair est la même.

— Le sang est différent.

— Il doit venir me voir…

— Il ne le fera pas.

Layla se concentra de nouveau sur la femelle. Puis posa la main sur son bas-ventre. Pendant toute sa vie, jusqu'à ce jour, elle avait vécu du côté des justes, servant fidèlement, accomplissant ses devoirs, n'existant que dans les limites prescrites dictées par d'autres.

Plus maintenant.

Elle étrécit les yeux.

— Allez dire à ce médecin que soit il vient en personne me dire ce qui se passe, soit j'irai voir le Primâle et lui rapporterai mot pour mot ce qui s'est passé ici.

Elle dirigea délibérément son regard vers la machine qui avait servi lors de son examen interne.

Comme l'infirmière pâlissait, Layla n'éprouva aucune joie à se servir de ce levier. Mais aucun regret non plus.

L'infirmière s'inclina profondément devant elle et sortit de la chambre à reculons, laissant ce vêtement ridicule sur l'étroit comptoir à côté de l'évier.

Layla n'avait jamais considéré son statut d'Élue comme un fardeau ni un bienfait. C'était simplement tout ce qu'elle avait toujours connu : son sort, le destin qu'on lui avait accordé rendu manifeste par le souffle et la conscience. Mais d'autres n'étaient visiblement pas aussi flegmatiques qu'elle à ce sujet, surtout ici-bas.

Et ce n'était que le commencement.

Mais bon, elle était en train de perdre le bébé, non ? Donc c'était la fin.

Tendant le bras, elle attrapa le vêtement blanc et s'en enveloppa. Elle se fichait de la sensibilité délicate du médecin, mais si elle se couvrait ainsi qu'ils le lui avaient demandé, il se concentrerait peut-être sur elle plutôt que sur ce qu'elle était.

Presque immédiatement, on frappa à la porte et, quand Layla répondit, Havers entra, avec l'air d'avoir une arme pointée sur la tête. Gardant les yeux rivés sur le sol, il laissa le battant entrouvert, avant de croiser les bras par-dessus son stéthoscope.

— Si j'avais eu connaissance de votre statut, je ne vous aurais jamais examinée.

— Je suis venue vous voir de ma propre initiative, en tant que patiente dans le besoin.

Il secoua la tête.

— Vous êtes la sainteté sur Terre. Qui suis-je pour intervenir dans une question si sacrée ?

— Je vous en prie. Mettons simplement un terme à ma souffrance et dites-moi où j'en suis.

Il ôta ses lunettes et se frotta l'arête du nez.

—Je ne peux pas vous divulguer cette information.

Layla ouvrit la bouche, puis la referma.

—Je vous demande pardon ?

—Vous n'êtes pas ma patiente. Votre enfant et le Primâle sont… aussi lui parlerai-je dès que je pourrai…

—Non ! Vous ne devez pas l'appeler.

Le regard qu'il lui lança suggéra un mépris qu'il ne devait réserver d'ordinaire qu'aux prostituées. Puis il se mit à parler d'une voix basse et vaguement menaçante.

—Vous n'êtes pas en position d'exiger quoi que ce soit.

Layla eut un mouvement de recul.

—Je suis venue ici volontairement, en tant que femelle indépendante…

—Vous êtes une Élue. Non seulement il est illégal pour moi de vous accueillir dans ma clinique, mais je peux être poursuivi pour ce que je vous ai fait tout à l'heure. Le corps d'une Élue est…

—Le sien !

—… au Primâle, de par la loi, ainsi qu'il doit être. Vous n'avez pas d'importance, vous n'êtes qu'un réceptacle pour ce qui vous a été donné. Comment osez-vous venir ici de cette façon, en faisant croire que vous n'êtes qu'une simple femelle… ? Vous mettez ma clinique et ma vie en danger avec une telle perfidie.

Layla sentit une rage incontrôlable irradier le long de chacune de ses terminaisons nerveuses.

—À qui appartient le cœur qui bat dans cette poitrine ? (Elle se frappa la cage thoracique.) À qui appartient ce souffle ?

Havers secoua la tête.

—Je parlerai au Primâle, et seulement à lui…

—Vous ne pouvez pas être sérieux ! Je suis seule à vivre dans ce corps. Nul autre ne peut…

Le visage du médecin se contracta de dégoût.

—Comme je vous l'ai dit, vous n'êtes qu'un vase accueillant le mystère divin… Le Primâle en personne se trouve dans votre chair. Ceci est plus important… et par conséquent, je vous retiendrai ici jusqu'à ce que…

— Contre ma volonté ? Je ne le crois pas.

— Vous resterez ici jusqu'à ce que le Primâle vienne vous chercher. Je ne serai pas responsable de vous avoir abandonnée dans le monde.

Tous deux se dévisagèrent avec colère.

Avec un juron, Layla rejeta le drap.

— Eh bien, voilà un excellent projet en ce qui vous concerne. Mais je vais me dénuder sur-le-champ et sortirai dans cette tenue s'il le faut. Restez et observez si vous le souhaitez ; sinon vous pourriez essayer de me toucher, mais je crois que ce serait considéré comme une autre profanation à vos yeux, n'est-ce pas ?

Le médecin sortit si précipitamment qu'il trébucha dans le couloir.

Layla ne perdit pas une seconde, renfila ses vêtements et se précipita dans le couloir. Même s'il était peu probable que l'accueil soit le seul moyen d'entrer et de sortir de la clinique – puisqu'il devait y avoir des issues de secours en cas d'attaque – elle ignorait malheureusement tout de la disposition du bâtiment.

Aussi son seul choix était d'avancer. Et elle devait le faire à pied, car elle était trop énervée pour se dématérialiser.

Se mettant à courir, Layla prit la direction par laquelle elle était venue, et presque immédiatement, comme si on le leur avait ordonné, des femelles du personnel soignant se mirent en travers de son chemin, bouchant le couloir et lui rendant le passage impossible.

— *Si quiconque touche ma personne, je considérerai cela comme une profanation de ma sainteté sacrée*, cria-t-elle en langue ancienne.

Toutes se figèrent.

Regardant chacune dans les yeux, elle s'avança et les força à s'écarter, créant un chemin au milieu des silhouettes immobiles, qui se referma après son passage. Une fois parvenue dans la salle d'attente, elle s'arrêta devant le bureau de la réception et jeta un regard mauvais à la femelle derrière le comptoir, qui s'était redressée d'un air inquiet.

— Vous avez le choix. (Layla désigna du menton la porte renforcée donnant sur l'extérieur.) Soit vous me l'ouvrez volontairement, soit je la fais exploser d'un ordre mental… vous exposant, vous et vos patients, à la lumière du soleil qui se lèvera (elle consulta du regard la grosse horloge sur le mur) dans moins de sept heures. Je ne suis pas certaine que vous puissiez réparer ce genre de dégât à temps… et vous ?

Le déclic du verrou qu'on ouvrait résonna dans le silence.

— Merci, murmura-t-elle poliment en sortant. J'apprécie beaucoup votre coopération.

Après tout, il n'était pas dans ses habitudes d'oublier ses bonnes manières.

Assis derrière son bureau, ses fesses couvertes de cuir installées sur le trône que son père avait fait fabriquer des siècles auparavant, Kolher, fils de Kolher, faisait glisser son index le long de la lame d'argent lisse de son coupe-papier en forme de dague. Par terre à côté de lui, un léger ronflement montait du museau de George.

Le chien ne dormait que pendant de rares temps morts.

Si quelqu'un frappait à la porte ou entrait, ou si Kolher lui-même remuait, il levait sa grosse tête et faisait tinter son lourd collier. L'alerte instantanée survenait aussi si quelqu'un traversait le couloir, passait l'aspirateur quelque part ou ouvrait la porte du hall donnant sur le vestibule. Ou mettait la table. Ou éternuait dans la bibliothèque.

Après qu'il avait levé la tête, plusieurs réactions étaient possibles, qui allaient de rien du tout (activité dans la salle à manger, aspirateur, éternuement) à un halètement (la porte d'en bas qui s'ouvrait, un passage dans le couloir) ou à une position assise et attentive (un coup frappé à la porte, quelqu'un qui entrait). L'animal n'était jamais agressif, mais servait plutôt de détecteur de mouvements, laissant à son maître la décision de ce qu'il convenait de faire.

Ce chien guide était un vrai gentleman.

Et pourtant, même si sa nature docile faisait tout autant partie de l'animal que sa longue fourrure douce et son grand corps élancé, Kolher avait entrevu de temps à autre la bête sauvage derrière ces dispositions aimables : quand on se trouvait en présence d'un groupe de guerriers très agressifs et couillus comme ceux de la Confrérie, les esprits s'échauffaient de temps en temps, même contre le roi. Et cela ne dérangeait pas Kolher, car il vivait avec ces enfoirés depuis trop longtemps pour être agacé par un peu d'esbroufe.

Néanmoins, George n'aimait pas cela. Si l'un d'entre eux passait en mode « gros dur » avec son roi, l'aimable chien se hérissait et il se mettait à grogner en guise d'avertissement tout en se pressant contre la jambe de Kolher, comme s'il était prêt à montrer aux frères de quelle longueur étaient les vrais crocs au cas où on en viendrait aux mains.

La seule chose que Kolher aimait plus que George était sa reine.

Il se baissa pour caresser le flanc du chien ; puis il reporta son attention sur la sensation de son doigt glissant contre le coupe-papier.

Seigneur Dieu. Des avions qui tombaient du ciel… Des frères qui se faisaient blesser… Vhif qui sauvait encore une fois la situation…

Au moins la nuit n'avait pas été qu'une succession d'angoisses susceptibles de déclencher une crise cardiaque. En fait, ils avaient commencé par une bonne nouvelle en obtenant la preuve dont ils avaient besoin pour poursuivre la bande de salopards : V. avait effectué ses recherches balistiques et, ça alors ! la balle extraite de la gorge de Kolher avait entamé son voyage dans un fusil découvert dans la tanière de Xcor.

Kolher sourit tout seul car ses crocs le démangeaient à l'extrémité.

Ces traîtres se trouvaient désormais officiellement sur la liste des ennemis à abattre, avec le soutien plein et entier de la loi, et il était temps de faire un peu de ménage.

À ce moment-là, George laissa échapper un halètement, et le coup insistant à la porte qui suivit suggéra que Kolher avait peut-être raté le premier.

— Oui.

Il savait de qui il s'agissait avant même que la Confrérie entre : V. et le flic. Rhage. Tohr. Fhurie. Et pour finir, Z. Qui, à en juger par le bruit sourd, se servait d'une canne.

Ils refermèrent la porte.

Comme personne ne s'asseyait ni ne commençait à parler, il sut exactement pourquoi ils étaient venus le voir.

— Quel est le verdict, mesdames ? demanda-t-il d'une voix traînante tandis qu'il s'adossait au trône.

La voix de Tohr lui répondit.

— Nous avons réfléchi au sujet de Vhif.

Il était prêt à le parier. Après leur avoir présenté l'idée au cours de la réunion plus tôt dans la soirée, il ne les avait pas harcelés pour obtenir leur accord. En tant que roi, il était plus que désireux de faire rendre gorge aux gens sur plein de sujets. Mais décider qui les frères allaient accueillir en leur sein n'en faisait pas partie.

— Et ?

Zadiste prit la parole en langue ancienne.

— *Moi, Zadiste, fils d'Ahgonie, initié dans la deux cent quarante-deuxième année du règne de Kolher, fils de Kolher, propose par la présente Vhif, orphelin, pour devenir membre de la Confrérie de la dague noire.*

Entendre les paroles officielles sortir de la bouche du frère fut un choc. Z., entre eux tous, estimait que le passé n'était qu'un ramassis de conneries. Pas quand il était question de cela, apparemment.

Seigneur, se dit Kolher. Ils allaient accepter. Et rapidement… Il avait cru que cela leur prendrait plus de temps. Des jours de réflexion. Des semaines. Un mois, peut-être et puis, il pensait éventuellement récolter un « non » pour différentes raisons.

Mais ils jouaient le jeu, et par conséquent, Kolher aussi.

— *Sur quel fondement engages-tu ton nom et celui de ta lignée ?* demanda Kolher.

Z. laissa tomber le côté formel au profit du réel.

— Il m'a ramené vivant à la maison pour ma *shellane* et ma petite femelle ce soir. Au risque de sa propre vie.

— Très bien.

Kolher passa en revue les mâles qui se tenaient autour de son bureau, même s'il ne pouvait pas les distinguer avec ses yeux. Mais la vue n'avait pas d'importance. Il n'avait pas besoin de rétines opérationnelles pour lui dire ce que tous pensaient ou éprouvaient à ce sujet ; les odeurs de leurs émotions étaient claires.

Ils étaient, en tant que groupe, inébranlables, déterminés et fiers.

Mais les formalités devaient avoir lieu.

Kolher commença par celui qui se trouvait tout au bout.

— V. ?

— J'étais déjà prêt à l'accepter dans le groupe quand il s'est jeté sur Xcor.

Il y eut un murmure d'acquiescement.

— Butch ?

L'accent de Boston se fit entendre, retentissant et clair.

— Je pense que c'est un combattant méchamment puissant. Et j'aime ce type. Il vieillit bien, en abandonnant son côté chien fou et en devenant sérieux.

— Rhage ?

— Tu aurais dû le voir ce soir. Il a refusé de me laisser piloter cet avion, en disant que deux frères représenteraient une trop grosse perte.

Encore ces murmures d'approbation.

— Tohr ?

— La nuit où on t'a tiré dessus, je t'ai sorti de là grâce à lui. Il a l'étoffe.

— Fhurie ?

— Je l'apprécie. Vraiment. Il est le premier à se jeter dans n'importe quelle situation. Il ferait littéralement n'importe quoi pour n'importe lequel d'entre nous, quel que soit le danger.

Kolher tapota son bureau de ses doigts repliés.

— C'est réglé, alors. Je dirai à Saxton d'effectuer les changements, et nous le ferons.

Tohr l'interrompit.

— Avec tout le respect que je te dois, seigneur, nous devons résoudre cette assignation d'*ahstrux nohtrum*. Surveiller les arrières de John ne peut plus être sa principale mission.

— Entendu. Nous demanderons à John de le libérer, et je ne peux pas croire que sa réponse sera négative. Après quoi, je ferai rédiger les papiers à Saxton, puis après l'initiation de Vhif, V., tu t'occuperas de ce tatouage sur son visage. Comme si John était mort de cause naturelle ou un truc du genre ?

Il y eut un froissement de tissu, comme si certains frères esquissaient le signe de « la Vierge scribe nous en préserve » sur leurs poitrines.

— Compris, répondit V.

Kolher croisa les bras sur sa poitrine. C'était un moment historique et il le savait bien. L'initiation de Butch avait été légale en raison du lien de sang du mâle avec la royauté. Vhif, c'était une autre histoire. Il n'avait pas de sang royal. Ni de sang d'Élue ou de frère, même si techniquement c'était un aristocrate.

Il n'avait pas non plus de famille.

D'un autre côté, ce gamin n'avait pas cessé de prouver sa valeur sur le champ de bataille, il était à la hauteur d'une norme qui, pour ce que le droit ancien prescrivait, était uniquement réservée aux mâles issus de lignages spécifiques ; et c'était une connerie. Non que Kolher conteste les vertus du programme de reproduction de la Vierge scribe. Les unions imposées entre les mâles les plus forts et les femelles les plus intelligentes avaient réellement produit des guerriers extraordinaires.

Mais ce programme avait également eu des résultats défectueux, comme sa cécité. Et il empêchait les promotions au mérite.

Tout ça pour dire que cette reformulation des lois sur qui pouvait ou non intégrer la Confrérie était non seulement appropriée au genre de société qu'il voulait créer, mais était également une question de survie. Plus il y aurait de guerriers, mieux ce serait.

En outre, Vhif avait vraiment mérité cet honneur.

— Qu'il en soit ainsi, murmura Kolher. Huit, c'est un bon chiffre. Un chiffre porte-bonheur.

Le grondement d'approbation résonna une fois de plus, symbolisant une parfaite et totale solidarité.

C'était l'avenir, se dit Kolher en souriant et en montrant les crocs. Et c'était juste.

Chapitre 23

Sola Morte se tenait en position de combat dans le bureau de son « patron ». Mais bon, c'était sa façon de procéder habituelle, et cela n'avait rien à voir avec quelque chose de spécifique à l'environnement, ni avec la façon dont se déroulait la conversation.

Même si celle-ci ne risquait pas d'améliorer son humeur.

— Pardon, qu'as-tu dit ? demanda-t-elle.

Ricardo Benloise sourit à sa façon calme et posée.

— Ta mission est terminée. Merci de nous avoir consacré de ton temps.

— Je ne vous ai même pas dit ce que j'avais découvert là-bas.

L'homme se renfonça dans son fauteuil.

— Tu peux aller chercher ton paiement auprès de mon frère.

— Je ne comprends pas. (Quand il l'avait appelée moins de quarante-huit heures auparavant, c'était une priorité.) Vous avez dit…

— Nous n'avons plus besoin de tes services pour ce point particulier. Merci.

Travaillait-il avec quelqu'un d'autre ? Mais qui, à Caldwell, faisait le même genre de choses qu'elle ?

— Vous ne voulez même pas savoir ce que j'ai découvert ?

— Nous avons mis un terme à ta mission.

L'homme sourit de nouveau d'un air si professionnel qu'on aurait juré qu'il était juge ou avocat, et non un criminel de grande envergure.

— J'attends avec impatience de retravailler avec toi à l'avenir.

L'un des gardes du corps dans le fond avança de quelques pas, comme s'il s'apprêtait à sortir les encombrants.

— Il se passe quelque chose dans cette maison, dit-elle en se retournant. Qui que ce soit, il se cache…

— Je ne veux pas que tu retournes là-bas.

Sola s'arrêta et regarda par-dessus son épaule. Le ton de voix de Benloise était aussi léger que d'habitude, mais son regard était mortellement sérieux.

Eh bien, voilà qui était intéressant.

Et la seule explication possible un peu logique était que M. Mystère dans cette grande maison de verre avait mis Benloise en garde. Sa petite visite avait-elle été découverte ? Ou était-ce simplement le résultat des pratiques d'intimidation systématiquement employées dans le commerce de la drogue ?

— Tu fais dans le sentiment avec moi ? demanda-t-elle doucement.

Après tout, elle et Benloise, cela remontait à longtemps.

— Tu es un outil très utile. (Son lent sourire émoussa la piqûre de ses mots.) À présent, pars et sois prudente, *niña*.

Oh, putain de merde… il n'y avait aucune raison de se chamailler avec cet homme. Et elle serait payée ; alors pourquoi diable attachait-elle autant d'importance au fait de devoir abandonner cette mission ?

Elle le salua de la main, se dirigea à grands pas vers la porte et redescendit l'escalier. Dans l'espace d'exposition, elle se dirigea vers l'arrière du bâtiment, où les employés légaux travaillaient pendant la journée. Après avoir dépassé les classeurs à tiroirs et les bureaux qui avaient l'air de jouets miniatures à cause du plafond industriel de quinze mètres de haut, elle emprunta un couloir étroit qui n'était balisé que par l'éclairage des caméras de sécurité.

Frapper à la porte du fond était inutile, mais elle le fit tout de même, les épais panneaux ignifugés absorbant le bruit de son poing comme s'ils étaient affamés. Pour aider le frère de Benloise à se décider à ouvrir – non qu'Eduardo en ait besoin – elle se tourna vers la caméra la plus proche pour montrer son visage en entier.

Les verrous se défirent un instant plus tard. Et si forte soit-elle, elle dut appuyer son épaule sur le lourd battant pour le faire pivoter.

En parlant d'un autre monde. Le bureau de Ricardo était minimaliste à l'extrême ; celui d'Eduardo était un endroit où même Donald Trump, avec son fétichisme pour l'or, se serait senti oppressé.

Si on ajoutait du marbre et du lamé ici, on se retrouverait dans une maison close.

Eduardo sourit, dévoilant des fausses dents de la forme et de la couleur des touches d'un piano, et son bronzage était si foncé et uniforme qu'on l'aurait dit colorié au marqueur. Comme toujours, il était vêtu d'un costume trois-pièces : un uniforme, un peu comme celui de M. Loyal, sauf qu'il était noir.

— Et comment vas-tu ce soir ? (Il contempla son corps.) Tu as l'air très en forme.

— Ricardo m'a dit de venir te voir pour mon paiement.

Instantanément, Eduardo devint mortellement sérieux, et cela lui rappela pourquoi Ricardo le gardait près de lui : les liens du sang et la compétence réunis formaient une combinaison puissante.

— Oui, il m'a dit de m'attendre à ta visite. (Eduardo ouvrit un tiroir de son bureau et en tira une enveloppe.) Le voici.

Il tendit le bras au-dessus de son bureau et elle prit l'enveloppe, qu'elle ouvrit immédiatement.

— Il n'y a que la moitié de la somme prévue. (Elle releva la tête.) Ça fait vingt-cinq mille.

Eduardo sourit exactement de la même façon que son frère : ses lèvres s'incurvèrent, mais ses yeux restèrent figés.

— La mission n'a pas été achevée.

— C'est ton frère qui y a mis un terme. Pas moi.

Eduardo leva les mains. — Voilà toute ta paie. Sinon, tu peux laisser l'argent ici.

Sola étrécit les yeux.

Lentement, elle referma le volet de l'enveloppe, la retourna dans sa main, et tendit le bras pour la déposer, face vers le haut, sur le bureau. Gardant l'index dessus, elle hocha la tête.

— Comme tu le souhaites.

Faisant demi-tour, elle se dirigea vers la porte et attendit qu'on la déverrouille.

— *Niña*, ne réagis pas comme cela, dit Eduardo.

Comme elle ne répondait pas, le craquement de son fauteuil suggéra qu'il se levait et contournait son bureau.

Bien entendu, son parfum parvint à ses narines et il lui posa les mains sur les épaules.

— Écoute-moi, dit-il. Tu es très importante pour Ricardo et moi. Nous ne te tenons pas pour acquise – *mucho* respect, d'accord ?

Sola le regarda par-dessus son épaule.

— Laisse-moi sortir.

— *Niña*.

— Tout de suite.

— Prends l'argent.

— Non.

Eduardo poussa un soupir.

— Tu n'as pas besoin de te comporter ainsi.

Sola jouissait de la culpabilité qui filtrait de la voix de cet homme : cette réaction était, en fait, exactement celle qu'elle cherchait. Comme beaucoup d'hommes de leur culture, Eduardo et Ricardo Benloise avaient été élevés par une mère traditionaliste, et cela signifiait que le sentiment de culpabilité était un réflexe chez eux.

C'était plus efficace que de leur crier dessus ou de leur donner un coup de genou dans les couilles.

— Laisse-moi sortir, dit-elle. Tout de suite.

Eduardo poussa un nouveau soupir, plus profond et plus long cette fois-ci, confirmant que sa manipulation avait une fois de plus bien fonctionné.

Mais il ne lui donnerait pas l'argent qui lui était dû. Le décor tape-à-l'œil et la culpabilité héritée de son enfance mis à part, il était plus fermé qu'un coffre-fort en matière de fric. Cela dit, elle était sûre de lui avoir gâché sa soirée, ce dont elle retirait une certaine satisfaction ; et elle allait s'occuper de ce que Ricardo lui devait.

Il pouvait le faire à la régulière. Ou, comme il l'avait choisi, il pouvait lui forcer la main.

Ce qui générait un supplément, bien sûr.

Oui, cela lui aurait coûté bien moins cher de lui donner tout simplement la totalité du montant du contrat, mais elle n'était pas responsable des décisions des autres.

— Ricardo sera contrarié, dit Eduardo. Il déteste être contrarié. Je t'en prie, contente-toi d'accepter l'argent… ce que tu fais n'est pas bien.

La part logique de son cerveau lui suggéra de saisir cette phrase au vol pour souligner l'injustice qu'il y avait à la spolier, elle, de ce qui lui était dû. Mais elle connaissait bien ces frères, et préféra garder le silence… oui, le silence…

Comme la nature avait horreur du vide, il en allait de même avec la conscience d'un Sud-Américain bien élevé et de bonne famille.

— Sola…

Elle croisa tout simplement les bras sur sa poitrine et regarda droit devant elle, tandis qu'Eduardo s'adressait à elle en espagnol, sa langue maternelle, comme si son angoisse existentielle l'avait dépouillé de ses capacités en français.

Il finit par abandonner et la laissa sortir environ dix minutes plus tard.

Il y aurait des roses sur le seuil de sa porte avant 21 heures. Mais elle ne rentrait pas à la maison.

Elle avait du travail à faire d'abord.

— *Comment ça, ils ne sont pas venus ?* demanda Ahssaut en langue ancienne.

Assis dans le siège de sa Range Rover, il tenait son téléphone portable contre son oreille. Le feu rouge devant lui freinait son avancée, et il était difficile de ne pas y voir un parallèle avec l'affaire qu'il traitait actuellement.

Son cousin exposait les faits d'un ton froid, comme toujours.

— *Les cargaisons ne sont pas arrivées à l'heure prévue.*

— *Combien ?*

— *Quatre.*

— *Quoi ?* (Mais il était inutile que le mâle répète.) *Et aucune explication ?*

— *Rien dans la rue venant des sept autres, si c'est ce que tu veux dire.*

— *Qu'avez-vous fait du produit supplémentaire ?*

— *Je viens de le rapporter à la maison.*

Comme le feu passait au vert, Ahssaut enfonça l'accélérateur.

— *Je vais remettre le paiement intermédiaire à Benloise, puis je vous rejoins.*

— *Comme tu le souhaites.*

Ahssaut tourna à droite et s'éloigna du fleuve. Deux pâtés de maisons plus haut, un premier virage à gauche le rapprocha de la galerie ; puis un second l'amena dans la rue, juste derrière.

Une voiture y était déjà garée, une Audi noire, et il se stationna derrière la berline. Puis, il se pencha pour ramasser au pied du siège passager une mallette en métal argenté munie d'une poignée noire et sortit du 4 × 4.

À ce moment-là, la porte arrière de la galerie s'ouvrit, et quelqu'un sortit.

Une femelle humaine, à en juger par l'odeur.

Elle était grande, avec de longues jambes et d'épais cheveux noirs coiffés en arrière, et avançait le menton levé, comme si elle était prête à se battre, ou venait juste de le faire.

Mais ce qui retint vraiment son attention, ce fut sa parka : une parka de camouflage blanc et beige.

— Bonsoir, dit-il à voix basse quand ils se croisèrent au milieu de la ruelle.

Elle s'arrêta, fronça les sourcils et glissa la main à l'intérieur de son manteau. L'espace d'un éclair, il se demanda à quoi ressemblaient ses seins.

— Nous sommes-nous déjà rencontrés ? demanda-t-elle.

— En ce moment même. (Il lui tendit la main et articula délibérément les mots.) Enchanté de faire votre connaissance.

Elle regarda fixement sa paume, avant de reporter son attention sur son visage.

— Personne ne vous a déjà dit que vous parliez comme Dracula avec cet accent ?

Il esquissa un sourire en prenant garde à ne pas dévoiler ses crocs.

— Cela m'arrive de temps à autre. Allez-vous me serrer la main ?

— Non. (Elle désigna du menton la porte de la galerie.) Vous êtes un ami des Benloise ?

— En effet. Et vous ?

— Je ne les connais absolument pas. Jolie mallette, soit dit en passant.

Sur ce, elle tourna les talons et se dirigea vers l'Audi. Quand les phares eurent clignoté, elle monta dans le véhicule. Le vent souleva ses cheveux par-dessus son épaule tandis qu'elle disparaissait derrière le volant.

Il s'écarta de sa route quand la voiture s'engagea sur la chaussée, puis accéléra.

Ahssaut la regarda partir et se surprit à penser avec dédain à son associé en affaires, Benloise.

Quel genre d'homme envoyait une femelle faire ce type de boulot ?

Quand les feux de stop de l'Audi s'allumèrent brièvement avant de tourner au coin de la rue, Ahssaut se prit sincèrement à espérer que la ligne jaune qu'il avait tracée plus tôt dans la soirée serait respectée. Ce serait regrettable de devoir la tuer.

Non qu'il hésite un instant si les choses devaient en arriver là.

Chapitre 24

Comme Zypher était allongé sur le béton dur, il songea que ses nombreuses années passées au sein de la bande de salopards l'avaient rendu très familier du manque de confort qu'il subissait en ce moment même : il avait le cul engourdi, aussi bien à cause du froid qu'en raison de l'absence de matelas sous son corps pesant. De même, sa tête n'était soutenue que par le sac à dos dont il s'était servi pour transporter ses maigres possessions jusqu'à leur nouveau QG, dans ce sous-sol d'entrepôt. De plus, la mince couverture rêche étendue sur lui n'était pas assez longue et laissait ses pieds exposés à l'air froid et humide du lieu.

Mais il se trouvait au paradis. Au paradis absolu.

Le sang de cette femelle courait dans ses veines et, oh, quel délice. Ayant tenu sans se nourrir correctement pendant près d'un an, il s'était habitué à la fatigue, aux crampes musculaires et aux douleurs de toutes sortes. Mais tout cela était désormais terminé.

Oui, c'était comme s'il était gonflé à bloc, comme si sa peau regagnait ses bonnes dimensions, que sa taille retrouve tous ses centimètres, et que son esprit, pourtant si léthargique après la séance, devienne plus aiguisé d'heure en heure.

À présent, s'il avait eu un lit, il en aurait été ravi, bien entendu. Des oreillers moelleux, des draps à l'odeur agréable, des vêtements propres… de l'air chaud en hiver, frais en été… de la nourriture pour son estomac vide, de l'eau pour sa gorge sèche… toutes ces choses étaient bonnes quand on pouvait les avoir.

Mais elles n'étaient pas indispensables.

Un bon pistolet, une lame affûtée, deux guerriers d'égale habileté à sa gauche et à sa droite. Voilà ce qu'il réclamait.

Et bien sûr, pendant les pauses, il était agréable d'avoir une femelle consentante et sur le dos. Ou sur le ventre. Ou sur le flanc avec un genou remonté jusqu'aux seins et le sexe exposé et prêt à l'accueillir.

Il ne faisait pas tant de chichis.

Douce Vierge scribe, c'était… le bonheur.

Ce n'était pas un mot qu'il utilisait souvent ; et il ne voulait pas dormir pendant cette période de félicité. Alors même que les autres étaient plongés dans un sommeil de plomb, chacun dans le même état de récupération planante que celui dans lequel il était lui-même englué, il demeurait parfaitement conscient de cette magnifique lueur intérieure.

Une seule chose lui tapait sur les nerfs.

Le bruit incessant des pas à côté de lui.

Il entrouvrit une paupière.

Juste au bord de la lueur émise par la bougie, Xcor faisait les cent pas entre les deux colonnes de soutènement massives qui maintenaient le plafond au-dessus d'eux.

Leur chef n'était jamais détendu, mais cette agitation-là était différente. Vu la façon dont il tenait son portable, il attendait un appel, et cela expliquait pourquoi il se tenait là. Le seul endroit où le téléphone passait dans ce sous-sol se trouvait sous l'une des deux trappes : leurs panneaux étaient en bois, et le grillage en acier fixé en dessous était le seul changement qu'ils avaient effectué quand ils s'étaient installés ici, après avoir chassé les humains vagabonds et condamné les niveaux supérieurs.

De cette façon, les vampires ne pouvaient pas se matérialiser jusqu'ici.

Quant aux humains, ils n'étaient pas assez forts pour soulever ces planches épaisses de quinze centimètres...

La sonnerie du téléphone de leur chef était bien trop civilisée pour ce sous-sol, et la fausse clochette résonna joyeusement, comme un carillon agité par une brise printanière.

Xcor s'arrêta et regarda le téléphone en le laissant sonner une fois de plus. Deux fois de plus.

Visiblement, le mâle ne voulait pas donner l'impression qu'il attendait cet appel.

Quand il répondit enfin et porta le téléphone à son oreille, il redressa le menton et se détendit. Il avait de nouveau le contrôle de la situation.

— Elan, dit-il d'une voix égale.

Il y eut un silence. Puis ses sourcils perpétuellement contractés se froncèrent tout à fait.

— Quel jour et à quelle heure ?

Zypher se redressa sur son séant.

— Le roi l'a convoquée ? (Un silence.) Non, pas du tout. Seul le Conseil serait autorisé, de toute façon. Nous demeurerons à la périphérie, conformément à votre demande.

Ces derniers mots furent prononcés avec une bonne dose d'ironie, même s'il était douteux que l'aristocrate à l'autre bout du fil s'en rende compte. Du peu que Zypher avait vu et entendu d'Elan, fils de Larex, il n'avait pas du tout été impressionné. Mais bon, les faibles étaient faciles à manipuler, et Xcor le savait bien.

— Il y a une chose que vous devriez savoir, Elan. On a essayé d'attenter à la vie de Kolher, à l'automne dernier... alors ne soyez pas surpris si moi et mes soldats sommes impliqués dans l'affaire lors de cette future réunion... Comment ? C'est arrivé chez Ahssaut, en fait, mais peu importe les détails. Donc, oui, on ne peut que supposer que Kolher convoque cette réunion dans le but de nous accuser, moi et les miens... vous vous souvenez que je vous en avais parlé ? Rappelez-vous seulement que vous avez été parfaitement protégé. Les frères et le roi ignorent notre lien… enfin, à moins que l'un de vos gentilshommes le leur ait rapporté d'une façon ou d'une autre. Quant à nous, nous sommes restés bouche cousue. De plus, sachez également que je n'ai pas peur d'être accusé de traîtrise ni de devenir une cible pour la Confrérie. Toutefois, je comprends que vous soyez d'une sensibilité bien plus cultivée et raffinée, et non seulement je le respecte, mais je ferai tout ce qui est en mon pouvoir pour vous préserver de toute forme de brutalité.

Hmm, c'est cela, pensa Zypher en levant les yeux au ciel.

— Vous devez vous rappeler, Elan, que vous êtes protégé.

Quand Xcor sourit plus largement, il découvrit entièrement ses crocs, comme s'il était sur le point de se jeter à la gorge du mâle et de lui arracher le gosier.

Des adieux furent échangés peu après, puis Xcor mit fin à l'appel.

Zypher prit la parole.

— Tout va bien ?

Leur chef tourna la tête et quand leurs yeux se croisèrent, Zypher se sentit désolé pour l'idiot au bout du fil, ainsi que pour Kolher et la Confrérie.

L'éclat dans le regard de son chef était purement maléfique.

— Oh, oui. Tout va très bien.

Chapitre 25

Quand Blay entendit sonner dans le vide à l'autre bout de la ligne fixe, il maintint le combiné contre son oreille et s'assit au bord du lit. C'était étrange. Ses parents auraient dû être à la maison à cette heure de la nuit. On était si près de l'aube…

— Allô ? finit par répondre sa mère.

Blay expira lentement et se réinstalla contre la tête de lit molletonnée. Rajustant le bas de son peignoir sur ses jambes, il s'éclaircit la voix.

— Salut, c'est moi.

La joie qui transparut dans la voix à l'autre bout du fil lui réchauffa le cœur.

— Blay ! Comment vas-tu ? Laisse-moi aller chercher ton père pour qu'il puisse se joindre à nous sur l'autre poste…

— Non, attends. (Il ferma les yeux.) Et si nous… parlions ? Toi et moi.

— Est-ce que ça va ?

Il entendit le bruit d'une chaise que l'on traînait sur un sol nu et sut exactement où elle se trouvait : elle était assise à la table en chêne de sa cuisine adorée.

— Que se passe-t-il ? Tu n'as pas été blessé, dis-moi ?

Pas physiquement.

— Je vais… bien.

— Qu'est-ce qu'il y a ?

Blay frotta son visage de sa main libre. Lui et ses parents avaient toujours été proches. D'ordinaire, il n'y avait aucun sujet qu'il n'abordait pas avec eux, et cette rupture avec Saxton était exactement le genre de chose qu'il aurait normalement mis sur le tapis : il était bouleversé, désorienté, déçu et légèrement déprimé… toutes les émotions habituelles que sa mère et lui décortiquaient à tour de rôle lors de leurs appels téléphoniques.

Néanmoins, comme il demeurait silencieux, il se rappela qu'il y avait, en fait, un sujet qu'il n'avait jamais abordé avec eux. Un sujet très délicat…

— Blay ? Tu me fais peur.

— Je vais bien.

— Non, pas du tout.

Bien vu.

Il se dit qu'il ne leur avait pas révélé son orientation sexuelle parce que la plupart des gens ne parlaient pas de leur vie amoureuse avec leurs parents. Et peut-être également parce qu'une partie de lui, aussi illogique cela soit-il, redoutait qu'ils le voient d'un œil différent.

Supprimez le « peut-être ».

Après tout, la politique de la *glymera* concernant l'homosexualité était claire : si on n'en parlait pas ouvertement et qu'on épousait quelqu'un du sexe opposé comme on était censé le faire, on n'était pas expulsé pour cause de perversion.

Oui, parce que se retrouver casé avec quelqu'un pour qui on n'éprouvait ni attirance ni amour, et lui mentir sur une fidélité prolongée, était bien plus honorable que la vérité.

Mais Dieu vous vienne en aide si vous étiez un mâle et que vous ayez un petit ami régulier, comme cela avait été son cas au cours des douze derniers mois.

— Je… euh, j'ai rompu avec quelqu'un.

Et voilà, gros silence du côté de sa mère.

— Vraiment ? demanda-t-elle au bout d'un moment, comme si elle était surprise mais essayait de ne pas le montrer.

Si tu penses que c'est une surprise, devine ce qui va suivre, maman, se dit-il.

Parce que, bon sang, il allait…

Attendez, allait-il vraiment révéler son homosexualité maintenant, par téléphone ? Ne devrait-il pas plutôt lui annoncer cela face à face, en la regardant dans les yeux ?

Quelle était la marche à suivre dans ce cas ?

— Oui, je, euh… (Il déglutit avec difficulté.) J'étais en couple pendant l'essentiel de cette année, en fait.

— Oh… mince. (La douleur de sa voix lui fit mal.) Je… nous… ton père et moi ne l'avons jamais su.

— Je ne savais pas trop comment vous le dire.

— Est-ce que nous la connaissons, elle ou sa famille ?

Il ferma les yeux, la poitrine comprimée.

— Euh… tu connais sa famille. Oui.

— Eh bien, je suis vraiment désolée que cela n'ait pas marché entre vous. Est-ce que ça va… ? Pourquoi votre relation s'est-elle terminée ?

— Elle est tout simplement arrivée à son terme, pour être honnête.

— Une relation de couple, c'est tellement difficile. Oh, mon chéri, mon petit cœur, j'entends à quel point tu es triste. Veux-tu venir à la maison et…

— C'était Saxton. Le cousin de Vhif.

Il y eut une brusque inspiration à l'autre bout du fil.

Comme sa mère demeurait profondément silencieuse, le bras de Blay se mit à trembler si violemment qu'il pouvait à peine tenir le combiné.

— Je… je, euh… (Sa mère déglutit avec difficulté.) J'ignorais. Que, euh, tu…

Il acheva dans sa tête ce qu'elle n'arrivait pas à dire : « J'ignorais que tu étais l'un de ceux-là. »

Comme si les gays étaient une lèpre sociale.

Oh, merde. Il n'aurait rien dû dire du tout. Absolument rien à ce sujet. Bon sang de bonsoir, pourquoi avait-il fallu qu'il démolisse sa vie tout entière au même moment ? Pourquoi, après que son premier véritable amant avait rompu avec lui… N'aurait-il pas pu attendre quelques années, peut-être une décennie, avant de révéler son homosexualité à ses parents et qu'ils le rejettent ? Mais non, il avait fallu qu'il…

— Est-ce pour cela que tu n'as jamais parlé de la personne avec qui tu étais ? demanda-t-elle. Parce que…

— Peut-être. Oui…

Il entendit renifler. Puis une respiration saccadée.

La déception de sa mère, même transmise par téléphone interposé, fut trop difficile à supporter, et le poids écrasant du chagrin s'installa sur sa poitrine et l'empêcha de respirer.

— Comment as-tu pu…

Il se dépêcha de l'interrompre, parce qu'il ne pouvait supporter d'entendre sa douce voix prononcer ces mots.

— *Mahmen*, je suis désolé. Écoute, ce n'est pas ce que je voulais dire, d'accord ? Je ne sais pas ce que je dis. Je suis seulement…

— Qu'ai-je fait, qu'avons-nous fait…

— *Mahmen*, arrête. Arrête.

Dans le silence qui suivit, il songea à citer Lady Gaga, et à ajouter tout un tas de « ce n'est pas votre faute, vous n'avez rien fait de mal en tant que parents ».

— *Mahmen*, je suis seulement…

Il craqua à ce moment-là, et se mit à pleurer aussi silencieusement qu'il le pouvait. Le sentiment que, aux yeux de sa mère, il avait trahi sa famille rien qu'en étant ce qu'il était constituait un rejet dont il ne se remettrait jamais. Il voulait seulement vivre, honnêtement et au grand jour, sans s'excuser. Comme tout le monde. Aimer qui il aimait, être qui il était ; mais la société avait une norme différente et, ainsi qu'il l'avait toujours craint, ses parents faisaient partie de ceux qui…

Il avait vaguement conscience que sa mère lui parlait et lutta pour se reprendre et mettre fin à la conversation…

— … pour te laisser croire que tu ne pouvais pas nous en parler ? Que c'était une chose qui changerait ce que nous éprouvons pour toi ?

Blay cligna des yeux pendant que son cerveau traduisait ce qu'il venait d'entendre en un langage qui avait un sens.

— Je suis désolé… ? Qu'as-tu dit ?

— Pourquoi as-tu… qu'avons-nous fait pour que tu aies l'impression que quoi que ce soit en toi diminuerait ta valeur d'une façon ou d'une autre à nos yeux ? (Elle se racla la gorge, comme si elle se reprenait.) Je t'aime. Tu es mon cœur battant hors de ma poitrine. Je me fiche de la personne avec qui tu t'unis, qu'elle ait des cheveux blonds ou bruns, des yeux bleus ou verts, un corps de mâle ou de femelle, tant que tu es heureux, c'est tout ce qui m'importe. Je veux pour toi ce que toi-même tu veux pour toi. Je t'aime, Blaylock… je t'aime.

— Que… dis-tu…

— Je t'aime.

— *Mahmen*…, dit-il d'une voix enrouée, alors que ses larmes se remettaient à couler.

— J'aurais seulement souhaité que tu ne m'annonces pas cela par téléphone, murmura-t-elle. J'aimerais pouvoir te serrer dans mes bras en ce moment.

Il éclata d'un rire bizarre.

— Je n'en avais pas l'intention. Je veux dire, je ne l'avais pas planifié. C'est sorti, tout simplement.

Drôle de choix de mots, se dit-il.

— Et je suis désolée que les choses n'aient pas marché avec Saxton, reprit-elle. C'est un gentilhomme très aimable. Es-tu certain que ce soit terminé ?

Blay se frotta le visage pendant que la réalité se rééquilibrait, puisque l'amour qu'il avait toujours connu était visiblement toujours avec lui. Malgré la vérité. Ou peut-être… grâce à elle.

Dans des moments comme celui-ci, il avait l'impression d'être l'homme le plus chanceux du monde.

— Blay ?

— Désolé. Oui, désolé. Pour Saxton… (Il songea à ce qu'il avait fait dans ce bureau du centre d'entraînement quand il s'était retrouvé seul.) Oui, *mahmen*, c'est terminé. J'en suis sûr.

— OK, alors voilà ce que tu dois faire. Prends un peu de temps pour te remettre. Tu sauras quand ce sera assez. Ensuite tu devras être ouvert à l'idée de rencontrer quelqu'un d'autre. Tu es un beau parti, tu sais.

Et voilà, elle lui disait de rencontrer un nouveau mec.

— Blay ? Est-ce que tu m'as entendue ? Je ne veux pas que tu passes ta vie tout seul.

Il se frotta de nouveau le visage.

— Tu es la meilleure mère de la planète, tu le sais ?

— Alors quand viens-tu me voir à la maison ? J'ai envie de cuisiner pour toi.

Blay se détendit contre les oreillers, en dépit du fait que sa tête commençait à l'élancer, probablement parce que, même s'il était seul, il avait quand même tenté de garder une contenance durant sa crise de larmes. Probablement aussi parce qu'il détestait toujours l'état de sa relation avec Vhif. Et que Saxton lui manquait toujours, d'une certaine façon, parce qu'il était difficile de dormir seul.

Mais c'était bien. Cette… honnêteté faisait des merveilles sur lui…

— Attends, attends. (Il se redressa.) Écoute, je ne veux pas que tu dises quoi que ce soit à papa.

— Douce Vierge scribe, pourquoi cela ?

— Je ne sais pas. Je suis nerveux.

— Chéri, il n'aura pas une réaction différente de la mienne.

Oui, mais en tant que fils unique et dernier de la lignée et avec toute cette histoire de relation père/fils…

— S'il te plaît. Laisse-moi le lui annoncer en face. (Oh, comme si cela ne lui donnait pas envie de vomir.) C'est ce que j'aurais dû faire avec toi. Je viendrai dès que je serai de repos ; je ne veux pas te mettre en position de lui cacher quelque chose…

— Ne t'inquiète pas de cela. Cette information t'appartient : tu as le droit de la partager avec les gens quand tu le veux et de la manière dont tu le veux. Mais j'apprécierais que tu le fasses rapidement. En temps normal, ton père et moi nous disons tout.

— Je te le promets.

Il y eut un blanc dans la conversation.

— Alors, parle-moi de ton travail : comment ça se passe ?

Il secoua la tête.

— *Mahmen*, tu n'as pas envie d'entendre parler de cela.

— Bien sûr que si.

— Je ne veux pas que tu croies que mon travail est dangereux.

— Blaylock, fils de mon *hellren* bien-aimé, pour quel genre d'idiote me prends-tu, exactement ?

Blay éclata de rire avant de redevenir sérieux.

— Vhif a piloté un avion ce soir.

— Vraiment ? J'ignorais qu'il savait le faire.

Si ce n'était pas là la blague de la soirée.

— Il ne sait pas. (Blay se rallongea et croisa les jambes au niveau des chevilles.) Zadiste a été blessé et nous devions l'évacuer de cette zone isolée. Vhif a décidé de… je veux dire, tu sais comment il est, il essaierait n'importe quoi.

— Il est très aventureux et un peu sauvage, mais c'est un jeune mâle adorable. Quelle honte, ce que sa famille lui a infligé.

Blay tripota le nœud de son peignoir.

— Tu l'as toujours bien aimé, hein. C'est drôle, je ne pense pas que beaucoup de parents l'apprécieraient… à bien des égards.

— C'est parce qu'ils croient à sa façade de dur à cuire. Pour moi, c'est l'intérieur qui compte. (Elle claqua la langue et il se la représenta en train de secouer la tête d'un air triste.) Tu sais, je n'oublierai jamais la nuit où tu l'as amené chez nous la première fois. C'était un petit prétrans de rien du tout, avec cette évidente imperfection qui, j'en suis sûre, lui a causé des ennuis à peu près toute sa vie. Et pourtant même avec cela, il est venu me voir directement, m'a tendu la main et s'est présenté. Il m'a regardée droit dans les yeux, pas pour me défier, mais plutôt comme s'il voulait que je l'observe bien et évalue en toute objectivité si je devais ou non le jeter dehors. (Sa mère poussa un juron à voix basse.) Je l'aurais accueilli cette nuit-là, tu sais. En un clin d'œil. Au diable la *glymera*.

— Tu es vraiment, sincèrement, absolument, la meilleure mère de la terre.

Voilà qu'elle se mettait à rire.

— Quand je pense que tu dis ça alors que je n'ai même pas déposé de nourriture devant toi.

— Eh bien, des lasagnes feraient de toi la meilleure mère de l'univers.

— Je vais mettre les pâtes à cuire immédiatement.

Comme il fermait les yeux, le retour de ces échanges simples qui avaient été la marque de fabrique de leur relation lui parut encore plus spécial.

— Alors, raconte-m'en davantage sur l'acte de bravoure de Vhif. J'adore t'entendre parler de lui, tu es tellement vivant quand tu le fais.

Mince, Blay refusait de réfléchir au moindre « pourquoi » sur ce point. Il se contenta de se lancer dans le récit de la nuit, évitant judicieusement de divulguer des informations que les frères voulaient garder secrètes, non que sa mère raconte quoi que ce soit à quiconque.

— Donc nous étions en train de passer cette zone au peigne fin et…

— Avez-vous besoin d'autre chose, monsieur ?

Vhif secoua la tête et mâcha aussi vite que possible pour avoir la bouche vide.

— Non, merci Fritz.

— Peut-être encore un peu de rosbif ?

— Non, merci… oh, d'accord. (Il céda quand un nouveau morceau de viande cuite à la perfection atterrit dans son assiette.) Mais je n'ai pas besoin de…

Encore des pommes de terre. Encore de la courge.

— Et je vais vous apporter un autre verre de lait, annonça le majordome avec un sourire.

Comme le vieux *doggen* faisait demi-tour, Vhif prit une grande inspiration et avala sa deuxième ration. Il avait l'impression que toute cette nourriture était la manière de Fritz de le remercier, et c'était étrange : plus il mangeait plus il avait faim.

En y repensant… quand avait-il pris un repas pour la dernière fois ?

Quand le majordome déposa un nouveau verre de lait devant lui, Vhif le but comme un gentil petit garçon.

Mince, il n'avait pas eu l'intention de perdre du temps dans la cuisine. Son intention première, quand il était remonté de la clinique, avait été de se rendre directement dans la chambre de Layla. Mais Fritz, de son côté, avait eu une autre idée en tête, et le vieil homme n'avait pas toléré de « non », ce qui suggérait qu'il s'agissait d'un ordre venu d'en haut. Par exemple de Tohr, en tant que chef de la Confrérie. Ou du roi lui-même.

Donc Vhif avait abandonné et s'était laissé faire, et avait fini assis devant le comptoir en granit, à se faire farcir comme une oie.

Au moins sa capitulation était délicieuse, se dit-il un peu plus tard en posant sa fourchette et en s'essuyant la bouche.

— Tenez, messire, quelque chose pour le dessert.

— Oh, merci, mais…

Oh, oh, oh, qu'avons-nous là : un bol de glace au café généreusement recouverte de sauce au chocolat tiède… sans crème Chantilly ni noisettes. Exactement comme il l'aimait.

— Tu n'étais vraiment pas obligé.

— C'est votre préférée, non ?

— En l'occurrence, oui.

Et regardez, la cuillère en argent était là.

Vous savez, il aurait été impoli de laisser cela fondre.

Alors que Vhif attaquait son dessert, les points de suture que Doc Jane avait posés sur son sourcil commencèrent à l'élancer sous le bandage, et la douleur lui rappela combien cette nuit avait été dingue.

Il lui paraissait irréel d'envisager qu'une heure plus tôt il se trouvait aux portes de la mort, ballotté à travers le ciel noir dans un avion-poubelle merdique qu'il ne savait absolument pas piloter, alors qu'à présent, il mangeait la meilleure des glaces avec de la sauce au chocolat.

Et dire qu'il était vraiment soulagé qu'il n'y ait ni noisettes, ni crème Chantilly à retirer, de peur que son palais soit contaminé. Parce que, oui, c'était un problème très grave.

Quand ses glandes à adrénaline hoquetèrent soudain et qu'une bouffée d'anxiété fit trembler chaque nerf de son corps, il sut parfaitement que le contrecoup de son aventure aérienne resurgirait par intermittence pendant encore quelque temps, comme une sorte de coup du lapin appliqué à son système nerveux.

Mais gérer un problème de trouille « postcatastrophe », c'était sacrément mieux que de finir en flammes. Ou de s'écraser, comme cela aurait pu être le cas.

Une fois la seconde partie de son repas achevée, il fit de son mieux pour aider à nettoyer avant d'aller voir Layla, mais Fritz se mit dans tous ses états quand il fit mine de porter son bol et sa cuillère jusqu'à l'évier. Laissant tomber une fois de plus, il sortit par la salle à manger, et s'arrêta pour regarder la longue table, s'imaginant chacun assis à sa place habituelle.

Tout ce qui importait, c'était que Z. soit de retour entre les bras de sa *shellane* et que personne d'autre n'ait été blessé…

— Excusez-moi, monsieur, dit Fritz tandis qu'il le bousculait en passant à côté de lui. Quelqu'un sonne à la porte.

Dans le vestibule, le *doggen* se dirigea vers l'écran de sécurité. Une seconde plus tard, il défit le verrou intérieur.

Et Saxton entra.

Vhif resta dans la salle à manger. La dernière chose qu'il souhaitait c'était s'accrocher avec le mâle tout de suite. Il allait voir comment se portait Layla avant de se pieuter…

L'odeur qui lui parvint l'étonna.

Fronçant les sourcils, il s'avança jusqu'à l'arcade. Devant lui, son cousin discutait avec Fritz, puis il s'avança vers le grand escalier.

Vhif inspira profondément, les narines dilatées. Oui, d'accord, c'était bien le parfum de luxe de Saxton, mais une autre odeur s'y mêlait. Un autre parfum, qui imprégnait le mâle tout entier.

Ce n'était pas celui de Blay. Ni un autre que le guerrier portait.

Et puis il y avait également cette odeur si reconnaissable de sexe…

Instinctivement, Vhif sortit à grandes enjambées de la salle à manger et s'exclama :

— Où étais-tu ?

Son cousin s'arrêta et regarda par-dessus son épaule.

— Je te demande pardon ?

— Tu m'as parfaitement entendu.

De plus près, ce que le mâle avait fait était vraiment évident. Il avait les lèvres rouges et Vhif était prêt à parier que ses joues empourprées n'avaient rien à voir avec le temps froid qui régnait dehors.

— Où étais-tu, putain ?

— Je ne pense pas que cela te regarde, cousin.

Vhif traversa le sol en mosaïque et ne s'arrêta que quand l'extrémité métallique de ses rangers toucha la pointe des jolis mocassins de Saxton.

— Espèce de sale pute.

Saxton eut le culot d'avoir l'air contrarié.

— Ne le prends pas mal, très cher parent, mais je n'ai pas le temps pour cela.

Il tourna les talons…

Vhif tendit la main et lui saisit le bras. Il le fit pivoter sur lui-même d'un coup sec et se retrouva une fois de plus nez à nez avec lui. Et merde, la puanteur sur le mâle lui donna envie de vomir.

— Blay est dehors à risquer sa vie à la guerre, et tu baises un type au hasard dans son dos ? C'est vraiment classe, espèce d'enculé…

— Vhif, cela ne te regarde pas…

Saxton tenta de le repousser. Mauvaise idée. Avant que Vhif comprenne ce qu'il était en train de faire, il referma les mains autour de la gorge du mâle.

— Comment oses-tu, putain ? dit-il, en montrant les crocs.

Saxton plaqua ses deux mains sur les poignets de Vhif et tenta de se libérer en tirant dessus, sans aucun résultat.

— Tu… m'étouffes…

— Je devrais te tuer ici et maintenant, gronda Vhif. Comment as-tu pu lui faire ça, bordel ? Il est amoureux de toi…

— Vhif… (La voix étranglée devenait de plus en plus faible.) Vh…

L'idée que son cousin avait tout et qu'il s'en foutait procura une force supplémentaire à Vhif, et il la mit dans ses mains.

— De quoi d'autre as-tu besoin, enfoiré ? Tu crois qu'un étranger sera meilleur que ce que tu as dans ton lit ?

La force de son attaque commença à faire glisser Saxton en arrière, et les chaussures de celui-ci grincèrent sur le sol lisse pendant que Vhif les faisait avancer tous les deux. Ils s'arrêtèrent quand les épaules de Saxton heurtèrent l'immense rampe de l'escalier.

— Espèce de sale pute…

Quelqu'un cria, puis une autre personne.

Enfin, il y eut des bruits de pas précipités venus de différentes directions, et plusieurs personnes lui tirèrent sur les bras.

Peu importe. Il garda les yeux et les mains en place, la fureur dans ses tripes le changeant en bulldog qui…

Ne…

Lâcherait…

Pas…

Chapitre 26

— Alors, pensez-vous revenir un jour à Caldwell ? demanda Blay à sa mère.

— Je ne sais pas. Ton père fait facilement les allers-retours toutes les nuits pour aller travailler, et nous apprécions tous les deux le calme et l'intimité de la campagne. Crois-tu que ce soit plus sûr en ville à présent…

Surgis de nulle part, des cris franchirent la porte fermée de sa chambre. Beaucoup de cris.

Blay jeta un coup d'œil et fronça les sourcils.

— Euh, *mahmen*, je suis désolé de t'interrompre, mais il se passe un truc dans la maison…

Elle baissa la voix, soudain prise de peur.

— Vous n'êtes pas attaqués, n'est-ce pas ?

L'espace d'un instant, cette nuit dans leur foyer de Caldwell, un an et demi plus tôt, lui revint en mémoire en une série de rapides haut-le-cœur : il revit sa propre mère s'enfuyant terrorisée, son père prenant les armes contre l'ennemi, la maison saccagée.

Même si les cris paraissaient empirer, il ne pouvait pas raccrocher sans la rassurer.

— Non, non, non, *mahmen* : cet endroit est un vrai bunker. Personne ne peut nous trouver et, même si c'était le cas, ils ne pourraient pas entrer. C'est juste que parfois les frères se disputent… Honnêtement, tout va bien.

Du moins, il l'espérait. Les choses avaient vraiment l'air de se gâter.

— Oh, je suis tellement soulagée. Je ne supporterais pas qu'il t'arrive quelque chose. Va t'occuper de la situation et rappelle-moi lorsque tu sauras quand tu peux venir nous voir. Je te préparerai ta chambre et te cuisinerai des lasagnes.

Aussitôt, il commença à saliver. Et ses yeux s'embuèrent un peu, aussi.

— Je t'aime, *mahmen*, et merci. Tu sais, pour…

— Merci à toi de m'avoir fait confiance. À présent, va voir ce qui se passe et prends soin de toi. Je t'aime.

Après avoir raccroché, il se leva du lit et se dirigea vers la porte. À la seconde où il se retrouva dans le couloir aux statues, il devint évident qu'une grosse dispute se déroulait au rez-de-chaussée : on entendait beaucoup de voix mâles, et toutes atteignaient un niveau sonore qui indiquait « urgence ».

Il courut vers le balcon du premier étage…

Quand il jeta un coup d'œil au vestibule en dessous, il ne comprit pas immédiatement ce qu'il y voyait : il y avait un gros attroupement au pied de l'escalier et tous les participants avaient les bras tendus comme s'ils essayaient de séparer des combattants.

Sauf que cela n'impliquait pas deux frères.

Que se passait-il ? Est-ce qu'ils essayaient d'arracher Vhif à Saxton… ?

Seigneur, ce salopard avait les mains autour du cou de son cousin et, vu la pâleur grisâtre du visage du mâle, il était sur le point de le tuer.

— Qu'est-ce que tu fous ! hurla Blay, en descendant les marches à toute allure.

Quand il atteignit la bagarre, trop de frères étaient sur son chemin, et ce n'était pas le genre de mâles qu'on écartait d'un coup de coude. Malheureusement, si quelqu'un devait raisonner Vhif, c'était lui. Mais comment diable allait-il attirer l'attention de cet idiot…

Voilà, se dit-il.

Traversant le vestibule, il brisa d'un coup de poing la vitre d'une vieille alarme incendie et abaissa le levier.

Instantanément, le vacarme emplit l'espace, l'acoustique de cathédrale agissant comme un amplificateur quand la sirène aussi puissante qu'un moteur à réaction se déclencha.

Ce fut comme balancer un seau d'eau sur une meute de chiens en train de se battre. Les frères s'immobilisèrent aussitôt et quelques têtes pointèrent de la masse, pour scruter les alentours.

Le seul à ne prêter aucune attention au boucan fut Vhif. Il avait toujours les mains refermées sur le cou de Saxton et serrait fortement.

Blay tira parti de l'effet de surprise et parvint à se frayer un chemin jusqu'aux deux mâles.

Concentrant son attention sur Vhif, il plaça son visage tout près du sien.

— Lâche-le, tout de suite.

À l'instant où Vhif reconnut sa voix, une expression de choc remplaça la violence froide sur sa figure, comme s'il ne s'était jamais attendu à entendre Blay. Et ce fut tout ce qu'il fallait. Un simple ordre de sa part et ses mains s'ouvrirent si vite que Saxton s'affaissa sur le sol comme un poids mort.

— Doc Jane ! Manny ! cria quelqu'un. Allez chercher un médecin !

Blay avait envie de crier sur Vhif ici et maintenant, mais il était trop terrifié par l'état de Saxton pour perdre du temps à prononcer : « C'est quoi ton problème, putain ? » L'avocat ne remuait pas d'un cil. Saisissant le magnifique costume du mâle, Blay l'étendit de tout son long et chercha sa carotide du bout des doigts, priant pour trouver un pouls. Comme ce ne fut pas le cas, il inclina la tête de Saxton en arrière et se pencha pour pratiquer la respiration artificielle.

Sauf qu'alors Saxton se mit à tousser et inspira une grande goulée d'air.

— Manny arrive, dit Blay d'une voix enrouée, même s'il ignorait si c'était vrai.

Mais allons, quelqu'un devait bien être en chemin.

— Reste avec moi...

Le mâle eut une nouvelle quinte de toux suivie de profondes inspirations. Et la couleur commença à revenir sur ce beau visage raffiné.

D'une main tremblante, Blay repoussa les mèches soyeuses et épaisses du front qu'il avait touché si souvent auparavant. Plongeant les yeux dans ce regard flou qui le dévisageait, il voulut ressentir quelque chose qui lui remuerait l'âme et changerait sa vie et...

Il pria pour avoir ce genre de réaction.

Merde, en cet instant, il aurait échangé son passé et son présent pour éprouver cela.

Mais ce n'était tout simplement pas là. Il ressentit du regret et de la colère pour le mâle, de la tristesse aussi et du soulagement... il intégra tout cela. Mais ce fut tout.

— Allez, laissez-moi l'examiner, déclara Doc Jane comme elle posait sa sacoche de médecin noire par terre et s'agenouillait sur le sol en mosaïque.

Blay s'écarta pour laisser un peu d'espace à la *shellane* de V., mais il resta à proximité, même s'il ne pouvait plus rien faire. Merde, il avait toujours voulu faire médecine, mais pas pour pouvoir ranimer un ex-amant parce qu'un connard psychopathe avait essayé de l'étrangler devant la porte d'entrée.

Il jeta un regard plein de colère à Vhif. Le guerrier était toujours retenu par Rhage, comme si le frère n'était pas tout à fait certain que l'épisode soit terminé.

— On va te remettre sur pied, annonça Doc Jane.

Blay s'attela à la tâche immédiatement : il aida Saxton à se relever et se dirigea avec lui vers l'escalier en le soutenant fermement. Tous deux demeurèrent silencieux pendant l'ascension et, quand ils atteignirent le premier étage, Blay les emmena vers sa chambre par habitude.

Merde.

— Non, c'est bon, murmura Saxton. Laisse-moi seulement m'asseoir ici pendant une minute, d'accord ?

Blay songea au lit, mais quand Sax se raidit au moment où il prenait cette direction, il choisit la chaise longue. Après avoir aidé le mâle à s'installer, il s'écarta d'un air gêné.

Dans le silence qui suivit, une violente colère surgie de nulle part s'empara de lui.

Désormais, ses mains tremblaient pour une tout autre raison.

— Alors, dit Saxton d'une voix rauque. Comment s'est passée ta nuit ?

— Que diable s'est-il passé en bas ?

Saxton défit sa cravate. Déboutonna son col. Prit une nouvelle grande inspiration.

— Une prise de bec familiale, en l'occurrence.

— C'est ça, oui.

Saxton détourna son regard fatigué.

— Faut-il vraiment que nous en parlions ?

— Que s'est-il passé…

— Je crois que lui et toi devriez vous parler. Et une fois que ce sera fait, je n'aurai plus à craindre qu'on me tombe dessus comme si j'étais un criminel.

Blay fronça les sourcils.

— Lui et moi n'avons rien à nous dire…

— Avec tout le respect que je te dois, les marques de strangulation autour de mon cou suggèrent l'inverse.

— Comment ça va, mon grand ?

Quand la voix de Rhage parvint aux oreilles de Vhif, il était évident que le frère s'assurait que le spectacle était bel et bien fini. Ce n'était pas nécessaire. Dès l'instant où Blay lui avait dit d'arrêter ses conneries, le corps de Vhif avait obéi, aussi sûrement que si le mâle en avait détenu la télécommande.

D'autres personnes tournaient autour d'eux, l'examinant, attendant visiblement eux aussi de voir s'il montrait la moindre velléité de courir après Saxton et de reprendre son petit numéro d'empoignade.

— Ça va ? souffla Rhage.

— Oui. Oui, ça va.

Les barres d'acier autour de sa poitrine relâchèrent leur pression et s'abaissèrent peu à peu. Puis une grosse main atterrit sur son épaule et la pressa.

— Fritz a horreur des cadavres dans le hall d'entrée.

— Mais il n'y a pas de sang avec une strangulation, souligna quelqu'un. Le nettoyage aurait été facile.

— Juste un coup de cire sur le sol après, glissa quelqu'un d'autre.

Il y eut alors un silence pesant.

— Je vais monter. (Comme il s'attirait de nouveaux regards noirs, Vhif secoua la tête.) Pas pour recommencer. Je le jure sur mon…

Eh bien, il n'avait pas de mère, ni de père, ni de frère, ni de sœur… ni d'enfant, même si, avec un peu d'espoir, ce dernier point se complétait d'un « pour l'instant ».

— Je ne le ferai pas, c'est tout, d'accord ?

Il n'attendit pas d'autre commentaire. Avec tout le respect qu'il leur devait, un crash d'avion et une tentative d'homicide sur l'un de ses rares parents survivants suffisaient pour cette nuit.

Avec un juron, il prit le chemin du premier étage, et se rappela qu'il devait toujours faire un arrêt chez Layla.

Tournant à droite en haut de l'escalier, il se dirigea vers la chambre d'amis où l'Élue s'était installée et frappa doucement à la porte.

— Layla ?

En dépit du fait qu'ils allaient avoir un bébé ensemble, il ne se sentait pas à l'aise pour débarquer chez elle sans invitation.

Il toqua une seconde fois un peu plus vigoureusement, et haussa légèrement la voix.

— Layla ?

Elle devait dormir.

Il recula et se dirigea vers sa propre chambre, dépassant le bureau de Kolher avec ses portes fermées, avant d'emprunter le couloir aux statues. Quand il passa devant la porte de Blay, il ne put s'empêcher de s'arrêter pour la regarder fixement.

Seigneur Dieu, il avait failli tuer Saxton.

Il avait toujours envie d'achever ce qu'il avait commencé.

Il avait toujours su que son cousin était une traînée, et il détestait avoir raison à ce sujet. À quoi Saxton pensait-il, bordel ? Il avait le meilleur dans son lit chaque jour et, pourtant, un mec chopé au hasard dans un bar, un club ou à la bibliothèque municipale valait mieux que ça, ou était même nécessaire ?

Quel fils de pute infidèle.

Comme il serrait les poings et envisageait de débarquer dans la chambre en défonçant la porte à coups de pied juste pour réduire le visage de Saxton en miettes, il faillit ne pas contrôler son élan.

« Lâche-le, tout de suite. »

Surgie de nulle part, la voix de Blay résonna dans sa tête une fois de plus et, ça alors, la violence s'éteignit comme si on avait appuyé sur un interrupteur. Littéralement, entre cet instant et le suivant, il passa de taureau enragé à neutre.

Étrange.

Secouant la tête, il se dirigea vers sa chambre, y entra et referma la porte.

Après avoir allumé les lampes d'un ordre mental, il resta planté là, les pieds collés au sol, les bras ballants, dodelinant de la tête. Tout cela ne menait nulle part.

Sans raison apparente, il songea à l'un des aspirateurs bien-aimés de Fritz : l'objet était rangé dans un placard de service et laissé dans le noir jusqu'à ce que quelqu'un le sorte pour s'en servir.

Génial. Il venait d'être réduit au niveau d'un appareil électroménager.

Il finit par pousser un juron et s'ordonna de se déshabiller et de se mettre au lit. La nuit avait été casse-bonbons dès l'instant où le soleil s'était couché, et la bonne nouvelle était que ce foutoir était enfin terminé : les volets étaient baissés pour empêcher la lumière de filtrer. La maison redevenait silencieuse.

C'était le moment de sombrer dans un sommeil réparateur.

Quand il ôta son débardeur avec précaution en grognant à cause de ses nombreuses contusions, il comprit qu'il avait laissé sa veste en cuir et ses armes à la clinique. Peu importe. Il en avait de rechange ici s'il en avait besoin pendant la journée, et il pourrait faire remonter ses affaires avant le Premier Repas.

Posant la main sur sa braguette, il…

La porte derrière lui s'ouvrit à la volée avec tant de force qu'elle rebondit contre le mur, avant d'être rattrapée par la poigne ferme d'un enfoiré très énervé.

Animé d'une colère noire, Blay se tenait dans l'encadrement et son corps tremblait d'une telle rage que même Vhif, qui avait affronté beaucoup de choses dans sa vie, en fut abasourdi.

— C'est quoi ton problème, putain ? aboya le mâle.

Est-ce que tu te moques de moi ? songea Vhif. Comment n'avait-il pas pu reconnaître cette odeur étrangère sur son propre amant ?

— Je crois que tu devrais poser cette question à mon cousin.

Quand Blay avança à grands pas, Vhif le contourna pour…

Blay l'empoigna par le bras et montra les crocs en sifflant.

— Tu t'enfuis ?

D'une voix calme, Vhif répondit :

— Non. Je ferme cette fichue porte pour que personne ne nous entende.

— Je m'en fous !

Vhif pensa à Layla à l'autre bout du couloir, essayant de dormir.

— Eh bien, moi pas.

Vhif se libéra d'un coup sec et referma le battant. Mais avant de se retourner, il dut fermer les yeux et faire une petite pause.

— Tu me dégoûtes, dit Blay.

Vhif baissa la tête.

— Il faut que tu sortes de ma vie, bordel. (L'amertume dans cette voix familière le toucha au cœur.) Ne te mêle pas de mes affaires, bon sang !

Vhif lui jeta un regard par-dessus son épaule.

— Tu te fiches qu'il ait couché avec quelqu'un d'autre ?

Blay ouvrit la bouche. La referma. Puis fronça les sourcils.

— Quoi ?

Oh. Génial.

Dans la précipitation, Blay n'avait visiblement pas saisi les « pourquoi ».

— Qu'est-ce que tu viens de dire ? répéta Blay.

— Tu m'as parfaitement entendu.

Devant l'absence de réaction du mâle qui ne jura pas ni ne balança d'objets ou de coup de poing, Vhif se retourna.

Au bout d'un moment, Blay croisa les bras, non sur sa poitrine, mais au niveau du ventre, comme s'il était vaguement nauséeux.

Vhif se passa une main sur le visage et parla d'une voix hachée.

— Je suis désolé. Je suis tellement désolé… Je ne veux pas de cela pour toi.

Blay se reprit.

— Que… (Il le fixa de ses yeux bleus.) C'est pour cela que tu l'as attaqué ?

Vhif fit un pas en avant.

— Je suis désolé… C'est seulement… Il est entré dans le vestibule et j'ai saisi son odeur, et j'ai perdu les pédales. Je n'ai même pas réfléchi une seconde à ce que je faisais.

Blay cligna des yeux, comme s'il se trouvait confronté à un concept étranger.

— C'est pour cela que tu… pourquoi diable ferais-tu cela ?

Vhif avança encore d'un pas, puis se força à s'arrêter, en dépit du besoin presque irrésistible de se rapprocher du mâle. Et quand Blay secoua la tête comme s'il avait du mal à comprendre tout ce que cela impliquait, Vhif n'avait pas l'intention de parler.

Mais il le fit tout de même.

— Est-ce que tu te rappelles, à la clinique, il y a plus d'un an… (Il désigna le sol, au cas où l'autre aurait oublié où se trouvait le centre d'entraînement.) C'était avant que Saxton et toi… (Bien. Il n'allait pas finir cette phrase, pas s'il voulait garder la nourriture qu'il avait avalée.) Tu te rappelles ce que je t'ai dit ?

Comme Blay paraissait perdu, il l'aida.

— Je t'ai dit que si quiconque te faisait du mal, je le traquerais et l'abandonnerais au soleil. (Même lui entendit la façon dont sa voix se transforma en un grognement menaçant.) Saxton t'a blessé ce soir, alors j'ai fait comme je te l'avais dit.

Blay se frotta le visage de la main.

— Seigneur…

— Je t'ai dit ce qui arriverait. Et s'il recommence, je ne peux pas te promettre que je ne finirai pas le boulot.

— Écoute, Vhif, tu ne peux pas… tu ne peux pas faire ça. C'est impossible.

— Tu t'en fiches ? Il a été infidèle. Ce n'est pas bien.

Blay poussa un long soupir, comme s'il était fatigué de porter un poids.

— C'est seulement… ne recommence pas.

À présent, c'était au tour de Vhif de secouer la tête. Il ne comprenait pas. S'il était en couple avec Blay et que celui-ci le trompe, il ne s'en remettrait jamais.

Mon Dieu, pourquoi n'avait-il pas profité de ce qu'on lui avait offert ? Il n'aurait pas dû fuir. Il aurait dû rester.

Spontanément, ses pieds firent un autre pas.

— Je suis désolé…

D'un seul coup, il se mit à prononcer ces mots en boucle, les répétant à chaque pas qui le rapprochait de Blay.

— Je suis désolé… Je suis désolé… Je suis… désolé…

Il ignorait ce qu'il disait ou faisait ; il éprouvait simplement le besoin urgent de se repentir de tous ses péchés.

Ceux-ci étaient si nombreux quand il s'agissait de ce mâle honorable qui se tenait parfaitement immobile devant lui.

Finalement, sa poitrine nue ne fut plus séparée de celle de Blay que par un seul pas.

La voix de Vhif se fit chuchotement.

— Je suis désolé.

Dans le lourd silence qui suivit, Blay ouvrit la bouche… mais pas de surprise. Plutôt comme s'il n'arrivait plus à respirer.

Se souvenant de ne pas se comporter en connard autour duquel le monde tournait, Vhif revint à ce qui se passait entre Blay et Saxton.

— Je ne veux pas de cela pour toi, dit-il, en scrutant son visage. Tu as assez souffert, et je sais que tu l'aimes. Je suis désolé… Je suis tellement désolé…

Blay se contenta de rester devant lui, le visage figé, mais les yeux papillotant comme s'ils étaient incapables de se poser sur quoi que ce soit. Mais il ne recula pas, ne s'écarta pas, ne sortit pas. Il demeura… pile où il était.

— Je suis désolé.

De très loin, Vhif vit sa propre main se tendre et toucher le visage de Blay, ses doigts caresser sa barbe naissante.

— Je suis désolé.

Oh, mon Dieu, le toucher. Sentir la chaleur de sa peau, inspirer son odeur fraîche et masculine.

— Je suis désolé.

Qu'est-ce qu'il foutait ? Merde… il était trop tard pour répondre à cette question : il avait déjà tendu l'autre main et l'avait posée sur cette large épaule.

— Je suis désolé.

Oh, mon Dieu, il attirait Blay vers lui, ramenait ce corps contre le sien.

— Je suis désolé.

Il déplaça l'une de ses mains jusqu'à la nuque de Blay, et l'enfouit profondément dans les cheveux épais qui bouclaient à cet endroit.

— Je suis désolé.

Blay était raide, il avait le dos droit comme un « I » et les bras toujours repliés sur son ventre plat. Mais au bout d'un moment, presque comme s'il était désorienté par sa propre réaction, le mâle commença à se laisser aller contre lui, son poids se déplaçant, d'abord subtilement, puis beaucoup plus franchement.

D'un mouvement rapide, Vhif referma les bras autour de la personne la plus importante de sa vie. Il ne s'agissait pas de Layla, même s'il ressentit une brûlure à ce démenti. Il ne s'agissait pas de John, ni de son roi. Il ne s'agissait pas des frères.

Ce mâle était sa raison de vivre.

Et même si cela le tuait que Blay soit amoureux de quelqu'un d'autre, il profiterait de ce moment. Cela faisait trop longtemps qu'il ne l'avait pas touché ; et jamais de cette manière.

— Je suis désolé.

Prenant la tête de Blay dans sa main, il attira le mâle plus près de lui et posa son visage contre son propre cou.

— Je suis désolé.

Comme Blay ne protestait pas, Vhif frissonna, baissa la tête et inspira à pleins poumons, imprimant toutes les sensations profondément dans son cerveau pour qu'il puisse s'en souvenir éternellement. Et pendant qu'il frottait de la main ce dos musclé pour le détendre, il fit de son mieux pour s'amender de bien plus que l'infidélité de son cousin.

— Je suis désolé…

D'un geste brusque, Blay secoua la tête. Se libéra. Recula. S'écarta.

Les épaules de Vhif s'affaissèrent.

— Je suis désolé.

— Pourquoi est-ce que tu persistes à dire ça ?

— Parce que…

À ce moment-là, leurs regards se croisèrent, et Vhif sut qu'il était temps. Il avait foutu tellement de choses en l'air avec Blay ; il y avait eu tellement de faux pas et de malentendus délibérés durant tellement d'années, tellement de dénis… et tous entièrement de son côté. Il avait eu la trouille pendant trop longtemps, mais c'était fini.

Comme il ouvrait la bouche pour prononcer les trois mots qu'il avait sur le bout de la langue, le regard de Blay se fit dur.

— Je n'ai pas besoin de ton aide, d'accord ? Je peux prendre soin de moi.

Boum. Boum. Boum.

Son cœur tambourinait si fort qu'il se demanda s'il n'allait pas exploser.

— Tu vas rester avec lui, dit Vhif d'un ton apathique. Tu vas…

— Ne recommence pas tes conneries avec Saxton… plus jamais. Jure-le.

Même si cela le tuait, Vhif était impuissant à lui refuser quoi que ce soit.

— D'accord. (Il leva les mains.) Pas touche.

Blay hocha la tête pour sceller leur accord.

— Je veux seulement t'aider, dit Vhif. C'est tout.

— Tu ne peux pas, répliqua Blay.

Mon Dieu, même s'ils étaient de nouveau en conflit, il désirait ardemment un contact supplémentaire ; et brusquement, il vit le chemin pour y parvenir. C'était une proposition hasardeuse, mais au moins il y avait une certaine logique.

Il tendit les bras en avant et ses mains tâtonnèrent, trouvèrent, s'accrochèrent aux épaules de Blay, au cou de Blay.

L'énergie sexuelle jaillit en lui, raidissant son pénis, le faisant haleter.

— Mais je peux t'aider.

— Comment ?

Vhif se rapprocha, plaça sa bouche tout contre l'oreille de Blay. Puis il frotta délibérément sa poitrine nue contre celle de Blay.

— Utilise-moi.

— Quoi ?

— Donne-lui une leçon. (Vhif raffermit sa prise sur la nuque de Blay.) Rends-lui la monnaie de sa pièce. Avec moi.

Pour que les choses soient claires comme de l'eau de roche, Vhif tira la langue et la passa le long de la gorge de Blay.

Le sifflement qui lui répondit retentit aussi fort qu'un juron.

Blay le repoussa violemment.

— Est-ce que tu as perdu la tête, bon sang ?

Vhif prit son sexe dur et lourd dans sa main.

— J'ai envie de toi. Et je te prendrai de n'importe quelle façon ; même si ça n'est que pour te venger de mon cousin.

L'expression de Blay oscillait entre l'incrédulité la plus totale et la colère homérique.

— Espèce d'enfoiré ! Tu me repousses pendant des années, et d'un seul coup tu opères un virage à cent quatre-vingts degrés ? Qu'est-ce qui ne va pas chez toi, bordel ?

De sa main libre, Vhif joua avec l'anneau de l'un de ses tétons et se concentra sur les effets que cela avait sur Blay au niveau des hanches : sous le peignoir, le mâle devint totalement excité, le tissu-éponge n'étant pas de taille pour résister à ce genre d'érection.

— Est-ce que tu as perdu la tête ? C'est quoi cette histoire ?

D'ordinaire, Blay ne jurait pas ni n'élevait la voix. C'était excitant de le voir perdre les pédales.

Les yeux rivés sur ceux de son ami, Vhif se laissa lentement tomber à genoux.

— Laisse-moi m'occuper de ça…

— Quoi ?

Il se pencha en avant et tira le bas du peignoir, l'entraînant vers lui.

— Viens ici. Laisse-moi te montrer comment je me défends.

Blay empoigna la ceinture qui maintenait les deux pans ensemble, et la serra plus fort.

— Mais qu'est-ce que tu fous ?

Seigneur, le fait d'être à genoux, en train de supplier, lui paraissait tout à fait approprié.

— J'ai envie de coucher avec toi. Je me fiche de savoir pourquoi… mais laisse-moi seulement coucher avec toi…

— Après tout ce temps ? Qu'est-ce qui a changé ?

— Tout.

— Tu es avec Layla…

— Non. Mais je le répéterai aussi souvent que tu auras besoin de l'entendre : je ne suis pas avec elle.

— Elle est enceinte.

— Une fois. J'ai couché avec elle une seule fois et, comme je te l'ai dit, c'était uniquement parce que je veux une famille et elle aussi. Une seule fois, Blay, et plus jamais.

Blay rejeta la tête en arrière et ferma les yeux comme si quelqu'un lui enfonçait des pointes sous les ongles.

— Ne me fais pas ça, pour l'amour du ciel, tu ne peux pas faire ça… (Quand sa voix s'éteignit, l'anxiété de tous les problèmes que Vhif avait causés ressortit.) Pourquoi maintenant ? Peut-être que c'est toi qui veux te venger de Saxton…

— Que mon cousin aille se faire foutre, ça n'a rien à voir avec lui à mes yeux. Si tu étais célibataire, je serais toujours sur ce tapis, à genoux, à vouloir coucher avec toi. Si tu étais uni à une femelle, si tu sortais avec quelqu'un de parfaitement banal, si tu étais dans un million de situations différentes… je serais toujours là. À te supplier de m'accorder un peu de tendresse, quoi que ce soit… une seule fois, si c'est tout ce que tu as à m'offrir.

Vhif tendit de nouveau la main, la glissa sous le peignoir et caressa la jambe puissante et musclée ; et quand Blay recula de nouveau, il sut qu'il était en train de perdre la bataille.

Merde, il allait perdre cette opportunité s'il ne…

— Écoute, Blay, j'ai fait beaucoup de conneries dans ma vie, mais je suis toujours resté moi-même. J'ai failli mourir ce soir, et il y a de quoi remettre un mâle d'aplomb. Là-haut dans l'avion, lorsque je scrutais la nuit noire, je ne pensais pas m'en sortir. Tout est alors devenu clair à mes yeux. C'est à cause de cela que je veux coucher avec toi.

En fait, il l'avait su beaucoup plus tôt, bien avant l'histoire de l'avion, mais il espérait que cette explication aurait un sens pour Blay.

Ce fut peut-être le cas. En réponse, le mâle vacilla, comme s'il allait céder, ou s'en aller. Impossible de savoir quelle option était la bonne.

Vhif se dépêcha de débiter d'autres mots.

— Je suis désolé d'avoir perdu autant de temps, et si tu ne veux pas de moi, je comprendrai. Je me retirerai et je vivrai en en supportant toutes les conséquences. Mais pour l'amour du ciel, s'il y a une chance, quelle que soit ta raison – la vengeance, la curiosité… merde, même si tu ne me laisses te baiser qu'une seule fois et jamais plus après, même si c'est seulement pour m'enfoncer un pieu dans le cœur, je l'accepte. Je te prendrai… quelle que soit la façon dont je pourrai t'avoir.

Il tendit une troisième fois la main et la referma sur la jambe de Blay, continuant ses caresses et ses suppliques.

— Je me fiche de ce que ça me coûtera…

Chapitre 27

Alors qu'il surplombait Vhif de toute sa hauteur, Blay avait une conscience surnaturelle de tout ce qui l'entourait : le contact de la main du mâle sur l'arrière de sa cuisse, la façon dont l'ourlet du peignoir lui frôlait le mollet, l'odeur de sexe qui imprégnait l'air.

Il avait si souvent désiré que ce moment arrive au cours de sa vie ; ou du moins depuis qu'il avait survécu à la transition et commencé à avoir des pulsions sexuelles. C'était le point culminant d'un nombre incalculable de rêveries et d'innombrables fantasmes, son désir secret qui se réalisait enfin.

Et Vhif était sincère : aucune ombre ni aucun doute ne voilait ses yeux vairons. Le mâle ne s'exprimait pas seulement en toute franchise ; il était en paix avec l'idée de se montrer ainsi vulnérable.

Blay ferma brièvement les paupières. Cette soumission était à l'opposé de tout ce qui définissait Vhif en tant que mâle. Il ne laissait jamais tomber : ni ses principes, ni ses armes, ni jamais, au grand jamais, lui-même. Mais bon, ce revirement obéissait à une certaine logique. Affronter la mort avait tendance à provoquer des envies de rédemption…

Mais le problème, c'était qu'il avait le sentiment que cela ne durerait pas. Cette « révélation » était sans le moindre doute liée à ce vol en avion mais, comme pour la victime d'une crise cardiaque qui reprend son mauvais régime peu après, cela avait certainement une durée de vie limitée. Oui, Vhif pensait ce qu'il disait en cet instant grisant, à n'en pas douter. Néanmoins, il était difficile de croire que ce serait permanent.

Vhif était ce qu'il était. Et bientôt, une fois le choc passé – à la tombée de la nuit ou la semaine prochaine ou dans un mois – il redeviendrait le même individu renfermé et distant qu'il avait toujours été.

Sa décision prise, Blay rouvrit les paupières et se pencha. Quand leurs visages se rapprochèrent, Vhif entrouvrit la bouche et se mordit la lèvre inférieure, la plus charnue, comme s'il tentait déjà de goûter ce qu'il désirait et qu'il apprécie cela.

Putain. Le guerrier était magnifique ainsi : sa poitrine nue et puissante luisait sous la lumière électrique, sa peau arborait un éclat trahissant l'excitation et ses tétons percés se soulevaient au rythme soutenu de son sang échauffé.

Blay fit courir sa main le long des muscles noueux du bras qui les liait l'un à l'autre, depuis l'épaisseur de l'épaule jusqu'à la bosse du biceps et l'arrondi découpé du triceps.

Puis il ôta la main de sa cuisse.

Et s'écarta.

Vhif pâlit au point d'en devenir gris.

Dans le silence, Blay ne prononça pas un mot. Il en était incapable, car il avait perdu la voix.

Titubant sur des jambes mal assurées, il se précipita vers la sortie et tâtonna autour de la poignée jusqu'à avoir retrouvé assez de coordination pour ouvrir. Une fois dans le couloir, il aurait été incapable de dire s'il avait claqué ou refermé doucement la porte.

Il n'alla pas loin. À peine un mètre en direction de sa chambre, avant de s'effondrer contre le mur lisse et froid du couloir.

Haletant. Il était haletant.

Et tout cet effort ne lui faisait aucun bien. La sensation de suffocation dans sa poitrine empirait, et brusquement sa vision fut remplacée par des carrés noirs et blancs d'échiquier.

Supposant qu'il était sur le point de s'évanouir, il replia ses jambes et plaça la tête entre ses genoux. Dans les tréfonds de son esprit, il se mit à prier pour que le couloir reste vide. Ce n'était pas le genre de chose qu'il souhaitait expliquer à quelqu'un, alors qu'il se tenait devant la chambre de Vhif, avec une évidente érection, et tremblait de tous ses membres, comme s'il avait vécu un séisme personnel.

— Seigneur Dieu…

« J'ai failli mourir ce soir, et il y a de quoi remettre un mâle d'aplomb. Là-haut dans l'avion, lorsque je scrutais la nuit noire, je ne pensais pas m'en sortir. Tout est alors devenu clair à mes yeux. »

— Non ! s'exclama Blay à voix haute. Non…

Se prenant la tête à deux mains, il tenta de respirer calmement, de penser rationnellement, d'agir raisonnablement. Il ne pouvait pas se permettre d'aller plus loin dans cette…

Ces yeux vairons lui avaient jeté un regard passionné et brillant, de l'étoffe dont on tisse les légendes.

— Non, souffla-t-il.

Comme sa voix résonnait dans son propre crâne, il résolut de s'écouter. Pas plus loin. Cela n'irait pas plus loin.

Il avait depuis longtemps abandonné son cœur à ce mâle.

Il n'y avait aucune raison de lui abandonner également son âme.

Une heure plus tard, voire deux ou six, Vhif était nu, allongé entre des draps frais, et contemplait dans l'obscurité le plafond désormais invisible.

Était-ce ce que Blay avait ressenti, cette douleur atroce ? Par exemple, après cette confrontation dans le sous-sol de ses parents, quand Vhif avait été prêt à quitter Caldwell et lui avait bien fait comprendre qu'il n'y aurait plus de liens entre eux. Ou après cette fois où ils s'étaient embrassés à la clinique et où Vhif avait refusé d'aller plus loin. Ou après cette ultime dispute, quand ils avaient failli se mettre ensemble, juste avant le premier rendez-vous de Blay avec Saxton…

Il se sentait tellement vide intérieurement.

À l'image de cette chambre, vraiment : sans lumière et quasiment vide, elle ne comptait que quatre murs et un plafond. En l'occurrence, lui n'était plus qu'un sac de peau et un squelette.

Remontant une main, il la plaça sur son cœur palpitant juste pour s'assurer qu'il en avait toujours un.

Merde, le destin avait une rude façon de vous enseigner ce qu'il fallait savoir, même si on n'avait pas conscience que la leçon était nécessaire tant qu'on ne vous l'avait pas servie : il avait passé trop de temps absorbé par lui-même, ses yeux vairons, son échec envers sa famille et la société. Il se débattait dans un foutu sac de nœuds depuis si longtemps, et Blay, parce qu'il se souciait de lui, avait été aspiré dans le tourbillon de ses problèmes.

Mais quand avait-il soutenu son meilleur ami ? Qu'avait-il vraiment fait pour lui ?

Blay avait eu raison de quitter cette chambre. Trop peu, trop tard, n'était-ce pas le dicton ? Et ce n'était pas comme si Vhif lui avait offert un cadeau. Sous la surface, il n'était vraiment pas plus stable. Pas plus apaisé.

Non, il méritait ce…

Le rectangle de lumière était jaune citron, et il fendit le noir de son champ de vision comme un couteau aiguisé découpe une étoffe.

Puis une silhouette se glissa dans sa chambre en silence, et referma la porte.

À l'odeur, il sut de qui il s'agissait.

Le cœur de Vhif se mit à tambouriner alors qu'il se redressait d'un bond.

— Blay… ?

Il entendit un très léger froissement de tissu, un peignoir qui tombait des épaules d'un grand mâle. Puis, quelques instants plus tard, le matelas se creusa quand un grand poids monta dessus.

Dans l'obscurité, Vhif tendit les bras avec une précision infaillible et ses mains trouvèrent le cou de Blay aussi sûrement que si elles avaient été guidées par sa vue.

Il resta silencieux, car il craignait que les mots lui dérobent ce miracle.

Levant la bouche, il attira Blay contre lui et quand ses lèvres veloutées furent à sa portée, il les embrassa avec un désespoir qui lui fut retourné. Tout à coup, le passé réprimé fut libéré dans la fureur, et quand il sentit le goût du sang, il ne sut pas quels crocs avaient frappé qui.

On s'en foutait.

D'un geste sec, il allongea Blay avant de rouler sur le mâle, lui écartant les cuisses et se frayant une place entre elles jusqu'à ce que son pénis dur touche celui de Blay.

Tous deux poussèrent un grognement.

Étourdi par toute cette peau nue, Vhif se mit à onduler des hanches, la friction de leurs sexes et leur chair brûlante magnifiant la chaleur humide de leurs bouches. La frénésie, partout, vite, vite, vite… bordel de merde, la faim était trop forte pour qu'il comprenne où il posait les mains, contre quoi il se frottait ou… putain, il y avait trop de peau à toucher, trop de cheveux à tirer, trop…

Vhif jouit violemment : ses couilles se contractèrent et son pénis tressauta entre eux, tandis que sa jouissance se répandait partout.

Cela ne le ralentit pas une seule seconde.

D'un mouvement rapide, il s'écarta de la bouche qu'il aurait pu passer le prochain siècle à embrasser et se laissa glisser le long de la poitrine de Blay. Les muscles qu'il rencontra n'avaient rien à voir avec ceux des humains qu'il avait baisés : c'était ceux d'un vampire, d'un guerrier, d'un soldat qui s'était lourdement entraîné et travaillait sa chair pour qu'elle ne soit pas seulement utile mais carrément mortelle. Et bon sang, c'était excitant, mais plus que tout cela, néanmoins, il s'agissait de Blay ; il s'agissait enfin, après toutes ces années…

De Blay.

Vhif fit courir ses crocs sur les abdominaux durs comme de la pierre et sa propre odeur sur la peau de Blay était une marque qu'il savait avoir faite délibérément.

Mais ce parfum d'épices exotiques irait aussi ailleurs.

Il grogna quand ses mains trouvèrent le pénis de Blay, et quand il enserra la colonne rigide, le mâle s'arc-bouta brusquement en émettant un juron aussi perçant que le rectangle de lumière jaune avait été éblouissant.

Puis Vhif se lécha les lèvres, redressa le sexe de Blay et laissa le gland large et arrondi lui écarter les lèvres. Aspirant profondément, il l'engloutit jusqu'à la base, ouvrant grand la gorge, avalant tout. En réponse, les hanches de Blay se soulevèrent et des mains brutales lui empoignèrent les cheveux, forçant sa tête à descendre encore, jusqu'à ce qu'il ne puisse plus respirer… mais qui avait besoin d'oxygène, après tout ?

Glissant les mains sous les fesses de Blay, il lui inclina le bassin et se mit à effectuer un mouvement de va-et-vient, son cou se tendant sous le rythme infernal, ses épaules se contractant et se détendant alternativement, alors qu'il suivait exactement le programme qu'il avait proposé avant le départ de Blay.

Mais il ne s'arrêterait pas à cela.

Non.

Ce n'était que le commencement.

Chapitre 28

Quand Blay bascula en arrière sur les oreillers du lit de Vhif, sa tête faillit se détacher de sa colonne vertébrale. Tout était hors de contrôle, mais il n'aurait ralenti les choses pour rien au monde : à mesure qu'il soulevait les hanches, son pénis entrait et sortait de la bouche de Vhif…

Dieu merci, la lumière était éteinte.

Les sensations seules étaient trop difficiles à supporter… ajouter un visuel ? Il serait incapable de…

L'orgasme explosa en lui : son souffle s'arrêta, son corps se tendit et son sexe éjacula violemment. Et tandis qu'il jouissait avec de grands spasmes, il était sucé par cette bouche… et merde, la succion perpétuait sa jouissance : de grandes vagues d'un plaisir qui le faisait frissonner le balayaient du cerveau aux couilles et son corps atteignait un tout autre plan d'existence…

Sans avertissement, il fut brutalement retourné sur le ventre, comme s'il ne pesait rien. Puis un bras se glissa sous son bassin et le mit à genoux. Il y eut une brève pause, pendant laquelle il n'entendit plus qu'une respiration saccadée derrière lui, dont les halètements se faisaient plus rapides et plus forts…

Il entendit Vhif jouir et sut exactement quel était son but.

Même si son corps tout entier tremblait d'anticipation, il sut qu'il devait être tout à fait prêt quand une main s'abattit lourdement sur son épaule et…

La pénétration fut un fer rouge, brutal et brûlant, qui s'enfonça jusqu'au cœur de son être. Et il poussa un juron dans un souffle, non parce que c'était douloureux, même si c'était le cas dans le meilleur sens possible. Ni même parce qu'il s'agissait d'une chose qu'il avait toujours désirée et qui se réalisait enfin.

Non, c'était parce qu'il avait la sensation très étrange d'être marqué ; et bizarrement, cela le fit…

Un sifflement résonna contre son oreille, puis une paire de crocs s'enfonça dans son épaule. Les mains de Vhif se déplacèrent pour empoigner ses hanches, et le torse de Blay fut désormais maintenu en de nombreux endroits. Alors les va-et-vient incessants commencèrent : cet assaut faisait s'entrechoquer les molaires de Blay et forçait ce dernier à soutenir leur poids à tous deux sur ses bras, tout en mettant ses jambes et son torse à rude épreuve.

Il avait l'impression que la tête de lit cognait contre le mur, et pendant une fraction de seconde, il se remémora ce lustre dans la bibliothèque qui oscillait alors que Layla était soumise à cette même force.

Blay maudit cette image. Il ne pouvait pas se permettre d'y penser ; c'était tout simplement impossible. Dieu savait qu'il aurait bien assez de temps pour s'attarder là-dessus plus tard.

Pour l'instant ? C'était bien trop bon pour gâcher le moment…

Tandis que les coups de boutoir se poursuivaient, ses paumes se mirent à glisser sur les draps de coton fin, et il dut les repositionner, reprenant appui sur le matelas souple pour tenter de rester en place. Seigneur, les bruits que faisait Vhif, ces grognements qui se répercutaient entre les crocs enfoncés dans son épaule et se mêlaient au martèlement sourd de la tête de lit, car oui, elle cognait bien contre le mur. Absolument.

Alors que la pression augmentait dans ses testicules, il fut tenté de se caresser ; mais c'était sans espoir. Il avait besoin de ses deux bras…

Comme si Vhif lisait dans son esprit, le mâle glissa une main autour de son bassin et l'empoigna.

Il n'eut pas besoin de faire un mouvement. Blay eut un orgasme si violent que sa vision se transforma en « bonne nuit les petits » et, à cet instant précis, Vhif se mit à jouir également, son sexe s'enfonçant profondément en lui, puis s'immobilisant une fraction de seconde, avant de se retirer de quelques centimètres et de replonger pour une nouvelle explosion. Et oui, mince, leur éjaculation simultanée fut si érotique que cela surpassa tout le reste : il n'y eut pas d'arrêt pour reprendre son souffle, pas la moindre pause. Vhif se contenta de reprendre ses mouvements ; au contraire même, on aurait dit que la jouissance n'avait fait qu'attiser son désir.

Comme leur corps à corps devenait frénétique, il eut raison de la force des bras de Blay, qui glissa à moitié hors du lit et finit par se faire baiser, en s'agrippant d'une main à la table de nuit pour ne pas heurter le mur…

Crac.

— Merde, dit-il d'une voix enrouée. La lampe…

Vhif n'éprouvait pas le moindre intérêt pour le mobilier, visiblement. Le mâle força la tête de Blay à se tourner vers lui et se mit à l'embrasser, sa langue percée pénétrant sa bouche, léchant et suçant sa langue… comme s'il ne pouvait pas s'arrêter.

Le vertige. Il avait carrément le vertige à cause de tout cela. Dans tous les fantasmes qu'il avait imaginés, il s'était toujours représenté Vhif comme un amant féroce, mais là c'était… à un niveau différent.

Ce fut donc de loin qu'il s'entendit demander d'une voix gutturale :

— Mords-moi… encore…

Un grondement retentissant lui parvint aux oreilles, puis un autre sifflement transperça l'obscurité quand Vhif changea leur position et contorsionna son corps immense pour que ses crocs acérés s'enfoncent profondément dans sa gorge.

Blay poussa un juron et balaya de son torse tout ce qui restait sur la table de nuit, quand il s'affala dessus à moitié sur le flanc, faisant crisser sa peau dégoulinante de sueur contre le vernis. Tendant une main, il la posa sur le plancher de la pièce et s'y appuya, les stabilisant tous les deux pendant que Vhif se nourrissait sur lui et le baisait si bien…

Trop de fois pour qu'il puisse compter, jusqu'à ce que les oreillers se retrouvent par terre, que les draps soient arrachés, une autre lampe renversée, et, il n'en était pas certain, mais il lui semblait qu'ils avaient également fait tomber le tableau accroché au-dessus du lit.

Quand l'immobilité remplaça enfin la tension et l'effort, Blay respirait difficilement et avait toujours l'impression de se trouver sous l'eau.

Il en allait de même pour Vhif.

Les filets de sang sur la gorge de Blay suggéraient que la situation leur avait tellement échappé que la veine prise n'avait pas été refermée. Peu importe. Il s'en fichait, était incapable de réfléchir, et n'allait pas s'inquiéter de cela. L'état flottant de béatitude dans lequel il baignait à présent était trop magnifique pour être gâché par des considérations de ce type. Son corps était à la fois hypersensible et engourdi, brûlant et tiède, endolori et rassasié.

Mince, il allait falloir nettoyer les draps. Et Fritz devrait sans le moindre doute trouver de la Super Glue pour les lampes.

Où était-il exactement ?

Tendant la main devant lui, il tâtonna et rencontra un tapis, un cache-sommier… et un coffre à couvertures. Oh, d'accord : il pendait à l'envers au bout du lit. Voilà qui expliquait pourquoi il avait le sang à la tête.

Quand Vhif finit par s'écarter de lui, Blay voulut suivre le mouvement, mais son corps avait bien trop d'intérêt à jouer les objets inanimés. Ou plutôt les rouleaux de tissu, peut-être…

Des mains douces le soulevèrent et prudemment, avec précaution, le firent rouler sur le dos. Il y eut alors un mouvement, puis il sentit qu'on le reposait sur les oreillers qui venaient de retrouver leur place légitime. Enfin, une couverture légère fut installée sur ses jambes et son ventre, comme si Vhif savait qu'il avait bien trop chaud pour supporter d'être couvert davantage, même s'il ressentait pourtant déjà le froid, tandis que la sueur sur son torse commençait à sécher.

Ses cheveux furent repoussés de son front, puis sa tête doucement tournée vers le côté. Des lèvres soyeuses l'embrassèrent le long du cou, puis des coups de langue longs et lents scellèrent les plaies qu'il avait demandées et obtenues.

Quand ce fut fait, il tourna la tête vers Vhif. Même s'il faisait noir comme dans un four, il savait exactement à quoi ressemblait le visage qui contemplait le sien, avec ses joues rosies, ses paupières à demi fermées, ses lèvres rouges…

Le baiser pressé contre sa bouche était empreint de révérence, et son contact aussi léger que l'air tiède et immobile de la pièce. C'était le baiser d'un amant accompli, le genre de chose qu'il avait souhaité encore plus que la séance de sexe passionnée qu'ils venaient de partager…

La panique le frappa en plein cœur et se diffusa dans tout son être en un clin d'œil.

Ses mains se tendirent de leur propre volonté et repoussèrent Vhif.

— Ne me touche pas. Ne me touche pas de cette façon… jamais.

Il bondit hors du lit et atterrit Dieu seul savait où dans la pièce. À l'aveuglette, il heurta différents meubles, mais parvint à s'orienter grâce au mince rai de lumière qui filtrait sous la porte.

Ramassant son peignoir sur le sol, il ne jeta pas un regard en arrière lorsqu'il sortit de la chambre.

Il n'aurait pu supporter de voir les conséquences de son choix sous quelque lumière que ce soit.

Cela les aurait rendues trop réelles.

Finalement, Vhif dut allumer les lampes de sa chambre d'un ordre mental. Il ne supportait plus l'obscurité.

Comme la lumière inondait l'espace, il battit vivement des paupières et dut lever un bras pour se protéger les yeux. Une fois que ses pupilles se furent accommodées, il regarda autour de lui.

C'était le chaos. Le chaos total.

Donc tout cela était vraiment arrivé, hein. Et quelle ironie qu'en comparaison, l'intérieur de sa tête fasse ressembler ce fichu bordel à un endroit rangé avec une précision militaire.

« Ne me touche pas de cette façon. »

Ah, merde, se dit-il en se frottant le visage. Il ne pouvait lui en vouloir.

Tout d'abord, il avait montré à peu près autant de finesse qu'un bulldozer, ou qu'un boulet de démolition, ou qu'un tank armé. Mais le problème était qu'il avait été trop dur pour lui de faire preuve de patience : l'instinct, aussi pur que de l'octane et tout aussi inflammable, l'avait allumé, et leur partie de jambes en l'air avait été l'occasion de tout lâcher.

Oh, Seigneur, il l'avait marqué.

Putain. Ce n'était pas vraiment une bonne chose, vu que Blay était déjà amoureux et en couple et voulait retourner dans le lit de son amant.

Mais bon, quand un mâle était avec celui qu'il désirait, surtout si c'était la première fois, voilà ce qui arrivait. C'était une pagaille monstre…

Il allait sans dire que cela avait été la meilleure baise de sa vie, le premier essai concluant après un long passé de « On en est loin ». Mais le souci était que, au bout du compte, il avait voulu que Blay le sache, il avait cherché ses mots et avait fait confiance au contact pour ouvrir la voie à sa confession.

Mais à l'évidence, le mâle ne voulait pas se rapprocher de cette façon-là.

Ce qui soulevait chez lui un second regret, bien plus profond.

Il n'était pas question d'attirance quand on couchait par vengeance ; il était question d'utilité. Et Blay s'était servi de lui, exactement comme il le lui avait demandé.

Le sentiment de vide intérieur revint au décuple. Au centuple.

Incapable de supporter les émotions, il bondit sur ses pieds et ne put retenir un juron : les crampes notables dans le bas de son dos n'avaient foutrement rien à voir avec son accident d'avion, et tout à voir avec les va-et-vient qu'il avait faits durant l'heure écoulée… voire plus…

Merde.

Il entra dans la salle de bains et laissa la lumière éteinte, mais il y en avait bien assez en provenance de la chambre pour s'y retrouver quand il fit couler la douche. Cette fois-ci, il attendit que l'eau soit chaude, car son corps n'était pas prêt à encaisser un nouveau choc.

C'était pathétique et la dernière chose qu'il souhaitait, c'était faire disparaître l'odeur de Blay de sa peau, mais celle-ci le rendait fou. Seigneur, ce devait être ce que les *hellren* de la maison ressentaient quand ils devenaient possessifs : il songea vaguement à descendre le couloir, à débarquer dans la chambre de Blay et à dégager Saxton de là. En fait, il aurait adoré que son cousin les observe, juste pour qu'il sache que…

Afin d'interrompre ce cheminement intérieur particulièrement malsain, il pénétra dans la cabine en verre et prit le savon.

Blay était en couple, se répéta-t-il une fois de plus.

Le sexe qu'ils venaient de partager n'avait pas eu de lien émotionnel.

Et donc, dans ce moment de vide, voilà qu'il se faisait poignarder par son propre passé.

On aurait dit que c'était une nouvelle occasion pour le destin de lui donner ce qu'il méritait.

Comme il se lavait, il trouva que le savon était loin d'être aussi doux que la peau de Blay et sentait beaucoup moins bon.

L'eau n'était pas aussi chaude que le sang du guerrier et le shampoing pas aussi apaisant. Rien ne se rapprochait du mâle.

Rien ne s'en rapprocherait jamais.

Quand Vhif leva le visage vers le jet et ouvrit la bouche, il se surprit à prier pour que Saxton aille de nouveau voir ailleurs, même si c'était sans doute là un espoir foireux.

Le problème était qu'il avait l'horrible pressentiment que seule une autre infidélité ramènerait Blay vers lui.

Fermant les yeux, il revint à ce moment où il avait embrassé Blay à la fin… Il l'avait vraiment, sincèrement embrassé et leurs bouches s'étaient jointes avec douceur dans le calme qui avait succédé à la tempête. Alors que son esprit réécrivait le scénario, il n'était plus repoussé de l'autre côté de la limite qu'il avait lui-même établie. Non, dans son imagination, les choses s'achevaient ainsi qu'elles l'auraient dû : il caressait le visage de Blay et ordonnait aux lampes de s'allumer pour qu'ils puissent se regarder dans les yeux.

Dans son fantasme, il embrassait de nouveau son meilleur ami, reculait et…

— Je t'aime, dit-il au pommeau de douche. Je… t'aime.

Fermant les yeux sous le coup de la douleur, il lui fut difficile de savoir ce qui, dans ce qui coulait sur ses joues, était de l'eau et ce qui n'en était pas.

Chapitre 29

Le jour suivant, en fin d'après-midi, la mystérieuse visiteuse d'Ahssaut revint.

Tandis que le soleil se couchait et que les derniers rayons rose foncé transperçaient la forêt, il observa sur son écran une silhouette solitaire chaussée de skis de fond qui se tenait au beau milieu des arbres. Elle avait appuyé ses bâtons contre ses hanches et observait la demeure à la jumelle.

La bonne nouvelle était que non seulement ses caméras de sécurité étaient dotées d'un zoom remarquable, mais leur focus et leur angle de vision étaient également faciles à manipuler grâce aux manettes de l'ordinateur.

Donc il se rapprocha encore.

Comme la femme lâchait ses jumelles, il compta un à un les cils autour de ses yeux noirs et calculateurs, et prit note de la teinte rosée de ses joues à la peau fine et du rythme régulier qui battait dans l'artère remontant le long de sa mâchoire.

L'avertissement qu'il avait lancé à Benloise avait été reçu. Et pourtant elle était de retour.

Il était évident qu'elle avait un lien quelconque avec ce dealer de drogue ; et la nuit précédente, elle avait paru en colère contre Benloise, vu la façon dont elle était sortie par l'arrière de la galerie, comme si quelqu'un l'avait insultée.

Toutefois, Ahssaut ne l'avait jamais vue avant, ce qui était étrange. Au cours des douze et quelques mois écoulés, il s'était familiarisé avec chacune des personnes travaillant avec Benloise, depuis les innombrables gardes du corps jusqu'au personnel sans importance de la galerie, en passant par les importateurs astucieux et le frère de sang qui gérait les finances.

Il ne pouvait donc que supposer que c'était une indépendante, engagée pour une mission ponctuelle.

Sauf que : pourquoi était-elle de nouveau sur sa propriété ?

Il consulta l'affichage digital dans le coin inférieur droit de l'écran. 16 h 37. D'ordinaire, c'était rarement une heure pour s'amuser, vu qu'il était trop tôt pour sortir. Mais le changement d'heure était intervenu, et cette invention humaine pour manipuler le soleil jouait en sa faveur six mois par an.

Il aurait un peu chaud dehors, mais il s'en arrangerait.

Ahssaut s'habilla rapidement, enfilant un costume Gucci avec une chemise en soie blanche et s'empara de son manteau croisé en poil de chameau. Ses calibres .40 Smith & Wesson complétèrent avantageusement sa tenue, bien entendu.

Le gris acier ne se démodait jamais.

Saisissant son iPhone, il fronça les sourcils en touchant l'écran. Vhengeance avait appelé et laissé un message.

Il sortit de sa chambre à grandes enjambées et écouta le message du *menheur* du Conseil en descendant.

Le mâle parlait sans détour et il fallait le respecter pour cela :

« Ahssaut, tu sais de qui il s'agit. Je convoque une réunion du Conseil, et je ne veux pas seulement un quorum, mais une présence totale : le roi sera là, ainsi que la Confrérie. En tant que mâle survivant le plus âgé de ta lignée, tu figures sur la liste du Conseil, mais comme membre inactif parce que tu résidais auparavant dans l'Ancienne Contrée. À présent que tu es de retour, il est temps pour toi de commencer à participer à ces joyeuses petites assemblées. Rappelle-moi pour m'informer de tes disponibilités, afin que je trouve un lieu et une heure convenant à tout le monde. »

S'arrêtant devant la porte d'acier qui barrait le bas des marches, Ahssaut glissa le téléphone dans l'une de ses poches intérieures, défit le verrou et fit coulisser le panneau pour l'ouvrir.

Le rez-de-chaussée était plongé dans le noir à cause des volets filtrants qui bloquaient toute lumière, et l'immense espace ouvert du salon ressemblait à une caverne souterraine plutôt qu'à une cage de verre perchée sur les rives d'un fleuve.

Dans la cuisine, il entendit un grésillement et sentit une odeur de bacon.

Marchant dans la direction opposée, il entra dans le bureau lambrissé de loupe de noyer qu'il avait prêté à ses cousins, puis dans la cave à cigares attenante de deux mètres carrés. À l'intérieur, l'air maintenu à une température de 21 °C et à un taux d'humidité constant de 69 pour 100 embaumait le tabac provenant de dizaines de coffrets à cigares. Après avoir passé en revue l'alignement de boîtes, il choisit trois cigares cubains.

Les cubains étaient les meilleurs, après tout.

Et voilà une autre chose que Benloise lui fournissait, à prix d'or.

Après avoir verrouillé l'accès à sa précieuse collection, il retourna dans le salon. Le grésillement avait cessé et le bruit discret de l'argenterie contre la porcelaine le remplaçait désormais.

Quand il entra dans la cuisine, ses deux cousins étaient assis sur des tabourets de bar devant le comptoir en granit, tous deux mangeant exactement au même rythme, comme si un battement de tambour, entendu d'eux seuls, réglait leurs gestes.

Tous deux levèrent la tête dans sa direction avec le même angle d'inclinaison du cou.

— Je sors pour la soirée. Vous savez comment me joindre, dit-il.

Ehric s'essuya la bouche.

— J'ai pisté trois des dealers disparus : ils sont de retour, prêts à passer à l'action. Je ferai la livraison à minuit.

— Bien, bien. (Ahssaut vérifia rapidement ses armes.) Essayez de découvrir où ils étaient, d'accord ?

— Comme tu le souhaites.

Tous deux inclinèrent la tête d'un mouvement identique, puis retournèrent à leur petit déjeuner.

Ahssaut ne comptait pas manger. À côté de la cafetière, il prit un flacon de couleur ambrée et en ôta le bouchon. Une petite cuillère en argent était accrochée au goulot, et elle émit un tintement lorsqu'il la remplit de cocaïne. Un shoot par narine.

Après cela, il se sentit parfaitement réveillé.

Il prit le flacon avec lui, et le glissa dans la même poche que ses cigares. Cela faisait un moment qu'il ne s'était pas nourri et il commençait à en ressentir les effets : son corps fonctionnait au ralenti et son esprit était enclin à un flou qui ne lui était pas familier.

C'était l'inconvénient du Nouveau Monde, il était plus difficile d'y trouver des femelles.

Heureusement, la cocaïne pure était un bon substitut, du moins pour le moment.

Après avoir chaussé une paire de lunettes de soleil aux verres presque opaques, il traversa le débarras et se prépara à affronter le jour devant la porte de derrière.

L'ouvrant d'un grand geste…

Ahssaut eut un mouvement de recul et grogna devant l'offensive du soleil qui le fit chanceler dans ses mocassins : en dépit du fait que quatre-vingt-dix-neuf pour cent de sa peau était couverte de multiples couches de vêtements, et même avec les lunettes noires, la lumière déclinante dans le ciel suffisait à l'affaiblir.

Mais il n'avait pas le temps d'écouter sa biologie.

Se forçant à se dématérialiser dans les bois derrière sa maison, il se mit à pister la femme dans la pénombre du crépuscule. Il fut assez facile de la localiser. Elle s'en allait en glissant rapidement sur ses skis de fond, et se frayait un chemin entre les branches des pins volumineux, des chênes et des érables squelettiques. Extrapolant à partir de sa trajectoire et du chemin qu'elle avait emprunté la veille d'après les vidéos de surveillance, il se matérialisa rapidement loin devant elle, anticipant l'endroit où elle…

Ah, oui. L'Audi noire de la galerie était garée sur le bas-côté de la route déneigée à environ trois kilomètres de sa propriété.

Ahssaut était appuyé à la portière conducteur et tirait sur un cigare quand elle sortit du couvert des arbres.

Elle s'arrêta net dans les traces qu'elle avait faites, ses bâtons largement écartés.

Il lui sourit en soufflant un nuage de fumée dans le crépuscule.

— Belle soirée pour faire du sport. Vous appréciez la vue… de ma maison ?

Sa respiration était rapide à cause de l'effort, mais elle n'avait pas peur, d'après ce qu'il sentait, ce qu'il trouva excitant.

— J'ignore de quoi vous parlez…

Il interrompit son mensonge.

— Eh bien, moi je peux vous dire qu'en ce moment précis, j'apprécie la vue.

Comme il faisait délibérément mine d'admirer ses longues jambes athlétiques dans le pantalon de ski moulant, elle lui jeta un regard plein de colère.

— Je trouve difficile de croire que vous puissiez voir quoi que ce soit avec ces lunettes.

— Mes yeux sont très sensibles à la lumière.

Elle fronça les sourcils et jeta un coup d'œil alentour.

— Il n'y en a quasiment plus dans le ciel.

— Il y en a assez pour vous voir. (Il prit une autre bouffée.) Aimeriez-vous savoir ce que j'ai dit à Benloise la nuit dernière ?

— Qui ça ?

Voilà qu'elle l'agaçait à présent, et il prit une voix tranchante.

— Un conseil. Ne jouez pas à ce petit jeu avec moi : cela vous fera tuer plus vite qu'une violation de propriété.

Une expression de froid calcul lui fit plisser les yeux.

— J'ignorais que les infractions au code de la propriété conduisaient à la peine capitale.

— Avec moi, il y a toute une liste de choses qui ont des répercussions mortelles.

Elle leva le menton.

— Bien. Vous êtes dangereux, voilà.

Comme s'il était un chaton jouant avec une ficelle et feulant.

Ahssaut bougea si vite que les yeux de la jeune femme furent incapables de le suivre : un instant il était à plusieurs mètres d'elle, le suivant, il se tenait sur la pointe de ses skis et la clouait sur place.

La femme poussa un cri et tenta de bondir en arrière mais, bien entendu, ses pieds étaient coincés dans les attaches. Pour l'empêcher de tomber, il lui attrapa le bras, de la main qui ne tenait pas le cigare.

À présent la peur parcourait ses veines et, quand il huma cette odeur, il se mit à bander. La tirant en avant, il la dévisagea de toute sa hauteur.

— Soyez prudente, dit-il à voix basse. Je m'offense assez facilement, et ma colère n'est pas facile à apaiser.

Même s'il pensait à au moins une chose qu'elle pourrait lui donner pour le calmer.

Se penchant sur elle, il prit une profonde inspiration. Seigneur, il adorait son odeur.

Mais ce n'était pas le moment de se laisser distraire.

— J'ai prévenu Benloise qu'il envoyait des gens chez moi à ses risques et périls ainsi qu'aux leurs. Je suis surpris qu'il ne vous ait pas informée de ces… comment dire… limites de propriété très claires…

Du coin de l'œil, il perçut un léger tressaillement de l'épaule de la jeune femme. Elle allait prendre une arme avec sa main droite.

Ahssaut coinça son cigare entre ses dents et saisit le poignet mince. Appliquant une pression, il ne s'arrêta que quand la douleur la fit respirer plus profondément ; puis il inclina son corps en arrière afin qu'elle soit complètement, totalement consciente de son pouvoir sur lui-même, sur elle. Sur tout.

Et ce fut alors qu'il sentit naître l'excitation sexuelle chez cette femme.

Cela faisait longtemps, trop longtemps peut-être, que Sola n'avait pas désiré un homme.

Non qu'elle ait pour habitude de ne pas les trouver désirables, ni qu'elle ait manqué d'offres pour des rencontres à l'horizontale de la part des membres du sexe opposé. Aucune des propositions récentes ne lui avait semblé valoir la peine. Et peut-être que, après l'échec de sa dernière relation, elle était revenue à sa stricte éducation brésilienne ; ce qui serait ironique, vu ce qu'elle faisait pour vivre.

Néanmoins, cet homme avait attiré son attention. Dans tous les sens du terme.

La prise sur son bras et son poignet n'avait rien de poli et, plus que cela, il ne la ménageait pas sous prétexte qu'elle était une femme : ses mains serraient à un tel degré que la douleur irradiait jusqu'à son cœur et lui donnait des palpitations. De même, l'angle auquel il avait forcé son dos à se cambrer était à la limite de ce que sa colonne vertébrale pouvait endurer, et ses cuisses la brûlaient.

Être excitée était un grossier abandon de son instinct de conservation. En fait, comme elle le regardait droit dans ses lunettes noires, elle avait parfaitement conscience qu'il pouvait la tuer sur-le-champ. Lui tordre le cou. Lui casser les bras rien que pour le plaisir de la voir suffoquer dans la neige. Ou peut-être l'assommer et la jeter dans le fleuve.

La voix de sa grand-mère au fort accent portugais surgit dans son esprit : « *Pourquoi ne peux-tu pas rencontrer un gentil garçon ? Un catholique d'une famille que nous connaissons ? Marisol, tu me brises le cœur.* »

— Je ne peux que supposer que le message ne vous a pas été transmis, chuchota cette voix grave dotée d'un accent et d'une inflexion qu'elle n'arrivait pas à identifier. Est-ce correct ? Est-ce que Benloise a simplement omis de vous transmettre cette information ? et est-ce pour cette raison que, après que j'ai clairement indiqué mes intentions, vous êtes quand même revenue chez moi ? Je crois que c'est ce qui s'est passé : peut-être n'avez-vous pas encore écouté son message téléphonique, ou lu son SMS, ou son e-mail. Oui, je crois que la communication de Benloise s'est perdue en route, n'est-ce pas ?

La pression sur elle augmenta encore, suggérant qu'il lui restait de la force, ce qui était une perspective pour le moins redoutable.

— N'est-ce pas ? gronda-t-il.

— Oui, laissa-t-elle échapper. Oui, c'est cela.

— Donc je peux m'attendre à ne plus vous trouver sur vos skis dans le coin. N'est-ce pas ?

Il la cambra davantage, au point que la douleur lui révulsa un peu les yeux.

— Oui, dit-elle d'une voix étouffée.

L'homme la relâcha assez pour qu'elle puisse reprendre son souffle. Puis il continua à parler, avec cette voix étrangement séduisante.

— Maintenant, il y a une chose que je dois savoir avant de vous laisser partir. Vous allez me dire tout ce que vous avez appris sur moi.

Sola fronça les sourcils, en songeant à la stupidité de cette requête. À n'en pas douter, un homme tel que lui devait bien connaître quelles informations une tierce personne pouvait recueillir à son sujet.

C'était donc une mise à l'épreuve.

Vu qu'elle souhaitait vraiment revoir sa grand-mère, Sola répondit :

— J'ignore votre nom, mais je peux supposer ce que vous faites, et également ce que vous avez fait.

— Et qu'est-ce donc ?

— Je pense que c'est vous qui avez tué tous ces dealers à la petite semaine en ville pour vous assurer le territoire et son contrôle.

— Les journaux et les bulletins d'information ont qualifié ces morts de suicides.

Elle se contenta de poursuivre, car il n'y avait, après tout, aucune raison d'argumenter.

— Je sais que vous vivez seul, d'après ce que je peux en dire, et que votre maison est équipée d'une sorte très étrange de fenêtres. Un camouflage conçu pour ressembler à l'intérieur de la maison, mais… il y a autre chose au-delà de cela. Mais je ne sais pas de quoi il s'agit.

Le visage au-dessus du sien demeura parfaitement impassible. Calme. Tranquille. Comme s'il n'était pas en train de lui imposer par la force de rester en place, ni de la menacer de coups et blessures. Ce contrôle était… érotique.

— Et ? répliqua-t-il.

— C'est tout.

Il tira une bouffée du cigare dans sa bouche, et le gros rond orange à l'extrémité se mit à briller d'une lueur plus vive.

— Je ne vous laisserai partir qu'une fois. Est-ce que vous comprenez ?

— Oui.

Il se déplaça si vite qu'elle dut agiter les bras et enfoncer ses bâtons dans la neige pour retrouver son équilibre. Attendez, où était-il…

L'homme réapparut juste derrière elle, les pieds plantés de chaque côté des traces laissées par les skis, formant une barrière physique sur le chemin vers sa maison. Comme son biceps gauche et son poignet droit la brûlaient parce que le sang recommençait à circuler dans les zones écrasées, une sensation de fourmillement dans la nuque agit sur elle comme un avertissement.

Pars d'ici, Sola, se dit-elle. *Tout de suite.*

Ne voulant pas courir le risque d'une nouvelle capture, elle se précipita vers la route dégagée, en se démenant pour que le dessous farté de ses skis glisse sur la neige tassée et gelée.

À mesure qu'elle avançait, il la suivait, marchant lentement mais inexorablement, comme un gros chat traquant une proie avec laquelle il se contenterait seulement de jouer… pour l'instant.

Ses mains tremblaient quand elle se servit de ses bâtons pour défaire les fixations et lutta pour installer les skis sur la galerie de sa voiture. Pendant tout ce temps-là, il demeura au milieu de la route à l'observer, tandis que la fumée de son cigare était emportée par les rafales froides qui soufflaient vers la rivière.

Montant dans sa voiture, elle verrouilla les portes, lança le moteur et regarda dans le rétroviseur. Dans la lueur des phares, il lui apparut parfaitement malfaisant, cet homme grand aux cheveux noirs avec un visage aussi beau que celui d'un prince, mais aussi cruel qu'une lame.

Appuyant sur l'accélérateur, elle quitta le bas-côté et s'éloigna en vitesse, les roues motrices de la voiture lui donnant l'adhérence dont elle avait besoin.

Elle jeta de nouveau un coup d'œil dans le rétroviseur. Il était toujours là…

Le pied de Sola passa sur le frein et faillit l'enfoncer complètement.

Il avait disparu.

Aussi sûrement que s'il s'était volatilisé. Un instant elle le voyait… le suivant, il était invisible.

Se secouant, elle enfonça de nouveau la pédale de l'accélérateur et fit un signe de croix au-dessus de son cœur qui battait à tout rompre.

Dans un élan de panique insensé, elle se demanda : *mais que diable est-il ?*

Chapitre 30

Juste au moment où les volets se relevaient pour la nuit, Layla entendit que l'on frappait à sa porte, et avant même que l'odeur ne s'insinue sous le panneau, elle sut qui venait la voir.

D'un geste inconscient, elle passa la main dans ses cheveux et découvrit qu'ils étaient emmêlés parce qu'elle s'était tournée et retournée dans son lit toute la journée. Pire, elle n'avait pas pris la peine de quitter les vêtements pratiques qu'elle avait enfilés pour se rendre à la clinique.

Mais elle ne pouvait lui refuser l'accès.

— Entre, dit-elle, en se redressant un peu dans le lit et en lissant les couvertures qu'elle avait remontées jusqu'au sternum.

Vhif avait mis sa tenue de combat, ce qui signifiait qu'il était de service pour la nuit… mais peut-être pas. Elle n'était pas au courant du planning des frères.

Quand leurs regards se croisèrent, elle fronça les sourcils.

— Tu n'as pas l'air en forme.

Il posa la main sur le bandage qui lui couvrait le sourcil.

— Oh, ça ? Ce n'est qu'une égratignure.

Sauf que ce n'était pas la blessure qui avait attiré son attention. C'était son regard vide et ses joues profondément creusées.

Il s'arrêta. Huma l'air. Pâlit.

Immédiatement, elle regarda ses mains, qui étaient nouées une fois de plus.

— S'il te plaît, ferme la porte, demanda-t-elle.

— Que se passe-t-il ?

Quand ils furent enfermés ainsi qu'elle l'avait demandé, elle prit une profonde inspiration.

— Je suis allée chez Havers la nuit dernière…

— Quoi ?

— Je saigne…

— Tu saignes ! (Il se précipita vers le lit en dérapant.) Pourquoi diable ne m'as-tu rien dit ?

Douce Vierge scribe, il lui fut impossible de ne pas se recroqueviller face à sa fureur. En vérité, elle était à bout de forces pour l'instant, et incapable de faire preuve d'un peu d'autopréservation.

Instantanément, Vhif ravala sa colère, s'éloigna et effectua en marchant un cercle serré pour se calmer. Quand il lui fit de nouveau face, il dit d'un ton bourru :

— Je suis désolé. Je n'avais pas l'intention de crier, c'est juste que je m'inquiète à ton sujet.

— Je suis désolée. Et j'aurais dû te prévenir… mais tu étais au combat et je ne voulais pas te déranger. Je ne sais pas… Honnêtement, je ne pensais sans doute pas correctement. J'étais affolée.

Vhif s'assit à côté d'elle, et ses larges épaules s'affaissèrent, tandis qu'il joignait les mains et posait ses coudes sur ses genoux.

— Alors, que se passe-t-il ?

Elle ne put que hausser les épaules.

— Eh bien, comme tu peux le sentir… je saigne.

— Beaucoup ?

Elle réfléchit à ce qu'avait dit l'infirmière.

— Assez.

— Depuis longtemps ?

— Ça a commencé il y a environ vingt-quatre heures. Je ne voulais pas aller voir Doc Jane parce que je ne savais pas à quel point cette consultation resterait confidentielle, et aussi parce qu'elle n'a pas beaucoup d'expérience en matière de grossesse avec notre espèce.

— Qu'a dit Havers ?

Ce fut au tour de Layla de se renfrogner.

— Il a refusé de me dire quoi que ce soit.

Vhif tourna la tête.

— Je te demande pardon ?

— En raison de mon statut d'Élue, il ne parlera qu'au Primâle.

— Est-ce que tu te fous de moi ?

Elle secoua la tête.

— Non. Je n'y croyais pas, moi non plus… et je crains d'avoir quitté les lieux dans des circonstances loin d'être optimales. Il m'a réduite à un statut d'objet, comme si je n'étais rien d'autre qu'un réceptacle…

— Tu sais que ce n'est pas vrai. (Vhif lui prit la main et ses yeux vairons brillaient de rage.) Pas pour moi. Jamais.

Elle tendit la main et lui effleura l'épaule.

— Je sais, mais merci de l'avoir dit. (Elle frissonna.) J'avais besoin de l'entendre. Et pour ce qui est en train de… m'arriver… l'infirmière a dit que nous ne pouvions rien faire pour l'arrêter.

Vhif baissa les yeux vers le tapis et demeura ainsi pendant une éternité.

— Je ne comprends pas. Ce n'était pas censé se passer comme cela.

Ravalant cet horrible sentiment d'échec, elle s'assit et lui caressa le dos.

— Je sais que tu le désirais autant que moi.

— Tu ne peux pas perdre l'enfant. C'est tout simplement impossible.

— D'après ce que j'ai compris, les statistiques ne sont pas bonnes. Surtout quand cela survient en début de grossesse… ou à la fin.

— Non, ce n'est pas juste. Je l'ai… vu.

Layla se racla la gorge.

— Les rêves ne se réalisent pas toujours, Vhif.

Cela semblait tellement simple à dire. Tellement évident, aussi. Mais cela lui fit mal au plus profond d'elle-même.

— Ce n'était pas un rêve, dit-il abruptement.

Mais alors, il se reprit et la contempla une fois de plus.

— Comment te sens-tu ? Est-ce que tu as mal ?

Comme elle ne lui donnait pas de réponse immédiate, parce qu'elle ne voulait pas lui mentir au sujet de ses crampes, il se leva.

— Je vais chercher Doc Jane.

Elle lui attrapa la main et le retint à sa place.

— Attends. Réfléchis bien. Si je perds le… bébé… (Elle s'interrompit pour reprendre des forces après ce qu'elle venait d'énoncer.) Il n'y a aucune raison d'en parler à qui que ce soit. Nul n'a besoin de le savoir. Nous pouvons tout simplement laisser la nature… (sa voix se fêla à ce moment-là, mais elle se força à poursuivre) suivre son cours.

— Au diable tout ça. Je ne vais pas mettre ta vie en danger simplement pour éviter une confrontation.

— Cela n'arrêtera pas la fausse couche, Vhif.

— La fausse couche n'est pas la seule chose qui m'inquiète. (Il lui pressa la main.) Tu es importante. Alors je vais chercher Doc Jane immédiatement.

Ouais, que ces idées de tout garder secret aillent se faire foutre, se dit Vhif en se dirigeant vers la porte.

Il avait entendu parler des risques hémorragiques qu'encouraient les femelles en cas de fausse couche, et même s'il n'avait rien dit de cela à Layla, il agirait en conséquence.

— Vhif. Arrête, l'interpella Layla. Réfléchis à ce que tu t'apprêtes à faire.

— C'est fait. Et tout est clair. (Il n'attendit pas d'arguments supplémentaires.) Reste ici.

— Vhif…

Il entendait encore sa voix quand il referma la porte et partit en courant, descendant le couloir et dévalant les marches. Avec un peu de chance, Doc Jane s'était attardée au Dernier Repas avec son *hellren*: tous deux étaient à table quand il était monté voir Layla.

Comme il arrivait dans le vestibule, ses baskets couinèrent sur le sol en mosaïque, alors qu'il se précipitait vers l'arcade donnant sur la salle à manger.

Trouver le médecin juste à sa place était un coup de chance, et son premier instinct fut de hurler son nom. Sauf qu'il prit alors conscience qu'il y avait de nombreux frères à table, en train de manger leur dessert.

Merde. Il était facile pour lui de dire qu'il affronterait les retombées si ce qu'ils avaient fait était largement diffusé. Mais Layla ? En tant qu'Élue sacrée, elle avait bien plus à perdre que lui. Fhurie était un type plutôt juste, il y avait donc de bonnes chances qu'il le prenne bien. Mais le reste de la société ?

Il avait vécu en paria, et il ne voulait pas qu'elle fasse l'expérience de cela.

Vhif contourna la table pour atteindre l'endroit où V. et Jane étaient installés. Ils étaient parfaitement détendus : le frère fumait une cigarette et le médecin-fantôme souriait à son compagnon qui venait de lancer une plaisanterie.

À l'instant où le Doc Jane l'aperçut, elle se redressa sur son siège.

Vhif se baissa et lui chuchota à l'oreille.

Moins d'une seconde plus tard, elle était debout.

—Je dois y aller, Viszs.

Le frère leva ses yeux couleur de diamant. Visiblement, un simple regard au visage de Vhif suffit : il ne posa pas la moindre question et se contenta de hocher la tête une fois.

Vhif et le médecin sortirent ensemble précipitamment.

Au grand crédit de Doc Jane, elle ne perdit pas de temps à demander comment cette grossesse était survenue.

—Depuis combien de temps saigne-t-elle ?

— Vingt-quatre heures.

— Beaucoup ?

— Je l'ignore.

— D'autres symptômes ? De la fièvre ? Des nausées ? Des céphalées ?

— Je l'ignore.

Elle l'arrêta comme ils arrivaient au pied du grand escalier.

— Va à la Fosse. Ma sacoche est posée sur le comptoir à côté du compotier rempli de pommes.

— Compris.

Vhif n'avait jamais couru aussi vite de sa vie. Il sortit du hall d'entrée. Traversa la cour enneigée. Tapa le code menant à la Fosse. Se précipita dans la maison de V. et de Butch.

D'ordinaire, il ne serait jamais entré sans frapper, ni même à l'improviste. Mais au diable ces conneries ce soir…

Oh, bien, la sacoche noire se trouvait effectivement à côté des fruits.

S'en emparant, il ressortit en courant, passa à côté des voitures garées et trépigna en attendant que Fritz lui ouvre l'accès à la demeure.

Il faillit marcher sur le *doggen*.

Quand il arriva au premier étage, il dépassa ventre à terre les portes ouvertes du bureau de Kolher avant de débarquer en coup de vent dans la chambre d'amis qu'utilisait Layla. Il était à bout de souffle quand il referma la porte et porta la sacoche jusqu'au lit, où Doc Jane s'était assise à sa place.

Seigneur, Layla était blanche comme un linge. Mais bon, la peur et la perte de sang auraient cet effet sur n'importe quelle femelle.

Doc Jane était au milieu d'une phrase quand elle lui prit la sacoche des mains.

— Je pense que je vais commencer par relever tes constantes vitales…

« Boum ! »

Quand un bruit tonitruant retentit dans la pièce, le premier réflexe de Vhif fut de se jeter sur les deux femelles pour leur servir de bouclier.

Mais il ne s'agissait pas d'une bombe. C'était Fhurie qui avait ouvert la porte à la volée.

Les yeux jaunes du frère luisaient, et pas de façon encourageante, quand ils scrutèrent Layla, Doc Jane, puis Vhif… et inversement.

— Que se passe-t-il ici, bon sang ? demanda-t-il, les narines dilatées quand il saisit visiblement la même odeur que Vhif. Je vois le docteur monter à toute vitesse. Puis Vhif avec sa sacoche. Et à présent… quelqu'un ferait bien de parler. Tout de suite.

Mais il avait compris. Parce qu'il regardait Vhif.

Celui-ci fit face au frère.

— Je l'ai mise enceinte…

Il n'eut pas l'occasion d'achever sa phrase. Il parvint à peine à prononcer le mot commençant par « E », en fait.

Le frère l'empoigna et le jeta contre le mur. Comme son dos absorbait l'impact, il ressentit une explosion de douleur à la mâchoire, ce qui suggérait que le mâle lui avait balancé un sacré crochet. Puis il fut cloué au mur, les pieds dans le vide à environ quinze centimètres du joli tapis d'Orient, juste au moment où des gens commençaient à se rassembler sur le seuil.

Génial. Un public.

Fhurie colla son nez contre celui de Vhif et montra les crocs.

— Tu lui as fait quoi ?

Vhif déglutit du sang.

— Elle a eu ses chaleurs. Je l'ai servie.

— Tu ne la mérites pas…

— Je sais.

Fhurie le plaqua une fois de plus contre le mur.

— Elle vaut mieux que ça…

— Je suis d'accord…

« Bang ! » Encore une fois contre le mur.

— Alors pourquoi as-tu…

Le grognement qui envahit la pièce fut assez sonore pour faire trembler le miroir sur le mur à côté de la tête de Vhif, ainsi que les brosses en argent sur la commode et les cristaux des appliques près de la porte. Tout d'abord, il fut persuadé que cela venait de Fhurie… sauf qu'alors le frère fronça les sourcils et jeta un coup d'œil par-dessus son épaule.

Layla était sortie du lit et s'approchait d'eux… et putain de bordel de merde, l'expression de son regard aurait suffi à faire fondre la peinture d'une voiture : en dépit du fait qu'elle n'allait pas bien, elle montrait les crocs et avait replié ses doigts en serres, et le courant d'air glacial qui la précédait fit se dresser les poils sur la nuque de Vhif en signe d'avertissement.

Ce grognement n'aurait jamais dû provenir d'un mâle… et encore moins d'une femelle délicate au statut d'Élue.

Et le ton de sa voix fut encore pire :

— Lâche-le.

Elle regardait Fhurie comme si elle était tout à fait prête à lui arracher les bras et à le battre avec ses propres membres s'il ne faisait pas exactement ce qu'elle disait. Sur-le-champ.

Et ça alors, brusquement Vhif put de nouveau respirer correctement et ses baskets retrouvèrent le plancher des vaches. Comme par magie.

Fhurie leva les mains devant lui.

— Layla, je…

— Ne le touche pas. Pas à ce sujet… Est-ce que nous sommes d'accord ? (Elle avait transféré son poids sur la pointe de ses pieds, comme si elle comptait se jeter à la gorge du mâle d'une seconde à l'autre.) C'est le père de mon enfant, et par conséquent, tous les droits et privilèges de cette position doivent lui être accordés.

— Layla…

— Est-ce que nous sommes d'accord ?

Fhurie hocha la tête.

— Oui. Mais…

En langue ancienne, elle cracha :

— *S'il lui arrive quoi que ce soit, je te pourchasserai et trouverai où tu dors. Je me fiche de l'endroit et de la personne avec qui tu reposes, ma vengeance s'abattra sur toi jusqu'à ce que tu te noies.*

Ce dernier mot s'étira jusqu'à ce que la dernière syllabe se perde en un nouveau grognement.

Un silence de mort s'installa dans la chambre.

Jusqu'à ce que Doc Jane annonce d'un ton sec :

— Et voilà pourquoi on dit que les femelles de l'espèce sont bien plus dangereuses que les mâles.

— Tu m'étonnes, marmonna quelqu'un dans le couloir.

Fhurie leva les mains d'un air frustré. — Je ne veux que le meilleur pour toi, et pas seulement en tant qu'ami inquiet… C'est mon boulot, putain. Tu as tes chaleurs sans en parler à personne, tu couches avec « lui » (comme si Vhif était une merde de chien) puis tu ne dis à personne que tu as des problèmes de santé. Et je suis censé me réjouir de cette situation ? C'est quoi, ce bordel ?

Il y eut une sorte de conversation entre eux à ce moment-là, mais Vhif ne l'entendit pas : toute sa conscience s'était retirée au fin fond de son cerveau. Merde, le joyeux petit commentaire du frère n'aurait pas dû le blesser autant : ce n'était pas comme s'il n'avait jamais entendu ça ou, mince, qu'il ne l'ait jamais pensé lui-même. Mais étrangement, les mots avaient réveillé une faille qui grondait dans le tréfonds de son être.

Se rappelant que souligner une évidence était loin d'être une tragédie, il s'arracha à sa spirale de honte et regarda autour de lui. Oui, tout le monde s'était pointé devant la porte ouverte ; et une fois de plus, des choses qu'il aurait préféré voir demeurer privées s'étaient déroulées devant un public de plusieurs dizaines de personnes.

Au moins Layla s'en fichait. Mince, elle ne semblait même pas avoir remarqué l'attroupement.

Et il était assez drôle de voir la réticence de tous ces guerriers professionnels à s'approcher de la femelle. Mais bon, si on voulait survivre dans ce boulot, on développait vite une capacité à estimer précisément les risques ; et même Vhif, qui était l'objet de l'instinct protecteur de l'Élue, n'aurait pas osé la toucher à ce moment précis.

— *Je renonce ici et maintenant à mon statut d'Élue, ainsi qu'à tous les droits et privilèges qui s'y rattachent. Je suis Layla, déchue à partir de cet instant…*

Fhurie tenta de l'interrompre.

— Écoute, tu n'as pas besoin de faire ça…

— *… et à jamais. Je suis compromise aux yeux de la tradition et de la pratique, puisque je ne suis plus vierge, et que j'ai conçu un enfant, même si je suis en train de le perdre.*

Vhif se cogna l'arrière de la tête contre le mur. Bon sang.

Fhurie passa une main dans ses cheveux épais.

— Putain.

Quand Layla vacilla sur ses jambes, tout le monde se précipita vers elle, mais elle repoussa toutes les mains secourables et retourna toute seule vers le lit. Elle s'assit dessus avec précaution, comme si tout son corps lui faisait mal, et baissa la tête.

— Mon sort est scellé, et je suis prête à vivre en assumant les conséquences de mes actes, quelles qu'elles soient. Voilà tout.

Beaucoup haussèrent les sourcils à ces mots qui sonnèrent comme un congédiement de la foule, mais personne ne la hua : au bout d'un moment, les spectateurs s'en allèrent, mais Fhurie demeura à sa place. De même que Vhif et le médecin.

On referma la porte.

— OK, surtout après cette scène, il faut vraiment que je relève tes constantes vitales, dit Doc Jane, en rallongeant la femelle contre les oreillers et en l'aidant à remettre les couvertures qu'elle avait jetées par terre.

Vhif ne bougea pas, tandis qu'on passait un tensiomètre autour du bras mince de Layla et qu'une série de « pif, pif, pif » résonnait.

Fhurie, quant à lui, faisait les cent pas, du moins jusqu'à ce qu'il fronce les sourcils et sorte son téléphone.

— Est-ce pour cela que Havers m'a appelé la nuit dernière ?

Layla hocha la tête.

— Je suis allée là-bas chercher de l'aide.

— Pourquoi n'es-tu pas venue me voir ? marmonna le frère pour lui-même.

— Qu'a dit Havers ?

— Je ne sais pas parce que je n'ai pas écouté son message. J'ai cru que je n'avais pas de raison de le faire.

— Il a indiqué qu'il ne traiterait qu'avec toi.

À ces mots, Fhurie regarda Vhif, en plissant ses yeux jaunes.

— Est-ce que tu vas t'unir à elle ?

— Non.

L'expression de Fhurie se fit de nouveau glaciale.

— Quel genre de mâle es-tu…

— Il n'est pas amoureux de moi, l'interrompit Layla. Ni moi de lui.

Comme le Primâle tournait la tête, Layla poursuivit :

— Nous voulions un enfant. (Elle se pencha en avant pour que Doc Jane écoute son cœur dans le dos.) Cette histoire a commencé et s'est achevée sur ce point.

Voilà que le frère poussait un juron.

— Je ne comprends pas.

— Nous sommes tous deux orphelins, même si c'est de façons différentes, expliqua l'Élue. Nous voulons… voulions… une famille à nous.

Fhurie poussa un soupir et marcha jusqu'au bureau dans un coin, où il s'assit sur une chaise délicate.

— Bien. Euh. Je suppose que cela change un peu les choses. J'ai cru que…

— Cela n'a pas d'importance, lança Layla. Il en est ainsi. Ou… il en était ainsi, vu l'état actuel des choses.

Vhif découvrit qu'il se frottait les yeux sans raison particulière. Non qu'ils soient brouillés de larmes ou une autre connerie du même genre. Non. Pas du tout.

C'était seulement… tellement triste. Toute cette foutue histoire. Depuis l'état de Layla jusqu'à l'épuisement impuissant de Fhurie et la puissante douleur qui lui vrillait la poitrine, tout cela n'était qu'une affaire terriblement triste.

Chapitre 31

— Voilà exactement ce que je recherche.

Tout en parlant, Trez déambulait dans le vaste espace vide de l'entrepôt, où le bruit sonore de ses bottes résonnait. Derrière lui, il sentit facilement le soulagement émanant de l'agent immobilier qui se tenait à côté de la porte.

Négocier avec les humains, c'était comme prendre sa sucrerie à un bébé.

— Vous pourriez transformer cette partie de la ville, lui dit la femme. C'est une véritable opportunité.

— C'est vrai.

Même si les magasins et les restaurants qui le suivraient n'allaient pas être du genre huppé, mais plutôt des boutiques de tatouage et de piercing, des restaurants bon marché et des cinémas porno.

Mais cela ne lui posait pas de problème. Même les proxénètes pouvaient tirer fierté de leur travail ; et franchement, il avait tendance à beaucoup plus se fier aux tatoueurs qu'aux trop nombreux citoyens soi-disant « exemplaires ».

Trez pivota sur lui-même. L'espace était immense, presque aussi haut que large, avec d'innombrables rangées de fenêtres carrées, dont beaucoup étaient cassées et recouvertes de panneaux de contreplaqué. La toiture était solide – du moins pour l'essentiel –, les plaques de tôle ondulée empêchant la neige, sinon le froid, de s'insinuer à l'intérieur. Le sol était en béton, mais il y avait visiblement un niveau inférieur, car à deux endroits on voyait des trappes scellées dans le sol, même si elles étaient visiblement impossibles à ouvrir pour le moment. Le réseau électrique paraissait correct, même si la ventilation était inexistante et la plomberie une vaste blague.

Mais dans son esprit, il ne voyait pas l'endroit tel qu'il était actuellement ; non, il se le représentait transformé en un club aux dimensions dignes d'Ibiza. Naturellement, le projet requerrait une énorme injection de capitaux et un certain nombre de mois pour voir le jour ; mais au bout du compte, Caldwell aurait une nouvelle boîte de nuit et lui, un autre lieu pour se faire de l'argent.

Tout le monde y gagnait.

—Alors, voulez-vous faire une offre ?

Trez regarda la femme. C'était l'image même de la professionnelle dans son manteau de laine et son tailleur assorti avec une jupe juste au-dessous du genou : sa peau était couverte à quatre-vingt-dix pour cent, et pas seulement parce qu'on était en décembre. Et pourtant, même boutonnée jusqu'au cou et avec sa coiffure sage, elle était jolie à la façon dont toutes les femmes l'étaient à ses yeux : elle avait des seins, la peau douce et lisse et un endroit entre les cuisses où il pourrait jouer.

Et elle l'appréciait.

Il le voyait à la façon dont elle détournait le regard du sien, et par le fait qu'elle ne semblait pas savoir quoi faire de ses mains : elles étaient tantôt dans les poches de son manteau, tantôt en train de jouer avec ses cheveux ou de rajuster son chemisier en soie…

Il avait bien quelques idées pour les garder occupées.

Trez sourit en traversant l'entrepôt dans sa direction et ne s'arrêta pas avant de se trouver juste à l'intérieur de son espace personnel.

—Oui. Je le désire.

Le double sens de sa formule fit mouche, et les joues de la femme s'empourprèrent, non à cause du froid, mais de l'excitation.

—Oh. Bien.

— Où voulez-vous le faire ? demanda-t-il d'une voix traînante.

— Faire l'offre, vous voulez dire ? (Elle s'éclaircit la voix.) Tout ce que vous avez à faire, c'est me dire ce que vous… voulez et je… m'occuperai de rédiger les papiers.

Oh, elle n'était pas habituée aux coups d'un soir. Que c'était mignon.

— Ici.

— Je vous demande pardon ? dit-elle en le regardant enfin dans les yeux.

Il sourit lentement en serrant les lèvres pour ne pas dévoiler ses crocs.

— L'offre. Faisons-la ici.

Elle écarquilla les yeux.

— Vraiment ?

— Oui. Vraiment.

Il s'approcha encore d'elle, mais pas assez près pour qu'ils se touchent. Il était heureux de la séduire, mais elle devait être sûre à cent pour cent qu'elle était partante.

— Vous êtes prête ?

— À… faire… l'offre ?

— Oui.

— Il… euh… il fait froid ici, dit-elle. Peut-être à mon bureau ? C'est là qu'on s'occupe… de la plupart des… offres.

Surgie de nulle part, l'image de son frère assis sur le canapé à la maison, qui le dévisageait comme s'il était un fichu problème, le frappa violemment ; et comme elle s'attardait dans son esprit, il prit conscience qu'il s'était envoyé en l'air avec presque chacune des femmes qu'il avait croisées au cours des derniers… merde, depuis combien de temps ?

Eh bien, il allait de soi qu'il n'avait pas couché avec celles qui n'étaient pas nubiles.

Ni avec celles qui étaient en période d'ovulation.

Ce qui en retranchait combien : une dizaine ou une vingtaine ? Génial. Un vrai héros.

Qu'est-ce qu'il foutait ? Il ne voulait pas retourner au bureau de cette femme. Et pour une bonne raison : il n'avait plus assez de temps, en supposant qu'il veuille être présent à l'ouverture du *Masque de Fer*. Donc l'unique option était de le faire ici même, debout, avec sa jupe remontée à la taille et ses jambes enroulées autour de ses propres hanches. Un coup rapide, droit au but ; puis chacun reprendrait sa route.

Après lui avoir dit combien il était prêt à payer pour cet entrepôt, bien sûr.

Mais alors quoi ? Ce n'était pas comme s'il allait la baiser à la clôture de la vente. Il répétait rarement l'aventure, et seulement s'il était franchement attiré ou très tendu ; ce qui n'était en l'occurrence pas le cas.

Pour l'amour du ciel, que retirerait-il de tout ceci, exactement ? Ce n'était pas comme s'il allait la voir nue. Ou qu'il aille pleinement s'imprégner du contact de sa peau.

À moins que… ce ne soit le but.

À quand remontait la dernière fois où il avait vraiment couché avec une femelle ? C'est-à-dire : en y mettant les formes et en prenant son temps. Ce qui impliquait par exemple… un dîner agréable, un peu de musique, quelques baisers qui menaient à la chambre… puis un long moment de patience et de lenteur pendant lequel il avait plusieurs orgasmes.

Et pas le sentiment d'étouffer de panique quand tout était fini.

— Vous alliez dire quelque chose ? lui souffla la femme.

iAm avait raison. Il n'avait pas besoin de faire ces conneries. Merde, il n'était même pas attiré par l'agent immobilier. Elle se tenait devant lui ; elle était disponible ; et cette alliance à son doigt signifiait qu'elle ne lui causerait probablement pas beaucoup d'ennuis quand ce serait terminé ; parce qu'elle avait quelque chose à perdre.

Trez recula d'un pas.

— Écoutez, je…

Comme son téléphone se mettait à sonner dans son manteau, il songea « timing parfait » et le sortit pour regarder qui appelait. C'était iAm.

— Excusez-moi. Je dois répondre. Salut, comment ça va, petit frère ?

La réponse d'iAm était feutrée, comme s'il parlait à voix basse.

— Nous avons de la compagnie.

Le corps de Trez se tendit.

— De quel genre et où ?

— Je suis à la maison.

Oh, merde.

— Qui est-ce ?

— Ce n'est pas ta fiancée, détends-toi. Il s'agit d'AnsLai.

Le grand prêtre. Fantastique.

— Eh bien je suis occupé.

— Ce n'est pas moi qu'il est venu voir.

— Alors il ferait mieux de retourner d'où il vient, parce que je suis déjà pris.

N'obtenant que le silence sur la ligne, il ne lui resta plus qu'à l'interpréter comme un coup de pied au cul. Incapable de se tenir tranquille, il se mit à déambuler dans l'entrepôt.

— Écoute, qu'est-ce que tu veux que je fasse ?

— Cesse de fuir et règle cette histoire une bonne fois pour toutes.

— Il n'y a rien à régler. Je te rappelle plus tard, OK ?

Il attendit une réponse. Au lieu de quoi, on raccrocha. Mais bon, quand on attendait de son frère qu'il nettoie vos conneries, celui-ci n'était probablement pas d'humeur à faire des adieux prolongés.

Trez raccrocha à son tour et jeta un coup d'œil à l'agent immobilier. Souriant largement, il marcha vers elle et baissa les yeux pour mieux l'observer. Son rouge à lèvres tirait un peu trop sur le corail pour son teint, mais il s'en fichait.

Ce truc ne resterait plus très longtemps sur sa bouche.

— Laissez-moi vous montrer comment je peux réchauffer l'atmosphère ici, dit-il avec un lent sourire.

À la demeure de la Confrérie, dans la chambre de Layla, les différentes parties s'étaient en quelque sorte détendues.

Fhurie n'essayait plus de changer Vhif en tapisserie. Layla était examinée. Et on avait fermé la porte pour que personne d'autre que les quatre individus en présence ne soit témoin de la suite des événements.

Vhif attendait seulement que Doc Jane parle.

Quand elle ôta enfin son stéthoscope de son cou, elle se rassit. Et l'expression de son visage ne lui laissa aucun espoir.

Il ne comprenait pas. Il avait vu sa fille sur le seuil de l'Estompe : quand il avait été tabassé et laissé pour mort sur le bas-côté de la route par la garde d'honneur, il était monté Dieu seul savait où, s'était approché du portail blanc… et il avait vu sur le panneau comme la projection d'une jeune femelle dont les yeux lui étaient d'abord apparus bleus, avant que l'un devienne vert et que l'autre reste bleu, comme les siens.

S'il n'avait pas vu cette image, il n'aurait probablement pas couché avec Layla, pour commencer. Mais il avait été tellement certain que le destin était écrit qu'il ne lui était jamais venu à l'esprit…

Merde, peut-être que cette enfant était le résultat d'une autre union… plus loin dans le temps.

Mais comme s'il allait coucher avec quelqu'un d'autre ? Un jour ?

Impossible. Pas maintenant qu'il avait eu Blay une fois.

Non.

Même si lui et son ancien ami ne se retrouvaient plus jamais entre des draps, il ne coucherait plus jamais avec personne. Qui pourrait supporter la comparaison ? Et le célibat valait mieux qu'un pis-aller, ce qui encore une fois était tout ce que le reste de la planète pouvait désormais lui offrir.

Doc Jane se racla la gorge et prit la main de Layla.

— Ta tension artérielle est un peu basse. Ton pouls est lent. Je pense que ces deux points peuvent être améliorés si tu te nourris…

Vhif bondit carrément sur le lit, le poignet tendu.

— Je m'en occupe, tout de suite. J'ai…

Doc Jane lui posa la main sur le bras et lui sourit.

— Mais ce n'est pas ce qui m'inquiète.

Il se figea, et du coin de l'œil, il aperçut Fhurie faire de même.

— Voilà le problème. (Le médecin reporta son attention sur Layla et s'exprima avec douceur et clarté.) J'ignore beaucoup de choses sur les grossesses vampires… donc, même si ça me fait mal de le dire, il faut que tu retournes voir Havers. (Elle leva la main, comme pour prévenir les protestations qui ne manqueraient pas de s'élever de tous côtés.) Il est question de Layla et du bébé : nous devons les amener à quelqu'un qui pourra les soigner de façon appropriée même si, dans d'autres circonstances, aucun d'entre nous n'irait frapper à la porte de ce médecin. Et, Fhurie (elle se tourna vers le frère), tu dois les accompagner, elle et Vhif. Ta présence facilitera les choses pour tout le monde.

Chacun avait les lèvres pincées après ce discours.

— Elle a raison, finit par dire Vhif, avant de se tourner vers le Primâle. Et tu dois dire que c'est toi le père. Elle sera plus respectée ainsi. Si je l'accompagne seul, il pourrait très bien refuser de la soigner. Et s'il apprend qu'elle est déchue et s'est fait baiser par un type souffrant d'une tare physique, il pourrait nous renvoyer.

Fhurie ouvrit la bouche et la referma.

Ce n'était pas comme s'il restait beaucoup de choses à dire.

Comme il sortait son téléphone et appelait la clinique pour informer le personnel de leur venue, le ton de sa voix suggéra qu'il était prêt à mettre le feu à l'endroit si Havers et son équipe déconnaient d'une manière ou d'une autre.

Ce point arrangé, Vhif s'approcha de Layla.

À voix basse, il dit :

— Ce sera différent cette fois-ci. Il va s'occuper de toi. Ne t'inquiète pas, tu seras traitée comme une reine.

Layla écarquilla les yeux, mais tint bon.

— Oui. Très bien.

Pour faire court ? Le frère n'était pas le seul à être prêt à cogner. Si Havers faisait montre de ce dégoût typique de la *glymera* envers Layla, Vhif comptait démolir l'ego du mâle à coups de poing. Layla ne méritait pas ça, pas même pour avoir choisi de s'unir à un tocard.

Merde. Peut-être valait-il mieux qu'elle perde le bébé. Voulait-il vraiment condamner un enfant à porter son ADN ?

— Tu viens aussi ? lui demanda-t-elle, comme si elle n'avait pas vraiment suivi la discussion.

— Oui. Je serai là.

Quand Fhurie raccrocha, son regard passa de l'un à l'autre, ses yeux jaunes plissés.

— Très bien, ils s'occuperont de nous à la seconde où nous arriverons. Je vais dire à Fritz de mettre le chauffage dans la Mercedes, mais c'est moi qui conduis.

— Je suis désolée, dit Layla, en levant les yeux vers le grand mâle. Je sais que je vous ai déçus, les Élues et toi… mais tu nous as dit de venir de ce côté… et de vivre.

Fhurie mit les mains sur ses hanches et poussa un soupir. Comme il secouait la tête, il fut évident qu'il n'aurait pas choisi une telle destinée pour elle.

— Oui, j'ai dit cela. C'est vrai.

Chapitre 32

Oh, quelle puissance déchaînée, songea Xcor en observant ses soldats armés et prêts pour une nuit de combat. Après vingt-quatre heures de repos pour se remettre de leur séance de nourrissage en groupe, ils rongeaient leur frein en attendant de sortir et de traquer leurs ennemis ; et il était prêt à les laisser quitter le sous-sol de l'entrepôt.

Il n'y avait qu'un seul problème : quelqu'un marchait sur le sol de l'étage supérieur.

Comme par hasard, des pas résonnèrent sur la trappe en bois au-dessus de sa tête.

Au cours de la demi-heure écoulée, ils avaient suivi les déambulations de leurs visiteurs indésirables. L'un était lourd, ce qui suggérait un individu de sexe masculin, et l'autre plus léger : une femelle à n'en pas douter. Mais ils n'avaient pu saisir aucune odeur, car le sous-sol était hermétiquement scellé.

Selon toute vraisemblance, il ne s'agissait que de deux humains de passage, même si la raison pour laquelle deux non-vagabonds perdaient leur temps à déambuler dans une structure aussi décrépite par une nuit froide lui échappait. Quels qu'ils soient et quelle que soit la raison de leur venue, néanmoins, il n'aurait aucun problème à défendre son droit de squatter, en l'état des choses.

Mais il n'y avait pas de mal à attendre. S'il pouvait éviter de massacrer des humains inutilement ici, cela signifiait que lui et ses soldats pourraient continuer à utiliser les lieux sans être dérangés.

Tous gardaient le silence, alors que les déambulations continuaient.

Des voix leur parvinrent : une grave et une plus aiguë, puis un téléphone sonna.

Xcor suivit la sonnerie et la conversation qui s'ensuivit, en marchant en silence jusqu'à l'autre trappe, sur laquelle celui qui parlait avait choisi de s'arrêter. S'immobilisant, il écouta attentivement et saisit la moitié d'une conversation franchement inintéressante qui ne trahit rien de l'identité des deux interlocuteurs.

Peu après, les bruits caractéristiques d'une relation sexuelle filtrèrent sous le plancher.

Comme Zypher ricanait doucement, Xcor lui jeta un regard assassin pour le faire taire. Même si chacune des trappes avait été verrouillée depuis le sous-sol, nul ne savait quel genre d'ennuis ces rats sans queue pouvaient attirer dans une telle situation.

Il consulta sa montre, attendit que les gémissements cessent et fit signe à ses soldats de rester à leur place quand ce fut le cas.

Se déplaçant en silence, il se dirigea vers la trappe située dans le coin le plus reculé de l'entrepôt, celle qui donnait dans ce qui avait dû être un bureau de contrôle. Il la déverrouilla, puis empoigna l'une de ses armes, sortit en se dématérialisant et huma l'air.

Ce n'était pas un humain.

Enfin, il y en avait eu un ici… mais l'autre était d'une nature tout à fait différente.

Là-bas dans le coin, la porte donnant sur l'extérieur claqua et le verrou fut tourné.

Traversant l'entrepôt à pas de loup, Xcor s'adossa au solide mur de briques et jeta un coup d'œil à travers l'une des fenêtres aux vitres sales.

Des phares s'allumèrent devant le bâtiment, dans l'étroit parking.

Se dématérialisant à travers un carreau cassé, il reprit forme sur le toit de l'entrepôt de l'autre côté de la rue.

Eh bien, voilà qui était intéressant.

Il y avait une Ombre en bas, assise au volant d'une BMW dont la vitre côté conducteur était baissée, et une femelle humaine penchée à la portière.

C'était la seconde fois qu'il en croisait une à Caldwell.

Elles étaient dangereuses.

Il sortit son téléphone et appela le numéro d'Affhres en sélectionnant la photo du mâle parmi ses contacts, et ordonna à ses soldats de partir au combat. Il enquêterait sur cet étonnant visiteur seul.

En bas, l'Ombre tendit le bras, attira la femme par le cou et l'embrassa. Puis il effectua une marche arrière et partit sans un regard en arrière.

Xcor changea de position pour suivre le mâle et se déplaça de toit en toit, tandis que l'Ombre se dirigeait vers le quartier des boîtes de nuit en empruntant des routes qui longeaient le fleuve…

Tout d'abord, l'étrange sensation dans son corps lui fit croire que le vent avait soudain changé de direction, puisque les rafales froides semblaient venir de derrière lui, au lieu de le frapper en plein visage. Mais ensuite il se dit que… non. C'était une impression purement interne. Il ressentait comme un bouillonnement sous la peau…

Son Élue était toute proche.

Son Élue.

Abandonnant immédiatement la piste de l'Ombre, il disparut et se rapprocha de l'Hudson. Que faisait-elle là…

Dans une voiture. Elle se déplaçait en voiture.

D'après ce que lui disait son instinct, elle se déplaçait à une vitesse élevée mais pas au point de ne pouvoir être pistée. Donc la seule explication était qu'elle se trouvait sur l'autoroute du Nord, où elle roulait à 100 ou 110 kilomètres-heure.

Reprenant la direction des rangées d'entrepôts, il se concentra sur le signal qu'il avait capté. Cela faisait des mois qu'il s'était nourri d'elle, et il fut paniqué de découvrir que ce lien créé par le sang de l'Élue dans ses propres veines s'estompait, au point qu'il lui fut difficile de localiser le véhicule.

Mais alors, il repéra une berline luxueuse au moment où elle ralentissait et prenait une sortie qui menait vers le pont. Après s'être dématérialisé jusqu'en haut des poutrelles métalliques de l'édifice, il planta ses rangers au sommet de l'un des montants en acier et attendit que la voiture passe sous lui.

Elle le fit peu après, et poursuivit sa route vers l'autre moitié de la ville, sur la rive opposée.

Il la suivit tout en maintenant une distance de sécurité entre eux, même s'il se demandait qui il cherchait à tromper en faisant cela. Car s'il pouvait sentir sa femelle, il en allait de même pour elle.

Mais il n'abandonnerait pas sa piste.

Assis sur le siège passager de la Mercedes, Vhif tenait son calibre .45 Heckler & Koch discrètement pressé contre sa cuisse et son regard ne cessait de sauter du rétroviseur central à la vitre passager et au pare-brise. À côté de lui, Fhurie conduisait, et les mains du frère serraient si étroitement le volant qu'on aurait dit qu'il étranglait quelqu'un.

Merde, beaucoup trop de choses se dénouaient en ce moment.

Layla et l'enfant. L'incident avec l'avion. Ce que Vhif avait fait à son cousin la nuit précédente. Et puis… eh bien, il y avait l'affaire Blay.

Oh, seigneur Dieu… l'affaire Blay.

Comme Fhurie prenait la sortie menant au pont, le cerveau de Vhif passa de son inquiétude pour Layla à l'évocation de toutes sortes d'images, de sons et… de saveurs issus des heures de la journée passée.

Intellectuellement, il savait que ce qui s'était passé entre eux n'avait pas été un rêve, et son corps se souvenait assurément de tout, comme si le sexe avait été une sorte de marquage de sa chair qui avait changé à jamais sa perception de lui-même. Et pourtant, alors qu'il affrontait ce dernier drame, cette trop courte séance de sexe lui semblait antédiluvienne.

Il craignait qu'il ne s'agisse que d'une unique fois.

« Ne me touche pas de cette façon. »

Avec un grognement, il se passa une main sur la tête.

— Cela n'a aucun rapport avec tes yeux, dit Fhurie.

— Je te demande pardon ?

Fhurie jeta un coup d'œil à la banquette arrière.

— Eh, ça va ? demanda-t-il aux femelles.

Quand Layla et Doc Jane lui répondirent par l'affirmative, il hocha la tête.

— Écoutez, je vais fermer la cloison de séparation pendant une minute, d'accord ? Tout va bien ici.

Le frère ne leur laissa pas l'occasion de répondre d'une façon ou d'une autre, et Vhif se raidit sur son siège, tandis que le panneau opaque remontait, coupant la berline en deux. Il n'allait pas fuir la confrontation, mais cela ne voulait pas dire qu'il attendait le deuxième round de celle-ci avec impatience ; sans compter que si Fhurie avait fait en sorte de s'isoler de ses deux passagères arrière, c'était que ce ne serait pas joli à entendre.

— Tes yeux ne sont pas le problème, déclara le frère.

— Pardon ?

Fhurie le regarda.

— Le fait que cette histoire me fasse chier n'a rien à voir avec un défaut physique quelconque. Layla est amoureuse de toi…

— Non, c'est faux.

— Tu vois, tu me gonfles vraiment, là.

— Demande-le-lui.

— Alors qu'elle est en train de perdre ton enfant ? rétorqua le frère. Oui, bien sûr.

Comme Vhif faisait la grimace, Fhurie poursuivit.

— Tu vois, c'est ça le problème avec toi. Tu aimes vivre dangereusement et te comporter en chien fou… Franchement, je pense que cela t'aide à composer avec les saloperies que ta famille t'a fait subir. En jouant les rebelles à tout, tu as l'impression que rien ne peut te blesser. Et crois-le ou pas, cela ne me pose aucun problème. Cela ne concerne que toi, et tu passes tes nuits et tes jours de la façon que tu peux. Mais à partir du moment où tu brises le cœur d'une innocente, surtout si elle est sous ma protection, alors c'est là que toi et moi avons un souci.

Vhif regarda par la vitre. Tout d'abord, il éprouvait le plus grand respect pour Fhurie. L'idée qu'il ait un jugement contre lui s'appuyant sur son caractère plutôt que sur une mutation génétique qu'il n'avait pas demandée était un changement agréable. Et il n'était pas loin d'être d'accord avec le mâle… du moins jusqu'à environ un an plus tôt. À l'époque, merde, oui, il était hors de contrôle à bien des égards. Mais les choses avaient changé. Il avait changé.

Évidemment, le fait que Blay ne soit plus disponible était le genre de coup de pied au cul dont il avait eu besoin pour enfin mûrir.

— Je ne suis plus comme ça, répondit-il.

— Alors tu es vraiment prêt à t'unir à elle ?

Comme il ne répondait pas, Fhurie haussa les épaules.

— Et voilà. Tout ça pour dire que je suis responsable d'elle, légalement et moralement. Je ne me comporte peut-être pas comme le Primâle à certains égards, mais je prends le reste de ma fonction très au sérieux. L'idée que tu l'aies entraînée dans ce bordel me rend malade, et je trouve très difficile de croire qu'elle ne l'a pas fait pour te faire plaisir. Tu as dit que vous vouliez tous les deux un enfant, mais es-tu certain que ce n'était pas seulement toi, et qu'elle ne l'a pas fait seulement parce qu'elle voulait te rendre heureux ? Cela lui ressemble beaucoup.

Tout cela était présenté de façon rhétorique. Et ce n'était pas comme si Vhif pouvait critiquer cette logique, même si elle était fausse en l'occurrence. Mais quand il se passa une main dans les cheveux, il garda pour lui le fait que c'était Layla qui était venue le chercher. Si Fhurie voulait croire que tout était sa faute à lui, c'était bon, il porterait tout le poids de la responsabilité sur ses épaules. Il ferait tout pour détourner la pression et l'attention de Layla.

Fhurie tourna la tête vers lui.

— Ce n'était pas bien, Vhif. Ce n'est pas ainsi que se comporte un vrai mâle. Et à présent, regarde dans quelle situation elle se trouve. C'est toi qui lui as fait ça. C'est toi qui l'as installée sur la banquette arrière de cette voiture, et c'est vraiment injuste.

Vhif ferma les yeux. Eh bien, ces paroles allaient retentir dans son crâne pendant le siècle à venir. Plus ou moins.

Comme ils traversaient le pont et laissaient les lumières scintillantes du centre-ville derrière eux, il préféra rester silencieux, et Fhurie se tut également.

Mais bon, le frère avait tout dit, n'est-ce pas ?

Chapitre 33

Ahssaut avait finalement décidé de suivre sa proie au volant de sa Range Rover. C'était bien plus confortable de cette façon, et localiser l'endroit où vivait cette femme n'était désormais plus un problème : pendant qu'il attendait à côté de l'Audi qu'elle revienne de sa propriété, il avait installé un mouchard sous le rétroviseur extérieur gauche.

Son iPhone s'était occupé du reste.

Après qu'elle avait quitté son quartier dans la précipitation – suite au fait qu'il s'était délibérément dématérialisé rien que pour la déstabiliser un peu plus – elle avait traversé le fleuve et s'était dirigée à la périphérie de la ville, où les maisons étaient petites, serrées les unes contre les autres, et dotées de voies de garage en aluminium.

Alors qu'il roulait derrière elle, en maintenant au moins deux pâtés de maisons entre leurs véhicules, il contemplait les lumières du quartier aux couleurs éclatantes, constituées par les milliers de guirlandes électriques installées dans les buissons ou suspendues aux rebords des toits ou aux encadrements des fenêtres et des portes. Mais ce n'était pas tout. Des scènes de crèche disposées bien en évidence sur de petites pelouses étaient éclairées par des spots, et on voyait également de gros bonshommes de neige vêtus d'écharpes rouges et de pantalons bleus qui scintillaient de l'intérieur.

Contrastant avec les décorations saisonnières, les statues de la Vierge Marie du jardin devant lequel l'Audi venait de ralentir étaient certainement là de façon permanente.

Quand elle arrêta son véhicule et ne bougea plus, il se rapprocha, se gara à quatre maisons de là et éteignit ses phares. Elle ne sortit pas immédiatement de la voiture et, quand ce fut enfin le cas, elle ne portait plus la parka ni le pantalon de ski moulant qu'elle avait pour l'espionner. Au lieu de cela, elle avait enfilé un épais pull rouge et un jean.

Elle avait dénoué ses cheveux.

Et la lourde chevelure brune tombait sur ses épaules en ondulant au niveau des pointes.

Il gronda dans l'obscurité.

D'une démarche rapide et souple, elle monta les quatre étroites marches de béton qui menaient au perron d'une maison d'apparence modeste. Ouvrant la moustiquaire avec ses volutes en ferronnerie, elle la maintint en place de sa hanche le temps de déverrouiller la porte, puis elle entra à l'intérieur et referma le tout derrière elle.

Comme la lumière s'allumait au rez-de-chaussée, il observa sa silhouette traverser le salon : la présence de rideaux aux fenêtres l'empêchait d'avoir une vue dégagée et ne lui donnait qu'une impression de mouvement.

Il pensa à ses propres stores. Il lui avait fallu un long moment pour perfectionner cette invention, et la maison au bord de l'Hudson avait été parfaite pour la tester. Les écrans marchaient encore mieux qu'il ne l'avait anticipé.

Mais elle était assez intelligente pour avoir noté des anomalies, et il se demanda ce qui avait trahi son système de bouclier.

Au premier étage, une lampe s'alluma, comme si quelqu'un qui dormait là-haut avait été réveillé par son arrivée.

Ses crocs se mirent à palpiter. L'idée qu'un humain l'attende dans leur lit conjugal lui donnait envie d'établir sa domination, même si cela n'avait aucun sens. Après tout, il l'avait suivie pour se protéger, et rien de plus.

Strictement rien de plus.

À l'instant même où sa main se dirigeait vers la poignée de sa portière, son téléphone sonna. Pile au bon moment.

Quand il vit qui cherchait à le joindre, il fronça les sourcils et porta le téléphone à son oreille.

— Deux appels en si peu de temps. À quoi dois-je cet honneur ?

Vhengeance n'eut pas l'air d'apprécier l'ironie.

— Tu ne m'as pas recontacté.

— Devais-je le faire ?

— Fais attention, mon garçon.

Ahssaut gardait les yeux rivés sur la petite maison. Curieusement, il souhaitait désespérément savoir ce qui se passait à l'intérieur. Était-elle en train de monter l'escalier en se déshabillant ?

À qui exactement dissimulait-elle ses activités ? Et elle les cachait véritablement, sinon pourquoi se changer dans la voiture avant de rentrer dans la maison ?

— Allô ?

— J'apprécie ton aimable invitation, s'entendit-il répondre.

— Ce n'est pas une invitation. Tu es un membre du Conseil à présent que tu vis dans le Nouveau Monde, bon sang.

— Non.

— Je te demande pardon ?

Ahssaut repensa à la rencontre dans la maison d'Elan au début de l'hiver, celle dont Vhengeance ignorait tout, celle à laquelle s'était pointée la bande de salopards pour une démonstration de force. Il repensa également à la tentative d'assassinat contre Kolher, le Roi Aveugle, qui avait eu lieu sur son propre domaine, nom de Dieu.

Il y avait eu bien trop de bazar à son goût.

Avec une facilité née de la pratique, il se lança dans le même discours que celui qu'il avait servi à la faction de Xcor.

— Je suis un homme d'affaires par goût et par raison. Même si je respecte à la fois le souverain actuel et le pouvoir que représente le Conseil, je ne peux pas retrancher d'énergie ni de temps à mon entreprise. Ni maintenant, ni à l'avenir.

Il y eut un silence. Puis cette voix grave aux accents malveillants lui parvint.

— J'ai entendu parler de tes affaires.

— Vraiment ?

— J'ai été moi-même dans ce milieu pendant pas mal d'années.

— C'est ce que j'ai cru comprendre.

— J'ai réussi à faire les deux.

Ahssaut sourit dans l'obscurité.

— Peut-être ne suis-je pas aussi talentueux que toi.

— Je vais être parfaitement clair sur un point. Si tu ne te montres pas à cette réunion, je vais partir du principe que tu mises sur la mauvaise équipe.

— Avec cette simple phrase, tu reconnais qu'il y en a deux et qu'elles s'opposent.

— Interprète-le comme tu le souhaites. Mais si tu n'es pas avec le roi et moi, tu es mon ennemi et le sien.

Et c'était exactement ce que Xcor avait dit. Mais bon, y avait-il une autre position possible dans cette guerre ?

— Le roi s'est fait tirer dessus chez toi, Ahssaut.

— Je m'en souviens, marmonna-t-il d'un ton sec.

— J'aurais cru que tu souhaiterais étouffer tout soupçon quant à ton implication dans l'affaire.

— Je l'ai déjà fait. J'ai dit aux frères cette nuit-là que je n'avais rien à voir avec cela. Je leur ai fourni le véhicule dans lequel ils ont évacué le roi. Pourquoi aurais-je fait une chose pareille si j'étais un traître ?

— Pour sauver ta peau.

— J'obtiens déjà d'excellents résultats à ce petit jeu sans avoir besoin d'user ma salive à me disculper, je te le garantis.

— Alors dis-moi à quel moment tu serais disponible ?

La lumière du premier étage s'éteignit, et il ne put s'empêcher de se demander ce que faisait cette femme dans l'obscurité, et avec qui.

Comme s'ils étaient animés d'une volonté propre, ses crocs se dénudèrent.

— Ahssaut. Tu m'ennuies sérieusement à force de faire ta mijaurée.

Ahssaut enclencha la vitesse de la Range Rover. Il n'allait pas rester là sur le trottoir pendant que ce qui se passait à l'intérieur, quoi que ce soit… se déroulait. Elle était visiblement chez elle pour la nuit, et allait y rester. En outre, son téléphone le préviendrait au cas où sa voiture se déplacerait de nouveau.

Tandis qu'il manœuvrait pour sortir de son stationnement et commençait à rouler dans la rue, il se mit à parler distinctement.

— Par cette déclaration, je démissionne de ma place au Conseil. Ma neutralité dans cette bataille pour la couronne ne sera remise en question par aucune des deux parties…

— Et tu sais qui sont les joueurs, n'est-ce pas ?

— Je vais le dire aussi platement que possible : je ne suis dans aucun camp, Vhengeance. J'ignore comment le formuler plus simplement ; et je ne serai pas entraîné dans la guerre, ni par toi et ton roi, ni par personne d'autre. N'essaie pas de me pousser, et sache que j'ai offert la même neutralité à toi qu'à tes adversaires.

À ce sujet, il avait fait la promesse à Elan et à Xcor de ne pas dévoiler leurs identités, et il s'y tiendrait, non parce qu'il croyait que le groupe lui rendrait la pareille un jour, mais plutôt pour le simple fait que, selon la personne qui gagnerait cette bagarre, un confident des deux parties serait perçu soit comme un dénonciateur à éliminer, soit comme un héros à louer. Le problème était qu'on ignorerait le résultat jusqu'à la fin, et qu'il ne voyait pas d'intérêt à faire un tel pari.

— Donc, ils t'ont approché, énonça Vhen.

— J'ai reçu une copie de la lettre qu'ils ont envoyée ce printemps, oui.

— Est-ce le seul contact que tu aies eu ?

— Oui.

— Tu me mens.

Ahssaut s'arrêta à un feu rouge.

— Il n'y a rien que tu puisses dire ou faire pour m'entraîner là-dedans, cher *menheur*.

D'un ton lourd de menace, le mâle à l'autre bout du fil gronda :

— Ne compte pas que j'en reste là, Ahssaut.

Sur ce, Vhengeance raccrocha.

Poussant un juron, Ahssaut jeta son téléphone sur le siège passager. Puis il serra les poings et en frappa le volant.

S'il y avait bien une chose qu'il ne pouvait tolérer, c'était de se retrouver aspiré dans le tourbillon des disputes des autres. Il se fichait de qui était assis sur le trône ou de qui était à la tête de la *glymera*. Il voulait simplement qu'on le laisse tranquillement gagner de l'argent sur le dos de ces rats sans queue.

Était-ce si difficile à comprendre, bordel ?

Quand le feu passa au vert, il enfonça la pédale d'accélérateur, même s'il n'avait pas de réelle destination à l'esprit. Il se contenta de rouler au hasard et environ quinze minutes plus tard, il se retrouva à traverser le fleuve sur l'un des ponts.

Ah, donc sa Range Rover avait décidé de le ramener à la maison.

Comme il débouchait sur la rive opposée, son téléphone émit une sonnerie et il faillit l'ignorer. Mais les jumeaux étaient allés vendre le dernier arrivage de Benloise, et il voulait savoir si ces dealers de pacotille s'étaient pointés pour recevoir leur marchandise, en fin de compte.

Il ne s'agissait ni d'un appel ni d'un message.

L'Audi noire se déplaçait de nouveau.

Ahssaut écrasa la pédale de frein, fit demi-tour en coupant la route à un semi-remorque qui klaxonna comme pour lui dire « merde » et franchit le terre-plein central.

Il vola littéralement sur le pont en direction de la banlieue.

Depuis son point de vue privilégié à la lointaine périphérie, Xcor avait besoin de ses jumelles pour voir correctement son Élue.

La voiture dans laquelle elle se déplaçait, cette grosse berline noire, avait poursuivi sa route une fois le pont franchi, roulé encore sur huit ou dix kilomètres avant de bifurquer sur une route de campagne qui menait vers le nord. Après encore un certain nombre de kilomètres, et presque sans prévenir, elle avait tourné sur un chemin de terre qui était envahi des deux côtés de broussailles persistantes et robustes. Enfin, elle s'était arrêtée devant un bâtiment bas en béton qui non seulement ne ressemblait à rien, mais de plus ne disposait d'aucune fenêtre ni, visiblement d'aucune porte.

Il refit la mise au point, alors que deux mâles sortaient de l'avant de la voiture. Il reconnut l'un d'entre eux sur-le-champ à cause de sa chevelure : Fhurie, fils d'Ahgonie, qui, selon la rumeur, avait été nommé Primâle des Élues.

Le cœur noir de Xcor se mit à battre violemment.

Surtout quand il reconnut le second mâle : il s'agissait du guerrier aux yeux vairons contre lequel il s'était battu chez Ahssaut pendant qu'on emmenait le roi.

Les deux mâles sortirent leurs armes et scrutèrent le paysage.

Comme Xcor était sous le vent, et qu'il ne semblait y avoir personne d'autre dans les environs, il estima qu'il avait une chance raisonnable, à moins que son Élue ne révèle sa position, que ces deux-là poursuivent ce qu'ils avaient planifié de faire, quoi que ce soit, avec sa femelle, sans se rendre compte de sa présence.

En fait, on aurait dit qu'on la menait à une prison.

Il faudrait lui passer sur le corps avant qu'une telle infamie se produise.

Elle était innocente dans cette guerre et avait été utilisée dans un but sordide même si ce n'était aucunement sa faute ; mais à l'évidence, elle allait être exécutée ou enfermée dans une cellule pour le restant de sa vie sur terre.

Ou pas.

Il empoigna l'un de ses pistolets.

C'était une bonne nuit pour s'occuper de ce genre de chose. Oui, c'était là sa chance de l'avoir pour lui, de la sauver de la punition qu'elle avait reçue parce qu'elle avait à son insu aidé et soutenu l'ennemi. Et peut-être que les circonstances qui entouraient son injuste condamnation la disposeraient favorablement envers son ennemi et sauveur.

Il ferma brièvement les yeux en l'imaginant dans son lit.

Quand Xcor souleva les paupières, Fhurie ouvrait la portière arrière de la berline et tendait le bras à l'intérieur. Quand le frère se redressa, l'Élue fut tirée hors du véhicule… et empoignée par les coudes, les guerriers la tenant de chaque côté tandis qu'on la menait vers le bâtiment.

Xcor se prépara à approcher. Après si longtemps, une éternité, il l'avait enfin de nouveau à proximité, et il n'allait pas gâcher l'occasion que lui offrait le destin, pas maintenant, pas alors que la vie de la femelle était si clairement en jeu. Et il remporterait la victoire cette fois, car la menace contre elle renforçait son corps d'une puissance inimaginable et stimulait tant son esprit qu'il examinait à toute allure les différentes possibilités d'attaque tout en demeurant parfaitement calme.

Oui, il n'y avait que ces deux mâles pour la surveiller ainsi qu'une femelle qui non seulement semblait non armée, mais n'observait même pas son environnement, comme si elle n'était ni entraînée ni prête à se battre.

Il était plus qu'assez puissant pour abattre les geôliers de sa femelle.

Juste au moment où il se préparait à plonger, la brise fraîche lui porta l'odeur de son Élue et ce parfum tentateur qui lui était propre le fit chanceler dans ses bottes…

Immédiatement, il perçut un changement.

Du sang.

Elle saignait. Et il y avait autre chose…

Sans qu'il en ait conscience, il se rapprocha comme une ombre, et ne retrouva la sensation de peser quelque chose qu'à moins de trois mètres du groupe, derrière une dépendance installée à l'écart du bâtiment principal.

Ce n'était pas une prisonnière que l'on menait en cellule ou à l'échafaud, comprit-il.

Son Élue avait des difficultés à marcher. Et ces guerriers la soutenaient avec soin ; même si leurs armes étaient sorties et que leurs regards cherchent les signes d'une attaque, ils étaient aussi prévenants avec elle qu'ils l'auraient été avec la plus fragile des fleurs.

Elle n'avait pas été maltraitée. Elle n'était pas marquée de bleus ni de zébrures de fouet. Et à mesure que le trio avançait, elle levait les yeux vers l'un des mâles puis l'autre et parlait comme si elle essayait de les rassurer, car en vérité, ce n'était pas l'agressivité qui faisait froncer les sourcils à ces guerriers.

En fait, c'était la même terreur que celle qu'il éprouvait à présent, en sentant l'odeur de son sang.

Le cœur de Xcor se mit à battre encore plus fort dans sa poitrine, tandis que son esprit tentait de trouver une explication à tout cela.

Puis il se rappela une chose de son propre passé.

Après que sa *mahmen* l'eut rejeté à la naissance, il avait été déposé dans un orphelinat de l'Ancienne Contrée et abandonné à son sort. Là, il avait grandi parmi les rares indésirables, dont la plupart étaient victimes de tares physiques comme lui, pendant près d'une décennie, assez longtemps pour avoir des souvenirs permanents de ce qui se passait dans cet endroit triste et isolé.

Assez longtemps pour qu'il comprenne ce qui arrivait quand une femelle seule apparaissait devant les portes, était autorisée à entrer, puis criait pendant des heures, parfois des jours… avant de donner naissance à un bébé mort-né, dans la plupart des cas. Ou de faire une fausse couche.

L'odeur du sang à cette époque avait été très spécifique. Et l'odeur charriée par le vent froid de cette nuit était la même.

La grossesse était ce qui lui montait aux narines.

Pour la première fois de sa vie, il s'entendit prononcer avec une douleur absolue :

— Douce Vierge de l'Estompe…

Chapitre 34

L'idée que des membres des s'Hisbe se trouvent à Caldwell donnait envie à Trez d'emballer tout ce qu'il possédait, d'embarquer son frère et de quitter la ville.

Alors qu'il roulait vers le *Masque de Fer*, il avait la tête tellement à l'envers qu'il dut penser consciemment à prendre les bons virages, à freiner aux panneaux « Stop » puis à se garer à la bonne place une fois arrivé. Et quand il eut éteint le moteur de sa voiture, il demeura assis au volant et regarda fixement le mur de briques de son établissement pendant une éternité.

Une sacrée métaphore pour dire qu'il n'allait nulle part.

Ce n'était pas comme s'il ignorait à quel point il laissait tomber les siens. Le problème ? Il s'en foutait complètement. Il ne reviendrait pas aux anciennes traditions. La vie qu'il menait à présent était la sienne, et il refusait de laisser une promesse faite à sa naissance l'enfermer une fois adulte.

Cela n'arriverait pas.

Depuis que Vhengeance avait fait sa bonne action du siècle et leur avait sauvé les miches à son frère et à lui, les choses avaient changé pour Trez. Lui et iAm avaient reçu l'ordre de s'aligner avec le *symphathe* hors du Territoire afin de rembourser la dette, et ce paiement « forcé » avait été son bon de sortie, l'issue qu'il cherchait. Et même s'il regrettait d'avoir entraîné iAm dans ce bazar, le résultat final était que son frère était venu avec lui, et c'était une partie de l'existence parfaite qu'il vivait désormais. Quitter les s'Hisbe et vivre dans le monde extérieur avait été une révélation, sa première et délicieuse expérience de la liberté : il n'y avait pas de protocole. Pas de règles. Personne sur son dos.

L'ironie de l'histoire était que cette existence qui lui plaisait tant était censée être une tape sur la main pour avoir osé s'aventurer au-delà du Territoire et frayer avec les Méconnaissables. Une punition censée le remettre dans le droit chemin.

Ah.

Et depuis lors, dans le fond de son esprit, il avait plus ou moins espéré que les relations qu'il avait entretenues avec les Méconnaissables au cours de la décennie écoulée l'auraient rendu impur aux yeux des s'Hisbe, et donc inéligible à l'honneur qu'on lui avait accordé à la naissance ; cette souillure lui permettant d'obtenir une liberté permanente, en l'occurrence.

Mais le problème était que, s'ils avaient envoyé AnsLai, le grand prêtre, cet objectif n'avait visiblement pas été atteint. À moins que la visite n'ait eu pour but de le désavouer ?

Mais iAm lui en aurait parlé. Non ?

Trez consulta son téléphone. Pas de message vocal. Pas de SMS. Il était de nouveau en disgrâce auprès de son frère, sauf si iAm avait décidé d'envoyer chier toutes ces conneries et était reparti auprès de la tribu.

Bon sang…

Un coup sec frappé à sa vitre ne lui fit pas seulement tourner la tête, mais carrément sortir son flingue.

Trez fronça les sourcils. Debout à côté de la voiture se tenait un humain de la taille d'une maison. Il avait un bide à bière, mais ses larges épaules suggéraient qu'il pratiquait une activité physique régulière, et sa mâchoire carrée et rigide révélait à la fois ses origines Cro-Magnon et le genre d'arrogance commune à ces grands animaux stupides.

Alors que de larges nuages de vapeur sortaient de ses narines dilatées, comme s'il s'agissait d'un taureau furieux, il se pencha sur la portière et tambourina contre la vitre. Avec un poing gros comme un ballon de football, bien entendu.

Eh bien, à l'évidence il réclamait de l'attention, et ça alors ! Trez était ravi de lui en accorder.

Sans prévenir, il ouvrit la portière, heurtant le type exactement aux couilles. Pendant que l'humain reculait en titubant et se tenait l'entrejambe, Trez sortit de la voiture et se redressa de toute sa hauteur, puis il rangea son arme dans le creux de son dos, hors de vue, mais facile à atteindre.

Quand M. l'Agressif se fut assez remis pour lever la tête, très, très haut, il parut avoir perdu son enthousiasme pour un moment. Mais bon, Trez faisait facilement quarante-cinq centimètres et trente, peut-être trente-cinq kilos de plus que lui. En dépit des muscles de l'autre.

— Est-ce que tu me cherches ? demanda Trez.

Comprendre : « Es-tu certain de vouloir faire ça, mon grand ? »

— Oui. C'est tu.

OK, donc le vocabulaire et l'évaluation des risques lui posaient des difficultés. Il avait probablement les mêmes problèmes avec les additions et les soustractions à un chiffre.

— Toi, rétorqua Trez.

— Quoi ?

Prononcé « quoa ».

— Je crois qu'on dit « c'est toi ». Et non « tu ».

— Va te faire foutre. Qu'est-ce tu dis de ça ? (Le type se rapprocha.) Et reste loin d'elle.

— Elle ?

Cela rétrécissait les possibilités à, quoi, environ cent mille personnes ?

— Ma copine. Elle veut pas de toi, elle a pas besoin de toi, et elle sortira plus avec toi.

— De qui on parle, exactement ? Il va me falloir un nom.

Et peut-être même que ça ne l'aiderait pas.

En guise de réponse, le type fit mine de le frapper. Le coup était probablement prévu pour le toucher au ventre, mais son mouvement fut si lent et laborieux qu'il aurait dû être accompagné de sous-titres.

Trez saisit le poing avec sa main et le serra comme un ballon de basket. Puis, d'une rapide torsion, il retourna le morceau de viande et le maintint en place, preuve s'il en était qu'appuyer sur les points de pression fonctionnait, et que le poignet en faisait partie.

Trez parla à l'oreille de l'homme, uniquement pour que les règles soient bien comprises.

— Tu recommences et je te brise tous les os de la main. En une seule fois. (Il ponctua sa phrase d'un coup sec qui fit gémir le mec.) Puis je m'attaquerai à ton bras. Et ensuite à ton cou, ce dont tu ne te remettras pas. Maintenant, de qui est-ce que tu parles ?

— Elle était là la nuit dernière.

— Comme beaucoup de femmes. Est-ce que tu peux être plus précis…

— Il parle de moi.

Trez tourna la tête. Oh… magnifique, putain.

C'était la nana qui était partie en vrille, sa gentille petite harceleuse.

— J't'a dit que j'm'en occupais, lui cria son petit ami.

Oui, c'est cela, il avait parfaitement l'air de contrôler la situation. Donc apparemment, ils se faisaient tous les deux des illusions, et cela expliquait peut-être leur relation : il pensait qu'elle était un top model, et elle pensait qu'il avait un cerveau.

— C'est à toi ? demanda Trez à la femme. Parce que si c'est le cas, pourrais-tu le ramener chez toi, avant d'avoir besoin d'une pelleteuse pour nettoyer ?

— J't'a dit de pas venir ici, rétorqua la femme. Qu'est-ce tu fais là ?

Encore une preuve que ces deux-là étaient faits l'un pour l'autre.

— Et si je vous laissais régler cette histoire tous les deux ? proposa-t-il.

— Je suis amoureuse de lui.

Pendant une fraction de seconde, la réponse n'eut aucun sens. Mais ensuite, nonobstant l'accent de merde, il comprit : la pouffiasse parlait de lui.

Comme Trez jetait un regard noir à la femme, il prit conscience que ce coup d'un soir en particulier avait dégénéré de façon invraisemblable.

— Non, ce n'est pas vrai !

Eh bien, au moins le petit ami avait correctement employé le verbe cette fois-ci.

— Si, c'est vrai !

Et ce fut à ce moment-là que tout se mit à déconner. Le taureau se jeta sur la femme, après s'être brisé le poignet pour se libérer. Puis tous deux se retrouvèrent nez à nez, dans une posture agressive, en train de hurler des obscénités.

Visiblement, ils avaient l'habitude de ce petit jeu.

Trez regarda autour de lui. Il n'y avait personne dans le parking, ni aucun passant sur le trottoir, mais il n'avait pas besoin qu'une dispute de couple éclate derrière son club. Inévitablement, quelqu'un l'apercevrait et appellerait le 911, ou pire, cette gonzesse de quarante-cinq kilos allait pousser son grand crétin de petit ami un poil trop loin, et se faire massacrer.

Si seulement il avait un seau d'eau ou, plutôt, un tuyau d'arrosage pour les forcer à s'écarter l'un de l'autre.

— Écoutez, vous devez faire ça…

— Je t'aime ! s'exclama la femme en se tournant vers Trez et en empoignant le devant de son corsage. Tu ne comprends pas ? Je t'aime !

Vu la pellicule de sueur sur sa peau – en dépit du fait qu'il faisait 0 °C – il était évident qu'elle avait pris quelque chose. De la coke ou de la méthadone, s'il devait deviner. L'ecstasy était rarement associé à ce genre d'agressivité.

Génial. Encore un point positif.

Trez secoua la tête.

— Ma puce, tu ne me connais pas.

— Si!

— Non, pas du tout…

— Ne lui parle pas, putain!

Le type fit mine de se ruer sur Trez, mais la fille s'interposa, se jetant devant un train lancé à pleine vitesse.

Merde, il était désormais temps de s'impliquer: pas de violence contre les femmes en sa présence. Jamais, même s'il s'agissait d'un dommage collatéral.

Trez se déplaça si vite qu'il fut près de faire reculer le temps. Il poussa sa « protectrice » hors du chemin, et balança un crochet qui toucha l'animal qui chargeait en plein dans la mâchoire.

Ce qui eut peu ou pas d'effet. Comme frapper une vache avec une boulette de papier.

Trez reçu un coup de poing à l'œil et un éclair lumineux explosa dans la moitié de son champ de vision, mais ce fut un coup de chance plutôt qu'un mouvement coordonné. Mais sa revanche fut tout cela et bien plus: dans un beau et rapide mouvement, il donna une succession de coups de poing, dans le ventre, transformant le foie cirrhotique du mec en un punching-ball vivant, jusqu'à ce que le petit copain se plie en deux et se mette à tanguer fortement.

Trez termina en mettant à terre le poids mort gémissant d'un coup de pied.

Après quoi il sortit son arme et appuya le canon tout contre la carotide du type.

— Tu as une occasion de t'en sortir, dit calmement Trez. Et voilà comment ça va se passer. Tu vas te lever et tu n'iras ni la voir ni lui parler. Tu vas passer devant le club et monter dans un putain de taxi pour rentrer chez toi.

Contrairement à Trez, l'homme n'avait pas un système cardiaque bien développé et entretenu, si bien qu'il soufflait comme un train à vapeur. Et pourtant, vu la façon dont ses yeux injectés de sang et humides le dévisageaient d'un air d'angoisse, il avait réussi à se concentrer en dépit de son hypoxie et avait reçu le fichu message cinq sur cinq.

— Si tu l'agresses de quelque façon que ce soit, si elle n'a ne serait-ce qu'un cheveu fourchu par ta faute, si la moindre de ses possessions est abîmée par quelqu'un… (Trez se pencha un peu plus.) Je viendrai te frapper par-derrière. Tu ne sauras pas que je suis là, et tu ne survivras pas à ce que je te ferai. Je te le promets.

Oui, les Ombres avaient des façons bien particulières de s'occuper de leurs ennemis, et même s'il préférait les protéines peu grasses, comme le poulet ou le poisson, il était prêt à faire des exceptions.

Le problème était que, dans sa vie professionnelle comme dans sa vie personnelle, il avait vu combien la violence domestique pouvait dégénérer. Dans bien des cas, il fallait qu'un grand costaud intervienne pour rompre le cycle… et quelle surprise ! Il entrait dans cette catégorie.

— Hoche la tête si tu as bien compris. (Quand ce fut fait, il pressa encore plus violemment son arme dans le cou épais.) À présent, regarde-moi dans les yeux et sache que je ne plaisante pas.

Comme Trez plongeait à son tour son regard dans le sien, il inséra une pensée directement dans le cortex cérébral, l'implantant aussi sûrement que si une micropuce était installée au milieu des lobes. Elle se réveillerait à la moindre idée de vengeance concernant cette femme et susciterait en lui l'absolue conviction que sa propre mort serait inévitable et rapide s'il suivait son impulsion.

C'était la meilleure thérapie cognitive du monde.

Elle obtenait un taux de réussite de cent pour cent.

Trez s'écarta d'un bond et donna au gros tas une chance de se comporter en gentil garçon. Et en effet, le fils de pute se redressa, puis se secoua comme un chien, les jambes écartées, en faisant claquer son tee-shirt ample autour de lui.

Quand il s'éloigna, ce fut en boitant.

Et ce fut alors qu'il entendit les reniflements.

Trez se retourna. La femme frissonnait dans le froid : ses vêtements tape-à-l'œil n'offraient aucune protection contre la nuit de décembre et sa peau pâle suggérait que son shoot avait visiblement été évacué, comme si le fait qu'il ait pointé un calibre .40 sur la gorge de son copain avait eu un effet dégrisant.

Son mascara coulait sur son visage pendant qu'elle observait le départ de son prince charmant.

Trez leva les yeux au ciel et eut un petit débat interne.

Au bout du compte, il ne pouvait pas l'abandonner toute seule ici sur le parking – surtout alors qu'elle avait l'air aussi secouée.

— Où habites-tu, ma puce ? (Même lui entendit la lassitude dans sa propre voix.) Ma puce ?

La femme lui jeta un coup d'œil et, instantanément, son expression changea.

— Personne n'avait jamais pris ma défense comme ça.

OK, voilà qu'il avait envie de se cogner la tête contre un mur de briques. Et ça alors, il y en avait un, juste à côté de lui.

— Laisse-moi te raccompagner chez toi. Où habites-tu ?

Comme elle se rapprochait, Trez dut ordonner à ses pieds de rester à leur place, et bien entendu, elle se pelotonna contre lui.

— Je t'aime.

Trez ferma les yeux.

— Viens, dit-il en se dégageant et en la conduisant à sa voiture. Tout ira bien.

Chapitre 35

Comme on la menait à la clinique, Layla avait le cœur qui battait à tout rompre et les jambes qui tremblaient. Heureusement, Fhurie et Vhif n'avaient aucun mal à soutenir son poids.

Néanmoins, son expérience fut entièrement différente cette fois-ci, grâce à la présence du Primâle. Quand le panneau extérieur du bâtiment s'écarta en coulissant, l'une des infirmières était là pour les accueillir, et ils furent immédiatement conduits dans une autre partie de la clinique que celle où elle avait séjourné la nuit précédente.

Comme on les faisait entrer dans une salle d'examen, Layla jeta un coup d'œil autour d'elle et eut un moment d'hésitation. Qu'était-ce… donc ? Les murs étaient tendus de soie pâle et des tableaux aux cadres dorés y étaient accrochés à intervalles réguliers. Il n'y avait pas de table d'examen clinique, comme celle qu'elle avait utilisée la nuit précédente, mais un lit pourvu d'un élégant couvre-lit et d'oreillers dodus. Et puis, au lieu de l'évier en acier inoxydable et des placards blancs, un paravent peint dissimulait tout un coin de la chambre, derrière lequel elle supposait que les instruments de Havers étaient rangés.

À moins que le groupe n'ait été envoyé dans les quartiers personnels du médecin ?

— Il vous rejoint tout de suite, annonça l'infirmière, en souriant à Fhurie et en s'inclinant devant lui. Puis-je vous apporter quelque chose ? Du café ou du thé ?

— Seulement le docteur, répondit le Primâle.

— Tout de suite, votre Excellence.

Elle s'inclina une fois de plus et sortit précipitamment.

— Et si on t'installait là-dessus, d'accord ? dit Fhurie qui s'était approché du lit.

Layla secoua la tête.

— Es-tu certain que nous soyons au bon endroit ?

— Oui. (Le Primâle vint l'aider à traverser la chambre.) C'est une de leurs suites VIP.

Layla jeta un regard par-dessus son épaule. Vhif s'était installé dans le coin opposé au paravent, et avec tous ses vêtements noirs, il ressemblait à une ombre menaçante. Il demeurait d'une immobilité surnaturelle, les yeux rivés sur le sol, la respiration régulière, les mains derrière le dos. Pourtant il n'était pas à son aise. Non, il semblait prêt à tuer et, l'espace d'un instant, une onde de peur la parcourut. Elle n'avait jamais craint le mâle auparavant, mais après tout, elle ne l'avait jamais vu dans un tel état d'agressivité potentielle.

Mais au moins, cette violence contenue ne paraissait pas dirigée contre elle, ni même contre le Primâle. Et certainement pas contre Doc Jane, qui s'était assise sur un fauteuil tendu de soie.

— Viens, lui dit aimablement Fhurie. Grimpe là-dessus.

Layla tenta de se hisser, mais le matelas était trop haut et la partie supérieure de son corps était aussi faible que ses jambes.

— Je te tiens. (Fhurie passa avec précaution ses bras autour de son dos et en fit glisser un sous ses genoux ; puis il la souleva avec soin.) Voilà.

Alors qu'elle s'installait sur le lit, elle poussa un grognement, car une crampe aiguë lui tordait le bas-ventre. Comme tous les yeux dans la pièce se tournèrent immédiatement vers elle, elle tenta de dissimuler sa grimace avec un sourire. Mais sans succès : même si les saignements demeuraient réguliers, les vagues de douleur s'intensifiaient, leur durée s'allongeait, et les moments de répit s'écourtaient.

À ce stade, elle endurerait bientôt une souffrance atroce et constante.

— Je vais bien…

Un coup frappé à la porte l'interrompit.

— Puis-je entrer ?

Le simple son de la voix de Havers suffit à lui donner envie de fuir.

— Oh, douce Vierge scribe, dit-elle en rassemblant ses forces.

— Oui, répondit Fhurie d'un air renfrogné. Entre…

Ce qui suivit fut si rapide et violent que seule une expression familière qu'elle tenait de Vhif pouvait le décrire.

Ce fut une pagaille monstre.

Havers ouvrit la porte, avança d'un pas… et Vhif bondit sur le docteur, la dague en avant.

Layla poussa un cri de frayeur, mais il ne tua pas le mâle.

Néanmoins, il referma la porte avec le corps du médecin… ou peut-être avec son visage. Et il fut difficile de savoir si le bruit de l'impact résulta du battant claquant contre le chambranle, ou du guérisseur projeté contre le panneau. Probablement un mélange des deux.

Vhif appuya sa lame au tranchant terrifiant contre la gorge pâle de Havers.

— Devine ce que tu vas commencer par faire, trou du cul ? gronda Vhif. Tu vas t'excuser pour l'avoir traitée comme un fichu incubateur.

Vhif retourna le mâle d'un coup sec. Les lunettes en écaille de Havers étaient brisées, l'un des verres constellé de fêlures et l'une des branches tordue selon un angle bizarre.

Layla jeta un regard à Fhurie. Le Primâle ne paraissait pas particulièrement ennuyé : il se contenta de croiser les bras sur sa large poitrine et s'adossa au mur à côté d'elle, visiblement tout à fait à son aise avec cette petite scène. Sur le fauteuil de l'autre côté, Doc Jane n'avait pas bougé et se contentait d'observer tranquillement le bazar.

— Regarde-la dans les yeux et excuse-toi, cracha Vhif.

Quand le guerrier secoua Havers comme si celui-ci n'était qu'une poupée de chiffon, un bredouillement de syllabes sortit de la bouche du docteur.

Zut. Layla supposait qu'elle aurait dû se comporter en dame et ne pas se réjouir de la situation, mais elle tirait satisfaction de cette vengeance.

Mais elle éprouvait également de la tristesse, parce que les choses n'auraient jamais dû en arriver là.

— Acceptes-tu ses excuses ? demanda Vhif d'un ton malveillant. Ou préfères-tu qu'il rampe devant toi ? Je serais ravi de le transformer en carpette pour tes pieds.

— Ce sera suffisant. Merci.

— À présent, tu vas lui dire (Vhif recommença à secouer le médecin comme un prunier, faisant s'agiter les bras de Havers en tous sens et onduler son ample blouse blanche comme un drapeau), et uniquement à elle, ce qui se passe dans son corps.

— Il me faut… son dossier médical…

Vhif montra les crocs et les approcha tout contre l'oreille de Havers, comme s'il envisageait de l'arracher d'un coup de dents.

— Arrête tes conneries. Et si tu dis la vérité, ce trou de mémoire risque de te coûter la vie. Là tout de suite.

Havers était déjà pâle, mais ces paroles le firent blanchir complètement.

— Crache le morceau, docteur. Et si le Primâle, qui t'impressionne tant, pouvait avoir la gentillesse de me dire si tu détournes le regard d'elle, ce serait génial.

— Je t'en prie, répondit Fhurie.

— Je n'entends rien, Doc. Et je ne suis vraiment pas un mec patient.

— Vous êtes… (Derrière ses lunettes cassées, les yeux du mâle croisèrent ceux de Layla.) Votre enfant est…

Elle souhaita presque que Vhif cesse de forcer le contact visuel. C'était déjà assez dur à entendre sans avoir à affronter le regard du médecin qui l'avait si mal traitée.

Mais bon, Havers était celui qui devait regarder, pas elle.

Ce furent les yeux de Vhif qu'elle fixa quand Havers dit :

— Vous êtes en train de perdre le bébé.

Les choses se brouillèrent alors autour d'elle, ce qu'elle interpréta comme le signe qu'elle s'était mise à pleurer. Elle ne ressentait pourtant rien. C'était comme si son âme avait été évacuée de son corps, que tout ce qui l'animait et la reliait à l'univers ait disparu, comme si elle n'avait jamais existé.

Vhif ne montra pas la moindre réaction. Il ne battit pas des paupières. Il ne modifia pas sa posture, ni n'écarta sa dague.

— Y a-t-il quelque chose que l'on puisse faire sur le plan médical ? demanda Doc Jane.

Havers fit mine de secouer la tête, mais se figea quand la pointe aiguisée s'enfonça dans la peau de son cou. Du sang se mit à couler sur le col amidonné de sa chemise habillée, le rouge s'accordant avec son nœud papillon.

— Rien à ma connaissance, répondit le médecin d'une voix rauque. Pas sur terre, à aucun égard.

— Dis-lui que ce n'est pas sa faute, exigea Vhif. Dis-lui qu'elle n'a rien fait de mal.

Layla ferma les yeux.

— En supposant que ce soit vrai…

— Chez les humains, c'est généralement le cas, tant qu'il n'y a pas de traumatisme, s'interposa Doc Jane.

— Dis-lui, s'exclama Vhif, et son bras se mit à trembler très légèrement, comme s'il n'était qu'à un cheveu d'un déchaînement de violence.

— C'est vrai, articula Havers.

Layla regarda le médecin, scrutant son regard derrière les lunettes cassées.

— Rien ?

Havers répondit à toute vitesse.

— Les fausses couches spontanées arrivent dans environ une grossesse sur trois. Je pense que, comme chez les humains, celles-ci sont causées par un système d'autorégulation qui s'assure que les embryons souffrant de malformations diverses soient éliminés avant terme.

— Mais je suis véritablement enceinte, dit-elle d'un ton creux.

— Oui. Vos tests sanguins le prouvent.

— Cette fausse couche présente-t-elle le moindre risque pour sa santé ? demanda Vhif.

— Êtes-vous son *ghardien* ? laissa échapper Havers.

Fhurie s'interposa.

— C'est le père de l'enfant, alors traite-le avec le même respect que tu as pour moi.

À ces mots, le médecin écarquilla les yeux au point qu'ils parurent jaillir de leurs orbites et que ses sourcils s'élevèrent au-dessus de la monture en écaille. Et c'était drôle ; ce fut à ce moment-là que Vhif montra une esquisse de réaction : l'ombre d'un sourire passa sur son visage avant que ses traits farouches reprennent leur expression agressive.

— Réponds-moi, lança-t-il. Court-elle le moindre danger ?

— Je… (Havers déglutit avec difficulté.) Il n'y a aucune garantie en médecine. Dans l'ensemble je dirais que non : elle est en bonne santé d'un point de vue général, et la fausse couche semble suivre le cours habituel. En outre…

Pendant que le docteur poursuivait son discours d'un ton beaucoup moins ferme que celui de la nuit précédente, Layla cessa d'écouter.

Tout devint flou autour d'elle : son ouïe disparut, de même que la sensation de la température dans la pièce, la présence du lit sous elle, et celle des gens à côté d'elle. La seule chose qu'elle distinguait encore étaient les yeux vairons de Vhif.

Son unique pensée alors qu'il pointait cette lame contre la gorge de Havers ?

Même s'ils n'étaient pas amoureux, Vhif était exactement le genre de mâle qu'elle aurait souhaité comme père de son enfant. Depuis qu'elle avait pris la décision de vivre dans le monde réel, elle avait appris combien la vie pouvait être dure, comment les autres pouvaient conspirer contre vous… et comment, parfois, la force guidée par les principes moraux était la seule chose qui vous faisait passer la nuit.

Vhif avait de cette dernière en abondance.

C'était un grand et redoutable protecteur, et c'était précisément ce dont une femelle avait besoin quand elle était enceinte, allaitait ou soignait son enfant.

Cela et sa gentillesse innée l'ennoblissaient.

Peu importait la couleur de ses yeux.

À quatre-vingts kilomètres au sud de l'endroit où Havers se chiait dessus de trouille dans sa propre clinique, Ahssaut était au volant de sa Range Rover et secouait la tête avec incrédulité.

Les choses devenaient de plus en plus intéressantes avec cette femme.

Grâce au GPS, il avait pisté son Audi de loin quand elle avait bel et bien quitté son quartier pour s'engager sur l'autoroute du Nord. À chaque sortie de banlieue, il s'était attendu à ce qu'elle quitte la voie, mais quand il avait laissé Caldwell derrière eux, il s'était mis à penser qu'elle se rendait peut-être à Manhattan.

Mais non.

West Point, foyer de la vénérable académie militaire humaine, se trouvait à peu près à mi-chemin entre New York et Caldwell, et quand elle quitta l'autoroute à cet endroit, il se sentit soulagé. Beaucoup de choses pouvaient arriver aux alentours de New York, et il ne souhaitait pas se trouver trop loin de sa base arrière pour deux raisons : premièrement, il n'avait toujours pas eu de nouvelles des jumeaux pour savoir si ces dealers mineurs s'étaient montrés, et deuxièmement, l'aube finirait par pointer, et il n'aimait pas l'idée de devoir abandonner sa Range Rover lourdement modifiée et renforcée quelque part sur le bas-côté de la route parce qu'il aurait besoin de se dématérialiser pour se mettre à l'abri.

Après avoir quitté l'autoroute, la femme se mit à rouler à exactement 70 kilomètres-heure, traversant les faubourgs de la commune émaillés de stations-service, d'hôtels pour touristes et de fast-foods. Puis, après avoir franchi cette zone de la ville tranquille et bon marché, les habitations commencèrent à respirer l'aisance. Des maisons majestueuses, du genre à posséder des pelouses ressemblant à des tapis, commencèrent à s'élever, et leurs petits murs d'enceinte faits de pierres disjointes s'effritaient d'un air pittoresque sur la route. Elle dépassa néanmoins toutes les propriétés, pour s'arrêter enfin sur le parking d'un petit parc donnant sur le fleuve.

À l'instant où elle sortait de sa voiture, il la dépassa, en tournant la tête dans sa direction pour l'évaluer.

Une centaine de mètres plus loin, hors de vue de l'humaine, Ahssaut gara sa voiture sur le bas-côté de la route, sortit dans le vent mordant et boutonna son manteau croisé. Ses mocassins n'étaient pas l'idéal pour suivre quelqu'un dans la neige, mais il s'en fichait. Ses pieds supporteraient le froid et l'humidité, et une dizaine d'autres paires l'attendaient dans son placard chez lui.

Vu que c'était son véhicule, et non son corps, qui était équipé du mouchard, il ne quitta pas la femme des yeux. Sans surprise, il la vit chausser ses skis de fond et disparaître dans le paysage hivernal bleuté grâce à sa tenue de camouflage pâle et à sa cagoule blanche.

Il demeura tout près d'elle.

En se dématérialisant devant elle tous les quinze à vingt mètres, il trouvait des pins derrière lesquels se dissimuler, tandis qu'elle progressait rapidement vers les belles demeures, ses skis dévorant littéralement le terrain enneigé.

Elle se dirigeait vers l'une de ces grandes maisons, songea-t-il tout en gardant le rythme, anticipant sa direction, sans se tromper la plupart du temps.

Chaque fois qu'elle passait à côté de lui sans savoir qu'il se trouvait là, il éprouvait l'irrésistible envie de lui sauter dessus, de la jeter par terre et de la mordre.

Bizarrement, cette humaine lui donnait faim.

Et le jeu du chat et de la souris était très érotique, surtout si seul le chat savait qu'il y avait un jeu.

La propriété dans laquelle elle finit par s'introduire se situait à près d'un kilomètre de la route mais, en dépit de la distance, elle ne ralentit absolument pas son rythme effréné sur ses skis. Elle entra par le coin droit sur l'avant du terrain en enjambant le muret ancien, qu'elle entreprit ensuite de longer.

Cela n'avait aucun sens. Si elle était repérée là, elle se trouvait très loin de sa voiture. Certainement, longer la haie la plus proche aurait été plus logique, mais après tout, et dans les deux cas, elle était désormais exposée, car il n'y avait aucun arbre pour lui offrir une couverture, ni aucune arme contre les intrus qu'elle pourrait utiliser pour se défendre, si on l'apercevait.

À moins qu'elle connaisse le propriétaire. Auquel cas, pourquoi se cacher et venir en douce la nuit ?

Le terrain d'environ deux ou trois hectares s'élevait peu à peu vers une maison en pierre qui devait faire dans les mille trois cents à mille huit cents mètres carrés. Des sculptures modernistes se dressaient devant la façade, telles des sentinelles aveugles et scintillantes, et des jardins s'étendaient sur l'arrière. Pendant qu'elle progressait le long du muret, Ahssaut, qui l'observait à une vingtaine de mètres de distance, se sentit impressionné malgré lui par cette femme. Dans la neige, elle se déplaçait comme le vent, invisible et rapide, et son ombre était projetée contre le mur de telle sorte qu'elle semblait disparaître…

Aaaah.

Elle avait choisi cet itinéraire précisément pour cette raison, n'est-ce pas ?

Oui, en effet, l'angle de la lune plaçait son ombre exactement sur les pierres, créant de façon efficace un camouflage supplémentaire.

Un étrange picotement le parcourut.

Quelle intelligence.

Ahssaut se dématérialisa plus loin et se dissimula au milieu des plantations sur le côté de la maison. De près, il vit que la majestueuse demeure n'était pas récente, même si elle n'était pas non plus ancienne ; mais bon, dans le Nouveau Monde, il était rare de croiser un bâtiment construit avant le XVIIIe siècle. Il remarqua la présence de fenêtres dotées de vitraux, mais aussi celle de porches et de terrasses.

C'était l'alliance de la richesse et de la distinction.

Le tout était sans nul doute protégé par de nombreuses alarmes.

Il paraissait improbable qu'elle se contente d'espionner la propriété comme elle l'avait fait chez lui. Tout d'abord, il y avait un cercle d'arbres à l'extrémité du muret qu'elle avait franchi. Elle aurait pu se débarrasser de ses skis, grimper dans cette roncière de trois à cinq mètres de haut, et avoir une vue dégagée et abritée de la maison. D'autre part, elle n'aurait pas eu besoin de ce qui se trouvait dans le sac à dos qu'elle avait enfilé.

Celui-ci était assez volumineux pour abriter un cadavre, et il était plein.

Comme mue par un signal, elle s'arrêta, sortit ses jumelles et observa la propriété en restant parfaitement immobile, seule sa tête remuant légèrement. Puis elle se mit à traverser le terrain pour de bon, en avançant encore plus vite qu'avant, au point qu'elle courait littéralement vers la maison.

Vers lui.

Oui, elle se dirigeait droit vers Ahssaut, vers cette jonction entre les buissons qui marquaient le devant de la demeure et la haute haie qui encerclait le jardin de derrière.

Visiblement, elle connaissait la propriété.

Visiblement, il avait choisi l'emplacement parfait.

Et quand elle arriva, il ne recula qu'un peu… parce que cela ne l'aurait pas dérangé d'être surpris à l'espionner.

La femme remonta à skis jusqu'à environ un mètre cinquante de lui, se rapprochant tellement que son odeur imprégna non seulement ses narines, mais également le fond de sa gorge.

Il dut s'empêcher de ronronner.

Après l'effort fourni pour traverser la pelouse si rapidement, elle respirait bruyamment, mais son système cardio-vasculaire se remettait vite : un signe de sa santé et de sa force dans leur ensemble. Et la vitesse à laquelle elle se déplaçait à présent était tout aussi érotique. Finalement, elle s'arrêta et ôta ses skis. Puis elle se débarrassa de son sac à dos, l'ouvrit, et en sortit…

Elle allait grimper sur le toit, se dit-il tandis qu'elle assemblait ce qui ressemblait à un harpon, visait haut et appuyait sur la détente pour libérer un grappin. Un instant plus tard, on entendit un cliquetis métallique lointain, au-dessus d'eux.

Levant les yeux, il comprit qu'elle avait choisi un endroit dépourvu de fenêtres et protégé par le très long mur d'arbustes élevés qui le dissimulait lui-même.

Elle allait entrer.

À ce moment-là, Ahssaut fronça les sourcils… et disparut de l'endroit d'où il l'observait.

Reprenant forme à l'arrière de la maison, il jeta un regard par l'une des nombreuses fenêtres. L'intérieur était plongé dans l'obscurité, mais pas totalement : çà et là, on avait laissé quelques lampes allumées, qui éclairaient un mobilier mêlant les styles ancien et moderne. Tiens, tiens… Dans son sommeil paisible, cet endroit ressemblait à un musée, ou à un lieu photographié pour un magazine de décoration : tout était disposé avec une telle précision que c'était à se demander si on ne s'était pas servi d'une règle pour placer les meubles et les objets d'art.

Il n'y avait pas de fouillis : aucun journal, ancune facture, aucune lettre ni aucun reçu ne traînait nulle part. Il n'y avait pas de manteau négligemment jeté sur le dossier d'un fauteuil ni de paire de chaussures abandonnée à côté d'un canapé.

Tous les cendriers étaient d'une propreté éclatante.

Une seule et unique personne lui vint à l'esprit.

— Benloise, murmura-t-il pour lui-même.

Chapitre 36

D'après les vibrations régulières provenant de sa poche de poitrine, Xcor savait que sa présence était requise par ses soldats.

Il ne répondit pas.

Il se tenait toujours devant le bâtiment dans lequel on avait emmené son Élue et se sentait incapable de partir, alors même que, en un flot régulier, d'autres membres de son espèce arrivaient en voiture ou se dématérialisaient jusqu'au portail par lequel elle était entrée. Oui, alors que de nombreuses personnes allaient et venaient, il était indubitable qu'il s'agissait d'un centre de soins.

Au moins nul ne paraissait remarquer sa présence, chacun étant trop préoccupé par ce qui le faisait souffrir, en dépit du fait qu'il ne se cachait pas.

Dieu ! la seule pensée de ce qui avait amené son Élue ici le rendait nauséeux au point qu'il veuille se racler la gorge…

Inspirer de l'air glacial à pleins poumons l'aida à lutter contre son réflexe de vomissement.

Quand ses chaleurs étaient-elles survenues ? Cela devait être assez récent. Il l'avait vue pour la dernière fois…

Qui était le géniteur ? se demanda-t-il pour la centième fois. Qui avait pris ce qui était à lui… ?

Pas à toi, se dit-il. *Pas à toi.*

Sauf que c'était son esprit qui parlait, et non son instinct. Tout au fond de lui, au cœur de sa partie la plus mâle, elle était sa femelle.

Et ironiquement, c'était ce qui l'empêchait d'attaquer le bâtiment, avec tous ses soldats, si nécessaire. Comme elle recevait des soins, la dernière chose qu'il souhaitait était d'interrompre le cours des événements.

Alors que le temps passait et que l'absence d'informations le torturait au point de le rendre fou, il prit soudain conscience qu'il n'était même pas au courant de l'existence de cette clinique. Si L'Élue avait été sienne, il n'aurait pas su où l'emmener pour chercher de l'aide. Il aurait certainement envoyé Affhres trouver un endroit pour lui assurer, d'une façon ou d'une autre, des soins, mais en cas d'urgence, une heure ou deux perdues à dénicher un guérisseur pouvaient faire la différence entre la vie et la mort.

La Confrérie, en revanche, avait su exactement où l'emmener. Et quand elle sortirait de ce complexe, ils la ramèneraient sans nul doute dans une maison chaude et sûre, où il y aurait de la nourriture en abondance, un lit confortable et une force robuste d'au moins six guerriers de sang pur pour protéger son sommeil.

Il était ironique qu'il soit soulagé par cette vision. Mais bon, la Société des éradiqueurs était un adversaire très sérieux, et on pouvait dire ce qu'on voulait de la Confrérie, ils avaient prouvé au cours des siècles qu'ils étaient des défenseurs capables.

Brusquement, ses pensées retournèrent à l'entrepôt où lui et ses soldats demeuraient. Cet environnement froid, humide et inhospitalier était, en fait, un cran au-dessus de certains des autres endroits où ils avaient établi leur campement. Si l'Élue se trouvait avec lui, où la logerait-il ? Il n'accepterait jamais qu'un mâle puisse la regarder en sa présence, surtout si elle devait changer de vêtements ou se baigner…

Un grognement prit naissance dans sa gorge.

Non. Aucun mâle ne jetterait jamais un coup d'œil sur sa chair ou il l'écorcherait vif…

Oh, Seigneur, elle s'était unie à un autre. Elle s'était ouverte et avait accepté un autre mâle dans sa chair sacrée.

Xcor se plaqua les paumes sur le visage et la douleur dans sa poitrine le fit chanceler dans ses bottes.

Ce devait être le Primâle. Oui, bien sûr qu'elle avait couché avec Fhurie, fils d'Ahgonie. C'était ainsi que les Élues se reproduisaient, si sa mémoire et la rumeur ne se trompaient pas.

Instantanément, son esprit fut obscurci par l'image de son visage parfait et de sa silhouette mince. Penser qu'un autre l'avait dévêtue et couverte de son corps…

Arrête, se dit-il. *Arrête.*

Extirpant cette folie de son esprit, il se mit au défi de trouver des quartiers dignes d'elle, où elle pourrait vivre quelles que soient les circonstances.

La seule pensée qui lui vint était qu'il allait retourner tuer cette femelle dont ses soldats s'étaient nourris. Son cottage était désuet et charmant…

Mais où son Élue irait-elle pendant la journée ?

En outre, il ne lui ferait jamais l'outrage de la laisser ne serait-ce que marcher sur ce tapis où tant de relations sexuelles avaient eu lieu.

— Excusez-nous.

Xcor fit mine de prendre son arme dans sa veste en se retournant. Sauf qu'il n'y avait aucun besoin d'employer la force : il s'agissait simplement d'une petite femelle qui voulait passer avec son enfant. Visiblement, ils étaient descendus d'un break garé à trois mètres de là.

Comme l'enfant s'abritait derrière sa mère, la femelle écarquilla les yeux de peur.

Mais bon, quand on croisait un monstre par hasard, sa présence était rarement accueillie avec joie.

Xcor s'inclina profondément, en grande partie parce que la vue de son visage n'arrangerait certainement pas la situation.

— Mais bien entendu.

Sur ce, il recula pour les laisser passer, avant de se retourner et de revenir à la place qu'il occupait à l'origine. Oui, il ne s'était pas rendu compte d'à quel point il s'était exposé.

Et il ne voulait pas se battre. Pas avec la Confrérie. Pas avec son Élue dans cet état. Pas… ici.

Fermant les yeux, il regretta de ne pouvoir revenir à cette nuit où Zypher l'avait emmené dans la prairie et où Affhres, sous prétexte de le sauver, l'avait condamné à cette sorte de mort ambulante.

Un mâle lié qui n'était pas avec sa compagne.

Un mort parmi les vivants…

Sans prévenir, le portail s'écarta et son Élue apparut. Instantanément, l'instinct de Xcor lui hurla de passer à l'action, en dépit de toutes les raisons pour lesquelles il devait la laisser tranquille.

Prends-la ! Tout de suite !

Mais il ne le fit pas : l'expression lugubre de ceux qui la guidaient avec tant de soin le figea aussitôt. Ils avaient reçu de mauvaises nouvelles pendant leur séjour à l'intérieur.

Comme auparavant, elle fut presque portée jusqu'au véhicule.

Et même ainsi, l'odeur du sang planait dans l'air.

Son Élue fut réinstallée à l'arrière de la berline, avec la femelle à son côté. Puis Fhurie, fils d'Ahgonie, et le guerrier aux yeux vairons s'assirent à l'avant. Le véhicule fit lentement demi-tour, comme par égard pour son précieux chargement à l'arrière.

Xcor suivit leur piste, se dématérialisant rapidement au rythme de leur vitesse régulière, avec laquelle ils parcoururent d'abord la route rurale au bout de l'allée, puis l'autoroute. Quand la voiture approcha du pont suspendu, il la repéra de nouveau depuis la plus haute poutrelle, puis, une fois que sa femelle fut passée en dessous de lui, il sauta de toit en toit pendant que la berline contournait le centre-ville.

Il pista le véhicule vers le nord jusqu'à ce qu'il quitte l'autoroute et s'engage sur un terrain agricole.

Il demeura avec elle tout ce temps.

Et ce fut ainsi qu'il découvrit la résidence de la Confrérie.

Chapitre 37

Alors que Blay faisait machinalement tourner sa chevalière autour de son index, sa cigarette se consumait doucement dans son autre main, son postérieur s'engourdissait… et personne ne franchissait les portes du hall d'entrée.

Assis sur la dernière marche du grand escalier de la demeure, il savait qu'il n'allait pas tenir la promesse faite à sa mère et rentrer chez lui. Pas ce soir, du moins. Après le coup de folie de la nuit précédente, avec l'atterrissage d'urgence et le foin entre les résidents, Kolher avait ordonné à la Confrérie et aux guerriers de prendre vingt-quatre heures de repos. Donc techniquement, il aurait dû appeler ses parents et dire à sa mère de sortir la mozzarella et la sauce à la viande.

Mais il lui était impossible de quitter la maison. Pas après avoir entendu les cris dans la chambre de Layla, puis l'avoir vue portée jusqu'au bas de l'escalier.

Naturellement, Vhif se trouvait avec elle.

Mais pas John Matthew.

Donc l'affaire était assez sérieuse pour l'emporter sur le rôle d'*ahstrux nohtrum* de Vhif, et cela signifiait qu'elle faisait une fausse couche. Seule une chose aussi grave le justifierait.

Comme il restait le cul par terre, sans rien d'autre que l'inquiétude pour lui tenir compagnie, son esprit décida naturellement d'aggraver la situation : merde, avait-il vraiment couché avec Vhif la nuit précédente ?

Il tira sèchement une bouffée de sa cigarette et poussa un juron.

Était-ce vraiment arrivé ?

Seigneur, cette question résonnait dans son crâne depuis le moment où il s'était réveillé d'un rêve brûlant avec une érection qui semblait croire que le mâle dormait à son côté.

Se rejouant les scènes pour la centième fois, la seule chose à laquelle il put penser fut… en parlant d'un plan qui foire. Après avoir rejeté Vhif quand celui-ci s'était retrouvé à genoux, il était retourné dans sa chambre et avait fait les cent pas en débattant à contrecœur en lui-même au point de transformer son cerveau en *foie gras*[1].

Il avait pris la bonne décision en partant. Vraiment. La bonne décision.

Mais le problème était que cette impression n'avait pas duré. À mesure que les heures diurnes s'étaient écoulées, il n'avait pensé qu'au jour où il s'était fait prendre par son père à voler un paquet de cigarettes à l'un des *doggen* de la famille. C'était un jeune prétrans à l'époque et, en guise de punition, son père l'avait fait asseoir dehors et obligé à fumer chacune des cigarettes sans filtre. Il avait été horriblement malade, et il lui avait fallu un an ou deux avant d'être capable de supporter ne serait-ce que la fumée de tabac.

Il avait donc échafaudé un nouveau plan d'action sur ce modèle.

Il désirait ardemment Vhif depuis très longtemps, mais il n'y avait jamais songé que d'une façon hypothétique qui s'exprimait jusque-là sous la forme de fantasmes épisodiques, de manière qu'il puisse le supporter. Il n'avait jamais imaginé vivre cette expérience réellement, aussi soudainement et aussi rapidement, ni la surcharge sensorielle semblable à un boulet de démolition qu'il ressentirait alors, car il savait très bien que, dans la vraie vie, Vhif ne se retiendrait pas et ne serait pas accommodant. Le « plan » avait donc consisté à vivre l'expérience réellement et à apprendre qu'il ne s'agissait que

1. En français dans le texte original. (*NdT*)

de sexe brutal. Ou merde, à découvrir qu'il ne s'agissait même pas de bon sexe.

On n'était pas censé fumer toutes les cigarettes d'un paquet et en redemander.

Seigneur tout-puissant, cela avait été la première fois que la réalité avait dépassé la fiction, cela avait été absolument la meilleure expérience érotique de sa vie.

Mais après, la gentillesse dont avait fait montre Vhif avait été insupportable.

En fait, alors que Blay se rappelait cette tendresse, il se releva d'un bond et se mit à marcher autour du dessin du pommier sur le sol, comme s'il avait quelque part où aller.

À cet instant, des portes s'ouvrirent. Mais pas celles du hall.

Celles de la bibliothèque.

Comme il jetait un coup d'œil par-dessus son épaule, Saxton en sortit. Il avait une sale tête, et pas seulement parce que, si rapide à guérir soit-il, il avait toujours la mâchoire enflée suite à l'attaque de Vhif.

Bonne idée, songea Blay. Quelle façon d'exprimer son désaccord avec le comportement de quelqu'un : laissez-le donc vous baiser après qu'il a essayé d'étrangler votre ex.

Quelle classe.

— Comment vas-tu ? demanda Blay, et pas pour faire la conversation.

Ce fut un soulagement quand Saxton s'approcha, le regarda dans les yeux et lui fit un petit sourire comme s'il était déterminé à faire un effort.

— Je suis épuisé. J'ai faim. Je suis agité.

— Voudrais-tu manger avec moi ? lança brusquement Blay. Je me sens exactement comme toi, et la faim est la seule chose à laquelle je puisse remédier.

Saxton hocha la tête et enfonça les mains dans les poches de son pantalon.

— C'est une idée formidable.

Tous deux finirent dans la cuisine, assis côte à côte à la table en chêne éraflée. Avec un sourire joyeux, Fritz se mit immédiatement à leur préparer de quoi les sustenter et, ça alors ! dix minutes plus tard, le majordome leur servait à chacun une assiette creuse remplie de ragoût de bœuf fumant, ainsi qu'une baguette croustillante à partager, une bouteille de vin rouge et un morceau de beurre doux sur une coupelle.

— Je reviens tout de suite, messieurs, dit le majordome en s'inclinant.

Puis il se dépêcha de faire sortir tout le monde, depuis les *doggen* qui épluchaient des légumes jusqu'à ceux qui nettoyaient l'argenterie et les vitres dans l'alcôve.

Comme la porte battante se refermait derrière le dernier membre du personnel, Saxton dit :

— Tout ce dont nous avons besoin, c'est d'une bougie, et ce sera un rendez-vous galant. (Le mâle se pencha en avant et se mit à manger avec des manières parfaites.) Enfin, je suppose que nous aurions besoin de quelques autres petites choses, n'est-ce pas ?

Blay jeta un regard à l'endroit où il avait posé sa cigarette. Même avec des poches sous les yeux et un hématome en grande partie résorbé au cou, l'avocat valait le coup d'œil.

Pourquoi diable ne pouvait-il…

— Ne va pas me répéter que tu es désolé. (Saxton s'essuya la bouche et sourit.) Ce n'est vraiment pas nécessaire, ni approprié.

Assis à côté de lui, leur rupture lui paraissait tout aussi improbable que le fait qu'il avait couché avec Vhif. Est-ce que l'une de ces dernières nuits avait été réelle ?

Oui, bon. Ce qui s'était passé avec Vhif n'aurait pas eu lieu si lui et Sax étaient toujours ensemble. Sur ce point, il était très clair : c'était une chose de se palucher en secret, et c'était déjà bien assez mal. La totale ? Hors de question.

Merde, en dépit du fait que lui et Saxton avaient rompu, il avait toujours l'impression de devoir confesser cette transgression ;

mais si Vhif avait raison, Saxton était déjà passé à autre chose, ou plutôt à quelqu'un d'autre.

Pendant qu'ils mangeaient en silence, Blay secoua la tête, même si on ne lui avait pas posé de question et qu'il n'y avait pas de conversation en cours. Il ne savait tout simplement pas quoi faire d'autre. Quelquefois, les changements de votre vie survenaient si vite et avec tant de fureur qu'il était impossible de garder trace de la réalité. Il fallait du temps pour tout assimiler, le nouvel équilibre ne s'établissant qu'après une période où le cerveau se cognait contre les murs de votre tête.

Il en était toujours à cette étape-là.

— As-tu déjà eu l'impression que les heures étaient aussi longues que des années ? demanda Saxton.

— Ou peut-être des décennies. Oui. Tout à fait. (Blay lui jeta un autre regard.) J'étais en train de me dire exactement la même chose.

— Nous formons un couple vraiment morbide.

— On devrait porter du noir.

— En brassard ? suggéra Saxton.

— La totale, des pieds à la tête.

— Que devrai-je faire de mon goût pour la couleur ? (Saxton secoua sa pochette Hermès orange.) Mais bon, on peut tout accessoiriser.

— Cela explique certainement la mode des fausses dents en or.

— Des flamants roses en plastique.

— De la franchise Hello Kitty.

Tout d'un coup, ils éclatèrent de rire. Ce n'était même pas vraiment drôle, mais l'humour n'était pas la question. Il s'agissait de briser la glace. De retrouver une nouvelle normalité. D'apprendre à communiquer différemment.

Comme le rire se muait en gloussements, Blay passa un bras autour des épaules du mâle et l'étreignit brièvement. Et ce fut agréable quand Saxton s'abandonna un court instant, acceptant ce qu'on lui offrait. Non que Blay estime que, rien que parce qu'ils s'étaient assis côte à côte, avaient partagé un repas et un fou rire, tout allait s'arranger d'un coup. Pas du tout. Il était gênant de penser que Saxton avait couché avec quelqu'un d'autre et parfaitement incroyable de savoir qu'il avait fait la même chose, surtout en voyant de qui il s'agissait.

On ne passait pas du statut d'amants pendant près d'un an à celui de copains en un jour ou deux.

Néanmoins, on pouvait commencer à créer un nouveau chemin.

Et mettre un pied devant l'autre.

Saxton aurait toujours une place dans son cœur. La relation qu'ils avaient vécue ensemble avait été sa première, pas seulement avec un mâle, mais avec quelqu'un. Et ils avaient partagé beaucoup de bons moments, des choses qu'il garderait en lui comme des souvenirs dignes d'occuper une place dans sa mémoire.

— As-tu vu le jardin de derrière ? demanda Saxton en lui tendant le pain.

Blay en rompit un morceau avant de passer la coupelle de beurre pendant que Saxton en prenait lui-même un bout.

— Il est dans un sale état, non ?

— Rappelle-moi de ne jamais essayer de débroussailler avec un avion.

— Tu ne jardines pas.

— Eh bien, si jamais cela m'arrive, alors. (Saxton se versa un verre de vin.) Du vin ?

— S'il te plaît.

Et ce fut ainsi que les choses se passèrent. Tout du long, depuis le ragoût jusqu'à la tarte aux pêches qui apparut miraculeusement devant eux grâce au timing parfait de Fritz. Quand la dernière bouchée fut avalée et le dernier coup de serviette donné, Blay s'adossa aux coussins du banc encastré et prit une profonde inspiration.

Qui avait à voir avec tellement plus que son estomac plein.

— Bon, déclara Saxton en posant sa serviette à côté de son assiette à dessert. Je crois que je vais enfin prendre ce bain dont j'ai parlé il y a quelques nuits.

Blay ouvrit la bouche pour indiquer que les sels préférés du mâle se trouvaient toujours dans sa salle de bains. Il les avait vus dans le placard quand il avait sorti une bombe de mousse à raser de rechange à la tombée de la nuit.

Sauf que… il n'était pas certain de devoir le mentionner. Et si Saxton pensait qu'il lui proposait de venir prendre un bain dans sa chambre ? Ou serait-ce un rappel trop vif de la façon dont les choses avaient changé entre eux, et du pourquoi ? Et si…

— J'ai une huile de bain que je meurs d'envie d'essayer, ajouta Saxton en se glissant hors du banc. Elle est enfin arrivée de l'étranger avec le courrier du jour. Je l'attendais depuis des siècles.

— Ça a l'air génial.

— Je suis impatient.

Saxton rajusta sa veste sur ses épaules et tira sur ses manchettes de chemise, avant de lever la main pour le saluer, puis il sortit à grandes enjambées de la cuisine, sans que son visage exprime la moindre contrariété ou tension.

Ce qui aida beaucoup Vhif, en fait.

Pliant sa propre serviette, il la posa à côté de son assiette et, comme il sortait de table, il étira les bras au-dessus de sa tête et se cambra pour assouplir sa colonne vertébrale.

La tension revint en lui dès qu'il remit les pieds dans le vestibule.

Que diable arrivait-il à Layla ?

Mince, ce n'était pas comme s'il pouvait appeler Vhif. Cette histoire n'était pas la sienne, et il n'y était aucunement lié : quand il s'agissait de cette grossesse, il n'était pas différent des autres résidents de la maison qui avaient vu et entendu le spectacle et étaient, à n'en pas douter, tout aussi inquiets que lui, mais n'avaient aucun droit d'exiger des informations supplémentaires.

Dommage que ses tripes désormais pleines n'y croient pas. L'idée que Layla perde le bébé suffisait à lui faire sérieusement envisager de rejoindre les toilettes. Juste au cas où le fond de sa gorge lancerait un ordre d'évacuation.

Au bout du compte, il se retrouva à l'étage, dans le salon du premier, à faire les cent pas. Depuis sa position privilégiée, il n'aurait aucun problème à entendre la porte du hall s'ouvrir, sans donner pour autant l'impression qu'il attendait ouvertement…

Les doubles portes du bureau de Kolher s'ouvrirent soudain en grand, et John Matthew sortit du sanctuaire du roi.

Immédiatement, Blay traversa le salon, prêt à voir si le mâle avait appris quelque chose, mais il s'arrêta quand il aperçut l'expression de John.

Ce dernier était plongé dans ses pensées, comme s'il avait reçu une nouvelle perturbante qui le touchait personnellement.

Blay demeura en retrait alors que son pote partait dans la direction opposée, descendait le couloir aux statues, sans le moindre doute pour disparaître dans sa chambre.

Il semblait que des bouleversements se tramaient également dans la vie des autres.

Génial.

Jurant à voix basse, Blay laissa son ami tranquille et recommença à faire les cent pas et à attendre.

Loin au sud, dans la ville de West Point, Sola s'apprêtait à entrer au premier étage de la maison de Ricardo Benloise, en passant par la fenêtre au bout du couloir principal. Cela faisait des mois qu'elle n'était pas venue, mais elle pariait sur le fait que le contact dans l'équipe de sécurité qu'elle avait minutieusement manipulé était toujours son ami.

Deux qualités étaient indispensables pour s'introduire par effraction avec succès dans une maison, un immeuble, un hôtel ou un bâtiment : la planification et la vitesse.

Elle possédait les deux.

Suspendue au câble qu'elle avait jeté depuis le toit, elle fouilla dans la poche intérieure de sa parka, en sortit un appareil et le tendit vers le coin droit de la fenêtre à guillotine. Enclenchant le signal, elle attendit, en regardant fixement le petit point rouge qui luisait sur l'écran devant elle. Si pour une raison ou une autre, il ne changeait pas de couleur, elle devrait entrer par l'une des lucarnes qui donnaient sur le côté, ce qui allait être gonflant…

Le voyant passa au vert sans un bruit, et elle sourit, tout en sortant d'autres outils.

Prenant une ventouse, elle la posa au centre du panneau vitré juste sous le loquet, puis décrivit un petit cercle tout autour avec son cutter à verre. Une rapide poussée vers l'intérieur, et l'espace nécessaire pour laisser passer son bras fut créé.

Après avoir laissé le rond de verre tomber doucement sur le tapis d'Orient, elle glissa la main, défit l'attache en laiton qui maintenait la fenêtre fermée, et remonta le panneau inférieur.

De l'air chaud vint l'accueillir, comme si la maison était heureuse de la revoir.

Avant d'entrer, elle baissa la tête, pour jeter un coup d'œil à l'allée, puis se pencha pour apercevoir ce qu'elle pouvait du jardin de derrière.

Elle avait l'impression que quelqu'un l'épiait, pas tant quand elle conduisait en ville, mais depuis qu'elle avait garé sa voiture et chaussé ses skis. Mais il n'y avait personne alentour – non qu'elle ait été capable de voir quoi que ce soit, de toute façon – et alors qu'une conscience aux aguets était essentielle dans son travail, la paranoïa était une dangereuse perte de temps.

Elle devait donc arrêter avec ses conneries.

Revenant à ses moutons, elle leva les bras au-dessus de sa tête pour s'accrocher à la poulie du câble de ses mains gantées et fit passer ses jambes et ses fesses par la fenêtre. Au même moment, elle relâcha la tension du câble afin d'avoir assez de mou pour laisser son corps se glisser dans la maison. Elle atterrit sans un bruit, grâce non seulement au tapis qui recouvrait le couloir, mais aussi à ses chaussures à semelles souples.

Le silence était une autre obligation à respecter quand il s'agissait d'accomplir avec succès une mission.

Elle s'arrêta là où elle était pendant un bref instant. Il n'y avait aucun bruit dans la maison, mais cela ne voulait pas nécessairement dire grand-chose. Elle était presque certaine que l'alarme de Benloise était silencieuse, et savait très bien que le signal n'était pas relié à la police, qu'elle soit locale ou d'État : il aimait régler les problèmes en privé. Et Dieu savait qu'avec le genre de gros bras qu'il employait, il disposait de suffisamment de force d'intervention dans son entourage pour se dispenser de faire appel aux autorités légales.

Mais heureusement, elle était douée, et Benloise et ses crétins ne seraient pas là avant le lever du soleil, car il menait la vie d'un vampire, après tout.

Bizarrement, le mot en « V » lui fit penser à cet homme qui s'était pointé à côté de sa voiture puis avait disparu comme par magie.

C'était une histoire de dingue et la seule fois dans ses souvenirs récents que quelqu'un l'avait ainsi déstabilisée. En fait, après avoir été confrontée à lui de cette manière, elle envisageait vraiment de ne pas retourner à cette maison de verre au bord du fleuve, même s'il y avait une raison débile à cela. Ce n'était pas parce qu'elle craignait d'être physiquement blessée. Le ciel savait qu'elle était parfaitement compétente pour se défendre.

C'était à cause de l'irrésistible attraction que cet homme exerçait sur elle.

Bien plus dangereuse qu'un pistolet, un couteau ou un poing, selon elle.

D'une foulée agile, Sola traversa le couloir sur la pointe des pieds, en direction de la chambre du maître qui donnait sur le jardin de derrière. La maison avait exactement la même odeur que dans son souvenir, de bois ancien et d'encaustique, et elle était assez familière des lieux pour progresser sur le bord gauche du tapis, de façon à éviter que le parquet ne grince.

Quand elle atteignit la suite, la lourde porte en bois était fermée et elle prit son passe avant même d'essayer de tourner la poignée. Benloise se montrait pathologiquement maniaque sur deux sujets : la propreté et la sécurité. Mais son impression était que la seconde se manifestait plus fortement à la galerie dans le centre-ville de Caldwell qu'ici, chez lui. Après tout, Benloise ne gardait rien d'autre sous son toit que des œuvres d'art bien assurées, et lui-même dans la journée, quand il avait assez de gardes du corps et d'armes à feu avec lui.

En fait, c'était probablement la raison pour laquelle c'était un oiseau de nuit en ville. Cela signifiait que la galerie n'était jamais laissée sans surveillance : il était présent après la fermeture, et le personnel qui s'occupait de ses affaires légales travaillait là dans la journée.

En tant que cambrioleuse, elle était certaine de préférer entrer dans des endroits vides de leurs occupants.

Sur ce, elle manipula la serrure de la porte, l'ouvrit, et se glissa à l'intérieur. Quand elle prit une profonde inspiration, l'air était imprégné de la fumée du tabac et du parfum épicé de Benloise.

Bizarrement, ce mélange lui fit songer aux films en noir et blanc de Clark Gable.

Sans lumière et avec les rideaux tirés, il faisait noir comme dans un four, mais elle connaissait parfaitement la disposition des lieux pour avoir pris des photos de la pièce quand elle était venue à cette soirée, et Benloise n'était pas le genre d'homme à changer souvent les meubles de place. Mince, chaque fois qu'on installait une nouvelle exposition dans la galerie, elle pouvait pratiquement le sentir se tortiller d'angoisse intérieurement.

La peur du changement était une faiblesse, comme le répétait sa grand-mère.

Mais cela lui facilitait les choses.

Elle avança lentement de dix pas jusqu'au milieu de la pièce. Le lit devait être sur la gauche, le long du mur, de même que la porte en arcade donnant sur la salle de bains et les portes du dressing. Devant elle, de longues fenêtres donnaient sur les jardins. Sur la droite devaient se trouver une commode, un bureau, quelques sièges, et la cheminée dont on ne se servait jamais parce que Benloise détestait l'odeur du feu de bois.

Le panneau de l'alarme de sécurité était situé entre la porte de la salle de bains et la tête de lit sculptée, à côté d'une lampe qui s'élevait à environ un mètre au-dessus de la table de nuit.

Sola pivota sur elle-même. Avança de quatre pas. Tâtonna pour trouver le pied du lit et le trouva.

Elle fit un pas de côté, puis avança encore de trois pas et longea le matelas *king size*. Enfin, elle effectua un nouveau pas de côté pour éviter la table et la lampe.

Sola tendit la main gauche…

Et le panneau de sécurité était là, juste où il devait être.

Ouvrant le battant, elle se servit d'une lampe de poche qu'elle coinça entre ses dents pour éclairer les circuits. Tirant un autre appareil de son sac à dos, elle connecta des câbles à d'autres, intercepta les signaux et, à l'aide d'un ordinateur portable miniature et d'un programme développé par l'un de ses amis, créa une boucle au sein du système d'alarme si bien que, tant que cette dérivation serait en place, les détecteurs de mouvements qu'elle croiserait ne s'activeraient pas.

Pour la carte mère, rien ne clocherait.

Laissant l'ordinateur suspendu à ses connexions, elle sortit de la pièce, retraversa le couloir et descendit l'escalier jusqu'au rez-de-chaussée.

L'endroit était décoré à la perfection, perpétuellement prêt pour le reportage photo d'un magazine de déco, même si, bien entendu, Benloise protégeait trop soigneusement son intimité pour exposer l'intérieur de sa maison à la curiosité du public. D'un pas souple, elle traversa le salon de réception principal, le petit salon sur sa gauche, et entra dans le bureau.

Évoluant dans une demi-pénombre, elle aurait largement préféré ôter sa parka de camouflage blanche et son pantalon de ski, car travailler dans sa combinaison noire était un cliché qui n'en était pas moins pratique. Mais elle n'en avait pas le temps et craignait plus d'être repérée dehors dans le paysage enneigé qu'ici dans cette maison vide.

L'espace de travail personnel de Benloise était, comme tout le reste sous son toit, plus une mise en scène que quelque chose de fonctionnel. En réalité, il ne se servait pas du grand bureau, ni ne s'asseyait sur le minitrône, ni ne lisait aucun des livres reliés de cuir sur les étagères.

Néanmoins, il traversait cet espace. Une fois par jour.

Dans un moment de franchise, il lui avait une fois appris que, avant de partir chaque nuit, il parcourait sa maison pour en contempler tous les trésors, afin de se remémorer la beauté de ses collections et de son foyer.

En se basant sur cet élément, et quelques autres choses, Sola avait depuis longtemps déduit que l'homme avait grandi dans la pauvreté. Tout d'abord, quand il lui parlait en espagnol ou en portugais, son accent laissait échapper de façon subtile des prononciations populaires. D'autre part, les gens habitués à la richesse depuis leur naissance n'appréciaient pas leurs possessions autant que lui.

Rien n'était rare pour ces riches-là, parce qu'ils tenaient les choses pour acquises.

Le coffre-fort était dissimulé derrière le bureau, dans un pan de la bibliothèque qui s'ouvrait au moyen d'un interrupteur situé sous le tiroir du bas à droite.

Elle l'avait découvert grâce à une petite caméra qu'elle avait placée dans le coin le plus reculé de la pièce, au cours de cette soirée.

Après qu'elle eut déclenché l'ouverture, un pan d'étagères s'avança légèrement avant de glisser sur le côté. Et il était là : un coffre carré en acier, dont elle reconnut la marque et le modèle.

Mais bon, quand on avait ouvert par effraction plus d'une centaine de ces trucs, on finissait par connaître tous les modèles des différents fabricants intimement. Et elle approuva le choix de Benloise. Si elle devait un jour acheter un coffre-fort, elle prendrait celui-ci – et oui, il l'avait rivé au sol.

Le chalumeau qu'elle sortit de son sac à dos était petit, mais puissant et, quand elle l'alluma, la flamme jaillit avec un sifflement continu et une belle lueur bleu et blanc.

Cela allait prendre du temps.

La fumée s'élevant du métal fondu lui irritait les yeux, le nez et la gorge, mais sa main demeurait ferme, tandis qu'elle découpait un rectangle d'environ trente centimètres de haut et soixante centimètres de large sur le panneau de la porte. Elle était capable de faire exploser la porte de certains coffres, mais la seule façon de faire avec celui-ci était à l'ancienne.

Cela prit une éternité.

Mais elle en vint à bout.

Après avoir détaché le lourd morceau de porte et l'avoir posé sur le côté, elle coinça de nouveau sa lampe entre ses dents et se pencha sur l'ouverture. Sur les étagères intérieures, il y avait des bijoux, des bons du Trésor et quelques montres en or qu'il avait laissées là pour qu'elles soient faciles à atteindre. Il y avait également un pistolet dont elle était prête à parier qu'il était chargé. Mais pas d'argent.

Mais bon, avec Benloise, il y avait tellement de liquide partout qu'il paraissait logique qu'il ne prenne pas la peine de le conserver en lieu sûr.

Bon sang. Rien là-dedans ne valait plus de 5 000 dollars.

Après tout, avec cette mission, elle ne faisait que chercher ce qu'elle avait justement gagné.

Avec un juron, elle s'accroupit. En fait, il n'y avait rien dans ce coffre qui vaille les 25 000 dollars qu'on lui devait.

Une minute passa.

Puis une autre.

Au diable tout cela, songea-t-elle, tandis qu'elle repoussait davantage le morceau découpé sur le côté du coffre et remettait le pan de bibliothèque en place. Puis elle se redressa et inspecta la pièce avec la lampe torche. Les livres étaient tous d'anciennes éditions de luxe très rares. Les œuvres d'art sur les tables et les murs étaient non seulement de très grande valeur, mais également difficiles à échanger contre des espèces sonnantes et trébuchantes sans basculer dans l'illégalité, et en négociant avec des gens qui étaient intimement liés à Benloise de surcroît.

Mais elle ne partirait pas sans son argent, bon sang de…

Brusquement, elle sourit, car la solution venait de lui apparaître.

Pendant de nombreux siècles, le commerce avait existé et s'était développé grâce au système du troc. Ce qui voulait dire qu'un individu échangeait des biens ou des services contre quelque chose d'une valeur équivalente.

De toutes les missions qu'elle avait effectuées, jamais auparavant elle n'avait envisagé de calculer à combien s'élevait le coût de son passage pour ses cibles : de nouveaux coffres-forts, de nouveaux systèmes de sécurité, de nouvelles mesures de protection. Elle pouvait parier que c'étaient là des choses chères, même si cela coûtait moins que ce qu'elle emportait généralement. Et elle était entrée ici en tenant pour acquis que ces coûts seraient supportés par Benloise : une sorte de dédommagement moral pour la somme dont il l'avait spoliée.

Mais à présent, ils allaient devenir l'objet même de sa visite ici.

Retournant vers l'escalier, elle examina les options à sa disposition, et au bout du compte, s'approcha de la sculpture d'une petite ballerine de Degas qui avait été disposée à côté d'une alcôve. La représentation en bronze de la jeune fille était le genre de chose que sa grand-mère aurait adoré, et ce fut peut-être pour cette raison que, parmi toutes les œuvres d'art de la maison, elle choisit celle-ci.

Le petit spot inséré dans le plafond au-dessus de la statue était éteint, mais le chef-d'œuvre luisait tout de même. Sola apprécia tout particulièrement le rendu du tutu : l'explosion délicate et néanmoins raide du tulle était faite d'un entrelacs de métal qui reproduisait très bien la souplesse du tissu.

Sola s'accroupit à la base de la statue et la fit pivoter sur elle-même d'à peine cinq centimètres.

Puis elle remonta les marches en courant, débrancha sa dérivation et son ordinateur portable du panneau d'alarme dans la chambre principale, referma le verrou de la porte et ressortit par la fenêtre dans laquelle elle avait découpé un trou.

Elle était de retour sur ses skis et glissait dans la neige moins de quatre minutes plus tard.

En dépit du fait qu'elle n'avait rien dans les poches, elle souriait en quittant la propriété.

Chapitre 38

Quand la Mercedes s'arrêta enfin devant l'entrée principale de la demeure de la Confrérie, Vhif sortit le premier et se précipita sur la portière de Layla. Comme il lui ouvrait, elle leva les yeux pour croiser son regard.

Il savait qu'il n'oublierait jamais l'expression de son visage. Sa peau était blanche comme du papier et paraissait tout aussi fine, tandis que sa chair semblait se tendre sur sa magnifique structure osseuse. Ses yeux étaient profondément enfoncés dans leurs orbites et ses lèvres pincées.

À cet instant précis, il eut une idée de ce à quoi elle ressemblerait quand elle mourrait, peu importe dans combien de décennies ou de siècles cela aurait lieu.

— Je vais te porter, dit-il en se penchant et en la prenant dans ses bras.

Le fait qu'elle ne proteste pas lui apprit à quel point il lui restait peu d'énergie vitale.

Alors que Fritz ouvrait les portes du hall, comme si le majordome avait guetté leur retour, Vhif regretta tout cela : le rêve qu'il avait brièvement caressé lors des chaleurs de Layla. L'espoir qu'il avait gâché. La douleur physique qu'elle endurait. L'angoisse émotionnelle qu'ils subissaient.

« C'est toi qui lui as fait ça. »

À ce moment-là, quand il l'avait servie, il s'était uniquement focalisé sur le résultat positif dont il avait été si certain.

Mais maintenant qu'il avait les rangers solidement plantés dans la terre nauséabonde de la réalité, il estimait que cela n'en valait pas la peine. Même la chance d'avoir un bébé en bonne santé n'en valait pas la peine.

Le pire était de la regarder souffrir.

En la ramenant dans la maison, il pria pour que peu de monde assiste à leur retour. Il voulait lui épargner quelque chose, n'importe quoi, même le simple fait d'être exhibée devant une assemblée de visages tristes et inquiets.

Personne en vue.

Vhif monta les marches deux par deux et, en arrivant au premier étage, la vue des doubles portes grandes ouvertes du bureau de Kolher lui fit pousser un juron.

Mais bon, le roi était aveugle.

Comme George laissait échapper un halètement de bienvenue, Vhif se contenta de dépasser la pièce en trombe, et se précipita vers la chambre de Layla. Ouvrant la porte d'un coup de pied, il découvrit que les *doggen* étaient venus nettoyer, le lit était fait, les draps certainement changés, et un bouquet de fleurs fraîches était posé sur la commode.

On aurait dit qu'il n'était pas le seul à vouloir aider la femelle autant que possible.

— Veux-tu te changer ? lui demanda-t-il en refermant la porte.

— Je veux prendre une douche…

— On va t'en faire couler une.

— … sauf que j'ai trop peur. Je ne… veux pas voir ça, si tu comprends ce que je veux dire.

Il l'allongea sur le lit, avant de s'asseoir à côté d'elle. Posant une main sur sa jambe, il lui frotta le genou de son pouce, doucement.

— Je suis vraiment désolée, dit-elle d'une voix enrouée.

— Putain… non, ne fais pas ça. Tu ne dois pas penser cela ni le dire, d'accord ? Ce n'est pas ta faute.

— Mais alors de qui d'autre est-ce la faute ?

— Là n'est pas la question.

Merde, il n'arrivait pas à croire que cette histoire de fausse couche allait durer encore environ une semaine. Comment était-ce possible… ?

La grimace qui crispa le visage de Layla lui apprit qu'une nouvelle crampe la faisait souffrir. Il jeta un coup d'œil derrière lui et s'attendit à trouver Doc Jane, mais découvrit qu'ils étaient seuls.

Ce qui lui apprit, plus que toute autre chose, qu'il n'y avait rien à faire.

Vhif baissa la tête et lui prit la main.

Cela avait commencé avec eux.

Cela se terminait avec eux.

— Je crois que j'aimerais dormir, dit Layla en lui pressant la paume. Tu as l'air d'en avoir besoin, toi aussi.

Il jeta un regard à la chaise longue de l'autre côté de la pièce.

— Tu n'es pas obligé de rester avec moi, murmura Layla.

— À quel autre endroit imagines-tu que je puisse aller ?

Une brève image de Blay lui tendant les bras traversa son esprit. Mais ce n'était qu'un fantasme.

« Ne me touche pas de cette manière. »

Vhif se secoua pour écarter ces pensées de sa tête.

— Je vais dormir là.

— Tu ne peux pas rester ici sept nuits d'affilée.

— Je te le répète. À quel autre endroit puis-je…

— Vhif. (Sa voix devint stridente.) Tu as ton travail. Et tu as entendu Havers. Cela prendra le temps qu'il faudra, et durera probablement un moment. Je ne cours pas le risque de faire une hémorragie et, franchement, j'ai l'impression de devoir être forte devant toi, et je n'en ai pas l'énergie. Viens me voir, oui, je t'en prie. Mais je vais devenir dingue si tu campes ici jusqu'à ce que j'en aie fini avec tout cela.

Le désespoir silencieux.

C'était tout ce que Vhif avait, alors qu'il était assis au bord de ce lit, à tenir la main de Layla.

Il se leva pour partir. Elle avait raison, bien entendu. Elle devait se reposer autant que possible et, vraiment, hormis la dévisager et lui donner l'impression qu'elle était anormale, il ne pouvait rien faire d'autre.

— Je ne serai jamais très loin.

— Je le sais. (Elle porta son poing à ses lèvres et il eut un choc en découvrant à quel point elles étaient glacées.) Tu as fait… plus que ce que j'aurais pu demander.

— Non. Je n'ai rien…

— Tu as fait ce qui était bon et juste. Toujours.

C'était une question d'opinion.

— Écoute, j'ai mon portable avec moi. Je serai de retour dans quelques heures juste pour voir comment tu vas. Si tu dors, je ne te dérangerai pas.

— Merci.

Vhif hocha la tête et marcha à reculons jusqu'à la porte. Il avait entendu dire une fois qu'on ne devait pas tourner le dos à une Élue, et il se dit qu'un peu de protocole ne ferait pas de mal.

Après avoir refermé la porte derrière lui, il s'y adossa. La seule personne qu'il avait envie de voir était le seul mec dans la maison qui ne portait pas le moindre intérêt à…

— Que se passe-t-il ?

La voix de Blay fut un tel choc qu'il crut l'avoir imaginée. Sauf qu'alors le mâle en personne apparut sur le seuil du salon du premier étage. Comme s'il avait attendu ici toute la soirée.

Vhif se frotta les yeux puis s'avança vers lui, comme si son corps cherchait instinctivement la chose exacte qu'il avait voulu obtenir.

— Elle est en train de le perdre, s'entendit-il répondre d'une voix creuse.

Blay murmura quelque chose en retour, mais il ne l'entendit pas.

C'était bizarre, la fausse couche ne lui avait pas semblé réelle jusqu'à maintenant. Pas avant d'en avoir parlé à Blay.

— Pardon ? demanda-t-il, conscient que le mâle paraissait attendre une réponse.

— Y a-t-il quelque chose que je puisse faire ?

C'était tellement étrange. Vhif avait toujours eu l'impression d'être sorti du ventre de sa mère déjà adulte. Mais bon, il n'y avait pas eu de gazouillis pour lui, pas de « mon petit garçon chéri », pas de câlin quand il se faisait mal, pas de cajoleries quand il avait peur. Par conséquent, que ce soit son caractère ou la façon dont on l'avait élevé, il n'avait jamais régressé. Il n'y avait pas de retour en arrière possible.

Pourtant, ce fut avec la voix d'un enfant qu'il demanda :

— Peux-tu faire cesser cela ?

Comme si Blay seul avait le pouvoir de réaliser un miracle.

Et alors… c'est ce que fit le mâle.

Blay ouvrit grand les bras, offrant à Vhif le seul refuge qu'il ait jamais connu.

— Peux-tu faire cesser cela ?

Le corps de Blay se mit à trembler quand Vhif prononça ces mots : après toutes ces années, il avait vu le mâle dans beaucoup d'états et beaucoup de circonstances. Mais jamais ainsi. Jamais aussi totalement et profondément détruit.

Jamais comme un enfant, perdu.

En dépit de son besoin de rester véritablement à distance de toute émotion, ses bras s'ouvrirent d'eux-mêmes.

Comme Vhif se blottissait contre lui, le corps du guerrier lui parut plus petit et plus frêle qu'il ne l'était en réalité. Et les bras qui se refermèrent autour de la taille de Blay reposaient simplement contre lui, comme si leurs muscles n'avaient plus aucune force.

Blay les soutint tous deux.

Et il s'attendait à ce que Vhif s'écarte rapidement. D'ordinaire, celui-ci était incapable de supporter le moindre lien intense, autre qu'une relation sexuelle, pendant plus d'une seconde et demie.

Mais Vhif ne recula pas. Il semblait prêt à rester sur le seuil du salon pour l'éternité.

— Viens ici, dit Blay en attirant le mâle à l'intérieur et en refermant la porte. Sur le canapé.

Vhif le suivit, en traînant des pieds au lieu de marcher.

Quand ils atteignirent le canapé, ils s'assirent face à face, leurs genoux se touchant. Comme Blay examinait le visage du mâle, sa profonde tristesse l'émut si profondément qu'il ne put s'empêcher de tendre la main pour caresser cette chevelure noire…

Brusquement, Vhif se pelotonna contre lui, effondré, le corps plié en deux et littéralement étalé dans le giron de Blay.

Une part de Blay reconnut qu'il se trouvait en terrain miné. Le sexe était une chose déjà assez difficile à supporter, merci bien. Mais ce moment de calme était potentiellement dévastateur.

Ce qui était précisément la raison pour laquelle il s'était barré de cette chambre la veille.

Néanmoins, la différence ce soir était qu'il contrôlait la situation. C'était Vhif qui cherchait du réconfort, et Blay pouvait le lui retirer ou le lui procurer en fonction de ses sentiments : avoir quelqu'un qui compte sur vous était totalement différent de recevoir ou d'avoir besoin.

Blay excellait dans le rôle de celui sur qui on pouvait compter. Cela lui procurait une sorte de sécurité, une certitude, la sensation de contrôler les événements. Ce n'était pas la même chose que plonger dans les abysses. Et merde, si quelqu'un savait cela, c'était bien lui. Dieu savait qu'il y avait passé des années.

— Je ferais n'importe quoi pour changer cela, dit-il tout en caressant le dos de Vhif. Je déteste que tu doives traverser…

Oh, les mots étaient tellement inutiles.

Ils restèrent ainsi pendant une éternité, le silence de la pièce formant une sorte de cocon. À intervalles réguliers, l'horloge ancienne sur le manteau de la cheminée carillonnait puis, au bout d'un long moment, les volets commencèrent à descendre sur les fenêtres.

— J'aimerais pouvoir faire quelque chose, dit Blay tandis que les panneaux en acier se verrouillaient avec un claquement métallique.

— Tu dois probablement y aller.

Blay ne répondit rien. Il n'avait pas envie de partager la vérité : des chevaux sauvages, des pistolets chargés, des pieds-de-biche, des lances d'incendie, une horde d'éléphants… même un ordre du roi en personne n'aurait pu l'arracher d'ici.

Et cela mit une part de lui-même en colère. Non contre Vhif, mais contre son propre cœur. Le problème était qu'on ne pouvait pas discuter avec sa nature profonde, et il venait de l'apprendre, que ce soit lors de sa rupture avec Saxton, lors de la révélation de son homosexualité à sa mère, ou à cet instant précis.

Vhif poussa un grognement en se redressant, puis se frotta le visage. Quand il baissa les mains, ses joues étaient rouges, ainsi que ses yeux, mais pas parce qu'il pleurait.

Sans le moindre doute, sa réserve de larmes des dix dernières années avait été épuisée la nuit précédente, quand il avait pleuré de soulagement à l'idée d'avoir sauvé la vie d'un père de famille.

Savait-il alors que Layla n'allait pas bien ?

— Tu sais ce qui est le plus difficile ? demanda Vhif, qui semblait avoir retrouvé un peu de contenance.

— Quoi ?

Dieu savait qu'il y avait beaucoup de réponses possibles.

— J'avais vu l'enfant.

Les petits cheveux sur la nuque de Blay se hérissèrent.

— De quoi parles-tu ?

— La nuit où la garde d'honneur est venue me tabasser, et où j'ai failli mourir, tu te souviens ?

Blay toussota car pour lui, ce souvenir était aussi clair et net que si la scène s'était déroulée une heure plus tôt. Et pourtant, la voix de Vhif était égale et calme, comme s'il faisait référence à une nuit en boîte ou à quelque chose du même genre.

— Euh, oui. Je me souviens.

Je t'ai fait du bouche-à-bouche au bord de cette satanée route, pensa-t-il.

— Je suis monté dans l'Estompe… (Vhif fronça les sourcils.) Tu vas bien ?

Oh, bien sûr, à merveille.

— Désolé. Continue.

— Je suis monté là-haut. Je veux dire, c'était comme… ce qu'on entend à ce sujet. Le blanc. (Vhif se frotta de nouveau le visage.) Si blanc. Partout. Il y avait une porte et je m'en suis approché… Je savais que si je tournais la poignée, je la franchirais et ne ressortirais jamais. J'ai tendu la main… et c'est alors que je l'ai vue. Sur le seuil.

— Layla ? l'interrompit Blay, qui avait l'impression qu'on venait de le poignarder en pleine poitrine.

— Ma fille.

Blay cessa de respirer.

— Ta…

Vhif le regarda.

— Elle était… blonde. Comme Layla. Mais ses yeux… (il toucha ses tempes, à côté de ses prunelles) étaient comme les miens. J'ai cessé de tendre la main quand je l'ai vue… puis d'un seul coup, j'étais de retour par terre sur le bas-côté de la route. Après cela, je n'ai aucune idée de ce qui s'est passé. Mais alors, bien plus tard, quand Layla a eu ses chaleurs et est venue me voir, tout s'est mis en place dans ma tête. J'étais… c'était censé arriver. On aurait dit le destin, tu sais. Je n'aurais jamais couché avec elle, autrement. Je l'ai fait uniquement parce que je savais que nous aurions une petite fille.

— Seigneur.

— Mais je me suis trompé. (Il se frotta le visage pour la troisième fois.) Je me suis complètement trompé, putain…

et j'aimerais vraiment ne pas avoir suivi cette voie. C'est le plus grand regret de ma vie… non, le deuxième, en fait.

Blay ne put s'empêcher de se demander ce qui pouvait bien être pire que l'état dans lequel le mâle se trouvait.

Que puis-je faire ? songea-t-il.

Les yeux de Vhif scrutèrent son visage.

— Tu veux vraiment que je réponde à cette question ?

Apparemment, il avait parlé à voix haute.

— Oui.

Vhif tendit la main et la posa sur la mâchoire de Blay.

— Tu en es certain ?

L'atmosphère changea immédiatement. La tragédie était toujours bien présente, mais cette puissante attirance sexuelle entre eux se réveilla en un clin d'œil.

Le regard de Vhif se fit brûlant et ses paupières se fermèrent à moitié.

— J'ai besoin… d'un soutien, là tout de suite. J'ignore comment l'expliquer autrement.

Le corps de Blay réagit instantanément : son sang se mit à bouillir et son pénis se gorgea de sang et s'allongea.

— Laisse-moi t'embrasser, gronda Vhif en se penchant vers lui. Je sais que je ne le mérite pas, mais je t'en prie… voilà ce que tu peux faire pour moi. Laisse-moi te sentir…

La bouche de Vhif effleura la sienne. Revint. S'attarda.

— Je te supplierai. (Suivirent d'autres caresses de ces lèvres aux effets dévastateurs.) Si c'est nécessaire. Je m'en fous, je te supplierai…

Bizarrement, ce ne serait pas nécessaire.

Blay le laissa lui incliner la tête pour avoir plus de marge de manœuvre et la main de Vhif se fit à la fois douce et impérieuse sur son visage. Puis le bouche-à-bouche fut de retour, lent, entêtant, inexorable.

— Laisse-moi te prendre, Blay…

Chapitre 39

Ahssaut revint chez lui environ une demi-heure avant l'aube. Après avoir garé sa Range Rover, il dut attendre que la porte du garage se soit rabattue pour sortir.

Il s'était toujours considéré comme un intellectuel, et pas dans le sens que la *glymera* donnait à ce mot, et qui désignait quelqu'un qui restait assis, gonflé de sa propre importance, à pontifier sur la littérature, la philosophie ou des questions spirituelles. Quant à lui, c'était plutôt dans le sens où il y avait peu de choses dans la vie sur lesquelles il n'appliquait pas de raisonnement pour les comprendre entièrement.

Que diable était venue faire cette femme chez Benloise ?

Visiblement, c'était une professionnelle, possédant à la fois le bon équipement et le savoir-faire nécessaire, rompue aux méthodes d'effraction. Il soupçonnait également que soit elle avait obtenu les plans de la maison, soit elle y était déjà venue. Elle s'était montrée si efficace et si déterminée. Et il était qualifié pour en juger : il l'avait suivie tout le temps où elle s'était trouvée à l'intérieur, après s'être dématérialisé à travers la fenêtre qu'elle avait ouverte.

Il avait pris soin de rester caché dans l'ombre et l'avait pistée par-derrière.

Mais il y avait une chose qu'il ne comprenait pas : quel genre de voleur prenait la peine d'entrer par effraction dans une maison sécurisée, de trouver un coffre-fort, de l'ouvrir au chalumeau et d'y découvrir quantité de richesses transportables, pour finir par ne rien emporter ? Parce qu'il avait très bien vu ce à quoi elle avait eu accès ; dès qu'elle avait eu quitté le bureau, il était resté en arrière, avait déclenché le mécanisme de la bibliothèque comme elle l'avait fait et s'était servi de sa propre lampe de poche pour jeter un coup d'œil dans le coffre.

Simplement pour découvrir ce qu'elle y avait laissé, si tant est qu'elle ait pris quelque chose.

Quand il était ressorti de la pièce, en évitant les zones de clarté, il l'avait observée se tenir un moment dans le hall d'entrée, les mains sur les hanches en hochant lentement la tête comme si elle évaluait ses options.

Puis elle s'était dirigée vers ce qui devait être un Degas et avait fait pivoter la statue de deux ou trois centimètres sur la gauche.

Cela n'avait aucun sens.

Bon, il était possible qu'elle ait forcé le coffre-fort à la recherche d'un objet spécifique qui n'y était pas. Une bague, une babiole, un collier. Une puce d'ordinateur, une carte mémoire, un document tel que des dernières volontés, un testament ou une police d'assurance. Mais le temps passé dans le hall ne cadrait pas du tout avec la rapidité dont elle avait fait preuve jusque-là ; et ensuite elle avait déplacé la statue ?

La seule explication était que cette « visite » n'avait pour seul objectif que la violation délibérée de la propriété de Benloise.

Mais le problème était que, en matière de vengeance contre des objets inanimés, il était difficile de trouver beaucoup de sens à son acte final. Si encore elle avait renversé la statue, ou l'avait emportée, ou tagué des obscénités dessus, ou l'avait démolie à coups de pied-de-biche. Mais ce minuscule déplacement à peine perceptible ?

La seule conclusion qu'il pouvait en tirer était qu'il s'agissait d'une sorte de message. Et il n'aimait pas du tout cela.

Cela suggérait qu'elle connaissait peut-être personnellement Benloise.

Ahssaut ouvrit la portière conducteur…

— Oh Seigneur, siffla-t-il avec un mouvement de recul.

— Nous nous demandions combien de temps tu comptais rester là-dedans.

Comme la voix sèche lui parvenait, Ahssaut sortit et examina l'intérieur de son garage, qui pouvait abriter cinq voitures, d'un air de dégoût. La puanteur se situait entre celle de la charogne, de la mayonnaise gâtée et du parfum bon marché éventé.

— Est-ce bien ce à quoi je pense ? demanda-t-il aux cousins, qui se tenaient sur le seuil de la porte du débarras.

Grâces soient rendues à la Vierge scribe, ils s'avancèrent après avoir refermé l'accès à la maison, sinon, cette odeur atroce se serait infiltrée à l'intérieur.

— Ce sont tes dealers. Ou du moins ce qu'il en reste.

Qu'est-ce que c'était que cette histoire ?

Les grandes enjambées d'Ahssaut le menèrent dans la direction indiquée par Ehric, dans le coin le plus éloigné du garage, où on avait jeté en vrac de grands sacs-poubelle en plastique vert foncé. S'accroupissant, il défit le lien jaune de l'un d'entre eux, l'ouvrit d'un coup sec et…

Croisa le regard vide d'un humain qu'il reconnut.

La tête toujours animée avait été proprement séparée de la colonne vertébrale, environ dix centimètres sous la mâchoire, et s'était orientée pour jeter un coup d'œil hors de son cercueil mou. Les cheveux noirs et la peau rougeâtre étaient constellés de sang noir et luisant, et si l'odeur avait été épouvantable à côté de la voiture, de près, elle lui fit monter les larmes aux yeux et sa gorge se serra en signe de protestation.

Non qu'il se soucie de ce désagrément.

Il ouvrit les deux autres sacs et, à travers le plastique, fit rouler les autres têtes dans la même position.

Puis il se rassit et les dévisagea toutes les trois, observant ces bouches vainement ouvertes pour aspirer de l'air.

— Racontez-moi ce qui s'est passé, dit-il d'un air mécontent.

— Nous sommes arrivés sur le lieu de rendez-vous convenu à l'avance.

— Le terrain de skate, le parc au bord du fleuve ou sous le pont ?

— Le pont. Nous sommes arrivés… (Ehric désigna son jumeau qui se tenait, silencieux et attentif, à côté de lui) à l'heure avec la marchandise. Environ cinq minutes plus tard, ces trois-là se sont pointés.

— C'étaient des éradiqueurs.

— Ils avaient l'argent. Ils étaient prêts à faire la transaction.

Ahssaut tourna brusquement la tête.

— Ils ne sont pas venus pour vous attaquer ?

— Non, mais nous ne nous en sommes pas rendu compte avant qu'il soit trop tard. (Ehric haussa les épaules.) C'étaient des tueurs surgis de nulle part. Nous ignorions combien d'entre eux étaient là, et nous n'avons voulu prendre aucun risque. Ce n'est qu'une fois que nous avons fouillé les cadavres et découvert le montant convenu en argent liquide que nous avons compris qu'ils étaient simplement venus pour conclure le deal.

Des éradiqueurs sur le marché ? Voilà qui était nouveau.

— Est-ce que vous avez poignardé les corps ?

— Nous avons emporté les têtes et caché le reste. L'argent était dans un sac à dos que portait celui de gauche et, naturellement, nous l'avons rapporté lui aussi.

— Les téléphones ?

— On les a.

Ahssaut fit mine de sortir un cigare, mais ne voulut pas en gâcher le goût. Refermant les sacs, il s'éloigna du carnage.

— Tu es certain qu'ils n'étaient pas agressifs ?

— Ils étaient mal équipés pour se défendre.

— Qu'ils aient été mal armés ne veut pas dire qu'ils n'étaient pas là pour vous tuer.

— Pourquoi apporter l'argent, alors ?

— Ils pouvaient très bien dealer ailleurs.

— Comme je te l'ai dit, c'était pile le bon montant, et pas un centime de plus.

Soudain, Ahssaut leur fit signe de rentrer dans la maison et, oh, quel soulagement quand ils respirèrent de nouveau de l'air pur. Alors que les stores descendaient lentement sur les panneaux de verre pour bloquer l'arrivée de l'aube, il se dirigea vers le bar à vin, en sortit un magnum de Bouchard père et fils, Montrachet, 2006, et le déboucha.

— Ça vous dit de vous joindre à moi ?

— Mais bien entendu.

À la table ronde de la cuisine, il s'assit avec trois verres et la bouteille et partagea le chardonnay avec ses deux associés en versant le vin.

Mais il n'offrit pas un de ses cigares cubains à ses cousins. Ils avaient trop de valeur.

Heureusement, des cigarettes firent leur apparition, puis les deux frères s'assirent à leur tour. Tous trois fumèrent et avalèrent des gorgées de bonheur dans son fin cristal Baccarat.

— Ces tueurs ne vous ont donc pas attaqués, murmura-t-il, en penchant la tête en arrière pour souffler de la fumée bleue qui s'éleva en volutes au-dessus de lui.

— Et ils avaient sur eux le montant exact.

Au bout d'un long moment, il reporta son regard sur eux.

— Est-il possible que la Société des éradiqueurs cherche à s'introduire dans mes affaires ?

Xcor était assis par terre à côté d'une bougie allumée, seul.

L'entrepôt était silencieux : ses soldats n'étaient pas encore rentrés et ni humain, ni Ombre, ni quoi que ce soit ne marchait au-dessus de lui. L'air était froid ; de même que le béton sous lui. L'obscurité régnait partout, sauf dans l'étroite flaque de lumière dorée au bord de laquelle il était assis.

Une pensée au fond de son esprit l'informa qu'on se rapprochait dangereusement de l'aube. Il y avait autre chose, également, quelque chose dont il aurait dû se souvenir.

Mais il n'y avait aucune chance que quoi que ce soit sorte du brouillard intérieur dans lequel il était plongé.

Les yeux fixés sur la flamme devant lui, il se rejouait la nuit écoulée, inlassablement.

Dire qu'il avait localisé la demeure de la Confrérie était peut-être exagéré, sans être totalement faux. Il avait suivi cette Mercedes dans la campagne kilomètre après kilomètre, sans véritable plan de ce qu'il pourrait ou devrait faire quand elle s'arrêterait, lorsque, d'un seul coup, le signal de son lien avec le corps de son Élue n'avait pas seulement été perdu, mais violemment redirigé, aussi sûrement qu'une balle lancée contre un mur changeait brusquement de trajectoire.

Désorienté, il s'était embrouillé, se dématérialisant par-ci, par-là, dans un sens puis dans l'autre, tandis que dans le même temps, un étrange sentiment de terreur l'étreignait, comme si sa peau était une antenne qui détectait le danger et qu'elle l'avertisse d'une menace imminente. Reculant, il s'était retrouvé au pied d'une montagne, dont les contours, même sous la claire lueur de la lune, lui étaient apparus flous, indistincts et troubles.

Ce devait être l'endroit où ils vivaient.

Peut-être au sommet. Peut-être en bas, de l'autre côté.

Il n'y avait pas d'autre explication. Après tout, la Confrérie vivait avec le roi pour le protéger, donc, sans le moindre doute, ils prenaient toutes les précautions, même les plus improbables, et disposaient peut-être de technologies et de moyens occultes auxquels personne d'autre qu'eux n'avait accès.

Il avait frénétiquement fait le tour de la montagne à plusieurs reprises, en ne percevant rien d'autre que la réfraction du signal de la femelle et cette étrange terreur. Sa dernière conclusion avait été qu'elle devait se trouver quelque part à l'intérieur de ce vaste et mystérieux espace, sinon, il l'aurait sentie se déplacer au-delà de cette limite, dans quelque direction que ce soit, si elle avait resurgi de l'autre côté. Et il lui avait semblé raisonnable de supposer que, si elle était repartie dans son temple sacré, dans un autre plan d'existence ou – le ciel l'en préserve – si elle était morte, l'écho résonnant de son sang aurait totalement disparu.

Son Élue était ici, quelque part.

Dans l'entrepôt, Xcor se frotta lentement les mains et la friction de ses cals se fit entendre dans le silence. Sur la gauche, à la limite de la lueur de la bougie, ses armes s'alignaient les unes à côté des autres : les dagues, les pistolets et son fauchon bien-aimé étaient disposés avec soin près du tas de vêtements qu'il avait retirés dès qu'il avait choisi de s'asseoir à cet endroit particulier du sol.

Il se concentra sur son fauchon et attendit qu'il lui parle : il le faisait souvent, sa soif de sang allait de pair avec l'agressivité qui coulait dans ses veines, définissait ses pensées et motivait ses actes.

Il attendit que son arme lui dise d'attaquer la Confrérie dans son refuge. À l'endroit où se trouvaient leurs femelles. Où dormaient leurs enfants.

Le silence qui lui répondit était inquiétant.

Oui, son arrivée dans le Nouveau Monde avait été guidée par le désir de gagner du pouvoir et l'expression la plus forte et la plus franche de ce désir était de renverser le trône : c'était donc naturellement la voie qu'il avait choisie. Et il avait progressé sur ce point. La tentative d'assassinat de l'automne, qui avait sans le moindre doute attiré la peine de mort sur la tête de ses soldats et la sienne, avait été une action stratégique qui avait bien failli mettre un terme à la guerre avant même qu'elle ait commencé. Et ses efforts actuels avec Elan et la *glymera* promouvaient son programme et étayaient ses soutiens parmi l'aristocratie.

Mais ce qu'il avait appris cette nuit…

Dieu, près d'une année de travail, de sacrifices, de planification et de combats, tout cela n'était rien en comparaison de ce qu'il avait découvert cette nuit.

Si son intuition était correcte – et comment ne le serait-elle pas ? – il n'avait plus qu'à rassembler ses soldats et entamer un siège dès la tombée de la nuit. La bataille serait homérique et la sécurité du foyer de la Confrérie et de la Première famille compromise à jamais, quelle qu'en soit l'issue.

Ce serait un combat digne des livres d'histoire – après tout, la dernière fois que la résidence royale avait été attaquée remontait à avant la transition de Kolher. Et à l'époque, le géniteur et la *mahmen* de ce dernier avaient été massacrés.

L'histoire se répétait.

Et lui et ses soldats avaient un sérieux avantage que ces tueurs ne possédaient pas à l'époque : la Confrérie avait désormais plusieurs membres unis. En fait, il estimait que c'était leur cas à tous ; et cela diviserait l'attention et la loyauté des mâles comme rien d'autre. Même si leur premier commandement en tant que gardes du corps du roi était de protéger Kolher, ils seraient déchirés au plus profond d'eux-mêmes, et même le guerrier le plus fort et doté des meilleures armes risquait d'être affaibli si ses priorités concernaient deux personnes différentes.

En outre, si Xcor ou l'un de ses mâles pouvait mettre la main ne serait-ce que sur une seule des *shellane*, la Confrérie plierait, parce que l'autre point qui était vrai chez eux, c'était que la douleur de l'un des frères était partagée par tous.

Une seule femelle de l'un d'entre eux serait tout ce qu'il faudrait, l'arme ultime.

Il le savait dans son âme.

Assis dans la lueur de la bougie, Xcor frotta ses mains l'une contre l'autre, à plusieurs reprises.

Une femelle.

C'était tout ce dont il avait besoin.

Et il serait capable de revendiquer non seulement sa propre compagne, mais également, le trône.

Chapitre 40

Vhif savait qu'il venait de placer Blay dans une position totalement injuste.

En parlant de baiser avec quelqu'un par pitié. Mais, oh mon Dieu, en regardant dans ces yeux bleus, ces satanés yeux bleus sans fond qui lui étaient ouverts comme autrefois… c'était tout ce à quoi il arrivait à penser. Et oui, techniquement, c'était du sexe dans le sens où il désirait différentes parties du corps du mâle – enfin, une en particulier. Mais il y avait tellement plus.

Il ne parvenait pas à mettre de mots dessus ; il n'était tout simplement pas suffisamment doué pour assembler les syllabes entre elles. Mais son désir d'établir un lien était la raison pour laquelle il s'était lancé dans ce baiser. Il avait eu envie de montrer à Blay ce qu'il voulait dire, ce dont il avait besoin, pourquoi ceci était important : il avait l'impression que son univers tout entier s'effondrait et brûlait, et le drame qui se déroulait à peine une porte plus loin dans le couloir lui ferait mal pendant très longtemps.

Pourtant être avec Blay, ressentir cette chaleur, établir ce contact, c'était comme la promesse d'une guérison. Même si cela ne durait que le temps qu'ils passeraient ensemble dans cette pièce, il le prendrait et le chérirait et ressusciterait le souvenir de ces instants quand il en aurait besoin.

— Je t'en prie, chuchota-t-il.

Sauf qu'il ne lui laissa pas l'occasion de répondre. Il sortit la langue et se mit à lécher cette bouche, se glissant à l'intérieur, prenant le contrôle.

Et il obtint la réponse de Blay dans la façon dont celui-ci le laissa l'allonger sur les coussins du canapé.

Deux pensées traversèrent fugitivement l'esprit de Vhif : premièrement, la porte était simplement fermée, mais pas verrouillée ; il régla ce problème en faisant tourner le pêne de la serrure en cuivre d'un ordre mental. D'autre part, ils ne pouvaient pas saccager les lieux. Exploser sa chambre était une chose. Mais ce salon était un bien public, et joliment décoré, avec des coussins en soie, des rideaux extravagants et tout un tas de choses qui paraissaient faciles à déchirer, écraser et, Dieu les en préserve, tacher.

En outre, il avait déjà massacré son Hummer, ravagé le jardin et retourné sa chambre. Donc son quota de destruction avait été largement atteint pour cette année…

Naturellement, la solution la plus raisonnable pour ne pas donner plus de souci à Fritz était de faire un rapide trajet jusqu'à sa propre chambre au bout du couloir mais, comme les mains expertes de Blay se posaient sur le devant des hanches de Vhif et commençaient à triturer sa braguette, il balança cette idée brillante aux chiottes.

— Oh, oui, touche-moi, grogna-t-il, en tendant le bassin.

Il allait tout simplement devoir faire cela de façon propre et nette.

En supposant que ce soit possible.

Quand la main de Blay se glissa dans son pantalon en cuir, le corps de Vhif s'arc-bouta, tandis qu'elle le caressait. L'angle était un peu bizarre, donc il n'y avait pas beaucoup de friction, et ses couilles étaient coincées dans l'entrejambe de son pantalon, mais, bon sang, il s'en fichait. Le fait qu'il s'agisse de Blay lui suffisait.

Merde, après d'innombrables années de fellations, de caresses et de masturbation, on aurait dit que c'était la première fois que quelqu'un le touchait.

Il fallait qu'il rende cette faveur.

Passant à l'action, il redressa la poitrine, rapprochant leurs visages. Seigneur, il adora l'expression de ces yeux bleus qui le dévisageaient d'un regard flamboyant, fiévreux et passionné.

Plein de désir.

Vhif l'agrippa violemment et unit leurs bouches, se pressant contre ces lèvres, sortant la langue, prenant comme un fou…

— Attends, attends. (Blay s'écarta.) Nous allons casser le canapé.

— Qu… ? (Apparemment, le mâle avait momentanément perdu le sens des mots.) Le canapé ?

Alors il comprit qu'il avait poussé Blay si loin contre l'accoudoir que celui-ci commençait à se tordre. C'était là l'effet de plus de deux cent vingt kilos de sexe sur un meuble.

— Oh, merde, désolé.

Vhif commençait à se redresser quand Blay prit le contrôle, si bien qu'il se retrouva brusquement par terre au pied du canapé, sur le dos, les jambes remontées et son pantalon en cuir baissé jusqu'à ses chevilles.

L'idée parfaite, putain.

Grâce au fait qu'il ne portait pas de sous-vêtement, son pénis était totalement exposé à l'air libre, gonflé et tendu au point d'en être douloureux, ainsi dressé sur son ventre. Tendant la main, il se caressa à quelques reprises, pendant que Blay arrachait ses rangers qui bloquaient la route et les balançait plus loin. Le pantalon fut le suivant à disparaître et, Dieu lui en était témoin, Vhif ne fut jamais aussi heureux de voir un cuir voler par-dessus une épaule de toute sa vie.

Ce fut alors que Blay se mit au travail.

Vhif dut fermer les yeux quand il sentit qu'on lui écartait les cuisses et que des mains de guerrier caressaient l'intérieur de ses jambes. Il lâcha immédiatement son pénis, car après tout, pourquoi utiliser sa propre main quand celle de Blay pouvait…

Mais ce ne fut pas la main du mâle qui le saisit.

Ce fut la bouche chaude et humide que Vhif venait d'embrasser à perdre haleine.

Pendant une fraction de seconde, comme la succion se faisait sentir sur son gland et sa queue, il eut la pensée dévastatrice que Saxton avait appris à Blay comment faire cela… que son putain de cousin avait fait cela au mâle et le lui avait fait faire…

Arrête, s'ordonna-t-il. Quelles que soient l'histoire ou les leçons apprises, c'était sur son pénis à lui que se concentrait toute l'attention de Blay en ce moment. Alors au diable ces conneries.

Pour s'assurer que c'était vrai, il força ses paupières à s'ouvrir. Bordel… de merde…

La tête de Blay montait et descendait au-dessus de ses hanches, tandis que son poing enserrait la base du pénis de Vhif, et que son autre main lui caressait les couilles. Mais alors, comme s'il attendait un contact visuel, le mâle redressa la tête, laissa le gland sortir de sa bouche et se lécha les lèvres.

— Je ne voudrais pas que tu mettes la pagaille dans cette jolie pièce, dit-il d'une voix rauque.

Il tira alors la langue pour donner un petit coup au piercing de Vhif, la chair rose taquinant l'anneau et la boule en métal gris…

— Merde, je suis en train de jouir, s'écria Vhif tandis qu'un orgasme phénoménal montait. Je…

Il fut impuissant à arrêter les choses, autant que quelqu'un sautant d'une falaise et décidant, après dix mètres de chute libre, de faire demi-tour.

Sauf qu'il n'avait pas envie de se retenir.

Et il ne le fit pas.

Avec un rugissement puissant – qui fut très certainement entendu ailleurs – Vhif décolla le dos du sol, sentit ses fesses se contracter et ses testicules exploser, lorsqu'il éjacula violemment dans la bouche de Blay. Et l'orgasme ne se limita pas à son pénis mais traversa son corps tout entier, une énergie chatoyante déferlant en lui tandis qu'il enfonçait les doigts dans la moquette sur laquelle il était allongé, serrait les dents, et prenait son pied comme un animal sauvage.

Heureusement, Blay se montra plus que doué pour le nettoyage, et cela le fit jouir encore plus. Et lui donna aussi un spectacle mémorable à voir : du restant de ses jours, Vhif n'oublierait jamais la vision de la bouche du mâle refermée sur son pénis, et de ses joues qui se creusaient tandis qu'il aspirait son sperme et l'avalait tout entier. Inlassablement.

D'ordinaire, Vhif était prêt à remettre le couvert immédiatement après, mais quand les déferlantes du plaisir finirent par cesser de s'écraser en lui, il s'alanguit complètement, les bras à plat sur le sol, les genoux relâchés, la tête pendante.

Tout bien considéré, c'était probablement le meilleur orgasme de sa vie. Uniquement suivi par ceux qu'il avait éprouvés avec Blay durant la journée précédente.

— Je ne peux plus bouger, marmonna-t-il.

Le rire de Blay retentit, grave et sexy.

— Tu as l'air un peu essoré.

— Puis-je te rendre la faveur ?

— Peux-tu soulever la tête ?

— Est-ce qu'elle est toujours reliée à mon corps ?

— D'après ce que je peux voir, oui.

Comme Blay se remettait à glousser, Vhif sut ce qu'il voulait faire, et ce fut une surprise pour lui. Au cours de tous ses exploits sexuels, il ne s'était jamais autorisé à se faire baiser. Ce n'était tout simplement pas ainsi qu'il envisageait les choses. Il était le conquérant, celui qui prenait, qui établissait le contrôle et gardait la suprématie.

L'idée de se faire sodomiser ne l'avait jamais intéressée auparavant.

À présent, il en avait envie.

Mais le seul problème était qu'il se sentait littéralement incapable de remuer un orteil. Et bon, il y avait autre chose : comment pouvait-il apprendre à Blay qu'il était vierge ?

Parce qu'il voulait le lui dire. S'ils en arrivaient là, il voulait que Blay le sache. Étrangement, c'était important.

Brusquement, le visage de Blay apparut dans son champ de vision et, Seigneur, comme le guerrier était beau, avec ses joues empourprées, ses yeux brillants et ses larges épaules qui lui bloquaient la vue sur le reste de ce magnifique corps.

Et, oh oui, ce sourire était sexy en diable, si satisfait de lui-même et confiant, comme si le fait que Blay ait donné autant de plaisir à quelqu'un suffisait pour qu'il n'ait même pas besoin de jouir lui-même.

Mais ce n'était pas juste, hein.

— Je ne pense pas que tu puisses bouger avant un bon moment, dit-il.

— Peut-être. Mais je peux ouvrir la bouche, répondit Vhif d'un ton énigmatique. Presque autant que toi.

Bon, d'accord, l'idée d'avoir donné à Vhif un orgasme pareil était si stimulante que Blay avait tout oublié de son propre corps.

Mais après tant d'années passées à se faire repousser, c'était un vrai renversement que de se sentir puissant à côté de ce mâle, d'être celui qui imprimait le rythme, d'être la personne qui mettait Vhif dans un état érotique et vulnérable bien plus intense que tout ce qu'il avait déjà vécu. Et c'était ce qui s'était passé. Il savait exactement à quoi Vhif ressemblait à l'œil et à l'oreille quand il jouissait, et Blay pouvait affirmer, sans équivoque, qu'il n'avait jamais vu son pote aussi extatique, ainsi étendu sur la moquette, le cou tendu, les abdos contractés, les hanches soulevées.

Vhif avait littéralement joui pendant vingt minutes d'affilée.

Et soudain, dans le calme qui suivait, Blay eut une révélation étrange : jusque-là, il n'avait jamais connu que le cynisme permanent sur le visage de Vhif : le front plissé, le pli sarcastique au coin de la bouche, la mâchoire qui ne se détendait jamais, au grand jamais.

C'était comme si toutes les méchancetés que lui avait infligées sa famille lui avaient à jamais crispé les traits.

Mais ce n'était pas vrai, n'est-ce pas ? Pendant cet orgasme, et en ce moment même, alors que les choses se calmaient, aucune trace de cette tension n'était plus visible. Le visage de Vhif était comme lavé de toute réserve, et paraissait tellement plus jeune que Blay ne put s'empêcher de se demander pourquoi il n'avait jamais remarqué ce vieillissement prématuré chez le mâle auparavant.

— Alors, vas-tu me donner quelque chose à sucer pour que je me remette ? demanda Vhif.

— Qu… ?

— J'ai dit que j'avais soif. Et il faut que je suce quelque chose. (À ces mots, Vhif se mordit la lèvre inférieure, ses crocs d'un blanc brillant s'enfonçant dans la chair.) Vas-tu m'aider ?

Blay sentit ses yeux se révulser.

— Oui… C'est dans mes cordes.

— Alors laisse-moi te regarder retirer ton pantalon.

Les jambes de Blay le remirent si vite debout qu'il en tira un nouvel aperçu des lois de la physique, tandis qu'il ôtait ses mocassins d'un coup de pied et déboutonnait son pantalon d'une main tremblante. Les choses s'enchaînèrent alors rapidement. Et pendant tout le temps qu'il se déshabilla, il eut une conscience surnaturelle de tout dans la pièce, et surtout de Vhif. Le mâle bandait de nouveau, son sexe se gorgeait de sang en dépit de l'intense orgasme qu'il venait de vivre ; puis, ses cuisses musclées se contractèrent et son bassin se mit à onduler… le bas-ventre était si mince que chaque mouvement même infime du torse faisait jouer les muscles sous la peau bronzée et ferme.

— Oh, oui…, siffla Vhif, alors que ses crocs pointaient de sa mâchoire supérieure et qu'il s'empoignait le pénis pour le caresser avec des gestes lents. Voilà.

Blay se mit à haleter et son pouls creva le plafond comme les yeux vairons se rivaient sur son sexe.

— Voilà ce que je veux, grogna le mâle en lâchant son propre sexe et en tendant les deux mains vers son partenaire.

Pendant une fraction de seconde, Blay se demanda comment ils allaient procéder. Vhif se tenait devant le canapé, parallèle au meuble, si bien qu'il n'y avait plus beaucoup de place…

Un grognement subtil traversa le salon quand Vhif plia les doigts, comme s'il était impatient de mettre la main sur ce qu'il désirait.

Au diable l'organisation.

Les genoux de Blay répondirent à l'appel et se plièrent vers le mâle, amenant son poids jusqu'au sol à côté de la tête de Vhif.

Ce dernier prit alors les commandes. Ses mains passèrent derrière le bassin du mâle et se refermèrent sur ses fesses, attirant Blay de telle manière que, avant qu'il s'en rende compte, il avait un genou derrière la tête du mâle et l'autre jambe tendue sur le côté, jusqu'à la hanche de Vhif.

— Oh… putain…, grogna Blay quand il sentit son sexe glisser entre les lèvres de son compagnon.

Son corps se pencha en avant jusqu'à ce que son torse se retrouve étendu sur les coussins du canapé, et ce fut alors qu'il trouva par inadvertance de quoi faire levier. S'appuyant des bras contre le canapé, il répartit son poids entre ses genoux, ses pieds et ses mains, puis se mit à baiser la bouche de Vhif.

Celui-ci le reçut sans broncher, même quand Blay se déhancha et plongea dans sa gorge de toutes ses forces.

Avec les doigts de Vhif qui s'enfonçaient dans ses fesses, cette incroyable succion et… Seigneur, ce piercing à la langue, dont la boule frottait contre sa queue à chaque caresse, Blay commença à se préparer à éprouver exactement le même genre d'orgasme que venait de vivre Vhif.

Et pourtant, dans le fond de son esprit, il se demandait s'il ne lui faisait pas mal. À ce stade, il allait jouir dans l'estomac de son ami, bon sang de…

Trop tard pour s'en inquiéter.

Son corps prit le relais et se raidit en une série de spasmes insoutenables qui couraient depuis le sommet de sa colonne vertébrale jusqu'au bas de ses jambes.

Et juste au moment où ces sensations hors de contrôle commençaient à s'émousser, l'univers vacilla sous lui, comme si son sens de l'équilibre avait été aspiré en même temps que son…

Non, l'univers allait bien. Vhif venait simplement de le soulever du sol pour s'écarter de sous lui et venir se placer derrière…

Quand Vhif le pénétra d'une poussée rapide comme l'éclair, Blay laissa échapper un gémissement dont il était quasiment certain qu'on aurait pu l'entendre jusqu'au Canada…

Le grincement qui retentit dans la pièce lui fit froncer les sourcils, en dépit de la pression et du plaisir.

Oh. Ils étaient en train de déplacer le canapé.

Peu importe. Il en rachèterait un pour la maison s'ils cassaient celui-là : il n'allait pas arrêter ça.

Le rythme était tout aussi rigoureux que celui qu'il avait imposé tout à l'heure, et dans ce cas, la revanche n'était pas seulement ce qu'il méritait, mais exactement ce qu'il souhaitait. À chaque poussée, son visage était pressé contre les coussins moelleux ; à chaque retrait, il pouvait reprendre son souffle ; puis cela recommençait, inlassablement.

Rajustant ses jambes pour que Vhif puisse s'enfoncer encore plus profondément, Blay songea fugitivement qu'ils avaient vraiment mis le canapé dans une position différente à grands coups de boutoir, mais qui diable s'en préoccupait tant qu'il n'était pas dehors dans le couloir ?

Au dernier moment, juste avant de jouir une fois de plus, il eut la présence d'esprit de saisir son pantalon. Dégageant son boxer d'une secousse, il…

La main de Vhif se tendit dans son dos, lui prit le Calvin Klein et fit ce qu'il fallait pour s'assurer de récupérer sa jouissance. Puis, un moment plus tard, on lui souleva la poitrine du canapé, si bien qu'il se retrouva sur les genoux. Vhif s'occupa de tout, empoigna le pénis de Blay en couvrant son gland et effectua des mouvements de va-et-vient, inlassablement…

Ils jouirent en même temps et leurs deux cris se répercutèrent simultanément dans la pièce.

Au milieu de son orgasme, Blay leva la tête. Dans le grand miroir à l'ancienne suspendu entre deux fenêtres de l'autre côté de la pièce, il vit leurs deux reflets, sut qu'ils étaient unis, et cela le fit jouir une fois de plus.

En fin de compte, les poussées ralentirent. Les pouls se calmèrent. Les respirations s'apaisèrent.

Dans le verre plombé du miroir, il regarda Vhif fermer les yeux et baisser la tête. Contre le côté de sa gorge, Blay sentit un effleurement très doux.

Les lèvres de Vhif.

Alors le mâle remonta sa main libre, s'attardant au passage sur les pectoraux de Blay pour les caresser…

Vhif se figea. Recula brusquement. Le priva de ses lèvres, de son contact.

— Désolé. Désolé, je… sais que tu n'as pas envie de ça avec moi.

Le changement dans le visage du mâle, ce retour à la normalité cynique, c'était comme être volé.

Et pourtant Blay ne pouvait pas lui dire de revenir près de lui. Vhif avait raison ; à l'instant où la tendresse apparaissait, il commençait à paniquer.

Le retrait fut rapide, trop rapide, et ce sentiment de plénitude et de possession manqua à Blay. Mais il était temps de mettre un terme à cela.

Vhif se racla la gorge.

— Euh… veux-tu…

— Je vais m'en occuper, marmonna Blay, en remplaçant la main de Vhif par la sienne sur son boxer froissé contre ses hanches.

Pendant leurs relations sexuelles, le silence de la pièce avait eu un goût d'intimité. À présent, il ne faisait qu'amplifier le bruit que faisait Vhif en remettant son pantalon.

Merde.

Ils avaient une fois de plus touché le fond. Tout le temps de leurs ébats, les sensations avaient été si intenses et écrasantes qu'il avait été impossible de penser à autre chose qu'au sexe. Mais à présent, Blay avait froid dans cet air à 21 °C, différentes zones de son corps l'élançaient à force de frottements, il avait les jambes tremblotantes et le cerveau embrumé…

Rien ne lui paraissait plus ni sûr ni solide. Absolument rien.

Se forçant à se rhabiller, il enfila ses vêtements aussi vite que possible, jusqu'à ses mocassins. Pendant ce temps, ce fut Vhif qui replaça le canapé, reposant avec soin les pieds dans les creux qu'ils avaient formés dans la moquette. Il réinstalla également les oreillers. Redressa le tapis d'Orient.

C'était comme si ce n'était jamais arrivé. À l'exception du boxer que Blay tenait serré dans son poing.

— Merci, dit calmement Vhif. Je, euh…

— Oui.

— Donc… Je suppose que je vais y aller.

— Oui.

Et voilà tout.

Enfin, en dehors de la porte qui se refermait.

Laissé seul, Blay décida qu'il avait besoin d'une douche. De manger encore. De dormir.

Au lieu de quoi, il resta dans le salon du premier étage à contempler le miroir, en se souvenant de ce qu'il avait vu se refléter dedans. Il songea fugitivement qu'ils ne pouvaient pas continuer ainsi. Ce n'était pas sans risque pour lui au niveau émotionnel ; en fait, c'était comme tendre la main au-dessus d'un briquet allumé à de multiples reprises ; sauf que chaque fois qu'on mettait la paume au-dessus de la flamme, on diminuait la distance entre la chair et la chaleur. Tôt ou tard, une brûlure au troisième degré était le cadet de vos soucis, puisque c'était tout votre bras qui prenait feu.

Au bout d'un moment, néanmoins, il cessa de s'appesantir sur cette histoire d'autopréservation.

Mais plutôt sur ce qui avait déclenché tout cela.

« Peux-tu faire cesser cela ? »

Blay se passa une main dans les cheveux. Puis il se tourna vers la porte fermée et fronça les sourcils, l'esprit tourbillonnant…

Un moment plus tard, il sortait précipitamment dans le couloir et le remontait d'une marche rapide.

Avant d'allonger le pas.

Puis de se mettre carrément à courir.

Chapitre 41

Il était environ 10 heures quand Trez se rendit au restaurant *Sal's*. Le trajet depuis l'appartement du Commodore jusqu'à l'établissement gastronomique tenu par son frère n'était pas long, à peine dix minutes, et de nombreuses places de parking étaient disponibles quand il y parvint.

Mais bon, l'établissement n'ouvrait pas, même pour le personnel chargé des préparations en cuisine, avant 13 heures.

Comme il approchait de l'entrée, en faisant crisser ses bottes dans la neige, il s'attendait plus ou moins à ce que le code qui déverrouillait l'accès au lieu ne fonctionne pas : iAm n'était pas rentré à la maison à la fin de la nuit et, en supposant que ces enfoirés de s'Hisbe n'aient pas fait de son frère un dommage collatéral, celui-ci ne pouvait se trouver qu'à un seul endroit. Après avoir vidé deux cafetières et jeté de nombreux coups d'œil à sa montre, Trez avait compris que s'il voulait faire la paix, il devait traverser la ville.

Cool. Le code n'avait pas changé.

Pour l'instant.

À l'intérieur, la décoration, dans le style hollywoodien des années 1950, donnait une interprétation moderne de l'époque qui avait engendré des personnages tels que Peter Lawford et Frank Sinatra : une entrée tapissée d'un papier peint floqué noir et rouge vous menait jusqu'à la réception, où se trouvaient le vestiaire, le guichet de l'hôtesse et la caisse. À gauche, et à droite, se trouvaient les deux salles à manger principales, toutes deux décorées de velours noir et rouge et de cuir, mais ce n'était pas là que les personnalités locales, les politiciens et les riches aimaient s'attarder. L'endroit le plus prisé de l'établissement était sans conteste le bar juste en face de l'entrée, une pièce lambrissée de bois équipée de banquettes en cuir rouge installées contre les murs. Pendant les heures d'ouverture, un barman en smoking se tenait derrière le comptoir en chêne de neuf mètres de long et ne servait que le meilleur.

Entrant à grandes enjambées dans le bar faiblement éclairé, Trez contourna l'extrémité de l'étagère couverte de cinq rangées de bouteilles et poussa la porte battante. Comme il se glissait dans la cuisine, l'odeur de basilic et d'oignon, d'origan et de vin rouge, lui apprit à quel point iAm était stressé.

Bien entendu, celui-ci était tourné vers un fourneau professionnel de seize feux encastré dans le mur du fond, sur lequel cinq énormes casseroles mijotaient, et il y avait fort à parier que d'autres plats cuisaient dans le four. Dans le même temps, des planches à découper en bois s'alignaient sur les plans de travail en acier inoxydable et les têtes tranchées de différents piments gisaient près de couteaux très aiguisés dont on s'était servi.

Dix dollars pour deviner à qui le mâle avait pensé quand il avait émincé les légumes.

— Tu vas me décrocher un mot ? demanda Trez au dos de son frère.

iAm se pencha sur l'une des casseroles devant lui, souleva le couvercle avec un torchon blanc, y plongea une large spatule et en remua lentement le contenu.

Trez tira un tabouret en acier à côté de lui, s'assit dessus et se frotta les cuisses.

— Coucou ?

iAm se pencha sur une autre casserole. Puis sur une troisième. Chacune disposait d'une spatule distincte pour préserver les saveurs de chaque préparation, et son frère veillait à ne pas les intervertir.

— Écoute, je suis désolé de ne pas avoir été là quand tu es venu au club cette nuit. (Chaque soir, iAm se rendait au *Masque de Fer* pour vérifier que tout allait bien après la fermeture du *Sal's*.) J'avais une affaire à régler.

Merde, oui, c'était ce qu'il avait fait. La fille avec le petit ami au physique de videur avait mis une éternité à sortir de sa voiture quand il l'avait ramenée chez elle, si bien qu'il avait fini par la traîner jusqu'à sa porte, l'avait ouverte et lui avait fait franchir de force le seuil. De retour à sa Beamer, il avait appuyé sur l'accélérateur comme s'il venait de poser une bombe dans l'appartement et, tandis qu'il fonçait vers le *Masque de Fer*, il n'avait fait qu'entendre la voix d'iAm dans sa tête.

« Tu ne peux pas continuer ainsi. »

iAm se retourna à ce moment-là, croisa les bras sur sa poitrine et appuya les hanches contre le fourneau. Ses biceps étaient déjà épais, mais contractés de cette façon, ils tendaient les coutures de son tee-shirt noir.

Ses yeux en amande étaient étrécis.

— Tu crois vraiment que je suis sur les nerfs parce que tu n'étais pas là quand je suis venu au club ? Vraiment ? Ce ne serait pas plutôt parce que tu m'as laissé me démerder avec AnsLai ou un truc du genre ?

Et c'était reparti.

— Je ne peux rencontrer aucun d'entre eux face à face, tu le sais. (Trez leva les mains, avec l'air de dire « Qu'est-ce que j'y peux ? ») Ils essaieraient de me forcer à rentrer avec eux, et quelles seraient mes options dans ce cas ? Me battre ? Je finirais par tuer ce fils de pute, et alors dans quel pétrin me retrouverais-je ?

iAm se frotta les yeux comme s'il avait mal à la tête.

— Pour le moment, il semble qu'ils aient choisi l'approche diplomatique. Du moins avec moi.

— Quand reviendront-ils ?

— Je ne sais pas, et c'est ce qui me rend nerveux.

Trez se raidit. L'idée que son frère au sang-froid légendaire soit anxieux lui donnait l'impression d'avoir un couteau sous la gorge.

Mais bon, il avait bien conscience de la dangerosité de son peuple. Les s'Hisbe étaient pour l'essentiel une nation paisible, satisfaite de rester en dehors des batailles contre la Société des éradiqueurs et loin des humains casse-pieds. Érudits, très intelligents et spirituels, ils formaient, dans l'ensemble, un groupe de gens plutôt agréables. Tant qu'on ne figurait pas sur leur liste noire.

Trez regarda les casseroles et se demanda quelle viande il y avait dans la sauce.

— Je suis toujours en train de rembourser ma dette envers Vhen, souligna-t-il. Donc cette obligation doit passer en premier.

— Plus pour les s'Hisbe. AnsLai a dit, et je le cite : « Il est temps. »

— Je n'y retournerai pas. (Il croisa le regard de son frère.) Ça n'arrivera pas.

iAm retourna à ses casseroles et remua le contenu de chacune d'entre elles avec sa spatule assignée.

— Je sais. C'est pour cela que je cuisine. J'essaie de trouver une idée pour te sortir de cette situation.

Seigneur, qu'il aimait son frère ! Même énervé, il tentait de l'aider.

— Je suis désolé d'avoir fait faux bond et de t'avoir laissé gérer. Vraiment. Ce n'était pas juste… mais c'est seulement… Oui, j'estimais qu'il n'était vraiment pas sans risque pour moi de me retrouver dans la même pièce que ce type. Je suis vraiment désolé.

La large poitrine d'iAm se souleva et s'abaissa.

— Je sais que tu l'es.

— Je pourrais tout simplement disparaître. Cela résoudrait le problème.

Même si, merde, cela le tuerait d'abandonner iAm. Et le problème était que, s'il fuyait les s'Hisbe, il ne pourrait plus jamais avoir le moindre contact avec le mâle. Plus jamais.

— Où irais-tu ? souligna iAm.

— Aucune idée.

La bonne nouvelle, c'était que les s'Hisbe détestaient avoir le moindre contact avec les Méconnaissables. À n'en pas douter, le simple fait de se pointer à leur appartement avait dû être un traumatisme, même si le grand prêtre s'était dématérialisé jusqu'à leur terrasse. Traiter directement avec des humains ? Se trouver en leur présence ? La tête d'AnsLai exploserait.

— Alors, c'était quoi, ton affaire ? demanda iAm.

Génial. Passons à un sujet tout aussi joyeux.

— Je suis allé voir cet entrepôt, dit-il pour éviter de répondre.

Mais voyons, comme s'il allait volontairement mettre sur le tapis l'histoire de la nana et de son petit copain ?

— À 1 heure du matin ?

— J'ai fait une offre.

— Combien ?

— Un million quatre. Le prix demandé est de deux millions et demi, mais il leur sera impossible de les obtenir. L'endroit est abandonné depuis des années, et ça se voit.

Encore que, alors même qu'il prononçait ces paroles, il dut reconnaître qu'il avait senti plusieurs présences là-bas. Mais bon, peut-être n'était-ce que l'expression de son stress.

— Je pense qu'ils vont descendre à deux, je proposerai un million six, et nous tomberons d'accord à un million sept.

— Es-tu certain de vouloir t'attaquer à ce projet tout de suite ? À moins que ne tu te pointes dans le Territoire prêt pour l'union, le problème avec les s'Hisbe ne fera qu'empirer.

— Si les choses arrivent à un point critique, je traiterai avec eux.

— Quand, corrigea iAm. Ce sera « quand les choses arriveront à un point critique ». Et je sais ce qui s'est passé dans le parking, Trez. Avec le mec et cette fille.

Bien sûr que oui.

— Tu as vu les vidéos, quelque chose comme ça ?

Satanées caméras de surveillance.

— Oui.

— Je m'en suis occupé.

— Exactement comme tu t'occupes des s'Hisbe. À la perfection.

Sentant sa mauvaise humeur grimper en flèche, Trez se pencha en avant sur son tabouret.

— Tu veux prendre ma place, mon frère ? J'aimerais bien voir comment tu te débrouillerais avec toutes ces conneries.

— Je ne passerais pas mon temps à baiser des putes, je ne te dis que cela. Ce qui me fait penser : ton agent immobilier n'est-il pas une femme ?

— Va te faire foutre, iAm. Vraiment.

Trez se leva du tabouret et sortit à grands pas de la cuisine. Il avait bien assez de problèmes, putain de merde ; il n'avait pas besoin que M. Supérieur, avec ses talents de grand cuisinier, lui balance toute cette histoire à la figure avec une dizaine de commentaires railleurs en sus…

— Tu ne peux pas continuer à remettre cela à plus tard, cria iAm derrière lui. Ni tenter d'enfouir le problème entre les jambes d'innombrables femmes.

Trez s'arrêta, mais garda les yeux sur la sortie.

— Tu ne peux tout simplement pas, affirma son frère de but en blanc.

Trez se retourna. iAm se tenait près du bar, et la porte battante bougeait encore à côté de lui si bien qu'il y avait comme un effet de stroboscope, jour, nuit, jour, nuit. Chaque fois que la lumière revenait, il semblait que le corps tout entier de son frère était entouré d'un halo.

Il poussa un juron.

— J'ai seulement besoin qu'ils me laissent tranquille.

— Je sais. (iAm se frotta la tête.) Et honnêtement, j'ignore quoi faire à ce sujet. Je n'arrive pas à m'imaginer vivre sans toi, et je ne veux pas retourner là-bas moi non plus. Mais je n'ai pas d'autre option à te proposer.

— Ces femmes… tu sais, celles que je… (Trez hésita.) Tu ne crois pas qu'elles me font jouir… ?

— Si ce n'est pas le cas, je ne vois pas pourquoi tu t'embêtes avec elles, rétorqua iAm d'un ton sec.

Trez ne put retenir un petit sourire.

— Non, je veux dire avec les s'Hisbe. Je suis aussi loin qu'il est possible de la virginité à ce stade. (Même si au moins, il ne s'était pas abaissé jusqu'aux animaux de la ferme.) Et le pire, c'est que c'étaient toutes des Méconnaissables… essentiellement des humaines. Cela va forcément les agacer. Il s'agit de la fille de la reine tout de même.

Alors que iAm fronçait les sourcils comme s'il n'avait pas encore bien réfléchi à cette idée, Trez entrevit une lueur d'espoir.

— Je ne sais pas, répondit iAm. Peut-être que cela pourrait marcher, mais tu auras quand même dépouillé Sa Majesté de ce qu'elle veut et de ce dont elle a besoin. S'ils considèrent que tu es souillé, ils peuvent tout simplement décider de te tuer en guise de punition.

Peu importe. Ils devraient l'abattre en premier.

Avec un sursaut d'agressivité, Trez inclina le menton et lança un regard furieux à travers la salle.

— Si c'est le cas, ils devront m'affronter. Et je te garantis que ça ne se passera pas bien pour eux.

Dans la demeure de la Confrérie, Kolher sut que sa reine était bouleversée à l'instant où elle franchit les portes de son bureau. Son odeur succulente était teintée d'une pointe d'acidité due à l'anxiété.

— Que se passe-t-il, *leelane* ? demanda-t-il en lui ouvrant les bras.

Même s'il ne voyait rien, ses souvenirs lui fournirent une image mentale de sa compagne traversant le tapis : son corps élancé et athlétique se déplaçait avec grâce, ses longs cheveux noirs flottaient librement sur ses épaules et son beau visage était marqué par la tension.

Naturellement, le mâle lié en lui voulut aussitôt traquer et tuer ce qui avait bien pu la bouleverser ainsi.

— Salut, George, dit-elle au chien.

À en juger par le bruit des battements de queue sur le sol, le golden retriever eut d'abord droit à quelques caresses.

Puis ce fut au tour de son maître.

Beth grimpa immédiatement sur les genoux de Kolher, qui enlaça son corps frêle, tiède et vivant, avant d'embrasser sa *shellane* des deux côtés du cou puis sur la bouche.

— Seigneur, tu es vraiment bouleversée, gronda-t-il, en sentant une certaine raideur chez elle. Que se passe-t-il ?

Bon sang, elle frissonnait. Sa reine était en train de trembler.

— Parle-moi, *leelane*, dit-il en lui frottant le dos.

Il était prêt à s'armer et à sortir même en plein jour s'il le fallait.

— Eh bien, tu sais pour Layla, dit-elle d'une voix enrouée.

Ah.

— Oui, je sais. Fhurie m'en a parlé.

Comme elle posait la tête sur son épaule, il la replaça tendrement contre sa poitrine, et ce fut agréable. Il y avait des moments – pas souvent, mais de temps à autre – où il avait l'impression d'être un mâle inférieur à cause de sa cécité : autrefois un guerrier, il était désormais coincé derrière un bureau. Autrefois libre d'errer où il voulait, il devait désormais se fier à un chien pour s'orienter. Autrefois parfaitement autonome, il avait désormais besoin d'aide.

Ce n'était pas très bon pour la virilité d'un mâle.

Mais dans des moments pareils, quand cette femelle incroyable était désarçonnée et allait le trouver, lui et seulement lui, pour obtenir soutien et réconfort, il se sentait aussi fort qu'une montagne. Après tout, les mâles liés protégeaient leurs compagnes avec tout ce qu'ils avaient, et en dépit du fardeau de sa cécité et de ce trône sur lequel il était obligé de s'asseoir, il demeurait, au plus profond de son être, le *hellren* de sa femelle.

Elle était sa priorité, et passait même avant ses affaires de roi. Sa Beth était le cœur battant derrière ses côtes, la moelle de ses os, l'âme de son corps physique.

— C'est tellement triste, dit-elle. Tellement triste, bon sang.

— Tu es allée la voir ?

— J'en reviens à l'instant. Elle se repose. Je veux dire... je n'arrive pas à croire qu'on ne puisse rien faire.

— Tu as parlé à Doc Jane ?

— Dès qu'ils sont rentrés de la clinique.

Quand sa *shellane* se mit à pleurer un peu, l'odeur de pluie fraîchement tombée des larmes de sa bien-aimée lui fit l'effet d'un couteau dans la poitrine, mais il n'était pas surpris de sa réaction. Il avait entendu dire que les femelles avaient du mal à gérer la fausse couche d'une autre, mais bon, comment lui et sa *shellane* pouvaient-ils ne pas faire le lien avec leur propre histoire ? Il pouvait tout à fait se mettre à la place de Vhif.

Et oh, Seigneur... l'idée que Beth souffre ainsi ? Ou pire, si elle devait un jour mener une grossesse jusqu'au terme et...

Génial. C'était à son tour d'avoir la trouille.

Kolher approcha le visage des cheveux de Beth et respira leur parfum pour se calmer. La bonne nouvelle, c'était qu'ils n'auraient jamais d'enfant, donc il n'avait pas à s'inquiéter de cela.

— Je suis désolé, chuchota-t-il.

— Moi aussi. Je déteste cette situation, pour l'un comme pour l'autre.

Eh bien, en fait, il s'excusait pour tout autre chose.

Non qu'il veuille qu'il arrive la moindre emmerde à Vhif, à Layla ou à leur bébé. Mais peut-être que si Beth voyait cette triste réalité, cela lui rappellerait tous les risques qui se présentaient à chaque étape d'une grossesse.

Merde. Cela semblait horrible. C'était horrible. Pour l'amour du ciel, il ne souhaitait honnêtement pas cela à Vhif, et il ne souhaitait vraiment pas non plus que sa *shellane* soit bouleversée. Mais malheureusement, la triste vérité était qu'il ne voyait pas le moindre intérêt à placer ainsi sa semence en elle, jamais.

Et ce genre de désespoir poussait un mâle à envisager des choses impardonnables.

Dans un sursaut de paranoïa, il calcula mentalement le nombre d'années qui s'étaient écoulées depuis la transition de sa *shellane* : à peine plus de deux. D'après ce qu'il avait compris, les femelles vampires avaient leurs premières chaleurs en moyenne environ cinq ans après le changement, puis tous les dix ans à peu près. Donc, à tous points de vue, ils avaient encore du temps avant de s'inquiéter de tout cela…

Mais bon, vu qu'elle était métisse, il était impossible d'être certain dans le cas de Beth. Quand les humains et les vampires se mélangeaient, tout pouvait arriver et il avait des raisons de s'inquiéter. Après tout, elle avait déjà parlé d'avoir des enfants à une ou deux reprises.

Mais sûrement, ce devait être à un niveau hypothétique.

— Alors, tu vas repousser l'initiation de Vhif ? demanda-t-elle.

— Oui. Saxton a fini de mettre les lois à jour, mais avec ce qui arrive à Layla, ce n'est pas le bon moment pour l'introduire au sein de la Confrérie.

— C'est ce que je pensais.

Ils se turent, et comme Kolher prenait ce moment à cœur, il fut incapable d'imaginer sa vie sans elle.

— Tu sais quoi ? dit-il.

— Quoi ?

Il y avait comme un sourire dans la voix de Beth, qui lui indiqua qu'elle soupçonnait ce qu'il allait dire.

— Je t'aime plus que tout.

Sa reine eut un petit rire et lui caressa le visage.

— Je n'aurais jamais deviné.

Mince, même lui sentit sa propre odeur d'union s'exhaler.

En réponse, Kolher prit son visage entre ses mains et se rapprocha. Il trouva ses lèvres et les prit en un doux baiser, qui ne resta pas chaste bien longtemps. C'était toujours ainsi avec elle. Le moindre contact et, avant qu'il s'en rende compte, il bandait et était prêt.

Seigneur, il ignorait comment les hommes humains se débrouillaient avec cela. D'après ce qu'il avait compris, ils devaient se demander si leurs compagnes ovulaient chaque fois qu'ils s'envoyaient en l'air, et à l'évidence, ils étaient incapables de saisir les changements subtils dans l'odeur de leurs femelles qui apparaissaient durant cette période.

Cela le rendrait dingue. Au moins quand une femelle vampire avait ses chaleurs, tout le monde était au courant.

Beth comprima son érection en remuant sur ses genoux, ce qui lui arracha un grognement. Et d'habitude, c'était le signal pour emmener George de l'autre côté des doubles portes l'espace d'un bannissement temporaire. Mais pas ce soir. Kolher avait beau la désirer, le drame qui se jouait dans la maison refroidissait même sa libido.

Et puis il y avait eu les chaleurs d'Automne, et celles de Layla.

Il n'allait pas se mentir ; ces conneries le rendaient irritable. Il était connu que les hormones libérées dans l'air à cette occasion avaient un effet domino dans une maison pleine de femelles, car elles pouvaient déclencher les chaleurs des autres femelles les unes après les autres, pour peu qu'elles soient proches de leur période d'ovulation.

Kolher caressa les cheveux de Beth et reposa la tête de sa reine contre son épaule.

— Tu n'as pas envie de…

Comme elle laissait sa phrase en suspens, il lui prit la main qu'elle avait posée sur son entrejambe et la leva, sentant le lourd Rubis des ténèbres que la reine de l'espèce avait toujours porté.

— J'ai seulement envie de te tenir dans mes bras, dit-il. Cela me suffit pour le moment.

Se nichant contre lui, elle se pelotonna encore plus près.

— Eh bien, c'est agréable, ça aussi.

Oui. Ça l'était.

Et c'était curieusement terrifiant.

— Kolher ?

— Oui ?

— Est-ce que ça va ?

Il lui fallut un petit moment avant de pouvoir répondre, avant d'être certain que sa voix était calme et égale, et non complètement angoissée.

— Oh, oui, ça va. Tout va bien.

Alors qu'il lui caressait le bras, il se mit à prier pour qu'elle le croie et se fit la promesse que ce qui se passait à peine une porte plus loin dans le couloir ne leur arriverait jamais, au grand jamais.

Non. Ils n'auraient pas à affronter une tragédie de ce genre.

Grâces en soient rendues à la Vierge scribe.

Chapitre 42

Layla ne dormait pas, bien entendu.

Quand elle avait demandé à Vhif de partir, elle n'avait pas menti en disant qu'elle n'avait pas envie de garder une contenance devant lui. Mais ce qu'il y avait d'étrange, c'était que, une fois seule, elle ne s'abandonna pas au désespoir. Elle ne pleura pas, ni ne poussa de jurons.

Elle se contenta de rester étendue sur le flanc, les bras et les jambes repliés, tandis que son esprit s'enfonçait dans les profondeurs de son corps, et que la surveillance constante de chaque crampe et de chaque douleur l'obsédait au point de la rendre folle. Mais il lui était impossible de changer d'attitude. C'était comme si une partie d'elle-même était persuadée que, si elle pouvait seulement savoir à quelle étape elle en était, elle serait en mesure, d'une façon ou d'une autre, d'exercer un contrôle quelconque sur la fausse couche.

Ce qui, bien entendu, était de la foutaise. Comme aurait dit Vhif.

Le souvenir du mâle à la clinique, pointant sa dague sur la gorge du guérisseur, semblait tout droit sorti des livres de la bibliothèque du sanctuaire : comme un épisode dramatique qui appartiendrait à la vie de quelqu'un d'autre.

Toutefois, son point de vue privilégié sur le lit lui rappelait que ce n'était pas le cas…

Le coup frappé à sa porte était discret, ce qui suggérait qu'il s'agissait d'une femelle.

Layla ferma les yeux. Elle avait beau apprécier la gentillesse de la personne qui attendait derrière la porte, elle aurait largement préféré que cette dernière demeure dans le couloir. La brève visite de la reine avait été difficile, même si elle y avait été sensible.

— Oui.

Comme sa voix n'allait pas plus loin que ses propres oreilles, elle se racla la gorge.

— Oui ?

La porte s'ouvrit, et tout d'abord elle ne reconnut pas de qui il s'agissait à cause de l'ombre que le battant projetait sur le seuil. La silhouette était grande et forte, mais ce n'était pas un mâle…

— Souffhrance ? dit-elle.

— Puis-je entrer ?

— Oui, bien sûr.

Comme Layla faisait mine de s'asseoir dans son lit, la guerrière lui fit signe de se rallonger, puis referma derrière elle. — Non, non, je t'en prie… repose-toi.

On avait laissé une lampe allumée sur la commode et, dans la lueur douce, la sœur de sang du frère de la dague noire Viszs était assez imposante et ses yeux couleur de diamant semblaient scintiller dans son visage osseux.

— Comment te portes-tu ? demanda gentiment la femelle.

— Je vais très bien, merci. Et toi-même ?

La guerrière s'approcha.

— Je suis vraiment désolée de… ce qui t'arrive.

Oh, comme Layla aurait aimé que Fhurie et les autres n'aient fait part de son état à personne. Mais bon, sa sortie de la maison avait été spectaculaire, le genre de chose qui ne pouvait que susciter des questions inquiètes. Néanmoins, la préservation de son secret lui aurait évité cette intrusion, sinon bienvenue, du moins pleine de compassion.

— Je te remercie de tes paroles aimables, chuchota-t-elle.

— Puis-je m'asseoir ?

— Mais bien entendu.

Elle s'attendait à ce que la femelle s'installe sur l'un des fauteuils disposés avec un certain art du décorum. Mais Souffhrance s'en abstint. Elle s'approcha du lit et s'assit à côté de Layla.

Contrainte d'apparaître au moins comme une bonne hôtesse, Layla s'écarta en grimaçant quand une série de crampes l'immobilisa un instant.

Comme Souffhrance jurait à voix basse, Layla dut se rallonger. D'une voix rauque, elle dit :

— Pardonne-moi, mais je ne puis recevoir de visiteurs en ce moment, aussi aimables que soient tes intentions. Merci de m'avoir exprimé ta compassion…

— Sais-tu qui est ma mère ? l'interrompit Souffhrance.

Layla secoua la tête sur l'oreiller.

— Je t'en prie, sors…

— Le sais-tu ? lui demanda la femelle d'une voix rauque.

Brusquement, Layla eut envie de pleurer. Elle n'avait pas l'énergie pour mener une conversation en ce moment, et certainement pas au sujet de *mahmens*. Pas alors qu'elle était en train de perdre son propre enfant.

— Je t'en prie.

— Je suis née de la Vierge scribe.

Layla fronça les sourcils, comprenant les mots en dépit de la douleur, physique et mentale.

— Je te demande pardon ?

Souffhrance prit une profonde inspiration, comme si elle ne se réjouissait pas de cette révélation, mais la considérait plutôt comme une malédiction.

— Je suis la chair même de la Vierge scribe, née d'elle il y a bien longtemps, et cachée des archives des Élues ainsi que du regard des tiers.

Layla cligna des yeux sous le choc. L'apparition de la femelle là-haut avait été une sorte de mystère, mais elle n'avait certainement pas posé de questions, vu que cela aurait été déplacé. Le seul point dont elle était sûre, c'était qu'il n'avait jamais été fait mention que la très sainte Mère de l'espèce aurait engendré un enfant.

En fait, la structure tout entière de leur système de croyance était fondée sur le fait que cela n'était pas arrivé.

— Comment est-ce possible ? souffla Layla.

Le regard étincelant de Souffhrance devint grave.

— Ce n'est pas ce que j'aurais souhaité. Et ce n'est pas une chose dont je parle volontiers.

Dans le moment de tension qui suivit, Layla vit qu'il était impossible de ne pas voir la vérité dans ce que disait la femelle. Ni la colère véhémente, dont on pouvait deviner la cause.

— Vous êtes une sainte, alors, dit-elle avec crainte.

— Pas le moins du monde, je te le garantis. Mais mon lignage m'a fourni une sorte de… comment pourrions-nous dire ? De compétence.

Layla se raidit.

— Et de quoi s'agit-il ?

Le regard de Souffhrance se fit hésitant.

— Je veux t'aider.

Layla posa les mains sur son bas-ventre.

— Si tu veux dire par là à en finir plus tôt… c'est non.

Elle avait encore son enfant pour si peu de temps en elle. Peu lui importait la durée de la douleur, elle ne sacrifierait pas une seule minute de ce qui serait sans doute sa seule et unique grossesse.

Elle ne subirait pas cette épreuve une seconde fois. À l'avenir, quand elle aurait ses chaleurs, elle se droguerait, point final.

Subir une telle perte même une fois dans une vie c'était déjà beaucoup trop.

— Et si tu crois pouvoir l'arrêter, ce n'est pas possible, ajouta Layla. Il n'y a rien que l'on puisse faire.

— Je n'en suis pas si sûre. (Souffhrance la contempla.) J'aimerais voir si je peux sauver ta grossesse. Si tu me laisses essayer.

Sur le campus abandonné de l'école de filles Bronswick, M. C. avait pris ses quartiers dans ce qui avait autrefois été le bureau de la directrice.

Le panneau craquelé dans le couloir le lui avait appris.

Comme il n'y avait pas de chauffage, la température ambiante était exactement celle de l'extérieur, mais grâce au sang de l'Oméga, le froid n'était plus un problème pour lui. Et heureusement : de l'autre côté du terrain envahi de végétation et couvert de neige, dans le dortoir principal sous les toits, près de cinquante éradiqueurs dormaient d'un sommeil de plomb.

Si ces enfoirés avaient eu besoin de chauffage central ou de nourriture, il n'aurait vraiment pas eu de chance.

Mais non, il n'avait qu'à leur fournir un abri. Leur initiation se chargeait du reste, et le fait qu'ils aient besoin de se débrancher de leur état de conscience toutes les vingt-quatre heures était un soulagement.

Il avait besoin de temps pour réfléchir.

Seigneur Dieu, quel bordel.

Éprouvant soudain le besoin de faire les cent pas, il fit mine de repousser sa chaise, avant de se rappeler qu'il était assis sur un seau en plastique retourné.

— Bon sang.

Examinant la pièce décrépite, il en évalua le niveau de délabrement en avisant tour à tour le plâtre qui se détachait en plaques des poutres du plafond, les fenêtres barrées de planches, et le trou dans le plancher dans un coin. L'endroit ressemblait tout à fait aux comptes en banque qu'il avait découverts.

Pas d'argent nulle part. Pas de munitions. Des armes qui ne pouvaient infliger que des contusions, et c'était à peu près tout.

Après sa promotion, il avait été tellement gonflé de son importance qu'il débordait de projets. À présent, il n'avait devant lui aucune ressource, pas d'argent, rien.

L'Oméga, de son côté, attendait toutes sortes de résultats. Comme il le lui avait amplement fait comprendre lors de sa petite « visite » tard la veille au soir.

Et il y avait un autre problème. Il détestait ça.

Au moins, il pouvait faire quelque chose pour le reste.

Étirant les bras au-dessus de sa tête et faisant craquer ses épaules, il remercia Dieu pour deux choses : premièrement, que les téléphones portables n'aient pas été coupés ; il pouvait donc communiquer avec ses hommes sur le terrain, et disposait d'un accès à Internet. Et deuxièmement, que toutes ses années passées dans la rue lui aient forgé une poigne de fer quand il s'agissait de contrôler les jeunes crétins débiles impliqués dans le trafic de drogue.

Il devait injecter du cash. Point barre.

Il avait eu un putain de plan pour ça aussi : envoyer les derniers 9 300 dollars de la Société avec trois de ses gars à minuit la veille. Tout ce que ces connards avaient à faire, c'était conclure la vente, récupérer la dope et la rapporter ici, où il la couperait avant de l'emballer en petits paquets pour que les nouveaux initiés la vendent dans la rue.

Mais le problème, c'était qu'il attendait toujours sa foutue livraison.

Et il devenait franchement impatient à force d'attendre de découvrir où étaient passés la drogue ou son argent.

Il était possible que ces enfoirés se soient enfuis avec l'une ou l'autre, mais si c'était le cas, il les traquerait comme des chiens et montrerait à tous les autres ce qui se passait quand on…

Comme son téléphone se mettait à sonner, il le prit, regarda qui appelait et appuya sur « Décrocher ».

— Il était temps, bordel. Où étiez-vous passés, et où est ma came ?

Il y eut un silence. Puis une voix lui parvint de l'autre bout du fil, qui n'avait rien à voir avec celle du revendeur boutonneux à qui il avait confié le portable, l'argent et le dernier flingue en état de marche de la Société.

— J'ai quelque chose que vous désirez.

M. C. fronça les sourcils. Une voix très grave. Teintée d'inflexions qu'il reconnut comme venant de la rue, et d'un accent qu'il ne parvenait pas à définir.

— Il ne s'agit pas du téléphone pourri depuis lequel vous m'appelez, fit M. C. d'une voix traînante. J'en ai plein.

Après tout, quand on n'avait rien dans son jeu, son holster ou son portefeuille, bluffer était la seule option qui restait.

— Eh bien, tant mieux pour vous. Avez-vous également plein de ce que vous m'avez envoyé ? De l'argent ? Des hommes ?

— Qui êtes-vous, putain ?

— Je suis votre ennemi.

— Si vous avez piqué mon fric, c'est certain.

— En fait, c'est une réponse simpliste à un problème un peu plus complexe.

M. C. se leva d'un bond, ce qui eut pour effet de renverser le seau.

— Où est mon putain de fric, et qu'avez-vous fait de mes hommes ?

— Je crains qu'ils ne puissent plus jamais parler au téléphone. C'est pour cela que je vous appelle.

— Tu n'as pas la moindre idée de ce à quoi tu te frottes, cracha M. C.

— Au contraire, vous êtes celui qui souffre de ce désavantage-là, au même titre que beaucoup d'autres. (Quand M. C. fut sur le point de répliquer, le type l'interrompit.) Voilà ce que nous allons faire. Je vais vous rappeler à la tombée de la nuit et vous indiquer un point de rendez-vous. Vous, et vous seul, viendrez me rencontrer là-bas. Si quelqu'un vous accompagne, je le saurai et vous n'entendrez plus jamais parler de moi.

M. C. avait l'habitude de mépriser les autres, une conséquence du boulot quand on ne traitait qu'avec de pseudo-voyous et des drogués fauchés. Mais ce mec au bout du fil était maître de lui. Calme.

Il s'agissait d'un professionnel.

M. C. ravala sa colère.

— Je n'ai pas besoin de jouer…

— Si, bien sûr. Parce que si vous voulez vendre de la drogue, il faut me rencontrer.

M. C. se tut. Il s'agissait soit d'un cinglé avec des illusions de grandeur, soit de quelqu'un doté d'un véritable pouvoir. Comme peut-être cet homme qui tuait tous les intermédiaires du commerce de drogue de Caldwell depuis un an.

— Où et quand ? demanda-t-il d'un ton bourru.

Il entendit un rire menaçant.

— Répondez au téléphone à la tombée de la nuit, et vous le saurez.

Chapitre 43

Layla fut incapable de parler quand elle eut complètement assimilé les paroles de Souffhrance.

— Non, dit-elle à la femelle. Non, Havers m'a dit… qu'il n'y avait rien à faire.

— D'un point de vue médical, il est bien possible que ce soit vrai. Néanmoins, j'ai peut-être une autre solution. J'ignore si cela fonctionnera, mais si tu me le permets, j'aimerais essayer.

Pendant un moment, Layla ne put que respirer.

— Je ne… (Elle posa la main sur son ventre plat.) Que vas-tu me faire ?

— Je n'en suis pas certaine, pour être honnête. (Souffhrance haussa les épaules.) En fait, il ne m'était même pas venu à l'esprit que je puisse tenter d'améliorer ton état. Mais je suis connue pour guérir ce qui a besoin de l'être. Encore une fois, je ne suis pas certaine que cela marchera dans ce cas. Mais nous pourrions essayer et cela ne te fera pas mal. Cela, je peux le promettre.

Layla scruta le visage de la guerrière.

— Pourquoi… ferais-tu cela pour moi ?

Souffhrance fronça les sourcils et détourna les yeux.

— Tu n'as pas besoin de connaître mes raisons.

— Si.

Le profil devint franchement glacial.

— Toi et moi sommes des sœurs qui avons subi la tyrannie de ma mère : des victimes de son grand projet d'ordonnancement des choses. Nous étions toutes deux emprisonnées par elle, toi en tant qu'Élue, moi en tant que fille de sang. Il n'est rien que je ne ferais pas pour t'aider.

Layla se rallongea. Jamais auparavant elle ne s'était considérée comme une victime de la Mère de l'espèce. Sauf que, si elle analysait son envie désespérée d'avoir une famille, son sentiment d'être déracinée et de n'avoir aucune identité en dehors de sa fonction d'Élue, elle ne pouvait s'empêcher de s'interroger. Le libre arbitre l'avait menée à cet état atroce, mais au moins elle en avait choisi la voie et les moyens. En tant que membre de la catégorie particulière des femelles de la Vierge scribe, elle n'avait jamais eu à faire un tel choix, sur quelque aspect de sa vie que ce soit.

Sur aucun, en fait.

Elle perdait cet enfant ; c'était évident. Et si Souffhrance estimait qu'il y avait une chance de…

— Fais ce que tu souhaites, dit-elle d'une voix rauque. Et je te remercie, quel qu'en soit le résultat.

Souffhrance hocha la tête. Puis elle montra ses mains, dont elle fit jouer les doigts avant de les écarter au maximum.

— Puis-je toucher ton ventre ?

Layla repoussa les couvertures.

— Dois-je également ôter ma chemise ?

— Non, contente-toi de la relever.

C'était tout aussi bien. Le simple fait de déplacer la courtepointe avait déjà déclenché de nouvelles crampes, à cause du changement infime de poids…

— Tu souffres tellement, murmura la femelle.

Layla ne répondit pas tandis qu'elle dévoilait la peau de son ventre. Visiblement, son expression en avait déjà dit assez.

— Détends-toi. Cela ne devrait te causer aucune douleur.

Quand le contact fut établi, Layla redressa brusquement la tête. Les mains de la guerrière étaient tièdes comme l'eau d'un bain quand elles se posèrent avec une douceur infinie sur son bas-ventre. Apaisantes comme l'eau d'un bain, également. Étrangement apaisantes, en fait.

— Est-ce que cela te fait mal ? demanda Souffhrance.

— Non. C'est…

Une autre crampe s'annonça et elle agrippa les draps, se préparant…

Sauf que le pic de douleur ne grimpa pas aussi haut que les précédents, ce qui lui fit songer à une haute montagne escarpée dont on aurait coupé le sommet.

C'était le premier soulagement qu'elle éprouvait depuis que la fausse couche avait débuté.

Avec un grognement de soumission, elle laissa sa tête se détendre contre les oreillers et cette soudaine lassitude lui apprit à quel point son corps avait souffert.

— Et maintenant, commençons.

Tout d'un coup, la lampe de l'autre côté de la pièce se mit à clignoter, puis s'éteignit.

Néanmoins, sa lumière fut bientôt remplacée.

Des mains douces de Souffhrance, une légère lueur commença à émaner, tandis que la chaleur de son contact s'intensifiait, et cet étrange et merveilleux soulagement semblait pénétrer sous la peau, le muscle et jusqu'au moindre os qui s'interposait, directement jusqu'aux entrailles de Layla.

Puis il y eut une sorte d'explosion.

Avec un sifflement, Layla s'abandonna à la grande vague d'énergie qui s'enfonça brusquement en elle. La chaleur ne fut jamais brûlante, mais elle repoussa la douleur en bouillonnant, apaisant la souffrance de sa chair aussi sûrement que la vapeur d'une casserole montait et s'échappait.

Mais ce n'était pas fini. Un profond sentiment d'euphorie traversa son corps, ses filaments dorés pulsant autour de son bassin et se répandant dans son torse jusqu'à son esprit et son âme tandis que ses jambes et ses bras la picotaient également.

Oh, cet intense et poignant soulagement…

Oh, cette incroyable puissance…

Oh, ce doux répit bienfaisant.

Mais la guérison n'était toujours pas finie.

Au milieu de ce tourbillon, Layla sentit un… de quoi s'agissait-il ? Un mouvement dans son ventre. Un resserrement, peut-être ? Mais pas une crampe, non, ce n'était pas cela. C'était plutôt comme si ce qui se relâchait avait trouvé une nouvelle force pour inverser la tendance.

Elle prit peu à peu conscience que ses dents claquaient.

Baissant la tête pour regarder son corps, elle vit qu'elle tremblait de la tête aux pieds, et ce n'était pas tout.

Tout son corps luisait. Chaque centimètre de sa peau ressemblait à l'abat-jour d'une lampe, révélant la lumière en dessous, et ses vêtements agissaient comme de légers filtres tamisant l'énergie lumineuse qui circulait en elle.

Dans cette lumière, le visage de Souffhrance était tendu, comme s'il lui coûtait beaucoup d'énergie de faire bénéficier une autre de son merveilleux don de guérison. Et Layla se serait écartée, aurait mis fin à cela, si elle l'avait pu, car la femelle commençait à avoir l'air franchement hagard. Il n'y avait aucun moyen de rompre le lien, pourtant ; elle ne contrôlait plus ses membres et n'était même plus en mesure de parler.

Cette communion vitale entre elles parut durer une éternité.

Quand Souffhrance s'écarta enfin d'une secousse, rompant le lien, elle tomba du lit et s'effondra sur le sol.

Layla ouvrit la bouche pour crier. Tenta de toucher sa sauveuse. Lutta contre le poids mort de son corps toujours lumineux.

Mais elle ne put rien faire.

La dernière chose qui lui traversa l'esprit avant de perdre conscience fut son inquiétude pour la femelle. Puis tout s'obscurcit.

Chapitre 44

Vhif se réveilla avec une érection.

Il était allongé sur le dos et remuait machinalement les hanches, si bien que le mouvement régulier caressait son pénis contre le poids de la couette et des draps. Pendant un moment, comme il s'attardait dans cet état de semi-conscience avant de reprendre totalement ses esprits, il s'imagina que Blay était à l'origine de cette douce friction, et que les mains du mâle glissaient de haut en bas sur son pénis, en préambule à un peu d'action buccale.

Ce fut quand il tendit le bras pour enfouir les doigts dans les cheveux roux qu'il découvrit qu'il était seul : ses mains ne rencontrèrent que les draps.

Dans un sursaut du genre « l'espoir fait vivre », il écarta le bras pour palper l'espace à côté de lui, prêt à trouver le corps tiède du mâle.

Mais il ne sentit rien d'autre que des draps froids.

— Merde, souffla-t-il.

Il ouvrit les yeux et la réalité de sa situation le frappa durement et fit instantanément dégonfler son pénis. En dépit de ces deux incroyables parties de jambes en l'air, Blay était en ce moment même en train de se réveiller avec Saxton.

Et probablement de baiser avec lui.

Oh, Seigneur, il allait se mettre à gerber.

L'idée que Blay en touche un autre, en chevauche un autre, en lèche et en caresse un autre – son putain de cousin, en l'occurrence – était presque aussi insupportable que la fausse couche de Layla. Le fait était que, à cause de ce qui s'était passé, l'attirance de Vhif envers le mâle s'était intensifiée au lieu de diminuer.

Génial. Encore une bonne nouvelle.

Ce fut sans le moindre enthousiasme qu'il s'arracha du lit pour se traîner dans la salle de bains. Il n'alluma pas la lumière tout d'abord, car il n'avait aucune envie de voir qu'il ressemblait à une merde, mais se raser sans autre aide que son sens du toucher n'était pas la meilleure idée du monde.

Comme il appuyait sur l'interrupteur, il battit vivement des paupières sous l'effet de l'éblouissement, et sentit qu'une migraine commençait à poindre derrière ses yeux. Il avait sans doute besoin de manger de nouveau mais, putain de merde, les exigences incessantes de son corps le déprimaient.

Il fit couler l'eau, prit son gel de rasage et emplit sa paume d'un petit tourbillon de savon. Comme il se frottait les mains l'une contre l'autre pour faire mousser le produit, il songea à son cousin. Il avait l'impression, même s'il n'en avait pas la certitude, que Saxton devait utiliser un blaireau à l'ancienne pour faire mousser le gel sur sa mâchoire et ses joues. De même qu'il ne devait pas se servir de rasoirs jetables, mais sans doute d'un ustensile de barbier avec une poignée en nacre.

Le père de Vhif en avait eu un de cette sorte. Et son frère en avait reçu un avec ses initiales après sa transition.

En même temps que la chevalière.

Eh bien, tant mieux pour eux. De toute façon, vu qu'ils étaient tous les deux morts, ce n'était pas comme s'ils se rasaient encore.

Quand son visage fut couvert de blanc, tout comme le paysage dehors, il prit son banal rasoir pourvu d'une tête jetable…

Sans raison apparente, il se dit qu'il devrait peut-être la changer.

Oui, en mettre une nouvelle, parfaitement aiguisée et propre.

Vhif leva les yeux au ciel à cette idée. Rien de tel pour se regonfler l'amour-propre que trois petites lames et une bande hydratante.

Coup de pied au cul auto-administré mis à part, il se mit à fouiller dans les tiroirs sous le lavabo, et entreprit de faire l'inventaire de toutes sortes de produits de bain et de beauté dont il ne s'était jamais servi et qu'il n'avait même jamais regardés.

Lorsqu'il ouvrit le dernier tiroir, le plus près du sol, il s'arrêta. Fronça les sourcils. Se pencha.

Il y avait une petite boîte en velours noir à l'intérieur, du genre écrin à bijoux. Sauf qu'il n'en possédait pas, et certainement pas de chez Reinhardt, cette boutique huppée du centre-ville. Vu que personne d'autre ne séjournait dans sa chambre, il se demanda si elle n'était pas là depuis qu'il s'y était installé et qu'il ne l'ait tout simplement jamais vue.

Sortant la boîte, il souleva le couvercle et…

— Putain de merde.

À l'intérieur, comme s'ils avaient la moindre valeur, tous ses piercings gris acier se trouvaient rassemblés, ainsi que l'anneau qu'il avait toujours porté à la lèvre inférieure.

Fritz avait dû les ramasser en nettoyant un soir, et les déposer dans la boîte. C'était la seule explication, parce que Vhif ne s'était certainement pas soucié d'eux après les avoir ôtés un par un. Il les avait seulement jetés au fond d'un des placards de la salle de bains.

Vhif effleura les maillons d'acier, en repensant à l'époque où il les avait achetés et mis. Son père avait été mortifié ; sa mère aussi, au point qu'elle s'était excusée et avait quitté le Dernier Repas. Elle était restée cloîtrée dans ses appartements privés pendant vingt-quatre heures après qu'il avait débarqué dans la salle à manger en les portant.

À la boutique de piercing, on lui avait dit de ne pas mettre les anneaux tant que la chair autour des clous qui servaient à faire les trous n'était pas complètement cicatrisée. Mais ce conseil valait pour les humains. Quelques heures plus tard, sa peau était parfaitement nette et il avait fait l'échange.

Dans les toilettes de Blay, en fait.

Vhif fronça les sourcils, en se rappelant ce moment où il avait débarqué dans la chambre de ce dernier. Blay était installé sur le lit, une bière à la main, en train de regarder la télé. Il avait tourné la tête, une expression ouverte et détendue sur le visage, jusqu'à ce qu'il jette un coup d'œil à Vhif.

Son visage s'était très légèrement tendu. Le genre de chose que, à moins de connaître une personne très, très bien, on ne remarquait pas. Mais Vhif l'avait remarqué.

À l'époque, il avait supposé que c'était parce que tout son attirail gothique était un peu extrême pour M. le Conservateur. Mais à présent, en y repensant, il se rappelait autre chose. Blay avait reporté son attention sur l'écran plasma et pris d'un air nonchalant un oreiller pour le poser sur ses genoux.

Il avait dû avoir une érection.

Alors que Vhif se rejouait toute la scène dans sa tête, son propre sexe se raidit une fois de plus.

Sauf que c'était une perte de temps, pas vrai ?

Les yeux rivés sur ces satanés piercings, il songea à sa rébellion, à sa colère et à son idée débile de ce qu'il devait avoir pour être heureux.

Une femelle. S'il pouvait en trouver une qui veuille de lui.

Quel mensonge cela avait été.

C'était étrange, la lâcheté prenait de nombreuses formes, n'est-ce pas ? On n'avait pas besoin de se recroqueviller dans un coin, de trembler comme une mauviette et de pleurnicher. Oh non. On pouvait être un gros balèze avec une attitude de méchant, un visage plein de piercings et l'envie d'en remontrer à la terre entière, et n'être rien d'autre qu'un enfoiré de lâche. Après tout, Saxton portait peut-être des costumes trois-pièces, des cravates et des mocassins, mais il savait qui il était et ne craignait pas d'obtenir ce qu'il voulait.

Et ça alors, Blay se réveillait actuellement dans le lit de ce mâle.

Vhif referma le couvercle et reposa les piercings là où il les avait trouvés. Puis il jeta un coup d'œil dans le miroir. Qu'était-il en train de faire, déjà ?

Oh, oui, il se rasait.

C'était ça.

Environ vingt minutes plus tard, Vhif quitta sa chambre. Il descendit le couloir aux statues, dépassa les portes fermées du bureau de Kolher et poursuivit sa route.

Comme il passait devant le salon du premier étage, il eut du mal à regarder à l'intérieur de la pièce, et du mal à rester détendu quand le canapé entra dans son champ de vision.

Il ne regarderait plus jamais ce meuble de la même façon. Mince, peut-être même que tous les canapés étaient perdus pour lui, à jamais.

Devant la porte de Layla, il se pencha et posa l'oreille contre le panneau. Quand il n'entendit rien, il se demanda ce qu'il avait exactement cru découvrir de cette manière.

Il frappa doucement. Comme il n'obtenait pas de réponse, il fut soudain saisi à la gorge par une peur irrationnelle et, sans réfléchir, ouvrit la porte d'un coup.

La lumière du couloir transperça l'obscurité de la chambre.

Sa première pensée fut que l'Élue était morte ; que Havers, ce fils de pute, avait menti et que la fausse couche s'était transformée en hémorragie et l'avait tuée : Layla était étendue sur les oreillers, immobile, la bouche légèrement entrouverte et les mains posées sur la poitrine comme si elle avait été positionnée par un croque-mort respectueux des défunts.

Sauf que quelque chose était différent, et il lui fallut une minute pour comprendre de quoi il s'agissait.

L'odeur écrasante de sang avait disparu. En fait, seul le délicat parfum de cannelle de l'Élue flottait dans l'air, et le rafraîchissait si bien qu'il embaumait toute la pièce.

La fausse couche était-elle finalement terminée ?

— Layla ? appela-t-il, même s'il lui avait promis de la laisser tranquille, s'il la trouvait assoupie.

Ce fut un soulagement de la voir froncer les sourcils quand elle entendit son nom, même en plein sommeil.

Il avait l'impression que s'il le répétait, elle se réveillerait.

Cela lui paraissait cruel de la forcer à reprendre conscience. Que trouverait-elle à son réveil ? La douleur qu'elle avait éprouvée ? Le sentiment de perte ?

Au diable tout ça.

Vhif s'esquiva en silence, referma la porte et resta planté là. Il ne savait pas trop quoi faire de sa peau. Kolher lui avait dit de rester à la maison, même si John Matthew sortait. Il supposait que c'était une façon compatissante de le relever de sa fonction d'*ahstrux nohtrum*. Et il en était vraiment reconnaissant. Même s'il ne pouvait guère aider Layla, il pouvait au moins rester dans les parages au cas où elle aurait besoin de quelque chose. Une boisson sucrée. De l'aspirine. Une épaule sur laquelle pleurer.

« C'est toi qui lui as fait ça. »

En entendant le carillon sonner dans ce satané salon, il comprit qu'il avait raté le Premier Repas. Vingt et une heures. Oui, il avait dormi d'une traite, et c'était tout aussi bien. S'il avait dû s'asseoir à table et passer quarante-cinq minutes en compagnie de presque deux dizaines de personnes qui tentaient de ne pas le dévisager, il aurait perdu la boule.

Un bruit de pas dans le vestibule lui fit lever la tête.

Machinalement, il marcha jusqu'à la balustrade et regarda en bas.

Souffhrance, la phénoménale sœur de V., sortait de la salle à manger.

Il ne connaissait pas très bien la femelle, mais il la respectait. Impossible qu'il en soit autrement, vu la façon dont elle se comportait sur le champ de bataille : elle était coriace, très coriace. Mais pour l'instant, la *shellane* du docteur Manello avait l'air d'avoir pris une raclée dans une bagarre d'ivrognes : elle marchait lentement, en traînant les pieds sur le sol en mosaïque, le dos voûté, et ne semblait tenir debout que grâce à la prise qu'elle avait refermée sur le bras de son compagnon.

Avait-elle été blessée dans un corps à corps ?

Il ne sentit pas d'odeur de sang.

Le docteur Manello dit quelque chose à la femelle qu'il n'entendit pas, mais ensuite il désigna du menton la salle de billard, comme s'il lui demandait si elle voulait s'y rendre.

Ils s'y dirigèrent à la vitesse de l'escargot.

Vu qu'il détestait que les gens l'espionnent, Vhif s'écarta de la rampe et attendit que le terrain soit dégagé. Puis il descendit l'escalier au pas de course.

Il devait d'abord manger, puis il irait s'entraîner, avant de retourner voir Layla.

Ce serait le programme de sa nuit.

Se dirigeant vers la cuisine, il se surprit à se demander où était Blay. Ce qu'il faisait. S'il était quelque part dehors à se battre, ou ici pour la soirée ou…

Compte tenu du fait qu'il ignorait où se trouvait Saxton, il cessa immédiatement de s'interroger.

Si Vhif n'avait pas été de service et donc en mesure de passer un peu de temps en tête à tête avec le mâle, il savait ce qu'il aurait fait.

Et Saxton, son enfoiré de cousin, n'était pas un idiot.

Chapitre 45

Ahssaut fut finalement rattrapé par le manque de sang environ cinq heures après la tombée de la nuit. Il était en train d'enfiler sa chemise, un vêtement bleu pâle avec des boutons de manchettes, quand ses mains se mirent à trembler si fort qu'il lui fut impossible de fermer ce satané truc sur sa poitrine. Et l'épuisement survint alors, si accablant qu'il vacilla sur ses jambes.

Jurant à voix basse, il se dirigea vers sa commode. Sur le plateau d'acajou poli, son flacon et sa cuillère l'attendaient, et il régla l'affaire en deux « sniff » rapides, un pour chaque narine.

Sale habitude, dans laquelle il ne retombait que quand il en avait vraiment besoin.

Au moins, le shoot vint à bout de sa fatigue. Mais il allait devoir trouver une femelle. Bientôt. Oui, c'était un miracle qu'il ait tenu si longtemps : la dernière fois qu'il avait pris une veine remontait à plusieurs mois, et l'expérience était loin d'avoir été plaisante : un échange rapide et malsain avec une femelle de l'espèce bien connue pour fournir une subsistance aux mâles dans le besoin. Moyennant finances.

Quel embarras.

Après s'être armé et avoir enfilé un manteau en cachemire noir, il descendit l'escalier et déverrouilla la porte coulissante en acier. Comme il accédait au rez-de-chaussée, il fut accueilli par un bruit de pistolets que l'on inspectait.

Dans la cuisine, les jumeaux passaient en revue plusieurs calibres .40.

— Tu as appelé ? demanda Ahssaut à Ehric.

— Selon ta demande.

— Et ?

— Il sera là et il viendra seul. As-tu besoin d'armes ?

— J'en ai. (Il récupéra les clés de sa Range Rover dans un vide-poche en argent posé sur le comptoir.) Nous prenons mon véhicule. Au cas où quelqu'un serait blessé.

Après tout, seul un idiot se fierait à la parole d'un ennemi, et le châssis de son 4 × 4 était équipé d'un engin qui pouvait se révéler très utile en cas d'attaque de masse.

« Boum. »

Quinze minutes plus tard, tous trois traversaient le pont menant à Caldwell, et comme Ahssaut conduisait, il se rappela pourquoi faire venir ses cousins ici avait été une idée inspirée : non seulement ils faisaient d'excellents renforts, mais en plus, ils ne gaspillaient pas leur salive en conversations inutiles.

Le silence était un quatrième passager apprécié dans la voiture.

Arrivé sur la rive de l'Hudson donnant sur le centre-ville, il emprunta une sortie qui décrivait un large cercle et débouchait sous l'autoroute du Nord. Avançant parallèlement au fleuve, il pénétra dans la forêt d'épais pylônes qui étayaient la route et offraient à voir un paysage nu, sombre et, pour l'essentiel, vide.

— Gare-toi ici, sur la droite, dans une centaine de mètres, dit Ehric depuis la banquette arrière.

Assaut se dirigea vers le côté, grimpa sur le trottoir et s'arrêta sur la bande d'arrêt d'urgence.

Tous trois sortirent dans le froid, le manteau ouvert, le pistolet à la main et l'œil aux aguets. Ils se mirent en marche et le jumeau d'Ehric, qui venait en dernier, tenait dans une main les trois sacs-poubelle du garage dont le plastique noir émettait un bruissement à chaque pas.

Au-dessus d'eux, on entendait la rumeur de la circulation qui mêlait le ronronnement des voitures roulant à vitesse constante, la sirène suraiguë d'une ambulance et les vibrations des poutrelles métalliques au passage d'un lourd camion. Quand Ahssaut prit une profonde inspiration, il sentit l'air glacial pénétrer dans ses sinus, toute odeur de saleté ou de poisson mort anéantie par le froid.

— Droit devant, annonça Ehric.

Ils traversèrent l'asphalte d'un pas calme et régulier, avant d'arriver sur un terrain dur et gelé. Avec les grandes dalles de béton de la route qui bloquaient les rayons du soleil, rien ne poussait ici, mais il y avait de la vie – en quelque sorte. Des clochards humains dans des abris de fortune faits de cartons et de bâches s'étaient installés là pour lutter contre l'hiver. Ils étaient si emmitouflés qu'il était impossible de dire de quel côté ils étaient tournés.

Vu qu'ils se préoccupaient surtout de rester en vie, Ahssaut ne s'inquiétait pas d'une éventuelle interférence de leur part. En outre, ils avaient sans le moindre doute l'habitude d'assister de loin à ce genre de transaction, et savaient qu'il ne fallait pas intervenir.

Et si ce n'était pas le cas, il n'hésiterait pas à mettre un terme à leur malheur.

Le premier signe de leur ennemi se manifesta sous la forme d'une puanteur charriée par le vent. Ahssaut n'était pas particulièrement bien informé des méthodes de la Société des éradiqueurs et de ses membres, mais son odorat fin ne discerna aucune nuance dans l'odeur nauséabonde. Il l'interpréta donc comme une preuve que ses instructions avaient bien été suivies et qu'un millier de tueurs ne déboulaient pas sur scène, même s'il était possible que les citoyens de l'Oméga n'aient tous qu'un seul parfum.

Ils le découvriraient bientôt.

Ahssaut et ses mâles s'arrêtèrent. Puis attendirent.

Un instant plus tard, un unique éradiqueur sortit de derrière un pylône.

Tiens, tiens, intéressant. Celui-ci avait été un « client » auparavant, qui se pointait avec du liquide pour récupérer des doses d'ecstasy ou d'héroïne. Il avait failli être éliminé, car son volume d'achats se trouvait juste en dessous de la limite qui l'aurait classé dans la catégorie des intermédiaires.

C'était la seule raison pour laquelle il respirait encore. Il avait donc été, à un moment donné, transformé en tueur. En y repensant, il avait été absent ces derniers temps, on pouvait donc en déduire qu'il s'adaptait à sa nouvelle vie. Ou non-vie, en l'occurrence.

— Seigneur… Dieu, dit l'éradiqueur en saisissant visiblement leurs odeurs.

— J'étais sincère quand j'ai dit que j'étais votre ennemi, dit Ahssaut d'une voix traînante.

— Des vampires… ?

— Ce qui nous met vous et moi dans une position étrange, n'est-ce pas ? (Ahssaut désigna les jumeaux du menton.) Mes associés sont venus ici en toute bonne foi la nuit dernière. Ils ont été tout aussi surpris que vous de ce qu'ils ont découvert quand vos hommes sont arrivés. Certains… comportements agressifs… de notre part se sont manifestés avant que la transaction soit réalisée. Toutes mes excuses.

Sur un signe de tête d'Ahssaut, les trois sacs-poubelle furent jetés vers le tueur.

La voix d'Ehric était sèche.

— Nous sommes prêts à vous dire où se trouvent leurs restes.

— En fonction de l'évolution de cette transaction, ajouta Ahssaut.

L'éradiqueur baissa les yeux, mais ne montra aucune autre réaction. Ce qui suggérait qu'il s'agissait d'un professionnel.

— Vous avez apporté la marchandise ?

— Vous l'avez payée.

Le tueur plissa les yeux.

— Vous allez faire des affaires avec moi.

— Je peux vous assurer que je ne suis pas ici pour le plaisir de votre compagnie. (Sur un geste de la main d'Ahssaut, Ehric sortit un paquet emballé.) Quelques règles pour commencer. Vous me contacterez directement. Je n'accepterai aucun appel de qui que ce soit d'autre au sein de votre organisation. Vous pouvez déléguer le dépôt et le ramassage à qui vous voulez, mais vous me fournirez l'identité et le nombre de représentants que vous enverrez. S'il y a la moindre embuscade, ou le moindre écart à ces deux règles, je cesserai toute transaction avec vous. Ce sont mes seules exigences.

Le regard de l'éradiqueur passa d'Ahssaut à ses cousins.

— Et si je veux acheter plus ?

Ahssaut avait envisagé cette possibilité. Il n'avait pas passé les douze derniers mois à forcer les intermédiaires à se tirer une balle dans la tête pour rien, et il n'allait pas céder son pouvoir difficilement gagné à qui que ce soit. Néanmoins, il s'agissait d'une occasion unique. Si la Société des éradiqueurs souhaitait gagner de l'argent dans les rues, cela ne lui posait pas de problème de leur fournir la drogue pour ce faire. Ce n'était pas comme si ce fils de pute nauséabond était capable d'atteindre Benloise, Ahssaut s'assurerait que cela n'arrive pas. Surtout, à cause de son modèle économique, Ahssaut avait atteint un seuil limite de rendement qu'il ne parvenait pas à dépasser : à eux trois, ils disposaient de plus de produits que de vendeurs.

Il était donc temps de commencer à sous-traiter. Sa mainmise sur la ville achevée, la phase suivante consistait à trier sur le volet quelques tierces personnes afin d'effectuer des contrats, pour ainsi dire.

— Nous allons commencer tranquillement et voir comment les choses se passent, murmura Ahssaut. Vous avez besoin de moi. C'est moi la source. C'est donc à moi de choisir comment nous procéderons. Je ne suis certainement pas… comment dire… fermé à l'idée d'augmenter le volume de vos commandes. Avec le temps.

— Comment puis-je être sûr que vous ne travaillez pas avec la Confrérie ?

— Si c'était le cas, je leur aurais demandé de vous tendre une embuscade immédiatement. (Il désigna les sacs aux pieds du tueur.) De plus, en signe de bonne foi, et en reconnaissance de la perte de vos hommes, je vous ai crédité de 3 000 dollars pour cette livraison. Mille pour chacune de nos, dirons-nous, interprétations erronées de la nuit dernière.

Le tueur haussa les sourcils.

Dans le silence qui suivit, le vent souffla autour d'eux, soulevant les manteaux et faisant battre le col de la veste de l'éradiqueur.

Ahssaut se contentait d'attendre la réponse. Il y avait deux possibilités : « oui », auquel cas Ehric lancerait le paquet. « Non », et alors tous trois ouvriraient le feu sur cet enfoiré, le mutileraient et le renverraient d'un coup de poignard à l'Oméga.

Les deux réponses lui paraissaient acceptables. Mais il espérait que le tueur choisirait la première.

Il y avait de l'argent à se faire. Des deux côtés.

Sola se tenait à bonne distance des quatre hommes rassemblés sous le pont et observait le déroulement de leur rencontre à la jumelle.

M. Mystère, alias le Houdini du bord de la route, était flanqué de deux immenses gardes du corps, qui étaient le portrait craché l'un de l'autre. Selon toute apparence, il semblait diriger la réunion, ce qui n'était guère étonnant, et elle pouvait en deviner le thème.

Sans surprise, le jumeau de gauche avança d'un pas et tendit un paquet de la taille d'une boîte à déjeuner pour enfant à l'homme qui était tout seul.

Comme elle attendait que le deal s'achève, elle avait bien conscience qu'elle mettait sa vie en jeu dans cette histoire, et pas parce qu'elle se trouvait sous le pont après la tombée de la nuit.

Vu l'entretien qu'elle avait eu avec l'homme la nuit précédente, il était franchement douteux de croire qu'il apprécierait qu'elle se soit lancée sur sa piste et l'ait suivi jusqu'ici pour assister de loin à ses activités illégales. Mais elle avait passé l'essentiel des vingt-quatre dernières heures à penser à lui et à se mettre en rogne. Elle vivait dans un pays libre, putain, et si elle voulait se trouver ici, dans un lieu public, elle en avait le droit.

S'il désirait de la confidentialité, alors il n'avait qu'à gérer ses affaires ailleurs qu'en plein vent.

Comme sa colère revenait, elle serra les dents en ayant conscience que c'était là son pire défaut dans le travail.

Toute sa vie, elle avait été du genre à faire tout ce qu'on lui interdisait. Bien entendu, quand cela impliquait des choses telles que « Non, tu ne peux pas manger de cookie avant le dîner » ou « Non, tu ne peux pas prendre la voiture pour sortir ; tu es punie » ou… « Non, tu ne devrais pas aller voir ton père en prison »… les implications étaient très différentes de ce qui se passait actuellement devant elle.

Non, tu n'as pas le droit de retourner à cette maison.

Non, tu n'as plus le droit de m'espionner.

Ouais, tu parles, mon grand. Elle déciderait quand elle en aurait assez, merci bien. Et pour l'instant, elle n'en avait pas encore eu assez.

En outre, il y avait une autre raison à sa ténacité : elle détestait perdre son sang-froid, et c'était ce qui s'était passé la veille. Quand elle s'était arrachée à la confrontation avec cet homme, elle s'était aussi arrachée à la peur, et ce n'était pas ainsi qu'elle menait sa vie. Depuis cette tragédie, il y avait de cela si longtemps, quand les choses avaient changé à jamais pour elle, elle avait décidé – juré, plutôt – qu'elle n'aurait plus jamais peur de rien.

Ni de la douleur. Ni de la mort. Ni de l'inconnu.

Et certainement pas d'un homme.

Sola fit la mise au point sur le visage de M. Mystère. Grâce aux lueurs de la ville, il y avait assez de lumière pour qu'elle le distingue nettement et, oui, il était exactement comme dans son souvenir. Seigneur, ses cheveux étaient si noirs, presque comme s'il les avait teints. Et ses yeux, plissés, agressifs. Et son expression, si hautaine et impassible.

Franchement, il avait l'air trop élégant pour être ce qu'il était. Mais bon, il était peut-être taillé dans la même étoffe de dealer que Benloise.

Peu après, les deux camps rebroussèrent chemin : l'homme seul se retourna et marcha dans la direction d'où il était venu, plusieurs sacs-poubelle à moitié vides jetés en travers de son épaule ; les trois autres retraversèrent la chaussée pour retourner à la Range Rover.

Sola courut jusqu'à sa voiture de location, sa combinaison noire et son masque de ski l'aidant à se fondre dans l'ombre. S'installant au volant de la Ford, elle plongea hors de vue et se servit d'un miroir pour surveiller la voie à sens unique qui passait sous le pont.

La route était la seule issue disponible. À moins que l'homme souhaite courir le risque de se faire arrêter par la police pour circulation à contresens.

Quelques instants plus tard, la Range Rover la dépassa. Après l'avoir laissée prendre un peu d'avance, elle mit les gaz et les prit en filature en laissant environ un pâté de maisons entre les deux véhicules.

Quand Benloise lui avait confié cette mission, il lui avait fourni la marque et le modèle du 4 × 4 de l'homme, en sus de cette adresse au bord de l'Hudson. Mais pas son identité.

Elle n'avait que le nom d'une société immobilière et de son unique administrateur.

Comme elle pistait le trio, elle mémorisa le numéro d'immatriculation. L'un de ses amis au poste de police pourrait peut-être l'aider sur ce point ; même si, vu que la maison était la propriété d'une société, elle supposait qu'il en était de même du véhicule.

Peu importait. Il y avait une chose dont elle était certaine.

Où qu'il se rende ensuite, elle y serait.

Chapitre 46

Le cri retentit dans la chambre plongée dans la pénombre, puissant, aigu, inattendu.

Comme il se répercutait à ses oreilles, Layla ne comprit pas immédiatement qui l'avait réveillée ainsi. Qu'est-ce qui…

Baissant les yeux, elle vit qu'elle s'était assise dans le lit et tenait les draps froissés entre ses mains crispées, le cœur battant et le souffle court.

Elle examina la chambre autour d'elle et découvrit qu'elle avait la bouche grande ouverte…

Refermant la mâchoire, elle comprit que c'était elle qui avait crié. Il n'y avait personne d'autre dans la pièce. Et la porte était fermée.

Levant les mains, elle fit jouer ses poignets pour tourner ses paumes vers le haut, puis vers le bas. La lumière de la pièce, en l'occurrence, ne venait plus de sa chair. C'était celle de la salle de bains.

Se jetant sur le côté, elle regarda par-dessus le rebord du lit.

Souffhrance n'était plus effondrée par terre. La femelle avait dû partir ou bien on l'avait emmenée…

Sa première pensée fut de sortir d'ici pour trouver la sœur de Viszs. Elle devait simplement sauter du lit et commencer ses recherches. Même si elle n'avait pas tout à fait compris ce qui s'était passé entre elles, il était indubitable que cela avait coûté cher à la guerrière.

Mais Layla s'arrêta lorsque l'inquiétude pour son propre bien-être prit le dessus : sa conscience passa de l'extérieur à l'intérieur et son esprit s'enfonça dans son corps, fouillant et s'attendant à retrouver les crampes, le liquide chaud entre ses jambes, les douleurs étranges dans ses os.

Mais elle ne sentit plus rien.

De même qu'une pièce devenait silencieuse quand tous ceux qui s'y trouvaient se taisaient, le corps réagissait de manière semblable quand aucun de ses organes n'émettait plus de plainte.

Elle repoussa les couvertures, et bascula les jambes par-dessus le bord du matelas. Inconsciemment, elle se prépara à l'atroce sensation du sang coulant de son ventre. Comme elle n'éprouvait rien de tel, elle se demanda si la fausse couche était arrivée à son terme. Mais Havers n'avait-il pas dit que cela prendrait encore une semaine ?

Il lui fallut du courage pour se lever. Même si elle supposait que c'était ridicule.

Elle ne sentait toujours rien.

Layla entra lentement dans la salle de bains, s'attendant à tout moment à ce que le retour des symptômes la mette à genoux. Elle attendit que la douleur frappe, que les crampes reviennent, que le processus reprenne le contrôle de son corps et de son esprit.

« J'ignore si cela fonctionnera, mais si tu me le permets, j'aimerais essayer. »

Layla arracha presque ses vêtements. Puis elle s'assit sur les toilettes.

Pas de saignement.

Pas de crampe.

La moitié de son être plongea dans un chagrin si profond qu'elle craignit que cette émotion ne finisse jamais ; étrangement, au cours de sa fausse couche, elle avait eu l'impression d'avoir toujours une sorte de lien avec son bébé. Si c'était fini, alors la mort aurait accompli son œuvre ; même si logiquement, elle savait que rien n'avait vécu ni n'avait été capable de survivre ; autrement, la grossesse ne se serait pas interrompue.

L'autre moitié d'elle-même fut frappée d'un grand espoir.

Et si…

Elle prit une douche rapide, en dépit du fait qu'elle ne savait pas vraiment pourquoi elle se dépêchait, ni où elle irait ensuite.

Baissant la tête pour regarder son ventre, elle passa ses mains savonneuses sur la peau lisse et plate.

— Je vous en prie… tout ce que vous voulez, prenez tout ce que vous voulez… donnez-moi cette vie et prenez tout le reste…

Elle parlait à la Vierge scribe, bien entendu, non que la Mère de l'espèce soit encore à l'écoute.

— Donnez-moi mon bébé… laissez-moi le garder… je vous en supplie…

Le désespoir qu'elle ressentait était presque aussi douloureux que la souffrance physique, et elle sortit de la douche en titubant, s'essuya grossièrement et enfila des affaires propres.

D'après ce qu'elle avait vu à la télévision, les humaines disposaient de tests qu'elles pouvaient faire elles-mêmes, sous forme de bandelettes et autres, apparemment conçus pour les informer des mystères de la procréation de leurs corps. Les vampires n'avaient rien de tout cela – du moins pas à sa connaissance.

Mais les mâles savaient. Ils savaient toujours.

Bondissant hors de la chambre, elle se précipita vers le couloir aux statues, en priant pour croiser quelqu'un, n'importe qui…

Sauf Vhif.

Non, elle ne voulait pas qu'il soit celui qui découvrirait qu'un miracle avait eu lieu, ou que rien n'avait changé. C'était tout simplement trop cruel.

La première porte devant laquelle elle arriva fut celle de Blaylock, et elle y frappa après un instant d'hésitation.

Blay connaissait la situation depuis le début. Et au fond de lui, c'était un très bon mâle, un mâle fort et généreux.

N'obtenant pas de réponse, elle poussa un juron et se retourna. Elle n'avait pas regardé l'heure, mais vu que les volets étaient relevés et qu'aucune odeur de repas ne venait d'en bas, on était probablement au milieu de la nuit. Il était sans doute parti se battre…

— Layla ?

Elle pivota sur ses talons. Blay avait passé la tête hors de sa chambre, une expression de surprise sur le visage.

— Je suis vraiment désolée… (Comme sa voix se fêlait, elle dut se racler la gorge.) Je… Je…

— Que se passe-t-il ? Est-ce que… hou là, du calme. Tiens, viens t'asseoir.

Quand quelque chose accueillit son derrière, elle comprit qu'il l'avait installée sur le banc décoré à la feuille d'or juste devant sa chambre.

Il s'agenouilla devant elle et lui prit les mains.

— Puis-je aller te chercher Vhif? Je crois qu'il est…

— Dis-moi si je suis toujours enceinte. (Comme il écarquillait les yeux, elle lui serra les mains.) Il faut que je sache. Quelque chose… (Elle ne savait pas trop si Souffhrance souhaitait qu'elle parle de ce qui s'était passé entre elles.) J'ai seulement besoin de savoir si c'est fini ou pas. Peux-tu… je t'en prie, il faut que je sache…

Quand elle se mit à balbutier, il lui posa une main sur le bras et se mit à le caresser.

— Du calme. Respire profondément… voilà, respire avec moi. C'est ça… Très bien…

Elle fit de son mieux pour obéir, en se concentrant sur le ton calme et égal de sa voix grave.

— J'aimerais appeler Doc Jane, d'accord ? (Quand elle fit mine de protester, il secoua fermement la tête.) Reste ici. Promets-moi que tu n'iras nulle part. Je vais seulement récupérer mon téléphone. Reste ici.

Bizarrement, elle se mit à claquer des dents. C'était étrange, vu qu'il ne faisait pas froid.

Une seconde plus tard, le soldat revint et s'agenouilla de nouveau devant elle. Il avait un téléphone à l'oreille et parlait.

— OK, Jane arrive tout de suite, dit-il en écartant le récepteur. Et je vais l'attendre ici avec toi.

— Mais tu peux le savoir, n'est-ce pas ? Tu peux le savoir, tu peux le sentir…

— Chut…

— Je suis désolée. (Elle détourna le visage et baissa la tête.) Je n'avais pas l'intention de t'entraîner dans cette histoire. C'est juste que… Je suis vraiment désolée.

— Tout va bien. Ne t'inquiète pas de ça. Nous allons attendre Doc Jane. Eh, Layla, regarde-moi. Regarde-moi.

Quand elle finit par croiser ses yeux bleus, elle fut frappée par sa gentillesse. D'autant plus que le mâle lui souriait aimablement.

— Je suis content que tu sois venue me voir, dit-il. Quoi qu'il arrive, nous allons nous en occuper.

Comme elle contemplait ce beau visage puissant, tout en s'imprégnant du réconfort qu'il lui prodiguait si généreusement et sentait les bonnes manières ancrées au plus profond du guerrier, elle pensa à Vhif.

— À présent, je sais pourquoi il est amoureux de toi, lâcha-t-elle.

Blay devint carrément blanc, toute couleur se retirant de ses joues.

— Qu'est-ce que… tu as dit ?

— Me voilà, s'exclama Doc Jane depuis le haut des marches. J'arrive tout de suite !

Quand le docteur s'approcha d'eux en courant, Layla ferma les yeux.

Merde. Qu'est-ce qui venait de sortir de sa bouche ?

Dans le centre-ville, Xcor, qui avait passé la journée dans le sous-sol de l'entrepôt, émergea enfin dans la froide obscurité de la nuit.

Il avait ses armes avec lui et son téléphone à la main.

À un moment au cours des longues heures de la journée, le sentiment d'avoir oublié quelque chose avait fini par se dissiper et il s'était rappelé avoir ordonné à ses soldats de lever le camp. Ce qui expliquait pourquoi aucun d'entre eux n'était revenu à l'aube.

Leur nouvelle tanière ne se trouvait pas dans le centre. Et après plus ample réflexion, il estimait que c'était un mauvais calcul de sa part d'avoir essayé d'établir un quartier général dans cette partie de la ville, même si les lieux avaient semblé déserts : il y avait trop de risques d'être découverts, de complications ou de circonstances compromettantes.

Ainsi qu'ils l'avaient constaté la nuit précédente avec la visite de l'Ombre.

Fermant brièvement les yeux, il se dit qu'il était étrange de constater à quel point les événements pouvaient s'enchaîner et satisfaire bien au-delà des intentions premières d'une personne. Sans l'intrusion de cette Ombre, il se demandait s'il aurait jamais été en mesure de pister son Élue. Et s'il ne l'avait pas suivie jusqu'à la clinique, il n'aurait pas appris qu'elle était enceinte, ni fait sa découverte au sujet de la Confrérie.

S'éparpillant dans la brise aigre, il reprit forme sur le toit du plus haut gratte-ciel de la ville. Les rafales de vent étaient violentes à cette altitude élevée et soulevaient les pans de son long manteau, le fourreau de son fauchon étant la seule chose qui maintenait le vêtement sur son dos. Ses cheveux, qui devenaient de plus en plus longs, volaient devant son visage et obstruaient son champ de vision, obscurcissant la vue de la ville qui s'étendait à ses pieds.

Il se tourna en direction de la montagne du roi, le haut et lointain sommet à l'horizon.

— Nous te croyions mort.

Xcor pivota sur ses bottes de combat et le vent plaqua ses cheveux en arrière sur son crâne.

Affhres et les autres formaient un demi-cercle autour de lui.

— Hélas, je vis et je respire. (Sauf que, en vérité, il avait l'impression d'être mort.) Comment sont les nouveaux quartiers ?

— Où étais-tu ? demanda Affhres.

— Ailleurs. (Quand il cligna des yeux, il se souvint d'avoir fouillé cet étrange paysage brumeux, en contournant continuellement le pied de la montagne.) Les nouveaux quartiers : comment sont-ils ?

— Ça va, marmonna Affhres. Puis-je avoir une petite discussion avec toi ?

Xcor haussa un sourcil.

— En effet, tu parais en avoir très envie.

Tous deux s'écartèrent, laissant les autres dans le vent, et par coïncidence, il se retrouva face à la direction du complexe de la Confrérie.

— Tu ne peux pas faire cela, dit Affhres par-dessus les rafales bruyantes et glaciales. Tu ne peux tout simplement pas disparaître une fois de plus pour la journée. Pas dans un tel climat politique. Nous avons cru que tu avais été tué ou, pire, capturé.

Il y avait eu une époque où Xcor aurait répliqué à cette critique par une remarque acide ou par quelque chose de bien plus physique. Mais son soldat avait raison. Les choses étaient différentes entre les membres de la bande de salopards : depuis qu'il avait envoyé Affhres dans le ventre de la bête, il avait commencé à sentir un lien réciproque avec ces mâles.

— Je t'assure que ce n'était pas mon intention.

— Alors que s'est-il passé ? Où étais-tu ?

À cet instant, Xcor se vit à une croisée des chemins. Une direction les emmenait, lui et ses soldats, vers la Confrérie, dans un conflit sanglant qui changerait leurs vies à jamais, pour le meilleur ou pour le pire. L'autre ?

Il songea à son Élue soutenue par ces deux guerriers avec autant de précautions que si elle avait été en verre.

Quelle serait l'issue ?

— J'étais à l'entrepôt, s'entendit-il répondre au bout d'un moment. J'ai passé la journée à l'entrepôt. J'y suis retourné alors que j'étais distrait, et il était trop tard pour me transporter ailleurs. J'ai passé la journée dans le sous-sol et mon téléphone ne captait pas de réseau. Je suis venu ici dès que j'ai eu quitté le bâtiment.

Affhres fronça les sourcils.

— Le soleil est couché depuis longtemps.

— J'ai perdu le fil du temps.

Il n'était pas prêt à donner plus d'informations. Plus maintenant. Et son soldat avait dû le sentir car, même si Affhres avait toujours les sourcils froncés, il ne poursuivit pas.

— Je te demande seulement un petit instant, puis nous irons traquer nos ennemis, déclara Xcor.

Quand il sortit son téléphone, il était incapable d'en lire l'écran, mais il savait comment écouter ses messages vocaux. Il entendit des bruits de téléphone raccroché : Affhres et les autres, selon toute vraisemblance. Puis il y eût un message de quelqu'un dont il attendait des nouvelles.

« C'est moi, annonçait Elan, fils de Larex. (S'ensuivait un silence comme si, dans sa tête, il faisait jouer une fanfare de trompettes.) Le Conseil se réunit demain à minuit. J'ai pensé que vous deviez le savoir. Le lieu choisi est un domaine ici, en ville, dont les propriétaires sont récemment revenus de leur refuge. Vhengeance s'est montré insistant quant à l'horaire, donc je ne peux que deviner que notre cher *menheur* est porteur d'un message du roi. Je vous tiendrai informé de ce qui se passe, mais je ne m'attends pas à votre venue. Portez-vous bien, cher allié. »

Comme il appuyait sur « Effacer », Xcor montra les crocs et ce regain d'agressivité lui fut agréable, car il signifiait un retour à la normale.

Comment ce petit aristocrate mollasson osait-il lui dire ce qu'il devait faire ?

— Le Conseil se réunit demain soir, dit-il en rangeant son téléphone.

— Où ? Quand ? demanda Affhres.

Xcor contempla la montagne par-delà la ville. Puis il tourna le dos à son nord personnel.

— Ce cher Elan a décidé que nous ne devions pas nous y rendre. Ce qu'il ne comprend pas, c'est que cela relève de mon choix. Non du sien.

Comme si négliger de lui fournir l'adresse le tiendrait éloigné s'il souhaitait l'inverse…

— Assez parlé. (Il rejoignit ses soldats.) Partons dans les rues combattre comme des guerriers.

Entre ses omoplates, son fauchon se mit à lui parler de nouveau : sa voix vive et claire retentit dans son esprit et ses mots assoiffés de sang résonnèrent en lui comme une prière d'amante.

Son silence avait été étrangement dérangeant.

Ce ne fut pas sans soulagement qu'il se dématérialisa des hauteurs du gratte-ciel, avec la volonté d'acier d'entraîner ses molécules vers le sol, sur le champ de bataille. À bien des égards, il avait l'impression que les vingt-quatre heures écoulées avaient été vécues par un autre que lui.

Mais il était de retour dans son ancienne peau, à présent.

Et prêt à tuer.

Chapitre 47

Vhif en était au dix-septième des trente kilomètres de course qu'il avait prévu d'effectuer sur le tapis quand la porte de la salle de musculation du centre d'entraînement s'ouvrit.

À la seconde où il vit de qui il s'agissait, il sauta sur l'une des rambardes de côté et appuya sur le bouton « Stop » : Blay se tenait sur le seuil, le regard fou, le visage bouleversé, et pas parce que quelqu'un l'avait frappé ni quoi que ce soit de ce genre.

— Qu'est-ce qui s'est passé ? demanda Vhif.

Blay passa une main dans ses cheveux roux.

— Euh, Layla est à la clinique…

— Merde ! (Il bondit et se précipita vers la porte.) Que se passe-t-il…

— Non, non, rien. Elle est seulement descendue pour un bilan de santé. C'est tout. (Il s'écarta d'un pas pour dégager la sortie.) Je me suis dit que tu voudrais être au courant.

Vhif fronça les sourcils et s'arrêta net. Comme il scrutait le visage du mâle, il en vint à une conclusion qui le rendit nerveux : Blay était confronté à un problème. Difficile de dire exactement comment il le savait, mais bon, après avoir été ami avec quelqu'un depuis l'enfance, on apprenait à déchiffrer ses moindres expressions.

— Est-ce que ça va ? lui demanda-t-il.

Blay fit un geste en direction de la clinique.

— Oui. Bien sûr. Elle se trouve dans la salle d'examen pour l'instant.

Très bien, visiblement le sujet était clos. Quel qu'il soit.

Passant à l'action, Vhif dévala le couloir et faillit exploser la porte fermée. Néanmoins, à la dernière seconde, un sens du décorum le retint. Certains examens des femelles enceintes impliquaient une certaine intimité, et même si Layla et lui avaient couché ensemble, ils n'en étaient certainement pas à ce niveau-là.

Il frappa.

— Layla ? Tu es ici ?

Il y eut un silence, puis Doc Jane ouvrit.

— Salut, entre. Je suis contente que Blay t'ait trouvé.

Le visage du médecin ne trahissait rien, et cela le rendit dingue. D'une manière générale, quand les médecins se livraient à cette agréable comédie toute professionnelle, ce n'était pas une bonne nouvelle.

Regardant derrière la femelle de V., il concentra son attention sur Layla, mais ce fut à Blay qu'il s'agrippa, en refermant la main sur son bras lorsque le mâle l'eut rejoint.

— Tu peux rester ? demanda Vhif du coin de la bouche.

Blay parut surpris, mais il se plia à sa requête et laissa la porte se refermer sur eux deux.

— Que se passe-t-il ? demanda Vhif.

Bilan de santé, mes fesses : Layla avait les yeux écarquillés et un peu fous, et elle tortillait nerveusement ses cheveux détachés et emmêlés.

— Il y a du changement, dit Doc Jane avec hésitation.

Un silence.

Vhif faillit se mettre à crier.

— D'accord, écoutez-moi tous : si quelqu'un ne me dit pas ce qui se passe, putain, je vais perdre les pédales dans cette pièce…

— Je suis enceinte, lâcha Layla.

Et en quoi était-ce un changement ? se demanda-t-il, tandis que sa tête se mettait à bourdonner.

—Il semblerait que la fausse couche se soit arrêtée, reprit Jane. Layla est toujours enceinte.

Vhif cligna des yeux. Puis il secoua la tête, et pas de gauche à droite, mais plutôt à la façon de quelqu'un qui agiterait une boule à neige.

—Je ne comprends pas.

Doc Jane s'assit sur un tabouret à roulettes, et ouvrit un dossier sur ses genoux.

—J'ai effectué l'analyse de sang moi-même. Il y a une échelle croissante d'hormones de grossesse…

—Je vais être malade, les interrompit Layla. Tout de suite…

Tout le monde se précipita vers la pauvre femelle, mais ce fut Blay qui se montra le plus intelligent. Il apporta la corbeille à papier avec lui, et ce fut ce qu'utilisa l'Élue.

Comme elle vomissait, Vhif lui maintint les cheveux en arrière et se sentit un peu pris de vertige.

—Elle ne va pas bien, dit-il au médecin.

Jane croisa son regard par-dessus la tête de Layla.

—C'est un symptôme normal de grossesse. Pour les femelles vampires aussi, apparemment…

—Mais elle saigne…

—Plus maintenant. Et j'ai fait une échographie. J'ai vu le sac intra-utérin. Elle est toujours enceinte…

—Oh, merde ! hurla Blay.

Pendant une fraction de seconde, Vhif fut incapable de comprendre pourquoi le mâle se mettait à jurer. Puis il comprit… tiens, le plafond avait changé de place avec le mur.

Non, attendez.

Il était en train de s'évanouir.

Sa dernière pensée consciente fut que c'était très sympa de la part de Blay de le rattraper alors qu'il tombait comme un arbre coupé.

Dans la langue française, il existe beaucoup de mots plus importants que « de ». Il y a des mots étranges, des mots historiques, des mots qui signifient la vie ou la mort. Il y a ceux qui font rouler de nombreuses syllabes sur la langue et qui exigent qu'on les démêle avant de parler, des pivots essentiels qui commencent ou achèvent une guerre, et même des mots poétiques absurdes qui ressemblent à une symphonie quand ils quittent vos lèvres.

De manière générale, « de » ne joue pas dans la cour des grands. En fait, il a à peine une définition et, dans l'usage courant, n'est d'ordinaire qu'un pont, une voie d'accès pour les poids lourds d'une phrase.

Il existe pourtant un contexte dans lequel cet humble mot de deux lettres et une seule syllabe fait toute une affaire.

L'amour.

La différence entre « aimer » quelqu'un et « être amoureux de » est la même qu'entre un trottoir et le Grand Canyon. Une tête d'épingle comparée au Midwest tout entier. Un soupir face à un ouragan.

« À présent, je sais pourquoi il… »

Comme Blay s'asseyait sur le sol de la salle d'examen avec Vhif évanoui dans son giron, il était incapable, même au péril de sa vie, de se rappeler ce que Layla avait dit ensuite. Était-ce « il t'aime » ? Auquel cas, oui, il savait que le mâle l'aimait comme un ami depuis des décennies. Et cela ne changeait rien.

Ou avait-elle dit « il est amoureux de toi » ?

Auquel cas, il envisageait plus ou moins de suivre l'exemple de Vhif et de faire une petite pause sur le carrelage.

— Comment va mon autre patient ? demanda Doc Jane quand Layla se rallongea sur la table d'examen.

— Il respire, répondit Blay.

— Il va s'en remettre.

On ne pouvait que l'espérer, songea Blay en observant le visage de Vhif, comme si ces traits familiers, alors même qu'il était dans les vapes, pouvaient répondre d'une façon ou d'une autre à la question.

L'Élue n'avait pas pu dire « amoureux ».

C'était impossible. Il refusait tout simplement de laisser ces deux grands moments de sexe réécrire les paroles de quelqu'un.

— Es-tu sûre que ça va ? entendit-il Layla demander à Doc Jane.

— Les vomissements ? D'après ce que m'a raconté Ehlena plus tôt, c'est presque à coup sûr l'un des symptômes d'une grossesse réussie. En fait, ce peut être un signe que les choses avancent bien. Ce sont les hormones qui causent cela.

— Je ne suis pas obligée de retourner voir Havers, n'est-ce pas ?

— Eh bien, Ehlena rentre de chez son père ce soir. Donc nous allons voir si elle se sent capable de te suivre… puis nous saurons où nous en sommes. Je ne te mentirai pas… J'estime que c'est un miracle.

— Je suis d'accord.

Pendant que les femelles discutaient, Blay n'avait pas quitté des yeux les paupières closes de Vhif. C'était un miracle, d'accord. Carrément…

Comme par hasard, Vhif reprit ses esprits, et ses épais cils noirs se mirent à battre comme s'ils essayaient de décider s'il était vraiment sérieux à l'idée de reprendre conscience.

— Layla ! s'exclama-t-il en se redressant d'un bond.

Blay s'écarta en lâchant le mâle et se sentit un peu idiot.

Surtout quand Vhif se mit debout et se dirigea vers la femelle.

Blay demeura où il était et s'adossa aux placards sous l'évier, les genoux relevés et les mains sur les cuisses. Même si cela le déchirait intérieurement, il ne put s'empêcher de les regarder tous les deux ensemble lorsque Vhif écarta de la main les cheveux blonds du visage de Layla avec une douceur incroyable.

Puis il lui murmura quelque chose, quelque chose de doux et d'apaisant.

Avant que Blay ne s'en rende compte, il se retrouva à marcher dans le couloir, sans savoir où il allait. Aussi difficile qu'il soit d'accepter la compassion de Vhif, il était carrément impossible de la voir administrée à quelqu'un d'autre, même si cette personne la méritait largement.

L'idée que Layla ait obtenu pendant ses chaleurs exactement ce que lui-même avait eu pendant les deux derniers jours lui faisait mal à la poitrine, mais pire que tout, avec elle, les va-et-vient avaient servi un but biologique. Elle était enceinte, et grâce à Souffhrance, il avait le sentiment qu'elle le resterait.

Dans l'ensemble, il avait fait ce qu'il fallait en allant voir la sœur de V. le jour précédent. En supposant que ce soit là la cause de ce retournement incroyable. Néanmoins, et même si cela n'avait aucun sens, il se sentait…

— Est-ce que ça va ?

Il s'arrêta immédiatement, surpris par la voix de Vhif. On pouvait supposer qu'il serait resté avec l'Élue.

Se préparant, il fourra ses mains dans ses poches et prit une profonde inspiration avant de se retourner.

— Oui, ça va. J'ai simplement pensé que vous souhaiteriez un peu d'intimité tous les deux.

— Merci de m'avoir rattrapé tout à l'heure. (Le mâle leva les mains.) Je ne sais pas ce qui m'est arrivé là-dedans.

— C'était l'effet du soulagement.

— Je suppose.

Il y eut un moment de gêne. Mais bon, c'était devenu leur spécialité, non ?

— Écoute, je vais rentrer à la maison. (Blay se força à sourire et espéra que le mâle y croirait.) C'est agréable d'avoir une nuit de repos.

— Oh, oui. Saxton doit probablement t'attendre.

Blay ouvrit la bouche, mais retint alors le « pourquoi » qui était sur le point de franchir ses lèvres.

— Oui, en effet. Prends soin de ta femelle. Je te verrai au Dernier Repas, peut-être.

Comme il s'en allait à grands pas et se glissait dans le bureau, il sut qu'il était lâche de se cacher ainsi derrière une relation de couple inexistante. Mais quand on avait une méchante coupure, on avait besoin d'un pansement.

Seigneur, pas étonnant que Saxton ait rompu avec lui.

Quel putain de romantique il faisait.

Chapitre 48

Quand Ahssaut franchit le portail monumental d'un domaine situé dans la partie fortunée de Caldwell, il était mécontent, épuisé et énervé. Et pas uniquement parce qu'il sniffait régulièrement de la cocaïne et ne mangeait pas.

Le cottage se trouvait sur la gauche, et il gara la Range Rover en marche avant sous l'une des joyeuses petites fenêtres. Il aurait préféré se dématérialiser jusqu'ici, ce qui aurait été beaucoup moins compliqué. Mais après avoir laissé les jumeaux à ce club gothique, le *Masque de Fer*, il avait dû affronter la réalité selon laquelle, s'il ne se nourrissait pas rapidement, il serait incapable de continuer.

Il avait horreur de ça. Non que la dépense lui pose de problème. C'était plutôt qu'il n'était pas particulièrement attiré par cette femelle et qu'il n'aimait pas les tentatives que faisait celle-ci pour remédier à cela.

Ouvrant largement sa portière, il sortit et l'air froid lui remit les idées en place, ce qui lui fit comprendre à quel point il était patraque.

À cet instant précis, une voiture passa dans la rue de l'autre côté du portail, un genre de berline familiale.

Puis la porte désuète du cottage s'ouvrit.

Les crocs d'Ahssaut le démangèrent quand ses sens découvrirent la femelle sur le seuil. Vêtue d'un truc noir ressemblant à de la lingerie, elle était prête pour lui et l'odeur entêtante de son excitation imprégnait l'air, même si ce ne fut pas ce qui déclencha son propre désir. C'était sa veine, ni plus, ni moins…

Ahssaut fronça les sourcils et regarda derrière le cottage, dans la forêt qui bordait le domaine.

Entre les arbres dénudés, la lueur rouge des feux arrière de la voiture qui venait de passer avait attiré son attention. Puis le conducteur fit faire demi-tour au véhicule et les pinceaux lumineux de ses phares décrivirent un large cercle, avant de s'éteindre.

Immédiatement, Ahssaut posa la main sur son pistolet.

— Rentre à l'intérieur. Nous ne sommes pas seuls.

La femelle renonça tout de suite à son jeu de séduction et disparut dans le cottage, dont elle referma la porte d'un claquement.

Se dématérialiser dans les bois aurait été la meilleure stratégie mais, bien entendu, il était trop affamé pour cela…

Soudain, le vent changea de direction et souffla vers lui, et il dilata les narines.

Ahssaut grogna doucement, et pas en guise d'avertissement. Plutôt comme une sorte de bienvenue.

Comme s'il pouvait oublier ce mélange particulier de phéromones.

Sa petite cambrioleuse avait inversé les rôles et l'espionnait à son tour. Depuis combien de temps était-elle sur sa piste ? se demanda-t-il, tandis qu'une pointe de respect se faisait sentir dans sa poitrine en même temps que sa contrariété augmentait.

Il n'aimait pas l'idée qu'elle ait pu l'apercevoir sous le pont. Mais la connaissant, il ne pouvait en écarter l'hypothèse.

Prenant une lente et profonde inspiration, il ne saisit rien d'autre d'intéressant. Ce qui signifiait qu'elle était seule.

Elle collectait des informations ? Pour qui ?

Ahssaut se retourna vers la porte du cottage et eut un sourire mauvais. Sans le moindre doute, une fois qu'il serait à l'intérieur, elle se rapprocherait ; et loin de lui l'idée de ne pas lui faire profiter du spectacle.

Il frappa un coup, et la femelle rouvrit.

— Est-ce que c'est bon ? demanda-t-elle.

Il observa son visage, puis s'attarda sur ses cheveux. Ils étaient foncés et épais, un peu comme ceux de sa petite cambrioleuse.

— Tout va bien. Ce n'était qu'un humain avec un problème de voiture.

— Donc il n'y a pas de raison de s'inquiéter ?

— Pas la moindre.

Comme l'angoisse disparaissait du visage de la femelle, il referma derrière lui et poussa le verrou.

— Je suis tellement heureuse que tu sois revenu me voir, dit la femelle, en laissant s'entrouvrir les pans bordés de dentelle de son peignoir.

Ce soir elle portait un négligé noir qui lui remontait haut les seins et lui affinait la taille au point de donner l'impression au mâle qu'il pouvait l'entourer d'une seule main. Elle était beaucoup trop parfumée, et un mélange olfactif de crème pour les mains, de lotion pour le corps, de shampoing, de démêlant et de parfum se dégageait d'elle.

Il aurait vraiment apprécié qu'elle ne se donne pas autant de mal pour lui.

D'un rapide mouvement des yeux, Ahssaut vérifia l'emplacement de toutes les fenêtres. Naturellement, aucune n'avait bougé : il y en avait deux étroites de chaque côté de la cheminée en pierre. Trois panneaux de verre au-dessus de l'évier. Puis il y avait la fenêtre arrondie sur la gauche, qui se trouvait au-dessus du siège encastré avec ses coussins et ses oreillers brodés.

Sa cambrioleuse choisirait la fenêtre à droite de la cheminée, car elle se situait hors du cercle de lumière de la lanterne de l'entrée, et était abritée par la cheminée.

— Es-tu prêt pour moi ? ronronna la femelle.

Ahssaut plongea la main dans sa veste. Les 1 000 dollars en liquide étaient pliés en deux et les dix billets de 100 dollars formaient un mince volume.

D'un mouvement souple, il tourna le dos à la baie vitrée et à la cheminée. Bizarrement, il ne voulait pas que sa cambrioleuse le voie effectuer le paiement.

Mais il avait très envie qu'elle assiste au reste.

— Voilà.

Comme la femelle prenait l'argent, il espéra qu'elle ne le recompterait pas. Et elle ne le fit pas.

— Merci. (Elle recula d'un pas et glissa les billets dans un vase en terre cuite rouge.) Y allons-nous ?

— Oui. Allons-y.

Ahssaut se rapprocha d'elle et prit le contrôle : il saisit le visage de la femelle entre ses mains, lui inclina la tête en arrière et l'embrassa à pleine bouche. En réaction, elle gémit, comme si ce baiser inattendu était une caresse qu'elle ne recevait pas seulement avec plaisir, mais qu'elle n'avait osé espérer de sa part.

Il était content que cela lui plaise. Mais il n'était pas question de son plaisir à elle.

Il la retourna et l'entraîna vers le canapé adossé au mur extérieur du petit cottage en la poussant de son corps, puis se servit de sa force pour l'allonger, la tête en direction de la cheminée. Comme elle se laissait aller, elle leva les bras au-dessus de sa tête et fit remonter ses seins jusqu'à ce qu'ils tendent les bonnets de satin qui les recouvraient.

Ahssaut la chevaucha entièrement habillé et encore vêtu de son manteau, puis son genou s'insinua entre les siens et l'une de ses mains remonta le négligé qui descendait jusqu'à terre…

— Non, non, dit-il quand elle fit mine de lui passer les bras autour du cou. Je veux te voir.

Quelle connerie. Il voulait surtout qu'elle soit visible depuis la fenêtre.

Tandis qu'elle obéissait sans hésiter, il recommença à l'embrasser tout en repoussant la nuisette pour dégager les cuisses de la femelle ; et à la seconde où ce fut fait, elle écarta largement les jambes.

— Baise-moi, dit la femelle, en se cambrant sous lui.

Eh bien, cela n'allait pas être possible. Il ne bandait pas.

Mais nul n'avait besoin de le savoir.

Feignant d'être pris de passion, il se débarrassa de son manteau d'un coup d'épaule puis, d'un rapide coup de crocs, mordit les bretelles du négligé, exposant les seins de la femelle à la lueur du feu : ses tétons s'érigèrent immédiatement au sommet de la chair pâle des mamelons.

Ahssaut s'arrêta, comme s'il était saisi par ce qu'il contemplait. Puis il tira la langue et baissa la tête.

Au dernier moment, juste avant de se mettre à lécher et à sucer, il leva les yeux sur la fenêtre noire à droite pour croiser le regard de la femme qui, il le savait, se tenait là dans l'ombre et l'observait…

Une flambée de concupiscence pure et absolue lui traversa soudain le corps et prit le contrôle sur sa raison comme guide de ses actes. La femelle sous lui cessa d'être un membre de son espèce qu'il avait acheté pour un bref moment.

Elle devint sa cambrioleuse.

Et cela changea tout. Avec un élan brusque, il frappa la gorge de la femelle et prit sa veine, aspirant ce dont il avait besoin…

Tout en imaginant que c'était l'humaine qui se trouvait sous lui.

Sola retint son souffle…

Et s'arracha à la fenêtre du cottage.

Quand son dos heurta le côté bosselé de la cheminée en galets, elle ferma les yeux, le cœur battant à tout rompre sous ses côtes, et inspira de grandes goulées d'air froid.

Sous ses paupières, elle ne voyait que les seins nus offerts à l'homme, sa tête qui descendait, sa langue qui sortait de sa bouche, puis ses yeux qui se levaient pour croiser les siens.

Oh, Seigneur, comment avait-il su qu'elle se trouvait là ?

Et merde, jamais elle n'oublierait l'image de cette femme étendue sous lui, ce manteau jeté de côté, son corps plongeant dans le berceau de ces hanches étroites. Elle imaginait la chaleur du feu à côté d'eux et la chaleur bien plus puissante qui émanait de lui... la sensation de deux peaux frottant l'une contre l'autre, la promesse d'extase.

Ne regarde plus, se dit-elle. *Il sait que tu es là...*

Le cri vif d'une femme ayant un orgasme se réverbéra hors du cottage, réduisant à néant l'apparente innocence des lieux.

Sola se rapprocha de la fenêtre et regarda de nouveau par la vitre, même si elle savait qu'elle n'aurait pas dû.

Il avait pénétré la femme et effectuait des va-et-vient, le visage enfoui dans le cou de sa partenaire et les bras arc-boutés de chaque côté pour soutenir le poids de son torse puissant.

Il ne regardait plus dans sa direction. Et il allait être occupé pendant encore un bon moment.

Il était temps de se retirer.

En outre, avait-elle vraiment besoin de les mater ?

Avec un juron, Sola s'éloigna du cottage à pas de loup, se frayant un chemin dans les taillis épineux, et entre les minces arbres dénudés. Quand elle atteignit sa voiture de location, elle s'installa à l'intérieur, verrouilla les portières et démarra le moteur.

Fermant les yeux une fois de plus, elle se rejoua toute la scène : son approche du cottage, son arrivée à la fenêtre, dissimulée dans l'ombre de la cheminée.

Lui se tenait de l'autre côté de la pièce unique et la femme au corps gracieux couvert de satin noir et aux longs cheveux noirs qui lui tombaient jusqu'au creux du dos lui faisait face. Il avait pris son visage entre ses mains et l'avait embrassée à pleine bouche, courbant le dos, tandis qu'il se penchait sur elle pour établir le contact avec une expression profondément érotique…

Puis il avait allongé la femme sur le canapé.

Même si cela la tuait de le reconnaître, Sola avait éprouvé une pointe de jalousie irrationnelle. Mais cela n'avait pas été le pire : son propre corps avait réagi, et son sexe s'était épanoui entre ses jambes aussi sûrement que si cela avait été sa bouche qu'il embrassait, sa taille qu'il enserrait, ses seins qui frottaient contre sa poitrine. Et cette réaction n'avait fait que s'intensifier quand il avait installé la femme sur ce canapé, les traits marqués par un désir puissant, les yeux étincelants comme si ce qui se trouvait sous lui était un repas prêt à être dévoré.

Mater avait été une mauvaise idée. Mater était mal.

Mais même la menace contre sa propre sécurité – et probablement sa santé mentale – n'avait pas suffi à l'arracher à la fenêtre. Surtout quand il s'était redressé et avait ôté ce lourd manteau noir de ses épaules. Il lui avait été impossible de ne pas se le représenter nu, de ne pas voir sa large poitrine exposée à la lueur du feu, et de ne pas s'imaginer à quoi ressembleraient ses abdos lorsqu'ils se contracteraient sous sa peau… Puis il avait semblé mordre – mordre, pour l'amour du ciel – les bretelles fines du négligé.

Juste au moment où les fichus seins parfaits de la femme étaient dévoilés, il l'avait regardée, elle.

Sans le moindre avertissement, ces yeux luisants de prédateur s'étaient levés et avaient plongé droit dans les siens, tandis qu'un sourire narquois étirait l'un des coins de sa bouche.

Comme si le spectacle n'était que pour elle.

— Merde. Merde !

Une chose était claire : s'il avait voulu lui donner une leçon sur l'art de l'espionnage, il était difficile de faire mieux, sauf en lui faisant avaler le canon d'un calibre .40.

Sola quitta la bretelle d'accès pour rejoindre la route. Alors que la Ford Taurus mettait quinze kilomètres à atteindre la limite des 70 kilomètres-heure, elle regretta de ne pas se trouver dans son Audi : avec le sang qui pulsait toujours fortement dans ses veines, elle avait besoin d'extérioriser ce rugissement intérieur.

Une sorte d'exutoire.

Comme… du sexe, par exemple.

Et pas avec elle-même.

Chapitre 49

En matière de demeure dans les Adirondacks, Vhengeance avait tout : une immense maison rustique couverte de bardeaux de cèdre et dotée de nombreux porches. Un certain nombre de bâtiments annexes, comprenant des cottages pour les invités. Une perspective sur le lac. Plein de chambres.

Une fois que Trez et iAm eurent repris forme dans le jardin, ils contournèrent la maison en marchant dans la neige jusqu'à l'entrée de derrière donnant sur la cuisine. Même en hiver, l'endroit respirait le bien-être, grâce à cette lumière dorée qui filtrait à travers les fenêtres à vitraux. Mais tout n'était pas parfait : les riches habitants de l'époque victorienne qui avaient fait construire ces bâtiments afin d'échapper à la pollution et à la chaleur des villes pendant l'été n'avaient certainement pas équipé les pièces de détecteurs de mouvements laser, ni les portes et fenêtres d'amorces dernier cri, ni installé de système d'alarme général aux multiples cartes mères et aux nombreuses interfaces.

Oups.

L'empreinte du pouce de Trez appliquée sur le panneau discrètement inséré à gauche de la porte leur ouvrit l'accès au cœur de la maison : une cuisine de taille industrielle équipée d'appareils en acier inoxydable de même niveau que ceux du *Sal's*.

Quelque chose cuisait dans le four. Du pain, à l'odeur.

— J'ai faim, fit remarquer Trez en refermant la porte.

Le mécanisme se reverrouilla tout seul, mais il le vérifia quand même par habitude.

Dans le lointain, quelqu'un passait l'aspirateur, probablement une Élue. Depuis que Fhurie avait endossé le rôle de Primâle, et avait libéré le groupe de femelles cloîtrées de l'autre côté, Vhen les laissait résider dans la demeure. Cela paraissait sensé. Beaucoup de tranquillité, surtout hors saison, et l'éloignement de la ville permettait une transition douce entre, si Trez avait bien compris, la monotonie placide du sanctuaire et la nature frénétique, et parfois même traumatisante, de la vie sur Terre.

Cela faisait longtemps qu'il n'était pas venu dans cette maison – pas depuis que les Élues s'y étaient installées, en fait. Mais bon, quand Vhen avait fait exploser le *Zero Sum* et mis un terme à sa carrière de baron de la drogue, une partie des moyens de remboursement de la dette entre eux avait été perdue.

En outre, maintenant que le mâle n'était plus obligé d'effectuer des livraisons de rubis et de sexe à la princesse, ils n'avaient pas vraiment eu de raison de se rendre dans le nord.

Néanmoins, ce point avait apparemment changé.

— Eh, Vhen, où es-tu ? cria Trez d'une voix retentissante.

Son estomac eut beau protester, lui et son frère gagnèrent le couloir principal. L'ambiance victorienne était partout, depuis les tapis d'Orient aux tons grenat et les bancs tendus de tapisserie, jusqu'aux têtes de bison, cerf, caribou et lynx naturalisés et accrochées autour de la cheminée en pierre brute.

— Vhen ! cria-t-il une fois de plus.

Mince, ce raton laveur monté en pied de lampe lui flanquait toujours les jetons. De même que la chouette empaillée avec des lunettes de soleil.

— Il descend tout de suite.

Trez se retourna au son d'une voix féminine.

Et à cet instant précis, le cours de sa vie changea à jamais.

L'escalier menant au premier étage était droit, les marches étroites, et leur rambarde simple s'élevait au-dessus d'eux sans artifice architectural.

La femelle vêtue d'une robe blanche qui se tenait à son pied en faisait un escalier pour le paradis. Elle était grande et mince, mais avait des courbes là où il fallait, car sa robe ample était incapable de dissimuler sa poitrine haute et pulpeuse ainsi que le gracieux renflement de ses hanches. Sa peau couleur café au lait était lisse, ses cheveux noirs et remontés haut sur sa tête. Ses yeux étaient pâles et frangés de cils épais.

Ses lèvres étaient pleines et roses.

Il avait envie de les embrasser.

Surtout quand elles remuèrent, articulant avec une précision grisante ce qu'elle disait…

Le coup de coude qu'iAm lui donna dans les côtes le fit sursauter.

— Ouille ! C'est quoi ce bordel… ce bazar, je veux dire. Merde… non, zut.

En voilà une façon d'être calme et détendu, enfoiré.

— Elle a demandé si nous voulions manger quelque chose, marmonna iAm. J'ai répondu non, pas pour moi. Maintenant c'est à ton tour.

Bien sûr qu'il voulait manger quelque chose. Il voulait se mettre à genoux et se glisser sous cette…

Trez ferma les yeux et se fit l'impression d'être un connard fini.

— Non, ça ira.

— Je croyais t'avoir entendu dire que tu avais faim.

Trez rouvrit les paupières et lança un regard noir à son frère. Essayait-il de le faire passer pour un idiot ?

La lueur complice dans ces yeux noirs lui suggéra que oui, c'était bien ce que faisait iAm.

— Non, ça va, lâcha-t-il, les dents serrées.

Traduction : ne pousse pas le bouchon trop loin, ducon.

— J'étais sur le point de vérifier la cuisson de mon pain.

Trez ferma de nouveau les yeux, car la voix de l'Élue chantait à ses oreilles et ce son l'excitait et l'apaisait tout à la fois.

— Vous savez, je vais peut-être voir si je peux grappiller de quoi manger, s'entendit-il répondre.

Elle lui sourit.

— Suivez-moi. Je suis certaine que nous pourrons trouver quelque chose qui vous plaira.

Comme elle se dirigeait vers la cuisine qu'ils venaient de quitter, Trez se mit à cligner des yeux comme le crétin qu'il était.

Cela faisait très, très longtemps qu'une femelle ne lui avait pas parlé sans sous-entendu, mais pour autant qu'il sache, ces mots, qu'il était difficilement possible de considérer comme aguicheurs – du moins selon sa libido –, n'offraient aucune promesse de fellation ou de sexe débridé. Ni même ne trahissaient la moindre attirance sexuelle de sa part à elle.

Naturellement, cela lui donna encore plus envie d'elle.

Ses pieds se mirent à avancer dans sa direction, son corps la suivant comme un chien suivrait son maître, sans songer à dévier du chemin qu'elle avait choisi pour lui…

iAm lui saisit le bras et le tira en arrière.

— N'y pense même pas, putain.

Le premier instinct de Trez fut de s'arracher à cette prise, même s'il devait laisser son bras dans la main de son frère.

— Je ne vois pas de quoi tu veux parler…

— Ne me force pas à empoigner ton érection pour appuyer mes propos, cracha iAm.

Hébété, Trez baissa la tête. Eh bien. Ça alors.

— Je ne vais pas…

« La baiser » fut la première chose qui lui vint à l'esprit mais, mon Dieu, il ne pouvait pas utiliser ce terme en présence de cette femelle, même à la négative.

— Tu sais, je ne vais rien faire.

— Tu t'attends vraiment à ce que je te croie ?

Le regard de Trez se tourna vers la porte par laquelle elle venait de disparaître. Merde. En parlant de n'avoir aucune crédibilité sur le sujet de l'abstinence.

— Elle n'est pas pour toi, est-ce que tu m'entends ? lui dit iAm, les dents serrées. Ce n'est pas juste pour quelqu'un comme elle. En outre, si tu la touches, Fhurie te poursuivra, une dague noire à la main. Elle est à lui, pas à toi.

Pendant une fraction de seconde, ces mots hérissèrent Trez, et pas parce que le féministe en lui hurlait au sujet des femelles que l'on traitait comme des propriétés, même si c'était bien entendu une mauvaise chose. Non, c'était parce que…

Elle est à moi.

Du plus profond de son être, l'expression surgit, comme si chaque cellule de son corps avait enfin découvert la parole et lui parlait de la seule vérité qui importait.

— Désolé de vous avoir fait attendre.

Au son de la voix de Vhen, Trez tira sa conscience loin de la falaise du haut de laquelle elle venait accidentellement de chuter.

Le roi *symphathe* descendait les mêmes marches que l'Élue, en s'appuyant sur sa canne pour garder l'équilibre, vêtu de son manteau de vison noir pour tenir au chaud son corps médicamenté.

Pendant qu'iAm disait quelque chose et que Vhen y répondait, Trez reporta son attention sur la porte de la cuisine. Que faisait-elle là-dedans… oh, Seigneur. Elle était probablement penchée sur le four pour vérifier la cuisson du pain…

Un léger grognement s'échappa de sa gorge.

— Je te demande pardon ? s'exclama Vhen, en plissant ses yeux violets.

Un autre coup dans les côtes ramena Trez à la réalité.

— Désolé. Une indigestion. Comment vas-tu ?

Vhen leva un sourcil, mais haussa les épaules.

— J'ai besoin de votre aide.

— Tout ce que tu veux, répondit Trez avec sincérité.

— Il y a une réunion du Conseil demain soir. Kolher y assistera. La Confrérie se chargera de sa protection, mais je veux que vous veniez tous les deux discrètement.

Trez eut un mouvement de recul. Le Conseil se réunissait régulièrement avant les attaques deux ans plus tôt, et Vhen n'avait jamais eu besoin de renforts.

— Que se passe-t-il ?

— Kolher s'est fait tirer dessus à l'automne.

C'était quoi, cette histoire ?

Trez serra les mâchoires.

— Qui ?

Après tout, il appréciait le roi.

— La bande de salopards. Vous ne les connaissez pas, mais vous les rencontrerez peut-être demain soir, si vous acceptez de venir.

— Bien sûr qu'on sera là. (Comme iAm hochait la tête, Trez croisa les bras sur sa poitrine.) Où ?

— J'organise cette réunion sur un domaine à Caldwell, à minuit. C'est l'un des rares endroits qui n'aient pas été attaqués par la Société des éradiqueurs. La famille à qui il appartient a pourtant été en grande partie décimée, mais ailleurs en ville, alors que ses membres rendaient visite à une autre lignée.

Vhen alla s'asseoir sur le canapé tendu de tapisserie et fit tournoyer sa canne entre ses jambes.

— Laissez-moi vous expliquer comment ça va se passer. Kolher est désormais totalement aveugle, mais la *glymera* l'ignore. Je veux qu'il soit assis dans le petit salon quand ces aristocrates arriveront afin qu'ils ne le voient pas dépendre de quelqu'un pour trouver sa place. Ensuite…

Pendant que Vhen continuait à exposer son plan, Trez s'assit devant le feu et hocha la tête aux bons moments.

Néanmoins, dans sa tête, il était dans la cuisine, avec cette femelle…

Quel était son nom ? se demanda-t-il.

Tout aussi important…

Quand pourrait-il la revoir ?

Chapitre 50

En bas, dans la salle d'examen de la clinique, Vhif avait l'impression de voler très haut dans le ciel. Et pas dans un vieil avion pourri sur le point de s'écraser avec un frère à l'arrière.

— Je suis désolé, est-ce que tu pourrais répéter ?

Doc Jane sourit tout en amenant une table à roulettes près du lit. Il aperçut vaguement ce qui était posé dessus, mais toute sa concentration tendait sur ce qui sortirait ou ne sortirait pas de la bouche du médecin.

— Elle est toujours enceinte. Son taux d'hormones double exactement comme il le devrait, sa tension artérielle est parfaite, son pouls est nickel. Et toujours pas de saignement, n'est-ce pas ?

Comme le médecin regardait Layla, l'Élue secoua la tête avec une impression aussi interloquée que celle de Vhif.

— Rien du tout.

Vhif fit quelques pas, en se passant une main dans les cheveux, car son cerveau était incapable de débrouiller ce miracle.

— Je ne comprends pas… Je veux dire, c'est ce que je veux – ce que nous voulons – mais je ne comprends pas comment elle a…

Après avoir eu l'impression de chuter en enfer, il était tout à fait désarmant de remonter brusquement vers la terre.

Doc Jane secoua la tête.

— Cela ne t'aidera probablement pas, mais Ehlena non plus n'a jamais vu un cas semblable auparavant. Donc je comprends ta confusion et, plus encore, je sais mieux que toi à quel point l'espoir peut être traître. Il est difficile de se laisser aller à l'optimisme après ce que vous avez tous les deux vécu.

Merde, la *shellane* de V. n'était vraiment pas idiote.

Vhif observa Layla. L'Élue portait une ample robe blanche, mais pas dans le genre de celles qu'elle avait portées en tant que membre de la secte sacrée des femelles de la Vierge scribe. C'était une robe de chambre ordinaire, sous laquelle on apercevait une blouse d'hôpital ornée de cœurs rouges et roses sur fond blanc. Et sur la table à roulettes, il y avait une boîte de crackers et un pack de petites canettes de *ginger ale*.

En parlant de médicaments sans ordonnance.

Doc Jane ouvrit le paquet de biscuits.

— Je sais que la dernière chose à laquelle tu penses est la nourriture. (Elle lui tendit l'un des carrés salés friables.) Mais si tu manges cela et que tu boives un peu de soda, cela pourrait calmer un peu les choses là-dedans.

Et ça alors, ce fut le cas. Layla finit par avaler la moitié des biscuits et deux petites bouteilles vertes.

— Cela t'aide vraiment, pas vrai ? murmura Vhif, tandis que l'Élue se rallongeait et poussait un soupir de soulagement.

— Tu n'as pas idée. (Layla posa la main sur son bas-ventre.) Quoi que ce soit, je ferai, mangerai ou boirai ce qu'il faudra.

— Les nausées étaient désagréables à ce point.

— Il ne s'agit pas de moi. Je me fiche de vomir tout le long des dix-huit prochains mois, tant que le bébé va bien. Je crains juste qu'à cause des haut-le-cœur, je perde… enfin, tu sais.

OK, ceux qui pensaient que les femelles étaient le sexe faible avaient vraiment la tête à l'envers.

Il regarda Doc Jane.

— Qu'est-ce qu'on fait, maintenant ?

Elle haussa les épaules.

— Mon conseil ? Faisons confiance aux symptômes et aux résultats des analyses, sans quoi nous allons devenir dingues. C'est le corps de Layla qui gère et a géré toute cette histoire. Si pour l'instant il n'y a aucun signe de fausse couche, mais toutes les raisons de croire que la grossesse a repris son cours de façon positive, alors prenons une profonde inspiration et voyons les choses venir une nuit à la fois. Si tu t'inquiètes trop de l'avenir ou t'obstines à ruminer ce qui s'est passé ces deux derniers jours, tu n'en sortiras pas en un seul morceau.

Bien vu, songea Vhif.

Le téléphone du bon docteur se mit à sonner.

— Attends une sec… mince. Je dois aller voir un *doggen* qui s'est entaillé la main la nuit dernière. Layla, en ce qui me concerne, aucune raison médicale ne t'oblige à rester ici. Néanmoins, je ne veux pas que tu quittes le complexe pendant les prochaines nuits. Laissons-nous un peu de temps pour évaluer les risques, d'accord ?

— Bien entendu.

Doc Jane partit un instant plus tard, et Vhif se trouva perdu. Il voulait aider Layla à retourner dans la maison principale, mais elle n'était pas infirme, bon sang. Pourtant, il avait envie de la porter, disons jusqu'à la fin de cette fichue grossesse.

Il s'adossa aux placards en acier.

— J'ai envie de te demander comment tu vas toutes les deux secondes.

Layla eut un petit rire.

— On est deux.

— Tu veux retourner à la maison ?

— Tu sais… en fait, non. Je me sens… (elle regarda autour d'elle) plus en sécurité ici, pour être honnête.

— Cela me paraît sensé. Tu as besoin de quelque chose ?

Elle désigna du menton son petit plateau couvert d'aliments contre la nausée.

— Tant que j'ai cela, ça ira. Et tu devrais te sentir libre d'aller te battre.

Vhif fronça les sourcils.

— Je pensais rester ici…

— Et faire quoi ? Je ne te dis pas de partir, pas du tout. Mais j'ai l'impression que je vais seulement rester assise ici à réfléchir. S'il se passe quelque chose, je pourrai t'appeler et tu rentreras directement à la maison.

Vhif songea à l'endroit où la Confrérie et les guerriers se rendaient à minuit : la réunion du Conseil.

S'il s'était agi d'une soirée normale passée à combattre sur le terrain, il n'aurait probablement pas bougé d'ici. Mais avec Kolher de sortie pour rencontrer ces enfoirés de la *glymera* ?

— D'accord, dit-il lentement. Je garderai mon téléphone sur moi et je ferai comprendre aux autres que, si tu appelles, je me casse.

Layla prit une gorgée de *ginger ale*, puis regarda au fond de son verre, comme si elle observait les bulles s'agglutiner autour du glaçon.

Il repensa à leur état la nuit précédente chez Havers : hors de contrôle, terrifiés, en deuil.

Les choses pouvaient toujours revenir à ce point, se rappela-t-il. Il était bien trop tôt pour s'attacher une fois de plus.

Et pourtant, il semblait incapable de s'en empêcher. Alors qu'il se tenait dans la pièce carrelée, avec cette désagréable odeur de désinfectant dans les narines et le rebord du plan de travail qui lui rentrait dans les fesses, il comprit qu'il avait commencé à aimer son enfant.

Ici, maintenant.

De même qu'un mâle se liait à sa femelle, un père se liait à sa progéniture, et par conséquent, son cœur s'ouvrit largement et absorba tout : l'engagement inhérent au fait d'essayer d'avoir un enfant, la terreur de le perdre qui, il était prêt à le parier, ne disparaîtrait jamais, la joie qu'il reste quelque chose de soi sur terre après sa propre disparition, l'impatience de le rencontrer en personne, le désir désespéré de le tenir dans ses bras, de le regarder dans les yeux et de lui donner tout l'amour qu'on avait à lui donner.

— Est-ce que c'est bon… Puis-je te toucher le ventre ? demanda-t-il d'une petite voix.

— Bien sûr ! Tu n'as pas besoin de le demander. (Layla se rallongea avec un sourire.) Ce qu'il y a là-dedans t'appartient à moitié, tu sais.

Vhif se frotta nerveusement les mains en s'approchant de la table d'examen. Il avait bien sûr touché Layla pendant ses chaleurs, et plus tard de façon attentionnée quand la situation l'avait exigé.

Mais il n'avait jamais pensé à toucher son bébé.

Vhif eut l'impression de voir de très loin sa main s'approcher. Seigneur, ses doigts tremblaient follement.

Mais ils s'immobilisèrent à l'instant où il les posa sur le ventre.

— Je suis là, dit-il. Papa est là. Je ne vais nulle part. Je vais seulement attendre que tu sois prêt à sortir, puis ta mère et moi allons nous occuper de toi. Alors reste tranquille, d'accord ? Fais ce qu'il faut et nous t'attendrons aussi longtemps que nécessaire.

De sa main libre, il prit celle de Layla et la posa sur la sienne.

— Ta famille est là. Nous t'attendons… et nous t'aimons.

C'était totalement stupide de parler à ce qui, sans le moindre doute, n'était encore qu'un amas de cellules. Mais il ne pouvait s'en empêcher. Les mots, les actes… Il les revendiquait comme étant les siens à part entière, même s'ils venaient d'un endroit de son cœur qui lui était étranger.

Mais cela lui semblait juste.

Il avait l'impression de se comporter comme un père était censé le faire.

Pistolet de gauche. OK.

Pistolet de droite. OK.

Munitions de secours dans la ceinture. OK.

Dagues numéro un et deux dans l'étui de poitrine. OK.

Veste en cuir…

Lorsqu'on frappa à sa porte, Blay se pencha en arrière hors de son placard.

— Entrez !

Quand Saxton entra, il enfila sa veste et se retourna.

— Salut. Comment vas-tu ?

Il se passait quelque chose.

Le mâle passa rapidement en revue la « garde-robe professionnelle » de Blay, comme ils l'appelaient autrefois, et un petit haussement de sourcils gêné lui échappa ; mais bon, il n'avait jamais été tout à fait à son aise en présence d'armes.

— Tu vas sur le champ de bataille, alors, murmura-t-il.

— À une réunion du Conseil, en fait.

— Je ne savais pas que cela nécessitait autant de pistolets en guise d'accessoires.

— C'est une nouvelle ère.

— En effet.

Il y eut un long silence.

— Comment vas-tu ?

Saxton regarda autour de lui.

— Je voulais être celui qui te l'annoncerait.

Oh, merde. Quoi encore ?

Blay déglutit avec difficulté.

— Au sujet de ?

— Je vais quitter la maison un petit moment – pour des vacances, en l'occurrence. (Il leva la main pour empêcher toute protestation.) Non, ce ne sera pas permanent. J'ai tout mis en ordre pour Kolher, et il n'a besoin de rien pour les quelques jours à venir. Naturellement, dans le cas contraire, je reviendrais immédiatement. Je vais séjourner chez un vieil ami. J'ai vraiment besoin de me reposer et de me détendre… et avant que tu ne t'inquiètes, je te jure que je reviendrai et que cela n'a honnêtement rien à voir avec nous. Je travaille depuis des mois et j'ai seulement envie de ne plus avoir d'horaires à respecter, si ça te semble compréhensible ?

Blay prit une profonde inspiration.

— Oui, ça l'est. Où vas-tu… (Il s'arrêta en se rappelant que cela ne le regardait plus.) Tu me diras si tu as besoin de quoi que ce soit ?

— Promis.

Sur une impulsion, Blay s'approcha de son ancien amant et l'étreignit, et ce lien platonique fut aussi spontané et naturel que l'ancien lien amoureux l'avait été. Serrant le mâle, il tourna le visage vers lui.

— Merci, dit Blay. D'être venu et de me l'avoir dit…

À cet instant, quelqu'un passa dans le couloir, d'une démarche mal assurée.

C'était Vhif ; Blay le reconnut à son odeur avant même que la grande silhouette puissante n'apparaisse dans son champ de vision. Et durant le bref instant où le mâle eut une hésitation avant de poursuivre sa route, leurs regards se croisèrent par-dessus l'épaule de Saxton.

Le visage de Vhif se changea instantanément en masque : ses traits se figèrent sans rien trahir de ses sentiments.

Puis le guerrier disparut à sa vue.

Blay s'écarta de Saxton et se força à revenir aux adieux.

— Quand reviendras-tu ?

— D'ici quelques jours, pas plus d'une semaine.

— D'accord.

Saxton observa de nouveau la pièce et, ce faisant, il était évident qu'il se remémorait ses souvenirs.

— Porte-toi bien et sois prudent dehors. N'essaie pas de jouer les héros.

La première pensée de Blay fut… eh bien… vu que Vhif était généralement le premier sur les rangs à vouloir endosser ce rôle, il était peu probable qu'il ait à enfiler un costume de Superman.

— Promis.

Saxton parti, Blay resta un moment à fixer l'espace devant lui d'un regard vide. Il ne voyait rien et n'était pas non plus plongé dans ses souvenirs de lui et Saxton quand ils partageaient la chambre. Au lieu de cela, son esprit se trouvait à côté, avec Vhif, les affaires de Vhif et les souvenirs qu'il avait de leurs derniers ébats sexuels.

Merde.

Après avoir jeté un coup d'œil à l'horloge, il glissa son téléphone dans la poche poitrine de sa veste et sortit. Comme il dévalait l'escalier, il entendit des voix en provenance du vestibule, signe que la Confrérie était déjà réunie et attendait le signal du départ.

Sans surprise, ils étaient tous là. Z. et Fhurie. V. et Butch. Rhage, Tohr et John Matthew.

En descendant, il se surprit à souhaiter que Vhif les accompagne, mais le mâle resterait sûrement à la maison, vu l'état de Layla.

Où se trouvait Souffhrance ? se demanda-t-il en allant se placer à côté de John Matthew.

Tohr fit un signe de tête pour saluer Blay.

— Bon, nous en attendons encore un puis nous pourrons y aller. La première vague se rendra sur le lieu de rendez-vous. Quand nous aurons le feu vert, je me dématérialiserai avec Kolher jusqu'à la maison avec des renforts…

Lassiter déboula en dérapant de la salle de billard. L'ange déchu étincelait de toute sa personne, depuis sa chevelure blond et noir et ses yeux blancs jusqu'à ses rangers. Mais bon, la lumière n'était pas tant due à sa nature céleste qu'à tout cet or qu'il insistait pour porter.

Il ressemblait à une boîte à bijoux vivante.

— Je suis là. Où est ma casquette de chauffeur ?

— Tiens, prends la mienne, dit Butch en sortant une casquette des Red Sox et en la lui lançant. Ça camouflera un peu tes cheveux.

L'ange rattrapa le couvre-chef au vol et contempla le « B » rouge brodé sur le devant.

— Je suis désolé, je ne peux pas.

— Ne me dis pas que tu es fan des Yankees, dit V. d'une voix traînante. Je devrais te tuer et, franchement, ce soir nous avons besoin de tous les hommes de main à notre disposition.

Lassiter jeta la casquette par-dessus son épaule, puis sifflota d'un air désinvolte.

— Est-ce que tu es sérieux ? demanda Butch.

Comme si l'ange s'était porté volontaire pour une lobotomie. Ou une amputation. Ou une pédicure.

— J'y crois pas, bordel, s'exclama V. Où et quand es-tu passé à l'ennemi ?

L'ange leva les mains.

— Ce n'est pas ma faute si vous êtes nuls…

Tohr se plaça devant Lassiter, comme s'il craignait que quelque chose de bien plus sérieux qu'une prise de bec ne démarre. Et malheureusement, il avait raison de s'inquiéter. En dehors de leurs *shellane*, V. et Butch adoraient les Red Sox par-dessus tout, ou presque, y compris leur bon sens.

— OK, OK, nous avons de plus gros soucis…, commença Tohr.

— Il va bien devoir dormir à un moment ou à un autre, murmura Butch à son coloc.

— Oui, surveille tes arrières, l'ange, ricana V. On n'aime pas les gens de ton espèce.

Lassiter haussa les épaules, comme si les frères n'étaient que des chiots jappant autour de ses chevilles.

— Est-ce que quelqu'un me parle ? Ou n'est-ce que le son de la défaite ?

Le vestibule résonna alors de cris de protestation et d'insultes.

— Deux mots, connards, lança Lassiter avec mépris. Johnny Damon. Oh, attendez. Kevin Youkilis. Ou Wade Boggs.

Roger Clemens. Est-ce que la nourriture est pourrie, à Boston ? Ou juste le jeu ?

Butch se tendit, visiblement prêt à faire voir trente-six chandelles à l'ange…

— Qu'est-ce que c'est que ce bordel, ici !

La voix tonitruante venue d'en haut fit instantanément cesser la dispute.

Comme Tohr traînait le flic hors de portée de l'ange, tout le monde leva la tête, tandis que le roi descendait au rez-de-chaussée, guidé par sa reine. La présence de Kolher poussa tout le monde à se ressaisir, et le groupe reprit une attitude plus professionnelle. Même Lassiter.

Enfin, sauf Butch. Mais bon, il était « méchamment allumé », comme il le disait lui-même, depuis vingt-quatre heures, et il avait une bonne raison d'être irascible : sa *shellane* serait présente à la réunion du Conseil. Ce qui, du point de vue du frère, équivalait à avoir deux Kolher sur place. Le problème était que Marissa était l'aînée de sa lignée et cela signifiait que, si Vhen voulait une présence totale, elle devait être là.

Pauvre vieux.

Durant l'accalmie qui suivit, Blay sentit sa main le démanger et il éprouva le besoin presque irrésistible de dégainer une arme. Il ne pouvait cesser de penser au fait qu'il s'agissait d'un prélude quasi-identique à celui de la tentative d'assassinat qui avait eu lieu contre Kolher à l'automne : cette nuit-là, ils s'étaient rassemblés ici et Kolher était descendu avec Beth ; puis une balle avait été tirée et sa trajectoire avait achevé sa course dans la gorge du roi.

Apparemment, il n'était pas le seul à penser cela. Beaucoup de mains étaient posées sur des holsters.

— Oh, bien, tu es là, dit Tohr.

Blay se tourna en fronçant les sourcils et dut ravaler sa réaction. Ce n'était pas Souffhrance qui les rejoignait, mais Vhif. Et mince, le mâle paraissait plus que prêt à faire des dégâts : il avait le regard dur et le corps tendu comme un arc dans son cuir noir.

Pendant un instant, une pensée purement sexuelle traversa Blay.

Au point qu'un fantasme totalement inopportun lui vint à l'esprit : Vhif et lui s'esquivant dans l'office pour une baise rapide tout habillés.

Avec un grognement, il reporta son attention sur le roi. Ce qui était parfaitement approprié. C'était Kolher qui importait ici, et pas sa fichue vie amoureuse…

Un sentiment de malaise remplaça le désir sexuel.

Vhif et lui coucheraient-ils de nouveau ensemble ?

Mon Dieu, quelle pensée étrange. Ce n'était pas comme si, sur le plan émotionnel, le sexe était une bonne idée. C'était sans doute une idée extrêmement mauvaise.

Mais il en voulait plus. Le ciel lui vienne en aide.

— Très bien, allons-y, annonça Tohr. Chacun sait où nous allons ?

Ce fut un soulagement troublant que la gravité de leur mission lui dégage l'esprit de tout, mis à part son engagement à sauver la vie de Kolher, même au prix de la sienne.

Mais c'était toujours mieux que de s'inquiéter de sa relation avec Vhif.

Assurément.

Chapitre 51

Vhif reprit forme sur une terrasse enneigée et, à mesure que tous les membres de la Confrérie, sauf Butch, se matérialisaient à côté de lui, il ne fut pas surpris par l'aspect huppé des lieux. Le domaine où se tenait la réunion du Conseil rassemblait tous les critères exigés par la *glymera* : un grand terrain dégagé et aménagé. Un petit cottage à côté de l'entrée qui aurait semblé plus à sa place sur une carte postale d'Angleterre. Une énorme demeure qui, en l'occurrence, était en briques, pourvue de denticules et de volets brillants et surmontée d'un toit en ardoise.

— Allons-y, déclara V. en s'approchant d'une porte de côté.

À l'instant où il frappa, celle-ci s'ouvrit, comme si cela avait été prévu, de même que tant d'autres choses. Mais, mince, s'agissait-il de leur hôtesse ? La femelle qui se tenait sur le seuil était vêtue d'une longue robe de soirée foncée décolletée jusqu'à son nombril et elle portait un cercle de diamants de la taille d'un collier de doberman autour du cou. Son parfum était si lourd qu'il leur donna l'impression de recevoir une claque dans les sinus, en dépit du fait qu'ils se trouvaient toujours dehors.

— Je suis prête à vous recevoir, dit-elle d'une voix basse et rauque.

Vhif fronça les sourcils, en se disant que, même dans cette robe de créateur, cette fille passait pour une salope. Mais ce n'était pas son problème.

Il entra à la file avec les autres et ils se retrouvèrent dans une pièce qui ressemblait à une sorte de jardin d'hiver avec ses plantes vertes démesurées ; la présence d'un piano à queue suggérait que de nombreuses soirées musicales se déroulaient ici.

Beuh.

— Par ici, annonça la femelle avec un geste de la main qui fit scintiller l'une de ses nombreuses bagues.

Dans son sillage, ce parfum – peut-être provenait-il de plusieurs sources, comme un cocktail de diverses saloperies cosmétiques ? – colorait presque l'air derrière elle, et ses hanches ondulaient à chaque pas, comme si elle espérait qu'ils materaient ses fesses et voudraient tâter la marchandise.

Mais non. De même que les autres, il scrutait chaque coin et recoin, prêt à tirer et à poser des questions une fois le cadavre refroidi.

Ils finirent par déboucher dans le hall d'entrée, avec ses peintures à l'huile éclairées par des spots encastrés au plafond, ses tapis d'Orient rouge foncé et ses…

Merde, ce miroir ressemblait exactement à celui qui se trouvait dans la maison de ses parents. Même emplacement, même immensité dans les dimensions, mêmes fioritures dorées à la feuille.

Oui, tout cela lui foutait les jetons. Et pas qu'un peu.

La maison entière lui rappelait la demeure dans laquelle il avait grandi, où chaque meuble et chaque objet occupait une place bien précise et où le décor était loin, très loin de la classe moyenne, sans pour autant être voyant ni vulgaire. Non, c'était un subtil mélange de vieille fortune et de classicisme qui ne pouvait être qu'inné et non acquis.

Il chercha Blay des yeux.

Celui-ci faisait son boulot et scrutait la maison d'un œil acéré.

Le père et la mère de Blay n'étaient pas aussi riches que les siens. Mais leur maison était bien plus agréable à de nombreux égards. Plus chaleureuse, et cela n'avait rien à voir avec le chauffage.

Comment allaient les parents de Blay ? se demanda-t-il brusquement. Il avait presque passé plus de temps sous leur toit que sous le sien, et ils lui manquaient. La dernière fois qu'il les avait vus… Mon Dieu, cela remontait à très longtemps. Peut-être cette nuit d'attaque, quand le père de Blay, d'apparence habituellement inoffensive, s'était transformé en guerrier démolissant tout. Après cela, tous deux avaient emménagé dans leur refuge, puis Blay et lui s'étaient complètement éloignés l'un de l'autre.

Il espérait qu'ils allaient bien…

L'image de Blay et Saxton serrés l'un contre l'autre dans la chambre du premier lui traversa l'esprit.

Bon… sang… comme cela avait été douloureux.

Et mince, le karma était vraiment doué.

Revenant à la réalité, il suivit ces hanches qui semblaient se désarticuler et la Confrérie dans une immense salle à manger qui avait été préparée selon les ordres de Tohr : tous les rideaux avaient été tirés devant les fenêtres donnant sur le jardin de derrière, et la porte battante qui, supposait-il, menait à la cuisine avait été barricadée par un lourd buffet ancien. On avait enlevé la table qui se trouvait au centre de la pièce et disposé en rangs vingt-cinq sièges en acajou à l'assise de soie rouge devant une cheminée en marbre.

Kolher se tiendrait devant le foyer pour faire son discours, et Vhif s'approcha pour vérifier que le conduit en acier était bien fermé. Il l'était.

De chaque côté de la cheminée se trouvait une porte lambrissée qui donnait sur un salon de réception à l'ancienne. Lui, John Matthew et Rhage effectuèrent une visite de la pièce avant de la verrouiller, puis il prit place devant l'entrée de gauche, tandis que John Matthew faisait de même à droite.

— J'espère que cela vous convient ? demanda la femelle.

Vhen s'approcha de la cheminée et se retourna pour faire face aux chaises vides.

— Où est votre *hellren* ?

— À l'étage.

— Faites-le descendre. Tout de suite. Autrement, s'il se déplace dans la maison, il risque de prendre une balle dans la poitrine.

La femelle écarquilla les yeux et, cette fois-ci, quand elle s'éloigna, elle n'exagéra pas le mouvement de ses hanches, ni ne rejeta sa chevelure d'un geste aguicheur par-dessus son épaule. Visiblement, le message « On n'est pas là pour glander » était passé, et elle souhaitait que son compagnon, quel qu'il soit, survive à cette nuit.

Dans l'attente qui suivit, Vhif garda son arme à la main, les yeux et les oreilles aux aguets au cas où quelque chose clocherait.

Rien.

Ce qui suggérait que leurs hôtes avaient suivi les ordres…

Soudain, il sentit un étrange et désagréable picotement remonter le long de sa colonne vertébrale, ce qui lui fit froncer les sourcils et passer en alerte rouge. De l'autre côté de la cheminée, John sembla ressentir la même chose, car il leva son arme en plissant les yeux.

Puis une brume froide s'enroula autour des chevilles de Vhif.

— J'ai demandé à deux invités particuliers de se joindre à nous, annonça Vhen d'un ton sec.

À ce moment-là, deux colonnes de brouillard montèrent du sol et la perturbation des molécules de l'air finit par former des silhouettes, que Vhif reconnut instantanément.

Dieu merci.

Avec l'absence de Souffhrance, il avait eu l'impression que leur couverture était un peu légère, même s'il reconnaissait les compétences de la Confrérie. Mais quand Trez et iAm apparurent, il prit une profonde inspiration.

C'étaient deux vrais tueurs, du genre qu'on ne voulait vraiment pas avoir contre soi lors d'un combat. La bonne nouvelle était que Vhengeance s'était depuis longtemps associé avec les Ombres et que le lien de Vhen avec la Confrérie et le roi signifiait que les deux frères étaient à l'évidence prêts à jouer les renforts.

Vhif s'avança pour dire bonjour et les accueillit comme les autres, d'une poignée de main, d'une étreinte rapide et d'une tape dans le dos.

— Salut, mon pote…

— Comment va…

— Ça faisait longtemps…

Une fois les salutations échangées, Trez regarda autour de lui.

— Bon, nous resterons invisibles tant que vous n'aurez pas besoin de nous. Mais soyez-en sûrs, nous sommes là.

Après plusieurs « merci » de la part des frères, Vhen dit deux mots en privé aux Ombres, puis tous deux disparurent après s'être changés en une brume qui se dissipa en bouillonnant au niveau du sol, créant ainsi un réconfortant courant d'air froid.

Le timing était parfait. Moins d'une minute plus tard, leur hôtesse était de retour avec un mâle âgé de petite taille à son côté. Vu la façon dont les vampires vieillissaient, avec une rapide accélération de leur déclin physique à la fin de leur vie, Vhif devina que celui-ci n'en avait plus que pour cinq ans. Dix, tout au plus.

On fit les présentations, mais Vhif s'en foutait. Il se demandait plutôt si le reste de la maison était vide.

— Y a-t-il des *doggen* ici ? demanda Vhen alors que la femelle installait son vieux schnock sur l'une des chaises.

— Conformément à vos demandes, ils sont tous partis pour la soirée.

V. fit un signe de la tête à Fhurie et Z.

— Nous allons fouiller le bâtiment tous les trois, pour vérifier si c'est exact.

Même si Blay avait confiance en lui, en la Confrérie, en John Matthew et en Vhif, il se sentait beaucoup mieux de savoir que les Ombres se tenaient à proximité. Trez et iAm n'étaient pas seulement d'excellents combattants et de par leur nature, dangereux envers tous ceux qu'ils considéraient comme leurs ennemis ; ils avaient un avantage de taille par rapport à la Confrérie.

L'invisibilité.

Il ne savait pas avec certitude s'ils pouvaient se battre sous cette forme, mais cela n'avait pas d'importance. Celui qui entrerait ici par effraction – disons, cette foutue bande de salopards – évaluerait le combat en ne comptant que les corps visibles dans la pièce.

Pas les deux frères.

Alors c'était bon.

À ce moment-là, V., Fhurie et Z. revinrent de leur inspection et Butch se trouvait avec eux, ce qui supposait que le frère venait d'arriver en voiture.

— C'est vide.

Il y eut un bref silence. Puis, comme convenu, Tohr se dirigea vers la porte d'entrée et ouvrit à Kolher.

C'était l'heure du spectacle, songea Blay, qui jeta un coup d'œil en direction de Vhif avant de reprendre sa concentration.

Tohr et le roi entrèrent dans la salle à manger côte à côte : leurs têtes étaient penchées l'une vers l'autre comme s'ils étaient plongés dans une conversation sur un sujet important et la main du frère était posée sur l'avant-bras de Kolher comme s'il essayait de démontrer son point de vue.

C'était un numéro pour leurs hôtes.

En réalité, Tohr guidait Kolher grâce à sa prise sur son bras : il l'amena devant la cheminée et le plaça juste au milieu du manteau. Et la conversation consistait à indiquer au roi où étaient assis les deux aristocrates, où étaient alignées les chaises, où les frères et les guerriers se trouvaient, ainsi que les deux Ombres.

Pendant que Kolher acquiesçait, il tourna délibérément la tête comme si ses yeux contemplaient les moindres détails de la pièce. Puis il accorda son attention à l'hôte et à l'hôtesse qui s'approchaient pour embrasser son énorme diamant noir.

Après cela, la crème de la crème de la *glymera* commença à arriver.

Depuis la place qu'on lui avait assignée au fond de la pièce à côté du mur de fenêtres, Blay voyait nettement chaque arrivant. Seigneur, il avait des souvenirs de certains d'entre eux remontant à sa vie avant les attaques, avant qu'il ne commence à vivre à la demeure et à se battre avec les frères. Ses parents n'étaient pas les égaux de ces mâles et de ces femelles, mais comme la lignée de sa famille était bonne, et ils avaient été conviés à participer à de nombreuses célébrations dans ces grandes maisons.

Alors ces gens ne lui étaient pas inconnus.

Mais il ne pouvait vraiment pas dire qu'ils lui avaient manqué.

En fait, il ne put s'empêcher de rire intérieurement quand de nombreuses femelles froncèrent les sourcils et baissèrent les yeux vers leurs pieds délicatement chaussés d'escarpins qu'elles soulevèrent et secouèrent, comme si elles sentaient le froid produit par les Ombres.

Quand Havers arriva, le guérisseur de l'espèce avait l'air un peu lessivé. À n'en pas douter, il était nerveux à l'idée de revoir sa sœur, et il avait des raisons de l'être. D'après ce que Blay avait compris, Marissa lui avait botté le train lors de la dernière réunion formelle du Conseil.

Blay était désolé d'avoir raté cet épisode.

Marissa arriva peu après son frère, et Butch s'avança pour l'accueillir d'un long baiser avant de la guider, d'un bras ferme et protecteur, vers un siège situé dans le coin juste à côté de là où il était positionné. Une fois que le flic l'eut aidée à s'asseoir, il se tint à côté d'elle, grand, large, l'air mauvais ; surtout quand il croisa le regard de Havers et sourit de tous ses crocs.

Blay se surprit à envier un peu le couple. Pas à cause du différend familial, bien entendu. Mais Seigneur… avoir la possibilité d'être vu en public avec son compagnon, de montrer son amour pour lui, d'avoir une relation respectée des autres ? Les couples hétérosexuels tenaient cela pour acquis parce qu'ils n'avaient jamais rien connu d'autre. Leurs unions étaient cautionnées par la *glymera*, même si les couples n'étaient pas amoureux, se trompaient mutuellement ou vivaient dans l'imposture.

Deux mâles ensemble ?

Pff.

Une raison de plus d'en vouloir à l'aristocratie, supposait-il. Même si, en réalité, il avait l'impression qu'il n'avait plus de raison de s'inquiéter d'être victime de discrimination. Le mâle qu'il désirait ne se tiendrait jamais à côté de lui en public, et pas parce que Vhif se souciait de ce que les gens pensaient. Tout d'abord, le mâle n'était pas démonstratif comme cela. Et deuxièmement, le sexe ne faisait pas un couple.

Autrement, ce salopard serait fiancé à la moitié de Caldwell, bordel de merde.

Oh, que racontait-il ?

Il avait depuis longtemps renoncé à cette chimère concernant Vhif.

Vraiment.

Totalement…

— Ferme-la, marmonna-t-il pour lui-même comme le dernier membre du Conseil arrivait.

Vhen ne perdit pas de temps. À chaque seconde que Kolher passait devant ce groupe, le roi n'était pas seulement mortellement exposé, mais il courait également le risque que sa cécité soit découverte d'une façon ou d'une autre.

Le roi *symphathe* s'adressa au conseil, son regard violet passant la foule en revue, un sourire rusé aux lèvres, comme s'il s'amusait du fait que cette bande de « je-sais-tout » ignore totalement qu'un mangeur de péchés se trouvait à leur tête.

— Je déclare cette réunion du Conseil ouverte. La date et l'heure…

Tandis que le préambule se poursuivait, Blay ne lâcha pas les participants du regard, scrutant le dos des mâles et des femelles, l'endroit où ils posaient leurs bras et leurs mains, vérifiant si l'un d'entre eux paraissait nerveux. Naturellement, le groupe s'était pointé en queues-de-pie et robes de velours, les femelles avaient sorti leurs bijoux et les mâles leur montre de gousset en or. Mais bon, cela faisait longtemps qu'ils n'avaient pas été réunis de façon formelle, et cela signifiait que leur désir de rivaliser les uns avec les autres pour prendre l'ascendant social avait sans doute souffert d'un temps d'antenne largement insuffisant.

— … notre chef, Kolher, fils de Kolher.

Alors que des applaudissements polis éclataient et que l'assistance se redressait, Kolher avança d'un pas.

Mince, aveugle ou non, il semblait véritablement être une force de la nature : même s'il n'était pas vêtu d'une robe bordée d'hermine, le roi était irréfutablement le chef, son corps massif, ses longs cheveux noirs et ses lunettes de soleil enveloppantes faisant de lui plus une menace qu'un monarque.

Et c'était l'idée.

Les qualités de dirigeant, surtout quand il s'agissait de la *glymera*, s'appuyaient en partie sur la perception que les nobles en avaient, et nul ne pouvait nier que Kolher était une incarnation vivante du pouvoir et de l'autorité.

Et cette voix grave et impérieuse ne gâchait rien.

— Je reconnais que cela fait longtemps que je ne vous ai pas vus. Les attaques d'il y a bientôt deux ans ont décimé beaucoup de vos familles, et je partage votre douleur. J'ai, moi aussi, perdu ma lignée lors d'une attaque d'éradiqueurs, donc je sais exactement ce que vous vivez en essayant de remettre vos vies d'aplomb.

Un mâle au premier rang remua sur sa chaise…

Mais ce n'était qu'un changement de position, pas le prélude à la sortie d'une arme.

Blay se détendit, comme plusieurs autres. Bon sang, il était impatient d'en avoir fini avec cette réunion et de ramener Kolher sain et sauf à la maison.

— Beaucoup d'entre vous connaissaient bien mon père, et se souviennent de son époque dans l'Ancienne Contrée. Mon géniteur était un chef sage et modéré, un gentilhomme à la pensée logique et à l'allure royale, qui s'occupait uniquement d'améliorer la vie de son espèce et de ses sujets. (Kolher s'interrompit et tourna la tête comme s'il regardait toute l'assemblée.) Je partage quelques-unes des caractéristiques de mon père… mais pas toutes. En fait, je ne suis pas modéré. Je ne suis pas clément. Je suis un mâle de guerre, et non de paix.

À ces mots, Kolher dégaina l'une de ses dagues noires dont la lame sombre brilla sous la lumière du lustre en cristal suspendu au-dessus de leurs têtes. Devant le roi, la foule des ambitieux réagit par un frisson collectif.

— Je suis très à l'aise dans le conflit, qu'il soit judiciaire ou militaire. Mon père était un médiateur, un bâtisseur de ponts. Moi, je creuse des tombes. Mon père savait persuader. Moi, je me contente de prendre. Mon père était un roi qui s'asseyait volontiers à votre table et discutait avec vous des plus petits détails. Je ne suis pas ce genre de mâle-là.

Oui, wahou. Le Conseil n'avait certainement jamais entendu un tel discours. Mais Blay n'était pas en désaccord avec cette approche. On ne respectait pas la faiblesse. En outre, avec ce groupe, la loi seule ne suffirait bientôt probablement plus à garantir la stabilité du trône de Kolher.

Mais la peur ?

Elle avait plus de chance d'y arriver.

— Mon père et moi avons néanmoins une chose en commun. (Kolher baissa la tête, comme s'il contemplait la lame noire.) Mon père a causé la mort de huit de vos parents.

Il y eut un sursaut collectif. Mais Kolher ne se laissa pas ralentir.

— Au cours du règne de mon père, on a tenté huit fois de l'assassiner, et peu importe le temps que cela a pris, qu'il s'agisse de jours, de semaines ou même de mois, il a eu à cœur de découvrir qui se trouvait derrière chacune de ces tentatives... et il a traqué ces individus personnellement, avant de les tuer. Vous n'avez peut-être pas entendu la véritable histoire, mais vous avez eu connaissance de ces morts : les auteurs de ces crimes ont été décapités et ont eu la langue arrachée. Certainement, en cherchant au fond de vos souvenirs, vous pourrez vous rappeler des membres de vos lignées qui ont été inhumés dans cet état ?

Beaucoup de personnes dans l'assistance remuèrent avec gêne sur leur chaise. Ce qui suggérait que les souvenirs étaient remontés à la surface.

— Vous vous rappellerez que ces morts ont été attribuées à la Société des éradiqueurs. Je vous le dis en cet instant, je connais leurs noms et je sais où se trouvent leurs tombes, car mon père s'est assuré que je m'en souvienne. C'est la première leçon de royauté qu'il m'a donnée. Mes sujets doivent être honorés, protégés et bien servis. Les traîtres, quant à eux, constituent une maladie pour toute société légitime et doivent être éradiqués. (Kolher sourit d'un air totalement malfaisant.) Dites ce que vous voulez de moi, mais j'ai bien appris de mon père. Et soyons clairs : c'est mon père en personne, et non la Confrérie, qui s'est occupé de ces morts. Je le sais parce qu'il en a décapité quatre sous mes yeux. Cela vous donne une idée de l'importance de la leçon.

Plusieurs femelles rapprochèrent craintivement leur chaise de celle de leur voisin, qui qu'il soit.

Kolher poursuivit.

— Je n'hésiterai pas à suivre les traces de mon père sur ce point. Je reconnais que vous avez tous souffert. Je suis conscient des épreuves que vous avez traversées et je suis prêt à vous diriger. Néanmoins, je n'hésiterai pas à traiter la moindre insurrection contre ma personne et les miens comme un acte de trahison.

Le roi baissa le menton et parut regarder la foule d'un œil noir derrière ses lunettes de soleil, au point que même Blay sentit un frisson d'adrénaline le parcourir.

— Et si vous estimez que ce que mon père a fait était violent, vous n'avez encore rien vu. Je ferai paraître ces morts miséricordieuses en comparaison. Je le jure sur ma lignée.

Chapitre 52

Ahssaut n'arrivait pas à croire qu'il entrait dans un restaurant. Tout d'abord, il avait pour règle de ne jamais fréquenter les repaires d'humains, et ensuite il ne voyait aucun intérêt à manger dans ce bouge : l'air sentait la friture et la bière et, d'après ce qu'il pouvait voir sur les plateaux des serveuses, il n'était pas certain que les entrées soient autorisées à une consommation non animale.

Oh, regardez. En face de lui se trouvait une scène protégée par un grillage.

Que d'élégance.

— Eh, salut toi, lui lança une voix aguicheuse.

Ahssaut haussa un sourcil et jeta un coup d'œil par-dessus son épaule. L'humaine était vêtue d'un chemisier moulant et d'un jean qui avait été visiblement cousu à même ses jambes. Ses cheveux étaient blonds et raides comme des baguettes. Son maquillage était chargé et son rouge à lèvres suffisamment brillant pour figurer dans la catégorie « peinture d'extérieur ».

Il aurait préféré s'énucléer avec une petite cuillère plutôt que de fréquenter quelqu'un dans son genre, de quelque manière que ce soit.

Il fit en sorte qu'elle oublie l'avoir vu et se retourna. La foule était dense, les gens étaient plus nombreux que les places assises, cela lui offrit donc un bon prétexte pour se retirer dans un coin et scruter la salle…

Et elle était là.

Sa petite cambrioleuse.

Jurant à voix basse, il reconnut vaguement que tout ceci était une perte de temps ; surtout compte tenu du fait que ses cousins étaient, à cet instant précis, en train de conclure un nouveau deal avec cet éradiqueur. Malheureusement, dès qu'il avait reçu l'alerte l'informant que l'Audi noire se déplaçait, il s'était senti obligé de la retrouver et de la suivre.

Mais il ne s'était pas préparé à cela.

Que faisait-elle ici ? Et pourquoi était-elle habillée ainsi ?

Quand elle dénicha une des rares tables libres et s'y assit seule, il découvrit qu'il n'appréciait pas la façon dont ses cheveux cascadaient sur ses épaules, les mèches brunes ondulant autour de son visage. Ni le chemisier moulant ses formes qu'elle dévoila en retirant son manteau. Ni… elle s'était aussi maquillée, bon sang. Et pas comme cette femme peinturlurée qui lui avait fait des avances. Sa cambrioleuse avait eu la main légère, de façon à magnifier ses traits…

Elle était belle.

Trop belle.

Tous les hommes du restaurant la reluquaient. Et cela lui donna envie de tuer chacun d'entre eux en lui arrachant la gorge avec ses dents…

Comme s'ils étaient d'accord avec son projet, ses crocs se mirent à le démanger et à descendre dans sa bouche, tandis que son corps se tendait.

Mais pas pour l'instant, s'intima-t-il. Il devait découvrir pourquoi elle était là. Après l'avoir suivie jusqu'à la demeure de Benloise, il s'était attendu à de nombreuses destinations, mais jamais à une de ce genre-là. Que faisait-elle… ?

Elle tourna la tête et, l'espace d'une seconde, il crut qu'elle avait senti sa présence, même si ce n'était pas une vampire.

Mais alors, un humain très grand et très bien fait s'approcha de sa table.

Sa cambrioleuse leva la tête vers l'inconnu. Lui sourit. Se leva et serra les larges épaules du type dans ses bras.

La main d'Ahssaut se glissa dans son manteau et se posa sur son pistolet.

Oui, il se vit mettre une balle entre les deux yeux de cet homme.

— Salut, tu es déjà venu ici ?

Ahssaut tourna la tête. Un humain assez large s'était approché de lui et le dévisageait avec une certaine agressivité.

— Je t'ai posé une question.

Il y avait deux solutions, décida Ahssaut. Il pouvait répondre verbalement, prenant ainsi part à une sorte de dialogue qui détournerait son attention – ce qui n'était sans doute pas une mauvaise idée, vu que sa main se trouvait toujours sur son arme, et que son envie de meurtre était toujours bien présente.

— Je te parle.

Ou alors il pouvait…

Ahssaut montra les crocs et gronda du fond de la gorge, redirigeant sa colère loin de la scène où sa cambrioleuse se trouvait avec cet idiot d'humain pour lequel elle s'était habillée et maquillée.

Le type aux questions leva les mains et recula d'un pas.

— Oh, c'est bon, on s'en fout. C'est ma faute. Bref.

L'homme disparut dans la foule, prouvant que, dans certaines circonstances, ces rats sans queue pouvaient eux aussi se dématérialiser.

Le regard d'Ahssaut revint sur la table. Le « gentleman » qui avait pris place en face de sa cambrioleuse se penchait vers elle, les yeux rivés sur son visage pendant qu'elle consultait le menu et jetait des coups d'œil autour d'elle.

Il allait falloir faire quelque chose.

Sola referma le menu en riant.

— Je n'ai jamais dit cela.

— Mais si. (Mark Sanchez sourit.) Tu m'as dit que j'avais de beaux yeux.

Mark était exactement ce dont elle avait besoin par une nuit pareille. Il était vraiment agréable à regarder, plein de charme et, tant qu'il ne lui faisait pas payer 10 000 dollars, elle n'avait rien à craindre : en tant que coach personnel, c'était un démon. Elle était bien placée pour le savoir.

— Alors, s'agit-il d'un moyen de me cirer les pompes ? (Il se redressa quand la serveuse leur apporta deux bières.) Tu essaies de me pousser à y aller mollo avec toi à la salle de sport ?

— Je suis plus intelligente que cela. (Sola prit une gorgée dans son verre épais et glacé.) Pas de quartier. C'est ta devise.

— Eh bien, pour être honnête, tu n'as jamais demandé de traitement de faveur. (Il y eut un silence.) Dans ton cas, je ne serais pas fermé à l'idée de me montrer indulgent… dans certains domaines.

Sola esquiva le contact visuel.

— Alors comme ça, tu ne sors pas avec tes clientes, hein.

— Non. Pas d'habitude.

— Problème de conflit d'intérêts.

— Cela pourrait devenir compliqué… mais dans certains cas, le jeu en vaut la chandelle.

Sola observa l'intérieur du pub. Beaucoup de monde. Beaucoup de conversations. L'air était chaud et lourd.

Elle fronça les sourcils et se raidit. Dans le coin tout au fond, quelque chose… quelqu'un…

— Ça va ?

Elle se secoua pour se défaire de sa paranoïa.

— Oui, désolée… oh oui, nous aimerions passer commande, dit-elle comme la serveuse revenait. Je prendrai un cheeseburger. En supposant que mon coach personnel ne fasse pas une embolie de désaccord.

Mark éclata de rire.

— Je prendrai la même chose. Mais pas de frites. Sur aucune des assiettes.

Quand la serveuse s'en alla, Sola tenta de ne pas regarder en direction de ce coin sombre au fond de la salle.

— Alors…

— Je ne pensais pas que tu me prendrais au mot. Cela fait combien de temps que je t'ai proposé de sortir avec moi ?

Comme Mark souriait, elle remarqua qu'il avait des dents magnifiques, bien alignées et très blanches.

— Cela fait un moment, je suppose. J'ai été occupée.

— Alors, que fais-tu comme travail ?

— Ceci, cela.

— Dans quel domaine ?

D'ordinaire, elle s'agaçait de la curiosité des gens. Mais l'expression du jeune homme était paisible et aimable, ce n'était qu'une banale conversation amicale.

— Je suppose qu'on pourrait parler de justice pénale.

— Oh, tu es dans la justice.

— Elle m'est très familière, oui.

— C'est bien. (Mark se racla la gorge.) Euh… tu as vraiment bonne mine.

— Merci. Je pense que c'est grâce à mon coach.

— Oh, bizarrement, je pense que tu t'en sortirais très bien sans moi.

Comme ils se laissaient aller à un échange facile, elle commença vraiment à se détendre ; puis leur dîner arriva et ils prirent une autre bière. C'était tellement normal d'être dans ce bistrot, en tête à tête, à bavarder avec la personne en face de soi pour apprendre à la connaître.

L'exact opposé de ce à quoi elle avait assisté la nuit précédente.

Sola frissonna alors que des images lui revenaient en mémoire : la lueur des bougies, cet homme aux cheveux noirs penché au-dessus de cette femme à demi nue comme s'il allait la dévorer, tous deux déchaînés et sans inhibitions… Puis ces yeux scintillants qui avaient fixé les siens à travers la vitre comme s'il avait su tout du long qu'elle les observait.

— Ça va ?

Sola se força à se concentrer sur le moment présent.

— Désolée, oui. Tu disais ?

Comme Mark reprenait l'explication sur son entraînement pour le triathlon Iron Man, elle se retrouva une fois de plus dans le froid devant la fenêtre de ce cottage, en train de mater l'homme et la femme.

Mince. Elle avait organisé ce rendez-vous uniquement parce qu'elle désirait évacuer la tension. Ce n'était pas parce qu'elle éprouvait des sentiments particuliers pour Mark, si aimable soit-il.

En réalité, elle l'avait peut-être également fait parce que son coach sportif se trouvait être très grand, très bien bâti, avec des cheveux très noirs et des yeux très pâles.

Quand la culpabilité la rappela à l'ordre, elle se dit, oh bon sang de bonsoir, qu'elle était adulte. Mark était adulte. Les gens s'envoyaient en l'air pour plein de raisons différentes ; le simple fait qu'elle ne désire pas l'épouser ne voulait pas dire qu'elle enfreignait une règle capitale... sauf que, zut. La morale de sa grand-mère et les larges épaules et les dents blanches et brillantes de Mark mises à part, elle n'était pas attirée par lui.

Elle était attirée par l'homme que Mark lui rappelait.

Et c'était pour cela qu'elle avait l'impression de mal agir.

Chapitre 53

Même si Vhif pouvait difficilement passer pour un fin analyste politique, il était tout à fait évident à ses yeux que l'assemblée réunie dans cette maison attendait un certain discours et en avait obtenu un autre, totalement différent.

Kolher n'avait ni gaspillé sa salive ni mâché ses mots et, après sa conclusion cinglante, il avait emballé l'affaire en cinq ou dix minutes.

En fait, c'était une bonne chose. Plus vite il aurait fini, plus vite ils pourraient le ramener à la maison.

— Pour finir, j'apprécie d'avoir eu l'occasion de m'adresser à cette auguste assemblée, déclara le roi de sa voix de basse.

En l'occurrence, « auguste » signifiait clairement « peigne-cul ».

— J'ai d'autres engagements en ce moment. (*En d'autres termes : rester en vie.*) Je vais donc partir à présent. Néanmoins, si vous avez des remarques à faire, adressez-vous je vous prie à Tohrment, fils de Nhuisance.

Un clin d'œil plus tard, le roi quittait le bâtiment avec V. et Zadiste.

Après son départ, tous les pingouins de la salle à manger restèrent assis sur leurs chaises, leurs beaux traits déformés par le choc et l'incrédulité. Visiblement, ils attendaient plus… mais aussi, moins. Un peu comme des enfants qui auraient poussé leurs parents trop loin et fini par recevoir une tape sur les fesses.

Du point de vue de Vhif, c'était vachement amusant, en fait.

Les gens commencèrent enfin à bouger après que l'hôtesse se fut levée et eut exprimé l'honneur que cela représentait pour elle d'accueillir tout ce beau monde.

Vhif ne s'inquiéta plus que d'une seule chose.

Jusqu'à ce qu'un message arrive sur son téléphone environ une minute plus tard : Kolher était sain et sauf à la maison.

Poussant un lent soupir, il remit son téléphone portable dans la poche intérieure de sa veste en cuir et songea à tirer quelques balles dans le parquet pour faire danser un peu ce tas de « culs-serrés ». Mais cela lui attirerait probablement des ennuis.

La poisse.

La foule commença à sortir peu après, à l'évident mécontentement de l'hôtesse, qui manifestement s'était habillée et avait préparé sa maison dans l'espoir d'une longue soirée à la grande importance sociale, et venait de découvrir qu'elle n'avait eu droit qu'à deux secondes de célébrité et à une boîte de poulet frit en guise de repas.

Désolés, madame.

Tohrment assista à l'exode sans broncher, debout devant la cheminée, en se contentant d'incliner la tête et de prononcer quelques paroles pour prendre congé. Au sein de la Confrérie, Kolher avait choisi son représentant avec sagesse. Le frère avait une apparence redoutable avec toutes ses armes, mais il avait toujours été, intérieurement, enclin à jouer les pacificateurs, et ce n'était pas différent ce soir.

Il se montra particulièrement aimable avec Marissa quand la compagne de Butch partit : un éclair d'affection sincère traversa son visage quand il la serra dans ses bras et lui fit un signe de tête, alors que le flic l'escortait dehors. Mais cet instant de réalité fut immédiatement remplacé par son masque de professionnalisme.

Finalement, l'hôtesse aida son vieil *hellren* à se lever de sa chaise et l'emmena à l'étage avec un certain tapage.

Puis il n'en resta plus qu'un.

Elan, fils de Larex, s'attarda devant la rangée de fenêtres aux rideaux tirés.

Vhif avait gardé ce type à l'œil tout du long, comptant exactement combien de membres du Conseil venaient le voir, lui serraient la main, lui murmuraient à l'oreille.

Tous autant qu'ils étaient.

Ce ne fut donc pas tout à fait une surprise quand, au lieu de partir comme un gentil petit garçon, il se fraya un chemin jusqu'à la cheminée comme s'il désirait une audience.

Génial.

À mesure qu'Elan se rapprochait de Tohr, il devait lever le menton pour garder un contact visuel avec le frère.

— Ce fut un honneur d'avoir une audience avec votre roi, dit le gentilhomme d'un air grave. J'étais suspendu à chacune de ses paroles.

Tohr murmura quelque chose en réponse.

— Une question me tarabuste cependant, poursuivit prudemment l'aristocrate. J'espérais lui en parler directement, mais…

C'est ça, n'y compte pas, mon pote.

Tohr intervint pour combler le silence.

— Tout ce que vous me direz sera fidèlement reporté aux oreilles du roi, sans filtre ni interprétation. Et les guerriers dans cette pièce ont juré de garder le secret. Ils mourront avant de répéter un seul mot.

Elan jeta un coup d'œil à Vhen, espérant visiblement la même promesse de la part du mâle.

— Il en va de même pour moi, marmonna Vhengeance en prenant appui sur sa canne.

Brusquement, Elan gonfla la poitrine comme si ce genre d'attention personnelle était plus que ce qu'il n'avait attendu de la réunion.

— Eh bien, cela pèse lourdement sur mon cœur.

Certainement pas sur tes pectoraux, songea Vhif. *Tu es bâti comme un gamin de dix ans.*

— Et il s'agit…, lui souffla Tohr.

Elan croisa les bras derrière le dos et fit quelques pas, comme s'il prenait son temps pour trouver ses mots. Quelque chose dans son attitude suggéra à Vhif qu'ils étaient pourtant prêts depuis longtemps, même s'il n'aurait pas su dire de quoi il retournait.

— Je m'attendais à ce que le roi réponde à une certaine rumeur que j'ai entendue.

— Qui est ? demanda Tohr d'un ton égal.

Elan s'arrêta. Se retourna. Parla d'une voix claire.

— Qu'il s'est fait tirer dessus à l'automne.

Nul ne montra la moindre réaction. Ni Tohr, ni Vhen. Ni les autres frères dans la pièce. Certainement pas Vhif ni ses potes.

— Quelle est votre source d'information ? demanda Tohr.

— Eh bien, en toute honnêteté, j'aurais cru qu'il serait là ce soir.

— Vraiment. (Tohr jeta un coup d'œil aux chaises vides et haussa les épaules.) Vous souhaitez me raconter ce que vous avez entendu ?

— Le mâle a fait référence à une visite du roi, comme celle où Kolher est venu me rencontrer chez moi cet été.

Cela fut rapporté avec suffisance, comme s'il s'agissait du temps fort de l'année de Kolher.

— Il a dit que la bande de salopards avait tiré sur le roi alors qu'il se trouvait sur sa propriété.

Toujours pas de réaction.

— Mais à l'évidence, le roi a survécu. (Le silence suggérait qu'Elan attendait qu'on lui donne des détails.) Il se porte plutôt bien, en fait.

Il y eut un long silence, comme si les deux interlocuteurs s'attendaient chacun à ce que l'autre reprenne la parole.

Tohr haussa les sourcils.

— Avec tout le respect que je vous dois, vous ne nous avez pas dit grand-chose, et les rumeurs circulent depuis la nuit des temps.

— Mais voilà ce qui est étrange : il m'en a également parlé avant que cela n'arrive. Néanmoins, je ne l'ai pas cru. Qui organiserait une tentative d'assassinat ? Cela paraissait… une simple fanfaronnade d'un mâle insatisfait de la façon dont la situation était gérée. Sauf qu'alors, une semaine plus tard, il a annoncé que la bande de salopards avait accompli son œuvre, et que Kolher s'était fait tirer dessus. J'ignorais quoi faire. Je n'avais aucun moyen de contacter le roi personnellement, et aucun moyen de vérifier que cet individu disait bien la vérité. Je n'y ai plus pensé, jusqu'à ce que cette réunion soit convoquée. Je me suis demandé si peut-être… enfin. Ce n'était visiblement pas le cas, mais je me suis alors demandé pourquoi il n'était pas là.

Tohr toisa le petit mâle de toute sa hauteur.

— Cela nous aiderait que vous nous donniez un nom.

Voilà qu'Elan fronçait les sourcils.

— Vous voulez dire que vous ignorez qui appartient au Conseil ?

Comme Vhen levait les yeux au ciel, Tohr haussa les épaules.

— J'ai mieux à faire que de me soucier des membres du club de Vhengeance.

— Dans l'Ancienne Contrée, la Confrérie savait qui nous étions.

— Il y a un océan entre nous et la mère patrie.

— C'est bien dommage.

— Je ne partage pas cette opinion.

Vhif avança d'un pas, avec l'intention d'intervenir, au cas où le frère refermerait les mains autour du cou mince de ce fils de pute : quelqu'un devrait sans doute rattraper sa tête avant qu'elle ne rebondisse sur le tapis de leur hôtesse. Ainsi que le poids mort du cadavre.

Ce n'était qu'une question de politesse.

—Alors de qui parlez-vous ? le pressa Tohr.

Elan regarda les mâles immobiles autour de lui qui le dévisageaient d'un air menaçant.

—Ahssaut. Il s'appelle Ahssaut.

En plein centre-ville de Caldwell, là où les rues sombres formaient un dédale pour les rats, et où les humains sobres étaient rares et isolés, Xcor abattit son fauchon en décrivant un arc de cercle à environ un mètre soixante-dix du sol couvert de neige fondue et taché de noir.

L'éradiqueur fut touché au cou et sa tête, désormais libérée de sa colonne vertébrale, tournoya plusieurs fois dans les rafales de vent froid. Du sang noir gicla en spirale des artères tranchées, alors que le reste du corps, privé de gouvernail, s'effondrait en avant comme s'il trébuchait.

Et ce fut fini.

Plutôt décevant, vraiment.

Il se retourna et brandit sa bien-aimée par-dessus son épaule en un geste protecteur, afin qu'elle pointe derrière lui et surveille ses arrières tandis qu'il attendait la suite. La ruelle où il était entré pour traquer le tueur désormais invalide ne comptait qu'une seule issue, et derrière lui, les trois cousins étaient positionnés épaule contre épaule au cas où d'autres arriveraient par là…

Quelque chose approchait.

Quelque chose… déboulait à toute vitesse, car le vacarme d'un moteur se faisait de plus en plus retentissant et…

Un 4 × 4 surgit en dérapant dans la ruelle, ses pneus ne trouvant que peu, voire pas d'adhérence du tout, sur la chaussée gelée. Par conséquent, le véhicule heurta un mur en tournant et ses phares surélevés aveuglèrent Xcor.

Le conducteur n'appuya pas sur la pédale de frein.

Le moteur rugit encore plus fort.

Xcor fit face à l'engin et ferma les yeux. Inutile de garder les paupières ouvertes, puisque sa vision avait cessé de fonctionner. Il se fichait que le conducteur soit un tueur, un vampire ou un humain.

Il lui fonçait dessus et il allait arrêter cela. Même s'il serait probablement plus facile de s'écarter.

Néanmoins, il n'avait jamais été particulièrement attiré par la facilité.

— Xcor! hurla quelqu'un.

Inspirant une grande goulée d'air glacial, il poussa un cri de guerre tout en suivant l'approche du véhicule grâce à ses autres sens. Son fauchon disparut en un instant et ses pistolets, prêts au combat, jaillirent dans ses deux mains.

Il attendit encore cinq mètres.

Puis il se mit à tirer.

Grâce au silencieux, les balles n'émirent que des bruits d'impact quand elles firent voler le pare-brise en éclats, rebondirent sur la calandre, crevèrent un pneu…

À ce moment-là, le conducteur contre-braqua et les phares aveuglants se détournèrent de Xcor : la voiture glissa en travers de la ruelle, mais sa trajectoire globale demeura inchangée à cause de cette accélération prodigieuse.

Juste avant que l'aile ne le heurte, Xcor sauta en l'air, en ramenant les genoux sur la poitrine, si bien que le toit de la voiture frôla les semelles de ses bottes lorsque plus d'une tonne de métal hors de contrôle passa en trombe sous son corps.

Comme Xcor atterrissait, l'élan de la voiture s'acheva aux dépens d'une benne à ordures, qui arrêta le véhicule bien mieux que n'importe quel frein.

Xcor ne perdit pas de temps pour s'approcher, les pistolets braqués, le doigt sur la gâchette. Même s'il avait tiré plusieurs balles, il savait qu'il lui en restait au moins quatre dans chaque arme. Et ses soldats étaient une fois de plus derrière lui.

Alors qu'il s'avançait pour regarder à l'intérieur, il se fichait de ce qu'il allait trouver : un membre de son espèce, un homme ou une femme, un éradiqueur, cela lui importait peu.

L'odeur de viande pourrie et de mélasse lui apprit auquel de ses nombreux ennemis il avait affaire et, en effet, quand il se pencha sur le pare-brise explosé, deux nouvelles recrues, qui avaient encore les cheveux sombres et le teint rose, étaient vautrées sur les sièges avant.

Même avec leurs ceintures de sécurité bouclées, ils étaient en mauvais état. En dehors du fait qu'ils étaient criblés de balles, leurs visages portaient les marques des dommages infligés par le tableau de bord et les bris de verre : du sang noir coulait de leurs nez cassés, de leurs joues et de leurs mentons lacérés, et gouttait sur leurs poitrines comme de l'eau d'un robinet.

Les airbags n'avaient pas fonctionné. Peut-être une défaillance technique.

— J'pensais pas que tu t'en sortirais, marmonna Balthazar.

— Ouais, renchérit un autre.

Xcor balaya leurs inquiétudes d'un geste de la main, avant de rengainer ses flingues, pour tirer la portière conducteur et l'arracher à ses montants. Comme le grincement du métal tordu retentissait dans la ruelle, il rejeta le panneau de côté, dégaina sa dague en acier et se pencha dans l'habitacle.

Comme cela se passait pour tous les éradiqueurs, ces suppôts de l'Oméga remuaient et clignaient encore des yeux en dépit de leurs terribles blessures, et continueraient ainsi éternellement si on les abandonnait dans cet état, alors même que leurs corps finiraient par pourrir.

Il n'y avait qu'une seule façon de les tuer.

Xcor leva son avant-bras droit au niveau de son épaule gauche et poignarda le conducteur en pleine poitrine. Tournant la tête de côté et fermant les yeux pour ne pas se trouver aveuglé une fois de plus, il attendit que l'éclair s'estompe avant de se pencher par-dessus le siège et de faire de même avec le passager.

Puis il fit demi-tour pour s'occuper du cadavre décapité qui se tortillait sur le sol et dont la cage thoracique portait les marques de traces de pneus, puisque la voiture lui avait roulé dessus dans sa course incontrôlée.

Marchant dans la neige fondue tachée de noir, il leva de nouveau sa dague au-dessus de son épaule et enfonça la lame dans le sternum avec tant de force que la pointe de l'arme se ficha dans l'asphalte.

Quand il se releva, il soufflait par le nez des nuages de vapeur d'eau comme une locomotive.

— Fouillez le véhicule, ensuite nous devrons partir.

Il regarda l'heure. La police de Caldwell était d'une réactivité décevante, même dans cette partie de la ville ; et la menace constante d'une implication humaine avec laquelle il vivait était, comme toujours, un ennui. Mais avec un peu de chance, ils auraient disparu comme s'ils n'avaient jamais été là d'ici quelques minutes.

Rengainant sa dague, il jeta un coup d'œil au ciel, en faisant craquer son cou et en détendant ses épaules.

Il était impossible de ne pas penser à cette réunion du Conseil qui avait été organisée ; elle lui était restée à l'esprit toute la nuit. Kolher s'était-il montré en personne là-bas ? Ou avait-il seulement envoyé Vhengeance et des représentants de la Confrérie ? Si le roi avait été effectivement présent, Xcor imaginait très bien le programme : démonstration de force, avertissement, puis un départ rapide.

Si puissante que soit la Confrérie et quelle que soit l'envie de Kolher de jouer des muscles devant ce ramassis d'aristocrates flagorneurs et déloyaux, il était difficile d'imaginer qu'un mâle ayant failli se faire tuer si peu de temps auparavant prenne le moindre risque : ne serait-ce que par intérêt personnel, la Confrérie voulait le garder vivant, vu qu'il était également le garant de son pouvoir.

Et c'était pour cela qu'il avait choisi de rester à l'écart.

Il n'y avait aucun mal à laisser Kolher essayer de regagner une partie de sa stature perdue, et beaucoup à perdre dans une confrontation directe avec la Confrérie en présence de cette audience-là : les dommages collatéraux potentiels étaient trop grands. La dernière chose qu'il souhaitait, c'était effrayer la *glymera* et les pousser à se détacher de lui… ou tous les tuer en éliminant le roi.

Mais il avait en fait découvert, grâce aux contacts d'Affhres, où et quand exactement cette assemblée se tiendrait. Ce qui devait être en ce moment même et dans la demeure de cette femelle, celle dont ses soldats s'étaient nourris dans ce petit cottage.

À l'évidence, elle était prête à vendre à d'autres l'usage non seulement de son corps, mais aussi de ses salons.

Et bientôt, il obtiendrait un compte-rendu de ce qui s'y était passé, fourni par ce magnétophone vivant qu'était Elan, pour l'unique raison que le mâle voudrait profiter des contacts qu'il avait établis et frimer un peu…

Un sifflement appréciateur en provenance de l'arrière de la voiture bousillée lui fit tourner la tête.

Zypher se tenait devant le coffre ouvert, les sourcils haussés alors qu'il se penchait et ressortait un paquet blanc enveloppé de Cellophane.

— Voilà une sacrée prime, dit-il en le soulevant bien haut.

Xcor s'approcha. Il y en avait trois autres semblables, jetés simplement dans le coffre, comme si les deux tueurs s'étaient davantage souciés de leur sécurité physique que de cacher la drogue.

À ce moment-là, des sirènes commencèrent à se faire entendre depuis l'est, peut-être en lien avec l'accident, ou peut-être pas.

— Prenons ces paquets avec nous, ordonna-t-il. Et partons sur-le-champ.

Chapitre 54

L'un dans l'autre, ce rencard n'était pas si mal.

Comme Sola se levait de sa chaise et commençait à enfiler son manteau, Mark vint derrière elle et l'aida à ajuster l'étoffe de laine sur ses épaules.

La façon dont ses mains s'attardèrent sur elle suggéra qu'il était plus que disposé à partir d'ici et à entamer le reste de la nuit. Pourtant, il ne se montra pas insistant. Il recula et sourit, en lui indiquant le chemin vers la sortie d'un geste galant.

Tandis qu'elle marchait devant lui, elle songea que c'était un crime moral qu'il ne lui fasse pas bouillir le sang ; alors que cet homme hyper agressif et dominateur de la nuit précédente y parvenait trop bien.

Elle allait donc avoir une petite discussion avec sa libido. Ou peut-être une fessée…

Pourquoi pas avec l'autre type, suggéra une partie d'elle-même.

— Non, marmonna-t-elle.

— Je te demande pardon, qu'y a-t-il ?

Sola secoua la tête.

— Je me parlais à voix haute, rien de plus.

Après s'être frayé un chemin dans la foule, ils atteignirent la porte du restaurant et, ça alors, quel changement pour leurs sinus, quand ils sortirent et respirèrent l'air pur de la nuit.

— Alors…, dit Mark en fourrant ses mains dans les poches de son jean, ce qui fit ressortir son torse bien développé… sans pour autant atteindre la taille de…

Arrête.

— Merci pour le dîner, tu n'étais pas obligé de payer.

— Eh bien, c'était un rendez-vous. C'est ce que tu as dit. (Il lui sourit de nouveau.) Et je suis un type du genre traditionnel.

Vas-y, s'intima-t-elle. *Demande-lui si tu peux l'accompagner chez lui.*

Après tout, il était impossible de s'envoyer en l'air chez elle. Totalement. Pas avec sa grand-mère à l'étage – sa surdité était largement sélective.

Vas-y, c'est tout.

C'est pour cela que tu l'as appelé…

— J'ai un rendez-vous tôt demain matin, débita-t-elle. Il faut que j'y aille. Mais merci beaucoup… et j'aimerais remettre ça.

Il fallait reconnaître à Mark qu'il dissimula sa possible déception sous un autre de ses sourires ravageurs.

— Moi aussi. C'était sympa.

— Je suis garée juste là. (Elle pointa le pouce par-dessus son épaule.) Alors…

— Je te raccompagne à ta voiture.

— Merci.

Ils demeurèrent silencieux tandis que leurs bottes faisaient craquer le sel répandu sur la glace.

— Belle nuit.

— Oui, dit-elle. En effet.

Bizarrement, ses sens se mirent en alerte rouge et ses yeux scrutèrent aussitôt l'obscurité entourant le parking éclairé.

Benloise était peut-être à ses trousses, se dit-elle. Il savait certainement à présent que quelqu'un était entré chez lui par effraction et avait ouvert son coffre, et il avait sans doute aussi remarqué le changement de position de la statue. Pourtant, il était difficile de savoir s'il répliquerait. En dépit du commerce dans lequel il était impliqué, il adhérait à un certain code de conduite ; et, d'autre part, il devait avoir conscience que ce qu'il avait fait en annulant sa mission et en retranchant une partie de sa paie était injuste.

Assurément, il comprendrait le message.

En outre, elle aurait pu emporter tout le contenu du coffre.

S'approchant de son Audi, elle désactiva l'alarme. Puis elle se retourna et leva la tête.

— Je t'appelle ?

— Oui, s'il te plaît, répondit Mark.

Il y eut un long silence. Puis elle leva la main, agrippa la nuque de son compagnon et attira sa bouche contre la sienne. Mark répondit immédiatement à l'invitation, mais pas de façon insistante ni dominatrice : comme elle inclinait la tête en arrière, il fit de même et leurs lèvres s'unirent, s'effleurant doucement d'abord, puis avec un peu plus de pression ensuite. Il ne l'écrasa pas contre lui, ni ne la plaqua contre la voiture, si bien qu'elle n'eut pas du tout l'impression de perdre le contrôle.

Elle n'éprouva pas non plus de grande passion.

Elle mit fin au baiser.

— À bientôt.

Mark poussa un soupir sonore, comme s'il était excité.

— Euh, oui. Je l'espère. Et pas seulement à la salle de sport.

Il leva la main, sourit une dernière fois et se dirigea vers son pick-up.

Poussant un juron à voix basse, Sola se glissa derrière le volant, claqua la portière et se laissa tomber contre l'appuie-tête. Dans le rétroviseur, elle aperçut les phares du pick-up s'allumer et vit Mark décrire un large cercle avant de sortir du parking.

Comme elle fermait les paupières, elle ne vit pas le sourire étincelant de Mark, n'imagina pas ses lèvres contre les siennes, ne sentit pas ses mains parcourir son corps.

Elle était de retour à ce cottage dont elle observait l'intérieur, jouant les témoins pour deux yeux brûlants et légèrement malfaisants qui la regardaient au-dessus de la poitrine nue d'une autre femme.

— Oh, pour l'amour du ciel…

Se secouant pour se défaire du souvenir, elle craignit que, dans ce cas, son désir de, disons, chocolat, ne soit pas calmé par un soda light. Ni par un cookie. Ni même une bouchée pralinée.

À ce rythme, elle allait devoir faire fondre tout un paquet de truffes et se les injecter directement en intraveineuse.

Posant le pied sur la pédale du frein, elle mit le contact et entendit le moteur s'éveiller. Quand elle alluma les phares…

Sola sursauta dans son siège et poussa un cri.

Quand Vhif revint à la demeure avec les autres, il rompit les rangs dès qu'il eut franchi le hall d'entrée pour déboucher dans le vestibule. D'une démarche rapide, il grimpa l'escalier et se dirigea immédiatement vers la chambre de Layla : d'après ses messages, elle s'était décidée à quitter la clinique, et il redoutait de découvrir comment elle allait.

Frappant à sa porte, il se mit à prier. Encore.

Rien de tel qu'une grossesse pour rendre un agnostique religieux.

— Entrez.

Au son de sa voix, il se raidit et se glissa dans la chambre.

— Comment te sens-tu ?

Layla leva les yeux du magazine qu'elle lisait sur le lit.

— Salut !

Vhif eut un mouvement de recul face à cette bonne humeur.

— Euh… salut ?

Jetant un coup d'œil, il aperçut d'autres magazines éparpillés sur le couvre-lit à côté d'elle et, en face, la télé allumée, sur laquelle passait une publicité pour un déodorant qui enchaîna sur une autre pour du dentifrice. Du *ginger ale* et des biscuits étaient disposés sur la table de nuit à côté d'elle et, sur l'autre table, il y avait un pot de glace vide et deux cuillères sur un plateau en argent.

— Je me sens vraiment nauséeuse, dit-elle avec un sourire.

Comme si c'était une bonne nouvelle.

Il supposait que c'était le cas.

— Pas de… tu sais…

— Rien du tout. Pas même un peu. Je ne vomis pas non plus. Je dois juste m'assurer de toujours manger un petit peu. Trop et je me sens mal, et c'est la même chose si j'attends trop longtemps avant de mettre quelque chose là-dedans.

Vhif s'adossa au chambranle, car ses jambes s'étaient mises littéralement à trembler de soulagement.

— C'est… génial.

— Veux-tu t'asseoir ?

Comme s'il était aussi pâle qu'il en avait l'impression.

— Non, ça ira. C'est seulement que… je me suis vraiment inquiété à ton sujet.

— Eh bien, comme tu peux le voir (elle désigna son corps) j'accomplis mon œuvre – que la Vierge scribe en soit remerciée.

Comme Layla lui souriait, il apprécia vraiment son apparence, et pas du tout d'un point de vue sexuel. C'était seulement qu'elle paraissait calme, détendue et heureuse, avec ses cheveux lâchés sur ses épaules, son teint parfait, ses mains et ses yeux qui avaient retrouvé leur aplomb. En fait, elle semblait vraiment en bonne santé tout d'un coup : cet affreux teint cireux n'était plus qu'un mauvais souvenir.

— Je suppose que tu as eu de la visite, commenta-t-il en désignant les magazines et le cadavre du pot de glace.

— Oh, tout le monde m'a rendu visite. C'est Beth qui est restée le plus longtemps. Elle s'est allongée à côté de moi et nous avons bavardé de tout et de rien. Nous avons lu et regardé les photos des magazines, puis nous avons vu une retransmission de plusieurs épisodes de *Péril en haute mer*. J'adore cette émission, tu sais, celle où tous ces humains montent sur des bateaux pour partir en mer. C'est très excitant. Cela m'a rendue heureuse d'être au chaud et sur la terre ferme.

Vhif se frotta le visage et pria pour que son sens de l'équilibre revienne en vitesse : visiblement, ses glandes à adrénaline luttaient toujours pour rattraper la réalité, l'idée qu'il n'y ait plus de problème, plus d'urgence, plus aucune situation terrible à laquelle réagir était étrangement difficile à appréhender.

— Je suis content que les gens t'aient rendu visite, marmonna-t-il, parce qu'il avait le sentiment qu'il devait dire quelque chose.

— Oh oui, ils ont été… (Layla détourna le regard comme une expression étrange tendait ses traits) assez nombreux.

Vhif fronça les sourcils.

— Mais personne de bizarre, hein ?

Il était incapable de s'imaginer quelqu'un de la maison ayant autre chose qu'une attitude de soutien, mais il devait poser la question.

— Non… pas bizarre.

— Quoi donc ?

Layla se contenta de triturer le coin du magazine posé sur ses genoux, déformant sans relâche le visage d'une bimbo brune à l'air stupide et au regard vide.

— Layla. Raconte-moi.

Qu'il puisse établir des limites s'il le fallait.

Layla repoussa ses cheveux.

— Tu vas croire que je suis dingue… ou je ne sais pas.

Il s'approcha et s'assit à côté d'elle.

— Bon, écoute-moi. Je ne sais pas comment te le dire correctement, alors je vais simplement te débiter les mots. Toi et moi ? Nous allons devoir affronter beaucoup de… tu sais, des emmerdes personnelles en rapport avec…

Oh, Seigneur, il espérait vraiment que la grossesse allait se poursuivre.

— Nous ferions mieux de commencer tout de suite à être honnêtes l'un envers l'autre. Quoi que ce soit, je ne te jugerai pas. Après toutes les conneries que j'ai faites dans ma vie ? Je ne juge plus personne, quel que soit le sujet.

Layla prit une profonde inspiration.

— Très bien… bon, Souffhrance est venue me voir hier soir.

Il fronça de nouveau les sourcils.

— Et ?

— Eh bien, elle a dit qu'elle pouvait peut-être faire quelque chose pour ma grossesse. Elle ne savait pas si cela marcherait, mais elle estimait que cela ne me ferait pas de mal.

La poitrine de Vhif se contracta, comme une pointe d'angoisse faisait battre son cœur à tout rompre. V. et Souffhrance avaient en eux quelque chose qui n'était pas de ce monde. Et c'était bien. Mais pas à proximité de son enfant – putain de merde, la main de V. pouvait tuer à elle seule…

— Elle a posé la main sur mon ventre, juste à l'endroit où se trouve le bébé…

Vhif eut l'impression qu'une chasse d'eau intérieure avait drainé tout le sang de sa tête.

— Oh, mon Dieu…

— Non, non. (Elle tendit la main vers lui.) Ce n'était pas mauvais. C'était… agréable, en fait. J'étais… baignée dans une lumière… elle se diffusait à l'intérieur de moi, me redonnait des forces. Elle me guérissait. Elle s'est concentrée dans mon abdomen, mais c'est allé bien plus loin. Pourtant, après coup, je me suis tellement inquiétée pour Souffhrance… Elle s'est effondrée par terre à côté du lit… (Layla désigna le sol.) Mais alors j'ai perdu conscience. J'ai dû dormir longtemps. Quand je me suis enfin réveillée, je me suis sentie… différente. Tout d'abord, j'ai supposé que c'était parce que la fausse couche s'était arrêtée car elle était… arrivée à son terme. Je suis sortie en courant et j'ai trouvé Blay, et il m'a emmenée à la clinique. C'est alors que tu es arrivé et que Doc Jane nous a dit que… (La main élégante de Layla toucha son bas-ventre et s'y attarda.)

C'est alors qu'elle nous a dit que notre enfant était toujours avec nous…

Sa voix se brisa alors, et elle se mit à battre des paupières.

— Donc tu vois, je crois qu'elle a sauvé notre bébé.

Après un long moment de choc, Vhif murmura :

— Oh… merde.

Sur le parking du restaurant, Ahssaut venait de surgir devant le capot de l'Audi de sa cambrioleuse, en plein dans la lumière des phares.

Ainsi qu'il l'avait fait la veille, il soutint son regard d'instinct plutôt que grâce à sa vue.

Et comme il se tenait dans le froid, sa colère, ainsi que bien d'autres choses, lui tenait chaud : quand ce sac d'excréments sur deux jambes l'avait raccompagnée jusqu'à sa voiture et avait fait la folie de l'embrasser, Ahssaut s'était retrouvé confronté à un choix : pister l'homme dans la nuit et céder à son envie de lui arracher la gorge, ou attendre que l'humain parte et…

Quelque chose au plus profond de lui l'avait poussé à se décider : il s'était senti incapable de la quitter.

Sa cambrioleuse abaissa sa vitre, et l'odeur de son excitation le fit bander.

Cela le fit également sourire. C'était la première fois de toute la nuit qu'il sentait sur elle cette odeur spécifique, et cela calma sa mauvaise humeur plus que n'importe quoi d'autre.

Enfin, hormis peut-être dépecer cet homme vivant.

— Que voulez-vous ? grogna-t-elle.

Oh, quelle question appropriée.

Il contourna la voiture pour se trouver de son côté.

— Est-ce que vous avez pris votre pied ?

— Je vous demande pardon ?

— Je crois que vous avez parfaitement entendu la question.

Elle ouvrit sa portière d'un coup et bondit dehors.

— Comment osez-vous espérer la moindre explication de ma part sur quelque sujet…

Il se pencha vers elle.

— Puis-je vous rappeler que vous avez été la première à violer mon intimité…

— Je n'ai pas bondi devant votre voiture et…

— Est-ce que ce que vous avez vu hier soir vous a plu ?

Cela la fit taire. Et comme le silence persistait, il eut un petit sourire.

— Donc vous reconnaissez que vous étiez en train de mater.

— Vous le savez parfaitement, cracha-t-elle.

— Donc répondez à la question. Est-ce que ça vous a plu ? demanda-t-il d'une voix qui paraissait rauque même à ses propres oreilles.

Oh oui, songea-t-il en prenant une profonde inspiration. Elle avait apprécié.

— Peu importe, ronronna-t-il. Vous n'avez pas besoin de mettre des mots dessus. Je connais déjà votre réponse…

Elle le gifla si vite et si fort que sa tête bascula sur le côté sous le choc.

Son premier instinct fut de montrer les crocs et de la mordre, de la punir, de se tourmenter lui-même, parce qu'il n'existait pas de meilleure épice au plaisir qu'un soupçon de douleur. Voire beaucoup.

Il redressa la tête et ferma à demi les paupières.

— C'était agréable. Voulez-vous recommencer ?

Comme une autre bouffée de son excitation lui parvenait, il se mit à rire au plus profond de sa poitrine et se dit que, oui, effectivement, cette réaction de sa part venait d'assurer à l'humain la vie sauve. Ou tout du moins, ce ne serait pas lui qui le tuerait.

Elle le désirait, lui. Et aucun autre.

Ahssaut se pencha un peu plus, jusqu'à ce que ses lèvres frôlent son oreille.

— Qu'avez-vous fait en rentrant chez vous ? Ou avez-vous été incapable d'attendre ?

Elle recula délibérément d'un pas.

— Vous voulez savoir ? Très bien. J'ai changé la litière du chat, je me suis préparé deux œufs brouillés et une tartine à la cannelle, avant de me mettre au lit.

Il avança délibérément d'un pas.

— Qu'avez-vous fait une fois entre les draps ?

Lorsqu'une autre bouffée de son odeur explosa une fois de plus, il rapprocha sa bouche de son oreille… très près, oh, si près.

— Je crois que je sais ce que vous avez fait. Mais je veux que vous me le disiez.

— Allez vous faire foutre…

— Avez-vous pensé à ce que vous aviez vu ?

Quand une rafale de vent souffla quelques mèches de cheveux dans les yeux de l'humaine, il les remit en place.

— Vous êtes-vous imaginé que c'était vous que j'étais en train de baiser ?

La poitrine de la jeune femme se souleva visiblement et – douce Vierge de l'Estompe – cela lui donna envie de la prendre.

— Combien de temps êtes-vous restée ? souffla-t-il. Jusqu'à ce que la femelle en ait fini… ou moi ?

Elle le repoussa de ses poings.

— Barrez-vous.

D'un mouvement rapide, elle le contourna, remonta dans sa voiture et claqua la portière.

Il se déplaça tout aussi vite.

Plongeant la tête et les bras à travers la vitre baissée, il lui tourna le visage, s'empara de ses lèvres et l'embrassa à pleine bouche, tandis que le besoin d'effacer toute trace de cet humain faisait palpiter son sexe.

Elle lui rendit son baiser.

Avec autant d'intensité.

Comme il avait les épaules trop larges pour les passer par la fenêtre, il eut envie d'arracher l'acier. Néanmoins, il dut rester à sa place, et cela le rendit encore plus agressif. Il sentit son sang rugir dans ses veines et son corps se tendre alors que sa langue explorait la bouche de la femme, que sa main se glissait derrière sa tête et s'enfonçait dans ses cheveux.

Elle était mouillée, douce et brûlante.

Au point qu'il dut s'interrompre pour prendre une profonde inspiration ou courir le risque de s'évanouir.

Quand il se recula, il croisa son regard. Tous deux étaient pantelants et, comme son excitation imprégnait lourdement l'air, il eut envie de plonger en elle.

De la marquer…

La sonnerie de son téléphone fut exactement la mauvaise chose au mauvais moment : le bruit provenant de son manteau sembla la faire revenir à la réalité et ses yeux s'écarquillèrent, puis elle referma les mains sur le volant comme si elle essayait de trouver un point d'ancrage.

Elle n'eut pas un regard pour lui lorsqu'elle remonta sa vitre, mit le moteur en route et s'en alla.

Laissant Ahssaut haletant dans le froid.

Chapitre 55

Vhif quitta la chambre de Layla peu après et parcourut à toute allure l'étroit tapis qui couvrait le couloir jusqu'en haut des marches. Comme il dépassait le bureau de Kolher, il eut vaguement conscience que quelqu'un l'appelait, mais il n'y prêta pas attention.

Tout au bout du couloir aux statues, après l'appartement de Z. et Bella, la chambre où Souffhrance et Manny résidaient montrait porte close, mais le murmure assourdi de la télévision était perceptible de l'autre côté.

Vhif prit une seconde pour rassembler son esprit dispersé aux quatre vents avant de frapper.

— Entrez, lui répondit-on.

Quand il se glissa à l'intérieur, la pièce était baignée d'une lueur bleue provenant de la télé. Souffhrance était étendue sur le lit, et sa peau était si pâle qu'elle reflétait les images projetées par l'écran.

— Salutations, articula-t-elle avec difficulté.

— Seigneur… Dieu…

— Non, je crains que non.

Elle sourit. Ou tout du moins, sa bouche s'étira en un demi-sourire.

— Pardonne-moi de ne pas me lever pour t'offrir mes salutations.

Il referma doucement la porte.

— Que s'est-il passé ?

Même s'il savait plus ou moins.

— Est-ce qu'elle va bien ? demanda Souffhrance. Est-ce que ta femelle est toujours enceinte ?

— Les analyses semblent le confirmer.

— Bien. Cela me réjouit.

— Es-tu mourante ? lâcha-t-il brusquement.

Avant de vouloir se donner lui-même un coup de genou dans les couilles.

Elle éclata d'un rire rauque.

— Je ne le pense pas. Je suis néanmoins très faible.

Vhif sentit ses pieds lui faire traverser la pièce.

— Alors… que s'est-il passé ?

Souffhrance lutta pour se redresser sur ses oreillers, mais abandonna.

— Je crois que je suis en train de perdre mon don. (Elle poussa un grognement en remuant les jambes sous la couverture.) Quand je suis arrivée ici, j'étais capable de pratiquer l'imposition des mains et de guérir avec peu voire pas du tout d'effets secondaires. Depuis lors, chaque fois que je le fais, l'effort semble me vider un peu plus. Et ce que j'ai tenté pour ta femelle et ton enfant était…

— Tu as failli te tuer, compléta-t-il.

Elle haussa les épaules.

— Je me suis réveillée par terre, à côté de son lit. Je me suis traînée jusqu'ici. Quand Manny m'a tirée du lit tout à l'heure, j'avais récupéré un peu d'énergie. À présent, elle semble avoir de nouveau diminué.

— Puis-je faire quelque chose ?

— Je pense que je dois me rendre au sanctuaire de ma mère. (Ces paroles furent prononcées avec la dérision la plus totale.) Pour me recharger, en l'occurrence. Cela paraît logique, vu que ce pourrait très bien être la source de mon don. Il me faut simplement recouvrer assez de forces pour effectuer le voyage, pour ainsi dire… enfin, cela et faire preuve de volonté. Je préférerais de beaucoup rester ici, néanmoins, la décision semble s'imposer d'elle-même. On ne peut pas négocier avec son corps, au bout d'un moment.

Oui, il le savait.

— Je ne peux pas… (Il se passa une main dans les cheveux.) Je ne sais pas comment te remercier.

— Quand elle aura accouché, tu pourras alors me remercier. Il reste encore beaucoup d'éléments inconnus à affronter.

Plus maintenant, songea-t-il. Sa vision, celle de la porte de l'Estompe, était de nouveau en bonne voie de se réaliser.

Et cette fois-ci, les choses resteraient en l'état.

Vhif tira une dague d'un de ses étuis de poitrine et fit courir la lame effilée sur sa paume. Quand le sang se mit à couler et à goutter, il présenta sa main à la femelle.

— *Je te fais le serment sur ma…*

Il s'arrêta net. Il n'avait plus de lignée à proprement parler, pas avec ce reniement dans son passé.

— *Je fais le serment sur mon honneur à toi et aux tiens, dès à présent et jusqu'au dernier battement de mon cœur et au dernier souffle de mes poumons. Tout ce que tu exigeras de moi te sera fourni sans question ni hésitation.*

Quelque part, il lui semblait ridicule de se donner tout ce mal pour la fille d'une divinité. Comme si Souffhrance avait besoin d'aide.

Mais elle lui prit la main et la serra fortement.

— *Je préfère ton honneur à toute lignée terrestre.*

Quand leurs regards se croisèrent, il songea qu'il ne s'agissait pas d'un serment de mâle à femelle, mais un de guerrier à guerrier, en dépit de leurs sexes.

— Je ne pourrai jamais assez te remercier, dit-il.

— J'espère qu'elle s'en sortira. Qu'ils s'en sortiront tous les deux.

— J'ai l'impression que ce sera le cas, à présent. Grâce à toi.

Cela lui paraissait étrange de s'incliner devant la femelle, mais il fallait se plier à certaines choses, ce qu'il fit. Puis il prit congé, ne voulant pas la forcer à rester éveillée si elle devait se reposer.

Au moment où il posait la main sur la poignée de la porte, Souffhrance murmura :

— Si tu dois remercier quelqu'un, c'est Blaylock.

Vhif se figea. Puis se retourna.

— Qu'est-ce que… tu as dit ?

Ahssaut ne bougea pas tandis que l'Audi quittait le parking en dérapant et rejoignait la route comme si sa cambrioleuse avait posé une bombe dans le restaurant et venait d'appuyer sur le détonateur.

Son corps lui cria de la poursuivre, d'arrêter cette voiture et de l'attirer sur la banquette arrière.

Néanmoins, son esprit savait à quoi s'en tenir.

Sentant la déferlante dans son corps, il comprit qu'il perdait sa maîtrise de lui-même en sa présence au point que cela en devenait dangereux. C'était un mâle qui se définissait par son sang-froid. Mais avec cette femelle, surtout si elle était excitée, il était consumé par le désir de la posséder.

Il devait donc reprendre les rênes de sa vie en main.

En fait, il n'aurait pas dû perdre son temps à suivre une humaine et à traîner dans le coin d'une gargote pour l'observer en compagnie d'un homme.

À présent, il était également consumé par le désir de tuer celui qui avait partagé un cheeseburger avec elle.

Au nom de la Vierge scribe, que lui arrivait-il ?

Quand la réponse se fit jour en lui, il la rejeta fermement.

Dans une tentative pour recentrer son énergie, il sortit son téléphone pour savoir qui l'avait appelé et avait rompu ce charme qu'il fallait vraiment briser.

Vhengeance.

À bien des égards, il n'avait aucune envie de parler au mâle. La dernière chose qui l'intéressait, c'était un rappel de toutes les raisons pour lesquelles il devrait participer à ce statu quo social et politique qu'était le Conseil. Mais cela valait mieux que de poursuivre sa cambrioleuse…

Il ne connaissait même pas son nom, découvrit-il.

Et il serait dans son intérêt de ne jamais l'apprendre, s'admonesta-t-il.

Comme il rappelait Vhengeance, il posa l'appareil contre son oreille et glissa sa main libre dans la poche de son manteau en laine pour la tenir au chaud.

— Vhengeance, dit-il quand le mâle eut décroché. Je te parle plus souvent qu'à ma *mahmen*.

— Je croyais ta mère décédée.

— En effet.

— Tu n'es vraiment pas regardant en matière de communication.

— Que puis-je faire pour toi ?

Ce n'était qu'une formule de politesse. Inutile d'encourager une réponse.

— En fait, ce serait plutôt ce que moi je peux faire pour toi.

— Avec tout le respect que je te dois, je préfère m'occuper de mes affaires moi-même.

— Très bonne politique. Et j'ai beau savoir que tu apprécies tes « affaires », ce n'est pas la raison de mon appel. J'ai estimé que tu aimerais savoir que le Conseil a rencontré Kolher ce soir.

— Je croyais avoir démissionné lors de notre dernière conversation. Aussi je ne vois pas en quoi cela me concerne.

— Ton nom a été prononcé à la fin. Après le départ de tout le monde.

Ahssaut haussa un sourcil.

— À quel titre ?

— Un petit oiseau nous a dit que tu avais piégé Kolher avec la bande de salopards chez toi à l'automne.

Ahssaut resserra sa prise sur son téléphone. Et pendant le bref silence qui suivit, il choisit ses mots avec un soin méticuleux.

— Kolher sait que ce n'est pas vrai. C'est moi qui lui ai fourni le véhicule dans lequel il s'est échappé. Comme je te l'ai dit plus tôt, je n'ai pas, et n'ai jamais eu, de lien avec une quelconque insurrection. En fait, j'ai démissionné du Conseil précisément parce que je ne souhaitais pas être impliqué dans ce genre d'histoire.

— Détends-toi. Il t'a fait une faveur.

— Et de quelle façon, exactement ?

— L'individu l'a dit devant moi.

— Et une fois de plus, je te le demande, en quoi est-ce une…

— Je savais qu'il mentait.

Ahssaut se tut. Bien entendu, c'était une bonne chose que Vhengeance sache que cette affirmation était fausse. Mais comment ?

— Avant que tu ne poses la question, je n'entrerai pas dans les détails qui me donnent cette certitude, murmura le mâle d'un ton grave. Néanmoins, je vais te dire que je suis prêt à récompenser ta loyauté par un cadeau du roi.

— Un cadeau ?

— Kolher est un mâle qui porte bien son nom. Il comprend, par exemple, ce qu'un individu éprouverait s'il devait être accusé à tort de trahison. Il sait aussi que quiconque implique faussement une autre personne en révélant des informations secrètes essaie probablement de détourner l'attention de ses propres actions, notamment si la personne qui parle a un… eh bien, disons une personnalité… encline non seulement à la tromperie, mais également à la machination. Comme s'il te faisait payer quelque chose qu'il considère comme de la déloyauté ou une erreur de jugement de ta part.

— De qui s'agit-il ? souffla Ahssaut.

Même s'il connaissait la réponse.

— Kolher ne te demande pas de faire le sale boulot. En fait, si tu choisis de ne pas répliquer, l'individu sera mort dans les vingt-quatre heures. Mais le roi estime, tout comme moi, que non seulement tes intérêts s'alignent sur les nôtres, mais que, dans cette affaire, ils les dépassent.

Ahssaut ferma les yeux, comme la vengeance lui faisait bouillir le sang de la même façon que son instinct sexuel un peu plus tôt. Néanmoins, le résultat final serait… oh, bien différent.

— Donne-moi son nom.

— Elan, fils de Larex.

Ahssaut ouvrit les paupières et montra les crocs.

— Dis à ton roi que je m'occupe de cette affaire dans les plus brefs délais.

Vhengeance eut un rire mauvais.

— Je le ferai. Je te le promets.

Chapitre 56

Blay était nerveux et faisait les cent pas dans sa chambre. Même s'il était habillé de pied en cap pour le combat, il n'irait nulle part. Personne n'irait nulle part.

Après la réunion du Conseil, Tohr avait ordonné à la Confrérie de rester ici juste au cas où, pendant que Vhen contactait les membres du Conseil et les rencontrait à l'extérieur de la demeure pour découvrir quel était l'état d'esprit de la *glymera* après le discours de Kolher. Vu qu'il ne pouvait pas vraiment se pointer avec un groupe de frères au cul – du moins, pas s'il voulait préserver un semblant de civilité – ils devaient tous rester sur place. Mais compte tenu du climat politique, il était important que les renforts soient prêts au cas où le Révérend en aurait besoin.

Non que quelqu'un l'appelle encore ainsi…

La porte de sa chambre s'ouvrit à la volée sans qu'on ait au préalable frappé, dit bonjour ou simplement demandé : « Es-tu visible ? »

Vhif se tenait sur le seuil, le souffle court, comme s'il avait descendu le couloir aux statues en courant.

Mince, Layla avait-elle perdu le bébé en fin de compte ?

Les yeux vairons scrutèrent les alentours.

— T'es tout seul ?

Pourquoi diable… Oh, Saxton. C'était vrai.

— Oui…

Le mâle fit trois pas en avant, tendit les bras et embrassa Blay à pleine bouche.

Le baiser fut un du genre dont on se rappelle toute sa vie, car il donna l'impression d'une connexion si complète entre les deux mâles que tout, depuis la sensation du corps de Vhif contre le sien, jusqu'au glissement tiède de ses lèvres sur les siennes, en passant par la puissance et le contrôle, ne pouvait que demeurer gravé dans son esprit.

Blay ne posa pas de question.

Il se contenta de se cramponner à Vhif, glissant ses bras autour de lui, accueillant la langue qui l'explorait, rendant le baiser même s'il ne comprenait pas ce qui l'avait motivé.

Il ferait sans doute mieux de s'en inquiéter. Il ferait sans doute mieux de s'écarter.

Ferait mieux, devrait, pourrait.

Bref.

Il avait vaguement conscience que la porte donnant sur le couloir était ouverte, mais il s'en fichait, même si la situation risquait de devenir sacrément embarrassante d'ici peu de temps.

Sauf que Vhif rompit brutalement le charme, en mettant fin au baiser et en s'écartant.

— Désolé. Ce n'est pas pour cela que je suis venu.

Le guerrier avait toujours le souffle court et cela, ajouté à son incroyable regard brûlant, suffit presque à Blay pour dire quelque chose du genre : « C'est bon, mais peut-on d'abord finir ce qu'on a commencé ? »

Vhif se retourna et alla refermer la porte. Puis il fourra les mains dans les poches de son pantalon en cuir, comme s'il craignait d'empoigner Blay une fois de plus.

Au diable les poches, songea ce dernier en essayant de dissimuler discrètement son érection.

— Que se passe-t-il ? demanda-t-il.

— Je sais que tu es allé voir Souffhrance.

Les mots furent prononcés de façon lente et intelligible et c'était la seule chose que Blay ne pouvait vraiment pas supporter. Détournant les yeux, il se mit à déambuler dans la chambre.

— Tu as sauvé la grossesse, annonça Vhif, d'un ton trop proche de l'émerveillement pour que Blay se sente à l'aise.

— Alors ça va toujours ?

— Tu as sauvé…

— C'est Souffhrance.

— La sœur de V. m'a dit qu'il ne lui serait jamais venu à l'esprit d'essayer si tu n'étais pas venu lui parler.

— Souffhrance a un sacré don…

Vhif se retrouva brusquement sur sa route, comme un mur de muscles impossible à franchir. Surtout quand le mâle tendit la main et lui caressa la joue.

— Tu as sauvé ma fille.

Dans le silence qui suivit, Blay savait qu'il devait dire quelque chose. Oui… il l'avait sur le bout de la langue. C'était…

Merde. Avec Vhif qui le dévisageait de cette façon, il était même incapable de se rappeler son propre nom. Blaysox ? Blacklock ? Blabberfox ? Qui pouvait dire…

— Tu as sauvé ma fille, murmura Vhif.

Blay regretterait plus tard les mots qui sortirent de sa bouche, parce qu'il était particulièrement important, vu les relations sexuelles qui semblaient survenir de temps à autre, de garder ses distances.

Mais liés comme ils l'étaient, les yeux rivés l'un à l'autre, il fut impuissant à arrêter la vérité.

— Comment pouvais-je ne pas essayer… cela te tuait. Il fallait que je tente quelque chose. N'importe quoi.

Vhif ferma brièvement les yeux. Puis il serra Blay dans une étreinte qui les unit de la tête aux pieds.

— Tu es toujours là pour moi, n'est-ce pas.

En parlant de sentiments doux-amers : le mâle allait former une famille avec quelqu'un d'autre, avec une femelle, Layla, et cette réalité serrait la poitrine de Blay.

C'était sa malédiction, à bien des égards.

Il écarta les bras du dos de Vhif et recula.

— Eh bien, je souhaite que…

Avant qu'il puisse finir, Vhif se trouva de nouveau en face de lui, ses yeux vairons brûlants.

— Quoi ? demanda Blay.

— Je te dois… tout.

Bizarrement, cela lui fit mal. Peut-être parce que, après des années à tenter de se donner au mâle, il obtenait enfin sa gratitude en l'aidant à avoir un enfant avec quelqu'un d'autre.

— On s'en fiche, tu aurais fait la même chose pour moi, répondit-il d'une voix rauque.

Et pourtant, même quand il prononça cette phrase, il n'était pas certain que ce soit vrai. Si quelqu'un l'attaquait, bien entendu, il était évident que Vhif viendrait en renfort. Mais bon, ce type coriace adorait se battre et était un héros-né, cela n'avait rien à voir avec lui en particulier.

Peut-être était-ce la raison du sentiment de vide qu'il éprouvait. Tout s'était toujours passé selon les conditions de Vhif. Leur amitié. Leur éloignement. Même leurs relations sexuelles.

— Pourquoi me regardes-tu comme cela ? demanda Vhif.

— Comment ?

— Comme si j'étais un étranger.

Blay se passa la main sur le visage.

— Désolé. C'est juste que la nuit a été longue.

Il y eut un moment de tension, pendant lequel il sentit Vhif le dévisager.

— Je vais y aller, finit par dire le guerrier. Je suppose que je voulais seulement… oui. Bref.

Le bruit des rangers qui se dirigeaient vers la sortie fit pousser un juron à Blay…

Un seul coup très fort retentit à la porte : un frère.

La voix de Rhage se fit entendre à travers le panneau.

— Blay ? Tohr a convoqué une réunion pour examiner en détail le territoire de demain soir. Tu sais où est Vhif ?

Blay regarda le mâle à l'autre bout de la pièce.

— Non, je l'ignore.

Oh, putain de merde, songea Vhif quand ils furent interrompus. Même si, en réalité, la conversation était terminée.

La bonne nouvelle fut qu'au moins Rhage n'entra pas. À n'en pas douter, Blay préférait qu'ils ne soient pas surpris tous les deux dans sa chambre.

Hollywood conclut d'un :

— Si tu le croises, dis-lui que s'il veut y assister, on se retrouve dans cinq minutes. Mais on comprendra parfaitement s'il préfère rester avec Layla.

— Compris, répondit Blay d'une voix morte.

Comme Rhage avançait dans le couloir et frappait à la porte de Z., Vhif se passa la main sur le visage. Il ignorait totalement ce qui avait traversé l'esprit de Blay à l'instant, mais la façon dont ces yeux bleus l'avaient dévisagé lui avait donné l'impression qu'un fantôme venait de passer sur sa tombe.

Mais bon, à quoi s'attendait-il ? Il déboulait dans la chambre que le mâle partageait avec Saxton, lui roulait un patin magistral avant de se ramollir en évoquant Souffhrance… Il s'agissait de l'espace de Saxton. Pas de celui de Vhif.

Pourtant, il avait l'habitude de s'approprier les choses, pas vrai ?

— Je ne reviendrai plus ici, dit Vhif en essayant de s'amender. Je voulais simplement que tu saches que… je te dois beaucoup.

Vhif se dirigea vers la porte et colla l'oreille contre le battant pour écouter la voix de Rhage, les yeux fermés, en attendant que le couloir aux statues soit vide.

Seigneur, quel connard égoïste il pouvait être, parfois ; vraiment…

— Vhif.

Son corps fit volte-face, aussi sûrement que si la voix de Blay était un fil qui l'avait tiré en arrière.

— Oui ?

Le mâle s'avança vers lui. Quand ils se trouvèrent nez à nez, Blay dit :

— J'ai toujours envie de te baiser.

Vhif haussa tellement les sourcils qu'il crut que ceux-ci allaient atterrir sur le tapis. Et il se mit à bander instantanément.

Le seul problème, c'était que Blay ne paraissait pas heureux de cette révélation. Mais pourquoi le serait-il ? Ce n'était pas le genre de mâle capable d'aller facilement voir ailleurs ; même si visiblement, les entorses à la monogamie de Saxton l'avaient guéri de sa fidélité.

Cela donna un peu envie à Vhif d'étrangler son cousin une fois de plus. Et la seule chose qui l'empêcha d'aller chercher cette traînée, c'était que, en l'occurrence, la situation l'aidait.

— J'ai envie de coucher avec toi, moi aussi, répondit-il.

— Je viendrai dans ta chambre à l'aube.

Vhif ne voulait pas poser la question. Mais il le fallait.

— Et Saxton ?

— Il est parti en vacances.

Vraiment.

— Pour combien de temps ?

— Seulement quelques jours.

Dommage. N'y avait-il aucune possibilité qu'il prolonge son séjour d'un an ou deux ? Peut-être pour toujours ?

— OK, alors nous avons…

Vhif s'arrêta avant de compléter par « un rendez-vous ».

Il était idiot de se leurrer. Saxton était en voyage. Blay voulait baiser. Et Vhif était plus que prêt à fournir au mâle ce qu'il désirait.

Tout cela ne faisait pas un rendez-vous. Mais tant pis.

— Viens me retrouver, gronda-t-il. Je t'attendrai.

Blay hocha la tête, comme s'ils venaient de conclure un pacte, puis il s'en alla le premier, franchissant la porte d'un pas raide qui trahissait une certaine agressivité.

Vhif le regarda partir. Il demeura en retrait et faillit s'enfermer de nouveau, simplement pour reprendre ses esprits.

D'un seul coup, il avait la tête à l'envers, en dépit de la promesse qu'ils allaient s'envoyer en l'air d'ici quelques heures : l'expression sur le visage de Blay le hantait, au point que sa poitrine commença à lui faire mal. Merde, peut-être que leur série actuelle de coups d'un soir n'était qu'une évolution des moments difficiles qu'ils avaient vécus ensemble par le passé, une nouvelle facette de leur chagrin commun.

Il ne lui était jamais venu à l'esprit qu'ils se faisaient mutuellement du mal. Qu'il n'y aurait pas, à l'avenir, d'union spirituelle maintenant qu'il avait fini par s'ouvrir après toutes ces années.

Serrant le poing, il le cogna dans le chambranle et les contours de la moulure s'imprimèrent dans le gras de sa main.

Lorsque la douleur explosa avant de se mettre à l'élancer, bizarrement, il repensa au moment où il avait cogné le tableau de bord de la dépanneuse et hurlé qu'on le laisse sortir. Il lui semblait que c'était arrivé il y avait une éternité.

Mais il n'allait pas faire demi-tour. Si le sexe était tout ce qu'il pouvait avoir, il le prendrait. En outre, ce que Blay avait fait pour Layla voulait forcément dire quelque chose.

Le mâle l'aimait assez pour changer le cours de sa vie entière.

Non que Blay ne l'ait pas déjà fait depuis longtemps.

Chapitre 57

Ahssaut reprit forme à côté d'un ruisseau chantant que son mouvement constant empêchait de geler.
Il ne s'était rendu qu'une seule fois auparavant dans la maison qui se trouvait devant lui, une demeure victorienne en briques, aux porches et aux encadrements de portes ornés des motifs dentelés typiques de l'époque. Si désuète. Si accueillante. Surtout avec ces grandes fenêtres à quatre panneaux faits de verre au plomb, et les panaches de fumée qui sortaient non pas d'une, mais de trois de ses quatre cheminées.

Ce qui semblait indiquer que le propriétaire était de retour pour la journée.

Excellent timing, en l'occurrence : l'aube approchait, il était donc logique de fermer les écoutilles pour prévenir l'entrée du soleil. De sécuriser son environnement. De se préparer pour les heures où l'on devait rester à l'intérieur et se protéger de tout mal.

Ahssaut traversa la neige immaculée du jardin à grands pas, en laissant des traces profondes derrière lui. Pas de mocassins pour cette mission. Ni de costume non plus.

Ni de Range Rover que sa cambrioleuse aurait pu suivre.

Remontant la pelouse de côté, il s'approchait des immenses baies vitrées d'un salon de réception très agréable dans lequel le maître de maison avait, peu auparavant, accueilli certains membres du Conseil, ainsi que la bande de salopards.

Ahssaut avait compté au nombre des mâles invités à la réunion. Du moins jusqu'à ce qu'il devienne évident qu'il devait se retirer avant de se retrouver embringué dans le genre de discours et d'histoire auxquels il ne trouvait précisément aucun intérêt.

Arrivé devant l'une des fenêtres, il regarda à l'intérieur.

Elan, fil de Larex, était à son bureau, le combiné d'un téléphone fixe plaqué contre l'oreille. Il avait un verre de cognac près de son coude et une cigarette se consumait dans un cendrier en cristal à côté de lui. Comme il se carrait dans son fauteuil club en cuir et croisait les jambes, il paraissait être dans un état de détente et d'autosatisfaction proche de la béatitude postcoïtale.

Ahssaut serra le poing, ce qui fit légèrement craquer le cuir noir de son gant.

Puis il se dématérialisa et reprit forme à l'intérieur de la pièce juste derrière le fauteuil du mâle.

Quelque part, il n'arrivait pas à croire qu'Elan n'ait pas protégé sa demeure avec davantage de mesures de sécurité, comme un fin grillage d'acier sur les fenêtres et dans les murs, par exemple. Mais bon, l'aristocrate souffrait visiblement d'un manque de capacité à évaluer correctement les risques ainsi que d'une arrogance qui lui procurait un sentiment de sécurité plus important qu'il n'était en réalité.

— … puis Kolher a raconté une histoire à propos de son père. Je dois le confesser, en chair et en os, le roi est assez… féroce. Mais pas assez pour me faire changer de cap, naturellement.

Non, c'était Ahssaut qui allait s'en charger.

Elan se pencha en avant et saisit sa cigarette. Celle-ci était fixée à l'un de ces longs fume-cigarette démodés, du genre de ceux que les femelles utilisaient autrefois et, quand il en approcha l'extrémité de ses lèvres pour tirer une bouffée, l'objet dépassa de l'appui-tête du fauteuil.

Ahssaut dégaina une lame d'acier brillante aussi longue que son avant-bras.

Cela avait toujours été son arme de prédilection pour ce genre de chose.

Son pouls était aussi stable que sa main et son souffle régulier, alors qu'il se tenait derrière le fauteuil. Délibérément, il fit un pas de côté et se plaça de manière que son reflet apparaisse dans la vitre face au bureau.

— J'ignore si la Confrérie était au complet. Combien en reste-t-il ? Sept ou huit ? C'est une partie du problème. Nous ne savons plus qui ils sont. (Elan tapota sa cigarette et la petite pile de cendres tomba dans le cendrier.) Pendant que j'assistais à la réunion, j'ai chargé l'un de mes collègues de vous contacter... je vous demande pardon ? Bien sûr que je lui ai donné votre numéro et je n'aime pas le ton de votre... Oui, il était présent à la réunion chez moi. Il va... Non, je ne recommencerai pas. Allez-vous cesser de m'interrompre ? Je le crois, oui.

Elan reprit une bouffée et souffla la fumée d'un seul coup, manifestant ainsi son agacement.

— Pouvons-nous poursuivre ? Merci. Comme je le disais, mon collègue vous contactera au sujet d'une certaine clause légale qui pourrait nous aider. Il me l'a expliquée, mais vu que c'est assez technique, j'ai supposé que vous souhaiteriez l'interroger vous-même.

Il y eut un silence assez long. Puis, quand Elan reprit la parole, son ton était plus calme, comme si des mots apaisants avaient lissé les plumes de son ego.

— Oh, une dernière chose. Je me suis occupé de notre petit problème avec un certain gentilhomme « trop préoccupé par ses affaires »...

Ahssaut serra délibérément le poing.

Comme le gant de cuir d'Ahssaut laissait de nouveau échapper un léger bruit de protestation, Elan se redressa dans son siège, décroisa les jambes et tendit le cou si bien que sa tête apparut au-dessus du dossier du fauteuil. Il regarda à gauche. Puis à droite.

— Je dois y aller...

À ce moment-là, le regard d'Elan se posa sur la vitre face à lui et il aperçut le reflet de son tueur dans le verre.

Xcor se trouvait dans une pièce bien isolée du froid et dotée d'un chauffage digne de ce nom, et il devait reconnaître qu'il préférait ce nouveau choix de résidence au sous-sol de l'entrepôt où ils avaient séjourné auparavant. Il remercierait peut-être l'Ombre de s'être introduite là-bas, si jamais leurs chemins devaient se recroiser.

Mais bon, peut-être que la sensation de chaleur dans son corps était due à sa colère qui enflait, et non à des conduites en bon état de fonctionnement : l'aristocrate au bout du fil mettait ses nerfs à rude épreuve.

Il ne voulait pas qu'un autre membre du Conseil le contacte. Gérer un seul membre de la *glymera* était déjà bien suffisant.

Même s'il choisit comme d'habitude une approche pacificatrice avec Elan, sa colère filtra dans sa voix.

— Ne communiquez plus mon numéro à personne.

Alors que leur échange se poursuivait, il sentit la colère de l'aristocrate monter à son tour.

Ce qui, bien entendu, n'était pas une bonne chose. Il souhaitait avoir un outil fiable en main. Pas un truc susceptible.

— Toutes mes excuses, marmonna Xcor au bout d'un moment. Je préfère avoir affaire uniquement aux preneurs de décision. C'est pour cela que je vous contacte, vous et vous seul. Les autres ne m'intéressent pas. Seulement vous.

Comme si Elan était une femelle et qu'ils aient une relation amoureuse.

Xcor leva les yeux au ciel quand l'aristocrate tomba dans le piège et reprit son discours.

— … une dernière chose. Je me suis occupé de notre petit problème avec un certain gentilhomme « trop préoccupé par ses affaires »…

Instantanément, l'attention de Xcor se réveilla. Qu'avait fait cet idiot, au nom du ciel ?

En vérité, cela pouvait se révéler affreusement inopportun. On pouvait dire ce qu'on voulait quant au refus d'Ahssaut de comprendre la nécessité de destituer Kolher, ce gentilhomme-là n'était pas taillé dans la même étoffe fragile et aisément déchirable qu'Elan. Et Xcor avait beau détester avoir affaire au fils de Larex, il avait investi un temps et des ressources considérables dans leur relation. Il serait regrettable de perdre ce scélérat maintenant, et de devoir trouver un nouvel intermédiaire à l'intérieur du Conseil.

— Qu'avez-vous dit ? demanda Xcor.

Le ton d'Elan changea et se teinta de méfiance.

— Je dois y aller…

Le cri qui retentit dans le téléphone fut si aigu que Xcor écarta le portable de son oreille et le tint loin de lui.

À ce bruit, ses guerriers, qui paressaient dans la pièce dans diverses postures, tournèrent la tête dans sa direction et assistèrent, tout comme lui, au meurtre d'Elan.

Les feulements continuèrent pendant un moment, mais on n'entendit pas de supplication, soit parce que son agresseur travaillait rapidement, soit parce qu'il était très clair, même pour un mâle mourant, que l'attaquant ne montrerait aucune merci.

— Quel bordel, commenta Zypher tandis qu'un autre cri s'élevait du téléphone. Quel gros bordel.

— Il a toujours ses voies respiratoires, souligna un autre.

— Plus pour longtemps, fit valoir un troisième.

Et ils avaient raison. Un instant plus tard, une masse heurta violemment le sol et les cris cessèrent.

— Ahssaut, dit Xcor d'un ton tranchant. Prends ce foutu téléphone. Ahssaut !

Il y eut un bruissement, comme si on ramassait le récepteur là où il était tombé. Puis on entendit le son d'une respiration saccadée à l'autre bout du fil.

Ce qui suggérait qu'Elan devait être en morceaux.

— Je sais que c'est toi, Ahssaut. Et je ne peux que deviner qu'Elan a franchi la limite et que son indiscrétion est revenue à tes oreilles. Néanmoins, tu m'as enlevé mon partenaire, et cela ne peut aller sans *revhanche*.

Ce fut une surprise quand le mâle répondit d'une voix grave et affirmée.

— Dans l'Ancienne Contrée, des dispositions étaient prévues quand la réputation de quelqu'un était entachée. Je suis certain que tu t'en souviens, et que tu ne devrais pas contester mon droit de réparation dans le Nouveau Monde.

Xcor montra les crocs, mais pas parce que celui auquel il parlait l'avait énervé. Connard d'Elan. Si cet abruti s'était contenté de rester son informateur, il serait toujours en vie et Xcor aurait eu la satisfaction de le tuer à la fin de tout ceci.

Ahssaut poursuivit.

— Il a affirmé aux représentants du roi que j'étais responsable de ton coup de fusil, celui qui a été tiré sur ma propriété à mon insu et sans ma permission… et… (il reprit avant que Xcor puisse parler) tu sais parfaitement que je n'ai rien à voir dans cette attaque, n'est-ce pas ?

À l'époque du Saigneur, cette conversation n'aurait jamais eu lieu. Ahssaut aurait été traqué pour son obstruction et éliminé, à la fois pour cette raison et pour le simple amusement.

Mais Xcor avait appris sa leçon.

Comme son regard se posait sur Affhres, qui se tenait, droit et élégant, au milieu des autres, il se dit que oui, il avait appris qu'il existait en matière de règlement de compte un lieu et un moment appropriés selon certaines « règles », d'après le terme en vigueur, lui semblait-il.

— Je pensais ce que je t'ai dit, Xcor, fils du Saigneur.

Comme Xcor sursautait à cette référence, il fut soulagé que la conversation se déroule au téléphone.

— Je ne m'intéresse ni à ton programme, ni à celui du roi. Je ne suis qu'un homme d'affaires. J'ai démissionné du Conseil, et je ne me range pas de ton côté. Et Elan a tenté de me faire passer pour un traître, ce qui, comme tu le sais, revenait à mettre ma tête à prix. J'ai pris la vie d'Elan parce qu'il a tenté de prendre la mienne. C'est tout à fait légal.

Xcor jura dans sa barbe. Le mâle avait raison. Et alors que la neutralité rigide d'Ahssaut lui avait d'abord semblé incroyable, Xcor commençait désormais à… eh bien, faire confiance n'était pas un mot dont il se servait pour un autre que l'un de ses soldats.

— Dis-moi une chose, demanda-t-il d'une voix traînante.

— Oui ?

— Est-ce que sa tête de cochon est toujours attachée à son corps débile ?

Ahssaut ricana.

— Non.

— Sais-tu que c'est l'une de mes méthodes favorites pour tuer ?

— Dois-je prendre cela pour une mise en garde, Xcor ?

Xcor jeta un nouveau coup d'œil à Affhres et songea une fois de plus aux vertus du code de conduite entre mâles en guerre.

— Non, déclara-t-il. Juste une chose que nous avons en commun. Porte-toi bien, Ahssaut, pour le restant de la nuit.

— Toi de même. Et comme l'a si bien dit notre ami mutuel : « je dois y aller. » Autrement, je serai forcé de massacrer le majordome *doggen* qui, à cet instant précis, tambourine à la porte que j'ai verrouillée.

Xcor rejeta la tête en arrière et éclata de rire en raccrochant.

— Vous savez, je l'aime bien finalement, dit-il à ses guerriers.

Chapitre 58

La nuit suivante, alors que les volets remontaient et que la sonnerie d'un réveil que Blay ne reconnut pas se déclenchait, il ouvrit les yeux.

Ce n'était pas sa chambre. Mais il savait exactement où il se trouvait.

À côté de lui, contre son dos, Vhif s'étira et sa peau nue effleura la sienne, ce qui eut pour effet de faire palpiter son érection matinale.

Vhif tendit son bras musclé au-dessus de la tête de Blay pour faire taire le réveil d'une tape.

Afin d'éviter qu'on lui refuse un coup rapide en prétextant le manque de temps à cause de la routine « douche-habillage-Premier Repas », Blay se cambra en appuyant ses fesses contre le bassin de Vhif. Le grognement qui retentit à son oreille le fit sourire un peu, mais les choses devinrent sérieuses quand Vhif glissa une main devant lui et trouva le pénis de Blay.

— Oh, merde, souffla ce dernier en dépliant sa jambe pour qu'elle ne gêne pas.

— Il faut que je te prenne.

C'était drôle, Blay pensait exactement la même chose.

Quand Vhif le pénétra, Blay se retourna sur le ventre, écrasant la main de son compagnon contre son pénis tendu.

Il ne fallut pas longtemps avant que le rythme accélère furieusement, et comme les couilles de Blay se contractaient lors d'un nouvel orgasme, il s'étonna que son désir effréné pour le mâle semble toujours croître ; on aurait pu croire que le nombre de fois où ils avaient joui ensemble pendant la journée aurait fait chuter la température entre eux.

Mais non.

S'abandonnant au plaisir, Blay serra les dents quand sa jouissance explosa au moment même où les hanches de Vhif se serraient contre les siennes et où le mâle poussait un cri guttural.

Il n'y eut pas de deuxième round. Non que Blay n'en ait pas envie et que Vhif n'en soit pas capable, mais ils n'avaient plus le temps.

Quand Blay rouvrit les yeux, l'affichage digital lui apprit que le réveil de Vhif ne leur laissait plus que quinze minutes pour se préparer : le temps pour qu'un mâle prenne une douche rapide et enfile ses armes, rien d'autre. Cela lui fit vaguement regretter que le guerrier ne soit pas plus du genre à se raser deux fois, à se parfumer et à choisir sa tenue avec soin.

Avec un autre de ses grognements érotiques si caractéristiques, Vhif les fit basculer tous les deux sur le flanc, toujours unis. Tandis que le mâle respirait bruyamment, Blay découvrit qu'il aurait pu rester ainsi une éternité, rien qu'eux deux dans une pièce silencieuse et obscure. En cet instant de paix et de silence, le passé ne pesait plus sur eux, ni les non-dits, ni les tiers, réels ou supposés, entre eux.

— Viendras-tu me retrouver à la fin de la nuit ? demanda Vhif d'une voix rocailleuse.

— Oui.

Aucune autre réponse ne lui vint à l'esprit. En fait, il se demandait comment il allait supporter les douze heures d'obscurité, de repas et de travail avant de pouvoir s'éclipser et revenir ici.

Vhif marmonna quelque chose comme « Merci mon dieu ». Puis il poussa un gémissement en se retirant. Blay demeura à sa place pendant un bref moment, mais au bout du compte il n'eut d'autre choix que de se lever, franchir la porte et retourner d'où il venait.

Dieu merci, personne ne l'aperçut.

Il revint à sa chambre sans que personne soit témoin de ce retour embarrassant et, quinze minutes plus tard, il était douché, vêtu de cuir et armé. Franchissant le seuil de sa chambre, il…

Vhif sortit de la sienne exactement au même moment.

Tous deux s'immobilisèrent.

En temps normal, descendre ensemble n'aurait pas été un moment gênant, durant lequel ils auraient échangé des banalités.

Mais à présent…

Vhif baissa les yeux.

— Passe le premier.

— D'accord. Merci.

Blay se détourna.

Il balança son holster de poitrine et sa veste en cuir sur son épaule et partit à grandes enjambées. Au moment où il atteignait la cage d'escalier, il eut l'impression que cela faisait des années qu'ils s'étaient retrouvés allongés si près l'un de l'autre. Ce qui s'était passé entre eux durant la journée avait-il seulement eu lieu ?

Seigneur, il commençait à devenir dingue.

Lorsqu'il entra dans la salle à manger au rez-de-chaussée, il choisit une chaise vide au hasard et suspendit ses affaires au dossier comme les autres, même si Fritz détestait voir des armes à proximité de la nourriture. Puis il remercia le *doggen* qui lui présentait une assiette remplie à ras bord et se mit à manger. Il n'aurait pu dire ce qu'on lui avait servi, ni qui parlait à table. Mais il sut exactement quand Vhif franchit le seuil : au plus profond de lui-même, quelque chose se mit à vibrer et il lui fut impossible de ne pas jeter un coup d'œil par-dessus son épaule.

Il ressentit un impact physique immédiat quand il aperçut ce corps immense vêtu de noir et couvert d'armes, comme si on avait branché une batterie de voiture sur son système nerveux.

Alors que Vhif évitait de croiser son regard, il songea que c'était une bonne chose. Les autres autour de la table les connaissaient trop bien, surtout John, et les choses étaient déjà assez compliquées sans qu'ils donnent en plus à un public bienveillant une occasion d'intervenir, même si rien ne serait dit publiquement. Mais en privé, les conversations sur l'oreiller foisonnaient dans la maison.

Chose qu'il enviait.

Vhif commença à avancer vers lui, avant de changer brusquement de direction et de contourner toute la table pour atteindre l'unique chaise disponible, en dehors de celle située à côté de Blay.

Bizarrement, Blay repensa à la conversation qu'il avait eue au téléphone avec sa mère, celle où il avait fini par admettre devant un membre de sa famille qui il était vraiment.

Une impression de malaise lui chatouilla la nuque. Vhif ne révélerait jamais publiquement son homosexualité, et pas parce que ses parents étaient morts ni parce que, de leur vivant, ils avaient détesté leur fils.

« À long terme, je me vois avec une femelle. Je ne me l'explique pas. C'est ainsi qu'iront les choses, c'est tout. »

Blay repoussa son assiette.

— Blay ? Tu m'entends ?

Se reprenant, il jeta un coup d'œil à Rhage.

— Je te demande pardon ?

— Je t'ai demandé si tu étais prêt à jouer Nanouk l'Esquimau.

Oh, oui. Ils allaient retourner dans cette partie de la forêt où ils avaient découvert les cabanes et l'éradiqueur avec son pouvoir spécial d'invisibilité, ainsi que l'avion qui désormais disparaissait peu à peu sous la neige dans le fond du jardin.

Lui, John et Rhage avaient été désignés pour cette mission. De même que Vhif.

— J… oui, tout à fait.

Le plus beau membre de la Confrérie fronça les sourcils et plissa ses magnifiques yeux bleu lagon.

— Ça va ?

— Oui. Très bien.

— Quand t'es-tu nourri pour la dernière fois ?

Blay ouvrit la bouche. La referma. Tenta de calculer.

— Hum hum. C'est bien ce que je pensais. (Rhage se pencha vers Fhurie pour lui parler.) Eh, Fhurie ? Tu crois qu'une de tes Élues pourrait venir ici et remplacer Layla à l'aube ? Nous avons des besoins en sang.

Génial. C'était exactement ce qu'il voulait faire à la fin de la nuit.

Environ une heure plus tard, Vhif prit une profonde inspiration en se matérialisant dans le froid. Des flocons tourbillonnaient autour de son visage, s'infiltrant dans ses yeux et ses narines. L'un après l'autre, John, Rhage et Blay reprirent forme à côté de lui.

Comme il se trouvait face au hangar à avion, l'immense coquille vide fit resurgir en lui les souvenirs de cette saloperie de vieux coucou, de son vol miraculeux et de son atterrissage raté.

Joie, souveraine joie.

— Prêt à partir ? dit-il à Rhage.

— Allons-y.

L'idée était d'avancer par tranches de quatre cents mètres jusqu'à ce qu'ils arrivent aux premières cabanes qu'ils avaient déjà visitées. Après quoi, ils localiseraient les autres bâtiments sur le terrain, en se guidant sur la carte qu'ils avaient précédemment découverte. Un protocole de fouille et de reconnaissance classique.

Il ignorait ce qu'ils allaient découvrir, mais c'était ainsi. On ne le savait pas tant qu'on n'avait pas fait le boulot.

Comme Vhif projetait ses molécules en avant, il avait une conscience aiguë de l'emplacement de Blay. Pourtant, quand il reprit forme devant la première cabane qu'ils avaient découverte, il ne regarda pas lorsque le mâle apparut à environ un mètre cinquante de lui. Ce n'était pas une bonne idée. Même s'ils étaient en mission, il n'avait qu'à fermer les yeux pour que son esprit se retrouve assailli d'images de leurs deux corps nus et emmêlés dans la faible lumière de sa chambre.

Une confirmation visuelle supplémentaire que le mâle était incroyablement sexy ne l'aiderait pas.

Il avait honte de l'admettre mais, pour l'instant, la seule chose qui le faisait tenir, c'était que Blay avait promis de le rejoindre à l'aube. La gêne qui avait suivi leur journée torride, lors du Premier Repas, lui avait encore plus fait désirer cette communion, au point qu'il était secoué par l'idée qu'un jour, dans un avenir proche, Saxton serait de retour et Blay cesserait d'aller voir ailleurs – et alors que ferait-il ?

Quel fichu bazar.

Au moins Layla se portait bien : elle avait toujours la nausée et souriait constamment.

— Est-nord-est, annonça Rhage en consultant la carte.

— Compris, répondit Vhif.

Et ils avancèrent donc, s'enfonçant plus profondément dans ce territoire forestier de plusieurs kilomètres carrés.

Les cabanes étaient à peu près toutes bâties sur le même modèle : elles mesuraient environ six mètres de côté sur six, ne comptaient qu'une seule pièce sans salle de bains ni cuisine et ne disposaient que d'un toit et de quatre murs pour se protéger du froid de l'hiver. Plus ils avançaient, plus les bâtiments étaient délabrés, et tous étaient vides. C'était logique. Cela représentait une longue marche si l'on était à pied, et les éradiqueurs, si forts soient-ils, étaient incapables de se dématérialiser.

Du moins, la plupart d'entre eux.

Il avait dû s'agir du Grand éradiqueur, se dit-il. C'était la seule explication pour que ce tueur blessé ait réussi à disparaître de cette façon.

La septième cabane devant laquelle ils arrivèrent se trouvait sur un sentier suffisamment emprunté pour qu'ils puissent encore distinguer son tracé serpenter à travers les conifères.

Il manquait beaucoup de carreaux à cette cabane, et sa porte avait été ouverte par le vent, si bien qu'une congère s'était formée à l'intérieur. Vhif traversa d'un air mécontent la neige gelée qui recouvrait le sol tout autour de la bâtisse, ses rangers transformant en hachis la surface immaculée alors qu'il se rapprochait du porche. Une lampe torche dans la main gauche et un calibre .45 dans celle de droite, il sauta sous l'avant-toit d'un bond et se pencha à l'intérieur.

C'était le même merdier que précédemment, même si le lieu était différent.

Il passa l'intérieur en revue, pour constater qu'il n'y avait absolument rien. Aucun meuble. Une étagère intégrée vide. Des toiles d'araignées qui ondulaient dans la brise s'insinuant à travers les carreaux cassés.

— C'est bon, cria-t-il.

Se détournant, il se dit que cette mission d'inspection était une vaste connerie. Il aurait préféré être dans le centre-ville à tuer des éradiqueurs, et non ici, au milieu de nulle part, à chasser et picorer sans rien découvrir.

Rhage coinça une lampe torche entre ses dents et déplia la carte une fois de plus. Traçant une marque avec un stylo, il tapota le papier épais.

— La dernière est à environ quatre cents mètres à l'ouest.

Dieu merci.

En supposant que ce soit une corvée comme les autres, ils devraient être sortis de cette forêt et se tenir face à l'ennemi dans les ruelles d'ici quinze, peut-être vingt minutes maximum.

Facile.

Chapitre 59

— Tu as l'air vraiment heureuse.

Layla tourna la tête. Quelque part, il lui paraissait incompréhensible que la reine de l'espèce soit allongée à côté d'elle sur le lit, à lire des magazines et à regarder la télévision. Mais bon, à l'exception de l'énorme Rubis des ténèbres qui scintillait à son doigt, elle était aussi normale que possible.

— Je le suis.

Layla mit sa revue de côté et posa une main sur son ventre.

— Je suis extatique.

D'autant plus que Souffhrance était passée plus tôt, et semblait redevenir elle-même. Même si le souhait de Layla que sa grossesse se poursuive était presque pathologique, l'idée que cette bénédiction ait eu un coût pour la femelle l'avait mise mal à l'aise.

— Souhaitez-vous avoir des enfants ? demanda-t-elle de but en blanc.

Avant d'ajouter :

— Si je ne vous offense pas…

Beth balaya son inquiétude d'un geste.

— Tu peux me demander n'importe quoi. Et, mon Dieu, oui. J'en veux désespérément. C'est drôle, parce qu'avant ma transition, je ne m'intéressais pas du tout aux enfants. Ils représentaient pour moi une complication bruyante et incontrôlable et je ne comprenais honnêtement pas pourquoi les gens prenaient la peine de s'encombrer d'une progéniture.

Puis j'ai rencontré Kolher. (Elle repoussa ses cheveux noirs et éclata de rire.) Inutile de dire que tout a changé.

— Combien de chaleurs avez-vous vécues ?

— J'attends. Je prie. Je compte.

Layla fronça les sourcils et ouvrit un nouveau paquet de biscuits salés pour se donner une contenance. Elle conservait peu de souvenirs spécifiques de ces heures délirantes passées avec Vhif, mais cela avait été une épreuve homérique.

Vu le miracle qui reposait toujours en elle, tout cela en avait valu la peine.

Néanmoins, elle ne pouvait affirmer qu'elle souhaiterait revivre cette période de fertilité. Du moins pas sans médicaments.

— Eh bien, je vous souhaite que vos chaleurs arrivent bientôt dans ce cas.

Layla mordit dans un autre biscuit et savoura la sensation du carré qui se brisait et fondait sur sa langue.

— Et je n'arrive pas à croire que je dise cela.

— Est-ce aussi brutal que… Je veux dire, je n'ai guère eu l'occasion de discuter avec Wellsie de ses chaleurs avant qu'elle ne disparaisse, et Bella n'en a jamais soufflé mot. (Beth regarda sa bague royale, comme si elle admirait la façon dont les facettes du rubis capturaient et réfléchissaient la lumière.) Et je ne connais pas bien Automne. Elle est adorable, mais vu tout ce qu'elle et Tohr viennent de traverser, il ne me semble pas convenable d'aborder le sujet avec elle.

— C'est assez flou dans ma mémoire, pour être honnête.

— Et c'est sans doute une bénédiction, hein.

Layla fit la grimace.

— J'aimerais pouvoir dire le contraire, mais oui, je pense qu'il s'agit d'une bénédiction.

— Mais cela en valait la peine, n'est-ce pas ?

— Sans le moindre doute : c'est justement ce que j'étais en train de me dire, en fait, répondit Layla en souriant. Vous savez ce qu'on raconte au sujet des femelles enceintes, non ?

— Quoi donc ?

— Si une femelle passe du temps avec elles, elles encourageraient la venue de ses chaleurs.

— Vraiment. (La reine eut un grand sourire.) Alors tu pourrais être la réponse à mes prières.

— Eh bien, je ne suis pas certaine que ce soit vrai. De l'autre côté, nous sommes fertiles en permanence. Ce n'est qu'ici, sur Terre, que les femelles sont sujettes aux fluctuations hormonales ; mais j'ai lu des choses sur leurs effets dans la bibliothèque.

— Alors faisons notre propre expérience afin de voir si c'est vrai ou non, d'accord ? (Beth lui tendit la main pour qu'elle la serre.) En plus, j'aime bien être ici. Tu es vraiment une source d'inspiration.

Layla haussa les sourcils tandis qu'elle lui serrait la main en retour.

— Une source d'ins… oh, non. Je ne le conçois absolument pas.

— Pense à tout ce que tu as traversé.

— Mais la grossesse s'est arrangée d'elle-même.

— Pas seulement cela. Tu es la survivante d'un culte.

Comme Layla la dévisageait d'un regard vide, la reine lui demanda :

— Tu n'en as jamais entendu parler ?

— Je connais la définition du mot. Mais je ne suis pas certaine qu'il s'applique à moi.

La reine détourna les yeux, comme si elle ne souhaitait pas créer de friction.

— Bon, je peux me tromper et tu dois certainement être plus au courant que moi ; en outre, tu es heureuse à présent, c'est tout ce qui compte.

Layla se concentra sur la télévision en face d'elle. D'après ce qu'elle en comprenait, un culte n'était pas une bonne chose, et « survivant » était généralement un terme associé à des gens qui avaient surmonté une sorte de traumatisme.

Le sanctuaire était aussi tranquille et tempéré qu'une journée de printemps sur Terre, toutes les femelles de ce lieu sacré servaient la Mère de l'espèce dans un esprit de calme et de paix.

Il n'existait ni coercition de la part de la seconde, ni opposition de la part des premières.

Bizarrement, la voix de Souffhrance s'insinua dans son esprit.

« *Toi et moi sommes des sœurs qui avons subi la tyrannie de ma mère : des victimes de son grand projet d'ordonnancement des choses. Nous étions toutes deux emprisonnées par elle, toi en tant qu'Élue, moi en tant que fille de sang.* »

— Je suis désolée, dit la reine, en tendant la main pour lui effleurer le bras. Je n'avais pas l'intention de te bouleverser. J'ignore honnêtement de quoi je parle.

Layla se força à reprendre ses esprits.

— Oh, je vous en prie, ne vous inquiétez pas. (Elle serra la main de la reine.) Je n'en prends pas ombrage. Mais à présent, parlons de choses plus heureuses, comme votre *hellren*. Il doit être impatient lui aussi que vos chaleurs arrivent.

Beth eut un rire tendu.

— Ce n'est pas exactement son sentiment.

— Mais il doit certainement désirer un héritier ?

— Je pense qu'il m'en donnera un. Mais uniquement parce que je désire autant avoir un enfant.

— Oh.

— « Oh » est une bonne réponse, dit Beth en pressant la paume de Layla. C'est juste qu'il s'inquiète trop. Je suis forte et en bonne santé, et je suis prête pour une grossesse. Maintenant, si je pouvais seulement mettre mon corps en route… avec un peu d'espoir, il suivra tes traces.

Layla sourit et frotta son ventre plat.

— Tu as entendu ça, petit ? Tu dois aider ta reine. Il est important pour la famille royale d'avoir un enfant.

— Mais ce n'est pas pour le trône, l'interrompit Beth. Pas de mon côté. Je veux seulement être mère et je veux avoir l'enfant de mon mari. Au fond, c'est aussi simple que cela.

Layla se tut. Elle était très heureuse d'avoir Vhif à ses côtés dans cette aventure, mais il aurait été merveilleux d'avoir un véritable compagnon qui s'étende près d'elle et la berce toute la journée, qui l'aime, la serre dans ses bras et lui dise qu'elle était précieuse, non seulement parce qu'elle portait son enfant mais également pour ce qu'elle suscitait dans son cœur.

Une image du visage dur de Xcor traversa son esprit.

Secouant la tête, elle se dit : *Non, je ne dois pas penser à cela*. Elle devait rester calme et détendue, car son stress se transmettait certainement au bébé dans son ventre. De plus, elle avait déjà reçu tant de bénédictions. Si cette grossesse arrivait à terme et qu'elle survive à la naissance, elle aurait reçu un miracle véritable et durable.

— Je suis certaine que les choses vont se résoudre avec le roi, annonça-t-elle. Le destin a sa manière de nous donner ce dont nous avons besoin.

— Amen, ma sœur. Amen.

Sola engagea son Audi directement dans l'allée de la maison en verre au bord du fleuve, et se gara juste devant la porte de derrière de ce fichu bâtiment.

S'extirpant du véhicule, elle planta ses bottes dans la neige, glissa la main dans sa parka pour la poser sur la crosse de son pistolet et referma la portière d'un coup de reins. Elle s'avança vers l'entrée, sans quitter le toit des yeux.

Il devait y avoir des caméras de sécurité là-haut.

Elle ne prit pas la peine de sonner ni de frapper à la porte. Il devait savoir qu'elle était ici. Et s'il n'était pas chez lui, eh bien, elle réfléchirait alors à quelle sorte de jolie petite carte de visite elle lui laisserait.

Peut-être une sonnerie d'alarme déclenchée ? Une fenêtre ou un placard ouvert ?

Ou un objet disparu à l'intérieur…

La porte s'ouvrit et il était là, en chair et en os, exactement comme la nuit précédente et, pourtant, comme toujours, plus grand, plus dangereux et plus sexy que dans son souvenir.

— Cette visite n'est-elle pas un peu trop directe par rapport à vos habitudes ? demanda-t-il d'une voix traînante.

Il était vêtu d'un costume noir de créateur, qui avait dû être taillé sur mesure, vu la façon dont il lui allait, à la perfection.

— Je suis ici pour remettre les pendules à l'heure, répondit-elle.

— Et vous semblez vouloir dicter vos conditions. (Comme si c'était une idée bizarre.) Autre chose ? Auriez-vous par hasard apporté à dîner ? J'ai faim.

— Allez-vous me laisser entrer ou préférez-vous discuter dans le froid ?

— Est-ce que votre main est posée sur une arme, à tout hasard ?

— Bien sûr que oui.

— Dans ce cas, entrez donc.

Comme il s'écartait, elle leva les yeux au ciel. Pourquoi le fait qu'elle puisse lui tirer dessus encourageait cet homme à la laisser entrer dans sa maison, c'était un mystère…

Sola se figea quand elle jeta un coup d'œil à la cuisine moderne. Deux hommes qui étaient le portrait craché l'un de l'autre se tenaient côte à côte dans la pièce. Ils étaient aussi grands que l'homme qu'elle était venue voir et tout aussi dangereux, car ils avaient chacun un pistolet à la main.

Il devait s'agir des personnes qui se trouvaient avec lui sous le pont.

La porte se referma en claquant, et même si ses glandes à adrénaline lâchèrent une salve d'avertissement, elle dissimula sa réaction.

Celui qu'elle était venue voir sourit quand il la dépassa en la frôlant.

— Voici mes associés.

— Je veux vous parler seul à seul.

L'homme s'appuya au comptoir de granit, mit un cigare entre ses dents et l'alluma au moyen d'un briquet en or. Après avoir refermé le capuchon, il souffla un nuage de fumée bleue et contempla Sola.

— Messieurs, si vous voulez bien nous excuser un instant.

Les deux M. Heureux n'eurent pas l'air ravis de ce renvoi. Mais bon, on aurait probablement pu essayer de leur donner à chacun un ticket de loterie gagnant et ils vous auraient arraché la main. Juste pour le principe.

Néanmoins, ils s'éloignèrent, en marchant d'une façon synchronisée franchement perturbante.

— Où avez-vous trouvé ces deux-là ? demanda-t-elle d'un ton sec. Sur Internet ?

— C'est incroyable tout ce qu'on peut dénicher sur eBay.

Brusquement, elle mit fin aux conneries :

— Je veux que vous cessiez de me suivre.

L'homme tira une bouffée de son cigare, dont l'extrémité se mit à briller d'une vive lueur orange.

— Ah bon.

— Vous n'avez aucune raison de le faire. Je ne reviendrai pas ici… à aucun titre.

— Vraiment.

— Vous avez ma parole.

Sola ne détestait rien plus que devoir reconnaître sa défaite ; et mettre fin à la surveillance de ce type et de sa propriété revenait à abandonner. Mais cette histoire la nuit dernière, alors qu'elle sortait avec un inoffensif jeune homme, bon sang, lui avait appris que la situation était devenue hors de contrôle. Elle était parfaitement capable de jouer au chat et à la souris : elle le faisait sans cesse dans son métier. Mais avec cet homme, il n'y avait rien à gagner pour elle, puisqu'elle ne serait pas rétribuée en échange des informations collectées et qu'elle n'avait pas l'intention de le voler.

Pourtant les enjeux grimpaient en flèche.

Surtout s'ils s'embrassaient de nouveau, parce qu'elle doutait qu'elle l'en empêche, même si la définition de « stupidité » était de coucher avec quelqu'un comme lui.

— Votre parole ? répéta-t-il. Et quelle valeur a-t-elle exactement ?

— C'est tout ce que j'ai à vous offrir.

Ses yeux, de vrais rayons laser, se posèrent sur sa bouche.

— Je n'en suis pas si sûr.

Son accent et cette voix grave et délicieuse changèrent les mots en une caresse, qu'elle pouvait presque sentir sur sa peau.

Ce qui était précisément la raison de sa démarche.

— Vous n'avez aucune raison de me suivre. À compter de maintenant.

— Peut-être que j'apprécie la vue.

Comme il parcourait son corps du regard, un autre choc la traversa, mais pas d'anxiété.

— Oui, c'est le cas, reprit-il. Dites-moi une chose, avez-vous apprécié votre soirée ? La nourriture était-elle à votre goût ? Et… la compagnie ?

— J'arrête ce soir. Vous ne me reverrez pas.

Vu que c'était tout ce qu'elle avait à dire, elle fit mine de se retourner.

— Croyez-vous sincèrement que les choses vont s'arrêter là entre vous et moi ?

Sa belle voix mystérieuse avait pris un ton menaçant.

Sola jeta un coup d'œil par-dessus son épaule.

— Vous m'avez demandé de ne pas entrer illégalement sur votre propriété ni vous espionner : je ne le ferai plus.

— Et je vous le répète, croyez-vous sincèrement que les choses vont s'arrêter là ?

— Je vous donne ce que vous désirez.

— Loin de là, grogna-t-il.

Pendant un instant, ce lien forgé dans le froid, quand leurs lèvres s'étaient jointes dans sa voiture et que leurs corps s'étaient tendus, ressuscita.

— Il est trop tard pour faire demi-tour. (Il prit une autre bouffée.) Votre chance de vous échapper est passée… et ne reviendra pas.

Elle se retourna pour lui faire face.

— Appelons un chat un chat : c'est des conneries. Je n'ai pas peur de vous, ni de personne d'autre ; alors venez me chercher. Mais sachez que je n'hésiterai pas à vous blesser pour me défendre…

Un bruit fit soudain vibrer l'air entre eux.

Un ronronnement ? Est-ce que cet homme était vraiment en train de…

Il avança d'un pas. Puis d'un autre. Et à la manière d'un gentleman, il tint son cigare de côté, comme s'il craignait que la fumée ne l'importune.

— Dites-moi votre nom, dit-il.

Ou plutôt « ordonna-t-il ».

— Je trouve difficile de croire que vous ne le connaissiez pas déjà.

— Mais c'est le cas. (Il accompagna ces mots d'un haussement de sourcils, comme si chercher des informations n'était pas digne de lui.) Dites-moi votre nom, et je vous laisserai partir sur-le-champ.

Seigneur… ses yeux… on aurait dit un mélange de clair de lune et d'ombre, une couleur impossible à déterminer, quelque part entre argent, violet et bleu pâle.

— Vu que nos chemins ne se croiseront plus, cela n'a pas de sens…

— Juste pour que vous le sachiez : vous allez vous donner à moi…

— Je vous demande pardon…

— Mais d'abord vous me supplierez.

Sola s'avança d'un bond, sa colère faisant voler en éclats sa détermination à se montrer raisonnable.

— Il faudrait d'abord que je sois morte.

— Désolé, je ne suis pas nécrophile. (Il baissa le menton et la regarda entre ses cils.) Je vous préfère brûlante… et humide.

— Cela n'arrivera pas. (Elle tourna les talons et se dirigea vers la porte.) Et nous en avons fini.

Juste au moment où elle entrait dans le vestibule, son œil saisit quelque chose sur le banc adossé le long du mur au fond de cette pièce étroite.

Elle tourna la tête d'un coup et se sentit chanceler. Il s'agissait d'un couteau, un très long couteau, si long qu'on aurait presque dit une épée.

La lame était couverte de sang rouge brillant.

— Vous reconsidérez votre départ ? demanda-t-il d'une voix sombre juste derrière elle.

— Non. (Elle se précipita vers la porte et l'ouvrit à la volée.) Je n'ai pas changé d'avis.

Elle claqua le battant derrière elle, et voulut courir jusqu'à sa voiture, mais refusa de céder à la panique, même si elle s'attendait à ce qu'il la poursuive.

Et pourtant l'homme demeura immobile derrière la vitre de la porte qu'elle venait de claquer, et se contenta de la regarder remonter l'Audi et la démarrer.

Tandis qu'elle quittait l'allée en marche arrière, son cœur battait à tout rompre…

Surtout quand une pensée véritablement terrifiante surgit dans son esprit.

Plongeant la main dans son sac, elle chercha à tâtons son téléphone et, quand elle l'eut trouvé, fit défiler sa liste de contacts, en sélectionna un et appuya sur « Appel ». Morte de peur, elle posa l'appareil contre son oreille, même si elle disposait d'un kit mains libres et qu'il était interdit par la loi de l'État de New York de téléphoner en conduisant.

« Dring. »

« Dring. »

« Dring… »

— Salut, j'espérais avoir de tes nouvelles.

Sola s'affaissa dans le siège conducteur et son crâne vint heurter l'appuie-tête.

— Salut, Mark.

Seigneur, entendre la voix de cet homme était un soulagement.

— Est-ce que ça va ? lui demanda son coach.

Elle repensa à cette lame ensanglantée.

— Ça va. Oui. Tu rentres du boulot ?

Comme ils se lançaient dans une conversation assez plaisante, elle roula, le pied au plancher, tandis que le paysage enneigé défilait autour d'elle, laissant entrevoir des routes boueuses et recouvertes de sel, des arbres squelettiques, une petite cabane désuète avec une lumière à l'intérieur, un espace plat et nu au bord du fleuve.

Chaque fois qu'elle clignait des yeux, elle voyait la silhouette de l'homme derrière la vitre de la porte, qui l'observait, en échafaudant des plans pour la revoir, et la désirait…

Elle.

Et bon sang, son corps souhaitait désespérément qu'il l'attrape.

Chapitre 60

Dès que Vhif eut repris forme, il éclaira la dernière cabane de sa lampe torche. Il n'attendit pas les autres cette fois-ci, et se dirigea à vive allure vers la porte, qui était intacte et bien fermée…

Le premier indice que quelque chose clochait fut quand il posa la main sur la poignée en bois grossièrement taillée : une légère décharge électrique lui lécha la paume et remonta le long de son bras.

Il retira la main et la secoua, tandis que tous ses sens passaient en alerte rouge.

— Que se passe-t-il ? demanda Rhage en montant sur le porche étroit.

Vhif jeta un coup d'œil alentour et nota que Blay et John se trouvaient à la périphérie.

— Je ne sais pas.

Rhage tendit la main vers la porte et ôta brusquement les doigts de la poignée, comme Vhif avant lui.

— C'est quoi ce bordel ?

— Oui, je sais, marmonna Vhif qui recula pour examiner la façade de la cabane du faisceau de sa lampe torche.

Les deux fenêtres de chaque côté de l'entrée étaient barricadées et, quand il s'approcha pour observer le flanc de la bâtisse, il en allait de même pour celles de côté.

— Putain, gronda Rhage.

Le frère recula de trois pas avant de se jeter contre la porte, en se servant de son épaule massive comme d'un bélier.

Et ça alors, l'impact fit voler en éclats le panneau de bois...

D'un seul coup, une lumière aveuglante transperça la nuit, illuminant la forêt comme si une bombe venait d'exploser et projetant Rhage en arrière comme dans un film.

Alors que Blay et John se précipitaient pour évaluer les dommages infligés au guerrier, Vhif s'arma de courage et plongea à l'intérieur de la cabane, en s'attendant à se faire électrocuter par plusieurs centaines de volts de Dieu seul savait quoi.

Au lieu de cela, il ne sentit rien d'autre que l'air, mais son trop grand élan l'obligea à effectuer une roulade pour éviter d'atterrir sur le nez. Un instant plus tard, il était de nouveau sur ses pieds, en position accroupie, son pistolet dans une main, sa lampe torche dans l'autre.

La pièce sentait mauvais.

— Derrière toi, dit Blay comme un second faisceau lumineux se joignait au sien.

L'air à l'intérieur de la cabane était étrangement tiède, comme si un radiateur était branché quelque part, sauf que ce n'était pas possible. Il n'y avait ni électricité ni réservoir à essence. Et personne n'était venu ici depuis un moment, si l'on en jugeait d'après la couche de poussière intacte sur le plancher et les délicates toiles d'araignées qui pendaient du plafond.

— Qu'est-ce que c'est que ça ? demanda Blay.

Quand Vhif orienta le faisceau de sa lampe derrière lui, il fronça les sourcils. De nombreux bidons qui ressemblaient à des barils de pétrole étaient disposés contre le mur du fond. Ils semblaient être regroupés là comme s'ils avaient eu peur de quelque chose et s'étaient mis en cercle pour se protéger.

Vhif s'approcha des barils, sans cesser de sonder le reste de la pièce en faisant décrire de larges cercles au faisceau de sa lampe torche, et il fronça les sourcils une fois de plus quand il eut bien observé ces boîtes de gros calibre. Aucune d'entre elles n'avait de couvercle, et quand il éclaira leur contenu, sa lumière sembla se réfléchir sur un liquide visqueux.

— Qu'est-ce que c'est… que ce bazar ?

Se penchant au-dessus du baril le plus proche, il inspira profondément par le nez et eut les sinus irrités par la puanteur d'éradiqueur. Vu que le rayon lumineux ne pénétrait pas au-delà de la surface du liquide, il comprit qu'il ne pouvait s'agir que d'une seule chose, qui ne servait certainement pas de carburant pour alimenter un chauffage d'appoint ou un générateur.

C'était le sang de l'Oméga.

— Derrière toi, dit Rhage en entrant.

Un léger sifflement annonça l'arrivée de John.

— Est-ce que c'est ce à quoi je pense ? marmonna Blay, qui se tenait à côté de Vhif.

Ce dernier coinça sa lampe entre ses dents et tendit sa main nue. À la seconde où il effleura la saleté visqueuse, quelque chose remua à l'intérieur du baril…

— Merde ! hurla-t-il en faisant un bond en arrière.

Comme sa lampe était tombée par terre et avait roulé sur le côté, ce fut celle de Blay qui éclaira ce qui venait de bouger.

Un bras.

Il y avait quelqu'un dans le bidon.

— Seigneur Dieu, souffla Blay.

Derrière eux, la voix tonitruante de Rhage résonna :

— V. ? On a besoin de renforts ici. Immédiatement.

Vhif se pencha et ramassa sa lampe. Dirigeant une fois de plus le faisceau sur le liquide visqueux, il observa l'avant-bras remuer de nouveau au ralenti, juste sous la surface, le mouvement laissant seulement entrevoir l'extérieur du poignet et le dos de la main…

Quelque chose étincela soudain et la brillance éphémère accrocha le regard de Vhif. Il réorienta le faisceau lumineux et se pencha un peu plus au-dessus du baril.

La main était bizarre, ses articulations étaient déformées, et tout ou une partie de chaque doigt avait disparu comme s'ils avaient été broyés…

La brillance transperça une fois de plus les ténèbres du sang de l'Oméga.

S'agissait-il… d'une bague ?

—Attends, attends, Vhif. Il faut que tu recules…

Vhif ignora la mise en garde et se pencha un peu plus, se rapprochant petit à petit…

Petit à petit…

Tout d'abord, il ne parvint pas à croire à ce qu'il voyait. Il ne pouvait tout simplement pas être en train de contempler une chevalière de famille.

Mais de quoi d'autre pouvait-il s'agir ? Elle était passée à l'index, le seul doigt encore intact. Et elle était en or, car même à travers l'huile noire, le scintillement jaune était évident. Et la bague elle-même était constituée d'une face large sur laquelle était gravé un…

—Vhif, s'exclama Rhage d'un ton sec. Écarte-toi, putain…

Le bras remua de nouveau et la main pâle creva la surface du liquide, comme celle d'un spectre sortant d'une tombe, se tendant…

Le sang de l'Oméga se retira de la surface de la bague, dévoilant…

—Vhif, je ne plaisante pas…

Un vacarme explosa soudain dans la cabane, emplissant l'air.

Vhif n'eut absolument pas conscience que c'était un cri jaillissant de sa propre bouche.

Tout d'abord, Blay crut que le bras dans le bidon avait agrippé Vhif et l'avait attiré vers lui, et que c'était la raison pour laquelle celui-ci hurlait. D'instinct, il sauta en avant et saisit Vhif par la taille pour le tirer en arrière.

Ce qui sortit du bidon hanterait les cauchemars de Blay pendant des années… voire des décennies.

En fait, le bras qui se trouvait à l'intérieur n'avait pas agrippé Vhif ; c'était l'inverse. Et à mesure que Blay reculait, une silhouette masculine était extraite du contenant étroit, tandis que le sang de l'Oméga se déversait en rivières, éclaboussait le plancher froid de la cabane, imprégnait les rangers et le pantalon en cuir de Blay et trempait Vhif.

Ce dernier se démenait pour empêcher sa prise de glisser de ses mains gantées, alors que son pistolet et sa lampe torche gisaient par terre, depuis longtemps oubliés…

Comme ils achevaient de hisser le corps hors du baril, celui-ci se renversa sur le flanc et le mâle s'étala de tout son long à leurs pieds.

Nul ne bougea. C'était comme s'ils venaient tous de débarquer et de prendre leurs places dans un tableau vivant.

Blay reconnut immédiatement de qui il s'agissait.

Il n'arrivait pas à le croire.

Le mort était revenu parmi les vivants ; pour ainsi dire.

Vhif s'accroupit et toucha les épaules du mâle. Puis il prononça le nom de son frère d'une voix rauque :

— Luchas ?

La réaction fut immédiate. Son frère se mit lentement à tourner les mains et à remuer ses jambes mutilées pour tenter de bouger son corps nu. Sa peau était couverte d'hématomes et la lueur des lampes torches soulignait crûment chaque contusion, entaille et bleu, comme le sang de l'Oméga s'égouttait et révélait peu à peu la pâleur de la peau.

Seigneur Dieu, que lui avaient-ils fait ? L'un de ses yeux était fermé tant il était gonflé, et sa bouche était de travers, comme si on l'avait cogné à cet endroit. Quand il grimaça, il apparut que toutes ses dents avaient été épargnées, mais c'était à peu près la seule grâce qu'on lui avait faite, visiblement.

— Luchas ? répéta Vhif. Peux-tu me parler ?

À l'écart, Rhage était de nouveau au téléphone.

— V. ? Nous avons vraiment un problème. Quand pensez-vous arriver… quoi ? Non, absolument pas… j'ai besoin de toi tout de suite… non, toi. Et Souffhrance.

Hollywood jeta un coup d'œil vers les deux mâles et articula silencieusement : « Est-ce que vous savez qui c'est ? »

Blay dut se racler la gorge pour pouvoir répondre, mais il bafouilla quand même.

— C'est son… frère.

Rhage cligna des yeux. Secoua la tête. Se pencha.

— Je suis désolé, qu'est-ce que tu…

— C'est son frère, répéta Blay à haute et intelligible voix cette fois.

— Seigneur…, murmura Rhage.

Puis il reprit aussitôt ses esprits.

— Tout de suite, V. Tout de suite !

— Luchas, est-ce que tu m'entends ? demanda Vhif.

Viszs déboula dans la cabane une fraction de seconde plus tard. Le frère était couvert de sang d'éradiqueur et saignait d'une entaille au visage ; il soufflait aussi comme une locomotive à vapeur et tenait une dague dégoulinante de sang à la main.

À l'instant où il aperçut le corps autour duquel ils s'étaient tous rassemblés, il s'arrêta.

— Qu'est-ce que c'est que ce bordel ?

Rhage lui fit signe de se taire en posant l'index en travers de ses lèvres, coupant ainsi court à tout autre commentaire. Puis il saisit V. par le bras et l'attira hors de portée d'oreille. Quand tous deux revinrent, V. ne montrait pas la moindre émotion.

— Laisse-moi l'examiner, dit-il.

Vhif ne pouvait s'arrêter de parler à son frère, les mots se déversant en un flot régulier qui n'avait pas beaucoup de sens. Mais bon, pour tout le monde, le mâle avait été tué lors des attaques, en même temps que les parents et la sœur de Vhif. Donc oui, cela suffisait pour que même Shakespeare y voie là une occasion de monologuer sans fin.

Sauf que c'était impossible, songea Blay. On avait découvert quatre corps dans la maison, et celui de Luchas se trouvait parmi eux.

Blay le savait bien. C'était lui qui était entré pour l'identification.

Il posa une main sur l'épaule de Vhif.

— Hé.

Les mots de Vhif s'arrêtèrent. Puis il leva la tête pour croiser le regard de Blay.

— Il ne me répond pas.

— Peux-tu laisser V. l'examiner rapidement ? Nous avons besoin de l'opinion d'un guérisseur. (Et peut-être de bien davantage pour comprendre ce qui se passait ici.) Viens, installe-toi ici avec moi.

Vhif se redressa et recula, mais il n'alla pas loin et ne lâcha pas un instant son frère des yeux.

— Est-ce qu'ils en ont fait l'un des leurs ? (Il croisa les bras et se recroquevilla sur lui-même.) Crois-tu qu'ils l'aient transformé ?

Blay secoua la tête et regretta de ne pouvoir mentir.

— Je ne sais pas.

Chapitre 61

Comme Vhif fixait d'un regard vide le sol de la cabane, son cerveau subissait une série de courts-circuits : la notion solide selon laquelle sa famille tout entière avait été effacée se heurtait à ce qui semblait être une réalité très différente.

Il ne cessait de revenir à cette nuit lointaine, où il avait franchi la porte de chez ses parents pour découvrir sa famille assise autour de la table de la salle à manger et vu son frère recevoir cette bague qui se trouvait désormais sur sa main mutilée.

On aurait pourtant cru que la vision du mâle torturé mais bien vivant serait tout ce sur quoi il arriverait à se concentrer.

— Que se passe-t-il, V ? demanda-t-il. Comment va-t-il ?

— Il est vivant. (Le frère retourna sa dague noire et en essuya la lame ensanglantée sur sa cuisse gainée de cuir.) Fiston ? Fiston, est-ce que tu m'entends ?

Luchas se contentait de dévisager Vhif de ses yeux d'un magnifique gris, parfaitement identiques mais désormais injectés de sang et écarquillés. Sa bouche remuait, mais aucun son n'en sortait.

— Fiston, je vais devoir t'entailler, d'accord ? Fiston ?

Vhif sut exactement ce que V. allait faire.

— Vas-y.

Le cœur de Vhif se mit à cogner dans son sternum quand le frère passa la pointe de sa dague noire sur la face externe du bras de Luchas. Ce dernier ne frémit même pas : mais bon, après ce qui lui était arrivé, c'était une goutte d'eau dans l'océan.

Faites que ce soit rouge, faites que ce soit rouge, faites que ce soit…

Du sang rouge se mit à couler, qui contrasta brillamment sur l'huile noire qui le recouvrait.

Chacun relâcha le souffle qu'il retenait.

— OK, fiston, c'est bon, c'est bon...

Ils ne l'avaient pas transformé.

V. se releva et inclina la tête sur le côté, faisant signe qu'il souhaitait une conversation en privé. Quand Vhif s'approcha, il prit le bras de Blay et l'emmena avec lui. Ce fut fait le plus naturellement du monde. Il s'agissait d'un problème grave qui échappait totalement à sa compréhension, et il n'aurait souhaité personne d'autre à ses côtés.

— Je n'ai pas de tensiomètre ni de stéthoscope, mais je vais te le dire immédiatement : son pouls est faible et irrégulier, et je suis certain qu'il est en état de choc. J'ignore depuis combien de temps il se trouvait là-dedans et ce qu'ils lui ont fait, mais il est vivant techniquement parlant. Mais le problème, c'est que Souffhrance n'est pas apte à le soigner. (Les yeux de V. étincelèrent.) Et vous savez tous les deux pourquoi.

Ah, il avait donc parlé avec sa sœur.

— Elle ne sera pas en mesure d'utiliser sa magie sur lui, et nous sommes à des kilomètres de tout, poursuivit le frère.

— Donc au final ? demanda Vhif d'un ton ferme.

V. le regarda droit dans les yeux.

— Il va mourir dans les heures qui...

— V. ! hurla Rhage. Viens par ici !

Par terre, le corps démoli de Luchas se convulsait, les doigts qui lui restaient se recroquevillaient contre les paumes de ses mains, ses genoux se repliaient et sa colonne vertébrale s'incurvait vers le plafond.

Vhif se précipita et tomba à genoux près de la tête de son frère.

— Reste avec moi, Luchas. Allez, bats-toi...

Les yeux gris croisèrent de nouveau ceux de Vhif, et la douleur qu'il y lut était si bouleversante qu'il eut à peine conscience que V. accourait et ôtait le gant de sa main lumineuse.

— Vhif ! cria le frère, comme s'il venait de répéter son nom à plusieurs reprises.

Celui-ci ne détourna pas les yeux de Luchas.

— Quoi ?

— Cela risque de le tuer, mais cela fera peut-être repartir correctement son cœur. C'est une mauvaise option, mais c'est la seule qu'il ait.

Pendant la fraction de seconde précédant sa réponse, Vhif éprouva le besoin accablant que son frère s'en sorte, d'une manière ou d'une autre. Même s'il le connaissait à peine et l'avait envié pendant des années – avant de se faire passer à tabac par lui quand Luchas avait rejoint la garde d'honneur – il n'avait pas compris avant la disparition de sa famille à quel point on était à la dérive quand aucun membre de sa lignée ne foulait plus la terre avec vous.

Mais bon, ce vide était exactement ce qui l'avait éperonné lors des chaleurs de Layla. Et ce qui le poussait instinctivement vers Blay.

Qu'on l'aime ou qu'on la déteste, de sang ou de cœur, la famille était une sorte d'oxygène.

Nécessaire à la vie.

— Vas-y, dit-il.

— Attendez, les interrompit Blay en ôtant sa ceinture et en la donnant à Vhif. Pour éviter qu'il se morde la langue.

Encore une raison supplémentaire d'aimer le mâle. Même s'il n'en avait pas besoin.

Vhif glissa la lanière de cuir entre les dents de son frère puis lui referma la mâchoire, tandis qu'il hochait la tête en direction de V.

— Reste avec moi, Luchas. Allez, maintenant... reste avec...

Du coin de l'œil, il suivit cette lumière blanche étincelante qui se rapprochait du sternum de son frère...

La poitrine de Luchas décolla et son corps tout entier s'éleva au-dessus du plancher dans un spasme, alors qu'une lumière éclatante le parcourait, se diffusait dans ses bras et ses jambes et irradiait jusqu'à sa tête. Le bruit qu'il fit était inhumain, un gémissement guttural qui retentit jusque dans la moelle de Vhif.

Quand V. ôta brusquement sa main, en levant haut sa paume lumineuse, Luchas retomba comme un poids mort, les membres mous.

Il se mit à cligner rapidement des paupières, comme si une bise glacée lui soufflait dans le visage.

— Recommence, demanda Vhif.

Comme V. ne répondait pas, il lui jeta un regard noir.

— Encore une fois.

— C'est complètement dingue, putain, marmonna Rhage.

V. évalua l'état du mâle pendant un moment. Puis il ramena sa main mortelle au-dessus de sa poitrine.

— Encore une fois… c'est tout ce que tu auras, dit-il à Luchas.

— Sérieux, l'interrompit Rhage. Si tu continues, tu vas transformer ce type en guimauve grillée.

La seconde tentative fut tout aussi violente, le corps martyrisé se cambra violemment, et Luchas poussa de nouveau ce gémissement atroce avant de retomber dans un claquement d'os.

Mais il prit une profonde inspiration. Une grande inspiration puissante qui gonfla sa cage thoracique.

Vhif eut envie de prier, et il supposa que c'était ce qu'il faisait quand il se mit à psalmodier :

— Allez, allez…

La main mutilée, celle avec la bague, se tendit et saisit son tee-shirt. La prise était faible, mais Vhif se pencha vers lui.

— Quoi ? Parle lent…

La main glissa sur sa veste.

— Parle-moi.

La main de son frère se referma sur la garde d'une de ses dagues.

— Tue… moi…

Vhif écarquilla les yeux.

La voix de Luchas ne ressemblait pas à celle d'autrefois, ce n'était plus qu'un chuchotement rauque.

— Tue… moi… mon… frère…

Chapitre 62

— Comment tu tiens le coup ? demanda Blay.

Sous le porche de la cabane, Vhif prit une inspiration et saisit un soupçon de fumée dans l'air. Blay venait de s'en rallumer une, et Vhif avait beau détester cette habitude, il ne pouvait en faire reproche à son ami. Merde, s'il avait été branché par ce genre de chose, lui aussi aurait enchaîné les clopes.

Il jeta un coup d'œil. Blay le dévisageait patiemment, visiblement prêt à attendre une réponse à la question, même si cela devait prendre le reste de la nuit.

Vhif consulta sa montre. Une heure du matin.

Combien de temps faudrait-il au reste de la Confrérie pour arriver jusqu'ici ? Et ce plan d'évacuation qu'ils avaient élaboré allait-il marcher… ?

— J'ai l'impression de perdre la boule, rétorqua-t-il.

— Je suis avec toi. (Blay souffla la fumée dans la direction opposée.) Je n'arrive pas croire qu'il soit…

Vhif regarda fixement les arbres devant eux.

— Je ne t'ai jamais interrogé à propos de cette nuit-là.

— Non. Et franchement, je ne t'en veux pas.

Derrière eux, dans la cabane, Rhage, V. et John étaient restés avec Luchas. Chacun avait retiré sa veste et en avait enveloppé le mâle dans l'espoir de lui tenir chaud.

Dehors, avec son débardeur et ses armes, Vhif ne ressentait pas le froid.

Il se racla la gorge.

— Est-ce que tu l'as vu ?

C'était Blay qui était retourné à la maison après les attaques. Vhif n'avait tout simplement pas eu les couilles d'aller identifier les corps.

— Oui.

— Était-il mort à ce moment-là ?

— À ma connaissance, oui. Il était… oui, je n'ai pas cru qu'il aurait la moindre chance de survivre.

— Tu sais, je n'ai jamais vendu la maison.

— C'est ce que j'ai entendu dire.

Techniquement, en tant que membre désavoué de la famille, il n'avait aucun droit sur la propriété. Mais il y avait eu tellement de tués que personne n'avait revendiqué le domaine et que celui-ci, conformément au droit ancien, était revenu au roi. Après quoi, Kolher en avait promptement fait don en pleine propriété à Vhif.

Quoi que cela veuille dire.

— Je n'ai pas su quoi penser quand on m'a appris qu'ils avaient été massacrés.

Vhif leva la tête vers le ciel. La météo annonçait de nouvelles chutes de neige, aussi ne distinguait-on pas les étoiles.

— Ils me détestaient. Je suppose que moi aussi, je les détestais. Et puis ils sont morts.

À côté de lui, Blay s'immobilisa.

Vhif sut pourquoi et une brusque gêne le poussa à mettre ses mains dans ses poches. Oui, il avait absolument horreur de parler de ses émotions et de ces conneries, mais il était impossible de taire tout cela. Pas ici. En privé. Avec Blay.

S'éclaircissant la voix, il poursuivit.

— J'ai été soulagé plus qu'autre chose, pour être honnête. Je ne peux pas te dire ce que c'était que de vivre dans cette maison. Tous ces gens qui me regardaient comme si j'étais une malédiction vivante. (Il secoua la tête.) J'avais l'habitude de les éviter autant que possible, en utilisant l'escalier de service et en emménageant dans la partie de la maison réservée aux domestiques. Mais alors les *doggen* ont menacé de partir.

En fait, le plus grand bienfait d'avoir survécu à la transition a été de pouvoir me dématérialiser par la fenêtre de ma chambre. Alors, plus personne n'avait à me croiser dans les couloirs.

Même quand Blay poussa un juron à voix basse, Vhif n'eut pas envie de se taire.

— Et tu sais ce qui me mettait le plus la tête à l'envers ? Je voyais que l'amour était possible quand mon père regardait mon frère. Cela aurait été autre chose si ce salopard nous avait tous détestés… mais ce n'était pas le cas. Et cela m'a fait comprendre à quel point j'étais mis à l'écart.

Vhif regarda de nouveau Blay et remua ses rangers pour camoufler son embarras.

— Pourquoi me dévisages-tu comme cela ?

— Désolé. Oui, désolé. C'est juste que… tu n'as jamais parlé d'eux. Jamais.

Vhif fronça les sourcils et observa une fois de plus le ciel, s'imaginant les lumières scintillantes des étoiles, même s'il ne pouvait pas les voir.

— J'en avais envie. Avec toi, je veux dire. Pas avec quelqu'un d'autre.

— Alors pourquoi ne l'as-tu pas fait ?

Comme si c'était une question que le mâle se posait depuis longtemps.

Dans le silence qui suivit, Vhif passa au crible des souvenirs sur lesquels il ne s'était jamais attardé, se regardant. Regardant sa famille. Regardant… Blay.

— J'adorais aller chez toi. Je ne peux pas te dire ce que cela représentait à mes yeux… Je me rappelle la première fois que tu m'as invité. J'étais convaincu que tes parents allaient me jeter dehors. Je m'y étais préparé. Merde, j'affrontais ce genre de situation dans ma propre maison en permanence, alors pourquoi de parfaits étrangers ne feraient-ils pas de même ? Mais ta mère… (Vhif se racla la gorge.) Ta mère m'a fait asseoir à la table de la cuisine et m'a servi à manger.

— Elle était mortifiée de t'avoir rendu malade. Juste après, tu as couru aux toilettes et tu as vomi pendant une heure.

— Je n'étais pas en train de vomir.

Blay tourna la tête.

— Mais tu as dit…

— J'étais en train de pleurer.

Comme Blay eut un mouvement de recul, Vhif haussa les épaules.

— Voyons, qu'est-ce que j'allais dire ? Que je m'étais comporté comme une mauviette et que j'avais pleuré par terre à côté du lavabo ? J'ai fait couler l'eau pour que personne ne m'entende et j'ai tiré la chasse plusieurs fois pour donner le change.

— Je ne l'ai jamais su.

— C'était l'idée. (Vhif lui jeta un coup d'œil.) Cela a toujours été l'idée. Je ne voulais pas que tu saches à quel point c'était difficile chez moi, parce que je ne voulais pas que tu me prennes en pitié. Je ne voulais pas que toi ou tes parents ayez l'impression que vous deviez me recueillir. Je voulais que tu sois mon ami, et tu l'étais. Tu l'as toujours été.

Blay détourna immédiatement la tête. Puis il se frotta le visage de la main qui ne tenait pas de cigarette.

Vhif s'entendit poursuivre :

— C'est grâce à vous si j'ai tenu le coup. Je vivais pour les nuits où je pouvais venir chez toi. C'était la seule chose qui me faisait avancer. Tu étais la seule chose, en fait. C'était… toi.

Quand le regard de Blay croisa le sien, il eut le sentiment que le mâle cherchait ses mots.

Et Dieu leur vienne en aide, s'il n'y avait pas eu Saxton, Vhif aurait lâché le mot en « A » ici et maintenant, même si le moment était mal choisi.

— Tu peux, tu sais, finit par répondre Blay. Me parler.

Vhif tapa des pieds et fit jouer ses épaules pour décontracter les muscles de son dos.

— Fais attention. Je pourrais te prendre au mot.

— Cela t'aiderait. (Comme Vhif tournait les yeux une fois de plus, ce fut Blay qui secoua la tête.) Je ne sais pas ce que je dis.

Tu parles, songea Vhif…

Sans prévenir, V. sortit de la cabane, en allumant une roulée. Vhif se tut, ne sachant pas s'il devait être soulagé ou non que la conversation cesse par la force des choses.

En recrachant la fumée, Viszs déclara :

— Je dois m'assurer que tu mesures bien toutes les conséquences réelles et potentielles qu'implique le retour de ton frère à la vie.

Vhif hocha la tête.

— Je sais déjà ce que tu vas me dire.

Le regard couleur de diamant croisa le sien.

— Eh bien, disons-le tout haut quand même, d'accord ? Je n'ai perçu aucune trace de l'Oméga en lui, mais si la transformation se déclenche ou si j'ai raté quelque chose, je devrai m'occuper de lui.

« Tue-moi, mon frère. Tue-moi. »

— Tu feras ce que tu as à faire.

— Il ne pourra donc pas entrer dans la demeure.

— Compris.

V. tendit sa main inoffensive.

— Jure-le.

Cela lui sembla étrange de serrer la paume du frère et de lier sa promesse à ce contact parce que c'était ce que le suivant dans la lignée devait faire dans ce genre de situations, et qu'il n'avait jamais été le suivant de rien pour personne : avant même d'avoir été renié par sa famille, il avait été la dernière personne à se porter garante pour sa lignée.

Mais les temps avaient changé, n'est-ce pas ?

— Encore une chose. (V. tapota l'extrémité de sa roulée.) La convalescence sera longue et difficile. Et je ne parle pas seulement sur le plan physique. Tu dois te préparer.

Quoi, comme s'ils avaient eu une relation avant cet épisode ? Il partageait peut-être son ADN avec le mâle, mais en dehors de cela, Luchas était un étranger.

— Je sais.

— OK. Très bien.

Au loin, le bruit strident de deux moteurs qui venaient dans leur direction transperça l'obscurité.

— Merci, putain, lâcha Vhif en retournant dans la cabane.

Dans le coin, à côté du baril renversé, son frère n'était plus qu'un tas de vestes, car son corps tordu était enseveli sous les couvertures de fortune.

Vhif traversa la pièce, en faisant un signe de tête à John Matthew et à Rhage.

S'agenouillant à côté de son frère, il eut l'impression d'être en plein rêve, et non dans la réalité.

— Luchas ? Écoute-moi, voici ce qui va se passer. Ils vont t'emmener en traîneau. Tu vas rejoindre notre clinique pour y être soigné. Luchas ? Est-ce que tu m'entends ?

Alors que les deux motoneiges se rapprochaient de la cabane, Blay suivit leur avancée depuis le porche, observant leurs phares grossir et briller davantage, pendant que le bruit des deux moteurs se réduisait à un ronronnement régulier quand elles atteignirent leur destination. Oh... voilà qui était bien : l'une des deux tractait un traîneau couvert, le genre de chose qu'il avait vu à la télé pendant les jeux Olympiques quand un skieur s'était écrasé dans les filets de sécurité et avait dû être évacué au pied de la montagne.

Parfait.

Manny et Butch descendirent de leur monture respective et s'avancèrent au pas de course.

— Ils sont à l'intérieur, annonça Blay en s'écartant du chemin du docteur.

— Luchas ? Tu es avec moi ? entendit-il Vhif murmurer.

Jetant un coup d'œil à l'intérieur, Blay vit Manny se pencher sur le corps de Luchas. Merde, quelle putain de nuit. Et dire qu'il avait cru que le spectacle aérien quelques soirées plus tôt avait été dramatique…

« Cela a toujours été toi. »

Se retournant pour faire face à la forêt, Blay se frotta encore une fois le visage, comme si cela allait l'aider. Il avait envie de se griller une autre cigarette, mais il n'en fit rien, car plus ils s'éternisaient ici, plus il devenait paranoïaque. La dernière chose dont cette situation avait besoin, c'était d'une escouade d'éradiqueurs se pointant avant qu'ils puissent mettre Luchas à l'abri.

Dans ces conditions, mieux valait avoir un calibre .40 qu'une clope dans les mains.

« Cela a toujours été toi. »

— Ça va ? demanda Butch.

Dans un esprit d'honnêteté, parce que cela semblait être le thème de la soirée, il secoua la tête.

— Absolument pas.

Le flic lui posa une main sur l'épaule.

— Alors tu le connaissais.

— Je croyais que oui.

Oh, attendez, la question portait sur Luchas.

— Je veux dire, oui, je le connaissais.

Blay jeta encore une fois un coup d'œil par-dessus son épaule et aperçut Vhif accroupi à côté de son frère. Le visage de son ami lui parut très vieux à la lueur de toutes ces lampes torches, au point que Blay se demanda s'il l'avait réellement vu détendu après qu'ils avaient couché ensemble, ou s'il s'était trompé.

« Tu étais la seule chose, en fait. »

— C'est difficile, murmura-t-il.

Et étrange, aussi.

Juste après sa transition, il avait guetté un signe pour savoir si ce qu'il éprouvait pour son ami était réciproque, un indice de ce que pensait Vhif. Mais il n'y avait rien eu de discernable ;

rien d'autre qu'une loyauté et une amitié indéfectibles et des talents incroyables au combat : durant toutes les expériences qu'ils avaient partagées, qu'il s'agisse de coups d'un soir avec d'autres personnes, de l'entraînement, puis des nuits sur le champ de bataille, il s'était toujours trouvé à l'exact opposé du lien qu'il désirait, comme s'il faisait face à un mur qu'il ne pouvait contourner.

Ce bref moment où Vhif s'était livré sous le porche, c'était la première fois que Blay avait eu un aperçu de ce qu'il désirait encore plus que le sexe.

Merde, l'espace d'un dangereux moment, il s'était demandé si Layla n'avait pas dit « amoureux de » quand elle avait craché le morceau à côté de sa chambre.

— Ils l'emmènent. (Butch saisit le bras de Blay et l'écarta de la porte.) Reste avec moi.

Luchas était désormais correctement protégé : il était enveloppé dans une couverture de survie argentée, d'où seule sa tête dépassait un peu. Ils l'avaient installé sur une civière pliante, portée par Vhif et V. Manny marchait à côté d'eux, prêt à le ranimer à tout moment.

Arrivés au traîneau, ils transférèrent Luchas et le sanglèrent fermement.

— C'est moi qui l'emmène, annonça Vhif en enfourchant la motoneige et en mettant le moteur en route.

— Vas-y mollo, l'avertit Manny. C'est un tas d'os brisés.

Vhif jeta un coup d'œil à Blay.

— Tu montes avec moi ?

Inutile de répondre. Il s'avança et s'installa derrière le mâle.

C'était classique de Vhif, il ne prit pas la peine d'attendre les autres. Il se contenta d'enclencher l'accélérateur et s'éloigna. Néanmoins, il écouta le bon docteur : il décrivit un large cercle et suivit les traces qui avaient été laissées à l'aller, gardant une vitesse assez élevée pour gagner du temps, mais pas assez pour secouer Luchas.

Blay garda ses deux pistolets sortis.

Pendant que Manny et Butch progressaient à côté d'eux sur la deuxième motoneige, les autres frères et John Matthew se dématérialisèrent à intervalles réguliers de chaque côté des pistes parallèles, tout le long du chemin.

Le retour prit une éternité.

Blay songea littéralement qu'ils ne sortiraient jamais d'ici. On aurait dit que les moteurs gémissants et suraigus des motoneiges, l'étendue floue de la forêt sombre et les zones blanches brillantes des clairières seraient les dernières choses qu'il verrait.

Il pria tout du long.

Quand l'immense hangar à avion finit par apparaître au loin, la plus belle chose que Blay ait jamais vue se trouvait garée juste à côté.

L'Escalade de V. et Butch.

À partir de là, les choses s'enchaînèrent à toute allure : Vhif s'arrêta le long du 4 × 4, Luchas fut transféré sur la banquette arrière, les motoneiges chargées sur la remorque attachée à l'arrière et Vhif se dirigea vers le siège passager.

— Je veux que Blay conduise, dit-il avant de monter.

Il y eut un instant de silence. Puis Butch hocha la tête et lança les clés.

— Manny et moi resterons invisibles dans le fond.

Blay s'installa au volant, recula le siège pour loger ses longues jambes et fit ronfler le moteur. Comme Vhif s'asseyait à côté de lui, il lui jeta un regard.

— Mets ta ceinture.

Le mâle fit ce qu'on lui ordonnait et tira la sangle en nylon en travers de sa poitrine avant de la fixer avec un déclic. Puis il tourna la tête pour scruter son frère.

Un sentiment de profonde détermination poussa Blay à carrer les épaules et à contracter les mains sur le volant. Peu importe ce qu'il devrait faucher ou renverser sur sa route, mais il allait ramener Vhif et son frère au centre d'entraînement et à la clinique.

Appuyant sur l'accélérateur, il ne regarda pas en arrière.

Chapitre 63

Trez fronça les sourcils en regardant la calculatrice sur laquelle il tapait des chiffres. Tendant la main pour attraper la langue de papier blanc qui pendait de l'autre côté de son bureau, il tenta de relire les colonnes de nombres qu'il avait additionnés.

Il battit des paupières.

Il se frotta les yeux. Les rouvrit.

Non. Le cercle chatoyant dans le coin en haut à droite de son champ de vision était toujours là, et ce n'était pas un problème de persistance rétinienne.

— Putain… de merde.

Repoussant les reçus dont il faisait le compte, il consulta l'heure à sa montre, avant de se prendre la tête à deux mains. Quand il serra les paupières, l'aura subsista et son motif de formes géométriques entrelacées étincelait de toutes les couleurs de l'arc-en-ciel.

Il disposait d'environ vingt-cinq minutes avant que l'enfer ne se déchaîne sous son crâne, et il ne serait pas capable de se dématérialiser.

Tâtonnant pour trouver son téléphone fixe, il appuya sur le bouton de l'interphone. Deux secondes plus tard, la voix de Xhex retentit dans le haut-parleur, plus métallique qu'à l'accoutumée. Ce qui signifiait que sa sensibilité au bruit s'était réveillée.

— Eh, que se passe-t-il ? demanda-t-elle.

— J'ai la migraine. Il faut que je m'arrache.

— Oh, merde, quelle poisse. Tu n'en as pas eu une il y a tout juste une semaine ?

On s'en fichait. Ce n'était pas le problème.

— Peux-tu prendre le relais ?

— Tu as besoin qu'on te raccompagne chez toi ?

Oui.

— Non. Je vais y arriver. (Il commença à ramasser son portefeuille, son téléphone et ses clés.) Appelle-moi en cas de besoin, OK ?

— Compris.

Trez prit une profonde inspiration quand il mit fin à la communication et se leva. Il se sentait parfaitement bien – pour l'instant. Et la bonne nouvelle, c'était qu'il ne se trouvait pas à plus de quinze minutes de son appartement, même en supposant qu'il se prenne tous les feux rouges. Ce qui lui laisserait environ dix minutes pour enfiler un survêtement, disposer une bassine et une serviette à côté du lit et se préparer à un effondrement digestif total.

D'ici six à sept heures, il se sentirait mieux.

Malheureusement, l'entre-deux serait atroce.

Tout en se dirigeant vers la porte fermée de son bureau, il jeta sa veste sur ses épaules et se prépara à entendre la musique hurler de l'autre côté.

Quand il sortit, il se heurta au mur que formait l'ample poitrine d'iAm.

— Passe-moi tes clés, lui dit simplement son frère.

— Tu n'as pas besoin de…

— Est-ce que je t'ai demandé ton avis ?

— Satanée Xhex…

— Je suis juste derrière ton frère, l'interrompit la femelle. Et je sais que tu dis cela comme un compliment.

— Je vais bien, dit Trez en essayant de tourner la tête pour que la responsable de la sécurité ne soit plus dans son angle mort.

— Tu disposes de combien de minutes avant que la douleur ne survienne ? demanda Xhex en souriant de tous ses crocs. Tu as vraiment envie d'en gâcher une seule en te disputant avec moi ?

Trez râla tout en se dirigeant vers la sortie du club et, à l'instant où l'air froid pénétra dans ses sinus, son estomac se figea, comme s'il se préparait à faire une escapade précoce.

Se glissant dans le siège passager de sa propre BMW, il ferma les yeux et renversa la tête contre le dossier. L'aura s'élargissait, la ligne chatoyante d'origine se scindait en deux et se déployait, approchant lentement du centre de son champ de vision.

Pendant le trajet jusqu'à la maison, il découvrit qu'il était heureux qu'iAm ne soit pas du genre bavard.

Même s'il n'ignorait pas ce que celui-ci pensait.

Trop de stress. Trop de migraines.

Il avait aussi probablement besoin de se nourrir, mais cela n'arriverait pas avant un moment.

Alors que son frère conduisait à toute vitesse, Trez passa le temps à visualiser mentalement leur progression en ville ; les feux qu'ils franchissaient et ceux auxquels ils s'arrêtaient ; les virages qu'ils prenaient ; la silhouette du Commodore, qui grandissait au fur et à mesure qu'ils s'en rapprochaient.

Une brusque déclivité lui apprit qu'ils entraient dans le parking et que son GPS mental était à la traîne : pour lui, ils se trouvaient encore à plusieurs pâtés de maisons de là.

Il s'ensuivit une succession de virages à gauche tandis qu'ils descendaient trois étages par la rampe en spirale, avant de se garer sur l'une des deux places qui leur étaient réservées.

Quand ils entrèrent dans l'ascenseur et qu'iAm appuya sur le bouton du dix-huitième étage, l'aura avait envahi tout son champ de vision puis disparu comme si elle n'avait jamais existé.

Le calme avant la tempête.

— Merci de m'avoir raccompagné, dit-il.

Et il le pensait vraiment. Il détestait dépendre des autres, mais il était vraiment difficile de ne rien heurter quand une enseigne au néon clignotait dans vos deux globes oculaires.

— J'ai supposé que ça valait mieux.

— Oui.

Lui et son frère n'avaient plus évoqué la visite du grand prêtre depuis qu'elle avait eu lieu, mais le petit coucou d'AnsLai était toujours très présent entre eux, même si au moins iAm avait mis son agacement de côté le temps du trajet jusqu'ici.

Pour Trez, le premier indice que la migraine s'intensifiait fut la façon dont le léger tintement annonçant leur arrivée à destination lui traversa le cerveau comme une balle de revolver.

Il grogna quand les portes s'ouvrirent.

— Ça va être violent.

— Tu n'en as pas déjà eu une la semaine dernière ?

Il se demanda combien de personnes allaient lui poser cette question.

iAm s'occupa d'ouvrir la porte et Trez balança sa veste dans l'appartement. Il ôta son pull en cachemire noir en se dirigeant vers sa chambre et déboutonnait sa chemise quand il entra dans…

Quand il se figea, la seule et unique chose qui lui vint à l'esprit fut la scène du film *Un fauteuil pour deux*, quand Eddie Murphy débarque dans sa chambre du meublé de luxe et qu'une nana à moitié nue se redresse dans son lit en lui jetant un : « Salut, Billy Ray. »

La différence, dans ce cas précis, c'était que son encombrante admiratrice, celle avec le petit ami videur et les problèmes de confiance en soi, était blonde et ne portait pas de pantalon en Spandex comme dans les années 1980. En l'occurrence, elle était totalement à poil, bordel de merde.

Le revolver qui apparut au-dessus de l'épaule de Trez était parfaitement immobile et doté d'un silencieux.

Donc iAm aurait pu la tuer sans problème.

— J'aurais cru que tu serais content de me voir, dit la gonzesse, en regardant alternativement Trez et le canon de l'arme de son frère.

Comme si elle voulait se rendre plus attirante, elle leva un bras pour jouer avec ses cheveux ; mais si elle espérait que ses seins remueraient de façon aguicheuse, ce n'était pas de chance : ses faux nichons, durs comme du bois, étaient aussi immobiles que s'ils étaient cloués à un mur.

— Comment es-tu entrée ici ? demanda Trez.

— Tu n'es pas content de me voir ?

Comme personne ne lui répondait et que le revolver ne bougeait pas, elle fit la moue.

— J'ai fait ami-ami avec l'agent de sécurité, d'accord. Quoi ? Oh, allez… très bien, je l'ai sucé, OK.

Classe.

Ce crétin d'enculé de flic d'opérette allait pointer au chômage.

Trez marcha jusqu'à la pile de vêtements au pied du lit.

— Rhabille-toi et casse-toi.

Seigneur, il était épuisé.

— Oh, allez, geignit-elle comme ses affaires volaient autour d'elle. Je voulais juste te faire la surprise quand tu rentrerais du boulot. J'ai cru que cela te ferait plaisir.

— Eh bien non. Casse-toi d'ici…

Elle ouvrit la bouche comme si elle allait se mettre à l'agonir d'injures, mais il secoua la tête et l'arrêta avant.

— N'y songe même pas. Je ne suis pas d'humeur et mon frère ici présent se fiche complètement que tu sortes d'ici en marchant ou transportée dans un sac. Rhabille-toi et casse-toi.

Le regard de la fille passa une fois de plus de l'un à l'autre.

— Tu as été si gentil avec moi l'autre nuit.

Trez grimaça quand la douleur passa à l'attaque et commença à lui vriller le côté droit de la tête.

— Chérie, je vais être vraiment honnête avec toi. Je ne connais même pas ton nom. On s'est envoyés en l'air deux fois…

— Trois fois…

— Je m'en fous. Ce que je sais, c'est que tu vas te barrer ce soir. Si tu m'approches encore ou si tu reviens ici, je… (L'Ombre en lui voulait prendre une direction plus sanglante, mais il se força à conserver des termes humains qu'elle comprendrait.) j'appelle la police. Et tu n'en as pas envie, parce que tu es une droguée qui deale à côté, et s'ils fouillent tes affaires, ta voiture, ta piaule, ils vont trouver un peu plus qu'un fourbi sans intérêt. Ils vont vous boucler, toi et cette tête de lard avec qui tu couches, pour possession et trafic de drogue et tu atterriras en prison.

La fille se contenta de cligner des yeux.

— Ne me pousse pas, ma puce, dit Trez d'une voix épuisée. Tu n'aimerais pas ce qui arriverait.

Qu'on dise ce qu'on veut au sujet de cette gamine, mais elle était rapide quand on lui donnait une motivation digne de ce nom. À peine quelques instants plus tard, après quelques postures de yoga pour faire entrer ses nichons en plastique dans un « chemisier » deux tailles trop petit, elle était en route pour la sortie, son sac de mauvaise qualité à l'épaule et ses talons aiguilles vertigineux à la main.

Trez n'ajouta pas un mot. Il se contenta de la suivre jusqu'à la porte, de lui ouvrir et de lui claquer le battant au nez quand elle se retourna pour dire quelque chose.

Il ferma le verrou manuellement.

iAm reposa son arme.

— Il faut qu'on déménage. Cet appartement n'est plus sûr.

Son frère avait raison. Ce n'était pas comme si l'endroit où ils vivaient était un énorme secret, mais leur choix de demeurer au Commodore se fondait sur l'idée qu'un agent de sécurité ne serait pas assez stupide pour laisser une femme entrer chez quelqu'un sans la permission du propriétaire.

Si c'était arrivé une fois, cela pouvait se reproduire…

Brusquement, la douleur s'intensifia, comme si quelqu'un avait augmenté d'un coup le volume du concert infernal qui se tenait sous son crâne.

— Je vais vomir un moment, marmonna Trez en s'éloignant. Nous commencerons à faire les bagages dès que cette migraine sera passée.

Il ignorait complètement ce qu'iAm répondit, ou même si celui-ci dit quelque chose.

Merde.

CHAPITRE 64

Vhif se tenait devant la porte de la salle d'examen du centre d'entraînement, les mains dans les poches, les dents serrées, et les sourcils froncés.

L'attente. L'attente…

La médecine ressemblait beaucoup au combat, décida-t-il : de longues périodes d'inactivité, entrecoupées d'actions vitales.

C'était suffisant pour devenir cinglé.

Il jeta un coup d'œil à la porte.

— Ça va durer encore combien de temps, à ton avis ?

En face de lui, à côté de la porte, Blay croisait et décroisait ses longues jambes. Il s'était assis par terre environ une demi-heure plus tôt, mais cela avait été sa seule concession à ce trou noir temporel dans lequel ils avaient été aspirés.

— Ils doivent arriver au bout, à présent, répondit-il.

— Oui. Un corps n'a qu'un nombre limité d'organes, pas vrai ?

Au bout d'un moment, Vhif scruta le mâle de plus près. Blay avait des cernes noirs sous les yeux et les joues creusées. Il était également bien plus pâle que d'habitude.

Vhif s'approcha, s'adossa au mur et laissa ses rangers glisser en avant jusqu'à ce que ses fesses touchent le sol à côté de Blay.

Celui-ci lui jeta un coup d'œil et lui offrit un petit sourire, avant de reprendre la contemplation de ses bottes.

Vhif observa sa propre main se tendre et effleurer la mâchoire de son ami. Comme Blay sursautait et se tournait vers lui, Vhif fut surpris de découvrir qu'il voulait faire tellement plus, et pas sur un plan sexuel. Il avait envie d'attirer le mâle dans son giron et de l'encourager à y poser la tête. Il avait envie de caresser ces épaules musclées et de passer les doigts dans ces courts cheveux roux. Il avait envie de demander à quelqu'un de leur trouver une couverture et de la leur apporter, pour qu'il puisse envelopper de chaleur ce corps puissant qui paraissait affaibli.

Vhif se força à détourner les yeux et à écarter sa main.

Seigneur, il se sentait tellement pris au piège. Même s'il ne portait pas de chaînes.

Baissant la tête, il observa ses poignets et ses chevilles. Oui, ils étaient totalement libres. Rien ne le retenait.

Il ferma les paupières et renversa la tête contre le mur. Il s'imagina qu'il touchait Blay et une fois encore, pas de façon sexuelle. Il se contentait de sentir la vitalité sous la peau, les mouvements des muscles, la solidité des os.

— Je pense que tu devrais aller voir Selena, lui dit-il.

Blay poussa un soupir comme s'il avait un poids sur la poitrine.

— Oui. Je sais.

— Nous pourrions y aller ensemble, s'entendit proposer Vhif.

Il ouvrit les yeux à temps pour voir Blay tourner brusquement la tête.

— Ou tu pourrais, tu sais, le faire tout seul. (Il fit craquer ses articulations.) Comme tu préfères.

Merde. En considérant toute cette histoire avec Saxton, il était peut-être allé trop loin. Après tout, se nourrir pouvait être considéré comme plus intime que le sexe…

— D'accord, dit doucement Blay. Faisons-le ensemble.

Le cœur de Vhif s'accéléra. Et une fois encore, ce n'était pas parce qu'il souhaitait se taper le mâle. Il voulait seulement…

« Partager » était le bon terme, se dit-il.

Non, attendez. Cela allait plus loin. Il voulait prendre soin du mâle.

— Tu sais, je crois que je ne t'ai jamais remercié, murmura-t-il.

Quand le regard bleu de Blay se posa sur lui, il eut envie de détourner la tête, car le contact visuel était presque trop difficile à supporter. Mais alors il songea à son frère dans ce lit d'hôpital et à toutes les façons dont les gens se faisaient dérober leur temps.

Seigneur, il avait retenu tant de choses en lui pour tellement de raisons, qui à l'époque lui avaient toutes semblé parfaitement valables. Mais quelle arrogance ! Ce genre de réticence supposait qu'il aurait le temps de parler quand il le voudrait. Que la personne qui occupait le fond de ses pensées serait toujours présente et qu'il en serait de même pour lui.

— De quoi ?

— De nous avoir reconduits à la maison. Luchas et moi. (Il prit une profonde inspiration et la relâcha lentement.) Et d'être resté assis avec moi toute la nuit. D'être allé voir Souffhrance pour l'encourager à nous aider Layla et moi. De me soutenir sur le champ de bataille et pendant l'entraînement. Et aussi, pour toutes ces bières et ces jeux vidéo. Les chips et les M&M's. Les vêtements que je t'ai empruntés. Le sol sur lequel je dormais quand je passais la journée chez toi. Merci de m'avoir laissé serrer ta mère dans mes bras et parler avec ton père. Merci… pour les dix mille choses adorables que tu as faites.

D'un seul coup, il repensa à cette nuit où il était rentré et avait vu son père offrir cette chevalière en or à son frère.

— Merci d'avoir appelé cette nuit-là, ajouta-t-il d'un ton bourru.

Blay haussa les sourcils.

— Quelle nuit ?

Vhif se racla la gorge.

— Après que Luchas a passé la transition et que mon père lui a donné… tu sais, la bague. (Il secoua la tête.) Je suis monté dans ma chambre et j'allais faire quelque chose… oui, quelque chose de vraiment stupide. Tu m'as appelé. Tu es venu. Est-ce que tu te rappelles ?

— Oui.

— Ce n'est pas la seule fois que tu as fait quelque chose de ce genre.

Quand Blay leva la tête, Vhif sut exactement où les pensées du mâle vagabondaient. Oui, cette nuit n'avait pas été la seule falaise du haut de laquelle il avait failli sauter.

— Je t'ai dit que j'étais désolé, reprit Vhif. Mais je ne crois pas t'avoir jamais dit merci. Donc, voilà… merci.

Avant de savoir ce qu'il faisait, il tendit la main, offrant sa paume. Il lui semblait approprié de marquer cet instant, ici et maintenant, devant la salle d'opération où gisait son frère massacré, par une sorte de contact solennel.

— Merci… c'est tout.

Incroyable.

Après ce qui lui avait semblé une éternité en compagnie de Vhif, Blay avait cru que les surprises étaient enfin terminées. Que le mâle ne pourrait plus rien faire qui le laisserait sans voix.

Faux.

Seigneur, de toutes les conversations imaginaires qu'il avait eues avec le mâle, des conversations où il fantasmait que Vhif s'ouvrait à lui ou disait un truc s'approchant de « la bonne chose », il n'avait jamais été question de gratitude. Mais ceci… c'était exactement ce qu'il avait besoin d'entendre, même s'il l'ignorait.

Et cette main tendue lui brisa le cœur.

Surtout que son frère était aux portes de la mort dans la pièce juste à côté.

Blay ne serra pas la paume qu'on lui offrait.

Il tendit les bras, prit le visage du guerrier entre ses mains et attira Vhif pour l'embrasser.

Cela n'était censé durer qu'une fraction de seconde : comme si c'étaient leurs lèvres qui se serraient la main. Néanmoins, quand il fit mine de reculer, Vhif le retint et le maintint en place. Leurs bouches fusionnèrent encore… et encore… et encore une fois, puis leurs têtes restèrent inclinées l'une contre l'autre pour prolonger le contact lorsque le baiser prit fin.

— Je t'en prie, répondit Blay d'une voix rauque avant d'arborer un petit sourire. Mais je ne peux pas dire que cela ait toujours été un plaisir.

Vhif éclata de rire.

— Oui, j'imagine. (Le mâle redevint sérieux.) Pourquoi diable es-tu resté ?

Blay ouvrit la bouche, la vérité sur le bout de la langue…

— Oh. Merde. Euh… Excusez-moi, les garçons, je n'avais pas l'intention de vous déranger.

Vhif s'écarta si vite qu'il arracha littéralement son visage aux mains de Blay. Puis il bondit sur ses pieds et se tourna vers V. qui venait de sortir de la salle d'opération.

— Aucun problème, il ne se passe rien.

Comme V. arborait une expression signifiant « Mais oui, bien sûr », Vhif se contenta de regarder le frère de front, comme s'il le mettait au défi d'avoir une opinion différente de la sienne.

Tandis que les deux mâles s'affrontaient du regard en silence, Blay se leva plus lentement et découvrit qu'il avait le tournis, et pas parce qu'il devait se nourrir.

« Aucun problème, il ne se passe rien. »

Ce n'était certainement pas son impression à lui. Mais une fois encore, Vhif avait repoussé toute intimité, avait pris peur, s'était retiré, débranché.

Mais voyons. Mauvais moment. Mauvais endroit. Et V. était la dernière personne devant laquelle on souhaitait se montrer romantique.

Néanmoins, c'était un bon rappel à l'ordre. Les situations stressantes avaient le don d'attendrir même les personnalités les plus inflexibles pendant un moment. La tristesse, le choc, une intense anxiété… tout cela pouvait rendre quelqu'un vulnérable et enclin à parler d'une façon dont il ne l'aurait normalement jamais fait, tout simplement parce que ses défenses étaient réduites à néant. Mais un comportement inhabituel n'était pas le signal d'un changement de marée. Cela n'indiquait pas une sorte de conversion religieuse où, à partir de ce jour-là, tout était à jamais différent.

Vhif était assommé par ce qui était arrivé à son frère. Et chaque révélation ou affirmation sincère sortant de sa bouche était sans le moindre doute un produit du stress qu'il subissait.

Point barre.

Non, pas de « amoureux de » ici. Pas vraiment. Pas de façon permanente. Et il devait vraiment s'en rappeler, putain.

— … os seront ressoudés ? demanda Vhif.

Blay se secoua pour revenir à la réalité, tandis que V. allumait une roulée et exhalait un nuage de fumée loin d'eux.

— Il faut d'abord le stabiliser. Selena va le nourrir une fois de plus, puis nous devrons lui ouvrir l'abdomen et effectuer une chirurgie exploratoire pour savoir d'où vient l'hémorragie. Quand nous aurons vu comment il va, nous nous occuperons des os.

— A-t-on la moindre idée de ce qui lui est arrivé ?

— Il n'est pas vraiment en état de parler pour l'instant.

— Oui. D'accord.

— Donc nous avons besoin de ton accord. Il n'est pas capable de comprendre les risques et les bénéfices de l'opération.

Vhif se passa la main dans les cheveux.

— Oui. Bien sûr. Faites ce que vous devez faire.

V. souffla de nouveau un nuage de fumée et l'odeur du tabac turc qui imprégnait l'air rappela douloureusement à Blay depuis combien d'heures, de minutes et de secondes exactement il ne s'en était pas grillé une.

— Tu as Jane, Manny, Ehlena et moi-même là-dedans. Nous ne laisserons rien lui arriver, OK ? (Il posa la main sur l'épaule de Vhif.) Il va s'en sortir. Ou tous les quatre nous mourrons en essayant.

Vhif murmura des remerciements à ce moment-là.

Puis V. jeta un coup d'œil à Blay. Regarda Vhif. Se racla la gorge.

Oui, le frère additionnait deux et deux dans sa tête. Génial.

— Donc vous allez rester ici à attendre. Je viendrai vous informer dès que j'aurai du nouveau. Alors… voilà.

Le frère haussa les sourcils si haut que les tatouages de sa tempe se déformèrent quand il écrasa sa roulée sur la semelle de son ranger.

— Je vous retrouve dans pas longtemps, dit-il en retournant à l'intérieur.

Après le départ du frère, Vhif se mit à faire les cent pas, les yeux rivés sur le sol de béton, les mains sur les hanches, tandis que les armes qu'il avait négligé de retirer brillaient par instants en réfléchissant la lumière des néons.

— Je vais fumer, annonça Blay. Je reviens tout de suite.

— Tu peux le faire ici, l'interrompit Vhif. La porte est hermétiquement fermée.

— J'ai besoin de respirer un peu d'air frais. Mais je ne serai pas long.

— Très bien.

Blay s'éloigna rapidement et se précipita vers la porte au bout du couloir qui donnait sur le parking. Quand il y arriva, il la poussa pour sortir et prit une profonde inspiration.

Un peu d'air frais, c'est ça. Il s'emplit les narines d'une version sèche, poussiéreuse et bétonnée.

Au moins il y faisait plus frais.

Merde.

Il avait laissé ses cigarettes dans sa fichue veste. Par terre. Devant la salle d'opération.

Comme il poussait un juron et se mettait à arpenter le garage, il fut tenté de frapper quelque chose; mais un poing abîmé ne serait qu'une explication supplémentaire à donner aux gens.

Et putain, V. en avait vu plus qu'assez.

Enfonçant les mains dans les poches de son pantalon en cuir, il fronça les sourcils quand la droite buta sur quelque chose.

Le briquet de Saxton. Celui que le mâle lui avait offert pour son anniversaire.

Sortant l'objet, il le tourna et le retourna dans sa paume, en songeant à tout ce qui avait été dit dans ce couloir.

Il y avait eu une époque où il aurait pris ces paroles et les aurait exposées sur le manteau de la cheminée de sa tête et de son cœur, leur accordant la place d'honneur qui assurerait que ces mots précieux l'accompagnent pour le restant de ses jours.

Il y avait eu tant d'années où ces moments à la cabane, puis dans le couloir, sur ce sol froid et dur, auraient été suffisants pour balayer tout conflit, toute dispute ou douleur, effaçant tout si bien qu'il aurait pu communiquer avec Vhif comme si c'était la première fois.

Un nouveau départ.

Où tout n'aurait pas seulement été pardonné, mais oublié.

Mais ce n'était plus le cas.

Seigneur, il était probablement trop jeune pour être mature à ce point, mais la vie avançait en fonction de l'expérience plutôt que du calendrier. Et là, seul dans ce parking, il avait carrément l'impression d'être très âgé : il était absolument, totalement, complètement libéré de la naïveté optimiste qui colorait d'ordinaire de rose la vision d'un jeune mâle sur la vie, lorsqu'il croyait que les miracles n'étaient pas impossibles, mais seulement rares.

Heureusement que V. était sorti à ce moment-là.

Autrement, trois petits mots se seraient échappés de sa bouche. Et l'auraient sans aucun doute condamné d'une façon qu'il ne pouvait même pas imaginer.

Mauvais moment. Mauvais endroit.

Pour ce genre de chose.

Toujours.

Chapitre 65

iAm tournait en rond dans l'appartement, son flingue toujours à la main, même s'il était hautement improbable qu'une seconde bimbo nue se fraie un chemin jusqu'au doux foyer qu'il partageait avec son frère.

Bon sang, il avait envie d'herbe rouge. Rien que pour se calmer.

Parce que, là, tout de suite, il était au bord de l'explosion.

La bonne nouvelle, c'était qu'il n'avait pas vraiment de cible sur laquelle exercer sa violence, et que cela le maintenait efficacement sous contrôle : cette migraine qui faisait vivre le martyre à son frère l'empêchait de s'en prendre à lui. Cette pauvre fille qu'ils avaient fait sortir d'ici de force lui avait paru déjà assez torturée à d'innombrables niveaux pour qu'il ne rajoute pas à sa souffrance. Quant à l'agent de sécurité, il aurait fait un excellent candidat à sa fureur, si cet enfoiré n'était pas parti une heure plus tôt, et iAm n'allait pas laisser Trez dans cet état de vulnérabilité uniquement pour corriger un imbécile…

Au loin, il entendit une rumeur d'eau s'évacuant dans des tuyaux.

On tirait la chasse dans les toilettes de la salle de bains de Trez. Encore.

Puis un juron marmonné lui parvint, suivi du craquement d'un lit quand son frère s'allongea dessus.

Pauvre vieux.

iAm s'approcha des immenses baies vitrées donnant sur le fleuve et s'arrêta pour regarder, sur la rive opposée, l'autre moitié de Caldwell. Posant les mains sur les hanches, il passa en revue les endroits où ils pourraient emménager. La liste était brève. Merde, l'un des principaux points positifs du Commodore était sa sécurité ; ils n'avaient même pas pris la peine de brancher l'alarme.

Ce qui avait été une erreur.

Il leur fallait un endroit sûr. Sécurisé. Imprenable.

Surtout si son frère continuait ses conneries à base de « Je te baise et je me tire » et qu'AnsLai poursuive ses visites « diplomatiques ».

Il lui était impossible de ne pas voir que son frère allait de plus en plus mal. Ses aventures sexuelles d'un soir duraient depuis des années, et pendant très longtemps, iAm les avait simplement attribuées aux pulsions saines d'un mâle en âge de procréer.

Choses qu'il avait souvent cru lui faire défaut.

Mais bon, son frère avait baisé assez de femelles pour deux.

Néanmoins, au cours des derniers mois, il était devenu évident qu'un processus d'addiction s'était développé, et ce avant même que le grand prêtre ne pointe le bout de son nez. Maintenant que la situation devenait critique avec AnsLai, les machinations des s'Hisbe ne feraient qu'ajouter de la pression sur les épaules de son frère, et cela le pousserait à déconner encore plus.

Merde. iAm avait l'impression de se trouver devant un passage à niveau, à trianguler la vitesse du moteur de la locomotive avec l'arrivée imminente d'une voiture pour assister impuissant à la collision qui allait en résulter, parce qu'il était incapable de freiner l'une de ces deux forces : il n'était à la place ni du conducteur de la voiture, ni de celui du train. Il ne pouvait que s'asseoir et observer.

Ou plutôt crier sur le bas-côté de la route.

Où diable pourraient-ils donc aller… ?

Fronçant les sourcils, il détacha son regard de la vue pour observer le plafond.

Au bout d'un moment, il prit son téléphone portable et passa un appel.

Quand il raccrocha, il se dirigea vers la chambre de son frère, entrouvrit la porte et dit dans le silence dense et noir :

— Je sors une seconde. Je ne serai pas long.

Le gémissement de Trez aurait pu vouloir dire n'importe quoi, depuis « Cool » jusqu'à « Oh, mon Dieu, pas si fort » en passant par « Amuse-toi bien, je vais rester ici et dégueuler encore un peu ».

iAm sortit rapidement de l'appartement. Emprunta l'ascenseur.

À l'intérieur duquel il appuya sur le bouton « T » pour « Terrasse ».

Quand les portes s'ouvrirent, il avait le choix : une direction le menait chez le frère Viszs. L'autre chez son vieil ami.

Il remonta le couloir et sonna à la porte de Vhengeance.

Quand le *symphathe* lui ouvrit, Vhen apparut comme à son habitude, dangereux et un peu malfaisant, avec ses cheveux coiffés en crête, ses yeux violets et son manteau de vison.

— Salut, mec, comment ça va ? demanda-t-il tandis qu'ils s'étreignaient et se donnaient une claque sur l'épaule. Entre.

Quand iAm pénétra dans le domaine privé du Révérend pour la première fois depuis presque un an, il découvrit que rien n'avait changé et, bizarrement, ce fut un soulagement.

Vhengeance se dirigea vers un canapé en cuir, s'assit et croisa les jambes, en gardant sa canne appuyée à côté de lui.

— Que puis-je pour toi ?

Alors qu'iAm essayait de trouver les mots justes, Vhen poussa un juron.

— Merde, je savais que ce n'était pas un appel de courtoisie, mais je ne m'attendais pas à te voir bouleversé à ce point.

Ah oui, être face à un mangeur de péchés signifiait qu'il était impossible de dissimuler quoi que ce soit au mâle.

Néanmoins, il était difficile de parler de tout cela.

— Je ne suis pas certain que tu sois au courant de ce qui se passe avec Trez…

Vhen fronça les sourcils, ce qui étrécit son regard violet intense.

— Je croyais que le *Masque de Fer* rapportait bien. Vous avez des emmerdes, les gars ? J'ai plein d'argent si vous en avez besoin…

— Les affaires roulent. Nous avons plus d'argent que nous ne pouvons en dépenser. Le problème, ce sont les activités extraprofessionnelles de mon frère.

— Il n'est pas tombé dans la drogue, hein ? demanda Vhen d'un air sombre.

— Les femmes.

Vhen éclata de rire et écarta cette explication d'un geste de la main droite.

— Oh, si ce n'est que cela…

— Il est complètement hors de contrôle, et l'une d'entre elles est apparue comme par magie dans son lit ce soir. Nous sommes rentrés à la maison et elle était là.

Vhen recommença à froncer les sourcils.

— Dans votre appartement ? Comment est-elle entrée, putain ?

— Grâce au vigile.

iAm se mit à faire les cent pas dans la pièce moderne, notant vaguement que la vue était, en fait, bien meilleure à cette hauteur.

— Trez baise tout ce qui passe depuis des années, mais ces derniers temps il s'est montré extrêmement imprudent : il n'efface pas leurs souvenirs, se les tape plus d'une fois, sans se soucier des conséquences.

— Qu'est-ce qui lui arrive, bordel ?

iAm se retourna et fit face au métis qui était ce qui se rapprochait le plus d'une famille pour lui en dehors de son frère. En fait, il faisait plus confiance au mâle qu'à quatre-vingt-dix-neuf pour cent de sa propre lignée.

— Trez est uni.

Un long silence lui répondit.

— Je te demande pardon ?

iAm hocha la tête.

— Il est uni.

Vhen se leva du canapé.

— Depuis quand ?

— La naissance.

— Oh. (Vhen siffla doucement.) Donc c'est une histoire s'Hisbe.

— Il a été promis à la fille aînée de la reine.

Vhen demeura silencieux un moment. Puis il secoua la tête.

— Cela ferait de lui le prochain roi, n'est-ce pas ?

— En effet. Et même si nous sommes une société matriarcale, ce n'est pas sans importance.

— Regarde-nous, murmura Vhen. Lui, moi et Kolher. Quel triplé gagnant.

— En fait, c'est différent pour les s'Hisbe, bien entendu. C'est la reine qui décide de tout chez nous.

— Alors qu'est-ce qu'il fabrique dehors ? Avec nous, les Méconnaissables ?

— Il ne veut plus rien avoir à faire avec les s'Hisbe.

— A-t-il le choix ?

— Non. (iAm jeta un coup d'œil au bar dans le coin.) Ça t'ennuie si je me sers un verre ?

— Tu te fiches de moi ? Je me bourrerais la gueule si j'étais toi.

iAm s'éloigna, évalua ses options, et finit par choisir une carafe dotée d'un petit collier indiquant « Bourbon » autour du goulot. Il s'en versa une bonne rasade et, quand il eut pris une gorgée dans le verre en cristal taillé, savoura la brûlure de l'alcool sur sa langue.

— Pas mal.

— Parker's Heritage Collection, petite réserve. Le meilleur.

— Je ne t'imaginais pas grand buveur.

— Ce n'est pas une excuse pour ne pas savoir quoi servir à ses invités.

— Ah.

— Alors, quel est le plan ?

iAm renversa la tête et avala le reste du verre d'une traite.

— Nous avons besoin d'un lieu de résidence sûr. Et pas seulement à cause des conquêtes de Trez. Nous avons reçu la visite du grand prêtre cette semaine, et vu que nous sommes à l'extérieur, cela signifie qu'ils sont vraiment sérieux chez nous. Ils le cherchent, et s'ils le trouvent, je crains que mon frère ne tue le représentant des s'Hisbe. Alors nous aurons vraiment un problème.

— Tu crois qu'il pourrait aller aussi loin ?

— Oui. (iAm se resservit.) Il n'y retournera pas, et j'ai besoin de temps pour comprendre comment résoudre ce conflit avant que ça tourne au désastre.

— Vous voulez vous installer dans ma maison dans le nord ?

iAm descendit son deuxième bourbon de nouveau d'une seule traite.

— Non. (Il leva les yeux.) Je veux que nous emménagions dans le complexe de la Confrérie.

Comme Vhen poussait une série de jurons à voix basse, iAm se versa un troisième verre.

— C'est l'endroit le plus sûr pour nous.

Quand il retourna à son nouveau repaire, Xcor était couvert de sang d'éradiqueur et de transpiration. Ses guerriers étaient restés en centre-ville, à lutter contre l'ennemi, mais lui avait dû partir se mettre à l'abri.

Il avait une vilaine entaille au bras.

La maison qu'Affhres leur avait trouvée était située dans un quartier modeste plein de maisons équipées de garages à deux voitures et de balançoires dans les jardins. L'un de ses avantages était qu'elle se situait au fond d'une impasse, et jouxtait un immeuble vide d'un côté et une unité de traitement du service des Égouts de Caldwell de l'autre.

Ils l'avaient louée pour trois mois, avec une option d'achat.

Alors qu'il se dématérialisait à travers les fenêtres aux lourds rideaux du salon, il ne put retenir une expression de mépris à la vue du canapé rembourré en forme de « L », garni de coussins molletonnés semblables à des rouleaux de gras et d'une couleur proche de celle du ragoût de bœuf.

Même s'il appréciait un chauffage en état de marche, le fait que le bâtiment soit « meublé » l'ennuyait. Néanmoins, il craignait d'être le seul à penser cela : au cours de ces derniers jours, il avait souvent surpris l'un ou l'autre de ses soldats vautré sur ce fichu monstre, la tête renversée et les jambes étendues pour plus de confort.

Quelle serait la prochaine étape ? Un jeté de canapé ?

Comme il grimpait l'étroit escalier, il songea que le lugubre château en ruine qu'ils possédaient toujours dans l'Ancienne Contrée lui manquait. Il regrettait ce poids de pierres qui les avait entourés et la nature imprenable de sa position, ses douves et ses hauts murs. Il regrettait aussi le plaisir qu'ils prenaient à effrayer les villageois et à donner corps aux mythes et aux légendes.

C'était le bon vieux temps, comme on disait ici dans le Nouveau Monde.

Au premier étage, il refusa de regarder dans les chambres. Le rose de celle devant l'escalier lui brûlait les yeux et le bleu-vert de l'autre constituait également une agression sensorielle. Et la chambre parentale dans laquelle il entra ne lui apporta aucun soulagement. Du papier peint à fleurs, partout. Des fleurs même sur le lit, les rideaux et l'assise de cette chaise dans un coin.

Au moins ses rangers écrasaient la moquette épaisse, laissant des empreintes de pas comme des hématomes sur son trajet jusqu'à la salle de bains.

Bon sang de bonsoir, il n'était même pas certain de savoir comment qualifier la couleur de cette pièce.

Framboise ?

Il frissonna et aurait préféré garder éteintes les lampes au-dessus du lavabo, mais comme les rideaux ornés de boutons de rose étaient tirés, la lumière des lampadaires dans la rue était entièrement bloquée et il devait voir ce qu'il faisait…

Oh, Seigneur.

Il avait oublié les abat-jour en dentelle sur les appliques.

Oui, dans tout autre environnement, les deux lampes rouges auraient pu avoir une connotation sexuelle. Mais pas dans ce royaume de la mièvrerie. Ici, on aurait dit deux boules de gomme luisant sur le mur.

Il faillit s'étouffer par overdose d'œstrogènes.

Dans un élan d'autopréservation, il ôta à leurs ampoules ces deux horreurs visuelles et les fourra sous le lavabo. La lumière lui agressait les rétines, mais entre pousser un juron et se tordre les mains sans rien faire, il choisirait toujours la première possibilité.

Commençant par ôter son fauchon, il le posa sur le plan de toilette entre les deux vasques. Ensuite, il retira son fourreau, puis se défit de son manteau, de ses dagues et de ses pistolets. Le débardeur qu'il portait était taché après plusieurs longues nuits de combat, mais il pourrait être réutilisé après lavage. Après tout, les vêtements n'étaient que le camouflage que les vampires n'avaient pas reçu à la naissance.

Ils n'étaient pas destinés à mettre en valeur celui qui les portait, du moins, pas en ce qui le concernait.

Comme il se tournait vers le miroir, il marmonna en apercevant son reflet.

Le tueur contre lequel il avait lutté au corps à corps avait fait montre d'un méchant talent dans le maniement du couteau, qu'il avait probablement acquis dans son ancienne vie dans la rue. Quelle fièvre de se battre contre quelqu'un doté de telles compétences. Il avait gagné, bien entendu, mais la bataille avait été tonique.

Malheureusement, il avait rapporté un joli souvenir de l'affrontement : une estafilade qui s'étendait de l'avant de son biceps jusqu'au sommet de son épaule. C'était assez moche, mais il avait vu pire.

Par conséquent, il savait comment se soigner. Sur le plan de toilette se trouvait le matériel de premier secours auquel lui et ses soldats avaient recours de temps à autre : un flacon d'alcool médical, un briquet jetable, plusieurs aiguilles à coudre et une bobine de fil de pêche en nylon noir y étaient alignés.

Xcor fit la grimace quand il ôta son tee-shirt et que la manche courte qui avait été transpercée par le coup frotta sur la plaie à moitié cicatrisée et la rouvrit. Serrant les dents, il s'immobilisa, tandis que la douleur l'élançait au point que son estomac se contracta comme un poing.

Inspirant profondément, il attendit que la douleur reflue, puis se saisit du flacon d'alcool. Après en avoir dévissé le bouchon blanc, il se pencha au-dessus de l'évier, se prépara et...

Le son qui jaillit d'entre ses dents serrées était à mi-chemin entre un grognement et un grondement. Et quand sa vision se changea en échiquier, il ferma les yeux et s'appuya de la hanche contre le lavabo.

Il inspira un grand coup et ses sinus le piquèrent à cause de l'odeur de l'alcool, mais il n'était pas question de reboucher le flacon pour l'instant, car ses excellents réflexes moteurs étaient morts, à n'en pas douter.

Il marcha quelques pas pour s'éclaircir les idées, revint dans la chambre et laissa à son corps l'occasion de se reprendre. Vu que la douleur persistait, comme s'il avait un chien accroché au bras qui essayait de le dévorer vivant, il poussa de nombreux jurons.

Pour finir, il redescendit au rez-de-chaussée. Où se trouvaient les alcools forts.

Comme il ne buvait jamais, il fouilla le sac en toile contenant les bouteilles que Zypher avait rapportées de l'entrepôt. Le soldat aimait boire de temps à autre et, même si Xcor n'approuvait pas cette habitude, il avait depuis longtemps appris qu'il fallait faire des concessions avec des guerriers agressifs et agités.

Et par une nuit pareille, il se félicitait de son indulgence en la matière.

Whisky ? Gin ? Vodka ?

Quelle importance.

Il en prit une au hasard, la déboucha et inclina la tête en arrière. Il se versa une bonne rasade du liquide dans la gorge et avala en dépit du fait que son œsophage le brûlait comme s'il était en feu.

Xcor continua à boire tout en remontant à l'étage. Il but encore tandis qu'il déambulait dans la chambre en attendant que les effets de l'alcool se manifestent.

Et il but encore.

Il ne sut pas exactement combien de temps cela prit, mais il finit par se retrouver sous la vive lumière de la salle de bains, à enfiler soixante centimètres de fil noir dans le minuscule chas d'une aiguille. Se tournant vers le large miroir rectangulaire au-dessus des lavabos, il fut heureux que la lame de l'éradiqueur ait touché son bras gauche. Cela signifiait que, étant droitier, il pouvait se débrouiller tout seul. S'il s'était agi de l'autre côté, il aurait dû demander de l'aide.

L'alcool l'aida grandement. Il tressaillit à peine quand il perça sa propre peau et fit un nœud à l'aide de ses dents.

Oui, l'alcool était une substance étrange, se dit-il en commençant à faire des points de suture. L'engourdissement qu'il éprouvait lui donnait l'impression d'être immergé dans de l'eau chaude : son corps se détendait et la douleur était toujours là, mais bien moins intense que tout à l'heure.

Il travailla avec lenteur, précision et régularité.

Quand il arriva au sommet de son épaule, il fit un second nœud ; puis il ôta le fil de l'aiguille, remit le tout où il l'avait trouvé et fit couler la douche.

Il se débarrassa de ses rangers d'un coup de pied, puis de son pantalon en cuir, et se plaça sous le jet.

Cette fois-ci, son grognement marquait le soulagement : alors que l'eau chaude coulait le long de ses épaules endolories, de son dos raide et de ses cuisses aux muscles contractés, la sensation de confort fut presque aussi accablante que la douleur.

Et pour une fois, il se permit de s'y abandonner. Probablement parce qu'il était ivre.

Alors qu'il s'appuyait au mur carrelé, l'eau le frappait en plein visage, mais de façon douce, comme une pluie, avant de glisser sur son torse et son ventre dur, puis de continuer sa course sur ses hanches et son sexe…

D'un seul coup, il vit son Élue penchée sur lui. Ses yeux brillaient d'une lueur verte sous la lune et l'arbre au-dessus d'eux semblait les abriter.

Elle le nourrissait : son poignet mince et pâle était plaqué contre sa bouche, tandis que la gorge de Xcor avalait en rythme.

Au milieu de ce brouillard induit par l'alcool, le désir sexuel s'empara de lui et se déploya dans son bassin comme une main ouverte.

Il se mit à bander.

Ouvrant les yeux – non qu'il ait eu conscience de les avoir fermés – il regarda son corps. La lueur éclatante des ampoules au-dessus des lavabos était atténuée par le rideau opaque de la douche, mais il y avait bien assez de lumière pour y voir clair.

Il regretta que l'obscurité ne soit pas totale, car il ne conçut nulle joie à découvrir son sexe dressé si fièrement et si stupidement.

Il n'arrivait pas à comprendre à quoi il pensait : s'il devait payer un supplément aux prostituées pour qu'elles acceptent de coucher avec lui, il peinait à imaginer cette ravissante Élue faire autre chose que s'enfuir en courant et en hurlant dans la direction opposée…

Brusquement, cette pensée lui parut déprimante, surtout quand la pulsation entre ses jambes s'accrut. En vérité, son corps était un instrument bien triste et bien pathétique dans ses désirs puisqu'il n'avait pas conscience qu'il n'était absolument pas convoité.

En particulier par celle qu'il désirait.

Se retournant, il inclina la tête en arrière et se passa les mains dans les cheveux. Il était temps de cesser de réfléchir et de se laver. Le savon dans le porte-savon fixé au carrelage fit son office avec efficacité sur sa peau et ses cheveux…

Et il était toujours en érection quand il fut temps de sortir.

L'air froid s'en occuperait.

Posant le pied sur le tapis de bain, qui était également de cette atroce teinte framboise, il se sécha à l'aide d'une serviette.

Toujours en érection.

Jetant un coup d'œil à sa tenue de combat, il découvrit qu'il n'avait pas envie de la renfiler, car elle était rêche et sale.

Peut-être que cet environnement féminin l'avait contaminé.

Xcor finit par s'allonger sur le dos dans le grand lit, nu.

Toujours en érection.

Un rapide coup d'œil au réveil sur la table de nuit lui apprit qu'il ne lui restait pas longtemps avant que la maison ne soit envahie de guerriers.

Il allait devoir faire vite.

Glissant la main sous les draps et le long de son corps, il s'empoigna…

Xcor ferma brusquement les yeux et poussa un gémissement, comme il se contorsionnait sous l'effet de la chaleur et du désir qui se concentraient dans son bas-ventre. Quand l'oreiller accueillit le côté de son visage il se mit à effectuer des va-et-vient.

Délicieux. Surtout à l'extrémité, là où son gland réclamait de l'attention et en obtenait à chaque caresse. Plus vite. Plus fort.

Tout en s'imaginant son Élue.

À vrai dire, son image fit plus pour lui que la besogne à laquelle il se livrait sous la ceinture. Et à mesure que les sensations s'amplifiaient, il comprit pour la première fois pourquoi ses soldats se masturbaient si souvent. C'était si bon. Tellement, tellement bon…

Oh, sa femelle était magnifique. Au point que, en dépit de la puissance du plaisir qu'il se donnait à lui-même, il ne détournait pas son attention de son visage. Son image lui apparaissait douloureusement nette, avec ses cheveux pâles, ses lèvres rouges et son cou mince, même lorsqu'il passa à son corps élancé et élégant que sa robe d'un blanc immaculé dissimulait et dévoilait tout à la fois.

À quoi cela ressemblerait-il d'être désiré par une telle créature ? D'être accueilli dans son corps sacré comme un mâle de valeur…

À cet instant précis, la réalité de sa grossesse s'abattit de nouveau sur lui comme un poids physique. Mais il était trop tard. Alors même que son cœur se glaçait et que sa poitrine commençait à se serrer de savoir qu'elle en avait accepté un autre, son corps poursuivit son voyage vers sa conclusion inéluctable…

L'orgasme qui le parcourut lui fit pousser un cri, et que le destin soit remercié pour l'oreiller qui recueillit sa capitulation, car au même moment, en bas, il entendit le premier de ses soldats arpenter la maison, le battement de ses bottes de combat résonnant comme un tonnerre caractéristique qu'il aurait reconnu n'importe où.

Les suites de son orgasme furent misérables à bien trop de niveaux. Il se tourna sur son épaule blessée ; il éjacula sur sa main et son abdomen, ainsi que sur les draps ; et cette vision adorable disparut de son esprit pour ne laisser place qu'à la dure réalité.

La douleur en lui était aussi à vif qu'une nouvelle blessure.

Mais au moins personne ne le saurait en dehors de lui.

Après tout, il était d'abord un soldat.

Chapitre 66

— Oui, tout à fait, tu peux aller le voir. Il est affaibli mais conscient.

Comme Doc Jane lui souriait, Vhif remonta son pantalon en cuir sur ses hanches et rentra son débardeur à l'intérieur. Néanmoins, il s'arrêta au moment de se lisser les cheveux, forçant ses bras à rester le long de ses flancs même si cela le démangeait de se recoiffer.

— Et il va s'en sortir ?

Le médecin hocha la tête tout en dénouant le masque chirurgical qui pendait sur le devant de son cou.

— Nous lui avons ôté l'équivalent vampire de la rate et avons stoppé son hémorragie interne. Nous l'avons également soigneusement examiné. D'après ce que nous avons compris, il était plongé dans une sorte de stase dans ce baril et le sang de l'Oméga l'a d'une façon ou d'une autre préservé dans son état actuel en dépit de ses blessures. Si on l'avait laissé à l'air libre, je suis tout à fait sûre qu'il serait mort.

Un miracle né d'une malédiction, se dit Vhif.

— Et il n'est pas contaminé ?

Jane haussa les épaules.

— Il saigne rouge et personne n'a décelé la présence de l'Oméga en lui ; il n'y en avait que sur et autour de lui.

— D'accord. Très bien. (Vhif jeta un coup d'œil à la porte.) Parfait.

Il était temps d'entrer, se dit-il. Allez…

Son regard croisa celui de Blay. Pendant les quatre heures qu'avait duré l'opération, celui-ci avait fait des allers et retours dans le couloir, afin de prendre des pauses dans le parking pour fumer. Mais il était toujours revenu.

Bon Dieu, il avait l'air sinistre.

Depuis que V. était sorti et les avait découverts… bref.

Seigneur, quel moment mal choisi.

— Je vais y aller maintenant, dit-il.

Ce ne fut qu'une fois que Blay eut hoché la tête qu'il pénétra pour de bon dans la salle d'opération.

Poussant la porte, la première chose qu'il perçut fut cette odeur d'antiseptique qu'il associait toujours aux contusions d'après-combat. Puis il entendit un léger « bip » près du brancard au centre de la pièce, et le bruit d'Ehlena tapant sur l'ordinateur.

— Je vais vous laisser tranquilles, dit-elle aimablement en se levant.

— Merci, répondit-il à voix basse.

Quand la porte se fut refermée derrière elle, Vhif rajusta son débardeur même s'il n'en avait pas besoin.

— Luchas ?

Attendant que son frère réponde, il jeta un coup d'œil autour de lui. Les débris de l'opération, les tampons de gaze ensanglantés, les instruments utilisés, les tuyaux en plastique, avaient tous disparu. Il ne restait plus rien qu'un corps immobile sous des draps blancs et un sac rouge marqué d'un « Danger biologique » gonflé pour témoigner des heures écoulées.

— Luchas ?

Vhif s'approcha et regarda le malade. Merde, il n'avait généralement pas de problème de tension artérielle, mais quand il eut observé le visage aux traits tirés de son frère, l'univers se mit à tourner autour de lui, et ce vertige brutal lui fit prendre conscience que sa grande taille risquait de le faire chuter de très haut s'il s'évanouissait.

Luchas papillonna des yeux avant de les ouvrir.

Gris. Il avait toujours ses yeux gris d'autrefois.

Vhif tendit le bras derrière lui et approcha un petit tabouret à roulettes. Comme il s'asseyait, il ne sut que faire de ses bras, de ses mains… de sa voix.

Il ne s'était jamais attendu à revoir un membre de sa famille. Et cela avant même les attaques, quand il s'était fait éjecter.

— Comment vas-tu ?

Quelle question stupide.

— Il m'a… gardé…

Vhif se pencha plus près, mais bon sang, cette voix rauque et faible ne portait pas loin.

— Quoi ?

— Il m'a gardé… en vie…

— Qui ?

— … à cause de toi.

— De qui parles-tu ?

Difficile d'imaginer que l'Oméga menait une vendetta contre…

— Flhéau…

En entendant ce nom, Vhif retroussa la lèvre supérieure et montra les crocs. Cet enfoiré de cousin, qui s'était révélé être, non un membre de leur lignée, mais le fils naturel de l'Oméga. Enfant, ce fils de pute était déjà un odieux vantard. Puis en tant que prétrans, il avait rejoint le programme d'entraînement et fait de la vie de John Matthew un enfer.

Après sa transition, son véritable père l'avait accueilli dans son giron, et il en avait résulté une destruction intense. Flhéau était celui qui avait mené les attaques. Après que la Société des éradiqueurs avait passé des siècles à rechercher les enclaves vampires, ce salopard avait su exactement où envoyer les tueurs ; et parce qu'il avait été adopté par une famille aristocratique, il avait décimé la classe supérieure.

Mais apparemment, Papounet et son fils prodigue avaient fini par se brouiller.

Merde, l'idée que Flhéau ait torturé son frère lui donnait envie de le tuer une seconde fois.

Comme Luchas poussait un grognement et prenait une profonde inspiration, Vhif leva la main pour lui tapoter l'épaule ou un truc du genre. Mais il n'alla pas au bout.

— Écoute, tu n'as pas besoin de parler.

Les yeux gris injectés de sang croisèrent son regard.

— Il m'a gardé en vie… à cause de ce que… je t'ai fait…

Sur le brancard, les larmes s'amoncelèrent et commencèrent à couler sur les joues de son frère. Ce trop-plein d'émotions était sans doute dû autant aux regrets et à la douleur physique qu'aux effets des calmants utilisés pour remédier à cette dernière.

Parce que Vhif peinait à croire que le mâle se serait ainsi laissé aller dans des circonstances normales. Ils n'avaient pas été éduqués de cette façon. L'étiquette primait sur les émotions.

Toujours.

— La garde d'honneur… (Luchas se mit à pleurer pour de bon.) Vhif… Je suis tellement désolé… désolé…

« Nous ne sommes pas censés le tuer ! »

Vhif cligna des yeux et revit son passage à tabac sur le bas-côté de la route avec ces mâles en robes noires qui l'avaient encerclé et battu tandis qu'il essayait de se protéger la tête et les parties génitales. Puis il s'était retrouvé devant la porte de l'Estompe et avait vu sa fille.

La façon dont la boucle se bouclait était si étrange. Ainsi que la façon dont certaines tragédies conduisaient en fait à un dénouement heureux.

Voilà que Vhif touchait son frère à présent et posait la main droite sur l'épaule mince.

— Chut… c'est bon. Tout va bien, c'est bon…

Il n'était pas certain que cela soit vrai, mais que pouvait-il dire d'autre, alors que le mâle était en train de craquer ?

— Il voulait… me transformer… (Luchas prit une profonde inspiration.) Il m'a… ramené. Je me suis réveillé dans les bois…

ses mâles m'ont tabassé… m'ont fait des choses… m'ont mis dans ce… sang. J'ai attendu qu'ils reviennent… mais ils ne se sont jamais montrés.

— Tu es en sécurité ici. (C'était tout ce à quoi il pouvait penser.) Tu n'as pas à t'inquiéter de quoi que ce soit… personne ne s'approchera de toi.

— Où… suis-je… ?

— Dans le centre d'entraînement de la Confrérie.

Luchas écarquilla les yeux.

— Vraiment ?

— Oui.

— Au fait…

L'expression de Luchas changea et ses traits autrefois magnifiques se tendirent un peu plus.

— Qu'en est-il de *mahmen*. Papa. Solange ?

Vhif se contenta de secouer négativement la tête.

Et en réponse, cette voix frêle se renforça soudain.

— Es-tu certain qu'ils soient bien morts ? En es-tu certain ?

Comme s'il souhaitait que ce qu'il avait enduré n'ait pas été subi également par l'un d'entre eux.

— Oui, nous en sommes sûrs.

Luchas poussa un soupir et ferma les yeux.

Merde. Vhif se sentait un peu mal d'avoir menti, mais en dépit du fait que les machines à côté du lit suggéraient que l'état de son frère était stable, si celui-ci se détériorait, il ne voulait pas que Luchas aille au tombeau en sachant, après tout ce qu'on lui avait infligé, que nul ne pouvait savoir avec certitude combien d'autres personnes avaient été enlevées, ni quand.

Dans le silence qui suivit, Vhif baissa les yeux pour examiner la main de son frère. On lui avait laissé sa chevalière, peut-être parce que l'articulation au-dessus était si enflée qu'ils auraient dû découper le métal pour l'ôter.

Le sceau gravé dans l'or portait les symboles sacrés que seules les Familles Fondatrices avaient le droit d'utiliser dans leurs armoiries. Et oui, ça alors, c'était complètement fou – et franchement inapproprié – de convoiter ce satané truc. Après tout ce qui était arrivé, on aurait pu croire qu'il serait dégoûté.

Mais bon, ce n'était peut-être qu'une réaction instinctive, un écho de toutes ces années passées à espérer en dépit de tout qu'il en aurait une à lui.

— Vhif?

— Oui?

— Je suis désolé…

Vhif secoua la tête, même si Luchas avait les paupières fermées.

— Ne t'inquiète de rien. Tu es en sécurité. Tu es de retour. Tout ira bien.

Quand la poitrine de son frère se souleva encore comme s'il était soulagé d'un poids, Vhif se frotta le visage et ne présagea rien de bon de tout cela. Ni de l'état de son frère, ni de son retour.

Non qu'il ait souhaité que le mâle meure, soit torturé ou figé à jamais.

Mais il avait refermé la porte sur toute cette dynamique familiale. Il l'avait reléguée au fond de son placard mental. Il l'avait mise de côté une bonne fois pour toutes, pour ne jamais avoir à la regarder de nouveau.

Mais que pouvait-on faire?

La vie était la spécialiste des balles courbes.

Et pour son malheur, il finissait inévitablement par les recevoir dans les couilles.

Quand un léger sifflement retentit à côté de Blay, celui-ci sursauta.

— Oh, salut John.

John Matthew leva la main pour le saluer.

— Comment ça se passe?

Comme Blay haussait les épaules, il se dit que ce serait peut-être une bonne idée de se lever une fois de plus. Il avait les fesses engourdies, ce qui signifiait qu'il était temps d'effectuer une nouvelle petite promenade.

Il se mit debout en grognant et s'étira le dos.

— Je suppose que ça va. Luchas était suffisamment réveillé après l'opération, donc Vhif se trouve près de lui en ce moment.

— *Oh. Waouh.*

Pendant que Blay se dégourdissait les jambes en décrivant un petit cercle, John s'adossa au mur. Il était vêtu d'un survêtement, avait les cheveux humides, et portait une marque de morsure au cou.

Blay détourna les yeux. Ouvrit la bouche pour dire quelque chose. Se trouva à court de mots.

Du coin de l'œil, il aperçut John signer :

— *Alors, comment va Saxton ?*

— Euh, bien. Il va bien… il a pris quelques jours de vacances.

— *Il a vraiment beaucoup travaillé.*

— Oui, en effet.

Comme il espérait que le sujet s'arrêterait là, il trouva étrange de cacher quelque chose à John. En dehors de Vhif, celui-ci était son ami le plus proche, même s'ils s'étaient éloignés pendant cette année, eux aussi.

— Mais il sera bientôt de retour.

— *Il doit te manquer.*

John détourna les yeux, comme s'il savait qu'il poussait un peu.

C'était compréhensible. Blay avait toujours mis un terme aux conversations portant sur sa vie de couple, en passant à d'autres sujets.

— Oui.

— *Alors comment Vhif tient le coup ? Je ne veux pas m'immiscer, mais…*

Blay ne pût que hausser les épaules une fois de plus.

— Il est là-dedans depuis un moment. Je prends ça comme une bonne nouvelle.

— *Et Luchas va s'en tirer ?*

— Le temps nous le dira, mais au moins ils l'ont rafistolé.

Blay sortit son paquet de cigarettes et s'en alluma une, puis souffla lentement la fumée. Devant le silence gêné qui s'installait, il reprit :

— Écoute, je suis désolé si je me comporte de façon bizarre.

En réalité, cette marque de morsure lui avait rappelé ce qui allait lui arriver d'ici quelques heures, et il n'avait vraiment pas besoin d'avoir ça sous le nez.

La voix de Vhif surgit dans sa tête : « *On pourrait y aller ensemble.* »

À quoi avait-il donc donné son accord ?

— *Tu es stressé*, signa John tout en concentrant son attention sur la porte. *Nous le sommes tous. Tout est... stressant.*

Blay fronça les sourcils à cet aveu du mâle qui trahissait un certain désarroi.

— Eh, est-ce que ça va ?

Au bout d'un moment, John répondit :

— *Il est arrivé un truc très bizarre l'autre nuit. Kolher m'a convoqué dans son bureau et m'a annoncé que Vhif n'était plus mon* ahstrux nohtrum. *Je veux dire, c'est bon, ça ne me dérange pas ; en fait, cela rend les choses beaucoup moins compliquées. Mais Vhif ne m'a rien dit à ce sujet, et j'ignore si je devrais lui en parler. Je ne savais pas non plus que c'était possible. Je veux dire, quand on a commencé, c'était : « Ta lettre de licenciement ce sera la mort, point barre. » Tu sais quelque chose ? Est-ce qu'il a démissionné ? Est-ce à cause de l'histoire avec Layla ? Je croyais pourtant qu'ils n'allaient pas s'unir.*

Blay poussa un juron et la fumée de sa cigarette monta en volutes au-dessus de sa tête.

— Je n'en ai pas la moindre idée.

Merde, cette histoire d'union aurait probablement dû lui venir à l'esprit, et voilà qui expliquait peut-être pourquoi Vhif s'était précipitamment écarté de lui quand V. s'était pointé.

Est-ce que Vhif et Layla pouvaient se passer la bague au doigt maintenant que le bébé allait bien… ?

La porte s'ouvrit à la volée, et Vhif sortit, avec l'air d'avoir reçu un coup sur la tête.

— Oh, salut John, comment va.

Pendant que tous deux se donnaient une claque sur l'épaule, Vhif jeta un coup d'œil à Blay, mais discuta ensuite avec John.

Puis ils se retrouvèrent seuls après le départ de John un instant plus tard.

— Est-ce que ça va ? demanda Vhif.

Visiblement, c'était la question du moment.

— En fait, j'allais te poser la même question. Comment va Luchas ?

Blay imita V. et écrasa sa cigarette sur la semelle de son ranger.

Avant que Vhif ait pu répondre, Selena sortit du bureau comme si elle avait été convoquée depuis la maison principale. L'Élue s'approcha d'eux d'une démarche gracieuse, mais déterminée, sa traditionnelle robe blanche flottant autour de ses jambes.

— Salutations, messieurs, dit-elle en approchant. Le docteur Jane a indiqué que mes services étaient requis ?

Comme Blay poussait un soupir, il eut envie de se donner des gifles. C'était la dernière chose qu'il…

— Oui, pour nous deux, répondit Vhif.

Blay ferma les yeux quand un désir soudain le fit tituber. L'idée de voir Vhif se nourrir était comme une drogue dans son sang, qui l'échauffait et menaçait de le faire bander. Mais vraiment, ce n'était pas…

— Au bout du couloir, ce serait parfait, murmura Vhif.

Eh bien, cela valait mieux qu'une chambre. Non ? C'était plus professionnel, n'est-ce pas ?

Et il avait vraiment besoin de se nourrir, de même sans doute que Vhif après toutes ces histoires.

Blay jeta son mégot de cigarette dans la poubelle et emboîta le pas à Selena et à Vhif, qui marchait devant. Tandis qu'il avançait, il ne regarda pas le déhanchement de l'Élue. Non, absolument pas. Il avait les yeux rivés sur Vhif, sur ses épaules, ses hanches… ses fesses…

OK, il allait devoir cesser. Tout de suite.

Il avait seulement besoin de se reprendre, de se nourrir et d'inventer une excuse pour s'éclipser.

Peut-être que ce plan-là serait celui qui fonctionnerait ?

Ils franchirent la porte. Une conversation. Des sourires polis, même s'il ne savait pas ce qu'on lui avait demandé, ni ce qu'il avait répondu.

Ah, l'une des chambres d'hôpital, découvrit-il. C'était vraiment une bonne chose : un environnement clinique. Prends juste la veine et va-t'en, une fonction biologique ne mène pas nécessairement à une autre…

— Je vous demande pardon ? dit l'Élue en le regardant avec candeur.

Génial. Voilà qu'il ne savait plus tenir sa langue, mais il lui était impossible de savoir exactement ce qu'il avait déballé.

— Je suis désolé, répondit-il doucement. Je suis totalement affamé, c'est tout.

— Dans ce cas, souhaitez-vous passer en premier ? demanda Selena.

— Oui, il le souhaite, répliqua Vhif en s'adossant à la porte.

Eh bien voilà, songea Blay. Tout était réglé. Quand viendrait le tour de Vhif, il s'en irait.

Il s'avança, en se demandant comment les choses allaient se dérouler exactement, mais Selena résolut ce problème en tirant une chaise et en s'asseyant à côté du lit d'hôpital. Compris : Blay sauta sur le matelas, et son poids déplaça l'oreiller et fit grincer les ressorts. Puis son esprit se déconnecta, ce qui fut un soulagement. Alors que Selena tendait le bras et remontait sa manche, sa faim prit les commandes : ses crocs s'abaissèrent de sa mâchoire supérieure et sa respiration se fit plus profonde.

— Je vous en prie, prenez autant que vous le souhaitez, dit-elle d'un ton placide.

— Je te remercie de ce don, Élue, répondit-il à voix basse.

Il se pencha, mordit profondément mais aussi doucement qu'il le put, et à la première gorgée, il sut que cela faisait trop longtemps. Avec un grondement puissant, son estomac rugit d'envie, sa civilité disparut et son instinct prit le dessus : il tira beaucoup, buvant de plus en plus vite, tandis que l'énergie coulait dans ses entrailles et se répandait dans son corps…

Son regard se posa sur Vhif.

Vaguement, il eut de nouveau conscience que l'une de ses résolutions allait bientôt passer par la fenêtre, disparue et oubliée. En fait, c'était une très mauvaise idée, en supposant qu'il ne veuille pas baiser le mâle une fois de plus : faire preuve de logique était déjà assez difficile quand il s'agissait de résoudre un problème d'émotions conflictuelles. Mais cela ne devenait-il pas impossible lorsque le désir sexuel était à son apogée et éperonné par les effets du sang nouvellement absorbé ?

Il se considérait comme un crétin de premier ordre ; absolument.

Et c'était particulièrement vrai alors qu'il observait l'érection de Vhif gonfler derrière la braguette de son pantalon en cuir.

Merde.

Merde !

Mince, un de ces jours, il serait assez fort pour s'éloigner. Il le serait, honnêtement.

Oh, merde !

Chapitre 67

Vhif se délectait du spectacle en se léchant les lèvres.

De l'autre côté de la pièce étroite, sur le lit d'hôpital, Blay avait penché son torse parfait sur le côté pour boire à la veine de l'Élue, et de ses mains expertes, puissantes et bien entraînées, maintenait avec soin le poignet fragile contre sa bouche, comme si, même dans les affres de la faim, il demeurait un gentleman.

Au fur et à mesure qu'il buvait, son torse s'inclinait un peu plus, les mouvements de sa cage thoracique devenaient plus visibles à chaque inspiration et sa tête remuait légèrement à chaque déglutition.

Tout ce que Vhif pouvait faire, c'était rester à sa place. Il brûlait d'envie de s'allonger sur ce matelas lui aussi et de retourner ce corps pour le pénétrer par-derrière. Il brûlait d'envie d'être à la gorge du mâle pendant que Blay prenait le sang de l'Élue. Il brûlait d'envie de le baiser pendant douze ou quinze heures d'affilée une fois que tous deux en auraient fini.

Après toute cette histoire avec Luchas, ce répit bref et intense, loin de tout bouleversement et de toute douleur, était un soulagement magnifique et coupable : c'était tout simplement trop agréable de tourner son attention vers un spectacle de ce genre. Son esprit fatigué et son corps épuisé étaient prêts à être rafraîchis pour qu'il revienne à la réalité en se battant de toutes ses forces.

Bon Dieu, son frère…

Secouant la tête, il offrit délibérément à son cerveau de quoi fantasmer : comme Blay glissait sa main entre ses jambes et réinstallait quelque chose au niveau de sa braguette, il était parfaitement visible qu'il était excité.

Comme si cette délicieuse odeur qui planait à présent dans l'air ne rendait pas la situation évidente.

Juste au moment où Vhif allait perdre les pédales, Blay leva la tête et laissa échapper un halètement de satisfaction. Puis le mâle lécha les marques de morsure qu'il avait faites.

Vous savez quoi, songea Vhif. *Au diable le sang*. Il n'avait besoin que de Blay…

— Et vous, monsieur ? demanda l'Élue.

Merde. Il vaudrait peut-être mieux qu'il se nourrisse.

En outre, Blay se trouvait à l'évidence dans l'état apathique qui suivait l'absorption de sang : il avait le corps alangui, le regard vague et Vhif en profita pour se glisser entre le guerrier et l'Élue, en s'allongeant à son tour sur le lit où il frotta aussitôt ses fesses contre le sexe tendu du mâle.

Pendant que Blay laissait échapper un grognement, Vhif se pencha et prit l'autre poignet de la femelle. Le tenant d'une main, il se servit de l'autre pour remonter le bas de son débardeur, puis pousser la paume de Blay sur le devant de son propre pantalon.

Vhif garda son grognement pour lui en prenant une grande goulée à la veine de l'Élue, mais le sifflement de Blay résonna dans la pièce.

L'Élue supposerait peut-être que…

Vhif sentit ses yeux se révulser quand Blay se mit à le caresser, le frottement menaçant de le faire jouir ici et maintenant, ce qui n'était pas une chose qu'il souhaitait faire en présence de Selena.

Mais, oh, putain, c'était…

Il posa sa propre main sur celle du mâle, pour immobiliser le geste.

Alors Blay se contenta de lui presser les testicules.

Vhif jouit en avalant la gorgée suivante. L'orgasme le traversa avant qu'il puisse faire diversion en pensant à quelque chose d'ennuyeux et de repoussant, et le plaisir fut si intense qu'il eut l'impression de s'affaisser dans sa propre peau.

Le gloussement de Blay fut diablement érotique.

Quoi qu'il en soit, il allait prendre sa revanche, se jura-t-il.

Et en l'occurrence, il fut incapable d'attendre. Il retira ses crocs du poignet et cessa de boire avant d'être rassasié, parce que la faim qu'il éprouvait pour Blay avait entièrement pris le dessus, et qu'il était plus que temps de renvoyer Selena.

Faire sortir l'Élue de façon polie mais expéditive fut une manœuvre qu'il effectua en pilotage automatique – il n'eut aucune idée de ce qu'il lui dit – mais au moins elle lui sourit d'un air content, donc il avait dû faire ce qu'il fallait.

Toutefois, il eut parfaitement conscience de verrouiller la porte.

Comme il se retournait, il découvrit Blay étendu et en train de se caresser, sa main montant et descendant entre ses jambes. Il avait toujours les crocs allongés, ses yeux brillaient sous ses paupières lourdes, et putain de merde, il était diablement sexy…

Vhif retira ses rangers. Son pantalon en cuir. Son débardeur.

Blay eut un orgasme avant même qu'il ait fait un pas en direction du lit : le mâle s'arc-bouta et poussa un gémissement alors que sa tête s'enfonçait dans l'oreiller mince et que ses hanches tressautaient.

Comme si la vision de Vhif nu comme un ver était trop difficile à supporter.

Le meilleur compliment de sa vie.

Vhif s'attaqua au lit, il se jeta sur Blay, trouva sa bouche veloutée et prit le dessus. Les vêtements du mâle furent déchirés ; les boutons de la braguette de Blay, arrachés, atterrirent sur le linoléum comme des pièces jetées en l'air, son tee-shirt fut mis en pièces. Puis ils se retrouvèrent peau contre peau, plus rien ne séparant leurs chairs.

Et comme ils ondulaient l'un contre l'autre, Vhif sut ce qu'il désirait. Et il était trop désespéré et trop affamé pour le demander gentiment, ou même en parler.

Il ne put que se détacher de cette bouche, s'écarter de Blay en roulant sur le ventre et tendre le bras derrière lui, pour attirer le mâle sur lui tandis qu'il remontait une jambe.

Et quelle surprise, Blay prit les commandes à partir de là. Et sut exactement quoi faire.

Vhif sentit que des mains brusques le mettaient en position et avant qu'il s'en rende compte, il se retrouva à genoux, le visage plaqué contre le matelas, le souffle court. C'était si étrange de laisser quelqu'un prendre les rênes et il se sentit vulnérable malgré son désir…

— Oh putain ! hurla-t-il quand on le posséda, les sensations de douleur et de plaisir, d'étirement et d'adaptation se mêlant en un cocktail qui le fit jouir si fort qu'il vit des étoiles.

Puis Blay se mit à remuer.

Vhif s'appuya sur ses bras et poussa en arrière, tenant le coup pendant qu'on lui enlevait sa virginité une bonne fois pour toutes.

Oh merde, c'était incroyable, et les choses ne firent que s'améliorer. Alors que Blay glissait un bras autour de sa poitrine et ne bougeait plus, l'angle changea et les pénétrations se firent de plus en plus profondes et de plus en plus rapides, si bien que le lit se mit à cogner contre le mur, tandis que le halètement de Blay dans son oreille se faisait de plus en plus saccadé…

L'acmé du plaisir fut atteint avec la brûlure la plus puissante qu'il ait jamais ressentie, le point de départ non seulement de sa jouissance, mais également de celle de Blay : tous ses muscles se contractèrent et son bassin s'inclina pour mieux recevoir le mâle, tandis que ses grands bras les maintenaient tous les deux sur le lit…

Quand Blay jouit, les va-et-vient le pénétrèrent si violemment que sa tête cogna contre le mur – non qu'il le remarque ou y prête attention. Puis le pénis de Blay se mit à tressauter follement…

Et Vhif se sentit possédé pour la première fois de sa vie.

Ce n'était rien de moins qu'un miracle.

Naturellement, il fallut un moment à Blay pour avoir son soûl. Et, étonnamment, cela convenait tout à fait à Vhif.

Quand les choses finirent enfin par se calmer pendant plus d'une minute et demie, Vhif relâcha la tension de ses bras et s'écroula sur le lit, en roulant sur le flanc. Blay était visiblement aussi éreinté, car son corps suivit le mouvement et il s'allongea derrière lui.

Il garda son bras en place en travers de sa poitrine.

Et ce qui avait de l'importance à présent, au-delà de l'expérience tout entière qu'ils venaient de vivre, c'était le poids imposant de ce bras relâché. Ainsi posé, il ne faisait pas d'eux deux mâles qui venaient de baiser et se trouvaient côte à côte par hasard… mais des amants.

En réalité, Vhif n'avait jamais eu d'amant auparavant, et pas parce qu'il venait de se faire sodomiser pour la première fois de sa vie. Il avait eu de très nombreuses aventures sexuelles. Mais il n'avait jamais eu envie que quelqu'un le serre dans ses bras après. Ni de serrer quelqu'un dans ses bras.

Oui… Blay était son premier véritable amant.

Et même si cet honneur lui avait échappé en ce qui concernait Blay, il lui semblait normal que ce dernier le soit. Personne ne pouvait vous enlever votre première fois, et il se tenait pour chanceux. Il avait entendu dire que dans beaucoup de cas c'était soit très douloureux – pour les femelles – soit tout simplement un tel bouleversement que rien ne subsistait dans la mémoire.

Celui-là, il s'en souviendrait toute sa vie.

Derrière lui, Blay respirait toujours bruyamment, et sa chaleur se communiquait à son corps.

Et Vhif eut envie de profiter de ce moment de calme : très lentement – peut-être que, s'il ne bougeait pas trop vite, le mâle ne le remarquerait pas – il couvrit l'avant-bras de Blay du sien puis posa la main sur celle de son ami.

Fermant les yeux, il pria pour que ce soit bon. Pour qu'ils restent ainsi, juste un moment.

Merde, la peur qu'il éprouva soudain était une véritable torture, et cela le fit réfléchir à la nature du courage.

En particulier, au fait qu'il en avait bien peu dès qu'il était question de Blay.

D'un seul coup, il se rappela avoir expliqué au mâle qu'il ne se voyait qu'avec une femelle à long terme. Que c'était la raison pour laquelle il ne pouvait accepter ce que Blay lui offrait alors. À l'époque, il avait pensé chaque mot qu'il avait prononcé, mais il n'avait pas regardé très loin derrière sa conviction.

Il s'était comporté en lâche à ce moment-là, n'est-ce pas ?

— Seigneur, je me sens à vif, chuchota-t-il.

— Quoi ? lui répondit Blay d'une voix ensommeillée.

— Je me sens…

Mis à nu.

Par exemple, si Blay s'écartait maintenant, il se briserait en mille morceaux que l'on ne pourrait jamais rassembler correctement.

Au lieu de le repousser, Blay renifla et tendit le bras pour attirer Vhif plus près.

— Tu as froid ? Tu trembles.

— Tu me réchauffes ?

Il y eut un mouvement, puis une couverture fut disposée sur eux deux. Et les lumières s'éteignirent.

Comme Blay prenait une profonde inspiration et paraissait satisfait de s'installer pour un moment, Vhif ferma les yeux et osa entremêler ses doigts à ceux de son meilleur ami, unissant leurs mains.

— Ça va ? demanda Blay d'une voix étouffée.

Comme s'il ne restait plus qu'une veilleuse allumée dans son cerveau, mais il s'en fichait.

— Oui. J'ai seulement froid.

Vhif rouvrit les paupières dans l'obscurité. Il ne distinguait que le rai de lumière sous la porte au niveau du sol.

Alors que Blay s'endormait et que son souffle devenait de plus en plus lent et régulier, Vhif regarda droit devant lui, même s'il ne voyait rien.

Du courage.

Il avait cru avoir tout le courage dont il avait besoin, que la façon dont il avait grandi l'avait rendu plus coriace et plus fort que quiconque. Que la façon dont il accomplissait son travail, en se précipitant à l'intérieur d'immeubles en feu ou en sautant aux commandes d'un vieil avion déglingué, en était la preuve. Que le détachement dont il faisait souvent montre dans sa vie signifiait qu'il était fort. Signifiait qu'il était en sécurité.

Mais la véritable mesure du courage l'attendait encore.

Après de trop nombreuses années, il avait enfin dit à Blay qu'il était désolé. Et puis après bien trop d'histoires, il avait enfin dit au mâle qu'il lui était reconnaissant.

Mais être honnête et lui avouer qu'il était amoureux de lui, même si Blay était avec un autre ?

Là était le véritable fossé.

Et bon sang, il allait le franchir.

Pas dans l'espoir de séparer le couple, non, ce n'était pas cela. Et pas pour tourmenter Blay non plus.

Dans ce cas-là, sa démarche serait en l'occurrence une promesse. Un serment prêté sans attente ni réserve. C'était le saut sans parachute, le bond dans l'inconnu, la chute sans filet.

Blay l'avait fait, non pas une mais plusieurs fois, et oui, Vhif aurait voulu pouvoir revenir à l'un de ces moments de vulnérabilité et tabasser ses incarnations précédentes assez violemment pour que ses idées s'éclaircissent et qu'il reconnaisse la chance qui s'offrait à lui.

Malheureusement, les choses ne se passaient pas ainsi.

Il était temps qu'il récompense cette force et selon toute vraisemblance, qu'il endure la douleur qui viendrait quand il serait rejeté de façon bien plus aimable qu'il n'avait été capable de le faire.

Forçant ses paupières à se fermer, il attira les doigts de Blay contre sa bouche et les effleura d'un baiser. Puis il s'abandonna au sommeil et se laissa glisser dans l'inconscience, en sachant que, au moins pendant les quelques heures à venir, il serait en sécurité dans les bras de son seul et unique amour.

Chapitre 68

Le soir suivant, comme la nuit tombait, Ahssaut était assis nu à son bureau, les yeux rivés sur l'écran de l'ordinateur devant lui. L'affichage se divisait en quatre images qui montraient des vues nord, sud, est et ouest de la propriété et, de temps en temps, il manipulait les caméras pour changer leur focus et leur orientation. Ou il modifiait l'angle d'autres caméras installées autour de la maison. Ou il revenait à celles qu'il observait déjà.

Ayant pris une douche et s'étant rasé des heures plus tôt, il savait qu'il devait s'habiller et sortir. Cet éradiqueur doté d'un robuste appétit pour sa marchandise était scandalisé, clamant qu'on lui avait volé sa cargaison de cocaïne. Sauf que les jumeaux avaient effectué cette transaction selon les souhaits du tueur, et l'avaient enregistrée sur vidéo.

Juste une petite précaution à l'initiative d'Ahssaut.

Il ignorait donc à quoi rimait toute cette histoire, mais il allait à coup sûr le découvrir : il avait envoyé l'enregistrement sur le téléphone de l'éradiqueur environ une heure plus tôt, et il attendait une réponse.

Peut-être que celle-ci impliquerait une nouvelle rencontre en face à face.

Et son acheteur mécontent n'était pas le seul problème qui lui pendait au nez. On approchait de ce moment du mois où Benloise et lui réglaient leurs propres comptes ; un transfert de fonds compliqué qui mettait tout le monde sur les nerfs, y compris Ahssaut : même s'il effectuait des paiements hebdomadaires réguliers, ils ne représentaient qu'un quart de ses achats réels, et le trente du mois, il devait équilibrer le bilan des dépenses.

Cela représentait beaucoup de liquide. Et les gens pouvaient prendre de très mauvaises décisions quand autant d'argent était en jeu.

Il y avait également un autre problème en perspective : pour la première fois, il voulait que les jumeaux l'accompagnent. Même si Benloise n'apprécierait sûrement pas cette compagnie supplémentaire, il trouvait normal que ses deux associés s'impliquent plus avant dans ses affaires, sans compter que ce paiement serait le plus important qu'il ait jamais fait.

Un record qui serait certainement battu si lui et cet éradiqueur continuaient à faire des affaires ensemble.

Ahssaut déplaça la souris. Sélectionna l'une des quatre images. Fit effectuer une rotation panoramique à la caméra, pour scruter les bois derrière la maison.

Tout était immobile. Pas une ombre ne bougeait. Aucun souffle d'air ne faisait même remuer les branches des pins.

Pas de traces de skis. Pas de silhouette dissimulée qui l'espionnait.

Elle pourrait être en train de l'observer depuis un autre point de vue, se dit-il. De l'autre côté du fleuve. De l'autre côté de la route. Au bout de l'allée.

Il tendit une main distraite vers le flacon de poudre qu'il conservait à côté du clavier. Il en avait déjà consommé vers la fin de l'après-midi, quand la lumière déclinante du jour avait nécessité de faire passer les caméras en vision nocturne. Il en avait également consommé à deux reprises depuis lors, uniquement pour rester éveillé.

À l'heure actuelle, cela faisait deux jours qu'il n'avait pas dormi.

Ou bien trois ?

Comme il plongeait la petite cuillère au fond du flacon, il n'obtint qu'un cliquetis de métal contre le verre.

Il regarda dedans.

Visiblement, elle était vide.

Irrité par tout dans son existence, Ahssaut jeta le flacon sur son bureau et se carra dans son fauteuil. Pendant que son esprit tourbillonnait et que son obsession de passer d'une image à l'autre se resserrait autour de son libre arbitre comme un nœud coulant, il avait vaguement conscience que son cerveau bourdonnait de façon malsaine.

Néanmoins, il était coincé à l'intérieur. Il n'irait nulle part dans les heures qui suivraient.

Où se trouvait sa belle cambrioleuse ?

Elle ne pouvait certainement pas penser ce qu'elle avait dit.

Ahssaut se frotta les yeux et détesta la façon dont son esprit cheminait à toute allure, au point que ses pensées se heurtaient d'un côté à l'autre de son crâne.

Il n'arrivait tout simplement pas à croire qu'elle avait l'intention de rester à l'écart.

Au moment où son téléphone sonna, il le saisit avec des réflexes trop rapides, trop impulsifs. Et quand il vit qui l'appelait, il ordonna à son cerveau de se reprendre.

— Avez-vous reçu la vidéo ? demanda-t-il en guise de « bonjour ».

La voix de son plus gros client n'était pas ravie.

— Comment puis-je savoir quand elle a été tournée ?

— Vous devez avoir connaissance de ce que portaient vos hommes à ce moment-là.

— Alors où est ma marchandise ?

— Ce n'est pas à moi de le dire. Une fois que j'ai conclu l'échange avec vos représentants, ma responsabilité est dégagée. J'ai livré les marchandises demandées à l'endroit et à l'heure dont nous étions mutuellement convenus, et j'ai ainsi rempli ma part du contrat. Ce qui se passe ensuite ne me concerne pas.

— Si je vous chope à essayer de me baiser, je vous bute.

Ahssaut laissa échapper un soupir d'ennui.

— Mon cher monsieur, si j'étais vous, je ne perdrais pas mon temps avec ce genre de choses. Comment obtiendriez-vous alors ce que vous demandez ? Et à ce propos, puis-je vous rappeler que je n'ai aucune intention de me montrer malhonnête avec vous ou votre organisation ? Seuls les profits que vous représentez m'importent, et je ferai de mon mieux à mon niveau pour continuer à les diriger vers mes coffres. Ce sont les affaires.

Il y eut un long silence, mais Ahssaut savait qu'il ne devait pas en déduire que c'était parce que le tueur à l'autre bout du fil était désorienté ou perdu.

— J'ai besoin d'une nouvelle livraison, finit par marmonner ce dernier au bout d'un moment.

— Et je vous la fournirai avec joie.

— J'ai besoin d'un délai de paiement.

Ahssaut se mit à froncer les sourcils, mais l'éradiqueur poursuivit avant qu'il puisse l'interrompre :

— Vous me dépannez pour cette prochaine commande, et je m'assurerai que vous serez payé.

— Ce n'est pas ainsi que je traite.

— Voici ce que je sais sur vous et les vôtres : vous avez une petite équipe qui contrôle une zone immense. Il vous faut des revendeurs, parce que vous avez tué ceux qui étaient en place auparavant. Sans moi et mon organisation ? Ne le prenez pas mal, mais vous êtes baisé. Vous ne pouvez pas fournir tout Caldwell et votre marchandise ne vaut rien si vous ne pouvez pas la mettre entre les mains des consommateurs. (Comme Ahssaut ne répondait pas immédiatement, l'éradiqueur laissa échapper un rire léger.) Pensiez-vous être inconnu, mon ami ?

Ahssaut resserra sa prise sur son téléphone.

— Donc je pense que vous avez raison, conclut le tueur. Vous et moi sommes potes. Je n'ai pas besoin de gérer le revendeur en gros. Surtout pas sous… mon aspect actuel.

Oui, l'odeur seule pousserait Benloise à lui claquer la porte au nez, se dit Ahssaut.

— J'ai besoin de vous. Vous avez besoin de moi. Et c'est pourquoi vous allez m'apporter ma commande et me laisser quarante-huit heures pour la régler. C'est exactement comme vous l'avez dit. Nous sommes dans la merde l'un sans l'autre, mon frère.

Ahssaut montra les crocs et le reflet de son visage dans le verre de l'écran était franchement effrayant.

Et pourtant, il conserva une voix égale et calme.

— Où souhaitez-vous que j'effectue la livraison ?

L'éradiqueur se mit de nouveau à rire, comme si cette situation lui plaisait, mais Ahssaut concentra son attention sur son reflet. Il serait malavisé pour le tueur de devenir cupide, ou de prendre trop de libertés.

Une seule chose était toujours vraie dans les affaires : personne n'était irremplaçable.

Quand Trez s'éveilla, il eut l'impression de flotter sur un nuage, et pendant une fraction de seconde, il se demanda si ce n'était pas le cas. Son corps lui paraissait extrêmement léger, au point qu'il n'était pas certain de savoir s'il se trouvait sur le dos ou sur le ventre.

Un son bizarre filtra à travers son brouillard.

Chhhhht.

Il leva la tête, et retrouva immédiatement ses repères : la lueur rouge de son réveil lui apprit qu'il se trouvait sur le ventre et en diagonale du lit.

Le bruit recommença.

De quoi s'agissait-il ? Du métal frottant du métal ?

Il sentit iAm se déplacer au bout du couloir et la présence de son frère lui parut aussi tangible que la sienne. Donc s'il s'agissait de quelqu'un d'autre dans l'appartement ou d'une menace quelconque, iAm s'occuperait de ce merdier.

Il se redressa, puis sortit du lit et… oui, hou là, la pièce se mit à tourner. Mais bon, il n'avait absolument, strictement rien dans l'estomac. En fait, il était possible qu'il ait vomi son foie, ses reins et ses poumons pendant cette migraine. La bonne nouvelle, c'était que la douleur avait disparu et que cet état planant qui lui avait succédé n'était pas désagréable. Un peu comme être ivre, une fois la gueule de bois passée.

Quand il entra dans la salle de bains, il sut qu'il valait mieux ne pas allumer la lumière. Il était encore un peu tôt pour cela.

La douche était si agréable qu'il faillit se mettre à chialer. Il ne prit pas la peine de se raser ; il serait temps de le faire plus tard, quand il aurait un peu rechargé ses batteries en mangeant quelque chose. Le peignoir était confortable et chaud, surtout quand il remonta le col et se couvrit la gorge.

Avoir les pieds nus était franchement déplaisant, en particulier quand il sortit de sa chambre et marcha dans le couloir dallé de marbre, mais il devait découvrir l'origine de ce bruit…

Trez s'arrêta net quand il arriva sur le seuil de la suite de son frère. iAm était dans son placard, occupé à décrocher les chemises suspendues à des cintres. Comme il en prenait une nouvelle brassée sur la tringle, le bruit se fit de nouveau entendre.

Naturellement, son frère ne parut pas surpris qu'il fasse son apparition. Il se contenta de balancer tout son chargement sur son lit.

Putain.

— Tu vas quelque part ? marmonna Trez, qui eut l'impression que sa voix résonnait très fort dans sa tête.

— Oui.

Merde.

— Écoute, iAm, je n'avais pas l'intention…

— Je fais aussi tes bagages.

Trez cligna des yeux à plusieurs reprises.

— Oh ?

Au moins, son frère ne choisissait pas la carrière solo. À moins qu'il n'ait envie de balancer les affaires de Trez du haut du balcon ?

— Je nous ai trouvé un autre endroit plus sûr.

— Est-ce que c'est à Caldwell ?

— Oui.

Petite musique de suspens.

— Tu as l'intention de me communiquer le code postal ?

— Si je le pouvais.

Trez poussa un grognement, s'appuya au chambranle et se frotta les yeux.

— Tu nous as déniché une piaule et tu ignores où elle se trouve ?

— Oui.

OK, il n'avait peut-être pas eu une migraine, mais une attaque cérébrale.

— Je suis désolé. Je ne te suis pas…

— Nous avons… (iAm regarda sa montre) trois heures pour faire nos bagages. Vêtements et objets personnels uniquement.

— Donc c'est meublé, répliqua Trez d'un ton sec.

— Oui. Tout à fait.

Trez perdit du temps à observer son frère se montrer d'une efficacité redoutable pour emballer ses affaires. Les chemises furent séparées des cintres, pliées avec précision, déposées dans un sac Louis Vuitton noir. Les pantalons suivirent le même chemin. Les revolvers et les couteaux furent rangés dans des mallettes en acier assorties.

À ce rythme, il en aurait fini avec son barda d'ici une demi-heure.

— Tu vas me dire où nous allons ?

iAm tourna la tête.

— Nous emménageons avec la Confrérie.

Le cerveau de Trez s'éclaircit en un instant.

— Je te demande pardon. Tu peux répéter ?

— Nous emménageons avec eux.

Trez écarquilla les yeux.

— Je… attends, je n'ai pas bien entendu.

— Si.

— Mais grâce à quelle autorité ?

— Celle de Kolher, fils de Kolher.

— Merde. Comment diable as-tu réussi un coup pareil ?

iAm haussa les épaules comme s'il n'avait rien fait de plus qu'effectuer une réservation dans un motel.

— J'ai parlé à Vhengeance.

— J'ignorais que le mâle disposait de ce genre d'influence.

— Il ne l'a pas. Mais il est allé voir Kolher, qui a apprécié notre soutien lors de la réunion du Conseil. Le roi estime que nous représentons une protection supplémentaire pour la demeure.

— Il redoute une attaque, dit doucement Trez.

— Peut-être que oui. Peut-être que non. Mais ce que je sais, c'est que personne ne nous trouvera là-bas.

Trez poussa un soupir. Alors c'était donc le « pourquoi » de tout cela : son frère ne voulait pas plus que lui qu'il soit ramené de force chez les s'Hisbe.

— Tu es incroyable, dit-il.

iAm haussa de nouveau les épaules, selon son habitude.

— Peux-tu emballer tes affaires tout seul ou dois-je m'en occuper ?

— Non, ça va aller. (Il toqua un petit coup dans le chambranle et fit mine de se retourner.) Je te suis redevable, mon frère.

— Trez.

Il jeta un coup d'œil par-dessus son épaule.

— Oui ?

Le regard de son frère était sinistre.

— Ce n'est pas une carte « Vous êtes libéré de prison ». Tu ne peux pas fuir la reine. Je ne fais que nous gagner du temps ici.

Trez baissa la tête vers ses pieds nus et se demanda jusqu'où il irait s'il était chaussé de baskets.

Franchement loin.

Son frère était le seul lien qu'il n'avait pas rompu, la seule chose qu'il n'avait pas envie de laisser derrière lui pour se sauver d'une vie dorée d'esclavage sexuel.

Et en un instant comme celui-ci, où son frère avait encore une fois relevé le gant de façon impressionnante, il se demanda s'il n'était pas, par hasard, incapable de s'éloigner d'iAm.

Peut-être devrait-il céder à sa destinée, après tout.

Putain de reine. Et sa satanée fille.

Les traditions n'avaient aucun sens. Il n'avait jamais rencontré la jeune princesse. Nul ne l'avait vue. C'était ainsi que les choses fonctionnaient : l'héritière du trône était aussi sacrée que sa mère, parce qu'elle était celle qui les dirigerait dans l'avenir. Et comme une rose précieuse, nul n'était autorisé à la voir tant qu'elle n'était pas correctement unie.

La pureté et tout cela.

Bla-bla-bla.

Néanmoins, une fois casée, elle serait libre de sortir dans la société, libre de vivre sa vie au sein des s'Hisbe. Quant au pauvre type qui lui servirait d'époux, il prendrait sa place entre les murs du palais, obéissant à toutes ses exigences, quelles qu'elles soient, en supposant qu'il ne soit pas en adoration aux pieds de sa mère au même moment.

Ouais, que du bonheur.

Et ils croyaient qu'il se sentirait honoré de recevoir ce joug ?

Vraiment.

Il avait fait de son corps une poubelle au cours de la dernière décennie à force de baiser toutes ces humaines – et le plus dingue ? Il aurait aimé pouvoir attraper toutes ces sales maladies d'*Homo sapiens*. Raté sur ce point. Il avait eu autant de relations sexuelles non protégées que possible avec d'autres espèces et il avait toujours une santé de fer.

Quel dommage.

— Trez ? (iAm se redressa.) Trez ? Parle-moi. À quoi penses-tu ?

Trez dévisagea son frère, gravant dans sa mémoire ce fier et intelligent visage et ces yeux pénétrants et sans fond.

— Je suis là, murmura-t-il. Tu vois ?

Il leva les mains et tourna sur lui-même, pieds nus, vêtu de son peignoir, dans cet état de confusion trouble qui suivait la migraine.

— Qu'est-ce qui se passe dans ta tête ? demanda iAm.

— Rien. Je trouve que tu as fait un truc génial. Je vais faire mes valises et me préparer. Ils nous envoient une voiture ou quelque chose ?

iAm étrécit les yeux, mais répondit tout de même.

— Oui. Un majordome du nom de… Fred ? Ou Foster, peut-être ?

— Je serai prêt.

Trez s'éloigna, les restes de son mal de tête s'évanouissant tandis qu'il scrutait son avenir et s'inquiétait franchement de son dernier lien.

Mais ce déménagement était une bonne chose. iAm avait raison : il s'était leurré ces dernières années, alors qu'il était bien conscient que la princesse grandissait, que le temps passait, et que le jour où on lui demanderait d'exécuter sa promesse approchait à grands pas.

Certaines choses pouvaient être évitées. Celle-ci n'en faisait pas partie.

Putain de merde, il serait peut-être obligé de disparaître. Même si cela le tuait.

En outre, si son frère se trouvait avec Vhengeance dans la demeure du roi, iAm recevrait le meilleur soutien possible, si Trez se faisait la malle.

Mais peut-être, vu la façon dont les choses s'annonçaient, serait-il soulagé d'être débarrassé de lui.

Chapitre 69

L'existence de Vhif prit un nouveau virage environ quinze heures après la perte de sa virginité. Plus tard, il finirait par décider que l'adage « Jamais deux sans trois » était peut-être vrai. Mais quand le merdier lui tomba dessus, il ne souhaita qu'une chose : survivre à cela…

À un moment pendant la journée, lui et Blay s'étaient réveillés, séparés et étaient partis chacun de leur côté.

Vhif aurait préféré qu'ils retournent ensemble dans la maison principale, mais il avait dû s'arrêter dans la chambre de Luchas, et Blay désirait ardemment rentrer prendre une douche. D'une certaine façon, ce n'était pas si mal, puisque Vhif avait aussi eu l'occasion de passer voir Layla.

Concernant son frère et l'Élue, tout était calme sur les deux fronts : tous deux dormaient dans leur lit respectif. Le teint de Luchas avait repris des couleurs et, pour la première fois, quand Vhif était entré dans la chambre de Layla, il avait senti la grossesse : la vague d'hormones l'avait touché dès qu'il était entré, et il s'était arrêté net tant elle était puissante.

Ce qui avait été une excellente nouvelle.

Ce qui l'avait moins réjoui, c'était quand il était passé devant la porte de Blay et avait voulu frapper et se glisser à l'intérieur pour dormir avec le mâle jusqu'à la tombée de la nuit.

Au lieu de quoi, il avait fini tout seul entre les quatre murs de sa propre chambre.

Au lit. Dans le noir. Somnolant pendant les deux heures qui lui restaient avant qu'on serve le Premier Repas.

Alors quand sa porte s'ouvrit à la volée et qu'une rangée de grands mâles vêtus de robes noires à capuche débarqua, son passé et son présent entrèrent en collision et se substituèrent l'un à l'autre, si bien que l'attaque menée par la garde d'honneur surgit du cimetière de sa mémoire et atterrit dans sa chambre.

Ne sachant pas avec certitude s'il rêvait ou si tout ceci était réel, sa première pensée fut qu'il était heureux que Blay ne soit pas avec lui. Le mâle l'avait déjà trouvé mort sur le bas-côté de la route une fois. Inutile de lui rejouer la scène.

Sa seconde pensée fut qu'il allait en abattre autant que possible avant qu'ils ne l'achèvent.

Poussant un cri de guerre, Vhif bondit de son lit, complètement nu, et passa à l'attaque avec tant de puissance qu'il renversa les deux premiers mâles. Balançant les jambes, il donna des coups de pied et de poing à tout ce qui l'approchait, et il éprouva une brève satisfaction quand ses cibles poussèrent un juron et sautèrent hors de sa portée.

Quelqu'un referma les bras autour de sa poitrine par-derrière et le balança avec tant de force que ses pieds décollèrent du sol et qu'il effectua dans les airs une folle trajectoire en arc de cercle qui s'acheva dans le mur.

L'impact mit un terme à son idée géniale de rendre les coups, car son visage, son torse et ses hanches heurtèrent si violemment le plâtre qu'il y laissa sans le moindre doute une impression en trois dimensions de sa silhouette à la façon d'un personnage de dessin animé.

Instantanément, il posa les mains à plat sur le mur, prêt à se dégager d'une poussée…

La poigne qui se referma sur sa nuque et le maintint en place aurait pu être en acier. Il n'y avait littéralement aucun jeu entre la chair et les os, même quand il se débattit, dans un ultime refus de son corps d'être dominé…

— Du calme, crétin. Calme-toi, bordel, avant que je sois obligé de te faire mal.

La voix de Viszs n'avait pas le moindre sens.

Et puis brusquement, du coin de l'œil, il remarqua qu'un cercle s'était formé autour de lui : toutes ces robes noires l'entouraient, exactement comme la poigne sur sa nuque.

Mais ils ne l'attaquaient pas.

— Détends-toi, lui souffla V. à l'oreille. Respire avec moi, allez, maintenant… respire, c'est tout. Personne ne va te faire de mal.

Les mots l'aidèrent, et cette voix calme et détendue parvint à atteindre son cerveau qui était bloqué en mode « fuir ou se battre » et abaissa le volume de la panique qui rugissait en lui.

Après coup, Vhif se mit à trembler, comme ses muscles éliminaient l'adrénaline.

— Viszs ?

— Oui. C'est moi, mon pote. Il faut que tu continues à respirer.

— Qui… d'autre ?

— Rhage.

— Butch.

— Fhurie.

— Zadiste.

— Tohr.

Les voix correspondaient toutes aux prénoms, et ces inflexions graves, sérieuses, qui ne déconnaient pas, furent assimilées par son cerveau, ce qui aida Vhif à se raccrocher à une réalité qui n'impliquait pas le passé.

Et alors le dernier nom fut l'ultime barreau de l'échelle qui lui permit de s'extraire de son tourbillon mental et de revenir à la réalité.

— Kolher.

Vhif fit mine de tourner la tête vers le roi, mais sans y parvenir.

— Je vais te lâcher mon pote, OK ? expliqua V. Tu surveilleras tes manières ?

— Oui.

— À trois. Un. Deux. Trois…

Viszs recula d'un bond et atterrit en position de combat, les bras levés et les poings serrés. En dépit du fait que le visage du frère était couvert par la capuche, Vhif pouvait très bien imaginer son expression : sans aucun doute, s'il esquissait le moindre geste, il ferait de nouveau connaissance avec le mur, et cette rencontre avait déjà été faite en profondeur, merci bien.

Il se sentait aplati de quinze centimètres.

Avec un juron, Vhif tourna lentement sur lui-même, en faisant en sorte que ses mains restent visibles pour la Confrérie.

— Est-ce que vous allez me jeter hors de cette maison ?

Il ignorait totalement ce qu'il avait bien pu faire, mais avec sa tendance à emmerder le monde, volontairement ou non, cela pouvait être n'importe quoi.

— Non, espèce d'idiot, s'exclama V. en riant.

Face à la rangée de silhouettes encapuchonnées et solennelles, il chercha les visages, pour établir un contact visuel, en se rappelant qu'il s'agissait de mâles aux côtés desquels il avait combattu et qui avaient toujours surveillé ses arrières.

Alors que diable…

La troisième silhouette sur la gauche tendit le bras et pointa l'index sur la poitrine de Vhif.

Instantanément, Vhif se revit dans la carcasse du Cessna, après le vol catastrophe, lorsqu'un Zadiste vivant et en bonne santé l'avait distingué comme il était en train de l'être à présent.

En langue ancienne, Kolher déclara :

— *Une question te sera posée. Elle ne te sera posée qu'une seule fois. Ta réponse devra résister à l'épreuve du temps, s'étendant sur ta lignée pour toujours. Es-tu prêt à l'entendre ?*

Le cœur de Vhif se mit à tambouriner, tandis que son regard passait d'un frère à l'autre, incapable de se poser sur aucun, et il n'arrivait pas à croire qu'il s'agissait…

Sauf que… comment était-ce possible ? D'après sa lignée et sa tare physique, il n'était pas légal que quelqu'un comme lui…

Surgie de nulle part, l'image de Saxton en train de travailler dans la bibliothèque pendant toutes ces nuits lui revint en mémoire.

Nom de Dieu.

Tant de questions : pourquoi lui ? Pourquoi maintenant ? Qu'allait-il advenir de John Matthew, dont la poitrine arborait déjà, comme par magie, la marque de la Confrérie ?

Tandis que son esprit tourbillonnait, il sut qu'il devait répondre, mais merde, il ne pouvait pas…

Avec une clarté soudaine, il songea à sa fille et revit l'image qu'il avait aperçue sur la porte de l'Estompe.

Vhif regarda chacune des capuches une nouvelle fois. Quelle ironie, se dit-il. Près de deux ans auparavant, une garde d'honneur constituée de robes noires lui avait été envoyée pour s'assurer qu'il sache que sa famille ne voulait plus de lui. Et à présent, ces mâles étaient là, pour l'accueillir au sein d'une autre sorte de famille, qui avait des liens tout aussi puissants que ceux du sang.

— Putain, oui, répondit-il. Posez-moi la question.

Pour Blay, le premier indice qu'il se passait quelque chose d'important fut le bruit de pas passant devant sa chambre : il était face à son miroir, occupé à se raser, quand il les entendit descendre le couloir aux statues, sonores, répétitifs et nombreux.

Ce devait être la Confrérie.

Puis, comme il se penchait au-dessus du lavabo pour rincer le reste de mousse à raser de ses joues, une masse dure tomba sur le sol de la pièce d'à côté, ou fut jetée contre un mur. Dans ce qui semblait être la chambre de Vhif.

Fermant les robinets, il saisit une serviette et s'en ceignit les hanches, avant de sortir de chez lui en courant et de se diriger vers…

Blay s'arrêta en dérapant. La chambre de Vhif était plongée dans l'obscurité, mais la lumière du couloir éclairait un cercle de robes noires qui entouraient le mâle. Et ce dernier était maintenu la tête contre le mur.

L'unique pensée de Blay fut qu'une seconde garde d'honneur était venue chercher le guerrier, même s'il savait parfaitement qu'il s'agissait de la Confrérie sous ces tenues. Ce devait être eux, non ?

La voix calme et mesurée de Viszs dissipa ses doutes.

Puis Vhif fut relâché. Quand il se retourna, il était blanc comme un linge et tout tremblant, alors qu'il se tenait, nu, au centre du cercle de silhouettes encapuchonnées.

Kolher rompit le silence et la voix grave du roi emplit l'obscurité.

— *Une question te sera posée. Elle ne te sera posée qu'une seule fois. Ta réponse devra résister à l'épreuve du temps, s'étendant sur ta lignée pour toujours. Es-tu prêt à l'entendre ?*

Blay posa une main sur sa bouche quand celle-ci s'ouvrit. Ce ne pouvait être… si ? Ils étaient en train de l'initier pour entrer au sein de la Confrérie de la dague noire ?

Instantanément, il assembla toutes les pièces du puzzle : Saxton qui avait travaillé pendant des mois ; les actes d'héroïsme de Vhif ; John qui avait été informé que le mâle ne serait plus son *ahstrux nohtrum*.

Kolher avait dû modifier le droit ancien.

Nom de Dieu de bordel de merde.

— Putain, oui. Posez-moi la question.

Blay ne put s'empêcher de sourire quand il s'esquiva et retourna dans sa chambre. Il comptait bien que Vhif réponde franchement.

Quand il eut refermé la porte, il s'y adossa et attendit. Quelques instants plus tard, les bruits de pas retentirent une fois de plus, dépassèrent sa chambre, redescendirent le couloir et disparurent, changeant l'histoire à tout jamais.

Pendant tous les siècles d'existence de la Confrérie, personne qui n'ait été engendré par un frère et une femelle porteuse de sang d'Élue n'avait été initié. Vhif était techniquement un aristocrate, même s'il avait été renié par sa famille, et malgré sa « tare physique », sa lignée était ce qu'elle était. Mais il n'était issu ni d'une descendante d'Élue, ni d'un frère.

Et pourtant, en supposant qu'il survive à la cérémonie, il reviendrait à la demeure en tant que frère parmi les frères, et ne serait plus jamais seul.

C'était une bonne chose que Luchas soit en vie pour voir cela. Ce serait important.

Blay s'habilla et, quand il consulta son téléphone, il découvrit le message groupé envoyé par Tohr, les informant qu'il n'y aurait pas de sortie sur le champ de bataille ce soir et qu'ils allaient avoir deux nouveaux colocs : les Ombres venaient s'installer à la demeure.

Cool. Vu l'agitation de l'aristocratie et la tentative d'assassinat contre Kolher, la présence de ces deux tueurs sous leur toit serait plus que bienvenue. Si l'on ajoutait les singeries de Lassiter, cela signifiait que le roi allait avoir trois types dotés de capacités surnaturelles pour le protéger.

Avec un peu de chance, Trez et iAm seraient même des invités permanents.

Quittant sa chambre, il descendit l'escalier au pas de course et ne fut pas surpris de découvrir les *doggen* s'activant frénétiquement à la préparation d'un festin.

Combien de temps l'initiation allait-elle prendre ? se demanda-t-il.

Et mince, il aurait aimé avoir quelque chose à faire pour passer le temps.

Errant dans la salle de billard, parce qu'il savait qu'il valait mieux ne pas offrir son aide à Fritz pour les préparatifs, il prit une queue et frappa les boules. Comme il était en train de passer de la craie sur l'extrémité, la sonnerie du hall d'entrée retentit.

— J'y vais, cria-t-il en se dirigeant à grands pas vers l'écran de contrôle, la queue de billard toujours à la main.

Saxton se trouvait sur le perron, l'air reposé et en pleine forme.

Blay lui ouvrit.

— Bienvenue à la maison.

Il y eut un moment de surprise sur le visage du mâle, mais il se remit vite et sourit.

— Salut.

Blay ne savait pas trop s'ils devaient s'étreindre ou pas. Ou bien se serrer la main ?

— Il faut que nous mettions un terme à cette gêne entre nous, annonça Saxton. Viens ici.

— Je suis d'accord.

Après une rapide étreinte, Blay s'empara des sacs Gucci assortis du mâle et tous deux montèrent le grand escalier, côte à côte.

— Alors, comment étaient tes vacances ? demanda Blay.

— Merveilleuses. Je suis allé chez ma tante, celle qui m'adresse encore la parole. Elle a une maison en Floride.

— C'est un endroit dangereux pour les vampires. Il n'y a pas beaucoup de sous-sols.

— Ah, mais elle vit dans un château en pierre. (Saxton désigna le vestibule du menton.) Un peu comme celui-ci. Les soirées étaient chaudes, l'océan magnifique et la vie nocturne…

Comme Saxton s'arrêtait net, Blay lui jeta un coup d'œil.

— C'est bon, tu sais. Je suis heureux que tu te sois amusé. Honnêtement.

Saxton le regarda sans faillir, avant de murmurer :

— Tu as été occupé, toi aussi, n'est-ce pas ?

Satané teint de roux. Chaque fois qu'il rougissait, cela se voyait, et en ce moment même, il avait le visage en feu.

Alors qu'ils tournaient à gauche devant le bureau de Kolher et descendaient le couloir aux statues, Saxton eut un petit rire.

— Je suis heureux pour toi, et je ne te poserai pas la moindre question.

Il savait de « qui » il s'agissait, songea Blay.

— Oui. Bon.

— Et si tu me mettais au courant des potins ? proposa Saxton quand ils arrivèrent dans sa chambre. J'ai l'impression d'être parti depuis une éternité.

— Eh bien… prépare-toi.

Luchas. Trez et iAm. Vhif et son initiation.

Quand Blay eut fini de tout raconter, Saxton était assis sur le lit, bouche bée.

— Mais tu étais au courant pour Vhif, n'est-ce pas ? dit Blay quand il parvint enfin au bout de son compte-rendu.

— Oui, en effet. (Saxton redressa son nœud papillon, même si celui-ci était parfaitement droit.) Et je dois dire que, même si je ne connais pas aussi bien que toi sa bravoure sur le terrain, tout ce que j'ai entendu dire suggère que c'est un honneur bien mérité. J'ai cru comprendre qu'il avait joué un rôle important pour évacuer Kolher lors de la tentative d'assassinat ?

— C'est un brave, c'est vrai.

Entre autres choses.

Comme Blay regardait dans le couloir et revoyait ces silhouettes encapuchonnées réunies autour de son ami, la seule chose qui lui passa par la tête fut : que diable allaient-ils lui faire ?

Chapitre 70

Vhif ignorait parfaitement où il se trouvait.

Avant qu'ils ne quittent sa chambre, on lui avait fait enfiler une robe noire et ordonné d'en rabattre la capuche sur la tête, de garder les yeux baissés et les mains serrées dans le dos. Il ne devait plus dire un mot, à moins qu'on lui adresse la parole, et on lui avait clairement fait comprendre que la façon dont il se comporterait jouerait dans son évaluation.

Il ne fallait pas être un crétin ni une mauviette.

Il pouvait le faire.

L'arrêt suivant après qu'on l'eut mené au pied du grand escalier avait été l'Escalade de V. ; il le savait grâce à la forte odeur de tabac turc et au bruit du moteur. Un trajet rapide mais effectué à faible vitesse. Puis on lui avait ordonné de sortir et l'air froid s'était insinué sous sa capuche et l'ourlet de sa robe.

Pieds nus, il avait traversé une bande de terrain glaciale et gelée, avant d'atteindre de la terre lisse et tassée dépourvue de neige. À en juger par l'acoustique, il était évident qu'ils avaient franchi un couloir ou peut-être une caverne… Il n'avait pas fallu longtemps avant qu'on l'arrête d'une bourrade, qu'il entende une sorte de porte s'ouvrir et se retrouve sur un plan en pente. Un peu plus tard, une secousse l'avait arrêté une fois de plus, suivie d'un nouveau chuchotement comme si une autre barrière était dégagée.

Il y avait du marbre lisse sous ses pieds nus à présent. Et il était chaud. Il distinguait également une source de lumière douce : des bougies.

Mon Dieu, les battements de son cœur résonnaient à ses oreilles.

Après un certain nombre de mètres, on le fit s'immobiliser, puis il entendit un bruissement de tissu partout autour de lui. Les frères se dévêtaient.

Il eut envie de lever les yeux, pour voir ce qu'ils faisaient, découvrir ce qui se passait, mais il ne le fit pas. Conformément à ses instructions, il garda la tête baissée et les yeux sur le…

Une main s'abattit lourdement sur sa nuque, et la voix de Kolher résonna en langue ancienne.

— *Tu n'es pas digne d'entrer dans cet état. Hoche la tête.*

Vhif hocha la tête.

— *Dis que tu es indigne.*

En langue ancienne, il répondit :

— *Je suis indigne.*

Partout autour de lui, les frères se mirent à protester bruyamment en langue ancienne, ce qui lui donna envie de les remercier de leur soutien.

— *Bien que tu ne sois pas digne, tu désires le devenir ce soir,* poursuivit le roi. *Hoche la tête.*

Il hocha la tête.

— *Dis que tu veux devenir digne.*

— *Je veux devenir digne.*

Cette fois-ci, le cri retentissant des frères marquait l'approbation et le soutien.

Kolher reprit :

— *Il n'existe qu'un seul moyen de le devenir, et c'est le bon moyen. Chair de notre chair, hoche la tête.*

Vhif obtempéra.

— *Dis que tu veux devenir la chair de notre chair.*

— *Je veux devenir la chair de votre chair.*

Dès que sa voix se fut estompée, un chant s'éleva, les voix graves de la Confrérie se mêlant jusqu'à former un accord et une cadence parfaits. Il ne se joignit pas à eux, car on ne lui avait pas dit de le faire, mais quand quelqu'un se plaça devant lui et qu'un autre se mit à la file derrière le premier, puis que le groupe entier commença à osciller d'un côté à l'autre, son corps suivit leur exemple.

Bougeant à l'unisson, ils ne firent plus qu'un, leurs épaules puissantes remuant au rythme du chant, d'avant en arrière, de gauche à droite, et leur ligne commença à avancer.

Vhif se mit à chanter. Il n'en avait pas eu l'intention ; cela arriva tout simplement. Ses lèvres s'ouvrirent, ses poumons s'emplirent d'air et sa voix se joignit à celles des autres…

À cet instant précis, il se mit à pleurer.

Heureusement qu'il portait la capuche.

Toute sa vie il avait voulu appartenir à un groupe. Être accepté. Ne faire qu'un avec des gens qu'il respectait. Il l'avait désiré avec tant de force que le rejet de toute sa famille avait failli le tuer ; et il n'avait survécu qu'en se révoltant contre l'autorité, les coutumes, les normes.

Il n'avait même pas eu conscience d'avoir abandonné l'idée de trouver un jour cette communion.

Et pourtant à présent il était là, quelque part sous la terre, entouré de mâles qui l'avaient choisi. La Confrérie, les guerriers les plus respectés de l'espèce, les soldats les plus puissants, l'élite de l'élite l'avait choisi, lui.

Mais cela n'était pas dû à un hasard de sa naissance.

D'avoir été considéré comme une malédiction, puis d'être adopté ici et maintenant ? Brusquement, il eut l'impression d'être complet comme il ne l'avait jamais été…

D'un seul coup, l'acoustique se modifia et leur chant collectif se répercuta autour d'eux, comme s'ils étaient entrés dans un espace beaucoup plus vaste.

Une main sur son épaule le fit s'arrêter.

Puis le chant et le mouvement cessèrent et les dernières notes moururent dans l'air.

Quelqu'un l'attrapa par le bras et l'entraîna en avant.

— Des marches, lui dit la voix de Z.

Il en gravit six, puis atteignit un plateau. Quand il fut stoppé, ce fut par sa poitrine et ses orteils qui touchaient ce qui ressemblait à un mur de marbre taillé dans la même pierre que le sol.

Zadiste s'écarta, le laissant à sa place.

Son cœur cognait contre son sternum.

La voix du roi résonna comme le tonnerre.

— *Qui propose ce mâle ?*

— *Moi*, répondit Zadiste.

— *Moi*, l'imita Tohr.

— *Moi.*

— *Moi.*

— *Moi.*

— *Moi.*

Vhif dut battre des paupières de façon répétée alors que, l'un après l'autre, chaque frère prenait la parole. Chacun des frères le proposa.

Puis vint le dernier.

La voix du roi retentit, forte et claire :

— *Moi.*

Merde, il dut encore cligner des yeux.

Puis Kolher poursuivit en langue ancienne, les inflexions aristocratiques de sa voix rendues plus puissantes par la force d'un guerrier.

— *Sur la base du témoignage des membres rassemblés de la Confrérie de la dague noire, et sur une proposition de Zadiste et Fhurie, fils du frère de la dague noire Ahgonie ; de Tohrment, fils du frère de la dague noire Nhuisance : de Butch O'Neal, membre de sang de ma propre lignée ; de Rhage, fils du frère de la dague noire Tohrture ; de Viszs, fils du frère de la dague noire connu sous le nom du Saigneur ; et sur la mienne, Kolher, fils de Kolher, nous déclarons que ce mâle, Vhif, fils de personne, est un candidat acceptable au sein de la Confrérie de la dague noire. Comme il est en mon pouvoir et à ma discrétion, comme il sied à la protection de l'espèce et, en outre, puisque le droit a été remanié pour stipuler ce qui est juste et bon, je renonce à toutes les exigences de lignage. Nous pouvons commencer. Tournez-le. Dévoilez-le.*

Avant que quiconque ne s'approche de lui, Vhif carra les épaules et réussit à s'essuyer rapidement les yeux ; il était donc de nouveau un mâle quand on le fit pivoter et qu'on lui ôta sa robe…

Vhif retint un cri. Il se trouvait sur une estrade, et la caverne devant lui était illuminée de centaines de bougies noires dont les flammes créaient une symphonie de lumière douce et dorée qui scintillait sur les parois de pierre brute et se reflétait sur le sol de marbre poli.

Mais ce ne fut pas ce qui attira réellement son attention : juste devant lui, sur l'estrade, se trouvait un autel.

Au centre duquel était posé un grand crâne.

Celui-ci était ancien, car l'os n'était pas blanc comme ceux des morts récents, mais portait la patine sombre et grêlée de l'âge, propre aux reliques sacrées et révérées.

C'était le premier frère. C'était forcément lui.

Comme il détournait les yeux, il fut frappé de stupeur : au pied de l'estrade, levant la tête vers lui, se trouvaient les garants vivants de cette grande tradition. La Confrérie se tenait épaule contre épaule et les corps nus des guerriers formaient un redoutable mur de chair et de muscles, dont la lueur des bougies soulignait la force et la puissance.

Tohr prit le bras de Kolher et mena le roi sur l'estrade où Vhif se tenait.

— Recule contre le mur et tiens-toi aux pitons, ordonna Kolher en français tandis qu'on l'escortait jusqu'à l'autel.

Vhif obéit sans hésitation, et sentit ses omoplates et ses fesses toucher la pierre tandis que ses mains effleuraient deux grosses protubérances semblables à des chevilles.

Quand le roi leva le bras, Vhif sut soudain exactement comment chacun des frères avait reçu sa cicatrice en forme d'étoile sur la poitrine : on enfila un antique gant en argent, aux jointures renforcées de barbelés, sur la main de Kolher qui serra la garde d'une dague noire dans son poing.

Puis, Tohr tendit le bras de Kolher au-dessus du crâne.

— Seigneur.

Comme le roi levait la lame, les tatouages rituels sur son corps qui décrivaient son lignage réfléchirent la lumière ambiante, puis ce fut au tour de la pointe aiguisée comme un rasoir, qui scintilla un instant quand il frappa la peau de son bras.

Du sang rouge se mit à couler dans une coupe en argent insérée au sommet du crâne.

— *Ma chair*, annonça le roi.

Au bout d'un moment, Kolher lécha sa plaie pour la refermer. Puis l'immense mâle, avec ses cheveux noirs implantés en « V » qui lui tombaient à la taille et ses lunettes de soleil enveloppantes, fut guidé vers Vhif.

Même privé de la vue, Kolher savait précisément comment leurs corps étaient placés, quelle taille faisait Vhif, où se trouvait son visage…

Parce que le roi referma la main pile sur la mâchoire de Vhif. Puis, avec une force brutale, il lui repoussa la tête sur le côté, exposant sa gorge.

À présent il savait à quoi servaient ces foutus pitons.

Le sourire cruel de Kolher dévoila des crocs énormes, comme Vhif n'en avait jamais vu auparavant.

— *Ta chair.*

D'un coup rapide comme l'éclair, le roi se jeta sur lui sans merci, lui perçant la veine d'une morsure violente avant d'avaler avec brutalité quelques gorgées de son sang. Quand il finit par retirer ses canines, il passa la langue sur ses lèvres et sourit tel un seigneur de guerre.

Puis il fut temps.

Vhif n'eut pas besoin qu'on lui dise de se tenir prêt. Prenant appui sur ses mains, il contracta les épaules et les jambes, prêt à recevoir.

— *Notre chair*, grogna Kolher.

Le roi ne retint pas son coup. Avec la même précision infaillible, il serra le poing dans le gant ancien et l'écrasa sur la poitrine de Vhif. L'impact des jointures barbelées fut si violent que les lèvres de Vhif s'entrouvrirent pour expirer en un seul souffle tout l'air de ses poumons. Sa vision disparut un court instant, mais quand elle revint, le visage de Kolher lui apparut très nettement.

L'expression du roi était respectueuse et n'affichait pas la moindre surprise, comme si Kolher s'attendait à ce que Vhif encaisse comme un mâle.

Et cela continua. Tohr fut le suivant : il accepta le gant et la dague, prononça les mêmes paroles, entailla son avant-bras, fit couler son sang dans le crâne, mordit la gorge de Vhif avant de le frapper violemment. Puis vint le tour de Rhage. Viszs. Butch. Fhurie. Zadiste.

À la fin de l'épreuve, Vhif saignait des blessures infligées à sa gorge et à sa poitrine, son corps était couvert de sueur et s'il ne s'était pas écroulé par terre, c'était uniquement parce qu'il s'agrippait convulsivement aux pitons.

Mais il se fichait de ce qu'ils lui feraient subir d'autre ; il resterait sur ses pieds quoi qu'il arrive. Il ignorait tout de l'histoire de la Confrérie, mais il était prêt à parier qu'aucun de ses membres ne s'était affalé comme un sac de sable pendant son initiation ; et s'il ne craignait pas d'être le premier à certains égards, il ne voulait pas passer pour une mauviette ce jour-là.

En outre, jusqu'ici tout allait bien, se dit-il : les autres frères se tenaient autour de lui en souriant d'une oreille à l'autre, comme s'ils approuvaient tout à fait la façon dont il endurait tout cela, ce qui ne fit que renforcer sa détermination.

Avec un hochement de tête, comme si on lui avait donné un ordre, Tohr ramena le roi vers l'autel et lui remit le crâne. Levant haut le sang collecté, Kolher annonça :

— *Voici le premier d'entre nous. Salut au premier guerrier qui a engendré la Confrérie.*

Un cri de guerre simultanément jailli de la gorge des frères retentit dans la caverne ; ensuite, Kolher s'approcha de Vhif.

— Bois et rejoins-nous.

Compris.

Dans un soudain sursaut de vigueur, il saisit le crâne et le regarda droit dans les orbites avant de porter la coupe d'argent à sa bouche. Ouvrant le chemin vers ses entrailles, il déversa le sang dans sa gorge, acceptant les mâles en lui, absorbant leur puissance… les rejoignant.

Tout autour, les frères grognèrent en guise d'approbation.

Quand il eut fini, il reposa le crâne dans les mains de Kolher et s'essuya la bouche.

Le roi éclata d'un rire tonitruant.

— Tu ferais mieux de t'accrocher aux pitons une fois de plus, fiston…

Et ce fut la dernière chose qu'il entendit pendant un moment.

Comme un éclair jailli des cieux pour le toucher en pleine tête, une brusque vague d'énergie s'empara de lui, submergeant tous ses sens. Il sauta en arrière, trouva les prises et les serra juste au moment où son corps avait une attaque…

Il avait tout à fait l'intention de demeurer conscient.

Mais hélas… désolé. Le maelström fut trop puissant.

Son corps tremblait, son cœur battait à tout rompre et son esprit crépitait comme un pétard, et « Boum ! » ce fut l'obscurité.

Chapitre 71

— Sola, pourquoi toi pas me dire quand nous avons des visiteurs ?

Sola s'interrompit alors qu'elle posait son sac à dos sur le comptoir de la cuisine. Même si sa grand-mère attendait visiblement une réponse, elle ne se retournerait pas tant qu'elle ne serait pas certaine que son expression ne montrait rien de la surprise qu'elle éprouvait.

Quand elle fut prête, elle pivota sur une botte.

Sa grand-mère était assise à leur petite table, et sa robe d'intérieur rose et bleu était assortie à ses bigoudis ainsi qu'aux rideaux fleuris derrière elle. À l'âge de quatre-vingts ans, elle avait le visage gracieusement ridé d'une femme qui avait survécu à treize présidents, à une guerre mondiale et à d'innombrables luttes personnelles. Néanmoins, ses yeux brûlaient d'une force immortelle.

— Qui s'est présenté à la porte, vovò ? demanda-t-elle.

— Un homme avec le… (Sa grand-mère leva sa main aux articulations saillantes et mima un cercle au-dessus de sa tête.) les cheveux noirs.

Merde.

— Quand est-il passé ?

— Il était très aimable.

— A-t-il laissé son nom ?

— Alors tu ne l'attendais pas.

Sola prit une profonde inspiration et pria pour que son expression neutre demeure en dépit de l'interrogatoire serré.

Mince, après avoir vécu avec sa grand-mère pendant tant d'années, on aurait pu croire qu'elle était habituée au fait que la vieille dame posait des questions sans jamais répondre aux siennes.

— Je n'attendais personne, en effet.

Et l'idée que quelqu'un soit venu pendant son absence la poussa à poser la main sur son sac. Un neuf millimètres s'y trouvait, doté d'un viseur laser et d'un silencieux, et c'était une très bonne chose.

— À quoi ressemblait-il ?

— Très grand. Et des cheveux noirs. Des yeux profondément enfoncés.

— De quelle couleur étaient-ils ? (leur couleur se distinguait mal, mais elle s'en rappellerait sûrement.) Était-il…

— Comme nous. Il m'a parlé en espagnol.

Peut-être que cet homme excitant qu'elle traquait était bilingue, voire trilingue vu son étrange accent.

— Alors a-t-il laissé son nom ?

Non que cela soit d'une aide quelconque. Elle ignorait comment s'appelait l'homme qu'elle pourchassait.

— Il a dit que tu le connaissais et qu'il reviendrait te voir.

Sola jeta un coup d'œil à l'horloge digitale du micro-ondes. Il était presque 22 heures.

— Quand est-il passé ?

— Il n'y a pas longtemps. (Sa grand-mère plissa les yeux.) Tu le fréquentes, Marisol ? Pourquoi tu ne me dis pas ?

À cet instant précis, le dialogue passa en portugais et leurs discours saccadés se chevauchèrent, les « Je ne sors avec personne » s'entremêlant aux « Pourquoi est-ce que tu ne te maries pas ». Elles avaient eu cette discussion si souvent qu'elles reprenaient simplement leurs rôles dans cette pièce trop souvent jouée.

— Eh bien, il me plaît, déclara sa grand-mère en se levant et en frappant la surface de la table du plat de la main. (Quand le panier à serviettes encombré de magasines tomba par terre,

Sola eut envie de pousser un juron.) Et je pense que tu devrais l'inviter ici pour un vrai dîner.

J'aimerais bien, grand-mère, mais je ne connais pas ce type ; et penserais-tu la même chose si tu savais que c'est un criminel et un play-boy ?

— Est-il catholique ? demanda sa grand-mère en se dirigeant vers la sortie.

C'est un dealer de drogue, donc s'il a des sentiments religieux, il détient l'incroyable pouvoir de concilier l'inconciliable.

— Il m'a l'air d'être un bon garçon, lança sa vovò par-dessus son épaule. Un bon garçon catholique.

Et ce fut tout… pour l'instant.

Comme sa grand-mère traversait le rez-de-chaussée en traînant des chaussons pour atteindre l'escalier, nul doute qu'elle effectuait de nombreux signes de croix. Sola se l'imaginait très bien.

Avec un juron, elle baissa la tête et ferma les yeux. Quelque part, elle ne pouvait imaginer cet homme se montrer chaleureux uniquement parce qu'une petite vieille dame brésilienne lui avait ouvert la porte. Catholique, mon cul.

— Bon sang.

Mais bon, qui était-elle pour se montrer aussi moralisatrice ? Elle était une criminelle, elle aussi. Depuis des années qui plus est, et le fait qu'elle devait subvenir à ses besoins et à ceux de sa grand-mère ne justifiait pas toutes ces effractions.

Son homme mystère avait-il des personnes à charge ? se demanda-t-elle alors que le chien du voisin se mettait à aboyer. Ces jumeaux ? Ils avaient l'air très autonomes. Avait-il des enfants ? Une femme ?

Bizarrement, cela la fit frissonner.

Croisant les bras sur sa poitrine, elle regarda fixement le sol que sa grand-mère lavait tous les jours et sur lequel on aurait pu manger.

Il n'avait aucun droit de venir ici, se dit-elle.

Mais bon, elle avait visité sa maison sans y être invitée, après tout…

Sola fronça les sourcils et leva les yeux. La fenêtre, encadrée par ces demi-rideaux ruchés roses, était d'un noir d'encre parce qu'elle n'avait pas encore allumé l'éclairage extérieur. Mais elle savait que quelqu'un se tenait là-dehors.

Et elle savait de qui il s'agissait.

Le souffle court, le cœur palpitant, elle posa la main sur sa gorge pour une raison inconnue.

Détourne-toi, se dit-elle. *Fuis.*

Mais… elle ne le fit pas.

Ahssaut n'avait pas eu l'intention de se rendre chez sa cambrioleuse. Mais le mouchard était toujours sur son Audi et quand celui-ci l'avait informé qu'elle était revenue à son adresse, il avait été incapable de ne pas s'y rendre en se dématérialisant.

Néanmoins, il ne souhaitait pas être vu, aussi choisit-il de reprendre forme dans le jardin de derrière, et quel hasard : quand sa cambrioleuse entra dans la cuisine, il la vit parfaitement, de même que sa colocataire.

La vieille humaine était assez charmante à la façon des personnes âgées, avec ses bigoudis, sa robe de chambre étincelante comme un jour de printemps, et son beau visage en dépit de son âge. Mais elle ne semblait pas de bonne humeur quand, assise à table, elle jeta un regard noir à celle qui devait être, supposait Ahssaut, sa petite-fille.

Elles échangèrent quelques mots et il sourit légèrement dans l'obscurité. Il y avait beaucoup d'amour entre elles et beaucoup d'agacement, aussi. Mais c'était ainsi avec les parents âgés, que l'on soit humain ou vampire.

Oh, qu'il était réconforté de savoir qu'elle ne vivait pas avec un mâle.

À moins, bien sûr, que celui qu'elle avait vu au restaurant n'habite également la petite maison.

Comme il grondait doucement dans l'ombre, le chien de la maison voisine se mit à aboyer, avertissant ses propriétaires humains d'une présence dont ils n'avaient pas conscience.

Un instant plus tard, sa cambrioleuse se retrouva seule dans la cuisine, avec une expression de résignation et de contrariété mêlées sur le visage.

Comme elle était là, les bras croisés, secouant la tête, il se dit qu'il devrait y aller. Au lieu de quoi, il fit ce qu'il n'aurait pas dû : il entra en contact télépathique avec elle à travers la vitre et lâcha la bride à son désir.

Instantanément, elle réagit, son corps souple se redressa contre le plan de travail et ses yeux se tournèrent vers les siens à travers la fenêtre.

— Viens à moi, dit-il dans le froid.

Ce qu'elle fit.

La porte de derrière grinça quand elle l'ouvrit d'un coup de hanche, forçant le coin inférieur du battant à creuser un sillon dans la neige du perron.

Son odeur était un délice aux narines d'Ahssaut. Et quand il réduisit la distance entre eux, son corps vibrait d'un désir prédateur.

Ahssaut ne s'arrêta qu'à quelques centimètres d'elle. De près, poitrine contre poitrine, elle était bien plus petite que lui ; pourtant l'effet qu'elle avait sur lui était colossal : il serra les poings, contracta les cuisses et sentit son cœur irrigué d'un sang brûlant.

— Je ne croyais pas vous revoir un jour, chuchota-t-elle.

Son pénis durcit encore, rien qu'au son de sa voix.

— Il semblerait que nous ayons encore des affaires en cours.

Et cela n'impliquait ni argent, ni drogue, ni informations.

— Je pensais vraiment ce que je vous ai dit. (Elle repoussa ses cheveux en arrière d'un geste nerveux, comme si elle avait du mal à se tenir tranquille.) Je ne vous espionnerai plus. Je vous l'ai promis.

— En effet, vous m'avez donné votre parole. Mais on dirait que votre regard sur moi me manque. (Le petit halètement qu'elle laissa échapper résonna dans l'air froid entre leurs bouches.) Entre autres choses.

Elle détourna brièvement les yeux. Puis les reposa sur lui.

— Ce n'est pas une bonne idée.

— Pourquoi ? À cause de cet humain avec lequel vous avez dîné l'autre soir ?

Sa cambrioleuse fronça les sourcils, sans doute en raison de l'emploi du terme « humain ».

— Non. Pas à cause de lui.

— Alors il ne vit pas ici.

— Non, il n'y a que ma grand-mère et moi.

— J'approuve tout à fait cela.

— Pourquoi auriez-vous la moindre opinion à ce sujet ?

— Je me pose cette question quotidiennement, murmura-t-il. Mais expliquez-moi, si ce n'est pas à cause de cet homme, pourquoi ne devrions-nous pas nous voir ?

Sa cambrioleuse repoussa une fois de plus ses cheveux derrière ses épaules et secoua la tête.

— Vous êtes… dangereux.

— Dit la femme qui est presque toujours armée.

Elle leva le menton.

— Vous croyez que je n'ai pas vu cette lame ensanglantée chez vous ?

— Oh, ça. (Il écarta son commentaire d'un geste de la main.) Je m'occupe simplement de mes affaires.

— J'ai cru que vous l'aviez tué.

— Qui ?

— Mark, mon ami.

— « Ami », s'entendit-il grogner. Est-ce tout ce qu'il est pour vous ?

— Alors qui avez-vous tué ?

Ahssaut sortit un cigare pour l'allumer, mais elle l'arrêta.

— Ma grand-mère le sentira.

Il jeta un coup d'œil aux fenêtres closes du premier étage.

— Comment ?

— Je vous en prie, ne fumez pas. Pas ici.

Inclinant la tête, il obtempéra, même s'il ne pouvait se rappeler s'en être déjà refusé un pour qui que ce soit.

— Qui avez-vous tué ?

Elle avait posé la question sur un ton égal, sans l'hystérie que l'on aurait pu attendre de la part d'une femelle.

— Ce n'est rien qui vous concerne.

— Mieux vaut que je ne sache rien, hein.

Vu qu'il appartenait à une espèce différente d'elle ? Oui. Tout à fait.

— Ce n'était pas quelqu'un que vous auriez même pu connaître un jour. Néanmoins, je vous dirai que j'avais mes raisons. Il m'a trahi.

— Alors il le méritait.

Ce n'était pas une question ; plutôt une approbation.

Il ne pouvait que partager cette vision des choses.

— Oui, en effet.

Il y eut un instant de silence, puis il se sentit obligé de demander :

— Quel est votre nom ?

Elle éclata de rire.

— Vous voulez dire que vous l'ignorez ?

— Comment l'aurais-je découvert ?

— Bien vu, et je vais vous le dire, si vous m'expliquez ce que vous avez raconté à ma vovò. (Elle croisa les bras autour de son torse, comme si elle avait froid.) Vous savez, vous lui avez plu.

— À qui ai-je plu ?

— À ma grand-mère.

— Comment me connaît-elle ?

Sa cambrioleuse fronça les sourcils.

— Quand vous êtes venu tout à l'heure. Elle a dit qu'elle pensait que vous étiez un homme bien et qu'elle voulait vous inviter à dîner. (Cet étonnant regard noir croisa de nouveau le sien.) Non que je le recommande… quoi ? Eh, oh.

Ahssaut, qui n'avait pas eu conscience de lui empoigner le bras, força sa prise à se desserrer.

— Je ne suis pas venu tout à l'heure. À aucun moment je n'ai parlé à votre grand-mère.

Sa cambrioleuse ouvrit la bouche. La referma. La rouvrit.

— Vous n'étiez pas là ce soir ?

— Non.

— Alors qui diable est à ma recherche ?

Comme un instinct protecteur le submergeait, ses crocs s'allongèrent et sa lèvre supérieure commença à se retrousser, mais il se retint et mit en sourdine la démonstration de ses émotions profondes.

Brusquement, il désigna la cuisine du menton.

— Allons à l'intérieur. Tout de suite. Et vous m'en direz plus.

— Je n'ai pas besoin de votre aide.

Ahssaut la dévisagea de toute sa hauteur.

— Vous l'aurez quand même.

Chapitre 72

Trez n'avait pas l'habitude qu'un chauffeur l'emmène quelque part. Il aimait conduire lui-même. Avoir le contrôle. Choisir d'aller à gauche, ou à droite. Pourtant, ce genre d'autonomie n'était pas au programme ce soir.

Pour le moment, il voyageait à l'arrière d'une Mercedes aussi grosse qu'une maison. À l'avant, Fritz, ainsi qu'il s'appelait, conduisait comme un dératé, ce qui n'était pas exactement le genre de chose auquel on s'attendait de la part d'un majordome qui paraissait âgé de sept mille ans.

Bon, vu que Trez était toujours un peu à l'ouest après sa migraine de la nuit précédente, il supposait que ce n'était pas plus mal de n'être que passager dans ce cas-là. Mais si lui et iAm devaient y vivre, ils allaient devoir apprendre où se trouvait cette fichue propriété…

C'était quoi, ce bordel ?

Bizarrement, ses sens remarquèrent un changement dans l'atmosphère, quelque chose qui le démangeait à la lisière de sa conscience : une sorte d'avertissement. Et ça alors, par la vitre, le paysage éclairé par la lune devint flou, comme si une distorsion modifiait son champ de vision.

Il vérifia l'intérieur de la Mercedes. Tout allait bien : le grain du cuir noir, les finitions en loupe de noyer, la cloison de séparation qu'on avait relevée avaient exactement la même apparence que précédemment. Ce n'était donc pas son nerf optique qui déconnait.

Dirigeant une fois de plus son regard vers l'extérieur, il sut que la distorsion n'était pas due au brouillard qui venait de se lever, ni à une chute de neige fondue. Non, ce merdier n'était pas lié à la météo… C'était totalement différent… comme si la peur s'était cristallisée sur les particules d'air, et avait entraîné cette modification du paysage.

Sympa comme protection, songea-t-il.

Et dire qu'il avait cru que lui et son frère étaient les seuls à avoir plus d'un tour dans leur sac.

— On se rapproche, annonça-t-il.

— C'est quoi, ce truc ? murmura iAm en regardant par la fenêtre lui aussi.

— Je ne sais pas. Mais il faut qu'on en trouve.

Brusquement, la voiture s'engagea dans une côte, ce qui, compte tenu de la vitesse du vieux au pied lourd, ressembla à l'élan de départ d'une montagne russe. Néanmoins, ils ne dévalèrent pas de l'autre côté une fois qu'ils en eurent atteint le sommet, car, surgie de nulle part, une massive demeure en pierre se matérialisa soudain devant eux, si vite que Trez saisit la poignée en attendant le choc.

Mais leur chauffeur savait exactement où ils se trouvaient et de quelle distance la voiture avait besoin pour s'arrêter. Avec la maîtrise d'un cascadeur de cinéma, le majordome tourna le volant d'un coup et enfonça la pédale de frein, les stationnant entre une Ferrari, pour laquelle Trez eut un coup de cœur immédiat, et un Hummer qui ressemblait plus à une sculpture abstraite qu'à un véhicule.

— Il s'est sûrement fait la main sur celle-ci, dit-il d'un ton sec.

Quand les portes furent déverrouillées, lui et iAm sortirent en même temps.

Mince. Quelle énorme maison, se dit Trez en inclinant la tête en arrière pour regarder le toit, tout en haut. Comparé à cet énorme tas de cailloux, il avait l'impression d'être haut comme trois pommes.

Voire une seule pomme.

S'élevant haut dans la nuit froide, avec des gargouilles qui surveillaient les alentours depuis les corniches, et deux ailes de trois étages qui s'étendaient de chaque côté, l'endroit ressemblait exactement à ce qu'on attendait de la résidence du roi des vampires : flippant et menaçant.

C'était une bâtisse digne de Halloween, sauf que c'était pour de vrai. Les gens là-dedans mordaient vraiment, et pas seulement quand on le leur demandait.

— Génial, déclara Trez, qui se sentit immédiatement chez lui.

— Messieurs, pourquoi n'entreriez-vous pas ? proposa le majordome d'un ton joyeux. Et je me chargerai de porter vos bagages.

— Non, rétorqua Trez en se dirigeant vers le coffre. On a beaucoup de merdier, euh… de trucs.

C'était assez difficile de jurer devant un type en queue-de-pie.

iAm hocha la tête.

— Nous allons nous en occuper pour vous.

Le regard du majordome passa de l'un à l'autre, sans que son sourire vacille un instant.

— Je vous en prie, entrez prendre part aux festivités, messieurs. Nous nous chargerons de ces choses triviales.

— Oh non, nous pouvons…

— Oui, je veux dire, ça ne va pas prendre…

Fritz parut désorienté, puis légèrement paniqué.

— Mais je vous en prie, messieurs, vous devez rejoindre les autres. Je m'occuperai de cela. C'est mon travail dans cette maison.

Sa détresse paraissait excessive, mais ce n'était pas comme s'il avait été possible d'argumenter sans le contrarier davantage : visiblement, ce type allait faire une attaque s'ils portaient eux-mêmes leurs bagages à l'intérieur.

À Rome, il faut faire comme les Romains, se dit Trez.

— OK, merci.

— Oui, merci beaucoup.

Ce grand sourire attachant fut immédiatement de retour.

— Très bien, messieurs ! Oui, très bien.

Quand le majordome leur indiqua la porte, comme si le rôle de cette entrée majestueuse et semblable à une cathédrale était un mystère, Trez haussa les épaules et gravit les marches du perron.

— Est-ce que tu crois qu'il nous laissera nous torcher le cul ? demanda-t-il à voix basse.

— Seulement s'il ne nous voit pas aller aux toilettes.

Trez éclata de rire et jeta un regard par-dessus son épaule.

— C'était bien une blague, iAm ? Hein ? Je crois bien que oui.

Après avoir donné un coup de coude à son frère et obtenu un grognement en guise de réponse, il tendit la main et saisit la lourde poignée de porte. Il fut un peu surpris de découvrir que celle-ci n'était pas verrouillée, mais après tout, avec ce… truc… tout autour, pourquoi aurait-on besoin d'un verrou ? Sans surprise, il n'y eut pas de grincement quand il poussa le battant. L'endroit était aussi net qu'un jardin aménagé au cordeau, où tous les massifs seraient pelletés, les allées soigneusement salées, et tout le reste parfaitement ordonné.

Mais bon, avec ce majordome pour diriger les opérations, un grain de poussière passait sans doute pour une urgence nationale.

Quittant le froid, il se retrouva dans une petite antichambre dotée d'un sol en mosaïque et d'un plafond haut, face à un poste de surveillance qui comprenait une caméra de sécurité. Il savait quelle était son utilité et plaça son visage en plein dans le champ de vision.

Instantanément, la porte intérieure, qui devait dépasser celle d'un coffre-fort de banque en matière de poids, s'ouvrit en grand.

— Salut ! s'exclama une femelle. Vous voilà.

Trez remarqua à peine la présence d'Ehlena quand il aperçut ce qui se trouvait derrière elle.

— Salut… Comment ça va… ?

Il n'entendit pas sa réponse.

Oh… waouh. Oh… quelles couleurs magnifiques.

Trez n'eut pas conscience d'avancer, mais il le fit quand même et entra dans la merveille architecturale la plus incroyable qu'il ait jamais vue. De grandes colonnes de malachite et de marbre s'élevaient jusqu'à un plafond plus haut que les cieux. Des lustres en cristal et des appliques dorées scintillaient. Un escalier rouge sang aussi large qu'un parking montait du sol en mosaïque qui semblait représenter… un pommier en fleur.

Si austère que soit l'extérieur, l'intérieur était absolument fastueux.

— Ça rivalise avec le palais, s'exclama iAm, émerveillé. Oh, Ehlena, salut ma puce.

Trez eut vaguement conscience que son frère étreignait la *shellane* de Vhengeance. Et que d'autres personnes se trouvaient également là, des femelles pour la plupart, mais il reconnut Blay et un mâle blond, ainsi que John Matthew et, bien entendu, Vhen, qui traversait le vestibule à l'aide de sa canne.

— La fête n'est pas pour vous, mais vous pouvez faire comme si c'était le cas.

iAm et Vhen s'étreignirent, mais une fois de plus, Trez ne leur prêta aucune attention.

En fait, il cessa complètement de s'intéresser au décor merveilleux sur lequel il s'extasiait encore une seconde avant.

Debout sur le seuil de ce qui semblait être une salle à manger, l'Élue qu'il avait vue dans la grande maison de Vhen dans les Adirondacks parlait à une femelle également vêtue d'une robe blanche.

Trez ne distinguait plus qu'elle, la dévorant des yeux, incapable de détourner le regard.

Regarde-moi, lui intima-t-il mentalement. *Regarde-moi*.

À cet instant, comme si elle avait senti son ordre, l'Élue tourna les yeux dans sa direction.

Trez se mit instantanément à bander, son corps gonflant du désir d'aller vers la femelle, de la prendre dans ses bras et de l'emmener dans un lieu plus intime.

Où il pourrait la marquer.

iAm dit exactement, précisément, ce qu'il n'avait pas envie d'entendre :

— Elle n'est toujours pas pour toi, mon frère.

Ouais, c'est ça, songea Trez alors que son Élue reportait son attention sur la femelle avec laquelle elle parlait.

Il l'aurait, même si cela devait le tuer.

Si on devait en arriver là, eh bien, sa vie n'était vraiment pas réjouissante en ce moment, non ?

Quand Vhif reprit ses esprits, il était allongé sur l'autel. Le crâne se trouvait juste à côté de sa tête, comme si le premier frère veillait sur lui pendant qu'il récupérait après avoir bu le sang. Clignant des yeux pour éclaircir sa vision, il comprit qu'il contemplait un mur de noms. Chaque centimètre carré du grand bloc de marbre contre lequel il s'était adossé lors de l'initiation était gravé de noms en langue ancienne.

Enfin, sauf à l'endroit où se trouvaient les deux pitons.

Quand il s'assit et laissa ses jambes pendre dans le vide, son dos émit un craquement sonore et sa tête se mit à lui tourner. Se frottant le visage, il sauta à terre et marcha, jusqu'à ce qu'il puisse toucher les noms gravés.

— Tu es tout au bout, dit Zadiste derrière lui.

Vhif pivota sur lui-même. La Confrérie se trouvait de nouveau au pied de l'estrade, et chaque frère souriait de toutes ses dents.

L'accent bostonien de Butch résonna :

— Ça fait quelque chose de voir son nom là-dessus. Tu devrais regarder.

Vhif se retourna. Comme on pouvait s'y attendre, après s'être penché plus bas vers la droite, il découvrit le nom du flic, puis le sien.

Ses jambes flanchèrent et il s'agenouilla devant l'alignement net de symboles. Puis il regarda l'ensemble du mur, sur lequel les noms distincts se fondaient en un motif unique et cohérent. Exactement comme la Confrérie dont le groupe et non les individus constituait l'essence.

Et il en faisait désormais partie.

Bon sang… il y était.

Vhif se prépara à ressentir une intense émotion qui le transformerait, quelque chose comme un carillon de « Tu en fais partie » qui résonnerait dans sa poitrine, ou une joie qui lui ferait tourner la tête ou… merde, un grand « Tu es l'homme de la situation » qui retentirait dans son crâne.

Rien ne se passa. Il était heureux, oui. Il était fier, putain, oui. Il était prêt à se tirer de là et à se battre comme un furieux.

Mais quand il se releva, il découvrit qu'en dépit de cette nouvelle sensation de plénitude, une partie de son être demeurait détachée et absente. Mais bon, ces derniers jours avaient été chaotiques, comme si le destin avait mis sa vie dans un mixer et s'était amusé à en faire de la sauce.

Peut-être était-ce plus lié au fait qu'il n'avait jamais été doué avec les émotions et que rien ne changerait jamais cela.

Au moins, il n'était pas en train de fuir.

Quand il descendit de l'estrade, il reçut tant de claques dans le dos et de coups dans la poitrine qu'il sut ce que ressentait un rugbyman après l'entraînement.

Puis il prit conscience qu'il allait rentrer à la maison et retrouver Blay.

Sainte Marie, mère de Dieu, comme aurait dit le flic, il était vraiment prêt à regarder le mâle dans les yeux. Peut-être à s'éclipser pour lui raconter à quoi ressemblait la cérémonie, même s'il n'était probablement pas censé le faire. Peut-être à monter dans sa chambre une fois la fête finie et… hum, oui… pendant un moment.

OK, voilà qu'il était excité.

Rhage lui jeta sa robe noire.

— Donc, bienvenue chez les dingues, pauvre fils de pute. Tu nous as sur le dos pour le reste de ta vie.

Vhif fronça les sourcils et pensa à John.

— Qu'en est-il de ma fonction d'*ahstrux nohtrum* ?

— Terminé, annonça V. qui se rhabillait également. Tu es un homme libre.

— Alors John savait ?

— Pas que tu allais avoir une promotion de cette sorte, non. Mais on lui a dit que tu ne pourrais plus être son garde du corps. (Comme Vhif touchait le tatouage sous son œil, V. hocha la tête.) Oui, on va changer ça. C'est une révocation honorable, néanmoins, pas un décès ni un licenciement.

Oh, génial. Ça valait mieux qu'un ordre d'exécution en pleine poitrine et une tombe.

Alors qu'ils sortaient, Vhif jeta un dernier coup d'œil à la caverne. C'était si étrange ; oui, il était en train de vivre un moment historique, mais il avait également l'impression qu'il s'agissait du point culminant de toutes ces nuits passées à se battre avec les frères, comme si une mystérieuse logique interne avait rendu cet événement extraordinaire… inévitable.

Alors qu'ils réempruntaient le même trajet qu'à l'aller, Vhif se retrouva bientôt dans un couloir tapissé d'étagères s'étendant du sol au plafond extrêmement élevé.

— Seigneur… Dieu, souffla-t-il en voyant toutes les jarres d'éradiqueurs qu'elles contenaient.

Tout le monde s'arrêta.

— Les jarres ? demanda Kolher.

— Oui, répondit Tohr en ricanant. Notre ami semble impressionné.

— Il y a de quoi, marmonna Rhage en remontant la ceinture de sa robe. On est d'enfer.

Cette affirmation provoqua quelques grognements parmi les frères et certains levèrent même les yeux au ciel.

— Au moins, il n'a pas sorti un « Ça déchire sa race », marmonna quelqu'un.

— C'est Lassiter, ça, fit remarquer un autre.

— Mince, ce fils de pute devrait vraiment arrêter de regarder des dessins animés.

— Entre autres choses.

— Un peu de sérieux, s'il vous plaît, les interrompit Rhage. Pouvons-nous avoir une seconde ?

Des grognements d'approbation remplacèrent les railleries et le bruit guttural s'éleva en résonnant entre les jarres de leurs ennemis morts.

— Pense simplement que maintenant, tu vas pouvoir y déposer les tiennes, dit Tohr en passant un bras autour des épaules de Vhif.

— Pas mal, murmura celui-ci en passant en revue les différents contenants. Pas mal du tout.

Ils sortirent par des portes, certes anciennes, mais d'une épaisseur telle qu'un chalumeau mettrait plusieurs heures à les transpercer. Puis on poussa un autre obstacle, qui ressemblait diablement au mur d'une grotte, et ça alors, ils émergèrent d'un étroit boyau souterrain à l'air libre, et furent de retour à l'Escalade. Il fallut un moment pour traverser la forêt et, à la seconde où les lumières de la demeure apparurent, Vhif commença à sentir l'excitation l'envahir : il s'agita sur son siège et posa la main sur la poignée de la portière.

Le 4 × 4 avait à peine ralenti quand il défit le verrou et sauta du véhicule. Des rires montèrent au sein de la Confrérie tandis que ses membres sortaient de façon plus raisonnable, et suivaient sa trace, alors qu'il grimpait les marches quatre à quatre. Devant la majestueuse entrée principale, il ouvrit la porte d'un coup sec et se précipita dans le hall pour montrer son visage à la caméra.

Derrière lui, il entendit les voix des frères…

Ses frères désormais, se dit-il. N'est-ce pas ?

Ses frères le rejoignirent en échangeant des blagues au moment où Fritz ouvrait la porte intérieure.

Vhif faillit renverser le majordome quand il se précipita dans la maison. Il vit beaucoup de visages souriants, les *shellane* de la maison, la reine, des *doggen* partout… iAm, Trez, Vhen et Ehlena…

Il chercha des cheveux roux, examina la salle à manger avant de revenir à la salle de billard. Où était…

Vhif s'arrêta.

De l'autre côté de la table de billard, sur le canapé qui faisait face à la télé installée au-dessus de la cheminée, Blay et Saxton étaient assis côte à côte. Ils étaient tournés l'un vers l'autre, un gin tonic à la main, et paraissaient engagés dans une importante discussion.

Brusquement, Blay se mit à rire la tête rejetée en arrière.

À cet instant, son regard se posa sur Vhif.

Son visage se contracta immédiatement.

— Félicitations !

La voix de Layla le sortit de sa torpeur et il se tourna vers elle, aveuglé, l'esprit étourdi alors même qu'il n'aurait pas dû l'être : il avait su tout du long que Saxton rentrerait après ses vacances.

— Je suis si heureuse pour toi !

Comme Layla l'étreignait, il la serra dans ses bras de façon automatique.

— Merci. (Il s'écarta et se passa une main dans les cheveux.) Alors, euh… comment est-ce que tu te sens ?

— Nauséeuse et en pleine forme.

Vhif s'affaissa en lui-même, même s'il tenta de se réjouir de la grossesse.

— Je suis si heureux. Je suis vraiment… heureux.

Chapitre 73

Sola se cogna dans la cuisinière quand elle fit entrer l'homme dans sa maison. Puis, en voulant corriger sa trajectoire, elle heurta la chaise sur laquelle sa grand-mère s'était assise, mais au moins fut-elle capable de dissimuler son trouble en la tirant pour s'y asseoir.

— Vous ne m'avez pas donné votre nom, vous non plus, murmura-t-elle, même si leur véritable identité était bien la dernière chose qu'elle avait en tête.

L'homme s'installa en face d'elle de l'autre côté de la petite table. Avec ses vêtements hors de prix et sa haute stature, il donnait à tout un air fragile, depuis la plaque d'aggloméré qui les séparait jusqu'aux sièges et aux meubles de cuisine.

À la maison tout entière, en fait.

Il tendit la main au-dessus de la table et se présenta de sa voix grave à l'accent magnifique :

— Je m'appelle Ahssaut.

— Ahssaut ? (Elle tendit prudemment sa propre main au-dessus du plateau, prête à serrer la sienne.) Quel nom étrange…

À l'instant où le contact fut établi, un éclair remonta le long de son bras et atterrit dans son cœur, accélérant ses pulsations et la faisant rougir.

— Vous n'aimez pas cela ? chuchota-t-il d'un air complice, comme s'il avait parfaitement conscience de sa réaction.

Sauf qu'il parlait de son nom, n'est-ce pas ? Oui, c'était cela.

— C'est… inattendu.

— Donnez-moi le vôtre. (Il formula son ordre sans la lâcher.) S'il vous plaît.

Alors qu'il attendait, qu'il lui tenait la main, qu'ils respiraient à l'unisson, elle découvrit que, parfois, il existait des situations bien plus intimes que le sexe.

— Marisol. Mais on m'appelle Sola.

Il ronronna. Il ronronna !

— Je vous appellerai Marisol.

Et c'était parfait. Seigneur, cet accent... il transformait le nom qu'elle avait porté toute sa vie en poème.

Sola retira sa main de la sienne et la posa sur ses genoux. Mais elle garda les yeux rivés sur lui : son expression était arrogante mais elle avait l'impression qu'il n'en avait pas conscience, que cela n'avait rien à voir avec elle. Ses cheveux étaient incroyablement épais, et sans doute coiffés avec du gel, car cette ondulation parfaite sur son front ne pouvait pas retomber ainsi de façon naturelle. Et son parfum ? Oubliez. Quelle que soit la marque, cette odeur incroyable la faisait presque planer.

Avec cette beauté, ce corps et cette intelligence, elle était prête à parier sa maison que sa vie devait être un grand jeu de « Le monde m'appartient ».

— Alors, parlez-moi de votre visiteur, dit-il.

Comme il attendait, il baissa le menton et l'observa entre ses cils.

C'était si peu surprenant qu'il ait tué quelqu'un.

Elle haussa les épaules.

— Je n'en ai aucune idée. Ma grand-mère a seulement dit que l'homme avait des cheveux noirs et des yeux profondément enfoncés...

Elle fronça les sourcils en remarquant qu'il avait, comme toujours, les iris couleur de lune, une teinte d'yeux qu'il paraissait impossible d'avoir naturellement. Portait-il des lentilles de contact ? se demanda-t-elle.

— Elle… euh, elle n'a pas donné de nom, mais il a dû se montrer poli, car si cela n'avait pas été le cas, elle m'en aurait rebattu les oreilles. Oh, et il lui a parlé en espagnol.

— Quelqu'un pourrait-il être à votre recherche ?

Elle secoua la tête.

— Je ne parle jamais à personne de cette maison. La plupart des gens ignorent mon véritable nom. C'est pour cela que j'ai cru que c'était vous… qui d'autre… je veux dire, personne d'autre n'est jamais venu ici à part vous.

— Il n'y a personne dans votre passé ?

Poussant un soupir, elle jeta un coup d'œil à la cuisine ; puis ramassa les serviettes tombées de la corbeille et les replaça à l'intérieur.

— Je ne sais pas…

Avec la vie qu'elle menait, il pouvait y avoir beaucoup de monde.

— Avez-vous une alarme ici ? demanda-t-il.

— Oui.

— Vous devriez partir du principe qu'il est dangereux, jusqu'à preuve du contraire.

— Je suis d'accord. (Comme l'homme, Ahssaut en l'occurrence, plongeait une main dans son manteau, elle secoua la tête.) Pas de cigare. Je vous ai dit…

Il fit preuve d'une lenteur exagérée pour sortir un stylo en or et le lui montrer. Puis il prit l'une des serviettes qu'elle venait tout juste de remettre en place et y inscrivit un numéro de téléphone à sept chiffres.

— Vous m'appelez s'il revient. (Il fit glisser le carré de papier sur la table, mais garda l'index juste sur les chiffres.) Et je m'en occuperai.

Sola se leva trop vite, ce qui fit grincer sa chaise. Immédiatement, elle se figea et regarda le plafond. N'entendant aucun son en provenance de l'étage, elle se rappela baisser d'un ton.

Elle se dirigea en silence vers la cuisinière. Revint. Alla jeter un coup d'œil à la porte de derrière donnant sur le porche. Revint encore.

— Écoutez, je n'ai pas besoin de votre aide. J'apprécie…

Comme elle se retournait pour prendre une fois de plus le chemin de la cuisinière, il se retrouva juste en face d'elle. Bouche bée, elle sursauta, car elle ne l'avait même pas entendu bouger…

Sa chaise se trouvait dans la même position que quand il y était assis.

Contrairement à la sienne, qu'elle avait repoussée de côté.

— Que…

Elle se tut, l'esprit tourbillonnant. Certainement, elle n'allait pas lui demander ce qu'il était…

Comme il prenait son visage entre ses mains, elle sut qu'elle aurait du mal à dire non à la moindre de ses suggestions.

— Vous m'appellerez et je vous retrouverai, lui ordonna-t-il.

Les mots étaient si bas qu'ils en étaient presque déformés et sa voix était grave… tellement grave.

Sa fierté émit une protestation dans son cerveau, mais sa bouche refusa de la formuler.

— D'accord, dit-elle.

Voilà qu'il lui souriait à présent, en retroussant les lèvres. Mon Dieu, ses canines étaient pointues, et plus longues que dans son souvenir.

— Marisol, ronronna-t-il. Quel beau nom.

Comme il faisait mine de se pencher vers elle, une légère pression au niveau de sa mâchoire lui fit relever le menton. Oh non, merde non, elle ne devait pas faire cela. Pas dans cette maison. Pas avec un homme pareil…

Tant pis. Avec un soupir de reddition, elle ferma les yeux et leva la bouche pour accepter la sienne…

— Sola ! Sola, qu'est-ce que tu fais en bas ?

Ils se figèrent tous les deux, et instantanément, Sola régressa à l'époque où elle avait treize ans.

— Rien du tout ! répondit-elle.

— Qui est avec toi ?

— Personne… c'est la télévision !

Trois… deux… un…

— Ça ne ressemble pas à la télé !

— Partez, chuchota-t-elle en s'écartant de cette large poitrine. Vous devez partir d'ici tout de suite.

Ahssaut ferma à demi les paupières.

— Je crois que j'ai envie de la rencontrer.

— Oh que non.

— Si…

— Sola ! Je descends !

— Partez, souffla-t-elle. S'il vous plaît.

Ahssaut caressa du pouce sa lèvre inférieure et se pencha vers elle pour lui parler à l'oreille.

— J'ai l'intention de reprendre là où nous avons été interrompus. Juste pour que vous soyez au courant.

Puis il s'écarta d'elle et se dirigea vers la porte avec une nonchalance agaçante. Et même quand le bruit des chaussons de sa grand-mère se fit entendre dans l'escalier, il prit le temps de lui jeter un dernier coup d'œil par-dessus son épaule en ouvrant.

Elle sentit son regard brillant parcourir son corps avec délectation.

— Nous n'en avons pas fini vous et moi.

Puis il s'en alla, loué soit le Seigneur.

Sa grand-mère apparut une fraction de seconde après que la moustiquaire extérieure eut retrouvé sa place.

— Eh bien ? demanda-t-elle.

Sola jeta un coup d'œil à la fenêtre à côté de la table, afin de s'assurer qu'il faisait toujours noir comme dans un four dehors. Oui. Bien.

— Tu vois ? dit-elle en écartant les bras pour désigner la cuisine vide. Il n'y a personne.

— La télévision n'est pas allumée.

Pourquoi, oh, pourquoi sa grand-mère ne pouvait-elle lui faire la grâce de perdre la boule comme tant d'autres personnes âgées ?

— Je l'ai éteinte parce qu'elle te dérangeait.

— Oh.

Un regard suspicieux passa les lieux en revue…

Merde. Il y avait de la neige fondue sur le linoléum devant la porte du jardin.

— Viens, dit Sola en faisant faire demi-tour à la vieille dame. Assez de soucis pour cette nuit. On va se coucher, maintenant.

— Je te surveille, Sola.

— Je sais, vovò.

Comme elles grimpaient les marches ensemble, une partie d'elle-même se demandait qui diable était venu la chercher ici et pourquoi. Quant à l'autre partie, elle se trouvait toujours dans la cuisine, sur le point d'embrasser cet homme.

Il valait probablement mieux qu'on les ait interrompus.

Elle avait l'impression manifeste que son protecteur était aussi un prédateur.

L'appel qu'attendait Xcor arriva à un moment idéal. Il venait de traquer et de tuer un éradiqueur solitaire sous le pont du centre-ville, et nettoyait son arme favorite, le sang noir sur la lame du fauchon disparaissant facilement tandis qu'il la frottait à l'aide d'une peau de chamois.

Il rengaina d'abord son arme sur son dos, avant de sortir son téléphone. Quand il répondit, il regarda ses guerriers qui s'étaient réunis et discutaient des combats de la nuit dans le vent froid.

— Est-ce Xcor, fils du Saigneur ?

Il serra les dents, mais ne prit pas la peine de corriger cette inexactitude. Le nom du Saigneur servait sa réputation.

— Oui. À qui ai-je l'honneur ?

Il y eut un long silence.

— J'ignore si je dois ou non vous parler.

Les inflexions aristocratiques de son interlocuteur le renseignèrent assez bien sur son identité.

— Vous êtes l'associé d'Elan.

Encore un long silence… et, Dieu, cela commençait à user sa patience. Mais il garda également cela pour lui.

— Oui. C'est moi. Avez-vous appris la nouvelle ?

— À quel sujet ?

Quand un troisième silence s'établit, il comprit que la conversation risquait de durer un moment. Sifflant en direction de ses soldats, il leur fit signe de tous se rendre au sommet du gratte-ciel, situé à plusieurs pâtés de maisons vers l'est.

Un instant plus tard, il se dématérialisa lui aussi jusqu'au toit, où les rafales de vent étaient bien plus violentes qu'au sol. Vu que les bourrasques empêchaient toute discussion, il alla se mettre à couvert sous des caissons de ventilation.

— La nouvelle à quel sujet ? répéta-t-il.

— Elan est mort.

Xcor montra les crocs en souriant.

— En effet.

— Vous ne paraissez pas surpris.

— Je ne le suis pas. (Xcor leva les yeux au ciel.) Même si, naturellement, je suis attristé par cette nouvelle.

Ce qui était vrai : pour lui, c'était comme avoir perdu un bon revolver. Ou, plus précisément, un tournevis. Mais ces choses-là se remplaçaient.

— Savez-vous qui a fait le coup ? demanda son interlocuteur.

— Eh bien, je crois que vous le savez, me trompé-je ?

— C'est la Confrérie, bien entendu.

Encore une méprise mais, une fois de plus, Xcor ne voulut pas détromper son interlocuteur.

— Dites-moi, vous attendez-vous à ce que je lui offre sa *revhanche* ?

— Cela ne me regarde pas. (Le ton guindé suggérait que le mâle craignait de subir le même destin.) Sa famille cherchera réparation.

— Comme ils en ont le droit. (N'entendant rien de plus, Xcor sut ce qu'on attendait et exigeait de lui.) Je peux vous assurer de deux choses : ma confidentialité et ma protection. Je devine que vous vous trouviez à la réunion chez Elan cet automne. Ma position vis-à-vis du roi n'a pas changé, et je présume que cet appel signifie que vous partagez mon point de vue à ce sujet. Ai-je raison ?

— Je ne recherche ni le pouvoir politique, ni la puissance sociale.

Quelle connerie.

— Bien sûr que non.

— Je suis… inquiet de l'avenir de l'espèce… En cela, Elan et moi étions du même avis. Néanmoins, je n'étais pas d'accord avec la tactique qu'il proposait. L'assassinat comporte trop de risques et, au final, n'accomplit pas toujours les promesses escomptées.

Au contraire, songea Xcor. Une balle dans la tête résolvait beaucoup de choses…

— Le droit permet de destituer un roi.

Xcor fronça les sourcils.

— Je ne vous suis pas.

— Avec tout le respect que je vous dois, le droit est plus fort que l'épée. Pour paraphraser une expression humaine.

— Vos références indirectes ne me parlent pas. Soyez précis, si cela ne vous ennuie pas.

— Le pouvoir de Kolher est fondé sur le droit ancien. Il établit la domination unilatérale du roi sur tous les aspects de nos vies et de notre société, lui laissant les mains libres pour agir comme il l'entend, sans rendre de comptes à personne.

Raison pour laquelle Xcor désirait le poste, merci bien.

— Poursuivez.

—Il n'existe aucune restriction à ce qu'il peut faire, ou à la direction qu'il peut emprunter… En fait, il peut également modifier le droit ancien s'il le décide et altérer le tissu même de nos traditions et de nos fondations.

—J'en suis bien conscient.

Xcor consulta sa montre. En supposant qu'il ne soit pas coincé au téléphone pour les deux heures à venir, il restait largement le temps de se battre encore cette nuit.

—Peut-être que vous et moi pourrions nous rencontrer en personne demain soir…

—Il n'existe qu'un seul motif légal de destitution.

Xcor fronça les sourcils.

—De destitution ?

—Il doit être capable de produire, je cite : « un héritier de sang pur ».

—Et en quoi est-ce important pour notre affaire ? Il est déjà uni et sans doute qu'à l'avenir…

—Sa *shellane* est métisse.

Ce fut au tour de Xcor de se taire, et le conseiller juridique d'Elan en tira parti :

—Soyons clairs l'un avec l'autre. Il y a du sang humain en nous. De temps à autre, il y a eu des unions à l'extérieur de l'espèce. On pourrait argumenter sur le fait que personne n'est véritablement « de sang pur ». Néanmoins, il existe une différence fondamentale entre un citoyen qui s'aventure à épouser une humaine, et le roi qui engendre un rejeton dont la propre mère est métisse, surtout si ledit rejeton doit hériter du trône après sa mort.

Affhres se pencha au coin du mur de caissons.

—Tout va bien ? articula-t-il.

Xcor posa une main sur le téléphone.

—Emmène les autres dans la rue. Je vous rejoins bientôt.

—Comme tu le souhaites, répondit Affhres avec une petite courbette.

Le guerrier s'esquiva, et l'aristocrate au bout du fil poursuivit.

— L'inquiétude est présente au sein de la classe dirigeante, ainsi que vous le savez bien. Et je crois que si quelqu'un avance cet argument, cela sera bien plus efficace pour déposer Kolher, fils de Kolher, qu'une tentative d'assassinat. Surtout après une telle démonstration de force lors de la réunion du Conseil l'autre nuit. Oui, la crainte a eu raison de la volonté de beaucoup de nos partisans, impressionnés qu'ils ont été par son apparence physique assez féroce.

L'esprit de Xcor se mit à étudier les possibilités.

— Alors dites-moi, gentilhomme, dans votre esprit, vous lui succéderiez, n'est-ce pas ?

— Non ! répondit l'homme d'une voix stridente. Je suis conseiller juridique et, en tant que tel, je place la logique au-dessus de tout le reste. Dans ce climat de troubles et de guerre, seul un soldat pourrait… et devrait… diriger l'espèce. Elan était aveuglé par son ambition, et vous en avez tiré parti. Je le sais parce que je vous ai vu agir dans sa maison, cette nuit d'automne ; vous en faisiez ce que vous vouliez, même s'il était persuadé du contraire. Je veux le changement, oui. Et je suis prêt à faire en sorte qu'il se produise. Mais je ne caresse aucune illusion quant à mon utilité et ne suis pas intéressé par le trône, contrairement à Elan.

Xcor se surprit à se tourner en direction de cette montagne.

— Aucun roi n'a été détrôné de cette manière.

— Aucun roi n'a jamais été détrôné.

Bien vu.

Comme il contemplait le nord-est, où le paysage subissait cette étrange perturbation, il pensa au roi qui vivait là-bas avec sa reine et à son Élue enceinte.

Il y avait eu une époque où il aurait préféré suivre le chemin le plus sanglant, celui qui lui aurait donné la satisfaction d'arracher le trône des mains de Kolher mourant. Mais cette guerre des écrits était plus sûre. Pour sa femelle.

La dernière chose qu'il souhaitait était attaquer l'endroit où elle mangeait, où elle dormait et où on la soignait.

Fermant les yeux, il secoua la tête. Oh, quelle déchéance… et pourtant il se relèverait quand même, se promit-il.

— Comment suggérez-vous que nous procédions ? demanda-t-il brusquement.

— Discrètement, pour commencer. Je dois me pencher sur la manière dont on a défini le terme « sang pur » dans les affaires d'héritage soumises à la justice, par le passé. L'avantage est qu'il existe une discrimination de longue date à l'encontre des humains, et que celle-ci était encore plus prononcée autrefois, à l'époque où le père de Kolher publiait des proclamations et interprétait le droit. Ce sera la clé de notre procédure. Plus nous rassemblerons de précédents où la définition du terme « sang pur » sera restrictive, plus notre entreprise sera couronnée de succès.

Quelle ironie. L'interprétation du propre géniteur de Kolher allait détrôner son fils.

— Le problème pour nous sera le roi lui-même. Il doit rester en vie et ne doit pas être informé de cette faiblesse inhérente à son règne et la corriger avant que nous ayons pu entamer notre action.

— Vous enverrez par e-mail les textes de loi les plus pertinents à mon associé, puis nous nous rencontrerons.

— Cela prendra quelques jours.

— Compris. Mais j'attends que vous rappeliez promptement.

Pendant que l'homme donnait son nom et que Xcor communiquait l'adresse mail d'Affhres, ce dernier commença à éprouver une certaine allégresse. Si ce mâle avait raison, le règne de Kolher se terminerait sans effusion de sang. Alors Xcor serait libre de déterminer l'avenir de l'espèce : d'après ce qu'il en savait, Kolher n'avait plus de famille directe, donc si on l'éliminait, personne n'aurait de base suffisante pour revendiquer le trône. Même si cela ne signifiait pas que des parents éloignés ne sortiraient pas du bois.

Mais il pourrait gérer les gêneurs. Et avec le soutien du Conseil, il était prêt à parier qu'il pourrait devenir un chef populaire, à condition que chacun tienne sa place.

Kolher n'était pas le seul à pouvoir modifier les lois.

— Ne perdez pas de temps, ordonna-t-il. Vous avez une semaine. Pas plus.

La réponse qui lui parvint fut réjouissante :

— Je m'y mets sans tarder.

Voilà une agréable façon d'achever un coup de téléphone.

Chapitre 74

Le tunnel qui reliait la demeure au centre d'entraînement était frais, faiblement éclairé et silencieux.

Lorsque Vhif le traversa, il était seul et soulagé de l'être. Pour lui, il n'y avait rien de pire que d'être entouré de gens heureux quand on se sentait d'humeur noire.

Quand il atteignit la porte qui menait dans le placard du bureau, il tapa le code, attendit que le verrou se défasse et poussa le panneau. Il passa rapidement devant la papeterie et les stylos, puis franchit une autre porte et contourna le bureau. Après quoi, il se retrouva dans le couloir devant la salle de musculation, mais il ne comptait pas faire de l'exercice. Après ce que la Confrérie lui avait infligé, il était raide et endolori, surtout au niveau des bras, à force de se cramponner aux pitons.

Mince, ses mains étaient encore engourdies et, quand il plia les doigts, il sut pour la première fois de sa vie à quoi devait ressembler l'arthrite.

Continuant sa progression, il s'arrêta une fois de plus quand il atteignit la zone de la clinique. Comme il faisait mine de lisser ses vêtements, il découvrit qu'il portait toujours sa robe.

Il n'allait pas retourner se changer ; c'était certain.

Frappant à la porte de la salle de réveil, il demanda :

— Luchas ? Tu es réveillé ?

— Entre, lui répondit une voix rauque.

Il dut se préparer avant d'entrer. Et il fut content de l'avoir fait.

Allongé sur le lit, la tête surélevée, Luchas avait toujours l'air moribond. Le visage qui, dans les souvenirs de Vhif, paraissait intelligent et jeune, était désormais creusé et abattu. Le corps était d'une maigreur extrême. Et ces mains…

Seigneur Dieu, les mains.

Et il avait cru que les siennes étaient un peu douloureuses ?

Il se racla la gorge.

— Salut.

— Bonjour.

— Alors… oui. Comment ça va ?

Quelle question idiote. Le mâle avait des semaines de convalescence alitée en perspective, puis des mois de kinésithérapie, et il aurait de la chance s'il pouvait de nouveau tenir un stylo.

Luchas grimaça quand il tenta de hausser les épaules.

— Je suis surpris que tu sois venu.

— Eh bien, tu es mon…

Vhif s'interrompit. En fait, ce type n'était pas de sa famille.

— Je veux dire… voilà.

Luchas ferma les yeux.

— J'ai toujours été et je serai toujours de ton sang. Aucun morceau de papier ne peut changer cela.

Le regard de Vhif se posa sur cette main droite mutilée, et sa chevalière.

— Je crois que père serait en parfait désaccord avec toi.

— Il est mort. Alors son opinion n'a plus aucune valeur.

Vhif cligna des yeux.

Comme il ne disait rien, Luchas souleva les paupières.

— Tu sembles surpris.

— Ne le prends pas mal, mais je n'aurais jamais cru entendre ces propos dans ta bouche.

Le mâle désigna son corps brisé.

— J'ai changé.

Vhif tendit le bras et tira une chaise pour s'asseoir ; ce faisant, il se frotta le visage. Il était venu ici parce que voir son frère présumé mort avec lequel on avait été brouillé constituait la seule raison vaguement acceptable pour fuir une fête donnée en son honneur.

Et il était hors de question qu'il passe la nuit à regarder Blay et Saxton ensemble. Hors de question.

Sauf que maintenant qu'il était là, il ne se sentait pas capable de mener la moindre conversation.

— Qu'est-il advenu de la maison ? demanda Luchas.

— Euh… rien. Je veux dire après… ce qui s'est passé, personne ne l'a réclamée et je n'avais aucun droit dessus. Quand elle est revenue à Kolher, il me l'a rendue… mais écoute, elle est à toi. Je n'y ai pas mis les pieds depuis que j'en ai été chassé.

— Je n'en veux pas.

OK, encore une surprise. Dans sa jeunesse, son frère parlait sans arrêt de tout ce qu'il souhaitait accomplir quand il serait plus âgé : les études, la réussite sociale, reprendre le flambeau après leur père.

Qu'il dise non à la maison était comme si quelqu'un refusait le trône : incompréhensible.

— As-tu déjà été torturé ? murmura Luchas.

Vhif repensa à son enfance. Puis à la garde d'honneur. Mais il n'allait certainement pas lui porter un coup bas.

— Je me suis fait cogner à quelques reprises.

— Je veux bien le croire. Que s'est-il passé après ?

— Qu'est-ce que tu veux dire ?

— Comment t'es-tu habitué au retour à la normale ?

Vhif fit jouer ses mains endolories et observa ses propres doigts parfaitement fonctionnels et intacts en dépit des élancements. Son frère ne serait plus en mesure de compter jusqu'à dix : guérir était une chose, se régénérer en était une autre, bien différente.

— Il n'y a plus de normalité, s'entendit-il répondre. Tu… comment dire… continues à avancer, parce que c'est tout ce que tu as. Le plus difficile, c'est d'être avec les autres…

C'est comme s'ils étaient sur une autre longueur d'onde que toi, mais que tu sois le seul à le savoir. Ils parlent de leurs vies, de ce qui cloche, et toi tu laisses couler. C'est une langue totalement différente de la tienne, et tu dois te rappeler que tu ne peux leur répondre que dans leur langue maternelle. C'est vraiment difficile de communiquer.

— Oui, c'est tout à fait cela, dit lentement Luchas. C'est cela.

Vhif se passa de nouveau la main sur le visage.

— Je n'aurais jamais cru avoir quelque chose en commun avec toi.

Mais c'était le cas. Quand Luchas le regarda, ces yeux parfaitement assortis croisèrent les yeux anormaux de Vhif, et le lien entre eux était là : ils avaient tous les deux traversé l'enfer et ce lien étroit était plus puissant que l'ADN qu'ils partageaient.

C'était si bizarre.

Et étrangement, il supposait que ce soir était le moment choisi par le destin pour qu'il se découvre de la famille partout.

Sauf à l'endroit qu'il désirait.

Comme le silence s'éternisait, sans rien pour le troubler que le « bip » régulier des machines à côté du lit, Vhif demeura là un long moment. Lui et son frère n'échangeaient pas beaucoup, mais ce n'était pas grave. C'était ce qu'il souhaitait. Il n'était pas encore prêt à lui parler de Layla ou du bébé, et il estimait qu'il était révélateur que Luchas ne lui ait pas demandé s'il était uni. Et il n'allait certainement pas mettre le dossier Blay sur le tapis.

Mais c'était agréable de rester là avec son frère. Il y avait quelque chose avec les gens en compagnie desquels on avait grandi, ceux qu'on avait vus pendant toute son enfance, les personnes qu'on se rappelait avoir toujours connues. Même si le passé avait été difficile, quand on vieillissait, on était simplement heureux de les savoir sur terre.

Cela donnait l'illusion que la vie n'était pas aussi fragile qu'en réalité, et à l'occasion, c'était la seule chose qui vous permettait de passer la nuit.

— Je ferais mieux de te laisser te reposer, dit-il en se frottant les genoux, pour réveiller ses jambes engourdies.

Luchas tourna la tête sur son oreiller.

— C'est une tenue étrange pour toi, non ?

Vhif regarda sa robe noire.

— Oh, ce vieux machin ? Je l'ai juste enfilé.

— On dirait un vêtement de cérémonie.

— Tu as besoin de quelque chose ? (Vhif se leva.) À manger ?

— Je vais plutôt bien. Mais merci.

— Eh bien, tiens-moi au courant, d'accord ?

— Tu es vraiment quelqu'un de bien, Vhif, tu sais cela ?

Le cœur de celui-ci s'arrêta un instant avant de repartir de plus belle. C'était l'expression que leur père utilisait toujours pour décrire les gentilshommes ; c'était le meilleur des compliments, le dessus du panier, l'équivalent d'une étreinte et d'une tape dans la main pour un type normal.

— Merci, dit-il d'une voix rauque. Toi aussi.

— Comment peux-tu dire cela ? (Luchas se racla la gorge.) Comment, au nom de la Vierge scribe, peux-tu dire cela ?

Vhif poussa un profond soupir.

— Tu veux la version courte ? Eh bien, je vais te la donner. Tu étais le préféré. J'étais la malédiction : nous étions aux deux extrêmes de l'échelle dans cette maison. Mais aucun de nous deux n'a eu la moindre chance. Tu n'étais pas plus libre que moi. Tu n'avais pas le choix quant à ton avenir : il était déterminé à ta naissance et, d'une certaine manière, mes yeux m'ont servi de bon de sortie, parce que cela signifiait qu'il ne se souciait pas de moi. Est-ce qu'il m'a emmerdé ? Oui, mais au moins j'ai pu décider de ce que je voulais faire et d'où je voulais aller. Toi, tu… n'as jamais eu la moindre chance. Tu n'étais qu'une équation mathématique déjà résolue quand tu as été conçu, toutes les réponses étaient choisies à l'avance.

Luchas ferma de nouveau les paupières et frissonna.

— Je ne cesse de ruminer cela. Pendant toutes ces années, depuis mon premier souvenir… jusqu'à la dernière chose que j'ai vue cette nuit où… (Il toussota, comme si sa poitrine lui faisait mal ou que son rythme cardiaque soit chancelant.) Je le détestais. Tu le savais ?

— Non. Mais je ne peux pas dire que cela me surprend.

— Je ne veux plus jamais retourner dans cette maison.

— Alors tu n'auras pas à le faire. Mais si tu le souhaites… je t'accompagnerai.

Luchas le regarda une fois de plus.

— Vraiment ?

Vhif hocha la tête. Même s'il n'était pas pressé de parcourir ces pièces ni de danser avec les fantômes du passé, il irait là-bas si Luchas y allait.

Deux survivants, de retour sur la scène des crimes qui avaient décidé de leur vie.

— Oui. Vraiment.

Luchas eut un petit sourire, et son expression n'avait plus rien à voir avec celle qu'il arborait autrefois. Et c'était très bien. Elle plaisait beaucoup plus à Vhif que l'ancienne. Elle était honnête. Fragile, mais honnête.

— Je reviendrai te voir bientôt, dit-il.

— Ce sera… avec grand plaisir.

Vhif se leva pour se diriger vers la porte et lorsqu'il l'ouvrit…

Blay l'attendait dans le couloir, assis par terre, en fumant une cigarette.

Quand Vhif sortit de la chambre de son frère, Blay se leva et écrasa sa cigarette sur le bord du verre qu'il tenait. Il ne savait pas trop de quoi le guerrier aurait l'air, mais il ne s'attendait certainement pas à cela, tant ce dernier paraissait tendu et malheureux, en dépit de l'incroyable honneur qu'on venait de lui faire. Mais bon, passer du temps au chevet de son frère n'était pas franchement un prétexte à se réjouir.

Et Blay n'était pas stupide. Saxton était de retour à la maison.

— Je pensais te trouver là, dit-il quand le mâle ne lui offrit même pas un « bonjour ».

En fait, Vhif observa presque tout dans le couloir, sauf lui.

— Donc, euh… comment va ton frère ? demanda-t-il.

— Il est vivant.

Il fallait supposer que c'était le mieux que l'on puisse espérer pour l'instant.

Et que c'était tout ce que Vhif avait l'intention de dire. Il n'aurait peut-être pas dû descendre ici.

— Je, euh… je voulais te féliciter.

— Merci.

OK, Vhif ne le regardait toujours pas. Au lieu de cela, le mâle concentrait toute son attention vers le bureau, comme si, dans son esprit, il avait déjà parcouru le trajet et utilisé le placard pour sortir…

Quand Vhif fit craquer ses articulations, le son résonna comme une détonation. Puis il fit jouer ses mains, en écartant les doigts comme s'ils étaient douloureux.

— C'est un moment historique. (Blay fit un geste pour prendre une autre cigarette et s'arrêta.) Une grande première.

— Il y a eu beaucoup de premières ces derniers temps, dit Vhif d'une voix tendue.

— Qu'est-ce que ça veut dire ?

— Rien. Cela n'a vraiment pas d'importance.

Seigneur, songea Blay, il n'aurait pas dû réagir ainsi.

— Peux-tu me regarder ? Je veux dire, est-ce que ça te tuerait de me regarder ?

Les yeux vairons se tournèrent vers lui avec agressivité.

— Oh, je t'ai vu, d'accord. Je suppose que ton mec est rentré. Tu vas lui dire que tu m'as baisé en son absence ? Ou tu vas garder ce petit secret dégoûtant ? Oui, chut, ne raconte rien à mon cousin.

Blay serra les dents.

— Espèce de fils de pute moralisateur…

— Excuse-moi, ce n'est pas moi qui ai un petit ami…

— Tu vas vraiment rester là et me faire croire que notre histoire était publique ? Que quand Viszs est sorti de cette pièce… (il tendit l'index de l'autre côté du couloir) tu n'as pas bondi sur tes pieds comme si tu avais le feu aux fesses ? Tu veux me faire croire que tu étais fier de baiser avec un mec ?

Vhif parut momentanément abasourdi.

— Tu croyais que c'était pour cela ? Eh non, c'était pour essayer de cacher le fait que tu étais en train de tromper l'amour de ta vie !

À ce moment-là, ils étaient tous les deux penchés en avant, et ne se souciaient plus que leurs voix se répercutent tout le long du couloir.

— Oh, mais quelle connerie ! (Blay fit le geste de fendre l'air du tranchant de la main.) Ce sont vraiment des conneries ! Tu vois, cela a toujours été ton problème. Tu n'as jamais voulu sortir du placard…

— Sortir du placard ? Comme si j'étais gay ?!

— Tu baises des mecs ! Qu'est-ce que ça signifie à ton avis, bon sang ?

— C'est toi… toi, tu baises des mecs. Tu n'aimes ni les femmes, ni les femelles…

— Tu n'as jamais été capable d'accepter ce que tu étais parce que tu as peur de ce que pensent les gens ! hurla Blay. Le grand rebelle, M. Piercing, esquinté par sa putain de famille ! La vérité, c'est que tu es un trouillard et que tu l'as toujours été !

Vhif arborait une expression de fureur absolue, au point que Blay se prépara à se faire frapper ; et merde, il avait envie de se faire cogner juste pour avoir le plaisir de rendre les coups.

— Mettons les choses au point, s'exclama Vhif. Tu gardes tes conneries de ton côté. Et cela inclut mon cousin et le fait que tu t'es foutu de sa gueule.

Blay leva les bras au ciel et dut se mettre à marcher pour se calmer.

— Je ne peux plus supporter ça. Je ne peux pas endurer cela une fois de plus avec toi. J'ai l'impression d'avoir passé ma vie entière à gérer tes emmerdes…

— Si je suis gay, pourquoi es-tu le seul mâle avec lequel j'aie jamais couché ?

Blay s'arrêta net et se contenta de le dévisager, tandis que des images de tous ces hommes baisés dans les toilettes s'insinuaient dans son esprit. Pour l'amour du ciel, il se rappelait chacun d'entre eux, même si ce n'était apparemment pas le cas de Vhif. Leurs visages. Leurs corps. Leurs orgasmes.

Tous avaient obtenu ce qu'il avait désiré ardemment et s'était vu refuser pendant si longtemps.

— Comment oses-tu ? demanda-t-il. Comment oses-tu, putain ? Ou crois-tu que j'ignore ton curriculum sexuel ? J'ai été le témoin de tes coups d'un soir bien plus longtemps que je ne l'aurais voulu. Franchement, ce n'était pas si intéressant, et pour toi non plus.

Quand Vhif pâlit, Blay se mit à secouer la tête.

— J'en ai terminé. J'en ai vraiment fini avec ça : le fait que tu sois incapable de t'accepter va foutre en l'air ce qui reste de ta vie, mais c'est ton problème, pas le mien.

Vhif poussa un juron à voix basse.

— Je n'aurais jamais cru dire cela… mais tu ne me connais pas.

— Moi, je ne te connais pas ? Je crois que tu te trompes, espèce d'enfoiré. C'est toi, qui ne te connais pas.

Sur ce, il s'attendit à ce que le mâle explose, d'une façon théâtrale, exagérée et nombriliste.

Mais cela n'arriva pas.

Vhif se contenta de carrer les épaules et de lever le menton, puis parla d'une voix contrôlée.

— J'ai passé l'année écoulée à tenter de comprendre qui j'étais, à tomber le masque, à me purifier…

— Alors je dis que tu as perdu trois cent soixante-cinq nuits. Mais comme tout le reste dans cette histoire, c'est ton problème.

Avec un juron fleuri, Blay se détourna et s'éloigna à grands pas, sans un regard en arrière. Il n'y avait pas de raison. Il n'y avait personne dans ce couloir qu'il ait envie de voir.

Mince, si la définition de la folie était de faire encore et toujours la même chose en espérant un résultat différent, alors il y avait longtemps qu'il avait perdu la tête. Pour sa santé mentale, son bien-être émotionnel et sa vie, il devait mettre tout cela…

Vhif le saisit par le bras pour le retourner brutalement et le visage furieux du mâle surgit devant le sien.

— Ne me plante pas comme ça.

Blay sentit une vague d'épuisement l'envahir.

— Pourquoi ? Parce que tu as autre chose à ajouter ? Un aperçu de toi censé remettre les pièces du puzzle dans le bon ordre ? Une grande confession qui va redresser la barre et rendre tout parfait à la manière d'un coucher de soleil sur la plage ? Tu ne maîtrises pas ce genre de vocabulaire et je ne suis plus naïf.

— Je veux que tu te rappelles une chose, gronda Vhif. J'ai essayé de faire en sorte que notre relation fonctionne. Je nous ai donné une chance.

Blay en resta bouche bée.

— Tu nous as donné une chance ? Est-ce que tu te fous de ma gueule ? Tu crois que coucher avec moi pour te venger de ton cousin, c'est une relation de couple ? Tu crois que quelques parties de jambes en l'air en secret font une relation amoureuse ?

— C'était tout ce que j'avais sous la main. (Le regard vairon s'attarda sur le visage de Blay.) Je ne dis pas que c'était d'un grand romantisme, mais je suis venu parce que je voulais être avec toi de n'importe quelle manière.

— Eh bien, félicitations. Et à présent que nous avons tous les deux goûté la marchandise, je peux affirmer sur des bases solides que toi et moi ne sommes pas faits pour être ensemble. (Comme Vhif se mettait à jurer comme un charretier, Blay se passa une main dans les cheveux et eut envie de se les arracher.) Écoute, si ça peut t'aider à dormir durant la journée – et je n'arrive pas à croire que cela va vraiment t'ennuyer plus d'une nuit – dis-toi que tu as fait tout ton possible mais que cela n'a pas marché. Quant à moi, je préfère la réalité. Ce qui est arrivé entre toi et moi est exactement ce que tu as fait avec tous tes autres coups d'un soir. Du sexe, rien que du sexe. Et à présent, c'est terminé.

Le regard de Vhif était brûlant.

— Tu m'as mal compris sur ce point.

— Alors tu te fais des illusions en plus d'être dans le déni.

— Les gens peuvent changer. Je ne suis plus comme cela, et certainement pas avec toi.

Mon Dieu… quel triste soulagement de ne plus rien éprouver en entendant ces mots.

— Tu sais… il y a eu une époque où je me serais jeté à tes pieds pour entendre quelque chose de ce genre, murmura-t-il. Mais à présent… la seule chose que je vois, c'est toi te levant d'un bond à la seconde où quelqu'un a franchi une porte et nous a surpris ensemble. Tu dis que c'était pour préserver ma relation avec Saxton ? Très bien. Mais je suis vraiment sûr… non, je suis parfaitement sûr… que si tu grattes la surface, tu découvriras que cela a beaucoup plus à voir avec toi-même qu'avec ton cousin. Tu te détestes depuis tant d'années que je ne pense pas qu'il te soit possible de véritablement aimer quelqu'un ou d'avoir conscience de qui tu es. J'espère que tu le découvriras un jour, mais je ne prendrai pas part à cette aventure, je te le garantis.

Vhif secoua la tête, les sourcils tellement froncés qu'on aurait dit qu'une rigole s'était creusée entre ses deux yeux.

— Je suppose que tu m'as rhabillé pour l'hiver.

— Ce n'était pas très dur.

— Pour information, j'étais amoureux de toi.

— Pendant trois jours, Vhif. Trois jours. Pendant lesquels tu as vécu assez de drames pour donner des airs de bande dessinée à *Guerre et Paix*. Ce n'est pas de l'amour. C'est du sexe pour oublier que la vie est un vrai merdier.

— Je ne suis pas gay.

— Très bien. Tu es bi. Tu es « bi-curieux ». Tu expérimentes. Peu importe. Je m'en fiche. Vraiment. Je sais qui je suis et c'est ainsi que je vis ma vie. Tu fonctionnes d'une manière totalement différente de moi ; bonne chance avec ça. À l'évidence, ça marche à merveille pour toi.

Sur ce, il s'éloigna de nouveau.

Et cette fois-ci… Vhif le laissa partir.

Chapitre 75

Une semaine plus tard…

La vie reprend son cours normal, se dit Vhif en enfilant son pantalon en cuir et un débardeur avant de prendre ses armes et sa veste en cuir.

Mon Dieu, il n'arrivait pas à croire qu'à peine sept nuits plus tôt il avait été initié au sein de la Confrérie.

Cela lui semblait une éternité.

Quittant sa chambre, il dépassa les statues de marbre et le bureau de Kolher et frappa à la porte de Layla.

— Entrez !

— Salut. Comment vas-tu ?

— Je vais très bien. (Layla se redressa contre sa pile d'oreillers puis se passa une main sur le ventre.) Disons plutôt, nous allons très bien… Doc Jane vient de passer. Les taux hormonaux semblent parfaits, je reste fidèle à mon régime de *ginger ale* et de biscuits salés, alors ça va.

— Tu devrais prendre un peu de protéines, non ? (Merde, il ne voulait pas que cela passe pour un ordre.) Je ne suis pas en train de te dire quoi manger.

— Oh non, ce n'est pas grave. En fait, Fritz m'a fait pocher du blanc de poulet et mon estomac a réussi à le garder, donc j'essaierai d'en manger tous les jours. Tant que la nourriture n'a pas trop de goût, je peux la supporter.

— Tu as besoin de quelque chose ?

Layla plissa les yeux.

— En fait, oui.

— Un mot et c'est à toi.

— Parle-moi.

Vhif haussa les sourcils.

— De quoi donc ?

— De toi. (Elle laissa échapper un juron exaspéré, en jetant de côté le magazine qu'elle était en train de lire.) Qu'est-ce qui t'arrive ? Tu te traînes comme une âme en peine, tu ne parles à personne et tout le monde s'inquiète.

Tout le monde. Fantastique. Pourquoi diable ne vivait-il pas seul ?

— Je vais bien…

— Tu vas bien. C'est ça. Bien sûr.

Vhif leva les mains en un geste d'apaisement.

— Eh, allez, qu'est-ce que tu veux que je te dise ? Je me lève, je vais travailler, je rentre à la maison… tu vas bien, ainsi que le bébé. Luchas se remet doucement. Je suis membre de la Confrérie. La vie est géniale.

— Alors pourquoi as-tu l'air de porter le deuil, Vhif?

Il dut détourner les yeux.

— Ce n'est pas le cas. Écoute, je dois grignoter un truc avant de…

— Veux-tutoujoursdubébé ?

Les mots de Layla sortirent si vite que son cerveau dut déchiffrer ce qu'elle venait de dire. Puis il…

— Quoi ?

Comme elle se tordait les mains à la façon dont elle le faisait quand elle était nerveuse, il s'approcha du lit et s'assit à côté d'elle. Posant sa veste et ses holsters par terre, il lui immobilisa les doigts.

— Je suis ravi pour le bébé. (En fait, cet être à l'intérieur d'elle était la seule chose qui le poussait à avancer à l'heure actuelle.) Je suis déjà amoureux de lui ou d'elle.

Oui. Les enfants étaient le seul endroit sûr pour déposer son cœur, selon lui.

— Tu dois me croire, s'exclama-t-il d'une voix stridente. Tu le dois vraiment.

— Très bien. OK, je te crois. (Layla tendit le bras et lui caressa le côté du visage, ce qui le fit sursauter.) Mais alors, qu'est-ce qui t'a brisé, mon cher ami ? Que s'est-il passé ?

— La vie, c'est tout. (Il lui sourit.) Ce n'est pas grave. Mais peu importe mon humeur, tu dois savoir que je suis à cent pour cent derrière toi.

Elle ferma les yeux de soulagement.

— Je t'en suis reconnaissante. Et aussi de ce que Souffhrance a fait pour moi.

— De même que Blaylock, murmura-t-il. Ne l'oublie pas.

Quelle putain d'ironie. Le mâle l'avait poignardé en plein cœur, mais lui en avait également donné un nouveau.

— Je te demande pardon ? dit-elle.

— Blaylock est allé voir Souffhrance. C'était son idée.

— Vraiment ? chuchota Layla. Il a fait ça ?

— Oui. C'est un mec droit. Blaylock est un vrai gentilhomme.

— Pourquoi l'appelles-tu ainsi ?

— C'est son nom, pas vrai ? (Il lui tapota le bras et se leva, puis ramassa ses affaires.) Je sors pour la nuit. Comme toujours, j'ai mon téléphone, et tu m'appelles si tu as besoin de quoi que ce soit.

L'Élue fronça les sourcils.

— Mais Beth a dit que tu étais de repos.

Génial. Il était donc vraiment le sujet des conversations.

— Je sors.

Comme elle paraissait sur le point d'argumenter, il se pencha et déposa un chaste baiser sur son front, dans l'espoir de la rassurer.

— Ne t'inquiète pas pour moi, d'accord ?

Il sortit avant qu'elle puisse lancer une nouvelle attaque contre ses retranchements. Une fois dans le couloir, il referma la porte et…

Il s'arrêta net.

— Tohr. Euh… comment va ?

Le frère était appuyé contre la porte du bureau de Kolher, comme s'il attendait.

— Je croyais qu'on avait parlé de l'emploi du temps hier soir, toi et moi.

— En effet.

— Alors pourquoi toutes ces armes ?

Vhif leva les yeux au ciel.

— Écoute, je ne vais pas rester à la maison jusqu'à ce que l'aube me coince ici pour plusieurs heures d'affilée. Certainement pas.

— Personne n'a dit que tu devais rester ici. Ce que je te dis moi, de frère à frère, c'est que tu n'iras pas sur le terrain avec nous ce soir.

— Oh, allez…

— Va voir un putain de film si tu veux. Va dans une supérette, mais pense à prendre tes clés de voiture avec toi, cette fois-ci. Promène-toi dans un centre commercial ouvert la nuit et donne ta liste au Père Noël, je m'en fiche. Mais tu n'iras pas te battre, et avant que tu ne continues d'argumenter, cette règle est valable pour nous tous. Tu n'es pas un cas spécial. Tu n'es pas le seul à ne pas sortir sur le terrain. C'est clair ?

Vhif marmonna à voix basse, mais quand le frère lui tendit la main, il la serra et hocha la tête.

Comme Tohr s'éloignait et descendait le grand escalier au pas de course, Vhif eut envie de jurer comme un charretier : une soirée entière en sa propre compagnie. Youpi.

Rien ne valait un rendez-vous avec un dépressif.

Merde, il devrait peut-être aller dans la salle de cinéma, se faire une thérapie hormonale de substitution et se remonter le moral en regardant *La Mélodie du bonheur* et en se vernissant les ongles des pieds.

Sinon il pourrait peut-être visionner *Potins de femmes*… ou *Les épices du poisson*.

À moins que ce ne soit plutôt *Les épices de la passion*, se demanda-t-il.

Mais bon, il pouvait aussi peut-être se contenter de se tirer une balle dans la tête.

Toutes ces solutions feraient l'affaire.

Le refuge de la famille de Blay se trouvait à la campagne, et était entouré de champs enneigés dont le léger vallonnement s'étendait jusqu'à la lisière de la forêt. Bâti dans une roche de rivière couleur crème, le manoir n'était pas majestueux, mais plutôt accueillant, avec ses plafonds bas aux poutres apparentes, ses nombreuses cheminées toujours allumées quand il faisait froid et une cuisine dernier cri qui était la seule chose moderne de la propriété.

Dans laquelle sa mère préparait un festin digne des dieux.

Comme son père et lui émergeaient du bureau, sa mère les observa depuis sa cuisinière à huit feux. Elle avait les yeux écarquillés et le regard inquiet tandis qu'elle remuait le fromage en train de fondre au bain-marie dans une casserole en cuivre.

Ne voulant pas faire tout un plat de l'énorme révélation qui venait d'avoir lieu dans la pièce tapissée de livres, Blay leva discrètement le pouce dans sa direction et s'assit à la table en chêne massif installée dans l'alcôve.

Sa mère mit la main sur sa bouche et ferma les paupières, sans cesser de remuer son fromage, alors même que ses émotions prenaient le dessus.

— Du calme, dit son père en s'approchant de sa *shellane*. Chut…

Il la fit pivoter vers lui, l'entoura de ses bras et la serra étroitement. Même alors, elle continua à remuer le fromage.

— C'est bon. (Il l'embrassa sur la tête.) Eh, tout va bien.

Son père se tourna vers lui, et Blay dut battre des paupières de façon répétée quand leurs regards se croisèrent. Puis il dut cacher ses yeux embués.

— Oh là, tout le monde ! Pour l'amour de la Vierge scribe ! (Le vieux mâle renifla lui-même.) Mon fils magnifique, intelligent, précieux et en bonne santé est gay : il n'y a aucune raison d'être triste !

Puis il se mit à rire et Blay se joignit à lui.

— Ce n'est pas comme si quelqu'un était mort. (Son père releva le menton de sa mère et lui sourit.) D'accord ?

— Je suis si heureuse que cela ait été dit et que tout le monde soit réuni, répondit-elle.

Le mâle eut un mouvement de recul, comme si tout autre résultat lui paraissait inenvisageable.

— Notre famille est forte ; l'ignores-tu, mon amour ? Mais surtout, ce n'est pas un problème. Ce n'est pas une tragédie.

Seigneur, il avait les meilleurs parents du monde.

— Viens là. (Son père lui fit signe d'approcher.) Blay, rejoins-nous.

Blay se leva et traversa la cuisine. Quand ses parents l'étreignirent, il prit une profonde inspiration et redevint l'enfant qu'il avait été autrefois, une éternité auparavant : l'après-rasage de son père avait la même odeur, le shampoing de sa mère lui rappelait toujours une nuit d'été, et le fumet des lasagnes en train de cuire dans le four faisait gronder son estomac affamé.

Exactement comme autrefois.

Le temps était véritablement relatif, se dit-il. Même s'il était plus grand et plus large et que tant de choses s'étaient passées, ce couple – ces deux personnes – était sa base, son roc, son modèle, jamais parfait mais jamais défaillant non plus. Et alors qu'il se tenait dans le creux de leurs bras familiers et aimants, il réussit à expulser en soufflant toute trace de la tension qu'il avait accumulée en lui.

Il avait été difficile d'annoncer son homosexualité à son père, de trouver les mots justes, de mettre à bas la « sécurité » qui accompagnait le fait de ne pas prendre le risque d'être obligé de revoir son opinion sur le mâle qui l'avait élevé et aimé comme nul autre. Et si ce dernier ne l'avait pas soutenu, s'il avait choisi le système de valeurs de la *glymera* plutôt que d'accepter la véritable nature de son fils, Blay aurait été forcé de voir le père qu'il aimait sous un jour totalement différent.

Mais ce n'était pas arrivé. Et à présent, il avait l'impression d'avoir sauté du haut d'un immeuble et d'avoir atterri sur un matelas, sain et sauf : leur structure familiale ne venait pas seulement de passer son plus grand test à ce jour, mais elle en avait totalement triomphé.

Quand ils s'écartèrent les uns des autres, son père posa une main sur le visage de Blay.

— Tu seras toujours mon fils. Et je serai toujours fier de t'appeler ainsi.

Comme il baissait le bras, sa chevalière réfléchit la lumière des plafonniers, ce qui fit scintiller l'or d'un éclat jaune. Le motif gravé dans le métal précieux était exactement le même que celui de la bague de Blay, et alors qu'il en suivait du doigt les contours familiers, il comprit que la *glymera* se trompait totalement. Tous ces sceaux étaient censés être le symbole de ce moment-là, de ces liens qui renforçaient et amélioraient les rapports des gens entre eux, de ces engagements existant entre père et mère, père et fils, mère et enfant.

Mais comme c'était souvent le cas avec l'aristocratie, cette valeur s'était perdue au fil du temps, pour finir par ne s'appuyer que sur l'or et les gravures, et non plus sur les gens. La *glymera* se souciait de l'aspect des choses plutôt que de leur nature : tant que les apparences étaient belles, on pouvait être à moitié mort ou complètement dépravé, ils seraient toujours d'accord.

En ce qui concernait Blay, cet instant de communion était ce qui importait vraiment.

— Je pense que les lasagnes sont prêtes, annonça sa mère en les embrassant tous les deux. Et si vous mettiez la table ?

Agréable et normal. C'était merveilleux.

Comme Blay et son père s'activaient dans la cuisine, sortant l'argenterie, les assiettes et des serviettes en tissu dans les tons de rouge et de vert, Blay se sentit un peu halluciné. En fait, il éprouvait une véritable euphorie liée au fait qu'il n'avait pas mâché ses mots et avait découvert, au bout du compte, qu'il avait obtenu tout ce qu'il avait espéré.

Et pourtant, quand il s'assit à table un peu plus tard, il sentit revenir le vide qui le taraudait, aussi sûrement que s'il s'était brièvement abrité dans une maison chauffée mais avait dû ressortir dans le froid.

— Blay ?

Il se secoua et tendit la main pour recevoir l'assiette de lasagnes cuisinées avec amour que sa mère lui présentait.

— Oh, elles ont l'air délicieuses.

— Les meilleures lasagnes de la planète, déclara son père en dépliant sa serviette et en remontant ses lunettes sur son nez. Le morceau le plus grillé pour moi, s'il te plaît.

— Comme si j'ignorais que tu aimes le croustillant. (Blay sourit à ses parents tandis que sa mère se servait d'une spatule pour sortir l'une des parts du bout du plat.) Tu veux les deux ?

— Oui, s'il te plaît. (Son père avait les yeux rivés sur le plat.) Oh, c'est parfait.

Pendant un moment, on n'entendit plus rien excepté le bruit des couverts sur la porcelaine tandis qu'ils dégustaient leur repas.

— Alors, raconte-nous, comment ça se passe à la demeure ? demanda sa mère après avoir bu un peu d'eau. Il se passe des choses intéressantes ?

Blay poussa un soupir.

— Vhif a été initié au sein de la Confrérie.

Ses parents en restèrent bouche bée.

— Quel honneur, souffla son père.

— Il le mérite, n'est-ce pas ? (La mère de Blay secoua la tête, et ses cheveux roux accrochèrent la lumière.) Tu as toujours affirmé que c'était un excellent combattant. Et je sais que les choses ont été difficiles pour lui. Comme je te le disais l'autre nuit, ce garçon me brise le cœur depuis le premier instant où je l'ai vu.

On est deux, songea Blay.

— Il va avoir un bébé, aussi.

OK, son père lâcha sa fourchette et se mit à tousser.

Sa mère tendit le bras et lui donna une tape dans le dos.

— Avec qui ?

— Une Élue.

Silence total. Jusqu'à ce que sa mère murmure :

— Eh bien, ça fait beaucoup.

Et dire qu'il avait passé le véritable drame sous silence.

Mon Dieu, leur dispute dans le centre d'entraînement. Il n'avait cessé de se la rejouer, passant en revue chaque mot lancé, chaque accusation, chaque déni. Il détestait certaines des choses qu'il avait proférées, mais sur le fond, il restait fidèle à ce qu'il avait essayé de lui faire comprendre.

Mais bon sang, son discours aurait pu être plus tempéré. Il regrettait vraiment son emportement.

Pourtant, il n'avait eu aucune occasion de s'excuser. Vhif avait carrément disparu. Le guerrier n'apparaissait plus aux repas communs, et s'il s'entraînait, ce n'était pas pendant la journée dans la salle de musculation du centre. Peut-être se consolait-il dans la chambre de Layla. Qui sait ?

Comme Blay se resservait, il songea à quel point ce moment passé avec sa famille et leur acceptation de son homosexualité étaient importants ; et une fois de plus, il se sentit comme un connard.

Seigneur, il avait pété si violemment les plombs avec Vhif, la rupture survenant enfin après toutes ces années de « suis-moi je te fuis, fuis-moi je te suis ».

Et il n'y avait pas de retour en arrière possible, songea-t-il. Même si, en vérité, il n'y en avait jamais eu.

Chapitre 76

— Bonsoir !

Alors que Sola attendait que sa grand-mère lui réponde depuis l'étage, elle posa le pied sur la première marche et s'appuya contre la rampe.

— Tu n'es pas couchée ? Je rentre enfin.

Elle jeta un coup d'œil à sa montre. Vingt-deux heures.

Quelle semaine. Elle avait accepté un boulot de détective privée à Manhattan pour l'un des principaux avocats spécialisés dans les divorces, qui soupçonnait sa propre épouse de le tromper. Il s'était avéré que c'était le cas, et avec deux types différents, en l'occurrence.

Cela lui avait demandé plusieurs nuits de travail, et quand elle avait enfin eu rassemblé toutes les preuves de son affaire – naturellement – cela faisait six jours qu'elle était partie.

Cette période d'éloignement lui avait fait du bien. Et sa grand-mère, avec laquelle elle avait parlé chaque jour par téléphone, n'avait plus fait mention de visiteurs.

— Tu dors ? demanda-t-elle, même si c'était stupide.

La vieille dame aurait répondu si elle était réveillée.

Comme elle s'éloignait et se dirigeait vers la cuisine, ses yeux se tournèrent immédiatement vers la fenêtre près de la table. Ahssaut n'avait pas quitté son esprit une seule seconde, et elle savait quelque part que prendre ce petit travail dans la Grosse Pomme avait eu plus à voir avec le besoin de mettre de la distance entre eux qu'avec une nécessité urgente de gagner de l'argent ou de faire progresser sa carrière annexe de privée.

Après tant d'années à s'occuper d'elle-même et de sa grand-mère, cette sensation de perte de contrôle qu'elle éprouvait près de lui ne lui faisait pas plaisir : elle ne pouvait compter que sur elle-même pour avancer en ce bas monde. Elle n'était pas allée à l'université ; elle n'avait plus de parents ; alors, à moins de travailler, elle n'avait pas d'argent. Et elle était responsable d'une femme de quatre-vingts ans avec des frais médicaux et une mobilité déclinante.

Quand on était jeune et qu'on venait d'une famille normale, on pouvait se permettre de perdre la tête dans une histoire d'amour barrée, parce qu'on avait un filet de sécurité.

Dans son cas, Sola était son propre filet de sécurité.

Et elle priait simplement pour qu'après une semaine sans le moindre contact…

Le coup vint de derrière, la heurtant à la base du crâne et l'impact se répercuta immédiatement dans ses genoux, qui se dérobèrent. Quand elle toucha le linoléum, elle vit distinctement les chaussures du mec qui venait de la frapper : des mocassins, mais bon marché.

— Ramasse-la, dit un homme d'une voix étouffée.

— Je dois d'abord la fouiller.

Sola ferma les yeux et demeura immobile tandis qu'on la retournait et la palpait avec brusquerie, en faisant bruisser sa parka et tressauter la ceinture de son pantalon contre sa hanche. On lui prit son revolver, de même que son iPhone et son couteau…

— Sola ?

Les hommes se figèrent et elle lutta contre l'instinct de tirer parti de leur distraction pour essayer de prendre le contrôle de la situation. Le problème était sa grand-mère. La meilleure option était de faire sortir ces hommes de la maison avant qu'ils ne fassent du mal à la vieille dame. Sola pourrait les affronter où qu'ils l'emmènent. Mais si sa vovò était impliquée ?

Quelqu'un qu'elle aimait risquait de mourir.

— Sortons-la d'ici, chuchota celui de gauche.

Comme ils la soulevaient, elle demeura inerte, mais entrouvrit une paupière. Tous deux portaient des cagoules percées de trous au niveau des yeux et de la bouche.

— Sola ! Qu'est-ce que tu fais ?

Allez, enfoirés, songea-t-elle, alors qu'ils se débattaient avec ses bras et ses jambes. *Magnez-vous...*

Ils la cognèrent dans le mur. Faillirent renverser une lampe. Jurèrent assez fort pour être entendus pendant qu'ils trimballaient son poids mort à travers le salon.

Juste au moment où elle était sur le point de se réveiller et de leur donner un coup de main, ils arrivèrent à la porte d'entrée.

— Sola ? Je vais descendre...

Elle forma des prières dans sa tête et se les récita, employant les vieux mots familiers qu'elle avait connus toute sa vie. La différence avec ces anciennes récitations, c'était que dans ce cas, ce n'était pas du par cœur : elle avait désespérément besoin que sa grand-mère soit lente à réagir pour une fois. Qu'elle n'atteigne pas l'escalier avant qu'ils ne soient sortis de la maison.

Mon Dieu, je vous en prie...

Le froid aigre qui l'enveloppa fut une bonne nouvelle. De même que la brusque accélération des hommes alors qu'ils l'emmenaient vers une voiture. Ainsi que le fait que, quand ils la déposèrent dans le coffre, ils oublièrent de lui lier les mains et les pieds. Ils se contentèrent de l'y balancer et démarrèrent, les pneus patinant sur la glace jusqu'à ce qu'ils aient assez d'élan pour avancer.

Elle ne voyait rien, mais sentait les virages que prenait le véhicule. À gauche. À droite. Comme elle roulait sur elle-même, elle utilisa ses mains pour tâtonner, cherchant quelque chose dont elle pourrait se servir comme arme.

Raté.

Et il faisait froid. Ce qui limiterait ses réactions physiques et sa force si le trajet durait longtemps. Grâce au ciel, elle avait encore sa parka.

Serrant les dents, elle se rappela qu'elle s'était retrouvée dans de pires situations.

Vraiment.

Merde.

—Je promets de ne pas l'emboutir.

Dans la cuisine de la demeure, Layla, qui attendait que Fritz argumente, finit d'enfiler le manteau en laine que Vhif lui avait acheté plus tôt ce mois-ci.

—Et je ne serai pas absente longtemps.

—Alors je vous emmènerai, madame. (Le vieux *doggen* semblait ragaillardi et haussait ses sourcils blancs et broussailleux avec optimisme.) Je vous conduirai où vous le souhaitez…

—Merci, Fritz, mais je vais seulement me balader. Je n'ai pas de destination spécifique.

En vérité, elle tournait en rond à force d'être coincée dans la maison, et après les bons résultats de ses dernières analyses sanguines, elle avait décidé qu'elle avait besoin de sortir. Se dématérialiser n'était pas une option, mais Vhif lui avait appris à conduire et l'idée d'être assise dans une voiture bien chauffée sans destination précise… d'être libre et toute seule… lui paraissait le paradis absolu.

—Peut-être devrais-je appeler…

Elle l'interrompit.

—Les clés. Merci.

Comme elle tendait la main, elle croisa les yeux du majordome et soutint son regard, donnant cet ordre aussi gracieusement mais fermement que possible. C'était étrange, il y avait eu une époque, avant sa grossesse, où elle aurait cédé devant le malaise du *doggen*. Plus maintenant. Elle commençait à avoir l'habitude de se défendre, de défendre son enfant et le père de celui-ci, merci bien.

Avoir traversé l'enfer, quand elle avait risqué de perdre ce qu'elle avait tellement désiré, l'avait transformée d'une façon qu'elle apprivoisait encore.

— Les clés, répéta-t-elle.

— Oui, bien sûr. Tout de suite. (Fritz se hâta vers le bureau intégré au fond de la cuisine.) Les voici.

Quand il revint et les lui présenta avec un sourire crispé, elle lui posa la main sur l'épaule, même si cela risquait sans doute de le troubler un peu plus ; et à vrai dire, ce fut le cas.

— Ne vous inquiétez pas. Je n'irai pas loin.

— Avez-vous votre téléphone ?

— Oui, tout à fait. (Elle le sortit de la poche ventrale de son polaire.) Vous voyez ?

Après lui avoir fait un geste d'adieu, elle ressortit dans la salle à manger et salua d'un signe de tête le personnel qui dressait déjà la table pour le Dernier Repas. Traversant le vestibule, elle découvrit qu'elle marchait de plus en plus vite à mesure qu'elle approchait du hall d'entrée.

Puis elle fut totalement libérée de la maison.

Dehors, sur les marches du perron, elle inspira profondément l'air glacial, ce qui fut une bénédiction, et quand elle leva les yeux vers le ciel étoilé, elle ressentit une bouffée d'énergie.

Néanmoins, même si elle mourait d'envie de dévaler les marches, elle se montra prudente quand elle descendit le perron, et traversa également la cour avec précaution. Comme elle contournait la fontaine, elle appuya sur le bouton du boîtier de commande à distance et les phares de la gigantesque voiture noire clignotèrent dans la nuit.

Douce Vierge scribe, empêchez-la d'emboutir cet engin.

S'installant au volant, elle dut reculer le siège, car visiblement le majordome avait été le dernier à conduire le véhicule. Puis, après avoir introduit la clé électronique dans le tableau de bord et appuyé sur « Démarrage », elle s'arrêta un instant.

Surtout quand le moteur rugit avant de se mettre à ronronner.

S'apprêtait-elle vraiment à conduire seule ? Et si…

Mettant un terme à la spirale infernale du doute, elle remonta la manette à sa droite et regarda l'écran du tableau de bord, afin de s'assurer que le passage était dégagé derrière elle.

— Tout va bien se passer, se dit-elle.

Elle desserra le frein à main et la voiture recula sans heurt, ce qui était une bonne chose. Malheureusement, elle partit dans la direction opposée à celle qu'elle voulait et elle dut tourner le volant dans l'autre sens.

— Zut.

Il s'ensuivit quelques hésitations, où elle pilota la voiture par à-coups, jusqu'à ce que l'emblème circulaire sur le capot soit enfin tourné vers la route qui menait au pied de la montagne.

Un dernier coup d'œil à la demeure et elle descendit la colline à un rythme d'escargot, en restant bien à droite comme on le lui avait appris. Tout autour, le paysage était flou à cause de la *brhume*, et elle était pressée de s'en extraire, car elle voulait désespérément y voir clair.

Quand elle atteignit la route principale, elle tourna à gauche, en coordonnant si bien le coup de volant avec l'accélération qu'elle s'y engagea avec un semblant d'ordre. Puis, surprise, surprise, son voyage se poursuivit en douceur : la Mercedes – le nom du véhicule, croyait-elle savoir – était si stable et si sûre que c'était presque comme être assis dans un fauteuil et regarder un film où le paysage défilait.

Bien entendu, elle ne roulait qu'à 10 kilomètres-heure.

Le compteur pouvait monter jusqu'à 200.

Ces humains idiots et leur vitesse. Mais bon, si c'était le seul moyen dont ils disposaient pour se déplacer, elle comprenait l'importance de se hâter.

À chaque kilomètre parcouru, elle gagnait en confiance. Se servant de la carte affichée sur l'écran du tableau de bord pour s'orienter, elle demeura très loin du centre-ville et des autoroutes, et même de la banlieue. La campagne s'avéra être une bonne idée : il y avait beaucoup de place pour s'arrêter et peu de circulation, même si de temps à autre une voiture surgissait dans la nuit, les phares étincelants, et la dépassait par la gauche.

Il lui fallut un moment avant de comprendre où elle se dirigeait. Et quand ce fut le cas, elle s'intima de faire demi-tour.

Mais ne le fit pas.

En fait, elle était surprise de découvrir qu'elle savait où elle allait : son souvenir aurait dû s'estomper depuis l'automne, car le passage du temps, sans compter les événements dramatiques qui s'étaient déroulés depuis, aurait dû obscurcir l'emplacement du lieu qu'elle cherchait. Mais aucun voile ne recouvrait sa mémoire. Même la gêne de se trouver dans une voiture et de devoir se restreindre aux routes n'atténuait pas ce qu'elle voyait en esprit… l'endroit où ses souvenirs l'emmenaient.

Elle découvrit la prairie qu'elle cherchait à plusieurs kilomètres du complexe.

S'arrêtant à l'orée du pré, elle contempla la petite colline qui s'élevait en son centre. Le grand érable se dressait toujours à la même place, avec son tronc robuste et ses branches dépourvues des feuilles qui avaient autrefois offert un auvent coloré.

En un clin d'œil, elle revit en pensée le soldat blessé étendu sur le sol au pied de l'arbre et se rappela tout de lui, depuis ses membres musclés jusqu'à ses yeux bleu foncé et la façon dont il avait voulu repousser son aide.

Se penchant en avant, elle appuya la tête contre le volant. La cogna une fois. Puis une seconde.

Ce n'était pas simplement imprudent de trouver son geste de refus galant, c'était carrément dangereux.

En outre, sympathiser avec un traître revenait à enfreindre toutes les règles qu'elle s'était fixées.

Et pourtant, seule dans la voiture, sans rien d'autre que ces pensées contre lesquelles elle devait lutter, elle découvrit que son cœur était toujours avec un mâle que, en vertu du droit et de la morale, elle aurait dû haïr avec passion.

Quelle tristesse.

Chapitre 77

Trez décrocha le gros lot aux alentours de 22 h 30 ce soir-là. On leur avait attribué, à iAm et à lui, des chambres donnant sur l'avant de la maison, au deuxième étage juste en face de la suite à l'accès secret qui accueillait la Première famille. Les piaules étaient géniales, avec une salle de bains attenante, un lit immense et moelleux, et assez d'antiquités et d'objets d'art pour faire pâlir un conservateur de musée.

Mais ce qui rendait leur logement véritablement remarquable, c'était le toit sous lequel ils étaient hébergés.

Et pas parce que l'équivalent d'une carrière entière d'ardoise les protégeait des rigueurs du climat.

Se penchant vers le miroir au-dessus du lavabo, Trez vérifia l'état de sa chemise en soie noire. Il se passa une main sur les joues pour vérifier que son rasage avait été suffisamment méticuleux, puis remonta son pantalon de costume noir.

Relativement satisfait, il acheva son rituel d'habillage. Le holster fut le suivant sur la liste. Noir, pour qu'on ne le remarque pas. Et les deux calibres .40 qu'il portait sous les bras étaient bien dissimulés.

D'habitude, il était du genre à porter une veste en cuir, mais depuis une semaine, il arborait le manteau croisé en laine qu'iAm lui avait offert des années plus tôt. Le glissant sur ses épaules, il tira franchement sur les manches et remua les omoplates pour que les plis noirs tombent correctement.

Reculant d'un pas, il examina son reflet dans la glace. Ses armes étaient invisibles. Et sa tenue habillée ne trahissait rien de ses affaires qui consistaient à vendre de l'alcool et des prostituées.

Croisant son propre regard dans le miroir, il regretta de ne pas travailler dans un domaine plus prestigieux. Quelque chose de plus classe, comme analyste politique, professeur d'université ou chercheur en physique nucléaire.

Bien entendu, ce n'étaient que des conneries humaines dont il se fichait comme d'une guigne. Mais cela valait certainement mieux que ce qu'il faisait pour vivre.

Jetant un coup d'œil à sa montre Piaget – qui n'était pas celle qu'il portait d'ordinaire – il sut qu'il ne pouvait attendre plus longtemps. Il sortit de la salle de bains pour retourner dans sa chambre rouge sang, avec ses lourds rideaux en velours et ses murs tendus de soie damassée, sans que ses pas produisent le moindre son sur le tapis persan qui recouvrait le sol.

Oui, compte tenu de sa dernière… inclination… il aimait la façon dont il se sentait dans ce décor, dans ces vêtements, et avec cet état d'esprit.

Bien sûr, l'illusion serait brisée dès qu'il aurait rejoint son club, mais c'était ici que sa belle apparence d'honorabilité avait de l'importance.

Ou pouvait en avoir.

Putain de merde, il espérait vraiment que cela finirait par en avoir.

Son Élue, celle qu'il avait rencontrée dans la grande maison de Vhen dans le nord et avait aperçue le soir de son arrivée, ne s'était pas encore montrée. Donc en un sens, se dit-il en sortant, toutes ces bêtises autour de sa garde-robe et de son apparence n'avaient pas servi à grand-chose pour le moment.

Mais il était optimiste. Grâce à une série de conversations soigneusement orchestrées avec différents membres de la maisonnée, il avait appris que l'Élue Layla satisfaisait d'habitude les besoins en sang des résidents, mais n'était plus en mesure de le faire, en raison de sa grossesse.

Un événement béni, en effet.

Donc l'Élue Selena…

Selena. Quel beau nom c'était…

Bref, l'Élue Selena était venue prendre la relève, et cela signifiait que, tôt ou tard, elle reviendrait. Viszs, Rhage, Blay, Vhif et Saxton devaient tous se nourrir régulièrement, et vu la façon dont les mecs s'étaient battus ces dernières nuits, ils auraient bientôt besoin d'une veine.

Ce qui voulait dire qu'elle reviendrait.

Même si… bon sang. Il ne pouvait pas dire qu'il appréciait franchement la raison de sa venue ici. L'idée d'un autre à sa veine lui donnait envie de le transformer en punching-ball.

Tout bien considéré, son obsession était un peu triste, surtout dans les façons dont elle se manifestait : chaque nuit de la semaine écoulée, il avait traîné après le Premier Repas, dans l'attente, l'air nonchalant, discutant avec ce satané Lassiter, qui n'était finalement pas un mauvais bougre quand on le connaissait. En fait, cet ange s'était révélé être une mine d'informations sur la maisonnée, et il était tellement absorbé par ses émissions de télé débiles qu'il n'avait pas semblé remarquer que de nombreuses questions portaient sur les femelles et sur le Primâle, ainsi que sur l'éventuelle existence d'une relation en cours quelque part, en dehors des couples unis.

S'arrêtant à côté de son ordinateur, il éteignit *The Howard Stern Show*, mettant fin au dénigrement d'un des animateurs ; puis il quitta sa chambre, dépassant le mur blindé qui se rétractait chaque fois que Kolher ou Beth voulaient entrer ou sortir de leurs quartiers. Descendant les marches couvertes d'un tapis, il déboucha dans le couloir aux statues.

Ou le couloir des mecs cul nul, comme il l'appelait.

Tournant à droite, il dépassa le bureau du roi, qui était fermé, pour descendre le grand escalier jusqu'à cet incroyable vestibule. En chemin, il pesta contre l'heure, regrettant de devoir partir. Mais les affaires étaient les affaires et…

Il était à mi-chemin quand la femelle qu'il voulait voir émergea de la salle de billard et se dirigea vers la bibliothèque.

— Selena, l'appela-t-il, en se penchant au-dessus de la rambarde dorée à la feuille.

Comme il regardait en bas, elle leva la tête et leurs yeux se croisèrent.

« Poum. Poum. Poum. »

Son cœur résonna autant qu'un chant guerrier dans sa poitrine et ses mains se posèrent automatiquement sur son manteau, pour s'assurer qu'il était bien fermé. C'était une femelle de valeur, après tout, et il ne voulait pas l'effrayer avec ses armes.

Oh, mince, elle était superbe.

Avec ses cheveux noirs remontés haut sur sa tête et sa robe diaphane qui drapait son corps, elle était bien trop précieuse et douce pour côtoyer quoi que ce soit de meurtrier.

Ou quelqu'un comme lui.

— Bonjour, dit-elle avec un léger sourire.

Cette voix. Doux Jésus, cette voix…

Trez descendit l'escalier à toute vitesse.

— Comment vas-tu ? demanda-t-il alors qu'il s'arrêtait devant elle en dérapant.

Elle inclina un peu la tête.

— Très bien.

— Tant mieux. Tant mieux, vraiment. Alors… (Putain.) Est-ce que tu viens ici souvent ?

Il eut envie de se donner une gifle. Quoi, comme si c'était un bar ? Merde…

— Quand on m'appelle, oui. (Elle inclina la tête sur le côté et plissa les yeux.) Vous êtes différent, n'est-ce pas ?

Comme il jetait un regard à la peau mate de ses mains, il sut qu'elle ne parlait pas de couleur.

— Pas si différent.

Il avait des crocs, par exemple, qui avaient bien envie de mordre à cet instant précis. Et… d'autres choses. Qui se trouvaient excitées simplement parce qu'il se tenait en sa présence.

—Qu'êtes-vous ?

Elle ne cilla pas, comme si elle l'évaluait d'une façon plus profonde que par la vue, l'ouïe ou l'odorat.

—Je n'arrive pas… à le déterminer.

« Elle n'est pas pour toi. »

Comme la voix de son frère résonnait dans sa tête, Trez la mit de côté.

—Je suis un ami de la Confrérie.

—Et du roi, sinon vous ne seriez pas là.

—C'est vrai.

—Combattez-vous à leurs côtés ?

—S'ils font appel à moi.

À présent, son regard brillait de respect.

—Cela est juste et bon. (Elle s'inclina de nouveau.) Votre service est louable.

Le silence crût entre eux et, comme il fouillait dans son cerveau pour trouver quelque chose à dire, n'importe quoi, il se rappela tous ces moments où il avait baisé. Voilà, il était capable de démarrer ça au quart de tour. Une conversation polie, en revanche ? En parlant de langue étrangère…

Seigneur, il détestait penser à cela en sa présence.

—Est-ce que ça va ? demanda l'Élue.

Et ce fut alors qu'elle le toucha. Tendant la main, elle la posa sur son avant-bras ; et malgré la barrière des vêtements, il ressentit le lien dans toutes les fibres de son corps, ses bras et ses jambes s'immobilisèrent et son esprit devint vide, comme s'il était en transe.

—Tu es… incroyablement belle, s'entendit-il dire.

L'Élue haussa les sourcils.

—Je suis honnête, c'est tout, murmura-t-il. Et je dois te dire… que j'ai attendu de te revoir toute la semaine.

Sa main, celle qui le touchait, se retira et se posa sur le col de sa robe, pour en rabattre les revers.

— Je…

« Elle n'est pas pour toi. »

Quand il prit conscience de sa gêne, Trez ferma les paupières, en se demandant à quoi il pouvait bien penser : d'après ce qu'il savait des Élues de la Vierge scribe, il s'agissait des femelles les plus pures et les plus vertueuses de la planète. L'exact opposé de ses dernières « partenaires ».

Que croyait-il qu'il se passerait s'il se mettait à la draguer ? Qu'elle allait lui sauter dessus et enrouler ses jambes autour de ses hanches ?

— Je suis désolée, dit-elle.

— Non, écoute, tu n'as pas à t'excuser. (Il s'écarta d'un pas, parce que même si elle était grande, elle paraissait minuscule comparée à lui, et qu'il ne voulait surtout pas qu'elle se sente oppressée.) Je voulais simplement que tu le saches.

— Je…

Génial. Chaque fois qu'une femelle devait chercher les mots justes, on savait qu'on avait vraiment mis les pieds dans le plat.

— Je suis désolée, répéta-t-elle.

— Non, c'est bon. Ça va. (Il leva la main.) Ne t'inquiète pas.

— C'est seulement que je…

Je suis amoureuse d'un autre. Je suis prise. Je ne suis absolument pas intéressée par vous.

— Non.

Il l'interrompit, peu désireux d'entendre les détails. Ce n'était que du vocabulaire pour formuler l'inévitable.

— C'est bon. Je comprends…

— Selena ? appela une voix sur la gauche.

Celle de Rhage. Merde.

Comme elle tournait la tête vers le mâle, la lumière éclaira ses joues et ses lèvres sous un angle différent, et elles lui parurent tout aussi belles, bien entendu. Il aurait pu la contempler éternellement…

Hollywood passa la tête par l'arcade de la bibliothèque.

— Nous sommes prêts… oh, salut mon pote.

— Salut, répliqua Trez. Comment va ?

— Bien. Juste une petite histoire à régler.

Enfoiré. Connard. Sal…

Trez se passa une main sur le visage. Très bien. D'accord. Il n'y avait pas de place dans cette maison immense pour ce genre d'agressivité, surtout quand il s'agissait d'une femelle qu'il n'avait rencontrée que deux fois. Qui ne voulait pas le connaître. Pendant qu'elle faisait son travail.

— Je sors, dit-il au frère. Je te retrouve avant l'aube.

— Compris, mon grand.

Trez salua Selena d'un signe de tête et s'en alla à grandes enjambées, traversa le hall et se dématérialisa jusqu'au centre-ville, là où était sa foutue place.

Il n'arrivait pas à croire qu'il avait attendu une semaine pour cela ; il aurait dû deviner comment les choses se passeraient.

Se sentant idiot, il reprit forme derrière le *Masque de Fer*, dans l'ombre du parking. Même dehors, il entendait les basses de la musique et, tandis qu'il s'approchait de la porte de service, avec sa peinture écaillée et sa poignée usée, il sut que sa mauvaise humeur serait une complication qu'il devrait gérer avec précaution au cours des six à huit heures suivantes.

Humains + alcool × envie de meurtre = victimes.

Ce dont ni lui ni ses affaires n'avaient besoin.

Une fois à l'intérieur, il se rendit immédiatement dans son bureau et balança son stupide déguisement de respectabilité. Il ôta son joli manteau ainsi que sa chemise en soie, si bien qu'il ne lui resta plus que son débardeur noir et son pantalon élégant.

Xhex n'était pas dans son bureau, aussi alla-t-il saluer les filles qui se préparaient pour leur numéro de striptease dans le vestiaire avant de déboucher au royaume de la populace.

Le club avait déjà atteint sa masse critique de fêtards, qui portaient tous des vêtements noirs à lanières et affichaient des expressions d'ennui feintes : beaucoup d'entre eux perdraient les premiers et les secondes à mesure que le temps passerait et que leurs foies décomposeraient le cocktail chimique d'alcool et de drogue qu'ils avaient consommé.

— Salut, papa, lui dit quelqu'un.

Tournant la tête, il découvrit une fille de petite taille, pulpeuse, qui le dévisageait. Avec ses yeux soulignés de tant de noir qu'elle aurait tout aussi bien pu porter des lunettes de soleil et son bustier serré comme un poing, elle ressemblait à un personnage de dessin animé vivant.

Il l'ignora.

— Je m'appelle bla-bla-bla. Est-ce que tu viens souvent ici ? (Elle aspira une gorgée de sa boisson à l'aide d'une paille rouge.) Bla-bla-bla étudiante à l'université, bla-bla-bla psychologie. Bla-bla-bla ?

Du coin de l'œil, il vit la foule s'écarter, comme si elle s'éloignait du chemin d'un videur ou d'un boulet de démolition.

Il aperçut Vhif.

L'air aussi sinistre que Trez.

Ce dernier lui fit un signe de tête, que le guerrier lui rendit tandis qu'il se dirigeait vers le bar.

— Waouh, tu le connais ? demanda l'étudiante. C'est qui ? Bla-bla-bla plan à trois peut-être, bla-bla-bla ?

Alors qu'elle ricanait comme si elle était une très vilaine fille, Trez la détailla des pieds à la tête.

À bien des niveaux, l'assiette de hors-d'œuvre qu'on lui présentait était parfaitement repoussante.

— Bla-bla-bla. (Gloussement. Balancement des hanches.) Bla ?

Vaguement, Trez eut conscience de hocher la tête, puis ils se dirigèrent dans un coin sombre. À chaque pas qu'il faisait, une autre partie de son être se refermait, s'éteignait, se mettait en hibernation. Mais il ne pouvait pas s'en empêcher. Il était le junkie espérant que sa prochaine dose serait aussi bonne que la première, et lui apporterait enfin le soulagement qu'il attendait désespérément.

Même s'il savait que cela n'arriverait pas.

Pas ce soir. Pas avec elle.

Dans aucun aspect de sa vie.

Probablement jamais.

Mais parfois, il fallait seulement agir… sous peine de devenir fou.

— Dis-moi que tu m'aimes, lui demanda la nana en se pressant contre lui. S'il te plaît.

— Oui, répondit-il, l'esprit engourdi. Bien sûr. Tout ce que tu veux.

Il s'en foutait.

Chapitre 78

Xcor croisa les mains et les posa sur la table vernie. À côté de lui, Affhres parlait à voix basse ; lui-même était demeuré silencieux depuis qu'ils s'étaient posés dans ces deux fauteuils sang de bœuf assortis.

— Cela me paraît très certainement convaincant. (Son soldat tourna une autre page de la liasse de documents qu'on leur avait présentée.) Très convaincant, en effet.

Xcor regarda leur hôte. Le juriste de la *glymera* était taillé comme une brochure : il était si mince qu'on ne pouvait s'empêcher de se demander si, quand il était allongé, il avait le moindre relief. Il parlait également avec une minutie exaspérante : ses paroles ressemblaient à des paragraphes écrits en petits caractères avec des phrases longues et complexes.

— Dites-moi, ce résumé est-il exhaustif ? demanda Affhres.

Le regard de Xcor se posa sur les étagères. Elles étaient couvertes de volumes reliés de cuir et il voulait bien croire que le gentilhomme avait lu chacun d'entre eux. Peut-être même deux fois.

Le juriste se lança dans un nouveau discours bien réfléchi et bien articulé en langue française.

— Je ne vous l'aurais pas présenté sans m'assurer que tous les efforts avaient été faits pour…

En d'autres mots, oui, compléta Xcor dans sa tête.

— Ce que je ne vois pas ici… (Affhres tourna plusieurs autres pages) ce sont les opinions contradictoires.

— C'est parce que j'ai été incapable d'en trouver une seule. Le terme de « sang pur » n'a été utilisé que dans deux acceptions : celle du lignage, pour qualifier la progéniture d'un seigneur ou d'une dame, et celle de l'identité raciale. Avec le temps, il y a eu quelques dilutions mineures avec un patrimoine génétique plus vaste, quelques contaminations humaines, et pourtant des individus possédant de lointains liens de sang avec l'*Homo sapiens* ont été jusqu'à présent considérés par la loi comme étant de sang pur, à condition qu'ils puissent passer la transition. Maintenant, bien entendu, cela ne concerne pas la progéniture directe d'un humain et d'un vampire. Il s'agit d'un véritable métissage. Et ces individus, même s'ils survivent à la transition, ont historiquement été considérés sous un angle différent par la loi, avec des droits et des privilèges moins importants que les autres citoyens. Le problème est le suivant : si la *shellane* du roi est métisse, il y a un risque que leur progéniture mâle ne passe jamais la transition.

Affhres fronça les sourcils comme s'il envisageait toutes les implications de cette conclusion.

— Mais d'ici vingt-cinq ans, nous saurons si c'est le cas ou non, et le couple royal peut toujours essayer d'avoir plusieurs enfants.

Xcor l'interrompit d'un ton sec :

— C'est partir du principe que nous serons toujours sur terre dans deux décennies et demie. Sauf qu'au rythme où vont les choses avec les éradiqueurs, nous approchons de l'extinction.

— Précisément.

Le juriste inclina la tête en direction de Xcor.

— D'un point de vue pratique, être un quart humain pourrait suffire à empêcher la transition : il existe des cas établis, et je suis certain que Havers pourra nous fournir d'autres exemples. De plus, au sein des gens de ma génération, certains craignent qu'un rejeton avec un lien aussi proche de la race humaine puisse préférer une compagne humaine ;

c'est-à-dire, aller chercher une compagne qui n'appartiendrait pas à notre espèce. Auquel cas, nous pourrions avoir une reine humaine, et cela serait… (le mâle secoua la tête d'un air de dégoût) parfaitement intolérable.

— Il y a donc deux leviers, déclara Xcor en se renfonçant dans son siège, ce qui fit grincer le fauteuil sous son poids. Le précédent légal et les implications sociales.

— Effectivement. (Le juriste opina du chef une fois de plus.) Et je crois que l'on pourrait tirer parti des peurs sociales pour remplir la zone grise afférente à la partie de la loi concernant la progéniture royale.

— Je suis d'accord, murmura Affhres en reposant les papiers. La question est : comment procéder ?

Comme Xcor ouvrait la bouche pour parler, une étrange vibration le parcourut, interrompant sa réflexion, comme si une main invisible électrisait son corps.

— Souhaitez-vous relire les documents ? lui demanda le juriste.

Comme s'il en était capable, songea Xcor d'un air sombre. Oui, il fallait se demander ce que penserait ce mâle érudit s'il apprenait que celui qui prenait les décisions était analphabète.

— Vous m'avez convaincu. (Il se leva, en songeant qu'une série d'étirements remédierait peut-être à ce qui le faisait souffrir.) Et je crois que ces informations devraient être partagées avec les membres du Conseil.

— J'ai assez de contacts pour réunir les *princeps*.

Xcor se dirigea vers une fenêtre pour regarder dehors et laissa ses sens se déployer pour chercher l'origine de cette vibration. S'agissait-il de la Confrérie ?

— Faites-le, dit-il d'un ton distrait tandis que le bourdonnement dans ses tripes gagnait en intensité, créant une urgence qu'il se trouvait incapable d'ignorer…

Son Élue.

Son Élue avait quitté le complexe et se rapprochait…

— Je dois y aller, dit-il précipitamment en se dirigeant vers la porte. Affhres, je te laisse terminer avec notre hôte.

Un brouhaha s'éleva derrière lui, comme les deux mâles se mettaient à discuter, mais il se fichait de ce qu'ils racontaient. Franchissant la porte d'entrée, il scruta la campagne autour de lui…

Et localisa son signal.

En l'espace d'un battement de cœur, il avait disparu, son corps et sa volonté attirés par sa femelle aussi sûrement qu'un voleur sur le point de mourir l'était par la rédemption.

Au *Masque de Fer*, dans le centre-ville, Vhif se dirigea vers le bar et se jucha sur l'un des tabourets couverts de cuir. Tout autour, la musique résonnait, la sueur et le sexe imprégnaient déjà l'air chaud, lui donnant le sentiment d'étouffer.

Ou peut-être était-ce seulement dans sa tête.

— On ne t'a pas vu depuis un moment. (La barmaid, une femelle à l'air aimable qui avait la tête sur les épaules, glissa une serviette devant lui.) Comme d'habitude ?

— Un double.

— Tout de suite.

Comme il attendait que son verre arrive, il sentit les yeux des humains du club s'attarder sur lui.

« Sortir du placard ? Comme si j'étais gay ?!

Tu baises des mecs ! Qu'est-ce que ça signifie à ton avis, bon sang ? »

Secouant la tête, il aurait vraiment eu besoin d'une pause : ce joyeux petit échange se rejouait en boucle sous son crâne, juste sous la surface de sa conscience, depuis qu'il avait eu lieu une semaine plus tôt. Dans l'ensemble, il l'avait remarquablement sublimé… malheureusement, cette victoire sur lui-même semblait toucher à son terme. Quand sa tequila arriva et qu'il eut descendu un verre puis un autre, il sut qu'il ne pouvait plus faire appel à d'autres diversions, qu'il ne pouvait plus repousser indéfiniment le temps de l'introspection.

Bizarrement – ou peut-être pas tant que cela – il pensa à son frère. Il n'avait toujours rien dit à Luchas au sujet de l'enfant. Tout cela lui paraissait encore trop fragile : même si la grossesse se poursuivait et avait toujours l'air en bonne voie, il avait l'impression que ce ne serait qu'une couche de drame supplémentaire dont le mâle n'avait pas besoin pour l'instant.

Et il n'avait certainement rien mentionné au sujet de sa vie sexuelle ni de Blay. Tout d'abord, son frère était toujours puceau, ou du moins, c'était ce qu'il avait cru comprendre : la *glymera* était bien plus restrictive quant à ce que pouvaient faire les femelles avant leur union et, à coup sûr, si Luchas s'était tapé une femelle de temps à autre, cela aurait été toléré tant qu'il ne se serait pas agi d'une liaison à long terme. Mais toutes les fois où Luchas s'était nourri après sa transition avaient eu lieu devant témoins, il n'avait donc pas eu d'opportunité à ce moment-là, et ses nuits avaient été lourdement chargées de leçons, d'étude et d'événements mondains chaperonnés. Aucune chance là non plus.

Étrangement, détailler toutes les conneries qu'il avait faites lui paraissait inapproprié. En outre, pour reprendre les paroles de Blay, ce n'était pas si intéressant que cela.

Vhif se frotta le visage.

— Deux de plus, demanda-t-il.

Comme la barmaid réagissait immédiatement, il se dit que, bon sang, il avait cru que les relations sexuelles avec Blay avaient vraiment de l'intérêt. Et Blay n'avait pas eu l'air de s'ennuyer quand ils baisaient…

Bref. Revenons à Luchas. Au cours des nombreuses discussions qu'il avait eues avec son frère, il n'avait jamais été fait mention des femelles, et les mâles ne figuraient certainement pas au menu. Avant les attaques, Luchas était hétéro comme leur père, ce terme signifiant qu'on devait coucher uniquement avec la femelle à laquelle on était uni, dans la position du missionnaire le soir de votre anniversaire et peut-être une fois par an après des festivités.

Mâles, femelles, hommes, femmes, diverses combinaisons possibles, parfois en public, mais rarement au lit à la maison, ce n'était pas une chose pour laquelle Luchas disposait d'un cadre de référence.

Quand les tequilas numéro trois et quatre apparurent devant lui, il hocha la tête en guise de remerciement.

Plongeant au plus profond de lui-même, même s'il détestait cette expression autant que sa signification, il tenta de voir s'il existait une autre raison expliquant sa réticence à parler de sa vie au dernier membre de sa famille. De la honte. De l'embarras. Merde, peut-être un peu de rébellion qu'il ne souhaitait pas infliger à son frère invalide…

Vhif se tortilla sur son tabouret.

Eh bien. Quelle surprise.

S'il se montrait brutalement honnête, oui, il était un peu irascible. Mais c'était parce qu'il ne voulait pas qu'on le regarde bizarrement pour encore une autre raison que ses yeux vairons, ainsi que son frère conservateur et probablement puceau ne manquerait sans doute pas de le faire s'il abordait avec lui le sujet des mâles et des hommes.

C'était cela.

Oui. Voilà tout.

« À long terme, je me vois avec une femelle. Je ne me l'explique pas. »

Cela faisait longtemps qu'il avait dit ça à Blay, et il en avait pensé chaque mot à l'époque…

Une sorte d'émotion lui tordit soudain les entrailles, déplaçant ses intestins et son foie.

Il se dit que c'était dû à l'alcool.

La brusque peur qu'il éprouva suggérait une autre cause.

Vhif avala son troisième verre dans l'espoir de se débarrasser de la sensation. Puis le quatrième. Et dans l'intervalle, les visages, les poitrines et les sexes des nombreuses femmes et femelles qu'il avait baisées traversèrent son esprit…

— Non, s'exclama-t-il à voix haute. *Niet*. Non.

Oh, mon Dieu…

— Non !

Comme le type à côté de lui le regardait bizarrement, il la ferma.

S'essuyant le visage, il fut tenté de commander une nouvelle tequila, mais se retint. Quelque chose de l'ordre d'un séisme mental essayait désespérément de percer sa conscience ; il le sentait trembler à la base de sa psyché.

« Tu ne te connais pas toi-même, et cela a toujours été ton problème. »

Putain. S'il prenait une tequila de plus, s'il continuait à boire, s'il restait dans sa stratégie d'évitement, ce que Blay avait dit de lui serait toujours vrai. Mais le problème, c'était qu'il ne voulait pas savoir. Il ne voulait vraiment pas savoir, bordel.

Seigneur, pas ici. Ni maintenant. Ni jamais.

Jurant à voix basse, il sentit le geyser de sa compréhension se mettre à bouillonner et une révélation menacer de lui transpercer la poitrine ; et il sut qu'une fois celle-ci libérée, le geyser ne reviendrait plus jamais sous terre.

Bon sang. La seule personne avec laquelle il souhaitait parler de cela ne lui adressait plus un mot.

Il supposait qu'il devait prendre son courage à deux mains et affronter l'événement tout seul.

Quelque part, l'idée qu'il était… enfin, vous voyez, comme aurait dit sa mère… n'aurait pas dû l'affecter. Il était plus fort que la condescendance de la *glymera* et, merde, il vivait dans un environnement où, que l'on soit gay ou hétéro, cela n'avait pas d'importance : tant qu'on était capable de bien se comporter sur le terrain et qu'on n'agissait pas en crétin fini, la Confrérie vous épaulait. Regardez le passé sexuel de V., bordel de merde. Des bougies noires qui servaient à autre chose qu'à être une source de lumière dans l'obscurité. Putain, le simple fait d'être attiré par les mâles, c'était du pipi de chat à côté.

En outre, il ne vivait plus chez ses parents. Ce n'était pas sa vie.

Ce n'était *pas* sa vie.

Ce n'était pas *sa vie.*

Et pourtant, alors même qu'il se le répétait continuellement, le passé qui n'existait plus était juste derrière lui, regardant par-dessus son épaule, le jugeant et l'estimant non seulement insuffisant, ni même simplement inférieur, mais totalement et absolument indigne.

C'était comme la douleur fantôme d'un membre amputé : la gangrène avait disparu, l'infection était enrayée, l'amputation effectuée, mais les souffrances horribles demeuraient. Cela faisait toujours un mal de chien. Cela l'estropiait toujours aussi sûrement que s'il boitait.

Toutes ces femmes… toutes ces femelles… quelle était la véritable nature de sa sexualité ? se demanda-t-il soudain. Qu'est-ce que l'on pouvait qualifier d'attirance ? Parce qu'il avait eu envie de les baiser et l'avait fait. Il les avait ramassées dans des clubs et des bars, merde, même dans cette boutique du centre commercial où ils étaient allés acheter des fringues dignes de ce nom à John Matthew après sa transition.

Il avait choisi les femmes, les avait repérées dans la foule, avait appliqué une sorte de filtre qui en avait éliminé certaines et sélectionné d'autres. Il les avait poussées à le sucer. Il les avait léchées. Il les avait prises par-derrière, sur le côté, par-devant. Il avait empoigné leurs seins.

Il avait fait tout cela par choix.

En avait-il été autrement avec les mecs ? Et même si c'était le cas, devait-il se coller une étiquette ?

Et s'il ne se donnait pas de définition, cela signifiait-il qu'il était quelqu'un que ses parents, qui étaient morts et l'avaient de toute façon détesté, auraient approuvé ?

Tandis que ces questions bombardaient son cerveau, lui balançant le genre d'auto-analyse qu'il avait toujours écarté de sa réflexion, il fit une découverte encore plus choquante.

Si important que soit tout ce merdier, si explorateur qu'il se soit montré, rien de tout cela n'approchait du point le plus critique.

Pas le moins du monde.

Le véritable problème qu'il était en train de découvrir donnait à tout le reste des airs de promenade de santé.

Chapitre 79

Ahssaut ne tolérait pas les jurons. Dans son esprit, c'était vulgaire et inutile. Cela dit, il avait passé une putain de semaine de merde.

Dans le sous-sol de sa maison, dans la chambre forte, lui et les jumeaux venaient de finir de ranger le butin des derniers jours : des billets étaient empilés en liasses qui avaient été préalablement comptées, attachées puis triées par valeur, et le total était impressionnant, même selon ses critères.

Tout comptabilisé, ils disposaient d'environ 200 000 dollars.

Le Grand éradiqueur et sa joyeuse petite bande de tueurs faisaient de l'excellent travail.

On aurait pu croire qu'il s'en réjouirait.

Mais non.

En fait, c'était un malheureux fils de pute, et la raison de sa mauvaise humeur le rendait simplement encore plus grincheux.

— Allez voir Benloise, ordonna-t-il aux jumeaux. Récupérez le prochain stock de cocaïne et revenez ici pour la préparer.

Les jumeaux étaient passés maîtres dans l'art de couper la dope avec des additifs et de l'emballer dans des sachets plastique, et c'était une excellente chose. Les tueurs écoulaient trois fois plus de marchandise qu'avant.

— Ensuite, procédez à la livraison. (Ahssaut regarda sa montre.) Elle est prévue pour 3 heures, vous devriez avoir assez de temps.

Se levant de table, il s'étira les bras au-dessus de la tête et cambra le dos. Son corps était raide ces derniers temps, et il savait pourquoi : se trouver dans un état permanent de légère excitation avait contracté les muscles de ses cuisses et de ses épaules, entre autres organes… qui s'étaient montrés particulièrement résistants à toute tentative d'autorégulation.

Après des années passées sans qu'il se soucie particulièrement de ses érections, il était tombé dans une débauche de moments consacrés à se donner du plaisir.

Et cela ne semblait que souligner le fait qu'il n'avait pas obtenu ce qu'il désirait.

Au cours de la semaine écoulée, il avait espéré que Marisol le contacterait, s'attendant à ce que son téléphone sonne, et pas parce qu'un inconnu s'était de nouveau pointé devant sa porte. La femme le désirait autant qu'il la désirait, et cela devait certainement conduire à une réunion. Pourtant, cela n'avait pas été le cas. Et le fait qu'elle fasse preuve du même genre de retenue qu'il s'obligeait à conserver lui-même au quotidien lui faisait remettre en question non seulement sa maîtrise de soi, mais aussi sa santé mentale.

Oui, il craignait de craquer avant elle.

Prenant congé de ses cousins, il remonta l'escalier pour déboucher dans la cuisine. La première chose qu'il fit fut de consulter son téléphone, au cas où elle aurait appelé ou pour vérifier si son Audi avait enfin bougé après sept nuits d'immobilité : ce satané engin était garé devant la maison depuis qu'il lui avait rendu visite, comme si elle savait qu'il y avait placé un mouchard.

Regardant l'écran, il vit que quelqu'un l'avait appelé, mais il ne s'agissait pas d'un numéro enregistré dans sa liste de contacts.

Et il y avait un message vocal.

Il se fichait de répondre aux erreurs de numéros des humains, mais comme il existait un risque qu'il s'agisse d'un éradiqueur enfreignant le protocole, il sut qu'il devait écouter le message.

Pendant qu'il accédait à son répondeur, il se dirigea vers sa cave à cigares. Il fumait beaucoup ces derniers temps, et sniffait probablement trop de coke. Ce qui allait douloureusement à l'encontre de son instinct de préservation : si on était déjà agité et frustré, ajouter des stimulants à sa chimie interne revenait à verser de l'huile sur le feu…

« *Hola*. C'est la grand-mère de Sola. J'essaie de joindre… un Ahssaut… s'il vous plaît ? (Celui-ci s'arrêta net au milieu de son salon.) Pouvez-vous me rappeler tout de suite ? Merci… »

Avec un sentiment d'angoisse, il interrompit le message et appuya sur « Rappel ».

Une sonnerie. Deux sonneries…

— *Hola ?*

Il ignorait son nom.

— Je suis Ahssaut, madame. Est-ce que vous allez bien ?

— Non, non… ça ne va pas. J'ai trouvé votre numéro dans sa table de nuit, alors j'appelle. Quelque chose ne va pas.

Il serra la main sur son iPhone.

— Dites-moi.

— Elle a disparu. Elle est rentrée à la maison, mais ensuite elle ressort juste après… je l'entends s'en aller ? Sauf que toutes ses affaires, son sac à dos, sa voiture, tout est ici. Je dormais et j'ai entendu, en bas, quelqu'un en train de bouger. Je l'appelle et personne n'a répondu… puis j'entends ce bruit – un bruit retentissant – alors je descends. La porte d'entrée est ouverte et je crains qu'elle ait été enlevée – je ne sais pas quoi faire. Elle m'a toujours dit : « on n'appelle pas la police. » Je ne sais pas…

— Du calme, tout va bien. Vous avez fait ce qu'il fallait. J'arrive immédiatement.

Ahssaut courut vers la porte d'entrée sans se soucier de prévenir les jumeaux de son départ, et ne songeant à rien d'autre qu'à rejoindre la petite maison au plus vite.

Il ne lui fallut qu'une seconde pour se dématérialiser et, quand il reprit forme dans le jardin de devant, il se dit que, de tous les scénarios qu'il avait envisagés pour son retour, celui-ci n'en faisait pas partie.

Ainsi que l'avait rapporté la grand-mère, l'Audi était garée dans la rue au bout de l'allée. Exactement là où elle se trouvait la dernière fois qu'il l'avait vue. Mais il remarqua aussitôt que la neige avait été piétinée par plusieurs personnes et que leurs empreintes traversaient la pelouse jusqu'à la rue selon une diagonale.

On l'avait enlevée, songea Ahssaut.

Bon sang.

Grimpant les marches du perron à toute vitesse, il appuya sur la sonnette et tapa des pieds sur le paillasson. L'idée que quelqu'un ait emmené sa femelle…

La porte s'ouvrit et la femme qui se trouvait derrière était visiblement secouée. Puis elle parut interloquée quand elle l'aperçut.

— Vous êtes… Ahssaut ?

— Oui. Laissez-moi entrer, madame, s'il vous plaît, et je vous viendrai en aide.

— Vous n'êtes pas l'homme qui est venu la première fois.

— Pas celui que vous avez vu, madame. À présent, laissez-moi entrer je vous en prie.

Alors que la grand-mère de Marisol s'écartait pour le laisser passer, elle se lamenta :

— Oh, je ne sais pas où elle est. *Mãe de Deus*, elle a disparu, disparu…

Il jeta un coup d'œil au petit salon bien rangé, puis se rendit dans la cuisine pour inspecter la porte du fond. Intacte. L'ouvrant en grand, il se pencha dehors. Pas d'empreintes de pas dans la neige, hormis celles qu'il avait laissées une semaine plus tôt. Après avoir refermé le battant et repoussé le verrou, il retourna vers la grand-mère.

— Vous étiez à l'étage ?

— *Si*. Au lit. Comme j'ai dit, je dormais. Je l'entends rentrer, mais j'étais dans un demi-sommeil. Puis j'entends… ce bruit, de quelqu'un qui tombe. Je dis que je vais descendre, puis la porte d'entrée s'ouvre.

— Avez-vous vu une voiture s'éloigner ?

— *Si*. Mais elle était très loin, et je n'ai pas pu voir la plaque d'immatriculation…

— Il y a combien de temps ?

— Je vous ai appelé quinze, peut-être vingt minutes après. Je suis allée dans sa chambre et j'ai fouillé… c'est là que j'ai trouvé la serviette avec votre numéro.

— Est-ce que quelqu'un a appelé ?

— Personne.

Il regarda sa montre, puis s'inquiéta de la pâleur de la vieille dame.

— Venez, madame, asseyez-vous.

Comme il l'installait sur le canapé fleuri du salon, elle sortit un mouchoir délicat et le pressa contre ses yeux.

— Elle est toute ma vie.

Ahssaut tenta de se souvenir comment les humains s'adressaient à leurs supérieurs.

— Madame… euh, madame…

— Carvalho. Mon mari était brésilien. Je m'appelle Yesenia Carvalho.

— Madame Carvalho, je dois vous poser quelques questions.

— Pouvez-vous m'aider ? Ma petite-fille est…

— Regardez-moi dans les yeux.

Quand la vieille femme obtempéra, il dit à voix basse :

— Il n'est rien que je ne ferais pour la ramener. Comprenez-vous ce que je dis ?

Comme il faisait part de sa détermination à Mme Carvalho, celle-ci plissa les yeux. Puis, au bout d'un moment, elle se calma et hocha la tête, comme si elle approuvait les moyens qu'il emploierait, même s'il y avait de fortes chances que ceux-ci soient violents.

— Qu'avez-vous besoin de savoir ?

— Pensez-vous que quelqu'un ait pu lui vouloir du mal ?

— C'est une gentille fille. Elle travaille de nuit dans un bureau. Elle est assez secrète.

Donc Marisol n'avait rien dit à sa grand-mère de ce qu'elle faisait réellement. C'était une bonne chose.

— A-t-elle des biens ?

— De l'argent, vous voulez dire ?

— Oui.

— Nous sommes des gens simples. (Elle détailla ses vêtements taillés sur mesure.) Nous n'avons rien en dehors de cette maison.

Étrangement, il en doutait, même s'il en savait peu sur la vie de cette femme : il trouvait difficile de croire qu'elle n'avait pas gagné un paquet d'argent en pratiquant son métier, et elle ne devait certainement pas payer d'impôts sur les revenus qu'elle percevait de la part de gens comme Benloise.

Mais il craignait qu'un appel à rançon ne soit pas d'actualité.

— Je ne sais pas quoi faire.

— Madame Carvalho, je ne veux pas que vous vous inquiétiez. (Il se leva.) Je vais m'en occuper rapidement.

Elle plissa de nouveau les yeux, trahissant une intelligence qui lui faisait penser à sa petite-fille.

— Vous savez qui a fait ça, n'est-ce pas ?

Ahssaut s'inclina en signe de respect.

— Je vais vous la ramener.

La question était : combien de gens devrait-il tuer pour y parvenir, et Marisol elle-même serait-elle vivante à la fin de cette histoire ?

La simple idée qu'on puisse blesser cette femme le faisait grogner, allongeait ses crocs et le dépouillait de sa part civilisée comme un cobra de sa peau.

Alors qu'Ahssaut quittait la modeste maison, il eut le sentiment de connaître le fin mot de l'histoire, mais s'il avait raison, même vingt minutes après l'enlèvement, il risquait d'arriver trop tard.

Auquel cas, l'un de ses associés en affaires allait prendre de nouvelles leçons en matière de douleur.

Et Ahssaut serait son professeur.

Chapitre 80

Layla ne sortit pas de la Mercedes. Il y faisait chaud, le siège était confortable et elle se sentait en sécurité à l'intérieur de cette grande cage d'acier qui l'entourait. Et elle avait une sorte de vue sur laquelle méditer : les phares éclairaient brillamment le paysage devant la voiture et leurs faisceaux transperçaient la nuit sur une assez longue distance avant de s'estomper.

Au bout d'un moment, des flocons se mirent à tomber dans la lumière, leur trajet lent et tortueux suggérant qu'ils ne souhaitaient pas quitter les nuages pour mourir.

Assise en silence, tandis qu'elle allumait et éteignait régulièrement le moteur ainsi que Vhif lui avait appris à le faire par temps froid, elle n'avait pas l'esprit libre. Non, son esprit n'était pas du tout vide. Même si elle regardait droit devant elle et avait conscience de l'averse de neige silencieuse, de la route droite et de la campagne paisible… elle voyait ce guerrier. Ce traître.

Ce mâle qui semblait toujours occuper ses pensées, surtout quand elle se retrouvait livrée à elle-même.

Même seule dans cette voiture au milieu de nulle part, sa présence était tangible, ses souvenirs de lui étaient si puissants qu'elle aurait juré qu'il était à sa portée. Et le désir ardent… douce Vierge scribe, elle ne pouvait partager avec aucune des personnes qu'elle aimait le désir ardent qu'elle éprouvait.

C'était un destin si cruel que de ressentir une telle réaction envers quelqu'un qui…

Layla se redressa soudain sur son siège, tandis qu'un cri franchissait ses lèvres et résonnait dans l'habitacle.

Tout d'abord, elle ne fut pas certaine que ce qui venait de se matérialiser dans la lumière des phares soit réel : Xcor se tenait sur la route devant elle, les bottes enfoncées dans le sol, son immense corps vêtu de cuir semblant prêt à absorber les deux faisceaux lumineux à la manière d'un trou noir.

— Non, hurla-t-elle. Non !

Elle ne savait pas vraiment à qui elle s'adressait, ni ce qu'elle refusait. Mais une chose était claire : quand il avança d'un pas, puis d'un autre, elle sut que le soldat n'était pas le fruit de son imagination ni de ses terribles désirs, mais qu'il était tout à fait réel.

Démarre la voiture, se dit-elle. *Démarre-la et enfonce la pédale d'accélérateur.*

C'était un être de chair et de sang, et si terrifiant soit-il, il ne serait pas de taille face à un tel impact.

— Non, siffla-t-elle quand il se rapprocha.

Son visage était exactement comme dans son souvenir : parfaitement symétrique, avec des pommettes hautes, des yeux étrécis et des sourcils constamment froncés. Sa lèvre supérieure était déformée, si bien qu'il paraissait toujours en train de gronder, et son corps… Il se déplaçait à la manière d'un grand fauve : ses épaules remuaient avec une puissance à peine contenue et ses cuisses musclées le faisaient avancer avec la promesse d'une force brutale.

Et pourtant… elle n'avait pas peur.

— Non, gémit-elle.

Il s'arrêta quand il ne fut plus qu'à trente centimètres de la calandre. Son manteau de cuir battait contre ses jambes à cause du vent et ses armes luisaient dans la lumière des phares. Il avait les bras le long du corps, mais il ne demeura pas ainsi. Il les leva avec lenteur…

Pour ôter quelque chose dans son dos.

Une arme d'un genre inconnu. Qu'il déposa sur le véhicule.

Puis ses mains, ces mains gainées de cuir noir, se dirigèrent vers sa poitrine et il tira deux pistolets de sous son manteau. Et des dagues de l'étui qui traversait ses pectoraux. Et une chaîne. Et quelque chose qui étincela mais qu'elle ne reconnut pas.

Il posa le tout sur le capot de la voiture.

Puis il recula. Leva les mains en l'air. Et tourna lentement sur lui-même.

Layla sentit sa respiration s'accélérer.

Elle n'était pas de nature guerrière. Ne l'avait jamais été. Mais elle savait d'instinct que, dans le code de ce soldat, se désarmer devant quelqu'un représentait une sorte de vulnérabilité difficile à accepter. Il demeurait mortellement dangereux, bien entendu ; un mâle avec sa carrure et son entraînement était capable de tuer à mains nues.

Toutefois, il s'offrait à elle.

Prouvant de la façon la plus visible qu'il n'avait pas l'intention de lui faire de mal.

Layla posa la main sur la rangée de boutons sur le panneau à côté d'elle et se figea. Toutefois, elle n'était pas tranquille ; elle respirait bruyamment, comme si elle était en train de fuir, son cœur battait la chamade, de la sueur perlait au-dessus de sa bouche…

Elle déverrouilla les portières.

Que la Vierge scribe lui vienne en aide… elle déverrouilla les portières.

Quand le tintement d'ouverture se répercuta dans l'habitacle, Xcor ferma brièvement les yeux et son visage se détendit, comme s'il venait de recevoir un présent inattendu. Puis il fit le tour…

Quand il ouvrit la portière passager, de l'air froid s'infiltra dans l'habitacle, puis il casa son corps immense dans le fauteuil à côté du sien. Une fois la portière bien refermée, ils se tournèrent l'un vers l'autre.

Grâce au plafonnier, elle put le distinguer encore mieux. Il avait le souffle court, lui aussi, et la bouche entrouverte. Il avait l'air dur, le mince voile de civilité avait disparu de ses traits, ou plus judicieusement, c'était comme s'il n'avait jamais été là. Et pourtant, alors que les autres l'auraient qualifié de laid à cause de sa difformité, à ses yeux… il était beau.

Et c'était un péché.

— Vous êtes réel, dit-elle pour elle-même.

— Oui.

Il avait une voix grave et sonore, qui parut une caresse aux oreilles de Layla. Mais elle se brisa, comme s'il souffrait.

— Et vous êtes enceinte.

— En effet.

Il ferma de nouveau les paupières, mais comme s'il avait reçu un coup violent.

— Je vous ai vue.

— Quand ?

— À la clinique. Il y a des nuits et des nuits de cela. J'ai cru qu'ils vous avaient battue.

— La Confrérie ? Mais pourquoi…

— À cause de moi. (Quand il rouvrit les yeux, ceux-ci étaient marqués d'une telle angoisse qu'elle voulut le réconforter d'une façon ou d'une autre.) Si j'avais eu le choix, je ne vous aurais jamais placée dans une telle position. Vous ne participez pas à la guerre, et mon lieutenant n'aurait jamais dû vous impliquer là-dedans. (Sa voix se fit de plus en plus grave.) Vous êtes innocente. Même moi, qui n'ai pas d'honneur, je l'ai reconnu instantanément.

S'il n'avait pas d'honneur, pourquoi s'était-il désarmé à l'instant ? se demanda-t-elle.

— Êtes-vous unie ? demanda-t-il d'une voix rauque.

— Non.

Brusquement, il retroussa sa lèvre supérieure sur ses crocs énormes.

— Si l'on vous a violée…

— Non. Non, non… j'ai choisi de le faire pour moi. Pour le mâle. (Elle posa la main sur son ventre.) Je voulais un enfant.

Mes chaleurs sont arrivées, et je ne pouvais que penser combien je désirais être *mahmen* pour un être qui serait mien.

Il ferma encore une fois les yeux, et posa une main calleuse sur son visage. Dissimulant sa bouche irrégulière, il dit :

— J'aurais aimé…

— Quoi ?

— … être digne de vous donner ce que vous désiriez.

Layla ressentit un besoin sacrilège de tendre la main et de le toucher, pour le réconforter d'une façon ou d'une autre. Sa réaction était si brutale et honnête, et sa souffrance ressemblait beaucoup à la sienne quand elle pensait à lui.

— Dites-moi qu'ils vous traitent bien en dépit du fait que vous m'avez aidé.

— Oui, chuchota-t-elle. Oui, très bien.

Il baissa la main et laissa sa tête retomber en arrière comme s'il était soulagé.

— C'est bien. C'est… bien. Et vous devez me pardonner d'être venu ici. J'ai senti votre présence et j'ai découvert que j'étais incapable de m'empêcher de venir à vous.

Comme s'il était attiré par elle. Comme si… il la désirait.

Oh, douce Vierge scribe, songea-t-elle tandis que son corps s'échauffait de l'intérieur.

Il parut river les yeux sur l'arbre désormais invisible qui se trouvait au sommet de la colline, tout au bout de la prairie.

— Pensez-vous encore à cette nuit ? demanda-t-il d'une voix douce.

Layla baissa la tête pour contempler ses mains.

— Oui.

— Et cela vous fait mal, n'est-ce pas ?

— Oui.

— Tout comme à moi. Vous êtes toujours dans mon esprit, mais je suppose que c'est pour une raison différente de la vôtre.

Layla prit une profonde inspiration tandis que le sang lui bourdonnait aux oreilles.

— Je ne suis pas certaine… que ce soit si différent de vous.

Elle l'entendit tourner la tête d'un coup.

— Qu'avez-vous dit ? souffla-t-il.

— Je crois... que vous m'avez parfaitement entendue.

Instantanément, une tension vitale surgit entre eux, réduisant l'espace qu'ils occupaient, les rapprochant alors même qu'aucun d'eux ne bougeait.

— Devez-vous être leur ennemi ? demanda-t-elle à voix haute.

Il y eut un long silence.

— Il est trop tard, à présent. Des actions sont en cours qu'aucune parole ni aucune promesse ne peut désormais annuler.

— J'aimerais qu'il en soit autrement.

— Cette nuit, à cet instant précis... je l'aimerais également.

Ce fut à elle de tourner la tête.

— Il existe peut-être un moyen...

Il tendit le bras et la fit taire d'un doigt, qu'il posa avec délicatesse en travers de sa bouche.

Comme il contemplait ses lèvres, un grognement presque imperceptible émana de lui, mais il ne le laissa pas continuer longtemps, réduisant sa gorge au silence comme s'il ne voulait pas la tourmenter ni peut-être l'effrayer.

— Vous habitez mes rêves, murmura-t-il. Chaque jour, vous me hantez. Votre parfum, votre voix, vos yeux... cette bouche.

Il déplaça la main et lui effleura la lèvre inférieure de son pouce calleux.

Fermant les paupières, Layla s'abandonna à ce contact, sachant que c'était tout ce qu'elle obtiendrait jamais de lui. Ils appartenaient à deux camps ennemis et, même si elle ne connaissait pas les détails, elle en avait entendu assez dans la maison pour savoir qu'il avait raison.

Il ne pouvait pas défaire ce qu'il avait fait.

Et cela signifiait qu'ils allaient le tuer.

— Je n'arrive pas à croire que vous me laissiez vous toucher. (Sa voix se fit rauque.) Je m'en souviendrai éternellement.

Des larmes montèrent aux yeux de Layla. Douce Vierge scribe, toute sa vie elle avait attendu un moment pareil…

— Ne pleurez pas. (Son pouce passa sur ses joues.) Belle femelle de valeur, ne pleurez pas.

Si on lui avait dit que quelqu'un d'aussi dur était capable de tant de compassion, elle ne l'aurait pas cru. Mais c'était le cas. Avec elle, c'était le cas.

— Je dois y aller, annonça-t-il brusquement.

Instinctivement, elle voulut le supplier d'être prudent… mais cela aurait signifié qu'elle souhaitait bonne chance à celui qui voulait détrôner Kolher.

— Adorable Élue, sachez-le : si jamais vous avez besoin de moi, je serai là.

Il sortit quelque chose de sa poche : un téléphone. Le tournant vers elle, il alluma l'écran en touchant un bouton.

— Pouvez-vous lire ce numéro ?

Layla battit des paupières et força ses yeux à faire la mise au point.

— Oui.

— C'est le mien. Vous savez comment me trouver. Et si votre conscience exige que vous donniez cette information à la Confrérie, je comprendrai.

Il ne savait pas lire les chiffres, comprit-elle, et pas par manque d'acuité visuelle.

Quel genre de vie avait-il vécu ? s'interrogea-t-elle avec tristesse.

— Portez-vous bien, ma belle Élue, dit-il en la dévisageant avec l'expression non d'un amant, mais d'un *hellren*.

Puis il s'en alla sans un mot, quitta la voiture, récupéra ses armes…

… et se dématérialisa dans la nuit.

Layla se couvrit immédiatement le visage de ses mains, ses épaules se mirent à trembler, sa tête s'affaissa et ses émotions la submergèrent.

Coincée au milieu du gué, entre son esprit et son âme, elle avait l'impression d'avoir été mise en pièces, alors même qu'elle demeurait entière.

Chapitre 81

— Entrez.

Quand Blay répondit, il leva les yeux de *La Conjuration des imbéciles*, et fut surpris de découvrir Beth pénétrant dans sa chambre.

Un simple coup d'œil au visage de la reine le fit se redresser sur sa chaise longue et poser son livre par terre.

— Eh, que se passe-t-il ?

— As-tu vu Layla ?

— Non, mais je suis resté ici depuis mon retour de chez mes parents. (Il jeta un coup d'œil à l'horloge. Minuit passé.) Elle n'est pas dans sa chambre ?

Beth secoua la tête, et sa chevelure noire scintilla en glissant sur ses épaules.

— Elle et moi devions passer un moment ensemble, mais je ne parviens pas à la trouver. Elle n'est ni à la clinique, ni à la cuisine ; et j'ai cherché Vhif au centre d'entraînement et ici. Lui aussi a disparu.

Ils étaient peut-être attablés devant un dîner romantique, où ils partageaient par exemple un plat de pâtes, comme dans *La Belle et le Clochard*.

— As-tu essayé de les contacter par téléphone ? demanda-t-il.

— Celui de Vhif est dans sa chambre. Et Layla ne répond pas au sien, si toutefois elle l'a emporté avec elle.

Comme il se levait, déjà gagné par l'inquiétude, il s'encouragea à se calmer ; ce n'était pas une urgence nationale.

En fait, la maison était grande et dotée de nombreuses pièces et, chose plus importante, ils étaient adultes. Deux personnes avaient bien le droit de partir ensemble sans que cela vire à la crise.

Surtout s'ils allaient avoir un enfant ensemble…

Le bruit de l'aspirateur au loin attira son attention.

— Viens avec moi, dit-il à la reine. S'il y a bien une personne dans cette baraque qui sache quelque chose, elle se trouve au bout du couloir avec un aspirateur.

Sans surprise, Fritz faisait le ménage dans le salon du premier étage, et quand Blay entra dans la pièce, il fut aussitôt assailli par tous ces souvenirs de lui et Vhif s'envoyant joyeusement en l'air sur le tapis au pied du canapé.

Génial. Absolument fabuleux.

— Fritz ? appela la reine.

Le *doggen* arrêta ses va-et-vient et fit taire l'engin.

— Oh, bonjour, Votre Majesté. Monsieur.

Nombreuses courbettes.

— Écoute, Fritz, as-tu vu Layla ? demanda Blay.

Le majordome afficha immédiatement une mine abattue.

— Oh. Oui. Tout à fait.

Comme il ne donnait pas de détails, Blay lui souffla un :

— Et ?

— Elle a pris la voiture. La Mercedes. Il y a environ deux heures.

Qu'est-ce que… ? s'interrogea Blay. *À moins que…*

— Alors Vhif se trouvait avec elle.

— Non, elle était seule. (Alors que Blay sentait l'angoisse lui nouer l'estomac, le majordome secoua la tête.) J'ai essayé d'insister pour l'emmener, mais elle ne m'a pas laissé faire.

— Où allait-elle ? demanda Beth.

— Elle a dit qu'elle n'avait pas de destination. Je savais que maître Vhif lui avait appris à conduire et quand elle m'a ordonné de lui remettre les clés, je n'ai pas su quoi faire.

La reine prit la parole.

— Tu n'as rien à te reprocher, Fritz. Pas du tout. Nous nous inquiétons à son sujet, c'est tout.

Blay sortit son téléphone.

— Et le véhicule est équipé d'un GPS, donc tout ira bien. Je vais contacter V. et il sera capable de la localiser pour nous.

Une fois qu'il eut envoyé le message, la reine rassura encore un peu le majordome, et Blay s'attarda, dans l'attente d'une réponse.

Dix minutes plus tard, il n'avait toujours rien reçu. Ce qui signifiait que le frère doué en informatique était occupé à se battre en centre-ville.

Quinze minutes.

Vingt.

Il tenta quand même un coup de fil, mais n'obtint pas de réponse. Il ne pouvait donc que supposer que quelqu'un avait été blessé, ou que le téléphone de V. avait été détruit pendant les combats.

— Vhif n'est pas dans la salle de musculation ? demanda-t-il même si on avait déjà répondu à cette question.

Beth haussa les épaules.

— Pas quand j'ai vérifié.

Blay passa un rapide coup de fil à Ehlena et, un instant plus tard, fut informé que ladite salle était vide, que Luchas dormait et que personne ne se trouvait dans la piscine ni sur le terrain de basket.

Le mâle n'était pas à la maison. Ni au combat, parce qu'il n'était pas de service. Cela laissait une seule autre option envisageable.

— Je sais où il se trouve, dit Blay d'un ton bourru. Je vais le chercher pendant que nous attendons la réponse de V.

Après tout, cette femelle portait son enfant, donc si elle était portée disparue, il avait le droit d'être impliqué dans les recherches pour la localiser. Et bien sûr, Vhif savait peut-être où elle se trouvait, mais Blay avait le sentiment que ce n'était pas le cas : il était difficile de croire qu'il aurait laissé son téléphone dans sa chambre s'il avait su qu'elle partait en voiture. Il aurait voulu avoir un moyen de rester en contact avec elle.

À ce propos, pourquoi avait-il laissé son portable ici ? Cela ne lui ressemblait pas.

À moins qu'il sache que Layla allait bien et qu'il ne souhaite pas être dérangé.

Génial.

Faisant un détour par sa chambre, Blay prit un pistolet – parce qu'on ne savait jamais quand on pouvait en avoir besoin – et enfila un manteau uniquement destiné à couvrir sa quincaillerie. Puis il dévala l'escalier, sortit du hall et se dématérialisa dans la nuit.

Il reprit forme sur le parking derrière le *Masque de Fer* puis, quand il atteignit la porte de service du club, appuya sur la sonnette et montra son visage à la caméra de sécurité. Xhex lui ouvrit.

— Salut, dit-elle en l'étreignant brièvement. Comment va ? Ça fait longtemps qu'on ne t'a pas vu ici.

— Je cherche…

— Oui, il est au bar.

Bien entendu.

— Merci.

Blay salua d'un signe de tête les videurs, Grand Rob et Tom le Muet, et sortit de la zone réservée au personnel pour déboucher dans le club à proprement parler. Quand il arriva de l'autre côté, les basses de la musique se répercutèrent immédiatement dans son sternum, ou peut-être s'agissait-il de son propre pouls.

Et il était là : même si une centaine de personnes s'agglutinaient autour du bar, Vhif était une enseigne lumineuse à ses yeux, qui ressortait parmi tous les autres. Le guerrier était assis, de dos, à l'extrémité du comptoir, il avait les coudes appuyés sur le bois vernis noir et la tête basse.

Blay poussa un juron en se disant : *voilà, retour à la case départ*. Et oui, avant qu'il puisse l'atteindre, une femme s'approcha, se glissa près de Vhif et laissa traîner la main sur son bras, tandis qu'il se tournait pour l'examiner.

Blay sut ce qui allait suivre. Un rapide passage en revue de ce regard vairon, un lent sourire, quelques mots murmurés, et tous deux s'éloigneraient vers les toilettes…

Vhif secoua la tête et leva la main pour décliner l'invitation. Et même si la femme sembla faire une seconde tentative de séduction, elle n'obtint qu'un nouveau « Parle à ma main ».

Avant que Blay puisse se remettre en route, un type avec des cheveux lui arrivant aux fesses et un pantalon en velours moulant fit une approche. Son sourire était étincelant et son corps mince paraissait conçu pour les acrobaties.

Une soudaine nausée tordit les entrailles de Blay, alors même qu'il se rappelait qu'après leur dernière engueulade, Vhif ne chercherait plus jamais à coucher avec lui – donc pourquoi devrait-il se soucier de qui baisait le guerrier ? Et Dieu savait que le mâle avait des pulsions sexuelles…

M. Tenue de soirée avec les extensions fut également congédié.

Après quoi, Vhif regarda de nouveau droit devant lui.

Une vibration résonna brusquement dans la poche de Blay, comme son téléphone l'informait qu'il avait reçu un message. Sortant l'appareil, il vit que cela venait de Beth : « Tout va bien. Layla est rentrée. Elle a seulement fait une virée et va regarder la télé avec moi. »

Blay répondit en la remerciant, et rangea son portable dans sa poche intérieure. Il n'avait plus aucune raison de rester ni d'inquiéter le guerrier avec ce qui n'était qu'un non-événement… même si c'était une occasion de rattraper un peu le coup après la bombe qu'il avait lâchée une semaine plus tôt.

Blay s'approcha, en cheminant entre les corps. Quand il se trouva à proximité du mâle, il se racla la gorge et cria par-dessus le vacarme.

— Dis…

Une main apparut au-dessus de l'épaule de Vhif.

— Putain, pour l'amour du ciel, je ne suis pas intéressé, d'accord ?

À cet instant, son voisin de gauche décida de vider les lieux avec la boisson qu'il venait de commander.

Blay prit la place de l'humain.

— Je t'ai dit de déga… (Vhif s'interrompit en pleine tirade.) Qu'est-ce que… tu fais là ?

OK, par où commencer ?

— Est-ce qu'il y a un problème ? demanda Vhif.

— Non, non. Vraiment, rien de… tu sais, grave. (Blay fronça les sourcils quand il découvrit qu'il n'y avait pas d'alcool devant le mâle.) Tu viens d'arriver ?

— Je suis dans le coin depuis… deux heures, je pense.

— Tu ne bois pas ?

— Si, quand je suis arrivé. Mais après… en fait, non.

Blay scruta ce visage qu'il connaissait si bien. Il semblait très abattu, avec les joues creusées et les sourcils froncés en permanence, ce qui suggérait que le mâle n'avait pas dormi depuis sept jours, lui non plus.

— Écoute, Vhif…

— Est-ce que tu es venu t'excuser ?

Blay s'éclaircit de nouveau la voix.

— Oui. Je suis…

— Bien.

— Quoi ?

Vhif leva les mains et se frotta les yeux, puis il s'immobilisa, en gardant les paumes plaquées sur le visage. Il dit quelque chose que Blay n'entendit pas, et ce fut alors que celui-ci comprit qu'il s'était passé quelque chose de capital.

Mais bon, le pauvre vieux venait probablement de découvrir que Blay n'était pas un saint, en fin de compte.

Blay se rapprocha.

— Parle-moi. Quoi que ce soit, tu peux me le dire.

Après tout, ce serait un prêté pour un rendu. Il avait déchargé tout ce qu'il avait sur le cœur la dernière fois qu'ils s'étaient croisés.

— Tu avais raison, dit Vhif. J'ignorais… que j'étais…

Comme rien d'autre ne venait, Blay sentit sa cage thoracique se comprimer et ses sourcils se soulever haut sur son front, quand il déchiffra le sens général de ces mots. Oh… mon Dieu.

Comme le choc parcourait tout son corps, il découvrit qu'il ne s'était jamais attendu à ce que le mâle change d'opinion. Même quand il lui avait hurlé ces paroles dures, cela avait été davantage parce qu'il pétait enfin les plombs que parce qu'il avait le moindre espoir que celles-ci feraient mouche.

Vhif secoua la tête, sans bouger les mains de son visage.

— C'est seulement… toutes ces années, toutes ces histoires avec eux… je ne pouvais pas supporter un nouveau rejet.

Blay avait parfaitement conscience de qui étaient « eux ».

— J'ai tout fait pour faire disparaître ce malaise, pour dissimuler cette merde, parce que même une fois qu'ils m'ont eu viré, ils étaient toujours dans ma tête. Même après leur mort… toujours là-dedans, tu sais. Toujours là-dedans avec le… (Il serra un poing et s'en cogna le crâne.) Toujours là-dedans…

Blay saisit le poignet épais et aida Vhif à baisser le bras.

— C'est bon…

Vhif ne le regardait pas.

— Je ne savais même pas que je déformais tout. Je n'avais, comment dire, même pas conscience de ce merdier dans ma tête… (Sa voix grave se brisa.) Je voulais seulement ne pas leur donner une raison supplémentaire de me haïr, même s'ils s'en foutaient. Qu'est-ce que c'est que ça, putain, tu le sais ? À quoi est-ce que je pensais, bordel ?

La douleur qui irradiait du corps de Vhif était si intense qu'elle modifia la température autour de lui, la faisant baisser jusqu'à ce que Blay ait la chair de poule.

Et à ce moment-là, devant l'extrême détresse du mâle, Blay regretta de ne pouvoir retirer ce qu'il avait dit, non parce que c'était faux, mais parce que ce n'aurait pas dû être à lui d'arracher ce pansement. Mary, la *shellane* de Rhage, aurait dû le faire au cours d'une séance de thérapie ou un truc du genre. Ou peut-être que Vhif aurait dû en prendre peu à peu conscience.

Mais pas comme ça…

L'abattement qui s'inscrivait dans chaque ligne du corps de Vhif, dans sa voix enrouée, dans le cri difficilement retenu qui se tenait là, juste sous la surface, était terrifiant.

— Je n'avais jamais compris à quel point ils m'avaient atteint, surtout mon père. Ce mâle… il a tout contaminé en moi, sans que j'en aie conscience. Et cela a… tout gâché.

Blay fronça les sourcils, ne comprenant pas le sens de ces derniers mots. Mais ce qui lui paraissait évident, c'était la différence entre ses parents et ceux de Vhif, non qu'il ait besoin d'un rappel supplémentaire : il ne pouvait que repenser à cette étreinte devant la cuisinière, quand sa mère et son père l'avaient serré dans leurs bras, l'acceptant sans réserve, avec générosité et sincérité.

Et voilà que Vhif franchissait cette étape tout seul. Dans une boîte de nuit. Sans personne pour le soutenir tandis qu'il se débattait entre l'héritage de discrimination auquel il avait été condamné, et l'identité qu'il ne pouvait ni changer ni, apparemment, ignorer plus longtemps.

— Cela a tout gâché.

Blay posa la main sur le biceps contracté.

— Non, rien n'est gâché. Ne dis pas cela. Tu es là où tu en es, et tout va bien…

Vhif tourna la tête, quittant la cage formée par sa main, et ses yeux bleu et vert injectés de sang et humides de larmes se rivèrent sur les siens.

— Je t'aime depuis des années. Je suis amoureux de toi depuis des années et des années… tout au long de l'école et de l'entraînement… avant nos transitions et après… quand tu m'as approché et, oui, même aujourd'hui encore, alors que tu es en couple avec Saxton et que tu me détestes. Et ce… merdier… dans ma foutue tête m'a emprisonné, a tout verrouillé… et cela m'a coûté ton amour.

Alors que le bruit d'un crissement de pneus retentissait aux oreilles de Blay et que l'univers se mettait à tournoyer, Vhif se contenta de poursuivre.

— Alors excuse-moi si je ne suis pas d'accord avec toi. Ça ne va pas bien – ce ne sera jamais le cas – et tandis que je suis tout à fait disposé à supporter le fait que j'ai vécu un mensonge pendant des décennies, l'idée que cela a sacrifié ce qui aurait pu exister entre nous… ne me convient absolument, totalement pas.

Blay déglutit avec difficulté quand Vhif se retourna pour fixer d'un regard vide le mur de bouteilles d'alcool derrière le bar.

Ouvrant la bouche, Blay avait l'intention de dire quelque chose, mais à la place, il se repassa ce monologue du début à la fin. Seigneur Dieu…

Puis il se rendit compte d'une chose.

« Si je suis gay, pourquoi es-tu le seul mâle avec lequel j'aie jamais couché ! »

D'un seul coup, tout le sang quitta sa tête quand il déchiffra la vérité de ces paroles qu'il avait si mal interprétées. Cela signifiait… que cette nuit-là quand il…

— Oh, mon Dieu, dit-il à voix basse.

— Alors voilà où j'en suis, dit le guerrier d'un ton bourru. Tu veux un verre…

Les mots jaillirent de sa bouche :

— Je ne suis plus avec Saxton.

Chapitre 82

Vhif tourna la tête une seconde fois. À l'évidence, il ne pouvait pas avoir entendu que…

— Quoi… ?

— J'ai rompu avec lui il y a, quoi, deux semaines.

Vhif se sentit battre des paupières un certain nombre de fois.

— Pourquoi… attends, je ne comprends pas.

— Cela ne marchait plus entre nous. Depuis un bon moment déjà. Quand il est revenu cette nuit-là après avoir couché avec un autre, nous n'étions plus ensemble, alors il ne m'a pas trompé.

Pour une raison insensée, Vhif ne songea qu'à Mike Myers demandant : « Qu'est-ce que vous bites ? Est-ce le cul de mes oies ? »

— Mais je croyais… attends, vous aviez l'air vraiment heureux ensemble. Cela me tuait tous les soirs de… oui.

Blay fit la grimace.

— Je suis désolé d'avoir menti.

— Merde. J'ai failli le tuer.

— Eh bien, on peut arguer pour ta défense que tu te montrais galant. Il le savait.

Vhif fronça les sourcils et secoua la tête.

— Je n'avais pas la moindre idée que vous n'étiez… bon, je l'ai déjà dit.

— Vhif, je dois te poser une question.

— Vas-y.

En supposant qu'il puisse se concentrer.

— Quand toi et moi étions ensemble… cette nuit-là… et qu'ensuite tu as dit que tu n'avais jamais… tu sais…

Vhif attendit que le mâle poursuive, car il ne comprenait pas du tout à quoi Blay faisait allusion…

Oh, ça.

Vhif n'arrivait pas à le croire, mais il sentit ses joues s'empourprer.

— Oui, cette nuit-là.

— Eh bien, avais-tu déjà…

Vu tout ce qu'il venait de balancer, ce petit morceau ne semblait être qu'un détail mineur. En outre, la vérité était la vérité.

— Tu es le premier et le seul mâle avec qui j'aie couché comme cela.

Silence en face. Puis :

— Oh, mon Dieu, je suis désolé de…

Vhif interrompit l'excuse inutile.

— Moi, je ne suis pas désolé. Je n'aurais pas voulu qu'un autre prenne ma virginité. Le premier, on s'en souvient toujours.

Félicitations, Saxton, sale connard d'enculé chanceux.

Encore un long silence. Et juste au moment où Vhif était sur le point de regarder sa montre et de proposer qu'ils arrêtent un moment d'être gênés, Blay prit la parole.

— Tu ne me demandes pas pourquoi cela n'aurait jamais marché entre Saxton et moi ?

Vhif leva les yeux au ciel.

— Je sais que le problème n'était pas au lit. Tu es le meilleur amant que j'aie jamais eu, et je n'arrive pas à imaginer que mon cousin puisse penser différemment.

Saxton, putain d'enculé de fils de pute.

Quand il découvrit que le mâle n'ajoutait rien, Vhif lui jeta un coup d'œil. Blay avait une lueur étrange dans le regard.

— Quoi ? (Oh, de grâce.) Bien. Pourquoi est-ce que ça n'aurait jamais marché entre vous ?

— Parce que j'étais, et que je reste, profondément, complètement et totalement… amoureux de toi.

Vhif en resta bouche bée. Comme ses oreilles se mettaient à bourdonner, il se demanda s'il avait bien entendu. Il se pencha vers le mâle.

— Je suis désolé, qu'est-ce que tu as…

— Eh, chéri, les interrompit une voix féminine.

À sa droite, une femme dotée d'assez de poitrine pour remplir deux saladiers se pressa contre lui.

— Ça te dirait, une partenaire…

— Dégage, hurla Blay. Il est avec moi.

Brusquement, Vhif se redressa : il était parfaitement clair, à en juger par le feu glacé qui jaillissait du regard du mâle, que celui-ci était prêt à arracher la gorge de cette femme si elle ne disparaissait pas rapidement.

Et c'était…

Génial.

— C'est bon, c'est bon. (Elle leva les mains en signe de reddition.) J'ignorais que vous étiez ensemble.

— On l'est, siffla Blay.

Comme la femme s'éloignait discrètement, Vhif se tourna vers Blay, bien conscient que le choc qu'il venait d'éprouver était encore visible.

— Alors, nous sommes ensemble ? souffla-t-il à son ancien meilleur ami.

Alors que la musique hurlait et que des centaines d'étrangers se pressaient autour d'eux, alors que la barmaid servait les boissons et que les filles travaillaient, alors qu'un millier d'autres vies se poursuivaient… le temps s'arrêta pour eux.

Blay prit le visage de Vhif entre ses mains, et son regard bleu se réchauffa à mesure qu'il le détaillait.

— Oui. Oui, nous le sommes…

Vhif faillit lui sauter dessus, réduisant la distance entre leurs bouches et embrassant l'amour de sa vie une, deux… trois fois, même s'il n'avait pas la moindre idée de ce qui se passait, ne sachant pas si cela était vrai ou si son réveil était sur le point de sonner.

Après toute cette souffrance, il avait soif de soulagement, même si celui-ci n'était que temporaire.

Quand il recula, Blay fronça les sourcils.

— Tu trembles.

Était-il possible qu'il ne soit pas en train d'imaginer cette scène ?

— Vraiment ?

— Oui. — Je m'en fiche. Je t'aime. Je t'aime tellement, et je suis désolé de ne pas avoir été assez mâle pour le reconnaître…

Blay le fit taire d'un baiser.

— Tu es bien assez mâle à présent ; le reste, c'est du passé.

— C'est seulement que… Seigneur, je tremble vraiment, pas vrai ?

— Oui. Mais c'est bon, je te tiens.

Vhif tourna le visage contre l'une des paumes du mâle.

— Cela a toujours été le cas. Tu m'as toujours soutenu… et tu détiens mon cœur. Mon âme. Tout. J'aurais seulement aimé ne pas mettre aussi longtemps pour trouver le courage de te l'avouer et de me l'avouer à moi-même. Ma famille… a failli me tuer. Et pas seulement à cause de leur garde d'honneur.

Blay détourna le regard. Puis il baissa les mains.

— Quoi ? demanda Vhif. Est-ce que j'ai dit quelque chose de mal ?

Oh, Seigneur, il savait que c'était trop beau pour être vrai…

Il y eut un long moment pendant lequel Blay se contenta de le dévisager. Mais ensuite, le mâle tendit le bras.

— Donne-moi ta main.

Vhif obéit instantanément, comme si l'ordre de Blay dirigeait mieux son corps que son propre cerveau.

Quand quelque chose glissa sur son doigt, il sursauta et baissa les yeux.

C'était une chevalière.

La chevalière de Blay. Celle que le père du mâle lui avait donnée juste après sa transition.

— Tu es parfait tel que tu es. (La voix de Blay était forte.) Il n'y a rien de mal dans ce que tu as toujours été. Je suis fier de toi. Et je t'aime. Aujourd'hui… et à jamais.

La vision de Vhif devint floue. Franchement floue.

— Je suis fier de toi. Et je t'aime, répéta Blay. Pour toujours. Oublie ton ancienne famille… à présent, tu m'as moi. Je suis ta famille.

Il ne pouvait que contempler la bague, regardant le sceau, sentant le poids à son doigt, observant la façon dont la lumière se reflétait sur le métal précieux.

Il en avait désiré une toute sa vie, lui semblait-il.

Et ça alors… comme d'habitude, comme toujours, c'était Blay qui lui permettait enfin de réaliser ce rêve.

Comme un sanglot lui déchirait la gorge, Vhif se sentit attiré contre une poitrine large et puissante, puis des bras forts l'entourèrent et le soutinrent. Alors, comme surgi de nulle part, un parfum d'épices exotiques se répandit dans l'air, et cette odeur – l'odeur d'union de Blay – lui parut la plus belle chose qu'il ait jamais respirée.

— Je suis fier de toi et je t'aime, répéta encore une fois Blay, et sa voix familière transperça toutes ces années de rejet et de jugement, ne lui donnant pas seulement une corde à laquelle s'accrocher, mais également une main de chair et de sang pour le tirer de l'obscurité de son passé…

Et l'emmener vers un avenir qui n'exigeait ni mensonges, ni excuses, parce que ce qu'il était, et ce qu'ils étaient, était à la fois extraordinaire et tout ce qu'il y a de plus ordinaire.

Après tout, l'amour était universel.

Vhif serra le poing et sut qu'il ne retirerait jamais, au grand jamais, cette bague.

— Toujours, murmura Blay. Parce que la famille, c'est pour toujours.

Doux Jésus, Vhif sanglotait comme une fille. Mais Blay ne semblait pas embarrassé le moins du monde et ne le jugeait pas.

Et c'était l'idée, n'est-ce pas ?

— Toujours, répondit Vhif d'une voix enrouée. Toujours…

Épilogue

Deux semaines plus tard…

La vie était sacrément géniale.

— Alors, ça t'a plu hier soir ?

Comme Vhif parlait à l'oreille de Blay, ce dernier leva les yeux au ciel dans la quasi-obscurité.

— À ton avis.

Ils étaient nus sous les couvertures chaudes et pesantes, Vhif était pressé derrière lui, ils avaient leurs bras noués l'un à l'autre et leurs jambes emmêlées.

Il avait découvert que Vhif était un adepte des câlins. Qui l'aurait cru, et quel bonheur.

— Je crois que ça t'a plu. (Vhif donna de petits coups de langue le long de la gorge de Blay.) Dis-moi que ça t'a plu.

En guise de réponse, Blay cambra le dos et appuya les fesses contre l'érection du mâle. Le grognement qui en résulta le fit rayonner.

— On dirait que toi tu as apprécié, murmura Blay.

— Putain, oui.

La nuit précédente, ils étaient tous les deux de repos et, après un entraînement à la salle de musculation et une partie de billard – qu'ils avaient perdue – contre Lassiter et Beth, Blay avait suggéré qu'ils se rendent au *Masque de Fer* pour une raison bien spécifique.

Comme Blay se rappelait ce qui s'était passé après leur arrivée là-bas, le pénis de Vhif s'insinua dans un endroit où il était plus que bienvenu… et Blay s'abandonna une fois de plus à la délicieuse pénétration et au rythme lent et régulier décidé par son compagnon.

Les choses dont il se souvenait à propos du club ne faisaient que rendre la situation encore plus excitante : tous deux étaient allés s'asseoir au bar pour boire quelques verres, de la tequila pour Vhif, des gin tonic pour Blay. Puis Vhif avait eu cette étincelle dans le regard.

Et Blay était passé à l'action.

Il avait mené le mâle dans le fond, jusqu'à l'un des cabinets de toilette et, une fois qu'ils s'étaient enfermés ensemble à l'intérieur, le fantasme était devenu réalité : ils avaient fait la totale, avec les baisers, les mains dans le pantalon, le déshabillage frénétique sous la ceinture…

Un gémissement s'échappa de la bouche de Blay alors que passé et présent se mêlaient étroitement et que ce cocktail érotique le menait au bord de l'orgasme. Puis, grâce aux caresses de Vhif sur son pénis, il franchit ce bord, et éjacula dans la main de son amant, tandis que son corps tressautait et déclenchait à son tour la jouissance de Vhif…

Après une brève période de récupération, suivie d'un second round très satisfaisant, Vhif demanda d'une voix traînante :

— Y a-t-il la moindre chance que tu aies pensé à ce cabinet de toilette ?

— Peut-être.

— On peut le refaire toutes les nuits, si tu veux.

Blay gloussa.

— Eh bien, je suppose que nous sommes de nouveau libres ce soir, alors…

La Confrérie avait reçu l'ordre de rester à la maison et, comme le message de Tohr ne comportait pas d'explication, Blay supposait qu'une réunion avec le roi devait être prévue. La bande de salopards et la *glymera* se tenaient tranquilles depuis deux semaines : on n'avait relevé ni mail, ni mouvement de troupes en centre-ville, ni appel téléphonique de leur part. Ce qui n'était pas bon signe.

Il s'agirait probablement d'une mise au point ou d'une étude stratégique relative à la mort de ce membre du Conseil et à ses implications. Même si Blay ne voyait vraiment aucun inconvénient à ce qu'Ahssaut ait assassiné cet idiot de fils de pute.

Au revoir, Elan. PS : la prochaine fois que tu essaies d'incriminer quelqu'un à tort, essaie de choisir un pacifiste.

La perspective d'une réunion le fit réfléchir à l'intégration de Vhif au sein de la Confrérie – qui s'était passée sans heurt, en l'occurrence. Le comportement du guerrier n'était pas différent, pas plus que son attitude. Et c'était une raison supplémentaire de l'aimer. Même avec le statut élevé qu'on lui avait accordé, il n'avait pas laissé cet honneur lui monter à la tête.

Et ce tatouage en forme de larme, qui avait été coloré en violet sur son visage, était hyper sexy. Tout comme cette nouvelle cicatrice en forme d'étoile sur son torse.

— On va vraiment recommencer, déclara Vhif comme il se retirait lentement et roulait sur le dos.

Levant les bras au-dessus de sa tête, il sourit et s'étira, la lumière distante de la salle de bains éclairant juste assez la scène pour que Blay distingue le mouvement de ces lèvres magnifiques.

— C'était hyper excitant. Tu es hyper excitant.

— Que puis-je dire ? c'était mon fantasme depuis longtemps. (Alors que Vhif devenait sérieux, Blay lui effleura le front.) Eh. Arrête. Nouvelle donne, tu te rappelles ?

Après la nuit de la grande révélation au *Masque de Fer*, ils avaient eu de nombreuses et longues conversations, et avaient décidé qu'ils s'engageraient dans cette relation pas à pas, sans présumer de rien ; Ils avaient été amis, puis plus ou moins ennemis, puis amants, avant de mettre enfin les choses à plat. Et parce qu'ils traînaient ensemble depuis des années et qu'ils se connaissaient de bien des manières, sortir ensemble était différent de la plupart des autres relations où les gens étaient des étrangers l'un pour l'autre au départ.

— Oui. Nouvelle donne.

Comme Vhif se penchait pour l'embrasser, le téléphone de Blay se mit à vibrer parce qu'il avait reçu un message.

Naturellement, Vhif n'était pas disposé à porter le moindre intérêt aux communications venues du monde extérieur et il continua de lécher la bouche de Blay, alors même que ce dernier tendait le bras vers son portable.

Blay dut tenir l'appareil au-dessus des épaules musclées de Vhif, tandis que le mâle manœuvrait pour se retrouver sur lui et frottait son pénis encore bandé contre le sien…

— C'est quoi cette histoire ? s'exclama Blay, en dérobant ses lèvres au baiser de Vhif.

— Est-ce que c'est une interruption ?

— Oui… Butch dit qu'il a besoin de moi à la Fosse pour une consultation de garde-robe !

— Eh bien, c'est vrai que tu as un style parfait.

Bizarrement, ce commentaire le fit penser à Saxton. Dès que Vhif et lui avaient décidé d'officialiser les choses, Blay avait informé l'avocat de ce qui se passait, et le gentilhomme avait fait preuve d'une extrême bienveillance à leur égard, et n'avait absolument pas paru surpris. Il avait même dit que c'était une sorte de soulagement bizarre, un signe que le monde tournait rond, même si cela n'avait pas marché pour lui.

Au moins, Blay avait trouvé son véritable amour, avait-il déclaré.

À présent, si seulement Saxton pouvait dénicher le sien.

— Je ferais mieux d'y aller, marmonna-t-il. Il a peut-être un rencard.

Alors qu'il sortait du lit, Vhif l'attrapa par les hanches et l'attira pour un autre long baiser.

Quand Vhif recula, il avait les yeux mi-clos.

— Un rencard, c'est une super idée. Tu ne voudrais pas aller danser avec moi à l'occasion ?

— Danser ? (Blay éclata de rire.) Toi, tu irais danser. Avec moi.

C'était tout ce que Vhif détestait : un peu cucul, beaucoup de regards tournés vers eux et, en supposant qu'ils le fassent en public, ils devraient être habillés des pieds à la tête.

— Si tu le voulais, je le ferais en un clin d'œil.

Blay posa la main sur le visage du mâle. Vhif faisait vraiment beaucoup d'efforts, et Blay était plus que disposé à attendre le jour où le mâle serait prêt à lui démontrer publiquement son affection. La Confrérie et la maisonnée savaient qu'ils étaient ensemble, c'était assez évident maintenant que Vhif avait déménagé ses affaires dans sa chambre. Mais quand on avait passé sa vie entière dans le déni, il était difficile de se sentir du jour au lendemain à l'aise pour rouler un patin à son petit ami devant la terre entière.

Mais il faisait des efforts. Et il parlait – beaucoup – de sa famille et de son frère, qui se remettait lentement et douloureusement à la clinique.

Pourtant, une fois les portes fermées, c'était magique, sans plus aucune barrière.

Exactement ce que Blay avait toujours désiré.

— Est-ce que tu vas descendre pour le Premier Repas ? demanda Blay alors que les volets commençaient à se relever.

— Je vais peut-être rester ici et attendre de te dévorer tout cru à ton retour.

Ah oui, ce grondement coquin était revenu dans la voix de Vhif, et cela donna envie à Blay de sauter de nouveau entre les draps.

— Tu es…

Comme un nouveau grognement se répercutait dans la pièce, Blay s'arrêta sur le chemin de la salle de bains.

— Où est ta main ?

— À ton avis ?

Vhif s'arc-bouta et se mordit la lèvre inférieure d'un croc.

Blay songea au message de Butch qu'il n'avait pas l'intention d'ignorer.

— Tu es casse-couilles.

— Oui, tout à fait. (Vhif se lécha les lèvres.) Et cela te plaît.

Blay poussa un juron et se rendit dans la salle de bains. À ce rythme-là, il n'arriverait jamais à sortir de leur chambre…

Et bien entendu, une douche chaude et un rasage plus tard, Vhif était toujours au lit, se prélassant comme un lion, ses cheveux noirs ébouriffés par les mains de Blay, ses yeux vairons aux paupières baissées lui promettant toutes sortes de va-et-vient à son retour.

Quel enfoiré sexy.

— Tu vas rester allongé là ? le réprimanda Blay depuis la porte.

— Oh, je ne sais pas… je vais peut-être faire un peu d'exercice pendant ton absence.

Un sifflement fut suivi d'un autre de ces grognements, et ça alors ! sous les draps et le couvre-lit, les mouvements de son bras rappelèrent à Blay toutes sortes de choses désordonnées, humides et merveilleuses.

— Faire du sport, c'est important, tu sais.

Blay serra les dents et ouvrit la porte à la volée.

— Je reviens.

— Prends ton temps. L'anticipation me fait bander.

— Oui, comme si tu avais besoin d'aide.

Refermant énergiquement le battant, il se rajusta dans son ample pantalon de survêtement en nylon et poussa un nouveau juron. Butch avait intérêt à avoir une putain de bonne raison pour réclamer son opinion.

Et un problème qu'on pourrait résoudre rapidement.

À la seconde où Blay disparut, Vhif rejeta les couvertures et bondit hors du lit. Attrapant son téléphone sur la table de chevet, il envoya le message déjà rédigé et se précipita sous la douche. Heureusement, l'eau était déjà chaude.

Il se savonna à toute blinde, se shampouina en une minute chrono, puis passa au rasage…

— Ouille ! s'exclama-t-il quand il s'entailla le menton.

Fermant les yeux, il se força à ralentir l'allure avant de se trancher le nez : il fit glisser le rasoir sur sa joue avec précaution, en suivant les contours de sa mâchoire, et descendit jusqu'au cou. Puis il répéta le mouvement plusieurs fois.

Pourquoi diable insistait-il pour se raser sous la douche ? Une nuit pareille, il aurait dû le faire devant un miroir…

— Eh, reine de beauté, t'es prête ? (La voix de Rhage retentit jusqu'à la salle de bains.) Ou tu veux aussi t'épiler les sourcils ?

Vhif effectua une rapide vérification de son rasage avec la main. Nickel.

— Va te faire foutre, Hollywood, hurla-t-il par-dessus le jet.

Arrêtant l'eau, il sortit et se sécha en se rendant dans la chambre.

Rhage se tenait à côté d'un Tohr tout sourires, et il avait les bras derrière le dos.

— En voilà une façon de parler à ton styliste.

Vhif lança un regard noir aux frères.

— Si ce truc est en imprimé hawaïen, je vous tue.

Rhage jeta un coup d'œil à Tohr et sourit largement. Quand l'autre frère hocha la tête, Hollywood sortit ce qu'il cachait derrière son corps immense.

Vhif s'arrêta net.

— Attends une minute… C'est un…

— Smoking, je crois que c'est le nom, l'interrompit Rhage. S-m-o-k-i-n-g.

— Il est à ta taille, expliqua Tohr. Et Butch dit que le styliste est le meilleur qui soit.

— Il porte un nom de voiture, marmonna Rhage. On croirait qu'un prétentieux…

— Eh, tu regardes *Honey Boo Boo*, toi aussi ? demanda Lassiter qui venait de faire irruption dans la pièce. Waouh, joli smok…

— Seulement parce que tu insistes pour mettre cette satanée émission dans la salle de billard. (Hollywood jeta un coup d'œil, alors que V. arrivait derrière l'ange.) Il ne savait même pas ce que c'était, Viszs.

— Le smoking ? (V. alluma une cigarette.) Bien sûr que non. C'est un vrai mâle.

— Ça fait de Butch une fille, alors, souligna Rhage. Parce que c'est lui qui l'a acheté.

— Eh, c'est déjà la fête ici, s'exclama Trez alors qu'iAm et lui débarquaient à leur tour. Oh, joli smoking. C'est pas un Tom Ford ?

— Ou alors Dick Chrysler, lança Rhage. Harry GM… attends, ça sonne dégueu…

— Tu ferais mieux de t'habiller, Raiponce. (V. regarda sa montre.) On n'a pas beaucoup de temps.

— Voilà un magnifique smoking, déclara Fhurie comme lui et Z. ouvraient la porte en grand. J'en ai un exactement pareil.

— Fritz a allumé les bougies, annonça Vhen derrière les jumeaux. Eh, joli smoking. J'en ai un exactement pareil.

— Moi aussi, renchérit Fhurie. La coupe est fantastique, n'est-ce pas ?

— Les épaules tombent vachement bien, pas vrai ? Tom Ford est le meilleur…

Pagaille totale.

Et quand Vhif prit la mesure de la scène : tous ces mâles parlant les uns avec les autres, se serrant la main, se claquant les fesses, il eut le souffle coupé un instant. Puis il regarda la bague que Blay lui avait donnée.

Avoir une famille était vraiment, incroyablement merveilleux.

— Merci, dit-il doucement.

Tout le monde se figea, chacun se tourna vers lui et le vacarme s'éteignit.

Ce fut Z. qui prit la parole, et ses yeux jaunes étincelaient.

— Enfile le costard. On te retrouve en bas, don Juan.

Il reçut de nombreuses claques sur l'épaule tandis que les guerriers sortaient. Puis il se retrouva seul avec le smoking.

— Allons-y, dit-il au vêtement.

La chemise allait bien, mais les boutons n'étaient pas ordinaires. Ils ressemblaient à des boutons de manchettes, et cela lui prit une éternité de les fermer. Puis il affronta le pantalon et décida de rester fidèle à lui-même et d'y aller sans sous-vêtement. Enfin, une paire de chaussures brillantes avait été déposée sur le lit en bataille par l'un de ses visiteurs, ainsi qu'une paire de chaussettes en soie noire qui n'étaient qu'à un cheveu de ressembler à des collants.

Mais il allait le faire correctement.

Quand il finit par enfiler la veste, il s'attendit à se sentir gêné aux entournures, mais Fhurie et Vhen avaient raison ; le tissu épousait sa carrure comme dans un rêve. Entrant dans la salle de bains, il prit la bande de soie noire sur le cintre et affronta son reflet.

Mince… il était plutôt sexy, en fait.

Relevant le col amidonné, il passa le nœud papillon autour de son cou et le tira à gauche et à droite à plusieurs reprises pour s'assurer qu'il était bien centré. Puis il fit ce qu'il avait vu son père et son frère faire quand ils n'avaient pas conscience qu'il les observait… il le noua parfaitement sur le devant de sa gorge.

Cela aurait probablement été plus facile s'il avait ôté sa veste.

Et si ses mains n'avaient pas autant tremblé.

Mais bref, il s'en sortit.

Reculant d'un pas, il s'observa de profil sur chaque côté. De derrière.

Oui, il était super beau. Mais le problème était qu'il ne se reconnaissait pas. Pas du tout.

C'était un souci pour lui. L'authenticité était récemment devenue extrêmement importante à ses yeux.

Sans qu'il y prenne garde, ses cheveux s'étaient aplatis et lissés et, sur un coup de tête, il prit le gel que Blay et lui partageaient, en enduisit ses paumes et les passa sur son crâne pour redresser les mèches.

C'était mieux. Il avait moins l'impression de ressembler à un pingouin.

Mais quelque chose clochait encore…

Comme il tentait de comprendre ce qui n'allait pas, il songea à la façon dont les choses s'étaient déroulées : après leur grande conversation au *Masque de Fer*, il avait été surpris de se sentir si léger, libéré du fardeau qui pesait à son insu sur ses épaules. C'était tellement bizarre… mais il s'était surpris à prendre une profonde inspiration de temps à autre, pour vérifier si sa poitrine se soulevait lentement et se dégonflait toujours avec facilité.

Quelque part, il s'attendait toujours à se réveiller et à découvrir que tout ceci n'avait été qu'un rêve. Mais chaque nuit, il s'éveillait avec Blay dans les bras, l'odeur d'union du mâle dans les narines et ce corps tiède contre le sien.

« Je t'aime. Tu es parfait tel que tu es. »

« Toujours. »

Alors que la voix de Blay résonnait dans sa tête, il ferma les yeux et vacilla…

Brusquement, il rouvrit les paupières et regarda le placard sous le lavabo.

Oui, songea-t-il. Voilà ce dont il avait besoin.

Quelques minutes plus tard, il quittait leur chambre en se sentant enfin redevenu lui-même, avec le smoking et tout le reste.

Quand il arriva en haut du grand escalier, les cierges qu'on avait alignés de chaque côté des marches brillaient et scintillaient. Il y en avait d'autres en bas, dans le vestibule ;

sur les cheminées, par terre, tout autour des arcades qui menaient dans les autres pièces.

— Tu as bonne mine, fiston.

Vhif se tourna et jeta un coup d'œil par-dessus son épaule.

— Salut, seigneur.

Kolher sortait du bureau avec sa reine au bras, et son chien en laisse de l'autre côté.

— Je n'ai pas besoin de mes yeux pour te dire que tu fais honneur au costume de pingouin.

— Merci de m'avoir laissé organiser cela.

Kolher sourit, dévoilant ses énormes crocs. Attirant sa femelle pour un rapide baiser, il éclata de rire.

— Je suis un romantique au fond, l'ignorais-tu ?

Beth s'esclaffa et tendit la main pour presser l'avant-bras de Vhif.

— Bonne chance, mais tu n'en as pas besoin.

Il n'en était pas si sûr. En fait, tandis qu'il laissait la Première famille descendre seule, il lutta pour reprendre ses esprits. Se frottant le visage, il se demanda pourquoi diable il avait cru qu'il s'agissait d'une bonne idée…

Ne sois pas une mauviette, s'ordonna-t-il.

Commençant à descendre il referma les deux pans de sa veste et les boutonna, à la manière d'un gentleman.

Il était à mi-chemin quand la porte intérieure du hall s'ouvrit en grand, provoquant un courant d'air qui fit vaciller les flammes des bougies.

Vhif s'arrêta alors que Fritz escortait deux personnes, qui tapaient des pieds pour se réchauffer. À l'unisson, les nouveaux venus levèrent la tête vers lui.

Les parents de Blay portaient des tenues de soirée : son père était en smoking et sa mère avait revêtu la plus belle robe en velours bleu que Vhif ait jamais vue.

— Vhif ! s'exclama-t-elle en soulevant le bas de sa jupe et en traversant précipitamment la mosaïque. Regardez-moi ça !

Sentant ses joues s'empourprer, il baissa la tête et descendit la rejoindre. Elle avait beau mesurer trente centimètres de moins que lui, même avec ses talons hauts, il eut l'impression d'avoir douze ans quand elle lui prit les mains et les tourna vers elle.

— Oh, tu es le plus beau garçon que j'aie jamais vu !

— Merci. (Il se racla la gorge.) Je, euh… je voulais faire bonne impression.

— C'est le cas ! N'est-ce pas, mon *hellren* ?

Le père de Blay s'approcha et lui tendit la main.

— Bien joué, fils.

— C'est un Ford. Truc. (Seigneur, bravo, il avait l'air débile.) Ou machin.

Quand lui et le père de Blay se serrèrent la main puis s'étreignirent, ce dernier dit :

— Je ne pourrais pas être plus heureux pour vous.

La mère de Blay se mit à renifler et sortit un mouchoir blanc.

— C'est merveilleux. J'ai un autre fils… deux fils ! Viens ici, il faut que je t'embrasse. Deux fils !

Vhif céda immédiatement, vu qu'il était catégoriquement incapable de refuser quoi que ce soit à la femelle, et certainement pas l'une de ses embrassades. Elles étaient encore meilleures que ses lasagnes.

Mon Dieu, il adorait les parents de Blay. Le mâle et lui étaient allés les voir quelques nuits après avoir décidé de tenter le coup et, même si Vhif avait été terrifié au point d'avoir eu envie de se faire dessus, tous deux ne s'étaient montrés à leur égard que bienveillants, détendus et… normaux.

Mais Blay n'avait pas eu connaissance de la visite que Vhif leur avait rendue la veille, juste après la tombée de la nuit, avant qu'ils se rendent au club…

Comme Vhif s'écartait, il aperçut Layla qui se tenait juste à la lisière de la salle à manger. Lui faisant signe d'approcher, il lui passa un bras autour des épaules, car il voyait qu'elle se sentait mal à l'aise.

— Voici l'Élue Layla.

— Layla, c'est tout, murmura celle-ci en tendant la main.

En réponse, le père de Blay s'inclina profondément, et sa mère fit la révérence.

— Je vous en prie, ce n'est pas nécessaire, commença l'Élue avant de se détendre quand le couple laissa immédiatement tomber les formalités.

— Ma chère, Vhif nous a appris la bonne nouvelle. (La *mahmen* de Blay était rayonnante.) Comment vous sentez-vous ?

Deuxième bon point à inscrire au crédit des parents de Blay. Vhif avait déjà eu du mal à croire à quel point ils avaient bien pris la nouvelle de la grossesse, et voilà qu'ils étaient aussi décontractés en rencontrant Layla et en la mettant à l'aise.

Mince, ils étaient ainsi depuis que Vhif les connaissait, réfractaires aux conneries de la *glymera*, indifférents au jugement de l'aristocratie, prêts à faire ce qui était bon et juste en un clin d'œil.

Pas étonnant que Blay ait si facilement révélé son homosexualité…

— Il approche, cria V. depuis la salle de billard plongée dans l'obscurité. Il faut qu'on se disperse, les gars… tout de suite.

— Venez avec nous, dit la *mahmen* de Blay en glissant le bras de Layla sous le sien. Vous devez veiller à ne pas heurter de meuble.

Comme ils s'éloignaient, Layla lui jeta un coup d'œil par-dessus son épaule et s'exclama, rayonnante :

— Je suis ravie pour toi !

Vhif lui rendit son sourire.

— Merci.

C'était le moment d'avoir la nausée, se dit-il en se tournant pour faire face à l'entrée de la demeure.

Dans la maison silencieuse, entouré de bougies immobiles, il attendit, avec l'impression d'être engourdi.

Le spectacle allait commencer.

OK, cela n'avait aucun sens, se dit Blay en retraversant la cour à fond de train.

— Tu es superbe ! lui lança Butch depuis la porte de la Fosse.

Il ne comprenait toujours pas comment il avait fini en smoking. Butch lui avait servi une espèce d'histoire en prétendant qu'il avait besoin que Blay porte ce satané truc devant Viszs dans l'espoir de pousser le mâle à en acheter un. Mais c'était idiot. Butch aurait pu se contenter d'enfiler l'un des quatre en sa possession et se pavaner lui-même devant le frère.

En outre, personne ne persuadait V. de faire quoi que ce soit. Le frère était aussi impossible à convaincre qu'une pierre.

Bref, il voulait simplement en finir pour pouvoir remonter là-haut – et avec un peu de chance, découvrir Vhif toujours au lit.

Comme il gravissait les marches qui menaient à la majestueuse entrée, ses semelles lisses firent crépiter le sel comme un feu de bois et, dès qu'il se retrouva dans le hall d'entrée, il tapa des pieds afin que le cuir brillant ne soit pas abîmé. Plaçant le visage devant la caméra de sécurité, il…

La porte s'ouvrit et, tout d'abord, il ne comprit pas ce qu'il voyait. Tout était noir… non, ce n'était pas vrai. Des bougies brillaient dans tous les coins du vestibule, se reflétant sur l'or de la balustrade, les lustres, les miroirs…

Vhif se tenait au milieu du vaste espace. Seul.

Blay franchit le seuil sur des pieds qu'il ne sentait plus.

Son amant et meilleur ami était habillé du plus beau smoking que Blay ait jamais vu ; mais bon, cela avait moins à voir avec le vêtement qu'avec le mâle qui le portait : la veste noire faisait ressortir ses cheveux en bataille, le blanc de la chemise donnait à sa peau mate une teinte lumineuse et la coupe lui rappelait à quel point ce corps de guerrier était parfait.

Mais ce ne fut pas ce qui le toucha vraiment.

Ce furent ces magnifiques yeux vairons, le bleu et le vert, qui brillaient tellement qu'ils éclipsaient les cierges. Vhif paraissait nerveux, pourtant, il remuait les mains et oscillait d'un côté à l'autre dans ses chaussures cirées.

Blay s'avança et ne s'arrêta que quand il se retrouva face au guerrier. Et même quand son cerveau qui méditait furieusement sur la signification de tout ceci commença à en tirer des conclusions invraisemblables, il ne put s'empêcher de sourire comme un fou.

— Tu as remis tes piercings.

— Oui. Je… je voulais m'assurer que tu saches que c'était bien moi, tu sais.

Comme Vhif passait le doigt sur l'alignement d'anneaux gris acier qui courait le long de son oreille, Blay se pencha et lui embrassa les lèvres, ainsi que l'anneau qui était de retour dans celle du bas.

— Oh, je sais que c'est toi. C'est toi tout entier, mais je suis heureux qu'ils soient de retour. Je les adore.

— Alors ils ne disparaîtront plus jamais.

Dans la fraction de silence qui suivit, Blay se dit : *Oh, mon Dieu…* Était-ce vraiment… il avait peut-être mal interprété…

Vhif mit un genou à terre. Juste au milieu de la représentation du pommier en fleur.

— Je n'ai pas de bague. Je n'ai rien de joli en tête ou sur la langue. (Vhif déglutit avec difficulté.) Je sais que c'est trop tôt et que c'est inattendu, mais je t'aime et je veux que nous…

Pour une fois dans sa vie, Blay dut être d'accord avec lui : assez de parlotte.

D'un mouvement décidé, il se pencha et coupa court à tout discours d'un baiser. Puis il recula et hocha la tête.

— Oui. Oui, absolument oui…

Avec un juron retentissant, Vhif se releva et ils s'enlacèrent.

— Merci. Oh, merde, cela fait des jours que je risque la crise cardiaque…

D'un seul coup, des applaudissements éclatèrent, emplissant l'espace du vestibule, se répercutant sur les trois niveaux.

Des gens aux visages souriants et heureux surgirent de l'obscurité…

— Maman ? Papa ? (Blay se mit à rire.) Qu'est-ce que vous… eh, comment allez-vous ?

Comme il étreignait ses parents, son père dit :

— Il a fait cela dans les règles. Il m'a d'abord demandé.

Blay tourna la tête vers son compagnon.

— Vraiment ? Tu as demandé à mon père ?

Vhif hocha la tête puis se mit à sourire comme un idiot.

— C'est ma seule et unique tentative. Je voulais suivre le protocole. On peut lancer la musique ?

Instantanément, tout le monde s'écarta, pour former un cercle à la lisière de la lumière et, comme ils s'installaient, les accords d'un morceau très familier se déversèrent…

Don't Stop Believing, de Journey.

Vhif tendit la main.

— Tu veux danser avec moi ? Devant tout le monde… sois à moi et danse avec moi.

Blay se mit à battre des paupières. Quelque part, ce geste lui sembla bien plus important que la demande d'union : devant Dieu et les hommes. Tous les deux. Liés par le cœur.

— Comme si j'allais dire non…, murmura-t-il d'une voix rauque.

Sauf que, quand leurs corps se joignirent, il hésita.

— Attends… qui mène ?

Vhif sourit.

— C'est facile. Nous deux.

Sur ce, ils se tinrent étroitement serrés l'un contre l'autre et commencèrent à valser en parfaite harmonie…

…et ils vécurent heureux à tout jamais.

Lexique des termes et des noms propres

Abhîme **:** enfer.
Abstrux nohtrum **:** garde personnel du roi ayant le droit de tuer, nommé à son poste par le roi.
Brhume **:** dissimulation d'un certain environnement physique, création d'un champ d'illusion.
Chaleurs : période de fertilité des vampires femelles, d'une durée moyenne de deux jours, accompagnée d'intenses pulsions sexuelles. En règle générale, les chaleurs surviennent environ cinq ans après la transition d'un vampire femelle, puis une fois tous les dix ans. Tous les vampires mâles sont réceptifs à des degrés différents s'ils se trouvent à proximité d'un vampire femelle pendant cette période qui peut s'avérer dangereuse, caractérisée par des conflits et des combats entre des mâles rivaux, surtout si le vampire femelle n'a pas de compagnon attitré.
Chaste : vierge.
Chrih **:** symbole d'une mort honorable dans la langue ancienne.
Cohmbat : conflit entre deux mâles revendiquant les faveurs d'une même femelle.
Confrérie de la dague noire : organisation de guerriers vampires très entraînés chargés de protéger leur espèce de la Société des éradiqueurs. Des unions sélectives au sein de l'espèce ont conféré aux membres de la Confrérie une force physique et mentale hors du commun, ainsi que des capacités

de guérison rapide. Pour la plupart, les membres n'ont aucun lien de parenté et sont admis dans la Confrérie par cooptation. Agressifs, indépendants et secrets par nature, ils vivent à l'écart des civils et n'entretiennent que peu de contacts avec les membres des autres castes, sauf quand ils doivent se nourrir. Ils font l'objet de nombreuses légendes et d'une vénération dans la société des vampires. Seules des blessures très graves – balle ou coup de pieu dans le cœur, par exemple – peuvent leur ôter la vie.

Courthisane **:** Élue formée dans le domaine des arts du plaisir et de la chair.

Doggen **:** dans le monde des vampires, membre de la caste des serviteurs. Les *doggen* obéissent à des pratiques anciennes et suivent un code d'habillement et de conduite extrêmement formel. Ils peuvent s'exposer à la lumière du jour, mais vieillissent relativement vite. Leur espérance de vie est d'environ cinq cents ans.

Élues : vampires femelles élevées au service de la Vierge scribe. Elles sont considérées comme des membres de l'aristocratie, mais leur orientation est cependant plus spirituelle que temporelle. Elles ont peu, si ce n'est aucune interaction avec les mâles, mais peuvent s'accoupler à des guerriers à la solde de la Vierge scribe pour assurer leur descendance. Elles possèdent des capacités de divination. Par le passé, elles avaient pour mission de satisfaire les besoins en sang des membres célibataires de la Confrérie, mais cette pratique est tombée en désuétude au sein de l'organisation.

Éradiqueur : être humain dépourvu d'âme, membre de la Société des éradiqueurs, dont la mission consiste à exterminer les vampires. Seul un coup de poignard en pleine poitrine permet de les tuer ; sinon, ils sont intemporels. Ils n'ont nul besoin de s'alimenter ni de boire et sont impuissants. Avec le temps, leurs cheveux, leur peau et leurs iris perdent leur pigmentation : les éradiqueurs blondissent, pâlissent et leurs yeux s'éclaircissent. Ils dégagent une odeur de talc pour bébé.

Initiés au sein de la Société par l'Oméga, les éradiqueurs conservent dans une jarre de céramique leur cœur après que celui-ci leur a été ôté.

Esclave de sang : vampire mâle ou femelle assujetti à un autre vampire pour ses besoins en sang. Tombée en désuétude, cette pratique n'a cependant pas été proscrite.

L'Estompe : dimension intemporelle où les morts retrouvent leurs êtres chers et passent l'éternité.

***Ghardien* :** tuteur d'un individu. Les *ghardiens* exercent différents degrés de tutelle, la plus puissante étant celle qui s'applique à une femme *rehcluse* : le *ghardien* est alors nommé *gharrant*.

***Gharrant* :** protecteur d'une femelle *rehcluse*.

***Glymera* :** noyau social de l'aristocratie, équivalant vaguement au beau monde de la Régence anglaise.

***Granhmen* :** grand-mère.

***Hellren* :** vampire mâle en couple avec un vampire femelle. Les vampires mâles peuvent avoir plusieurs compagnes.

***Honoris* :** rite accordé par un offenseur permettant à un offensé de laver son honneur. Lorsqu'il est accepté, l'offensé choisit l'arme et frappe l'offenseur, qui se présente à lui désarmé.

***Hyslop* (n. ou v.) :** terme qui fait référence à une erreur de jugement, ayant normalement pour conséquence de compromettre le fonctionnement mécanique ou la possession d'un véhicule ou d'un engin motorisé quelconque. Par exemple, laisser ses clés dans sa voiture, alors que celle-ci est garée devant la maison pour la nuit, oubli ayant pour conséquence une virée criminelle dans un véhicule volé par un tiers inconnu, est un *hyslop*.

***Intendhante* :** Élue au service personnel de la Vierge scribe.

***Jumheau exhilé* :** le jumeau maléfique ou maudit, celui né en second.

***Leelane* :** terme affectueux signifiant « tendre aimé(e) ».

***Lewlhen* :** « cadeau » en langue ancienne.

Lhenihan **:** fauve mythique connu pour ses prouesses sexuelles. En argot actuel, fait référence à un mâle à la taille et à l'endurance sexuelle surnaturelles.
Lhige **:** marque de respect utilisée par une soumise sexuelle à l'égard de son maître.
Lys **:** instrument de torture utilisé pour énucléer.
Mahmen **:** « maman ». Terme utilisé aussi bien pour désigner une personne que comme marque d'affection.
Menheur **:** personnage puissant et influent.
Mharcheur **:** un individu qui est mort et est revenu de l'Estompe pour reprendre sa place parmi les vivants. Les *mharcheurs* inspirent le plus grand respect et sont révérés pour leur expérience.
Nalla ou ***nallum*** **:** être aimé.
Oméga : force mystique et malveillante cherchant à exterminer l'espèce des vampires par rancune contre la Vierge scribe. Existe dans une dimension intemporelle et jouit de pouvoirs extrêmement puissants, mais pas du pouvoir de création.
Première famille : roi et reine des vampires, ainsi que leur descendance éventuelle.
Prétrans : jeune vampire avant sa transition.
Princeps **:** rang le plus élevé de l'aristocratie vampire, après les membres de la Première famille ou les Élues de la Vierge scribe. Le titre est héréditaire et ne peut être conféré.
Pyrocante **:** point faible d'un individu ; son talon d'Achille. Il peut s'agir d'une faiblesse interne, une addiction par exemple, ou externe, comme un(e) amant(e).
Rahlman **:** sauveur.
Rehclusion **:** statut conféré par le roi à une femelle issue de l'aristocratie à la suite d'une demande formulée par la famille de cette dernière. La femelle est alors placée sous la seule responsabilité de son *ghardien*, généralement le mâle le plus âgé de la famille. Le *ghardien* est alors légalement en mesure de décider de tous les aspects de la vie de la *rehcluse*,

pouvant notamment limiter comme bon lui semble ses interactions avec le monde extérieur.
Revhanche : acte de vengeance à mort, généralement assuré par un mâle amoureux.
***Shellane* :** vampire femelle compagne d'un vampire mâle. En règle générale, les vampires femelles n'ont qu'un seul compagnon, en raison du caractère extrêmement possessif des vampires mâles.
Société des éradiqueurs : organisation de tueurs à la solde de l'Oméga, dont l'objectif est d'éradiquer les vampires en tant qu'espèce.
***Symphathe* :** désigne certains individus, appartenant à l'espèce des vampires, qui, entre autres, ont la capacité et le besoin de manipuler les émotions d'autrui (afin d'alimenter un échange énergétique). Ils ont de tout temps fait l'objet de discriminations et parfois même de véritables chasses à l'homme. Ils sont aujourd'hui en voie d'extinction.
***Tahly* :** terme d'affection dont la traduction approximative serait « chérie ».
Le Tombeau : caveau sacré de la Confrérie de la dague noire. Utilisé comme lieu de cérémonie et comme lieu de stockage des jarres de céramique des éradiqueurs. Dans le Tombeau se déroulent diverses cérémonies, dont les initiations, les enterrements et les mesures disciplinaires prises à l'encontre des membres de la Confrérie. L'accès au Tombeau est réservé aux frères, à la Vierge scribe et aux futurs initiés.
***Trahyner* :** terme d'affection et de respect utilisé entre mâles. « Ami cher ».
Transition : moment critique de la vie d'un vampire mâle ou femelle lorsqu'il devient adulte. Passé cet événement, le vampire doit boire le sang d'une personne du sexe opposé pour survivre et ne peut plus s'exposer à la lumière du jour. La transition survient généralement vers l'âge de vingt-cinq ans. Certains vampires n'y survivent pas, notamment les mâles. Avant leur transition, les vampires n'ont aucune force physique,

n'ont pas atteint la maturité sexuelle et sont incapables de se dématérialiser.

Vampire : membre d'une espèce distincte de celle d'*Homo sapiens*. Pour vivre, les vampires doivent boire le sang du sexe opposé. Le sang humain leur permet de survivre, bien que la force ainsi conférée soit de courte durée. Après leur transition, qui survient vers l'âge de vingt-cinq ans, les vampires ne peuvent plus s'exposer à la lumière du jour et doivent s'abreuver de sang à intervalles réguliers. Ils ne sont pas capables de transformer les êtres humains en vampires après morsure ou transmission de sang, mais, dans certains cas rares, peuvent se reproduire avec des humains. Ils peuvent se dématérialiser à volonté, à condition toutefois de faire preuve de calme et de concentration ; ils ne peuvent pendant cette opération transporter avec eux d'objets lourds. Ils ont la faculté d'effacer les souvenirs récents des êtres humains. Certains vampires possèdent la faculté de lire dans les pensées. Leur espérance de vie est d'environ mille ans, ou plus dans certains cas.

Vierge scribe : force mystique œuvrant comme conseillère du roi, gardienne des archives vampires et pourvoyeuse de privilèges. Existe dans une dimension intemporelle. Ses pouvoirs sont immenses. Capable d'un unique acte de création, auquel elle recourut pour conférer aux vampires leur existence.

***Vhigoureux* :** terme relatif à la puissance des organes génitaux masculins. Littéralement : « digne de pénétrer une femelle ».

Achevé d'imprimer en octobre 2014
Par CPI Brodard & Taupin - La Flèche (France)
N° d'impression : 3007393
Dépôt légal : novembre 2014
Imprimé en France
81121367-1